ANDREAS GRUBER

Rachewinter

GOLDMANN
Lesen erleben

Buch

Wien, Anfang März. Der Winter ist fast vorbei, und während dringend anstehender Dachreparaturen beobachtet ein junger Handwerker im Nachbarhaus einen brutalen Mord. Doch als wenig später die Polizei eintrifft, ist der Täter bereits geflohen.

Eine Woche später erhält die Anwältin Evelyn Meyers in ihrer Praxis Besuch von Michael Kotten. Verzweifelt bittet der junge Mann sie darum, seine Verteidigung zu übernehmen – man versuche, ihm jenen Mord anzuhängen, den der Dachdecker zufällig beobachtet habe. Evelyn glaubt an Michaels Unschuld, doch sie ist die Einzige. Als die Kripo ihren Mandanten abführt, beginnt sie eine aufwändige Recherche, die zeigt, dass Michael ihr nicht die ganze Wahrheit gesagt hat.

Währenddessen wird Kommissar Walter Pulaski in Leipzig zu einem Todesfall in einem Autobahnmotel gerufen: Ein Mann ist beim Duschen auf den nassen Badezimmerfliesen ausgerutscht und tödlich verunglückt. Doch Pulaski glaubt nicht an einen Unfall, und da er den Toten persönlich kannte, ermittelt er auf eigene Faust. Ermittlungen, die zunehmend gefährlich werden, denn es bleibt nicht bei einem Todesfall – und die Spur führt nach Wien …

Weitere Informationen zu Andreas Gruber sowie zu lieferbaren Titeln des Autors finden Sie am Ende des Buches.

Andreas Gruber

Rachewinter

Thriller

GOLDMANN

Sollte diese Publikation Links auf Webseiten Dritter enthalten, so übernehmen wir für deren Inhalte keine Haftung, da wir uns diese nicht zu eigen machen, sondern lediglich auf deren Stand zum Zeitpunkt der Erstveröffentlichung verweisen.

Dieses Buch ist auch als E-Book erhältlich.

MIX
Papier aus verantwortungsvollen Quellen
FSC® C014496
www.fsc.org

Verlagsgruppe Random House FSC® N001967

5. Auflage
Originalausgabe Oktober 2018
Wilhelm Goldmann Verlag, München,
in der Verlagsgruppe Random House GmbH

Ein Projekt der AVA international GmbH
Autoren- und Verlagsagentur
www.ava-international.de / www.agruber.com
Umschlaggestaltung: UNO Werbeagentur, München
Umschlagmotiv: FinePic®, München
TH · Herstellung: kw
Satz: Buch-Werkstatt GmbH, Bad Aibling
Druck und Bindung: GGP Media GmbH, Pößneck
Printed in Germany
ISBN: 978-3-442-48655-7
www.goldmann-verlag.de

für Michael,

sei so, wie du bist,
steh zu dem, was du tust,
und lass dich durch nichts in der Welt verbiegen

»Manchmal ist das schrecklichste Monster von allen das im Spiegel.«

– Sprichwort –

PROLOG

Dienstag, 4. März

Von hier oben war die Aussicht über das Nobelviertel und die Berge am westlichen Stadtrand Wiens überwältigend. Die Sonne schob sich über die Hausdächer, tauchte die Stadt in milde Orangetöne und brachte sogar die ersten Vögel zum Zwitschern.

Slavo knöpfte sich den Overall auf und atmete die frische Morgenluft ein. Angeblich würde es nächste Woche zwar noch einmal so richtig kalt werden, aber im Moment schien den beginnenden Frühling nichts aufhalten zu wollen.

Es war kurz nach acht Uhr, und bis Mittag sollten Slavo und sein Kollege fertig sein. Der Winter hatte einige Schäden auf dem Dach des *Hotel Stefanie* angerichtet. Sie mussten die kaputten Ziegel austauschen und Schneehaken anbringen, um die Dachlawinen im nächsten Winter einzudämmen.

In den Arbeitsschuhen hatte Slavo auf dem schrägen Dach einen guten Stand. Er ging an der Satellitenschüssel vorbei bis zum Kamin, wo er den Sack mit den Schneehaken mit einem Karabiner befestigte und seinen Gürtel enger zog, an dem das schwere Werkzeug hing.

»He, schau mal!«, gellte Max' Stimme über das Dach.

Slavo blickte auf. Max saß auf dem Dachfirst und deutete zum Nachbarhaus, einem modernen fünfstöckigen Bau, dessen oberste Penthouse-Wohnungen große Terrassen hatten.

»Keine Zeit, mach weiter!«, rief Slavo, ohne sich umzudrehen. Obwohl er aus Serbien stammte, war das Deutsch des Dreiundzwanzigjährigen fast akzentfrei. Aber immerhin pendelte er auch schon seit über fünf Jahren zwischen Österreich und Deutschland als Gastarbeiter.

»Schau doch!«, beharrte Max, ein Wiener, der ein paar Jahre jünger war als Slavo.

»Du nervst.« Slavo drehte sich um und starrte durch ein Fenster in das gegenüberliegende Penthouse.

Du lieber Himmel!

Es war das Schlafzimmer. Die Morgensonne leuchtete den Raum klar und hell aus. Und auf dem Bett trieb es ein Pärchen.

»Die rechnen wohl nicht damit, dass jemand auf dem Dach steht und ihnen beim Vögeln zusieht«, flüsterte Max.

»Du brauchst nicht zu flüstern«, rief Slavo. »Die hören kein Wort.«

»Das müsste man filmen.«

»Du bist ein perverser Spanner!«

»Komm schon, film das mit deinem Handy. Vielleicht passiert was, dann schicken wir es an diese Pannenshow und kriegen …«

»Ja, schon gut, halt die Klappe!« Grinsend zog Slavo das Handy aus dem Overall, lehnte es auf dem Kamin an einen Ziegelstein, aktivierte die Kamera und zoomte die Szene so nah wie möglich heran.

»Pass auf, dass dein Handy nicht in den Kamin fällt«, gackerte Max vor Lachen.

»Ja, du Idiot!« Slavo wartete, bis sich das Objektiv scharf gestellt hatte.

O Mann! Der Typ, der unten lag, war ein etwa fünfundvierzigjähriger Kerl mit gewellten Haaren und grau melierten Schläfen, Marke Playboy in der Midlife-Crisis. Auf ihm saß eine makellos schlanke Frau mit schulterlangen schwarzen Haaren, die garantiert viel jünger war als er. Sie hob die Arme, verschränkte sie hinter dem Kopf und ritt, als wollte sie einen wilden Gaul bändigen. Leider sah Slavo sie nur von hinten und konnte keinen Blick auf ihre vermutlich kleinen festen Brüste erhaschen.

»Und? Was siehst du?«, rief Max.

»Komm her und schau selbst. Aber beeil dich, ich glaube, der Kerl kommt gleich.«

Während Max vom Dachfirst zu Slavo hinunterstieg, spritzte der Typ tatsächlich ab. Er bäumte sich auf, krallte eine Hand in das Bettlaken und packte mit der anderen die Arschbacke der Frau. Die beugte sich nach vorne und schlug dem Kerl ins Gesicht.

Wahnsinn! Eine saftige Ohrfeige – und dem Typ gefällt es auch noch.

»Geh weg – lass mich auch mal sehen.«

»Zu spät«, sagte Slavo. Die Schwarzhaarige war soeben von ihrem Hengst heruntergeklettert und mit einem leeren Sektglas vom Nachtkästchen aus dem Bild verschwunden. Nun war nur noch der Mann zu sehen, keuchend und mit grau behaarter muskulöser Brust, wie er sich den Schweiß von der Stirn wischte.

»Scheiße!«, zischte Max. »Wie hat sie ausgesehen?«

»Ich denke, die Kleine war höchstens zwanzig – und rattenscharf.«

»Der könnte ihr Vater sein!«, entfuhr es Max. »Schalt aus und zeig mir den Film!«

»Nein, warte.« Slavo schlug Max auf den Arm, als der mit

dem Handschuh nach dem Handy greifen wollte. Soeben kam die Schwarzhaarige zurück ins Bild, blieb neben dem Bett stehen, sprach mit ihrem Sugar-Daddy und nippte am vollen Sektglas.

»Glaubst du, die beiden sind verheiratet?«, murmelte Slavo.

»Kann ich mir nicht vorstellen. Schade, dass wir nicht hören können, worüber die reden«, sagte Max. *»Du bist so ein Tier, und das seit fünf Uhr früh. Aber jetzt ab zu deiner Frau und deinen drei Kindern«*, verstellte er die Stimme.

Sie scherzten noch eine Weile, dann drehte sich die Schwarzhaarige um. Slavo konnte es im ersten Moment nicht fassen. *Das gibt es doch nicht!* Ungläubig starrte er auf das Bild.

»Uaaahhh!«, rief Max. »Du perverses Schwein! Schalt das sofort ab.«

»Du wolltest doch, dass ich es filme. Konntest gar nicht genug davon kriegen«, platzte es aus Slavo hervor, woraufhin er lauthals zu lachen begann.

»Wie eklig, Schwule!«, rief Max.

Die Schwarzhaarige war tatsächlich ein Kerl. Das Gesicht war zwar nicht zu erkennen, weil sich die Sonne in der Scheibe spiegelte, dafür aber der Körper. Ein junger Typ, vermutlich kaum älter als zwanzig, schlank und untenrum gut ausgestattet.

Slavo lachte immer noch. *»Du bist so ein Tier«*, äffte er Max' Stimme nach. Dann sah er, wie der Junge zum Fenster ging und die Jalousie zuzog. *Ende der Vorstellung!* Slavo wartete noch eine Weile, dann wollte er gerade die Kamera abschalten, als plötzlich jemand im Zimmer gegen die Jalousie gepresst wurde. *Der grauhaarige Kerl!* Deutlich war zu sehen, wie sich der Mann mit den Fingern in die Lamellen krallte und verzweifelt daran zog.

»Das glaub ich jetzt nicht«, entfuhr es Max.

Slavo und er drängten sich nebeneinander an den Kamin und starrten auf das Handydisplay. Slavo schirmte mit der Hand die Sonnenstrahlen ab und kniff die Augen zusammen, um besser zu sehen. »Der Junge erwürgt den Alten!«

Danach wurde der Alte zurückgerissen, die Lamellen schnappten zu und nichts war mehr zu sehen.

»Du musst die Polizei holen!«, rief Max.

»Zauberst du eine Arbeitsgenehmigung für mich aus der Tasche?«

Max warf die Arme in die Luft. »Verdammt, *du* musst anrufen! Mein Handy ist unten in der Garderobe.«

»Und was erkläre ich denen, warum ich hier oben war? Wegen der tollen Aussicht?«

»Dann müssen wir zumindest die Hotelrezeption verständigen. Der Portier soll …«

»Schau!«, unterbrach Slavo ihn. Am Rand des Displays war ein Teil des benachbarten Fensters zu sehen. Der Vorhang war offen und die Jalousie oben. Auch in dieses Zimmer schien die Morgensonne. Soeben war ein Schatten durch das Bild gehuscht.

Slavo drehte das Handy auf dem Sims, sodass es nun den Nebenraum filmte. Es dauerte einen Moment, bis sich das Objektiv wieder scharf stellte. Der Mann lief durch den Raum und presste sich eine Hand auf den Hals. Aus der Halsschlagader spritzte Blut wie aus einem Überdruckventil. Quer durch den Raum. Ans Fenster, an die Tapete und auf das Sofa.

»Ach, du Scheiße!«, entfuhr es Max.

Sie sahen, wie der Mann herumtorkelte und hysterisch schrie, doch es war kein Ton zu hören. Auf der Aufnahme blieb nur ein langer stummer Schrei.

Max riss das Handy vom Sims und unterbrach die Aufnahme.

»Was machst du?«, rief Slavo und wollte ebenfalls danach greifen.

»Was wohl?«, herrschte Max ihn an. »Ich rufe die Polizei. Da drüben krepiert gerade einer!« Er wollte wählen, da rutschte ihm das Telefon aus den Handschuhen, schlug gegen den Rand des Kamins und stürzte in den Schacht.

Slavo wollte noch danach greifen, doch es war zu spät. »Du Idiot!«, herrschte er seinen Kollegen an. »Lauf zur Dachluke und fahr runter zum Portier. Der soll die Polizei und einen Krankenwagen rufen. Jetzt mach schon!«

Während Max über die Dachziegel lief, starrte Slavo in den Kamin. Dort unten herrschte absolute Schwärze. Keine Ahnung, wie tief es war. *Verdammt!*

Dann sah er wieder zum Penthouse. Ohne Kamera waren aus dieser Entfernung keine Details zu erkennen, bloß die Gestalt eines Mannes, der vermutlich gerade verzweifelt um sein Leben kämpfte.

1. TEIL

Eine Woche später …
Dienstag, 11. März

1

Als es an Evelyn Meyers' Kanzleitür läutete, ahnte sie bereits, wer dort stand – ihr neuer potenzieller Mandant, von dem sie bisher nur seine Stimme kannte. Die hatte sie allerdings ziemlich neugierig gemacht.

»*... und deshalb würde ich gern für morgen einen Termin mit Ihnen ausmachen*«, war sie ungewöhnlich hell aus dem Lautsprecher des Anrufbeantworters gedrungen, während im Hintergrund das Klappern eines Zuges zu hören gewesen war.

»Ist er das?«, fragte Flo.

Evelyn nickte. »Ich habe ihn noch gestern Abend zurückgerufen und für heute Morgen ein Treffen ausgemacht.«

Flo blickte zur Wanduhr. Es war Punkt neun Uhr. Flo – eigentlich Florian Zock, aber das war ihm zu unpraktisch und lang – war ein junger Rechtsanwaltsanwärter, der seit einem Jahr in ihrer Kanzlei arbeitete, um sich neben der mies bezahlten Gerichtspraxis etwas dazuzuverdienen. Tatsächlich war Flo jedoch mehr als nur ein gewöhnlicher Anwärter, vielmehr war er mittlerweile eher zu ihrem Assistenten geworden. Und *jung* war auch relativ. Er war 27 Jahre alt, hatte rotblondes Haar, einen blonden Dreitagebart und sah richtig gut aus.

Flo begleitete Evelyn durch den Korridor zur Eingangstür. »Was wissen wir über ihn?«

Evelyn hob die Arme. »Leider nichts.« Normalerweise informierte sie sich vorab über jeden ihrer potenziellen Mandanten, doch diesmal hatte sie aus Zeitmangel darauf verzichten müssen. Mit Stromausfällen im ganzen Gebäude und mehr Gerichtsterminen als üblich hatte die Woche gestern noch turbulenter als sonst begonnen, sodass sie Michael Kottens Anfrage auf ihrem Anrufbeantworter nur kurz hatte bestätigen können.

Jetzt öffnete sie die Tür, und da stand er. Sie sah zu ihm auf. Er wirkte jugendlich, war sicher knapp einen Meter neunzig groß und hatte einen schlanken athletischen Körperbau.

»Evelyn Meyers?« Seine Stimme klang ungewöhnlich sanft.

»Ja.« Sie trat zur Seite. »Und mein Assistent Florian Zock. Ich nehme an, Sie sind Michael Kotten. Kommen Sie doch bitte herein.« Sie ließ ihn in den Vorraum.

Kottens Aussehen passte zu der Stimme auf dem Anrufbeantworter. Er trug enge Jeans, schwarze Stiefeletten mit höheren Absätzen als normal, einen grauen Pullover mit Schalkragen und einen schwarzen Steppmantel, wodurch er irgendwie feminin wirkte. Nicht nur wegen seiner Figur, des schmalen Halses, der schlanken Finger und manikürten Nägel, auch wegen der feinen Gesichtszüge und des dezenten Lidstrichs. Und dann waren da natürlich die Augen. *Mann, diese Augen!* Groß und mandelförmig, mit langen Wimpern und starken Augenbrauen. Evelyn konnte auf Anhieb ein Dutzend Freundinnen nennen, die für diese Augen einen Mord begangen hätten.

Aus dem Augenwinkel bemerkte Evelyn, wie Flo sie musterte. Sein Blick schien zu sagen: *Hör auf zu starren!*

»Es tut mir leid, dass ich Sie erst gestern Abend zurückgerufen habe«, entschuldigte sich Evelyn, »aber wegen der Baustelle gab es hier gestern mehrere Stromausfälle. Der ganze Tag war ein wenig chaotisch, weil auch die Alarmanlage ausgefallen war, der Kühlschrank abgetaut ist und so weiter.«

»Kein Problem, nun bin ich ja da.«

Wie zur Bestätigung von Evelyns Entschuldigung begann der Presslufthammer auf der Straße zu hämmern. Kotten legte den Mantel an der Garderobe ab, und Evelyn begleitete ihn in ihr Besprechungszimmer, wo er hinter einem niedrigen Couchtisch in einem Ohrensessel Platz nahm.

Flo ging zum Fenster, wobei der alte Parkettboden unter seinen Schritten knarrte. Evelyn besaß immer noch ihre Büroräume in dem Altbau in der Gonzagagasse im Herzen der Wiener Innenstadt. Allerdings hatte sie vor einem Jahr die kleine Nachbarwohnung dazugemietet und ihre Kanzlei vergrößert.

Nachdem Evelyn für ihren Besucher und sich Tee serviert hatte – Flo brauchte sie gar nicht erst zu fragen, der trank nie Tee –, setzte sie sich Michael Kotten gegenüber in einen Sessel. »Wie sind Sie auf mich gekommen?«

Er schlug ein Bein über das andere. »Sie wurden mir mehrfach als exzellente Strafverteidigerin empfohlen. Angeblich sind Sie die Beste.«

»Vielen Dank, aber …« Evelyn hob abwehrend die Hand. »Zu viele Vorschusslorbeeren sind nie gut«, sagte sie lächelnd. »Es kommt immer auf den Fall an. Wie kann ich Ihnen helfen?«

»Das erste Gespräch ist kostenlos?«

Evelyn nickte.

»Und die Schweigepflicht?«

»Gilt natürlich auch für dieses Gespräch, selbst wenn ich Ihren Fall nicht übernehme.«

Kotten blickte zu Flo. »Gilt das auch für Ihren …?«

»Ja, auch für meinen Assistenten«, antwortete Evelyn.

»Könnten wir nicht unter vier Augen sprechen?«

»Wenn Sie wollen, gern«, sagte sie. »Herr Zock hat sicher kein Problem damit. Aber Sie sollten wissen, dass seine Anwesenheit überaus nützlich sein könnte. Er hat nämlich die Polizeischule absolviert.«

Kotten hob eine Augenbraue. »Und was macht er dann bei Ihnen?«

»Da viele Täter gefasst, aber bei der Verhandlung freigesprochen werden, hat er beschlossen, Recht zu studieren, um später Staatsanwalt oder Richter zu werden.«

Auch das schien Kotten nicht wirklich zu überzeugen. »Aber damit steht er doch auf der gegnerischen Seite?«

»Ja, eines Tages. Aber glauben Sie mir, im Moment kann uns sein Wissen nur weiterhelfen. Er hat sein Studium abgeschlossen, darf mich vertreten und beendet gerade sein neunmonatiges Praktikum am Straflandesgericht. Ich bespreche alle meine Fälle mit ihm.«

Kotten nickte. »Gut, wenn Sie meinen.«

»Fein.«

Flo stand mit verschränkten Armen vor dem Fenster. Für ihn war es okay, wenn sie ihn so vorstellte. Was sie den Mandanten jedoch nicht unbedingt mitteilte, war ihrer beider Überzeugung, dass vor Gericht nur selten die Gerechtigkeit siegte. Darum wollte Flo sein Praktikum am Gericht zwar abschließen, dann jedoch Detektiv werden, um in Streitfällen für Anwälte die *tatsächliche Wahrheit* herauszufinden. Der Teilzeitjob in ihrer Kanzlei diente dazu, seinen Start in die Selbstständigkeit zu finanzieren. Die besten Voraussetzungen für diesen Beruf brachte er mit – und niemand konnte das besser beurteilen als Evelyn. Schließlich war ihr Freund, der vor zwei Jahren ermordet worden war, selbst Detektiv gewesen.

Evelyn räusperte sich. »Dann erzählen Sie mir doch, warum Sie hier sind.«

Kotten rührte seine Teetasse nicht an. Offensichtlich war er zu aufgeregt. Sein Fuß wippte auf und ab. »Vor einer Woche ist der Manager Johann Wulf ermordet worden.«

Evelyn nickte. »Wulf war Entwicklungsleiter einer großen Firma. Er ist zuerst mit dem Seil einer Jalousie gewürgt und danach mehrmals in die Halsschlagader gestochen worden.« Wer kannte diesen Fall nicht aus den Medien?

»Angeblich mit einem Brieföffner, aber die Tatwaffe wurde bisher nicht gefunden«, ergänzte Kotten.

»Woher wissen Sie das?«

Kotten wischte sich die langen schwarzen Haare aus dem Gesicht, und nun sah Evelyn ein Piercing in der Augenbraue. »Die Polizei glaubt, dass ich es war.«

Evelyn studierte Kottens Gesichtszüge. Sie schätzte ihn auf Mitte zwanzig, vielleicht etwas jünger. »Und, waren Sie es?«

»Nein.«

Ist ja klar! Schweigepflicht hin oder her – kaum jemand würde so etwas zugeben. Und schon gar nicht während eines ersten unverbindlichen Gesprächs. »Hat die Kripo Sie schon vernommen?«

»Gestern, kurz davor habe ich Sie angerufen.«

»Davor?«

»Ja, die Kripo wollte mich in dieser Mordsache sprechen, und auf dem Weg zum Revier habe ich auf Ihren Anrufbeantworter gesprochen.«

Ganz schön auf Draht, dieser Junge. Mit ihren siebenunddreißig Jahren kam er ihr in der Tat noch recht jung vor. »Haben Sie ein Alibi für die Tatzeit?«

»Nein. Um diese Uhrzeit war ich noch zu Hause. Im Bett. Allein.«

»Läuft schon ein Haftbefehl gegen Sie?«

»Nein, aber ich fürchte, der wird nicht lange auf sich warten lassen.«

»Wie kommen Sie darauf?«

»Zeugen haben mich am Tag des Mordes angeblich in der Nähe des Tatorts gesehen.«

»Waren Sie dort?«

»Nein. Aber die wollen den Mord so rasch wie möglich aufklären und brauchen einen Schuldigen.«

Evelyn zuckte gleichgültig mit den Achseln, als wäre das nichts Neues. »Das ist immer so. Darüber würde ich mir jetzt keine Gedanken machen.« Sie dachte nach. »Allerdings … die Polizei konnte Sie lediglich anhand dieser Zeugenaussagen ausfindig machen?«

»Da wäre auch noch das Video.«

Ja, richtig. Evelyn hatte auch davon in den Nachrichten gehört. Sie rutschte näher. »Ein Bauarbeiter hat angeblich Teile des Mordes von einem Dach aus gefilmt, aber das Handy ist in einen Kaminschacht gefallen.«

»Die Feuerwehrleute haben es vor sechs Tagen bergen können, und die Polizei hat es sichergestellt. Wie durch ein Wunder hat der Speicher des Handys den Sturz überlebt. Daraufhin haben mich die Beamten aufgrund dieser Zeugenbefragungen und eines Phantombildes … wie heißt das offiziell?«

»Ausgeforscht?«, half Flo ihm weiter, und wartete ab, bis Kotten nickte. »Trotzdem ist es außergewöhnlich, dass man ausgerechnet auf Sie gekommen ist.«

»Es gab auch noch einen anonymen Anrufer, der behauptet hat, *ich* sei auf dem Film zu sehen.«

Evelyn überlegte. »Der Anrufer hat das Video gesehen?«

Kotten lächelte müde. »Fast jeder hat es gesehen. Es steht seit gestern im Netz und hat schon über eine halbe Million Klicks.«

»Was? Es wurde noch nicht gesperrt?« Flo ging zu Evelyns Schreibtisch und stellte am Notebook eine Internetverbindung her.

Evelyn erhob sich ebenfalls.

»Auf YouTube«, sagte Kotten. »Sie müssen nur nach *schwules Paar im Blutrausch* suchen.«

Das war nicht einmal nötig. *Schwules Paar* genügte, und schon schlug ihr die YouTube-Suchhilfe dieses Video vor. Sie stellte sich neben Flo, und gemeinsam sahen sie sich den Film an. Er dauerte sieben Minuten.

»Laden wir das runter?«, fragte Flo.

»Sicher.« Während sie sich das Video ansahen, kopierte Evelyn den Link in den Downloader. Bestimmt würde der Clip bald gesperrt werden – und falls nicht, würde sie sich darum kümmern. Aber dann hatten sie zumindest eine Kopie. Und dieser Film war garantiert das gewichtigste Indiz, mit dem die Anklage auffahren würde.

Nachdem die Daten sicher auf der Festplatte abgespeichert waren, klappte Evelyn das Notebook zu. »Ich muss zugeben, obwohl man das Gesicht des Mörders nicht sieht, scheint er Ihnen von Haarbarbe und Statur her ähnlich zu sehen.«

»Aber ich bin es nicht.«

»Eventuell würden wir mit Ihnen ein Vergleichsvideo drehen, um den Geschworenen den Unterschied zu zeigen«, schlug Flo vor, während er sich wieder neben das Fenster lehnte. »Wären Sie damit einverstanden?«

»Das geht?«

»Vor Gericht gibt es fast nichts, was *nicht* erlaubt wäre, um die Unschuld eines Menschen zu beweisen«, erklärte Evelyn ihm und setzte sich wieder hin. »Es tut mir leid, aber ich muss Sie das jetzt fragen: Sind Sie …?« Beinahe hätte sie *schwul* gesagt, bremste sich aber rechtzeitig ein. »Sind Sie homosexuell?«

Obwohl Kotten die Lippen zusammenpresste, waren sie immer noch schön geschwungen und voll. *Beim Anblick dieses Gesichts könnte man vor Neid erblassen!*

»Nein, aber ich bin gerade im Begriff, mein Geschlecht zu ändern.«

2

»Wo liegt die Leiche?«, fragte Walter Pulaski und folgte der Polizistin durch das Foyer des Motels.

Soeben erstarb das Martinshorn des Rettungswagens, der auf dem Parkplatz vor dem Gebäude stand, doch das Blaulicht warf immer noch seinen irisierenden Schein durch die Fenster. Eigentlich war es gar kein richtiges Motel hier am Stadtrand von Leipzig, sondern bloß eine Mischung aus besserem Rasthaus und Stundenhotel. Es roch nach Minze, und irgendwo plätscherte ein Tischbrunnen, dessen Geräusch Pulaski nervte.

»In Zimmer Nummer neun im ersten Stock«, antwortete die Beamtin.

Bevor Pulaski der Polizistin zur Treppe folgen konnte, stürzte ein kleines Männchen hinter dem Empfangstisch hervor, mit Anzug, Krawatte, Halbglatze, Brille, schmierigem Blick und hektischen roten Flecken auf den Wangen. Es war einen Kopf kleiner als Pulaski und baute sich vor ihm auf. »Sind Sie der Polizist, der die Leiche endlich wegschafft?«

Pulaski starrte den Mann entgeistert an. Das war wohl die erste Leiche in seiner Absteige. »Der Tote wird vom Bestatter abtransportiert, nicht von mir.«

»Doch nicht im auffälligen Leichenwagen?«

»Nein, natürlich nicht«, knurrte Pulaski. »Der Wagen hat eine rosa Schleife und ein großes buntes Schild an der Seite.

Willkommen im Leipziger AutoRest Motel – hier liegen Sie richtig.«

»Sie verarschen mich, oder?«

»Und Sie stehlen meine Zeit!«

»Ich möchte nur, dass der Tote aus meinem Motel verschwindet, bevor noch mehr davon erfahren.«

Noch mehr? Um diese frühe Uhrzeit sah das Motel ziemlich ausgestorben aus.

»Dieser Koffer in meiner Hand wiegt fünfzehn Kilo«, erklärte Pulaski. »Ich bin Mitte fünfzig, habe Asthma, mein Kreuz tut weh, und manchmal schmerzt meine Hüfte am Morgen so sehr, dass sich ein weniger robuster Charakter vor Schmerzen ankotzen würde. Wenn Sie jetzt noch länger hier im Weg rumstehen, muss ich den Koffer abstellen. Und dann werde *ich* sauer.«

»Hören Sie, ich möchte nur, dass ich das Zimmer reinigen lassen kann und das Geschäft weitergeht. Haben Sie verstanden?«

»Ich bin …«, versuchte Pulaski es ein weiteres Mal im ruhigen Ton.

»Mir ist scheißegal, wer oder was Sie sind«, zischte das Männchen mit gesenkter Stimme. »Ich habe Beziehungen zur Polizei. Manche davon sind gern willkommene Gäste hier, und Sie sollten Ihren Auftritt hier so rasch und so unauffällig wie möglich zu Ende bringen. Haben Sie das verstanden, Freundchen?«

Freundchen? Es erwischt immer die Falschen, dachte Pulaski. *Hätte an Stelle des Gasts von Zimmer Nummer neun nicht diese Witzfigur tot umfallen können?*

»Und falls Sie glauben, dass Sie hier den großen Macker spielen können, haben Sie sich getäuscht«, fuhr der Mann fort. »Sie sind nichts weiter als ein gewöhnlicher Polizist, und ich werde auf Ihrem Revier Beschwerde gegen Sie einlegen, wenn Sie nicht dafür sorgen, dass der Rettungswagen augenblicklich von hier verschwindet und die Sache innerhalb der nächsten halben Stunde erledigt ist.«

»Es heißt nicht *Revier,* sondern *Kommissariat.*«

»Auch das ist mir scheißegal«, zischte der Mann und tippte Pulaski mit dem Finger an die Brust.

Schwerer Fehler!

Seufzend stellte Pulaski den Koffer ab und richtete sich wieder auf. »Ich bin kein gewöhnlicher Polizist, sondern Ermittler beim Kriminaldauerdienst, und für mich stellt sich die Sache so dar, als wollten Sie gerade eine polizeiliche Ermittlung behindern.«

»Was? Ich? Sind Sie verrückt? Im Gegenteil! Ich …«

Aber Pulaski hörte nicht weiter zu. Er winkte die Polizistin mit einer knappen Handbewegung zu sich her. »Nehmen Sie den Mann fest und bringen Sie ihn aufs Kommissariat in die Dimitroffstraße.«

»Was reden Sie da?«, keuchte der Mann.

»Falls sich keine Kollegen für die Vernehmung finden, die sind im Moment nämlich ziemlich beschäftigt«, sprach Pulaski unbeirrt weiter, »werde ich in spätestens drei Stunden dort sein und ihn befragen. Sperren Sie ihn so lange irgendwo ein, und falls er Durst hat, geben Sie ihm ein Glas Wasser.«

»Sind Sie wahnsinnig?«, brüllte der Mann nun lauter.

»Leise«, zischte Pulaski. »Denken Sie an die Gäste. Darf ich Sie daran erinnern, dass Sie jedes Aufsehen vermeiden wollten?«

Der Mann tobte weiter.

»Los, machen Sie schon!«, befahl Pulaski der Polizistin.

»Anscheinend wehrt er sich. Legen Sie ihm während der Fahrt Handschellen an, damit er sich beruhigt.«

»Sind Sie sicher?«, fragte die Polizistin und griff bereits nach den Handschellen.

»Sehe ich so aus, als wäre ich unsicher?«, fragte Pulaski. »Und sehen Sie zu, dass er mit niemandem spricht. Möglicherweise liegt Verdunklungsgefahr vor.« Einen Satz, den er schon immer einmal hatte anbringen wollen.

Pulaski wartete nicht ab, wie der brüllende und um sich schlagende Manager dieser Absteige mit seinen ach so guten Kontakten zur Polizei abgeführt wurde, sondern nahm seinen Koffer und ging endlich zur Treppe. Das Zimmer Nummer neun würde er auch ohne die Polizistin finden. Er machte seinen Job schon zu lange, um sich von einem Wichtigtuer, der ihm drohte und blöd kam, den Tag verderben zu lassen.

Doch da hatte er plötzlich eine andere Idee. Rasch wandte er sich um, ehe die Polizistin mit dem Manager nach draußen verschwinden konnte. »He, warten Sie noch!« Er winkte die beiden wieder heran. »Der Mann begleitet mich. Wir können die Vernehmung genauso gut oben durchführen.«

Der Manager bekam große Augen. »In *dem* Zimmer?«

»Ja, in *dem* Zimmer.« Pulaski ging weiter die Treppe hinauf, und die Polizistin folgte ihm, indem sie den Mann vor sich herschob.

Vor dem Motelzimmer stand ein weiterer, aber sehr viel jüngerer Polizist, der anscheinend eventuelle neugierige Gäste davon abhalten sollte, das Zimmer zu betreten. Allerdings lag der Gang verlassen da. Die anderen Bewohner hatten sich vermutlich in ihre Zimmer verkrümelt, als Polizei und Sanitäter mit Blaulicht angerückt waren.

Pulaski ging an dem Beamten vorbei, stieß die angelehnte

Tür mit dem Schuh auf, betrat den Raum und stellte den Koffer auf eine Ablagekommode. Das Bett war nicht zerwühlt, und auf dem Nachtschränkchen lagen Armbanduhr, Brieftasche und ein silbernes Smartphone.

Der Manager betrat mit der Polizistin das Zimmer. »Ich werde Sie sowas von verklagen!«

»Falls Sie noch Zeit dazu haben«, sagte Pulaski. »Denn ich hänge Ihnen Beihilfe zum Mord an, wenn Sie jetzt nicht sofort die Klappe halten und nur dann reden, wenn ich Sie etwas frage.«

Fassungslos starrte der Manager ihn durch seine dicken Brillengläser an. »Können Sie mir wenigstens die Handschellen abnehmen?«

»Nein, die bleiben dran. Ich möchte verhindern, dass Sie irrtümlich etwas anfassen. Und jetzt gehen Sie weiter!« Er schubste den Mann am Bett vorbei zum Badezimmer.

Dort lag der Tote mit nur einem grauen, eng geschnittenen Slip bekleidet auf dem Bauch. Er war vermutlich zwischen vierzig und fünfzig Jahre alt, hatte breite Schultern, einen muskulösen Rücken und Nacken und eine schlanke Taille.

Der Notarzt beugte sich soeben über die Leiche und untersuchte die Schere, die bis zum Anschlag im rechten Ohr des Mannes steckte. Der Tote hielt den Griff noch in der Hand. Er lag in einer großen eingetrockneten Blutlache, und auch auf dem Waschbeckenrand klebte Blut. Ein Handtuch lag auf dem Boden, was darauf schließen ließ, dass die Fliesen zum Zeitpunkt des Todes nass gewesen waren, genauso wie die Haare des Toten, die ungekämmt abstanden. Im Ausguss der Duschkabine klebten eingetrocknete Reste von Schaum und Haaren.

»Wie heißt der Gast? War er schon öfters hier? Falls ja,

wann? Und mit wem?« Pulaski starrte den Manager an und wartete auf eine Antwort. »Los, Mann! Reden Sie!«

Der blickte mit blassem Gesicht auf den Toten. »Nein, der ist zum ersten Mal hier gewesen. Hat sich gestern Abend als Hannes Rossbacher eingetragen und das Zimmer für nur zwei Stunden gebucht. Nachdem er heute Morgen noch immer nicht abgereist war, hat das Zimmermädchen nachgeschaut und ihn so gefunden. Er war in Begleitung da, doch ich habe die Dame weder gestern noch heute gesehen.«

»Woher wissen Sie dann, dass es eine Dame war?«

»Ich äh … ich habe sie gehört.«

»Sie haben an der Tür gelauscht?«

»Nein! Ich war zufällig im Gang.«

»Wann?«

»Gegen einundzwanzig Uhr.«

»Haben Sie einen Blick durchs Schlüsselloch geworfen?«

»Nein, also bitte!«

»Und *was* haben Sie gehört?«

»Kichern und Tuscheln.«

Pulaski blickte zum Doppelbett. Das Laken war sauber, ordentlich gespannt, und weder Decke noch Kopfkissen waren zerknautscht. Anscheinend war der Mann gestorben, noch bevor er mit seiner Begleitung im Bett landen konnte. Oder sie *waren* im Bett gewesen und die Dame, der Mörder oder jemand anderer hatten danach das Bett gemacht. Die Frage lautete: Warum war die Begleitung geflohen? War sie mit einem anderen Mann verheiratet? Oder vielleicht eine Berühmtheit, die einen Skandal verhindern wollte?

»Gibt es eine Videoüberwachung in Ihrem Motel? Oder zumindest auf dem Parkplatz?«, fragte Pulaski. »Falls ja, wie funktioniert die, und wie kann man das Bildmaterial sichern?«

Der Manager schüttelte den Kopf.

»Was *nein?*«, fuhr Pulaski ihn an. »Man kann es nicht sichern?«

»Nein, wir haben keine Videoüberwachung.«

»Gut, dann brauche ich eine Namens- und Adressliste aller Gäste.« Er wandte sich an die Polizistin. »Und Sie befragen alle, die noch da sind, ob irgendjemand die Dame gesehen hat. Ich brauche Alter, Größe, Haarfarbe, Bekleidung, Aussehen und eventuellen Akzent.«

Der Manager stöhnte auf. »Können Sie das wenigstens diskret machen?«

»Dieser Todesfall war auch nicht gerade diskret«, sagte Pulaski. »Und wenn Sie sich noch einmal mit guten Ratschlägen in meine Ermittlungen einmischen, lasse ich Sie doch noch aufs Kommissariat abführen.«

Der Manager presste die Lippen aufeinander und sah der Polizistin nach, wie sie aus dem Zimmer verschwand.

Pulaski betrachtete die Ablagefläche unter dem Spiegel, wo eine offene Toilettentasche lag, in der sich Bürste, Nassrasierer, Nagelfeilen-Etui und Aftershavefläschchen befanden. Er wandte sich an den Notarzt. »Was können Sie mir sagen?«

»Der Mann ist sicher schon seit zehn Stunden tot – eher länger. Die Schere ist lang und schmal und ist tief in den Gehörgang eingedrungen.«

»Aber daran stirbt man doch nicht«, widersprach Pulaski. »Die Schere wäre am Knochen der Schädeldecke abgerutscht.« Er machte diesen Job wirklich schon zu lange.

»Die Schere ist auch nicht nach *oben,* sondern schräg nach *unten* eingedrungen. Am Knochen vorbei direkt ins Kleinhirn«, korrigierte ihn der Arzt. »Dort sitzt das Atemzentrum.

Ein dummer Zufall – passiert sicher nicht oft, aber in diesem Fall *ist* es passiert.«

Zufall oder Absicht?, fragte sich Pulaski.

Der Arzt richtete sich auf. »Ich nehme an, er hat sich, in Vorbereitung auf sein Date, nach dem Duschen mit der Schere die Haare geschnitten, wahrscheinlich in der Nase und auch im Ohr. Dabei muss er sich zum Spiegel vorgebeugt haben, ist in der Wasserpfütze ausgerutscht, hingefallen, mit dem Kopf an den Rand des Waschbeckens geknallt und hat sich dabei die Schere in den Kopf gerammt.«

Pulaski blickte ins Waschbecken. Dort lagen kurze schwarze Haare. »Und?«, murrte er.

»Ich würde sagen ein Unfall.«

»Und die Dame?«

»Ist in Panik geraten und abgehauen.«

»Sehe ich genauso«, pflichtete der Manager dem Arzt bei. »Aber es dürfte schwierig werden, eine Personenbeschreibung zu bekommen. Wie ich schon sagte, wir sind ein diskretes Etablissement. Unsere Gäste halten sich weder in der Lobby noch auf dem Parkplatz lange auf. Außerdem haben wir auch einen Seiteneingang.«

Der Arzt nickte zustimmend.

Zwei Amateurdetektive bei der Arbeit. »Ich sage Ihnen, was mich an Ihrer grandiosen Theorie stört«, unterbrach Pulaski die beiden. »Warum sollte jemand zuerst duschen und sich *danach* nass rasieren und Nasen- und Ohrenhaare schneiden? Das macht man normalerweise, bevor man in die Dusche steigt oder zumindest *in* der Dusche.«

Die beiden schwiegen.

»Okay, noch etwas anderes herausgefunden?«, fragte Pulaski.

»Das Blut ist auffällig dunkel, fast schon schwarz«, sagte der Arzt. »Ich nehme an, der Tote hat starke Medikamente genommen. Ich tippe auf Beruhigungsmittel oder Anti-Depressiva. Auch ein Grund, warum er unkoordiniert war und ausgerutscht sein könnte.«

Ausgerutscht! Warum glauben nur alle so felsenfest daran, dass es ein Unfall gewesen ist? Pulaski dachte an das Kichern, das aus dem Zimmer gekommen war und das scheinbar unberührte Bett. Warum hatte sich der Mann die Haare ausgerechnet im Stundenhotel getrimmt? Weshalb hatte er überhaupt eine Toilettentasche dabei? Und was hatte die Frau in der Zwischenzeit gemacht? »Könnte es sein, dass das Bett nachträglich von der Dame gemacht worden ist?«

»Woher soll ich das wissen?«, fragte der Manager.

»Mensch, dann werfen Sie doch einen Blick drauf!«, fuhr Pulaski ihn an. »Ist das Laken so um die Matratze geschlagen, wie es das Zimmermädchen normalerweise macht? Sind die Kissen und Decken so angeordnet?«

Der Manager starrte zum Bett. »Ja, ich denke schon. Wir haben hier keine einheitlichen Richtlinien. Wir legen eher Wert auf …«

»Diskretion, ja, ich weiß!« *Prima!* Pulaski wandte sich an den Arzt. »Noch was?«

»Neben dem üblichen Kot und Urin, wenn die Muskeln erschlaffen, habe ich auch ein paar Blutstropfen seitlich in der Unterhose des Toten entdeckt.«

»Vom Sturz?«

»Nein, auf der Innenseite der Hose, und zwar im Afterbereich. Aber das ist nichts Ungewöhnliches. Durch die plötzliche schmerzhafte Anspannung des Körpers könnten innere Hämorrhoiden verletzt worden sein.«

»Und die Blutstropfen wurden vom Kot nicht überdeckt?«

»Anscheinend nicht. Vielleicht hat sich der Mann im Todeskampf gedreht.«

»Merkwürdig.« Pulaski verzog das Gesicht. »Wie auch immer, sind Sie jetzt fertig?«

Der Arzt nickte, woraufhin Pulaski die Kamera aus seinem Koffer holte und einige Bilder vom Badezimmer und der Schere im Kopf des Mannes machte. Im Fall eines Mordes oder Totschlags würde die Mordkommission die weiteren Ermittlungen leiten, aber vielleicht lag ja tatsächlich nur eine Verkettung unglücklicher Umstände vor. Jedenfalls gab es im Moment keine offensichtlichen Spuren einer fremden Gewalteinwirkung.

»Ich bin so weit. Wir können den Toten jetzt umdrehen«, sagte Pulaski, woraufhin sie die Leiche gemeinsam auf den Rücken drehten.

Pulaski hatte schon viele Tote gesehen – alte, junge, misshandelte, verstümmelte, verbrannte oder im Wasser zersetzte –, und eines fiel ihm sofort auf. »Die Totenflecken fehlen.«

Der Arzt betrachtete Brust und Bauch des Mannes. »Sie fehlen nicht«, stellte er richtig. »Sehen Sie, hier und hier. Die Leichenflecken sind da, allerdings nur sehr schwach ausgeprägt. Außerdem ist die Haut außergewöhnlich blass, aber auch das ist nichts Ungewöhnliches.«

Nun blickte Pulaski in das Gesicht des Mannes, und ein Kälteschauer lief ihm den Rücken hinunter. Fingerabdruck, Zahnschema und DNA-Vergleich konnte er sich sparen. »Ich kenne den Mann«, murmelte er. »Aber er heißt nicht Hannes Rossbacher, sondern Klaus Hinze.«

Da meldete sich der junge Polizist zu Wort, der immer noch vor der Eingangstür Wache hielt. »Ja, Hinze«, bestätigte er. »Das ist auch der Name, der im Ausweis steht.« Er nickte zum Nachtkästchen.

»Das sagen Sie mir erst jetzt?«, fuhr Pulaski ihn an. »Haben Sie die Brieftasche angefasst?«

»Nein, nur mit einem Kugelschreiber aufgeschlagen.«

Vielen Dank, wie umsichtig!

Klaus Hinze war der Vater der besten Schulfreundin von Pulaskis Tochter Jasmin. *Nina.* Manchmal hatte das Mädchen bei ihnen zu Hause übernachtet, dann hatte er sie von den Hinzes abgeholt und am nächsten Morgen wieder heimgebracht, bevor er in den Dienst gefahren war. Bei diesen Gelegenheiten hatte Pulaski einige Male mit Herrn Hinze gesprochen, über Fußball, seinen Job, Autos oder ihre beiden Töchter. Der Mann war nicht unfreundlich gewesen, aber immer recht kurz angebunden. Typ gestresster Manager.

Pulaski konnte sich gut daran erinnern, dass Hinze einen Honda SUV gehabt hatte. Vor allem deshalb, weil Hinze letzten Sommer drei Monate ohne Führerschein gewesen war, da er betrunken in eine Polizeikontrolle gefahren war. Pulaski hatte damals ein gutes Wort für ihn eingelegt, sonst wäre der Lappen für ganze sechs Monate weg gewesen.

Und genau so ein Wagen stand jetzt auf dem Parkplatz des Motels. Ein orangefarbener Honda SUV. Ein teurer Schlitten mit vielen Extras. Soviel Pulaski wusste, war Hinze früher IT-Chef einer Computerfirma gewesen und seit vielen Jahren Geschäftsführer der Urania GmbH, einer Online-Spiele-Firma, deren Rechenzentrum sich in Leipzig befand. Auch darüber hatten sie einmal gesprochen.

Pulaski sah durchs Fenster zu Hinzes Auto hinüber und zu seinem eigenen metallicschwarzen Skoda, auf dessen Armaturenbrett sicherheitshalber die rot-weiße Polizeikelle lag.

Soeben fuhr ein Taxi über den Parkplatz und hielt vor dem Eingang des Motels.

»Der Honda auf dem Parkplatz gehört dem Toten«, sagte Pulaski zu dem Polizisten. »Stellen Sie sicher, dass niemand den Wagen anfasst. Und dann verständigen Sie die Frau des Toten. Einen Moment, ich kann Ihnen die Nummer geben …« Pulaski wollte zu seinem Handy greifen, doch der Polizist unterbrach ihn.

»Habe ich schon.«

»Wie bitte?«

Der Polizist sah noch einmal zur Kommode, wo Autoschlüssel, Handy und Brieftasche des Toten lagen. »Ich habe seine Visitenkarte in der Brieftasche gefunden und seine Frau zu Hause angerufen.«

»Was? Sie haben …?« Soeben erlosch das irisierende Blaulicht des Rettungswagens. Pulaski blickte noch einmal durchs Fenster. Die Wagentür des Taxis öffnete sich. »Haben Sie der Frau etwa gesagt, dass sie herkommen soll?«, fuhr er den Polizisten an.

»Ja, natürlich«, sagte der jetzt ein wenig verunsichert. »Das Foto im Personalausweis ist schon ziemlich alt, und ich dachte, irgendjemand muss die Leiche doch identi…«

»Haben Sie wenigstens einen Seelsorger verständigt?«

»Nein, ich dachte …«

»Mann, seien Sie still! Ich will kein Wort mehr von Ihnen hören!« Der Kerl war so dämlich, dass er eine Anleitung zum Atmen brauchte.

Pulaski sah zum Parkplatz. *Ach, du Kacke!*

Frau Hinze stieg – mit Stöckelschuhen, Mantel und einem Pelzkragen im Tiger-Look – soeben aus dem Taxi.

3

Eine Geschlechtsumwandlung … was für eine Wendung! Evelyn legte den Kopf schief. »Das heißt, Sie wollen … *eine Frau* werden?«, fragte sie nach.

Aus dem Augenwinkel sah sie, wie Flo den jungen Mann musterte, aber nicht sonderlich überrascht schien, als hätte er das vom ersten Moment an geahnt.

»Ich *bin* eine Frau«, sagte Michael Kotten. »Tief drinnen fühle ich es.«

»Sie fühlen sich im falschen Körper geboren?«

Kotten verzog das Gesicht. »Sagen wir so: Es gibt einiges an meinem Körper, das sich noch nicht richtig anfühlt.«

Evelyn betrachtete Kottens enge Jeans, die Stiefeletten und den Pullover – Kleidung, die zwar schick, aber nicht unbedingt weiblich aussah.

»Ich bin kein Transvestit, der in schrillen Frauenkleidern, Highheels, Perücke und mit extremem Make-up herumläuft«, sagte Kotten, der Evelyns Blick offenbar bemerkt hatte. »Ich bin transgender oder transident, wenn Sie so wollen. Ich möchte nicht nur wie eine Frau aussehen, sondern vor allem als Frau leben und als solche behandelt werden.«

Evelyn dachte an das Video. »Das erschwert die Sache natürlich. Denn damit könnten Sie das auf dem Video durchaus sein.«

»Könnte ich nicht«, widersprach Kotten. »Ich stehe zwar auf Männer, aber nicht, weil ich *schwul* bin, sondern weil ich eine heterosexuelle Frau bin – und auf dem Video sieht man eindeutig den analen Liebesakt zweier Schwuler.«

Okay, aber genau das scheint der springende Punkt zu sein! Evelyn rutschte an die Stuhlkante. »Wann haben Sie den Entschluss gefasst, Ihr Geschlecht zu ändern?«

Kotten dachte nicht lange nach. »Wenn Sie jetzt erwarten, dass ich als Kind mit Puppen gespielt habe, muss ich Sie enttäuschen. Aber ich habe mich schon als Kind für Modeln und Fotografie, für Museen, Kunst und Literatur interessiert – und tue das immer noch. Aber, um Ihre Frage zu beantworten: Den Entschluss fasste ich vor drei Jahren.«

Den letzten Satz hörte Evelyn nur noch nebenbei. Ihre Gedanken waren woanders. *Interesse für Fotografie?* Instinktiv blickte sie zur Wand, an der große gerahmte Drucke von Annie Leibovitz hingen, die nicht zu übersehen waren. Schwarz-Weiß-Fotografien von John Lennon, Keith Richards und Susan Sarandon – Motive, die dank der Fülle an Details ziemlich ausdrucksstark waren. Jetzt fiel ihr auf, dass Kotten die Fotos mit keinem Blick gewürdigt hatte. Sie schüttelte den Gedanken ab. »Diese Videoaufnahme wird Sie am meisten belasten. Darum ist für eine erfolgreiche Verteidigung äußerst wichtig, inwieweit Sie Ihre Transformation bereits vollzogen haben. Ich muss Ihnen jetzt also einige intime Fragen stellen.«

»Tun Sie sich keinen Zwang an. Das bin ich aus der Psychotherapie gewohnt.«

»Wann begann Ihre Transformation?«

»Vor drei Jahren. Ich war zwanzig. Zunächst musste ich ein klinisch-psychologisches Gutachten vorlegen, ein urologisches Gutachten und hatte mehrere Termine beim Psychotherapeuten und danach beim Psychiater.«

»Beim Psychiater?«

»Damit ausgeschlossen ist, dass ich eine psychiatrische Erkrankung habe. Es folgte Psychotherapie und ein Jahr im sogenannten Alltagstest, in dem man als Frau lebt.«

»Und wie ist das Leben als Frau so?«, fragte Flo, der mit verschränkten Armen seitlich am Fenster stand.

»Ich musste lernen, die Konsequenzen im Alltag einer Frau zu tragen. Manchmal wird man diskriminiert oder bekommt abwertende Fragen gestellt, wie gerade eben diese.«

Touché. Flo schwieg.

»Und man muss akzeptieren, dass man keine Kinder kriegen kann«, ergänzte Kotten.

Flo schwieg immer noch, aber im Vergleich zu ihm konnte Evelyn den letzten Punkt gut nachvollziehen. »Und ist das ein Problem für Sie, keine Kinder austragen zu können?«

»Für mich nicht, für andere schon.«

»Und wie ging es weiter?«

»Man wartet acht Monate auf einen Termin auf der Transgender-Ambulanz im Allgemeinen Krankenhaus – und dann folgen Knochendichtemessung, Blutbild, die Hormonbehandlung.«

»Haben Sie damit schon begonnen?«

Kotten nickte. »Ich nehme Medikamente, ein Östrogenpräparat und Testo-Blocker, die die Testosteronproduktion herunterfahren.«

»Noch sieht man nicht viel«, warf Flo ein.

Kotten blickte gar nicht zu ihm hin. »Das dauert. Die Körperbehaarung lässt nach, die Haut wird weicher, Brüste beginnen zu wachsen, und das Fett wandert von den Schultern zu den Hüften.«

»Der Bartwuchs?«

»Kann man sich mit Laserepilation entfernen lassen.«

»Die Stimme?«

»Manche lassen sich den Adamsapfel abschaben, damit er nicht so herausragt.« Er zuckte mit den Achseln. »Ich halte das für unnötig. Übungen beim Logopäden, damit die Stimme weicher wird, sind mir wichtiger.«

»Klingt, als wäre das ein extrem anstrengender Weg«, stellte Evelyn fest.

»Extrem belastend trifft es eher.« Kotten lehnte sich zurück und schlug auf eine sehr feminine Art ein Bein über das andere. »Die erste Zeit der Hormonbehandlung ist eine emotionale Berg- und Talfahrt. Manchmal bringt mich eine verdammte Kleinigkeit zum Heulen. Diese Stimmungsschwankungen treiben mich in den Wahnsinn. Ich habe das Gefühl, ich werde immer dünnhäutiger, empfindlicher und …« Kotten holte tief Luft »… unberechenbarer.«

»Diese Aussage sollten Sie vor Gericht auf keinen Fall wiederholen«, empfahl Evelyn. »Sie tragen immer noch den Vornamen Michael«, stellte sie fest. »Werden Sie in den Akten noch als Mann geführt?«

»Noch.« Er nickte. »Ich habe vor, in einem halben Jahr meinen Personenstand im Geburtenbuch ändern zu lassen. Dann bin ich offiziell eine Frau und bekomme die passenden Dokumente wie Meldezettel, Reisepass, Führerschein und Staatsbürgerschaftsnachweis.«

»Hatten Sie auch schon Operationen?«, fragte Evelyn.

Er deutete auf Nase, Kinn, Augen und Wangenknochen und schob das Haar zur Seite. »Ja, zwei, aber bisher nur im Gesicht. Das übernimmt natürlich nicht die Krankenkasse, sondern das darf man selbst bezahlen.«

»Waren Sie bei einem Spezialisten?«

»Mittlerweile ist diese Art von Gesichtsoperationen gar

nicht mehr so ungewöhnlich. Ich war in der Nagorski-Klinik, einem privaten Spital im Süden Wiens, die haben viel Erfahrung und einen guten Ruf.«

»Erlauben Sie?« Evelyn beugte sich nach vorne. *Tatsächlich.* Die Narben waren gut verheilt und kaum zu sehen. Auch wenn sie nicht symmetrisch angeordnet waren, sprach das Ergebnis für sich; das erklärte auch Kottens androgyne Erscheinung und seine weiblichen Züge. Allerdings gab es da noch eine Sache, die sie bezüglich des Videos wissen musste. »Sind Sie auch schon … *unten* operiert?«

Kotten lächelte. »Diese Frage hören Transsexuelle nicht gern. Sie ist im wahrsten Sinn des Wortes unter der Gürtellinie, aber woher sollten Sie das wissen?«

»Sie werden um die Antwort nicht herumkommen, denn in Ihrem speziellen Fall ist sie wichtig.«

»Ich habe den Penis noch. Aber ich empfinde ihn als Fremdkörper, den niemand sehen soll, schon gar nicht mein Partner – daher würde ich ihn nie so beim Sex einsetzen, wie das auf dem Video zu sehen ist.«

Kottens Verweis auf das Video brachte Evelyn auf eine weitere Frage. »Einen schwulen Partner zu finden ist heutzutage nicht mehr schwer, aber wie finden Sie als Transfrau einen Partner? Ist das nicht schwierig?«

»Gottes Tiergarten ist groß. In der Szene kennt man sich, und man findet sich über Dating-Plattformen.«

»Danke für Ihre Ehrlichkeit.« Für Evelyn war die Fragestunde nun zu Ende, und sie rutschte in ihrem Sessel zurück. Sie fand das alles faszinierend, zumal Michael der erste Mensch war, den sie näher kennengelernt hatte, der sich gerade in einem zwischengeschlechtlichen Stadium befand.

Plötzlich glaubte Evelyn in Kottens Blick die junge Frau zu sehen, die in diesem Körper steckte. Und jetzt fragte sie sich, ob diese Frau wohl in der Lage war, einen so brutalen Mord zu begehen. Instinktiv lautete ihre Antwort Nein – allerdings schien die momentane Beweislage gegen sie, beziehungsweise *ihn*, mehr als erdrückend, denn allein die Indizien, die sie bisher kannten, deuteten klar auf Michael als Mörder hin.

Kotten ahnte wohl, was gerade in ihrem Kopf vorging. »Werden Sie mich vertreten?«, fragte er.

Evelyn seufzte. »Sie machen es uns nicht gerade leicht – im Augenblick spricht vieles gegen Sie. Kannten Sie das Opfer?«

»Nein.«

»Gut.« Tatsächlich war es aber egal, denn Kotten und Johann Wulf hätten sich am Vortag über eine Dating-App oder in einer Schwulenbar kennenlernen können. »Wie hieß der Ermittler, der Sie gestern vernommen hat?«

»Keine Ahnung.« Kotten hob die Schultern. »Chefinspektor Gänserich oder so ähnlich.«

»Vielleicht Ganser vom Bundeskriminalamt Wien?«, fragte sie nach. »Pockennarbiges Gesicht, kantiges Kinn und …?«

»Ja, genau, der war es.«

Okay, das ist jetzt nicht so gut. Ganser, der bei der Mordgruppe arbeitete, war zwar ein mit Vorurteilen behafteter grober Klotz, aber weit davon entfernt, dumm oder ungefährlich zu sein. Doch weshalb wurde gleich das Bundeskriminalamt eingeschaltet und nicht die Kripo Wien? Aus dem Augenwinkel sah sie, wie Flo die Stirn runzelte. Auch ihm schien die Sache nicht zu gefallen. »Wer der Staatsanwalt ist, wissen Sie vermutlich noch nicht. Aber das macht nichts, das finde ich heraus.«

»Ich habe bei einem Gespräch der Ermittler gehört, dass

ein gewisser Ostovic den Fall höchstpersönlich übernehmen wird. Vielleicht war das aber auch nur eine Drohung.«

»Ach, du Sch…«, bremste sich Evelyn gerade noch ein. »Nein, das war keine Drohung. Er heißt Ostrovsky«, korrigierte sie ihn. »Und er ist nicht einfach nur ein Staatsanwalt, sondern *der* Oberstaatsanwalt.«

»Ist das schlecht?«

»Na ja, gut ist es nicht.« Evelyn blickte zu Flo, der immer deutlicher das Gesicht verzog. Nun war ihr klar, warum das BKA ermittelte. Ostrovsky würde Michael Kotten vor Gericht so fertigmachen, dass ihm jeder der acht Laienrichter die absolute Höchststrafe aufbrummen würde. Wie sollte sie es formulieren, ohne dass Kotten den Mut verlor? »Ostrovsky ist ein alter, gewiefter und zäher Fuchs, der sich gern in seine Fälle verbeißt. Ich kenne ihn. Er hat mich damals an der Uni ausgebildet. Nach dem Tod meiner Eltern war ich sozusagen sein Ziehkind, und er war mein Mentor.«

Überrascht hob Michael die Augenbrauen. »Dann habe ich ja nichts zu befürchten.«

»Im Gegenteil«, wehrte Evelyn lächelnd ab. Da gab es einiges klarzustellen. Sie blickte zu Flo.

Der löste die verschränkten Arme und übernahm an ihrer Stelle die Erklärung. »Die meisten Studenten am Juridicum fürchten sich vor ihm zu Tode. Ostrovsky ist der Fürst der Dunkelheit. Wir wissen jetzt natürlich noch nicht, warum er ausgerechnet *diesen* Fall übernehmen will, aber Ihr Anwalt, wer immer das ist, sollte das so rasch wie möglich herausfinden.«

Kotten sah irritiert zwischen Flo und Evelyn hin und her. »Heißt das, Sie werden mich *nicht* vertreten?«

Sie hatte zwar gerade zwei Verhandlungen gewonnen und

besaß theoretisch sogar genug Spielraum für einen neuen Mandanten mit einem aufwändigen Fall, aber davon allein hing es nicht ab. »Ich weiß es noch nicht«, gab Evelyn zu. »Ostrovsky wird schwere Geschütze auffahren. Und wir müssten uns eine verdammt gute Strategie überlegen, wie wir die Verteidigung aufbauen, sonst gehen Sie für mindestens fünfzehn Jahre ins Gefängnis.«

Kotten fuhr hoch. »Fünfzehn Jahre!«

»Was haben Sie denn gedacht?« Evelyn hob entschuldigend die Arme. »Bei solch einem brutalen Mord kann man wohl kaum von *Notwehr* reden.« Sie dachte an das Video und sah förmlich die Reihe von Gutachten und Gegengutachten vor sich, die zu beweisen versuchten, dass der junge Mann darin entweder Michael Kotten war oder eben nicht. »Warum steht dieses Video eigentlich im Internet?«, murmelte sie gedankenverloren.

»Mein richtiger Name ist Michael *von* Kotten.«

»Was?« Sie blickte auf. »Was hat das damit zu …?« Sie verstummte. Dann verstand sie! »Mein Gott, Sie sind der Sohn von diesem adeligen Wirtschafts-Tycoon …« Sie schnippte mit den Fingern, weil ihr der Name auf der Zunge lag.

»Richard von Kotten«, sagte Flo, dem anscheinend auch gerade ein Licht aufging.

»Ja, richtig«, bestätigte Kotten. »Aber im Gegensatz zu meinem Vater lege *ich* keinen Wert auf diesen Titel.«

»In Ordnung«, murmelte Evelyn. Soviel sie wusste, führte Richard von Kotten eines der größten und erfolgreichsten Privatunternehmen des Landes. Sie erhob sich und ging durchs Zimmer. Plötzlich hatte der Fall auch eine politische Komponente. Viel Geld und der Ruf eines Familienimperiums standen auf dem Spiel. *Okay, das ist also der Grund, warum Ostrovsky sich wie ein Geier darauf gestürzt hat.* Sie sah zu Michael Kotten. *Und dort sitzt die Schlüsselfigur in dem Spiel um Macht und Geld.*

»Ihr Vater ist in der Glücksspielbranche, richtig?«, fragte sie, bemerkte jedoch, wie Flo interessiert aus dem Fenster blickte und die Stirn runzelte. Als sie ebenfalls auf die Straße sah, hielten soeben ein neutraler PKW und ein Polizeiwagen im Halteverbot vor der Baustelle. Zwei uniformierte Beamte und zwei Beamte in Zivil stiegen aus und überquerten die Straße. Evelyn schob den Vorhang beiseite. Einer der Männer sah aus wie Ganser.

»Weiß die Polizei, dass Sie hier sind?«, fragte sie, ohne den Blick von den Männern zu nehmen, die gerade im Haus verschwanden.

»Ich musste denen sagen, wohin ich heute überall gehen würde – und sie sagten, ich dürfe die Stadt nicht verlassen.«

Klang zwar wie in einem schlechten Film, war aber das Standardprozedere. »Gut, machen Sie sich darauf gefasst, dass Sie jetzt gleich verhaftet werden.«

Kotten sprang auf. »Was?«

»Und sagen Sie kein Wort, verstanden?«

In diesem Moment läutete es an der Tür. Während Flo bei Kotten blieb, verließ Evelyn das Besprechungszimmer und öffnete die Tür.

Im Gang stand tatsächlich Ganser. Keuchend und mit müdem Blick. Er wedelte mit einem Kuvert. »Ist die kleine Tunte bei Ihnen?«

»Sparen Sie sich Ihre Diskriminierungen und versuchen Sie, nur einmal im Leben sachlich und halbwegs intelligent zu wirken.«

»Charmant wie immer.«

»Darf ich sehen?« Evelyn nahm das Kuvert und öffnete es. Während sie den von Oberstaatsanwalt Ostrovsky beantragten Haftbefehl las, betraten die Männer ihre Kanzlei und marschierten gleich in das Besprechungszimmer.

»Sind Sie Michael Kotten?«

»Ja.«

»Wir haben einen Haftbefehl gegen Sie. Sie sind wegen Mordes festgenommen.« Plötzlich änderte Ganser die Stimmlage. »Süßer, Sie haben das Recht zu schweigen. Alles, was Sie sagen, und darauf können Sie Ihren Arsch verwetten, wird ziemlich sicher vor Gericht gegen Sie verwendet werden. Sie haben das Recht, zu den Vernehmungen einen Verteidiger hinzuzuziehen. Wenn Sie sich keinen Verteidiger leisten können, was ich nicht vermute, oder keinen finden, der Ihren zuckersüßen Arsch aus dem Knast retten will, was ich eher vermute, wird Ihnen einer von der Anwaltskammer gestellt. Haben Sie das verstanden?« Gansers Ton wurde wieder hart. »Falls nicht, ist mir das auch scheißegal. Ab mit ihm!«

Evelyn betrat das Zimmer und sah gerade noch, wie Ganser Michael hart am Arm packte und zu einem der Polizisten schob. Der nahm ein Paar Handschellen vom Gürtel ab und schloss sie Michael hinter dem Rücken um die Handgelenke.

»Handschellen sind nicht nötig«, protestierte Evelyn.

Der Polizist wandte sich ihr zu. »Das müssen Sie schon uns überlassen. Warum mischen Sie sich da überhaupt ein?«

»Ich bin Michael Kottens Strafverteidigerin und werde ihn vor Gericht vertreten«, erklärte sie. Dann wandte sie sich an Ganser. »Ich verlasse mich darauf, dass Sie meinen Mandanten ab jetzt menschenwürdig und ordnungsgemäß behandeln, denn sonst wird alles, was *Sie* tun, gegen *Sie* verwendet werden.«

»Soll das eine Drohung sein?« Ganser grinste abfällig. »Er wird so behandelt wie alle anderen auch. Nicht schlechter, aber auch nicht besser.«

»Schön. Dann behalte ich mir eine Beschwerde gegen die Art der Festnahme vor. Sicherheitshalber wird mein Assistent Florian Zock Sie begleiten.«

Aus dem Augenwinkel sah sie, wie Kotten sie bange ansah. Anscheinend wurde ihm soeben klar, dass es ihm ernsthaft an den Kragen ging.

Sie erwiderte seinen Blick mit einem Lächeln. *Aber wir werden mehr brauchen als ein Lächeln, nämlich die besseren Argumente und verdammt viel Glück.*

4

Walter Pulaski scheuchte den Manager aus dem Motelzimmer und nahm ihm auf dem Gang die Handschellen ab. Dann wandte er sich an den Polizisten. »Achten Sie darauf, dass niemand das Zimmer betritt und dass dieser Mann nicht abhaut.«

Da er nicht sicher sagen konnte, ob bei dem Todesfall Fremdverschulden vorlag, musste er vorsichtshalber weitere Fotos vom Tatort machen, alle Spuren nummerieren und vermessen, Proben und Fingerabdrücke nehmen und die Zeugen befragen. Doch das alles konnte er vorerst einmal vergessen. Jetzt musste er sich zuerst um die Frau des Verstorbenen kümmern, die soeben in das Motel stürmte.

Pulaski rannte die Treppe hinunter, zog sein Asthmaspray aus der Sakkotasche, inhalierte einmal kräftig und betrat das Foyer. Dort lief ihm Frau Hinze in die Arme. Ihr scheußlicher Mantel mit dem Pelzkragen war offen, und eine passende Handtasche im Tiger-Look klemmte unter ihrem Arm.

Durch die Eingangstür sah Pulaski, dass das Taxi wegfuhr. Die Frau wollte schon an ihm vorbeilaufen, doch er konnte sie abfangen. »Frau Hinze? Einen Moment bitte.«

Sie sah ihn entgeistert an, erkannte ihn erst auf den zweiten Blick. »Sie sind doch …«

»Jasmins Vater. Unsere Töchter sind Schulfreundinnen.«

»Ja, richtig, Sie sind dieser Polizist. Sie haben letztes Jahr dafür gesorgt, dass mein Mann den Führerschein rascher zurückbekommt. Haben *Sie* mich angerufen?«

»Ich bin beim Kriminaldauerdienst«, präzisierte er. »Und nein, ich habe Sie nicht angerufen. Ich hätte Sie niemals hergeholt.«

»Was ist passiert?« Angst lag in ihrem Blick. »Ich habe gehört, dass Klaus angeblich ...« Sie verstummte.

Er nahm ihre Hände. Sie waren eiskalt. »Es tut mir leid, dass Sie das so erfahren mussten. Ja, Ihr Mann ist tot ...«

Sie bekam große Augen und wurde im nächsten Moment ganz blass, sodass Lidschatten und Lippenstift noch deutlicher zur Geltung kamen. »Was? Warum? Sind Sie sicher? Ich meine ... warum hier?« Sie blickte zur Treppe, die Pulaski heruntergekommen war.

»Ja, ich bin sicher.«

»Was hat er hier getan? Und wie ist das passiert?«

Wenn ich das schon alles wüsste!

Eine Träne lief ihr über die Wange. »Kann ich zu ihm?«

Verdammt! Pulaski war noch nie gut im Trösten Hinterbliebener gewesen. Er hatte das psychologische Feingefühl eines altersschwachen hustenden Dobermanns, trotzdem nahm er die Frau in die Arme. Zuerst zögerlich, da er jeden Moment damit rechnete, dass sie sich aus seiner Umarmung befreien und versuchen würde, hinauf ins Zimmer zu laufen. Doch stattdessen ließ sie ihren Kopf auf seine Brust sinken und begann zu weinen. Er hielt sie fest, wobei ihm ihr etwas aufdringliches Parfüm in die Nase stieg.

»Es tut mir leid«, sagte er. »Wenn ich Ihnen irgendwie helfen kann, sagen Sie es mir bitte.« Etwas anderes fiel ihm nicht ein, und bevor er eine Floskel von sich gab wie ›*Das Leben geht weiter, und die Zeit heilt alle Wunden*‹, hätte er sich vorher die Zunge abgebissen. Denn er wusste aus eigener Erfahrung, dass das nicht stimmte – immerhin war seine Frau vor zehn Jahren gestorben. Ihren Tränen freien Lauf zu lassen war für sie im Moment vermutlich das Beste, was sie tun konnte.

Aus dem Augenwinkel sah er, wie sich die Polizistin näherte.

»Entschuldigung, dass ich Sie störe«, sagte sie leise. »Ich habe alle Gäste im Motel befragt, aber leider kein Ergebnis.«

Red jetzt bloß nicht weiter!

Doch die Polizistin ignorierte Pulaskis warnenden Blick und fuhr fort: »Niemand hat die Frau gesehen.«

Pulaski spürte, wie sich Frau Hinze aus seiner Umarmung löste und ihn mit geröteten Augen und zerlaufener Wimperntusche ansah. »Was? Welche Frau?« Nervös zupfte sie an ihrer Halskette.

»Holen Sie uns bitte zwei Tassen Kaffee«, bat er die Beamtin und drückte ihr zwei Münzen in die Hand. »Für mich stark, schwarz, ohne Zucker.« Dann nahm er Frau Hinze am Arm und führte sie durchs Foyer in eine Nische mit Couch, neben der eine raumhohe künstliche Palme stand.

»Sie können Ihren Mann jetzt leider noch nicht sehen«, sagte er mit sanfter Stimme. »Wir untersuchen gerade seinen Tod und müssen erst klären, ob es tatsächlich ein Unfall war oder nicht.«

Sie nickte, fischte ein Taschentuch aus der Handtasche, schnäuzte sich und rieb sich mit dem Handrücken die Tränen aus den Augen. »Verstehe.« Dann sah sie die Farbe auf ihrer Hand und versuchte zu lächeln. »Ich sehe schrecklich aus, nicht wahr?«

»Das tun Sie nicht«, versicherte er ihr. »Und selbst wenn – Sie dürfen das und hätten allen Grund dazu.«

»Darf man hier rauchen?«

Pulaski ignorierte das Rauchverbotsschild neben der Palme und blickte zur Decke. Keine Feuermelder. »Sicher, stecken Sie sich eine an.«

Mit zittrigen Fingern nahm die Frau eine Schachtel aus der Handtasche und zog eine Zigarette heraus. Pulaski gab ihr Feuer. Früher hatte er Ernte 23 geraucht, es sich aber vor Jahren abgewöhnt. Wegen seiner Tochter, die stets gepredigt hatte, Rauchen und Asthma vertrügen sich wie Feuer und Benzin. Außerdem versuchte er, sich gesund zu ernähren, trieb regelmäßig Sport und rührte bis auf wenige Ausnahmen keinen Alkohol an. Als alleinerziehender Elternteil musste man gewisse Kompromisse eingehen. Seine einzigen Laster blieben literweise Kaffee und sein Zynismus.

Frau Hinze inhalierte dreimal kräftig, dann drückte sie die Zigarette auf einem Bierdeckel aus, der auf dem Tisch lag. »Was ist passiert?«

Anscheinend hatte sie sich wieder gefasst. »Im Moment sieht es nach einem Unfall aus«, begann Pulaski und verschwieg seine Skepsis, was die Theorie des Arztes betraf. »Offenbar ist Ihr Mann gestern Nacht hier im Badezimmer ausgerutscht und hingefallen. Er war sofort tot.«

Sie blickte erneut zur Treppe. »Was hat er hier überhaupt gemacht?«

»Wäre er jetzt, um diese Uhrzeit, normalerweise im Büro gewesen?«

Sie nickte. »Ja, aber er ist schon gestern Nacht nicht heimgekommen. Ich dachte, er wäre mit Arbeitskollegen unterwegs gewesen und hätte vielleicht einen Unfall gehabt. Darum habe ich heute Morgen im Büro und bei der Polizei angerufen, und danach alle Krankenhäuser durchtelefoniert.«

»Nun, es sieht so aus, als hätte er sich gestern Abend hier mit einer Frau getroffen.«

»Mit einer Frau?« Sie presste die Lippen aufeinander und nickte, als bestätigte sich in diesem Moment ein schon lange gehegter Verdacht.

»Es ist normalerweise nicht meine Art, die Angehörigen eines Opfers sofort zu befragen, aber die Situation ist nun mal so, wie sie ist, und vielleicht hilft es ja zu reden.«

Sie atmete tief durch. »Ja, vielleicht. Was wollen Sie wissen?«

»Hatte Ihr Mann ein Verhältnis?«

»Offensichtlich schon.« Sie hob die Schultern. »Wir haben uns im Lauf der Jahre auseinandergelebt. Ich wusste nichts Genaues, bloß einmal hatte ich eine konkrete Vermutung.«

»Und zwar?«

Ihr Blick verlor sich in weiter Ferne, und es klang, als spräche sie zu sich selbst. »Eines Nachts kam er heim, später als sonst. Ich war schon im Bett und habe gelesen. Er betrat das Schlafzimmer und zog sich aus. Da bemerkte ich, dass er seine Unterhose verkehrt herum anhatte – das Innere war nach außen gedreht.«

Unwillkürlich dachte Pulaski an die Blutstropfen in Herrn Hinzes Slip. »Und wie haben Sie das interpretiert?«

»Er hatte es vermutlich eilig beim An- und Ausziehen, und dabei …«

»Verstehe.« Pulaski nickte und verstummte, da die Polizistin in diesem Moment zwei Plastikbecher vor ihnen auf den Couchtisch stellte. »Danke.« Er kramte eine Visitenkarte aus der Brieftasche und reichte sie der Polizistin. »Rufen Sie bitte diese Frau an. Sie soll sofort herkommen. Es ist dringend.«

Die Beamtin blickte auf die Karte. »Eine Psychotherapeutin aus Markkleeberg?«

»Ja, machen Sie schon.« Die Polizei verfügte zwar auch über gut ausgebildete Seelsorger, doch die waren ihm im Moment egal.

Frau Hinze blickte auf. »Ich brauche keine Therapeutin.«

Pulaski wartete ab, bis die Beamtin sich entfernt und zum Handy gegriffen hatte, ehe er weitersprach. »Ich weiß, dass Sie keine brauchen, aber ich bin dieser Frau vor vielen Jahren bei einem anderen Fall begegnet. Sie ist gut und einfühlsam; mehr als ich es je sein könnte. Und sie wird Sie heimbegleiten und mit Ihnen reden, wenn Sie das wollen. Nehmen Sie das Angebot an.«

»Ich brauche diese Frau nicht.«

»Sie vielleicht nicht, aber Ihre Tochter. So, wie ich Nina bisher kennengelernt habe, hängt … hing sie sehr an ihrem Vater.«

»O Gott, Nina, daran habe ich ja noch gar nicht gedacht.« Plötzlich brach sie wieder in Tränen aus und verbarg das Gesicht in den Händen.

Eine halbe Stunde später fuhr ein Taxi auf den Parkplatz und die Therapeutin Sonja Willhalm stieg aus. Sogleich schlug Pulaskis Herz schneller. Er brachte Frau Hinze nach draußen.

»Hallo Walter«, begrüßte ihn die Therapeutin.

Pulaski nickte. »Hallo, danke, dass du dir die Zeit nimmst.«

»Ist doch selbstverständlich.« Sie hatte immer noch die gleiche angenehme, sanfte Stimme.

Pulaski betrachtete sie. Er war ein paarmal mit ihr ausgegangen, aber mehr war nicht passiert. Schade eigentlich, denn das waren die schönsten Abende seit dem Tod seiner Frau gewesen. Aber er hatte es verbockt. Er trug immer noch seinen Ehering und schaffte es nicht, ihn abzulegen, seit seine Frau an einer falsch dosierten Chemotherapie im Krankenhaus gestorben war. Man musste kein hochbegabtes Genie sein, um zu wissen, dass er erst einmal Frieden in seinem Inneren schließen musste, bevor er sich für Neues öffnen konnte. Doch dafür hatte er im Augenblick wahrlich keine Zeit – das konnte warten, bis er im Ruhestand war.

Behutsam führte die Therapeutin Frau Hinze zum Taxi. Sie stiegen ein, und kurz darauf verließ der Wagen den Parkplatz. Als Pulaski sich umwandte, um wieder in das Motel zu gehen, läutete sein Handy. Die Nummer des Kommissariats mit der Durchwahl des Dezernatsleiters Horst Fux leuchtete auf. »Ja, Pulaski hier«, meldete er sich.

»Walter, bist du von allen guten Geistern verlassen?«, rief Fux. »Was hast du dir nur dabei gedacht?«

»Was? Die Therapeutin?«, murrte Pulaski. »Das erschien mir die beste Lösung.«

»Welche Therapeutin? Wovon redest du? Ich meine den Hotelmanager!«, brüllte Fux. »Du hast dem Mann Handschellen angelegt und damit gedroht, ihn festzunehmen. Dann hast du ihn am Tatort neben der Leiche vernommen. Der Mann hat einen Schock!«

»Ach, was! Einen Schock! Mir gegenüber hat er sich ziemlich großkotzig verhalten.«

»Er hat sich bei Staatsanwalt Clemens beschwert, dass du ihn wie einen Schwerverbrecher behandelt hast. Unter uns: Clemens ist einer seiner befreundeten Kunden.«

Ach, herrje! »Ja, damit ist er mir auch schon auf den Sack gegangen.«

»Auf den Sack gegangen?«, rief Fux außer sich. »Nimmst du jetzt alle fest, nur weil sie dir großkotzig kommen und *auf den Sack gehen?* Du bist keine große Nummer mehr beim

Landeskriminalamt. Du bist beim Dauerdienst, und zwar ein *ganz kleines* Licht! Krieg das endlich in deinen Schädel rein!«

»Ja, danke, dass du mich immer wieder daran erinnerst. Ich kenn die Leier, verschon mich damit.« Er hatte die Nase so voll von all den Schlipsträgern und Sesselpupsern.

»Beeil dich lieber mit deinen Ermittlungen!«

»Natürlich – ich such nur rasch einen Teppich, unter den ich alles kehren kann.« Pulaski unterbrach die Verbindung.

Zornig trat er die Tür des Motels auf. Vielleicht kam er jetzt endlich dazu, ungestört seine Arbeit zu erledigen.

5

Evelyn stand im Büro von Oberstaatsanwalt Ostrovsky und fühlte sich in seiner Gegenwart wie immer klein, mickrig und wie eine blutige Anfängerin – etwas, das sich vermutlich auch in zehn Jahren nicht ändern würde.

»Wir geraten also wieder einmal aneinander«, stellte Ostrovsky fest.

»Sieht so aus. Es sei denn, du lässt einen deiner jungen Staatsanwälte die Anklage gegen Michael Kotten übernehmen.«

»Das hättest du wohl gerne, Lynnie.« Ostrovsky stand mit einem Haifischlächeln hinter seinem Schreibtisch. Selbst zu dieser frühen Stunde hatte er bereits seine Hemdsärmel aufgerollt. Krawatte und Sakko hingen über einer Stuhllehne. Als er nun hinter dem Schreibtisch hervorkam, sah sie, dass seine Anzughose wie üblich von einem Paar Hosenträgern gehalten wurde. Er hatte noch nie auf einen Gürtel vertraut.

Einen Kopf kleiner als Evelyn, hatte seine gedrungene Figur durchaus Ähnlichkeit mit einer Regentonne. Leute, die ihn nicht kannten, unterschätzten ihn deswegen im Gerichtssaal und meinten, er sei harmlos. *Ein schwerwiegender Fehler.*

»Ich habe gehört, du hast deine Kanzlei vergrößert«, stellte er fest.

»Schon vor einem Jahr.«

Ostrovsky nickte. »Scheint gut zu laufen. Und einen Azubi hast du auch. Hast du ihn gar nicht mitgebracht? Ich hätte ihn gern kennengelernt.«

Damit du ihn einschüchtern kannst? Flo lässt sich nicht so leicht ins Bockshorn jagen. Auch das war ein Grund, warum sie ihn eingestellt hatte. Jetzt war es ihr allerdings sehr recht, dass Flo auf einen korrekten Ablauf bei der ersten Vernehmung ihres Mandanten in der Untersuchungshaft achtete, während sie selbst hier im Wiener Justizpalast war.

»Wie ist er denn so, dein Zauberlehrling?«

»Wie alle muss er noch viel lernen«, spielte Evelyn die Wahrheit herunter. Tatsächlich hatte Flo während seiner Ausbildung schon zu viele verrückte Dinge gesehen und erlebt, um sich noch über irgendetwas im Leben zu wundern. Zumal er früher auch noch Rettungssanitäter für das Rote Kreuz gewesen war. Doch was für einen außergewöhnlichen Assistenten sie da hatte, musste sie Ostrovsky nicht auf die Nase binden, vor allem nicht jetzt, da er in diesem Fall ihr Gegner sein würde.

»Warum übernimmst du diesen Fall und steigst selbst in den Ring?«, wechselte sie das Thema.

Ostrovsky ging zu seinem Besprechungstisch. Nach wie vor bot er Evelyn keinen Platz an, also blieb sie stehen. »Der Vater des Jungen ist Richard von Kotten. Stammt aus der ehemaligen DDR. Kam nach Österreich und heiratete Liliane von Kotten. Sie ist zwar vor zehn Jahren gestorben, aber er ist in Österreich geblieben.«

»Demnach hat *er* ihren Namen ...?«

»Ja, er hat ihren Namen angenommen. Alter österreichischer Adel scheint ihn zu faszinieren. Aber er hat sie nicht nur geheiratet, um jetzt endlich mal jemand zu sein, sondern auch wegen ihres Geldes.«

Evelyn verzog das Gesicht. »Das ist doch eine Unterstellung. Wie kannst du ...?«

Ostrovsky brachte sie mit einer Geste zum Verstummen. Auf dem Besprechungstisch stand eine halb volle Flasche grüner Flüssigkeit, von der sich Ostrovsky etwas in ein Glas goss. Evelyn war froh, dass er ihr nichts davon anbot – sie kannte den bitteren Magentee, den Ostrovsky gegen sein Sodbrennen zu sich nahm, bereits zur Genüge.

Nachdem er einen Schluck davon getrunken und das Gesicht verzogen hatte, erzählte er weiter. »Und der dritte Grund für diese Heirat war das Unternehmen von Lilianes Vater. Alfred von Kotten, ein Patriarch vom alten Schlag, hat als einer der Ersten in Wien und Umgebung Wettbüros errichtet. Keine schmierigen Spelunken, sondern bessere Lokale, mit denen viel Geld zu machen war. Richard von Kotten hat das Unternehmen seines Schwiegervaters vor fünfundzwanzig Jahren übernommen und vergrößert. Er schloss die Wettbüros und errichtete stattdessen Hallen mit Spielautomaten. Und dann, ja dann …« Mit verbissenem Gesicht nahm Ostrovsky einen weiteren Schluck. »Dann hat er mit dem Bau von Casinos und deren Ausstattung begonnen und das Unternehmen zu internationaler Größe geführt. Die Casino Kotten GmbH erstrahlt mittlerweile in Glanz und Glamour.«

Noch hatte Evelyn keine Ahnung, was das alles mit Michael zu tun hatte. Allerdings war Ostrovskys abfälliger, ja, fast hasserfüllter Ton kaum zu überhören. Nun griff er zu Pfeife und Tabakbeutel, die auf einem Tablett auf dem Tisch lagen, stopfte sich eine Pfeife und zündete sie mit einem Streichholz an.

»Danke, dass du mich gefragt hast. Mich stört es übrigens nicht, wenn du rauchst«, sagte Evelyn.

Ostrovsky überhörte den Kommentar geflissentlich und zog an der Pfeife. *Pfefferminztabak!* Schon seit vielen Jahren herrschte im Justizgebäude generelles Rauchverbot, aber

Evelyn wusste, dass Ostrovsky sich darüber hinwegsetzte. Als Einziger übrigens. In den Büros der Oberstaatsanwaltschaft gab es auch keine Rauchmelder. Eines Tages würde Ostrovsky das gesamte Gebäude abfackeln.

»Verrätst du mir nun, warum du hier bist?«, fragte er.

Sie schüttelte nur mit einem bedauernden Lächeln den Kopf.

»Ach, du willst vermutlich Akteneinsicht. Die Unterlagen über den Fall holst du dir am besten bei der Kripo.«

»Du weißt genau, dass ich die nur vom Staatsanwalt bekomme. Und je mehr du versuchst, mich hinzuhalten, umso mehr verbeiße ich mich in den Fall. Das ist dir doch wohl klar? Also sollten wir die Spielchen lassen. Gib mir, was du hast, und erspar mir langwierige Rennereien.«

Großzügig deutete er zu der grünen Flasche. »Möchtest du einen Tee?«

»Nein, danke.«

»Evelyn, ich habe dir alles beigebracht, was ich weiß«, seufzte er. »Schade, dass du Strafverteidigerin geworden bist und nicht Staatsanwältin oder Richterin. Wir hätten dich gut brauchen können.«

»Und wer schützt dann den Einzelnen vor der Gesellschaft?«

»Stimmt, Lynnie, du warst schon immer eine Kämpferin für die Benachteiligten.« Irgendwie klang es gehässig, doch im nächsten Moment wurde Ostrovsky wieder ernst. »Ich habe schon vom ersten Moment an, als ich dich unter meine Fittiche genommen habe, große Stücke auf dich gehalten. Die Juristerei liegt dir im Blut. Zum Glück habe ich mich seinerzeit für ein Stipendium eingesetzt, damit du nach dem Tod deiner Eltern dein Studium fortsetzen konntest.«

»Merkwürdig, dass du immer dann damit ankommst, wenn wir im Gerichtssaal aufeinandertreffen.«

»Ja, du hast recht, du bist alt genug, und ich sollte das lassen.« Ostrovsky ging zurück zu seinem Schreibtisch, wählte eine Kurzwahl und schaltete den Lautsprecher ein. »Martha, ich brauche eine Kopie des Berichts von Michael Kottens Vernehmung«, sagte er und wollte bereits den Finger von der Taste nehmen.

»Und die Berichte des Rechtsmediziners und der Spurensicherung sowie die Zeugenaussagen und die Akte über das Opfer«, ergänzte Evelyn.

Mürrisch beugte sich Ostrovsky noch einmal zum Lautsprecher hinunter und gab die zusätzlichen Dokumente durch.

»Alles notiert«, drang Marthas Stimme aus dem Lautsprecher. »Ich nehme an, Frau Doktor Meyers ist bei Ihnen. Richten Sie Ihr bitte meine Grüße aus, sie kann sich die Akten in fünfzehn Minuten in meinem Büro abholen.«

Kommentarlos unterbrach Ostrovsky die Verbindung. Evelyn musste sich ein Grinsen verkneifen. Als Studentin war sie öfter in den heiligen Hallen des Justizpalasts gewesen – und schon damals hatte Martha zum Inventar gehört.

Das Justizgebäude! Natürlich! Plötzlich sah sie die Zusammenhänge. Deshalb war Ostrovsky persönlich an dem Fall interessiert.

»Du schaust drein, als wäre dir plötzlich ein Licht aufgegangen«, brummte Ostrovsky.

»Ist es auch.«

»Lässt du mich an deiner Erleuchtung teilhaben?«

»Du selbst hast mich soeben darauf gebracht«, sagte sie. »Du und deine verbissene Art, mir Knüppel zwischen die Beine zu werfen. Sind Michael und Richard von Kotten mit

Heinrich von Kotten, dem Sektionschef für Strafrecht, verwandt?«

Ostrovsky nickte. »Heinrich von Kotten ist Lilianes Bruder, also Michaels Onkel.«

Wusste ich es doch! Anders als der Justizminister und sein Kabinettschef, die beide Politiker waren und nach jeder Neuwahl ausgetauscht wurden, war der Sektionschef ein Beamter. Damit war Heinrich von Kotten als Chef der Sektion IV für Strafrecht dem jeweiligen Justizminister zwar direkt unterstellt, saß aber, unabhängig von jeder aktuellen politischen Regierung, schon seit zwanzig Jahren fest auf diesem Posten.

»Und Heinrich von Kotten ist dir schon lange ein Dorn im Auge«, fuhr Evelyn fort. »Er ist ein Lobbyist, und ihm werden gerüchteweise korrupte Dinge nachgesagt. Angeblich hat er in Brüssel ...«

»Nicht nur *angeblich«*, unterbrach Ostrovsky sie. »Was du anscheinend nicht weißt, ist, dass die Casino Kotten GmbH gerade in sämtliche osteuropäische Länder expandiert, um dort staatliche Casinos zu errichten. Solche Geschäfte gehen aber nicht ohne Schmiergelder an korrupte Politiker über die Bühne – österreichische und osteuropäische. Da müssen die Novellen im Glücksspielgesetz beeinflusst werden, und der feine Sektionschef hat dabei natürlich seine Finger im Spiel und findet in Brüssel die richtigen Leute, die – sagen wir mal – nicht unempfänglich für Richard von Kottens Schwarzgeldtransfers sind.«

»Hast du Beweise für diese *ungeheuren* Anschuldigungen?«

»Mach dich nur lustig darüber«, brummte er. »Ich arbeite daran. Und die Verflechtungen gehen noch viel weiter, als du ahnst. Der gesamte von Kotten-Familienclan ist nicht astrein.«

»Der ganze?«, wiederholte Evelyn.

»Ein Teil der Familie hat seine Finger in der Justiz drin«, erklärte er. »Ein weiterer im Glücksspiel und der dritte in der Medizin. Alles ist eng miteinander verflochten.«

Das klang schon fast wie ein Schlussplädoyer im Gerichtssaal. So wie es aussah, war Michael für Ostrovsky nur ein notwendiges Bauernopfer, durch das er endlich an die Familie herankommen und Staub in den Medien aufwirbeln konnte. »Und warum erzählst du mir das alles? Du lässt dir doch sonst nicht in die Karten blicken.«

»Ich möchte, dass du den Fall abgibst, solange du noch kannst.«

»Träum weiter«, sagte Evelyn. »Hast du Michael schon einmal in die Augen gesehen? Der kann niemanden würgen, geschweige denn mit einem Brieföffner erstechen.«

»Du hast dich schon immer von deinen Gefühlen leiten lassen.«

»Und ich bin damit fast immer richtig gelegen.«

Ostrovsky nickte. »Ja, dein berühmtes Kribbeln im Bauch. Aber diesmal irrst du dich. Wir sind schon so lange im Geschäft und haben so vieles erlebt. Du weißt selbst, manchmal sind die Dinge nicht so, wie sie auf den ersten Blick scheinen, und harmlos wirkende Menschen, denen man es nie zutrauen würde, tun schreckliche Dinge. Diesmal solltest du auf die Fakten vertrauen und nicht auf dein Gefühl. Wie auch immer – ich wünsche dir viel Erfolg.«

»Wünsch dir selber viel Erfolg«, antwortete sie.

Er hob eine Augenbraue. »So gereizt?«

»Zerstöre von mir aus die Familie, das ist deine Sache, aber den Jungen kriegst du nicht.« Und plötzlich kannte sie die Antwort auf eine der Fragen, die sie seit Michaels Besuch beschäftigte. »*Du* hast dafür gesorgt, dass das Video im Netz landet, richtig?«

»Ich?« Ostrovsky sah sie mit gespielter Entrüstung an. »Ein korrupter Polizist hat das Video an die Presse verkauft, und irgendwie ist es dann auf YouTube gelandet. Der Schuldige ist bereits suspendiert worden.«

»Aber du hättest dafür sorgen können, dass es gelöscht wird.«

»Worum soll ich mich denn noch kümmern?«

»Stimmt, denn das passt ja herrlich in deinen Plan«, warf sie ihm vor. »Damit so viele Menschen wie möglich diesen brutalen Mord sehen und sich eine entsprechende öffentliche Meinung bildet, die du für deine Zwecke verwenden kannst.« Sie kannte Ostrovskys Vorgehensweisen leider nur zu gut. Er war ein Piranha im Nadelstreif, dem alle Mittel recht waren.

Ostrovsky rutschte vom Tisch und trat näher an Evelyn heran. Sein Blick wurde ernst. »Ich sage dir das nur einmal aus alter Freundschaft, und ich werde später bei jeder Gelegenheit bestreiten, es jemals gesagt zu haben: Ich bin davon überzeugt, dass dieser arrogante Rotzbengel Johann Wulf ermordet hat. Aber in Wahrheit ist es mir *scheißegal,* ob er es war oder nicht. Denn er wird dafür in den Knast gehen. Ich habe viele Jahre auf so einen Moment gewartet, und das ist der erste Nagel im Sarg seines Vaters und der gesamten Familie.«

»Du willst Korruption bekämpfen, indem du selbst zu korrupten Mitteln greifst?«, warf sie ihm vor.

»Keine korrupten Mittel«, sagte er nachsichtig. »Nur alles, aber auch wirklich alles, was mir an legalen Möglichkeiten zur Verfügung steht – und du weißt selbst, wie sehr man das Gesetz dehnen kann.«

Evelyn rieselte es eiskalt über den Rücken. Ja, das wusste sie.

Fünf Minuten später betrat Evelyn das Büro von Ostrovskys Sekretärin. Martha händigte ihr einen dicken Stapel Unterlagen mit sämtlichen Berichten, Fotos und Protokollen aus.

»Danke, Martha.« Evelyn klemmte sich die Unterlagen unter den Arm und wollte das Büro bereits wieder verlassen, hielt jedoch inne, als sie sah, wie Martha nervös auf dem Stuhl herumrutschte.

»Ich … ich weiß nicht, wie ich es sagen soll.« Die Frau hatte die Stimme gesenkt.

Evelyn sah sich um. Sie waren allein im Büro, und die Tür war geschlossen. »Nun, fangen Sie einfach irgendwo an.«

»Oberstaatsanwalt Ostrovsky hat eine strikte Nachrichtensperre über den Fall Kotten verhängt. Seit gestern tagt er mit einem Stab seiner besten Staatsanwälte, Ermittler, DNA-Spezialisten von der Kripo Innsbruck und sogar einigen Privatdetektiven.«

Privatdetektiven? Oh, das klang gar nicht gut.

»Und er hat seinen Urlaub und sämtliche privaten Termine für die nächsten zwei Wochen abgesagt.«

Das wird ja immer besser.

»Und warum sagen Sie mir das?«, fragte Evelyn.

Marthas Stimme klang belegt. »Sie wissen, dass ich Sie immer gemocht habe. Von Anfang an. Ich habe Ihre Karriere in den Medien stets mitverfolgt, und ich war immer stolz auf Sie.« Sie machte eine Pause. »In dieser Sache sollten Sie sich aber warm anziehen. Der Feldzug gegen Ostrovsky und sein Team wird kein Sonntagsspaziergang werden.«

6

Jasmin stand in der hintersten Nische der Damentoilette und klopfte an die letzte Kabinentür.

Keine Reaktion!

Sie pochte noch einmal. »Nina? Ich weiß, dass du da drin bist.«

»Lass mich! Es ist nichts.«

In diesem Moment erklang die Schulglocke. Die Pause war vorbei. Jetzt stand ein Mathetest an – Integral- und Wahrscheinlichkeitsrechnung –, aber Jasmin dachte nicht daran, das Klo ohne ihre Freundin zu verlassen. »Ich weiß doch, dass dich etwas bedrückt. Mit wem hast du vorhin telefoniert?«

»Geh zurück in die Klasse und schreib den Test.«

»Nicht ohne dich.«

Obwohl Nina bereits achtzehn und damit fast ein Jahr älter war als Jasmin, gingen sie seit ihrer Kindheit in dieselbe Klasse, denn als Septemberkind war Nina relativ spät eingeschult worden. Normalerweise war sie die Erwachsenere und auch Zähere von ihnen beiden, aber jetzt wirkte sie so verletzlich.

»Mit wem hast du vorhin telefoniert?«, wiederholte Jasmin.

»Ich habe meinen Vater am Handy angerufen …« Nina weinte. »Aber da ist nur irgend so ein Polizist rangegangen, der mich gefragt hat, wer ich bin.«

Jasmin schluckte. Sie wusste bereits, dass Ninas Vater in der Nacht nicht heimgekommen war. »Und weiter?«

»Er wollte eigentlich auflegen – aber ich habe ihn gefragt, ob mein Papa festgenommen worden ist oder ob ihm etwas passiert ist. Und da hat er so rumgedruckst.«

»Was hat er gesagt?«

»Nichts. Er wollte nur wissen, warum mein Vater im AutoRest-Motel war.«

War? Das klang gar nicht gut. Von der Arbeit ihres eigenen Vaters wusste Jasmin, warum die Polizei in solchen Situationen solche Fragen stellte. »Was wollte der Polizist noch wissen?«, fragte sie vorsichtig.

»Nichts …«, schluchzte Nina. »Ich habe ihn gefragt, ob mein Vater noch am Leben ist, aber er hat nichts darauf geantwortet und einfach aufgelegt. Als ich noch einmal angerufen habe, war besetzt.«

Scheiße!

Jasmin zog ihr Schweizer Taschenmesser aus der Jeanstasche, klappte die Nagelfeile aus und zwängte sie in den Türspalt. Mit einem Ruck schob sie den Riegel hinauf und öffnete die Tür. Nina saß zusammengesunken auf dem zugeklappten Klodeckel und weinte. Es war unfassbar, welche gefühllosen Idioten bei der Polizei arbeiteten.

Jasmin trat zu Nina in die enge Kabine, verriegelte die Tür und setzte sich neben ihre Freundin auf den Klodeckel.

»Danke«, seufzte Nina und lehnte den Kopf an Jasmins Schulter.

Jasmin legte sofort die Arme um Ninas Schulter. »Hast du schon deine Mutter angerufen?«

»Ich hab es versucht, aber sie hat das Handy ausgeschaltet.« Ninas Worte kamen nur stoßweise aus ihr heraus.

»Vielleicht hatte dein Vater ja nur einen Unfall«, versuchte Jasmin sie zu beruhigen, obwohl sie selbst nicht daran glaubte.

»Dann hätte der Polizist das doch gesagt.« Nina sah auf. Sie sah furchtbar aus: zutiefst unglücklich, und der verwischte Lidstrich half auch nicht gerade. »Nein, es muss etwas richtig Schlimmes passiert sein. Und was hat er überhaupt die Nacht über in diesem Motel gemacht?«

Jasmin wischte ihr mit der Hand das lange Haar aus der Stirn. Als ihre Mutter vor zehn Jahren gestorben war, war Nina für sie da gewesen. Zwei Mädchen, sieben und acht Jahre alt, die sich bis auf die Haarfarbe – Nina war schwarzhaarig, Jasmin blond – extrem ähnlich sahen, ähnlich dachten und ähnliche Interessen hatten. Seit damals gingen sie gemeinsam durch dick und dünn. Bis jetzt war Ninas Leben ohne große Probleme verlaufen, aber wie es schien, war nun der Zeitpunkt gekommen, dass Jasmin für *sie* da sein musste.

»Was immer passiert ist, es tut mir so leid. Ich weiß, wie du dich fühlen musst«, flüsterte Jasmin.

»Einen Scheißdreck weißt du!«

Jasmin schwieg und nahm sie noch fester in den Arm.

»Entschuldige bitte«, schluchzte Nina, »natürlich weißt du das. Tut mir leid, was ich gerade gesagt habe.«

»Schon gut.«

»Kannst du dich noch gut an deine Mutter erinnern und wie es damals passiert ist?«

So etwas vergisst man nicht. »Als wäre es gestern gewesen«, sagte Jasmin knapp. Nach ihrem Tod hatte sich ihr Vater vom Landeskriminalamt in Dresden freiwillig zum Dauerdienst nach Leipzig versetzen lassen. Niemand hätte sich das in seinem Alter freiwillig angetan – stets als Erster an einem Tatort anzukommen, um herauszufinden, was passiert ist –, aber für ihn war das okay, damit er in ihrer Nähe sein und an den Wochenenden mehr Zeit mit ihr verbringen konnte.

»Sag mal …« Nina löste sich aus Jasmins Umarmung und sah auf, als könnte sie Gedanken lesen. »… kannst du deinen Papa nicht fragen, ob der was weiß? Vielleicht ist der Polizist in dem Motel ja ein Kollege von ihm.«

»Nein.« Jasmin schüttelte den Kopf. »Er redet zu Hause nie über seine Arbeit.« Manchmal, wenn er wieder einmal zu einem schrecklichen Mord gerufen wurde, ließ er sogar die Tageszeitung verschwinden, damit sie die Schlagzeile nicht sehen und ihn dann ausfragen konnte. Ihr Vater schien noch nicht realisiert zu haben, dass sein kleines Mädchen fast erwachsen war, und versuchte, sie immer noch von allem Schlechten in der Welt abzuschirmen. Trotzdem zog sie jetzt ihr Handy aus der Hosentasche und wählte seine Nummer. Doch er drückte ihren Anruf nach dem ersten Läuten weg. *Kein gutes Zeichen!* Immerhin wusste sie, dass er jetzt Dienst hatte. Sie öffnete Google Maps.

»Was tust du?«, schniefte Nina.

»Ich schaue, wo dieses AutoRest-Motel liegt. Gar nicht weit weg von hier.«

Nina sah auf. »Fährst du mit mir hin?«

»Was? Nein!«, rief Jasmin erschrocken. »Ich wollte nur wissen, ob das vielleicht zufällig in der Nähe von Vaters Kommissariat liegt …«

Nina rappelte sich auf. »Ich fahre hin. Vielleicht hat das alles ja gar nichts mit meinem Vater zu tun.«

Verdammt! Da hatte sie Nina auf eine ziemlich bescheuerte Idee gebracht. Andererseits wusste sie selbst, wie zermürbend Ungewissheit sein konnte. Die Wahrheit herauszufinden war sicher eine bessere Therapie, als jetzt in Mathe eine Sechs zu schreiben. »Ich begleite dich«, entschied sie kurzerhand.

»Du brauchst die Schule nicht auch zu schwänzen.«

»In deinem Zustand kannst du sowieso nicht Moped fahren. Also gib mir den Schlüssel.«

»Damit du ihn mir wegnimmst?«

»Du dumme Kuh, *ich* fahre!«

Nina grinste – und ganz kurz war wieder alles so wie früher. Allerdings nur für einen Moment. »Aber ich haue durchs Klofenster ab.«

»In diesem Aufzug? Mit bauchfreiem T-Shirt? Hast du schon mal rausgesehen? Es hat null Grad!«

»Ist mir egal. Ich habe keine Lust, im Gang auf die Idioten aus der Parallelklasse zu treffen. *He, schau mal in den Chat. Dein Vater ist mit fünf Tabletten Viagra im Motel abgekratzt.*«

»Sag so was nicht! Und wer das behauptet, dem schlag ich die Zähne ein.«

Nina grinste wieder, schluchzte gleichzeitig und wischte sich die Tränen aus dem Gesicht.

»Okay, bleib hier«, sagte Jasmin. »Ich hole unsere Jacken. Dann hauen wir gemeinsam durchs Fenster ab.«

Fünf Minuten später war Jasmin wieder mit ihren Parkas da – dunkelblau und schwarz – sowie mit ihren beiden Rucksäcken, Handschuhen, Ninas Helm und einem zusätzlichen Helm, den sie sich von Fidi »geborgt« hatte, dem größten Arschloch der Schule. Der hatte kürzlich was mit Nina gehabt, es aber gleichzeitig auch bei Jasmin versucht, woraufhin sie ihm beide den Laufpass gegeben hatten. Ihm den Helm zu klauen war das Mindeste, wie sie sich revanchieren konnten.

Sie schlüpften in die Jacken, sprangen durchs Fenster auf

den Rasen vor der Schule und liefen zum Parkplatz, wo Ninas Enduro stand, ein Geländemoped, das ähnlich einer Motocrossmaschine ein grobes Reifenprofil und einen langen Federweg hatte.

Jasmin trat den Kickstarter durch, ließ den Hinterreifen auf dem Asphalt qualmen, und dann fuhren sie Richtung Motel.

7

Das *Hotel Stefanie* am Wiener Stadtrand war vier Stockwerke hoch. Gegenüber lag das fünfstöckige Gebäude mit den Penthousewohnungen, wo sich Evelyn mit Flo treffen wollte.

Er wartete bereits vor dem Hauseingang mit Lederjacke, Schal und Strickmütze und hauchte sich in die Fäuste. »Scheißkalt ist es«, fluchte er, als sie ihn erreichte.

»Angeblich wird es in den nächsten Tagen noch kälter.« Evelyn trug einen Mantel über dem Blazer. Sie sah zum *Hotel Stefanie* hinauf. Auf diesem Dach hatten also die beiden Arbeiter gestanden und zufällig den Mord gefilmt. »Haben dir die Beamten den Schlüssel für Wulfs Penthouse gegeben?«

Er lächelte. »Sicher, hat mich aber einiges an Überredungskunst gekostet.«

Sie betraten das Gebäude und fuhren mit dem Fahrstuhl in die letzte Etage.

»Wie war eigentlich die Vernehmung?«, wollte Evelyn wissen.

»Kotten hat mit seinem Vater telefoniert, danach kam das übliche bürokratische Geplänkel, und jetzt ist er in U-Haft.« Flo klopfte auf seine Jackentasche. »Aber ich habe Kottens Ausweis, Handy und Brieftasche an mich genommen, bevor die Sachen in der Asservatenkammer verschwinden.«

Gut gemacht! »Wir sind noch gar nicht zum Reden gekommen«, bemerkte Evelyn. »Was hältst du eigentlich von ihm?«

»Von Kotten? Wenn ich mir das Video ansehe, gibt es für mich eigentlich keinen Zweifel, dass er es war. Aber wenn ich ihm in die Augen blicke, würde ich sagen, dass er es *nicht* war. Entweder ist diese Ähnlichkeit nur ein großer unglücklicher Zufall oder er ist ein verdammt guter Lügner.«

Evelyn ging es ebenso – und genau das war das Dilemma.

»Ich glaube auch nicht, dass er der Mörder ist. Aber …« Sie drückte Flo den Stapel Mappen in die Hand. »Ich habe in der U-Bahn schon einen Blick reingeworfen, und für uns sieht es echt schlecht aus. Da ist dieser anonyme Anrufer, der glaubt, Michael auf dem Video erkannt zu haben, und dann gibt es noch zwei Zeugen, die felsenfest behaupten, dass sie ihn *vor* und *nach* der Tat in dieser Straße hier auf dem Weg zur U-Bahn-Station gesehen haben.«

»Haben wir eine Chance, die Identität des Anrufers herauszufinden?«

»Laut Akten kennt die nicht einmal die Polizei.« *Jammerschade!* Andernfalls hätte sie ihn vor Gericht so fertiggemacht, dass ihm die Geschworenen nicht einmal das eigene Geburtsdatum abgenommen hätten.

Sie verließen den Fahrstuhl und sahen sich auf der Etage um. Wulfs Wohnung war leicht zu finden. Quer über der Tür klebte ein rot-weißes Absperrband der Polizei. Doch es war heruntergerissen. Ebenso war die Plombe der Kripo an der Tür entfernt worden.

»Schau, schau«, bemerkte Flo und drückte die Klinke nieder. Die Tür war nicht abgesperrt, und aus der Wohnung drang klassische Musik – irgendein Konzert von Händel, Bach oder Vivaldi. »Die Diskussionen wegen des Schlüssels hätte ich mir sparen können.«

»Vorsicht.« Evelyn schob die Tür mit dem Schuh auf. Zur

Musik mischten sich das Scheppern von Blecheimern und das Rascheln von Plastiktüten.

Evelyn und Flo betraten die Wohnung. Im Vorraum stand ein etwa fünfzigjähriger beleibter Mann im weißen Overall, der ihnen den Rücken zukehrte und gerade Tücher, Bürsten, Spachtel und Schwämme aus einem großen Koffer räumte. An der Wand lehnten Mopp und Besen.

»Sind Sie von der Spurensicherung?«, rief Evelyn, um die Musik zu übertönen.

Der Mann fuhr herum. Er hatte Pausbacken, einen wilden Vollbart und trug einen Schutz über Mund und Nase. »Was? Nein! Wer sind Sie?« Er schob sich den Mundschutz mit dem Gummiband auf die Stirn. »Gehört *Ihnen* die Wohnung?«

Evelyn verneinte, stellte sich und Flo vor und zeigte ihren Anwaltsausweis her. »Können Sie bitte die Musik leiser machen?«

»Klar doch.« Der Mann tippte, ohne sich zu bücken, mit dem Fuß auf das CD-Deck eines Radios, das auf dem Boden stand, woraufhin sich der Deckel öffnete und die Musik verstummte. »Mein Name ist Vetzger. *Desinfektor, Gebäude- und Tatortreinigung – Ich mache alles sauber, und es ist immer was zu tun!*« Es klang wie ein Werbeslogan. »Brauchen Sie meine Dienste?«, fügte er eine Spur leiser hinzu.

»Nein. Darf ich Ihren Ausweis sehen?«, fragte Evelyn.

»Ja, sicher.« Nachdem der Mann seinen Ausweis gezeigt hatte, fischte er eine Visitenkarte aus der Tasche, auf der genau derselbe Spruch stand, den er soeben aufgesagt hatte. »Ich mache Grob- und Feinreinigung, Schädlingsbekämpfung und abschließende Desinfektion. Mein Honorar kann man bei der Steuererklärung als Bestattungskosten absetzen und …«

»Ja, schon gut«, unterbrach Evelyn ihn.

»Das wissen die wenigsten.«

»Wir haben es kapiert«, mischte Flo sich in das Gespräch.

Vetzger stand neben einem großen Ventilator mit Propeller und einem Gerät mit dem Aufkleber *Ozongenerator,* das vermutlich dazu diente, die Gerüche zu neutralisieren. Obwohl Johann Wulfs Leiche unmittelbar nach dem Mord von der Polizei gefunden und vom Bestatter in die Rechtsmedizin abtransportiert worden war, stank es entsetzlich. Im Augenblick des Todes öffneten sich alle Pforten, und Kot und Urin verließen den Körper. Außerdem war Johann Wulfs Blut noch überall in der Wohnung verteilt. Es war mit Hochdruck aus der Halsschlagader geschossen und steckte im Teppich, in den Tapeten und in jeder Ritze des Parkettbodens – eisenhaltig und einen ekelhaften Geruch verbreitend. Vermutlich würde Vetzger die Wände abschaben und die Holzbretter rausreißen müssen.

Evelyn rief sich den Bericht der Kripo in Erinnerung. Die Beamten der Spurensicherung hatten ihre Arbeit bereits vor vier Tagen beendet. »Warum sind Sie eigentlich erst jetzt hier?«, fragte sie. »Die Kripo hat die Wohnung doch sicher längst freigegeben.«

»Erst jetzt?«, wiederholte Vetzger. »In seiner Familie gibt es niemanden, der die Kosten der Reinigung übernehmen will, also hat die Hausverwaltung den Magistrat verständigt, und die haben dann mich beauftragt.« Es klang wie eine Rechtfertigung.

Flo, der in den Unterlagen geblättert hatte, sah nun auf. »Klingt plausibel. Johann Wulf war verheiratet, und es sieht so aus, als hätten weder seine Frau noch seine Kinder von seinem geheimen Doppelleben in diesem Penthouse gewusst.«

»Und Sie beginnen tatsächlich *erst jetzt* mit der Arbeit?«, hakte Evelyn nach.

»Hören Sie, bevor ich loslege, muss ich zuerst alles absperren und die Dokumentation …«

»Ja, schon gut, das war ja kein Vorwurf, sondern nur eine Frage«, unterbrach Evelyn ihn. »Das ist gut. Sehr gut, sogar!«

Vetzger runzelte die Stirn. »Für wen?«

»Für uns«, ergänzte Flo. »So können wir uns die ganze Wohnung in ihrem ursprünglichen Zustand ansehen. Was passiert eigentlich mit den Sachen, die Sie entfernen?«

»Der Müll kommt mitsamt Werkzeug und Reinigungsmitteln in einen Container und wird auf der Deponie als Sondermüll entsorgt.« Vetzger deutete an der Küchenzeile vorbei ins Schlafzimmer, wo die Blutspritzer begannen. »Boden, Vorhänge und Stoffe kommen in die Verbrennungsanlage im Rinterzelt.«

Evelyn sah ebenfalls ins Schlafzimmer. »Macht es Ihnen etwas aus, wenn Sie *jetzt* eine Stunde Mittagspause machen und erst danach Ihre Arbeit fortsetzen?«, schlug sie vor. »Ich bezahle Ihnen die Stunde natürlich. Gern auch mit Zuschlag.«

Vetzger runzelte die Stirn.

O verdammt, darauf lässt der sich nie ein!

Flo betrachtete für einen Moment Vetzgers Wohlstandsbauch. »Und natürlich auch das Mittagessen«, fügte er hinzu. »Gegenüber im Hotel Stefanie gibt es ein ausgezeichnetes Restaurant.«

Vetzger blähte die Backen. »Na gut, wenn Ihnen damit geholfen ist.« Doch dann zögerte er einen Moment. »Haben Sie überhaupt einen Schlüssel für diese Wohnung?«

Flo zog den Schlüssel aus der Jackentasche, und Vetzger

überprüfte, ob es der Gleiche war, den er von der Hausverwaltung erhalten hatte.

»Okay.« Vetzger nahm den Mundschutz von der Stirn und knöpfte sich den Overall auf. Zum Vorschein kam ein schwarzes T-Shirt mit dem weißen Aufdruck von Beethovens Gesicht und seiner wirren Haarpracht. Darunter stand *Long Hair, Loud Music.*

Indessen zog Evelyn aus ihrer Handtasche zweihundert Euro, die sie für genau solche Zwecke immer dabeihatte. »Reicht das?«

»Ja bestimmt, das ist mehr als genug, danke.«

Vetzger wollte bereits gehen, doch nachdem Evelyn einen Blick ins Schlafzimmer geworfen hatte, hielt sie ihn auf.

»Ich hätte da noch eine Frage.« Auf dem Video des Gastarbeiters war deutlich zu sehen, dass die Fenster des Penthouse geschlossen gewesen waren. »Haben *Sie* die Fenster geöffnet und die Jalousie im Schlafzimmer raufgezogen?«

»Nein, ich habe nichts angefasst. Außerdem öffne ich nie Fenster. Im Gegenteil. Ich muss die Rahmen sogar abdichten, bevor ich den Generator anwerfe. Warum?«

»Ach, nur so.« *Dann müssen das die Kripobeamten oder die Leute von der Spurensicherung gewesen sein,* überlegte Evelyn und wandte sich wieder an Vetzger. »Ich hätte da noch eine Bitte. Könnten Sie mir ein paar Klarsichtbeutel oder Plastiktüten überlassen?«

»Sicher.« Vetzger deutete auf seinen Arbeitskoffer. »Bedienen Sie sich. Von groß bis klein, alles vorhanden.«

»Danke. Ach ja, und würden Sie mir für meine Ausgaben bitte diesen Beleg unterschreiben?« Evelyn holte einen Kugelschreiber und ihre kleine Belegmappe aus der Handtasche. Flo sah sie von der Seite merkwürdig an. Bestimmt fragte er sich, wozu das gut sein sollte. Evelyn würde es ihm später erklären.

Vetzger unterschrieb die Quittung über zweihundert Euro und wollte Evelyn den Block zurückgeben, doch sie stand bereits an der Schwelle zum Schlafzimmer. »Legen Sie das einfach nur auf die Kommode. Vielen Dank.«

Nachdem Vetzger die Wohnung verlassen und die Tür hinter sich zugezogen hatte, betrat Flo ebenfalls das Schlafzimmer.

»Eine merkwürdige Raumaufteilung«, bemerkte Flo. »Zuerst kommt man ins Schlafzimmer und *danach* ins Wohnzimmer.«

»Daran erkennt man Johann Wulfs Prioritäten. Außerdem ist das Schlafzimmer mit der Dachschräge und dem großen Fenster der hellste und freundlichste Raum.«

»Wenn man von den Blutspritzern absieht. Warum war dir die Sache mit den Fenstern eigentlich so wichtig?«, fragte Flo.

Evelyn blieb stehen und betrachtete das gesprenkelte Blutmuster auf dem weißen Bettlaken. »Du hast während deiner Zeit auf der Polizeischule wohl nicht viele Tatorte gesehen«, stellte sie fest. Leider konnte sie das von sich nicht behaupten. »Einem Kripobeamten kann nichts Besseres passieren, als einen geschlossenen Raum vorzufinden. Er würde nie ein Fenster öffnen und dadurch die Raumtemperatur verändern oder Mikrospuren vernichten.«

»Vielleicht haben sie die Fenster geöffnet, nachdem sie fertig waren, weil es in der Wohnung stinkt.«

»Die verwenden Mentholcreme, die sie sich unter die Nase streichen. Außerdem sind sie Leichengeruch gewöhnt. Nein, ich glaube, es liegt einfach daran, dass sie wussten, dass ohnehin ein Video von der Tat existiert und es nicht notwendig ist, so penibel und detailliert vorzugehen. Also haben sie die Jalousie hochgezogen und die Fenster gekippt.«

»Aha.« Flo blätterte wieder in den Unterlagen. »Das würde auch erklären, warum im Bericht der Spurensicherung keine DNA-Proben von Blut, Sperma, Speichel, Haaren und Hautschuppen erwähnt werden. Es sieht so aus, als hätten die vergessen, diese Spuren zu sichern. Normalerweise ist das Standardprozedur.«

»Ist mir auch aufgefallen«, sinnierte Evelyn. Eigentlich hätte so etwas gar nicht passieren dürfen. »Ich kann mir das nur so erklären: Anscheinend waren die so sicher, den Täter anhand des Videos ausfindig machen zu können, dass sie den Tatort nur sehr lieblos und nachlässig untersucht haben.« Merkwürdigerweise entsprach das gar nicht Ostrovskys üblicher Vorgehensweise. Im Gegenteil. Normalerweise riss er jedem Ermittler für den kleinsten Fehler höchstpersönlich den Arsch auf. »Haben die Beamten eigentlich einen Mundhöhlenabstrich von Michael Kotten gemacht?«, fragte sie.

»Angeblich schon gestern beim ersten Verhör. Allerdings frage ich mich, wozu, wenn sie keine DNA-Spuren vom Tatort genommen haben.«

»Und Fingerabdrücke?«

»Haben sie gestern von ihm mit dem Live-Scanner genommen.«

»Aber im Polizeibericht werden keine Fingerabdrücke von ihm am Tatort erwähnt.« Sie sah zum Nachtkästchen, wo das Sektglas gestanden hatte, das der Mörder dem Video zufolge zuerst in der Hand gehalten und dann dort abgestellt hatte. Nun fehlte das Glas. Die Beamten hatten davon garantiert die Fingerabdrücke genommen und die Sektflöte anschließend als Beweismittel eingetütet. Zumindest lag auf dem Nachttisch jetzt nur noch ein Kärtchen mit einer Nummer. »Niemand hat bisher Spuren vom Tatort mit der DNA von Michael Kotten abgeglichen«, überlegte sie laut. Und das, obwohl das bei Mord innerhalb nur weniger Stunden erledigt war.

Irgendwie stimmt das ganze Bild nicht!

»Aber *wir* könnten Fingerabdrücke nehmen«, murmelte sie schließlich.

»Wovon?« Flo sah sich um. »Alle Beweise sind weg.«

»Möglicherweise nicht alle.« Evelyn lief in die Küche. »Auf dem Video ist zu sehen, wie der Mörder mit dem leeren Sektglas das Schlafzimmer verlässt und mit einem vollen Glas wiederkommt.« Sie öffnete den Kühlschrank.

Im unteren Fach stand eine Sektflasche, die nur noch zu einem Drittel voll war. Evelyn beugte sich hinunter und betrachtete die Flasche. Nirgends auf dem Glas war zu erkennen, dass jemand mit einer Folie Fingerabdrücke davon genommen hätte.

»Okay.« Evelyn schloss den Kühlschrank, erhob sich und ging wieder ins Schlafzimmer. »Wir machen Folgendes. Auf dem Video ist deutlich zu sehen, wo der Täter beim Sex auf dem Bett gesessen hat. Du nimmst dir Pinzette, Spachtel und Klarsichtfolien aus Vetzgers Koffer, kratzt Blut und Haare vom Bett und alles, was nach Schweiß- oder Spermaflecken aussieht.« Mit seiner Polizeiausbildung war das für Flo eine Kleinigkeit. »Und pack die Sektflasche aus dem Kühlschrank in einen Beutel«, fügte sie hinzu. »Falls du den Korken im Mülleimer nicht findest, leer den Inhalt in die Spüle.«

»Und du?«

»Ich mache einen eiligen Termin in einem Privatlabor aus,

das DNA-Proben analysiert. Mit etwas Glück entlastet das Gutachten unseren Mandanten, und wir können beweisen, dass Michael Kotten dieses Penthouse nie betreten hat.«

Während Flo mit der Arbeit begann, führte sie ein Telefonat mit dem Labor. Danach zog sie sich ebenfalls Latexhandschuhe aus Vetzgers Koffer an, betrat das Wohnzimmer und prallte zurück. Auch hier war überall Blut.

Nachdem Wulf vor dem Schlafzimmerfenster von hinten gewürgt worden war, sich aber aus dem Griff hatte befreien können, war er vermutlich ins Wohnzimmer geflüchtet. *Warum nicht gleich durch die Küche aus dem Penthouse hinaus ins Treppenhaus? Das hätte ich getan,* überlegte Evelyn. Aber die Antwort lag auf der Hand: *Weil er nackt war!* Er wollte sich vermutlich im Wohnzimmer einsperren. Aber der Mörder lief ihm nach, drängte ihn zurück, griff nach dem Brieföffner auf dem Schreibtisch und stach mehrmals zu. Zumindest stammten die Stichverletzungen an Johann Wulfs Leiche laut Rechtsmedizin von einem spitzen Gegenstand in Form eines Brieföffners.

Vor dem Schreibtisch waren die Blutspritzer am dichtesten. Hier musste die Tat verübt worden sein. Aufgrund des Videos und der Blutspuren rekonstruierte Evelyn, was als Nächstes passiert sein musste. Wulf wusste, dass er sterben würde. Im Todeskampf lief er zurück ins Schlafzimmer, um jetzt doch noch aus dem Penthouse zu fliehen. Aber der Mörder musste ihn daran gehindert haben. Wulf presste also eine Hand auf die Wunde und wollte nach der Nachttischlampe greifen, vermutlich um sich damit zu verteidigen. Aber er bekam die Lampe nicht richtig zu fassen, stieß sie um, woraufhin sie zu Boden fiel. Jetzt lag an dieser Stelle nur noch ein Nummernkärtchen, doch auf den Tatortfotos waren Wulfs blutige Fingerabdrücke deutlich auf dem weißen Lampenschirm zu sehen.

Danach drängte der Mörder Wulf entweder zurück, oder Wulf änderte in der Panik seinen Fluchtplan. Jedenfalls stolperte er zurück ins Wohnzimmer. Dort wollte er die Tür erneut absperren. *Blutspritzer auf der Klinke, dem Schloss und dem Schlüssel, der immer noch steckt.* Aber erfolglos. Wulf hatte auch Schnittverletzungen an Händen und Unterarmen, da er anscheinend weitere Stiche abwehren wollte. Schließlich erreichte er den Schreibtisch, wo er fast alles hinunterfegte, um vermutlich auch hier nach einer Waffe zu suchen. *Blut auf den Stiften, dem Papier und den Griffen der Schubladen.*

Die Spuren in diesem Raum verrieten Wulfs Angst. Man sah, wo er überall entlanggelaufen war und sich festgehalten hatte. Wie konnte ein Mensch nur so viel Blut verlieren? Die Fernbedienung lag auf dem Boden. Daneben Blutspritzer und ein weiteres Kärtchen mit einer Nummer, das die Kripo zurückgelassen hatte. Von den Fotos wusste Evelyn, dass hier eine Vase gelegen hatte, auf deren Keramik Wulf ebenfalls seine blutigen Fingerabdrücke hinterlassen hatte. Vor dem TV-Gerät war er nach einer Odyssee aus Verzweiflung und Furcht schließlich zusammengebrochen. In der Spiegelung der Mattscheibe musste er sich selbst gesehen haben, elend und nackt.

Evelyn rief sich das Foto der Leiche aus dem Polizeibericht in Erinnerung. Johann Wulf hatte auf dem Bauch gelegen, verschmiertes Blut auf muskulösem Nacken und breiten Schultern, einen großen dunklen Leberfleck auf dem linken Schulterblatt, der aussah wie ein Herz-Tattoo, und den Kopf zur Seite gedreht, Richtung Schlafzimmertür. Sein letzter

Blick hatte vermutlich seinem Mörder gegolten, der vor seinen Augen das Zimmer verließ, während er im Sterben lag.

Evelyn wandte sich ab und betrachtete noch einmal den Schreibtisch. Er war ziemlich leer. Entweder war er nie als Arbeitsplatz benutzt worden oder die Kripo hatte alles mitgenommen. Im Polizeibericht wurden aber weder Notebook noch Tablet, Stehkalender oder Ähnliches erwähnt. Auch kein Handy. Was allerdings merkwürdig war, denn auf dem Tisch lag eine Ladestation für ein Mobiltelefon. Wenn die Kripo das Telefon nicht hatte, musste es noch irgendwo anders sein. *Aber wo?*

Evelyn zog alle Schubladen auf. *Leer.* Sie ging zum Wandregal. Keramikbüsten, Tonfiguren, leere kitschige Schmuckschatullen und in Leder gebundene ungelesene Klassiker in neuwertigen Readers-Digest-Ausgaben. Ein ziemlich konventioneller Versuch, den Raum wohnlich aussehen zu lassen. Vor dem Schrank stand ein Kleiderboy aus Kiefernholz, auf dem eine Anzughose mit Gürtel, ein weißes Hemd und ein Sakko hingen. Blutspritzer auch hier auf dem Stoff. Das alles würde Vetzger in Müllsäcke verpacken, zur Deponie bringen und somit endgültig alle Spuren vernichten.

Sicherheitshalber bückte sich Evelyn und tastete Hose und Sakko ab. *Nichts.* Und wenn hier tatsächlich etwas gewesen wäre, hätte es die Kripo längst gefunden.

Sie wollte sich bereits wieder aufrichten, als sie einen kleinen harten Gegenstand im Sakko spürte. *Schau an!* Hastig tastete sie danach. Er hatte die Form eines Feuerzeugs. Rasch griff sie in die Seitentasche, doch die war leer. *Wie kann das sein?* Noch einmal tastete sie nach dem Gegenstand. Er war eindeutig da, im Stoff, allerdings bekam sie ihn in der Tasche nicht zu fassen. Diesmal tastete sie die Tasche systematisch ab. Sie war eindeutig leer. Doch dann fand sie ein gut fingergroßes Loch. Die Naht in der Sakkotasche war aufgerissen, und das Ding war durch das Loch in das Innenfutter des Sakkos gerutscht. *Deshalb hat die Kripo ihn nicht gefunden!* Die mussten hier wirklich äußerst schlampig gearbeitet haben.

Mit viel Geduld schob Evelyn den Gegenstand durch das Loch zurück in die Tasche und zog ihn heraus. Ein Funkschlüssel für einen Porsche!

Sie durchsuchte noch den Rest des Wohnzimmers, fand aber keine weiteren hilfreichen Hinweise. Danach betrat sie wieder das Schlafzimmer. Flo lag halb unter dem Bett und steckte mit der Pinzette Fasern in eine Tüte. Auf dem Bett lag bereits ein Dutzend durchsichtiger Beutel. In einem befand sich die verkorkte Sektflasche. »Fertig?«, fragte sie.

»Nur noch der Teppich unter dem Bett – eine wahre Fundgrube.«

»Schau mal, was ich gefunden habe.« Sie zeigte ihm den Schlüssel.

Flo sah kurz auf. »Den hat die Kripo übersehen?«

»Sieht so aus.« Sie ließ den Schlüssel in einem Plastikbeutel verschwinden.

»Sollten wir den nicht der Polizei geben?«

»Tun wir vielleicht noch. Aber unsere Aufgabe ist in erster Linie, einen jungen Mann vor einer Mordanklage zu retten. Ich denke, im Moment ist der Schlüssel bei uns besser aufgehoben als bei der Staatsanwaltschaft.« Evelyn packte alle Beutel in einen großen Müllsack und schlüpfte endlich aus den Handschuhen.

»Apropos Fingerabdrücke«, schnaufte Flo, als er sich unter dem Bett hervorschob. »Vetzger hat keine Handschuhe getragen, und wir können nicht sagen, was er alles angefasst hat. Wir wissen nicht einmal, ob er nicht vielleicht sogar von dem Sekt getrunken und die Spuren auf der Flasche verwischt hat.«

»Doch, das wissen wir.« Evelyn ging in den Vorraum, wo sie ihren Kugelschreiber und die Belegmappe mit den Quittungen mit spitzen Fingern in einem weiteren Beutel verschwinden ließ. »Wir können seine Abdrücke aussortieren.«

8

Nachdem der Notarzt den Tatort verlassen hatte und Pulaski alles in dem Motelzimmer vermessen und fotografiert sowie Fingerabdrücke genommen, alle Spuren gesichert und die entsprechenden Nachweise in seinem Koffer verstaut hatte, stand er am Fenster, verschnaufte und blickte in die graue Tristesse auf dem Parkplatz. Feiner Nieselregen benetzte den Asphalt, und tief hängende bleigraue Wolken zogen über den Horizont.

So ein mieses Wetter!

Bis auf einen Anruf von Jasmin, den er weggedrückt hatte, weil er schon ahnte, was sie von ihm wollte, hatte er in Ruhe arbeiten können. Jetzt war es kurz vor eins, und er musste nur noch Klaus Hinzes Honda durchsuchen. Er schlüpfte aus den Latexhandschuhen und den Überziehern für die Schuhe, stopfte beides in die Hosentasche und schnappte sich den Autoschlüssel vom Nachtkästchen.

»Der Bestatter müsste jeden Augenblick kommen, um die Leiche zur Rechtsmedizin zu transportieren«, erklärte er der Polizistin, die mittlerweile wieder neben ihrem Kollegen im Gang stand. »Würden Sie danach die Tür bitte mit einem Klebeband versiegeln?« Dann änderte er den Tonfall und wandte sich an den jungen Polizisten. »Und Sie tragen meinen Koffer zum Auto.«

»Soll ich Ihnen auch die Schuhe putzen und den Arsch abwischen?«, fragte der, bekam aber von seiner Kollegin sofort einen Ellenbogenstoß in die Rippen, woraufhin er verstummte.

»Auch wenn Sie das sicher gern täten, das schaffe ich gerade noch selbst. Der Koffer genügt.« Pulaski wartete keine Antwort ab, sondern ging hinunter und marschierte durchs Foyer. Den gehässigen Gesichtsausdruck des Managers, der angespannt hinter seinem Tresen saß und bei Pulaskis Anblick demonstrativ sein Handgelenk massierte, ignorierte er großzügig. Draußen überquerte er die graue Asphaltfläche, öffnete den SUV mit dem Funkschlüssel und zog die Fahrertür auf.

In diesem Moment hörte er das Knattern eines Mopeds. Er drehte sich um, reckte den Hals und sah eine Geländemaschine mit zwei langhaarigen Mädchen näher kommen.

O Mann! Das hätte er ahnen können. Er schlug die Autotür zu.

Das Moped hielt etwa hundert Meter vom Eingang des Motels entfernt, und seine Tochter stieg ab. Hinter ihr kletterte Nina vom Sitz.

Jasmin trug Turnschuhe, einen Parka und Jeans mit Löchern über den Knien. Als sie sich bückte, um eine Kette um das Hinterrad der Enduro zu schlingen, sah er, dass ihre Jeans sogar einen Riss unter der Pobacke hatte.

Und das bei dieser Kälte, junges Fräulein!

Er ging auf die Mädchen zu. Jasmin entdeckte ihn und sah ihn mit vorwurfsvollem Blick an. Bestimmt war sie sauer, weil er nicht ans Telefon gegangen war.

Siebzehn Jahre! Sie sind siebzehn und achtzehn Jahre, praktisch erwachsen, rief er sich in Erinnerung, um nicht in Versuchung zu geraten, sie wie Erstklässler zusammenzustauchen.

Jasmins Augen verengten sich. *Sie hat dieselben Sommersprossen und dasselbe schmale Kinn wie ihre Mutter!* Es war beinahe unheimlich, wie sie ihr mit jedem Jahr ähnlicher und gleichzeitig auch immer hübscher wurde.

Pulaski nickte Nina kurz zu, dann wandte er sich an seine Tochter. »Ich weiß, was ihr hier wollt, aber das ist kein guter Zeitpunkt. Du solltest Nina heimfahren.«

»Ist Ninas Vater etwas zugestoßen?«

Pulaski presste die Lippen aufeinander. *So eine Kacke!* Aus den Augenwinkeln sah er, wie Tränen in Ninas Augen stiegen. Er nickte leicht. Dann sah er Jasmin eindringlich an. »Bring sie von hier fort!«

In diesem Moment rollte der schwarze Wagen des Bestattungsinstituts auf den Parkplatz. *Tolles Timing!*

»Warum bist *du* hier?«, fragte Jasmin. Beinahe klang es wie ein Vorwurf. »Nina hat ein Recht darauf zu erfahren, was mit ihrem Vater passiert ist. Ist er tot?«

Pulaski schwieg.

Jasmin riss die Augen auf. »Hat er sich umgebracht?«

Pulaski schüttelte den Kopf. »Wahrscheinlich nicht. Es war ein Unfall«, murmelte er, obwohl es da noch einige Ungereimtheiten gab. »Und jetzt verschwindet.«

»Was hatte er hier zu suchen?«, schluchzte Nina. »War er die ganze Nacht hier? Wozu denn?«

Ich hoffe für dich, dass du das niemals herausfindest!

Der Leichenwagen hielt vor dem Motel, Fahrer und Beifahrer öffneten die Heckklappe und schoben einen Zinksarg heraus. In diesem Moment verlor Nina die Fassung. Sie begann zu zittern und laut zu schluchzen. Ihr Blick klebte wie hypnotisiert auf dem Sarg. Zum Glück war Jasmin sogleich bei ihr, nahm sie in die Arme und drehte sie in Richtung Parkplatz.

»Okay, lasst das Moped hier stehen«, sagte Pulaski. »Ich lasse euch von einem Streifenwagen heimbringen.«

Jasmin schüttelte den Kopf. »Nein, ist gut, ich kann fahren.«

»Aber Nina nicht!«, herrschte Pulaski seine Tochter an. *Was für ein Irrwitz, sie herzubringen!*

In diesem Moment kam der Manager aus dem Motel, fuchtelte mit den Armen herum und fuhr die Angestellten des Bestattungsunternehmens an. »Wie lange wollt ihr noch hier draußen herumstehen? Bringt endlich die Leiche weg!«

Du Idiot!

Pulaski lief auf den Mann zu und wollte ihn mit einer Handbewegung zum Schweigen bringen.

»Und was tun Sie schon wieder hier draußen? Sind Sie überhaupt schon fertig?«

»Halten Sie den Mund!« Pulaski hätte ihm am liebsten den Hals umgedreht. Er hielt den Bestattern die Tür auf. »Erster Stock, Zimmer Nummer neun.«

Währenddessen sah er, wie Jasmin und Nina zum Honda gingen. Hektisch suchte er in der Hosentasche nach dem Schlüssel, doch Nina hatte bereits die Beifahrertür geöffnet.

»Mann, halten Sie doch die Tür weiter auf! Diese Idioten ruinieren mir mit dem Sarg noch den Holzrahmen«, fluchte der Manager.

Ich hätte dich doch *aufs Kommissariat bringen lassen sollen!*

Aus dem Augenwinkel bemerkte Pulaski, wie Nina etwas aus dem Wagen nahm, unter der Jacke verschwinden ließ und die Tür zuschlug.

Als die Bestatter endlich im Motel waren und auch der Manager ihnen glücklicherweise gefolgt war, saßen die Mädchen bereits auf dem Moped. Jasmin trat den Kickstarter durch, und weg waren sie. Fluchend sah Pulaski ihnen nach. Seine Tochter war genauso dickköpfig wie er.

Was habt ihr aus dem Auto geklaut?

9

Evelyn und Flo verließen das Gebäude mit den Penthousewohnungen. Durch die großen Fenster des *Hotel Stefanie* gleich gegenüber sahen sie, wie Tatortreiniger Vetzger im Restaurant allein an einem Tisch saß und bei der Kellnerin soeben die Rechnung für sein Mittagessen bezahlte.

»Nimm dir ein Taxi und bring das ins Labor.« Evelyn gab Flo die Adresse des Privatlabors. »Und noch etwas. Die sollen die Fingerabdrücke vergleichen.« Sie nahm das Blatt mit Michael Kottens Fingerabdrücken aus dem Polizeibericht.

Flo faltete es zusammen und steckte es in die Jackentasche. »Und wie kriegen wir Kottens DNA für den Vergleich?«

»Darum kümmere ich mich, aber zuerst suche ich nach diesem Wagen.« Sie betrachtete den Schlüssel in der Klarsichtfolie.

Nachdem sie sich verabschiedet hatten, klemmte Evelyn sich die Unterlagen des Falls unter den Arm und warf einen Blick auf die geparkten Autos. Sie suchte nach einem Porsche. Sicherheitshalber drückte sie regelmäßig auf den Funkschlüssel in der Folie, während sie die Straße hinunterging, bis einige Meter vor ihr die Blinker eines Wagens aufleuchteten.

Ein silbergrauer Zweisitzer mit Schiebedach, Alufelgen, Lederlenkrad und feinsten Armaturen in Holzdekor. Evelyn schätzte den Wagen auf mindestens hundertfünfzigtausend Euro. Als Entwicklungsleiter einer großen Firma hatte Johann Wulf anscheinend ziemlich gut verdient.

Auf dem Armaturenbrett lag ein abgelaufener Parkschein, und hinter dem Scheibenwischerblatt steckte ein Strafzettel. Evelyn sah ihn sich an. Ausgestellt einen Tag nach dem Mord. Den Vorderreifen des Porsches umspannte eine Kralle. *Keine Sorge. Der Besitzer dieses Wagens fährt nicht mehr weg.*

Bevor sich die Türen automatisch wieder verriegelten, stieg sie ein und legte die Mappen auf den Beifahrersitz. Der Wagen roch nach Holz, Leder und Kunststoff. Sie drehte den Zündschlüssel, woraufhin der Kilometerstand zweitausend Kilometer zeigte. *Ja, er ist tatsächlich neu.* Zuerst öffnete sie die Mittelkonsole, doch darin befanden sich nur eine Packung Kaugummi, eine Trinkflasche, Taschentücher und Kondome. Drei Stück in roter, blauer und gelber Folie. *Typisch. In allen Geschmacksrichtungen, für alle Eventualitäten gerüstet.* Danach öffnete sie das Handschuhfach. Bedienungsanleitung, Typenschein, externes Navi, alte CDs – Kate Bush, R.E.M. und David Bowie – und ein Handy. *Sieh mal an. Da ist es ja.*

Nachdem sie einen Blick in den Typenschein geworfen und festgestellt hatte, dass der Wagen auf Johann Wulf angemeldet war – und zwar als Erstzulassung vor drei Monaten –, machte sie sich nicht die Mühe, das Handy in die Folie zu dem Autoschlüssel zu packen, um eventuelle Fingerabdrücke zu sichern. Sie saß sowieso in Wulfs Wagen.

Nach einer Woche hatte der Akku des Handys keinen Saft mehr. Sie fischte ein Ladekabel aus dem Handschuhfach und steckte das Handy an die USB-Buchse der Mittelkonsole. Jetzt hatte es zwar wieder Strom, war aber gesperrt. Also beugte sie sich nach vorne zum Armaturenbrett und hielt das Display ins Licht der Mittagssonne. Deutlich war auf dem Glas eine Fettspur in Form eines M zu sehen. Sie fuhr die Linien nach – es funktionierte, der Startbildschirm leuchtete auf.

Normalerweise deaktivierten die Telefonfirmen eine SIM-Karte, sobald sie die Sterbeurkunde des Besitzers hatten, doch in diesem Fall hatte sie Glück. Das Telefon war ein Prepaid-Handy mit hundertfünfzig Euro Wertguthaben, von dem anscheinend niemand wusste.

»Okay«, murmelte sie. *Was wirst du mir zeigen?*

Aus der letzten Woche befanden sich keine versäumten Anrufe im Speicher. Offenbar telefonierte Wulf nicht oft mit diesem Handy. Also handelte es sich wohl weder um sein privates noch um sein dienstliches Telefon. *Wozu braucht ein Manager überhaupt ein Prepaid-Handy?* Garantiert hatte er es für sein geheimes Doppelleben benutzt.

Im Telefonverzeichnis befanden sich jedenfalls keine gespeicherten Nummern, im SMS-Verzeichnis keine Nachrichten, in der Anrufliste keine Anrufe. Nur ein paar belanglose Apps. *So ein Mist!* Wozu dann dieses Telefon? Vielleicht war es doch nicht seines.

Bevor sie sich die Apps genauer ansah, öffnete sie noch das Fotoalbum. Vielleicht befanden sich hier Selfies von Wulf und seinem jungen Liebhaber. Mit pochendem Herzen tippte sie das erste Foto an mit der leisen Angst im Hinterkopf, auf ein Bild von Michael Kotten zu stoßen. Nackt auf dem Bett liegend, grinsend und mit einem Sektglas in der Hand, Johann Wulf zuprostend. Doch da waren keine Selfies. Stattdessen sah sie Fotografien von Seiten aus einem eng beschriebenen Notizbuch.

Da klopfte es an die Scheibe, und Evelyn fuhr hoch. Neben der Fahrerseite stand eine Polizistin, die sich zum Fenster herunterbeugte.

Evelyn suchte nach dem richtigen Schalter und ließ das Seitenfenster hinunter. »Ja, bitte?«

»Ist das Ihr Fahrzeug?«

»Der Fahrzeughalter ist verstorben. Ich bin Anwältin und kümmere mich darum, dass die Strafe bezahlt wird.«

»Wird auch Zeit, der Wagen steht seit einer Woche hier.«

»Ich sagte, ich kümmere mich darum.«

»Gut. Darf ich Ihren Ausweis sehen?«

»Sicher.« Evelyn öffnete ihre Handtasche und reichte der Polizistin ihren Ausweis.

Während die Beamtin den Ausweis betrachtete, ein paar Schritte zurückging, das Kennzeichen überprüfte und mit dem Funkgerät eine Auskunft einholte, sah Evelyn sich das erste Foto im Album des Handys an. Sie zoomte es größer und wischte zu den nächsten. Alle hatten das gleiche Motiv.

Als sie kurz aufblickte, sah sie im Rückspiegel, wie Vetzger die Straße überquerte und das Wohnhaus betrat. Die Polizistin sprach immer noch in ihr Funkgerät. Rasch wischte Evelyn zu den weiteren Bildern. Es waren alles Aufnahmen aus einem Buch mit handschriftlichen Notizen: Geldbeträge, Namen, Daten und Uhrzeiten. Es wirkte nicht sonderlich offiziell, mehr wie eine Art heimliche Buchführung. Sie erinnerte sich an ihr Gespräch mit Ostrovsky. Gab es eine Verbindung zu von Kottens Firma, und waren das vielleicht Hinweise auf die von Ostrovsky vermuteten Schwarzgeldtransfers? In diesem Falle wären es akribisch dokumentierte illegale Einnahmen und Schmiergeldzahlungen an Personen mit ausländisch klingenden Namen. Laut Datum waren die Fotos erst zwei Wochen, die Notizen jedoch mehrere Jahre alt. Ging es dabei vielleicht um Erpressung?

Plötzlich stand die Polizistin wieder neben dem Auto und beugte sich zum Fenster herunter. »Kennen Sie Chefinspektor Ganser?« Das Funkgerät knackte an ihrem Gürtel.

Evelyn versuchte, sich keine Reaktion anmerken zu lassen. »Ja, warum?«

»Wie ich soeben erfahren habe, gehörte der Wagen dem ermordeten Johann Wulf. Ich muss das Fahrzeug als Beweismittel sicherstellen. Darf ich Sie bitten, das Auto zu verlassen und mich auf das Revier zu begleiten, damit Sie dort eine Zeugenaussage machen, warum Sie hier drinsitzen?«

»Selbstverständlich – ich muss nur noch rasch diese SMS abschicken.« Evelyn lächelte, schaltete Wulfs Handy aus und ließ es mitsamt dem Kabel in der Innentasche ihres Mantels verschwinden.

10

Jasmin hatte Nina nicht nur mit deren Moped heimgebracht, sondern, nachdem sie Ninas flehenden Blick gesehen hatte, auch ins Haus begleitet.

Im Wohnzimmer saß Ninas Mutter mit einer Frau. Die Stehlampe brannte, es roch nach Kaffee, und die beiden Frauen sprachen. Jasmin kannte die andere Dame. Eine Therapeutin, mit der sich ihr Vater ein paarmal getroffen hatte.

»Geh inzwischen in mein Zimmer«, flüsterte Nina, dann betrat sie das Wohnzimmer und gab ein knappes »Hallo« von sich.

Jasmin schlich über die Treppe nach oben und hörte, wie Nina mit ihrer Mutter sprach.

»Setz dich zu uns. Ich muss dir etwas sagen.«

»Danke, ich weiß bereits über alles Bescheid.«

»Was? Woher?«

»Stell dir vor, ich hatte zufällig die Polizei am Telefon, und danach war ich im Motel.« Nina ging zur Treppe und wollte bereits nach oben laufen.

»Nina, bleib hier, wir müssen reden.«

»Ach? Jetzt auf einmal? Vorhin hätte ich dich gebraucht, als ich versucht habe, dich zu erreichen. Aber da bist du nicht ans Handy gegangen.«

»Ich …«

»Ist es so schwierig, mich zurückzurufen? Ich bin oben in meinem Zimmer.«

Jasmin hörte, wie Nina heulend die Treppe hinauflief. Jasmin hatte oben gewartet, und nahm sie in die Arme. »He, ist okay«, flüsterte sie, drückte Nina und strich ihr übers Haar.

Von unten hörten sie die beiden Frauen aufgeregt miteinander diskutieren. Vor allem Frau Hinze wollte Nina nicht einfach so gehen lassen, doch die Therapeutin überzeugte sie davon, dass ihre Tochter jetzt erst einmal ein wenig Zeit für sich brauchte.

Nach einer Weile wischte sich Nina die Tränen aus dem Gesicht.

»Komm«, flüsterte Jasmin.

Gemeinsam betraten sie Ninas Zimmer. Es roch nach frischer Wäsche. Auf einem Kleiderständer hingen einige von Ninas Sachen. Jasmin wusste, dass Nina ihre Wäsche seit dem vierzehnten Lebensjahr selbst wusch und bügelte.

Jasmin schlüpfte aus ihrem Parka und setzte sich auf die Couch, als ihr Handy klingelte und sie auf das Display blickte. *Fünf Anrufe in Abwesenheit. Verdammt!* Alle von ihrem Vater. Auch diesmal war er es wieder. Sie sah zu Nina hinüber, die ihre Jacke in eine Ecke warf, legte den Finger auf die Lippen und ging ran. »Ja?«

»Was habt ihr aus dem Wagen geklaut?«

»Papa, wir haben nichts geklaut«, antwortete Jasmin. »Wir haben bloß Ninas Tablet aus dem Handschuhfach geholt. Sie braucht es für die Schule.«

»Verarsch mich nicht!«

»Ehrlich.«

»Und warum habt ihr mich nicht einfach danach gefragt?«

»Ach, komm! Ich weiß doch, wie das läuft. Du hättest Nina nichts aus dem Auto geben dürfen. Beweismaterial.«

»Du kommst dir wohl ziemlich schlau vor, junge Dame.«

»Es tut mir leid. Ja, ich hätte dich fragen sollen«, seufzte sie.

»Bist du jetzt bei Nina?« Die Stimme ihres Vaters klang schon deutlich versöhnlicher.

»Ja.«

»Gut, bleib bei ihr. Du kannst ihr im Moment wahrscheinlich besser helfen als jeder andere. Ich komme gegen sechs Uhr heim. Sag Bescheid, falls ich dich holen soll.«

»Ja, danke, tschüss.« Jasmin beendete das Gespräch. »Puuuh, das war knapp.«

Nina zog das schmale Buch hervor, das sie beim Reinkommen unter ihren Klamotten versteckt hatte, und warf es aufs Bett. *Fahrtenbuch* stand auf dem Einband.

»Und was willst du damit?«, fragte Jasmin.

Nina wischte sich noch einmal über die Wangen und starrte dann enttäuscht mit rot geränderten Augen auf das Buch. »Dumm gelaufen, ich dachte, das wäre sein Terminkalender. Ich wollte einfach nur herausfinden, was er in diesem Motel getan hat …« Sie ließ den Blick gedankenverloren über die Fotos auf ihrem Schreibtisch schweifen. »… *was hast du dort getan?*«

Jasmin betrachtete ebenfalls die Bilder von Nina und ihrem Vater. Erinnerungen an Campingurlaube am See, im Zelt, beim Klettern und Rafting. Bei einigen dieser Urlaube war Jasmin sogar mitgefahren. Herr Hinze war ein attraktiver und sportlicher Mann gewesen, der seine Tochter über alles geliebt und alles Mögliche mit ihr unternommen hatte. Auf einem Foto standen Nina und ihr Vater zum Beispiel knietief in einem Fluss und zogen gemeinsam an einer Angel. Nina wirkte so glücklich. Allerdings war auf keiner der Aufnahmen ihre Mutter zu sehen.

Nina wischte sich erneut Tränen von der Wange. »Ich hätte nie gedacht, dass mein Vater Geheimnisse vor mir hat«, schluchzte sie.

»Väter haben immer Geheimnisse«, sagte Jasmin.

»Meiner nicht.«

»Wenn du meinst.«

»Er hatte zwar wenig Zeit für uns, aber wenn er mal nicht im Büro war, haben wir immer etwas unternommen.«

»Und deine Mutter?«

Nina zuckte mit den Achseln. »Die hätte überallhin mitfahren können, wollte aber nie. Also sind wir immer allein gefahren. Zuletzt waren wir im Dezember drei Tage Skifahren in Tirol. Bei der Heimfahrt Mittagessen in Kufstein und nachmittags der Christkindlmarkt in Nürnberg. O Mann, das war ein Gedränge dort – und Vater hat eine halbe Stunde lang keinen Parkplatz gefunden und ist ständig im Kreis gefahren, weil er mir unbedingt diesen Markt zeigen wollte.« Sie lachte und wischte wieder neue Tränen fort.

»Es tut mir so leid …«, sagte Jasmin.

»Schon gut.« Ninas Blick wurde wieder klar. Sie atmete tief durch, nahm das Fahrtenbuch und wedelte damit herum. »Aber so erfahren wir wenigstens, *wo* er überall war. Damit zeichnet er jeden gefahrenen Kilometer für seine Firma auf, weil er Kilometergeld verrechnet.«

»Und was bringt es dir, wenn du das weißt?«

»Während meine Mutter unten ein Kaffeekränzchen mit einer Freundin hält, möchte *ich* mehr über den Tod meines Vaters erfahren. Zufrieden?«

»Das ist keine Freundin, sondern eine Therapeutin. Ich kenne sie, sie ist nett und …«

»O gut! Sie ist nett. Wie schön! Meine Mutter ist schon in

Therapie bei einer netten Therapeutin, findet aber nicht einmal die Zeit, mich zurückzurufen.«

Jasmin wusste, es hatte keinen Sinn, vernünftig mit Nina zu sprechen. Die war im Moment emotional noch viel zu durcheinander. »Also gut, wenn es dir hilft, werden wir später mehr über die Hintergründe seines Todes herausfinden.«

»Nicht später, *jetzt!*«

»Von mir aus auch jetzt.«

»Danke.« Nina lächelte wieder. »Das ist meine Art der Therapie, verstehst du?«

Jasmin nickte. Klar verstand sie das. Gemeinsam schlugen sie das Buch auf und steckten die Köpfe hinein. Rasch blätterten sie bis zur letzten Seite und ließen dann enttäuscht die Schultern hängen.

»Das bringt nichts. Da sind nur der Urlaub nach Tirol und die Fahrten von zu Hause ins Büro und zu Kunden.«

»Mir ist aufgefallen, dass letzten Sommer drei Monate lang gar keine Fahrten eingetragen sind«, bemerkte Jasmin.

»Da hatte mein Vater keinen Führerschein und wurde von seinem ehemaligen Azubi von zu Hause abgeholt und wieder heimgebracht.«

»Ein ehemaliger Azubi?«

»Er war schon neunzehn, hatte braune Locken und sah süß aus.«

Das hatte Nina damals mit keinem Wort erwähnt, obwohl sie sich sonst immer alles anvertrauten, doch Jasmin wollte jetzt nicht weiter darauf eingehen. Sie blätterte im Buch zurück. »Aber abgesehen davon gibt es auch dazwischen immer wieder Lücken in den Aufzeichnungen, mit kleinen Löchern in den Kilometerständen. Das wären vermutlich die wirklich interessanten Fahrten.«

Nina starrte in das Buch. »Aber zumindest kann man die Tage ablesen, an denen diese wirklich interessanten Fahrten stattgefunden haben.«

Jasmin sah auf. »Du bist gar nicht so doof.«

»Siehste. Dabei bist *du* die Tochter eines Kripobeamten. Dir liegt das Lösen von Rätseln in den Genen. Was würdest du an meiner Stelle als Nächstes tun?«

Jasmin dachte nach. »Wir brauchen das Handy deines Vaters – doch das hat garantiert die Polizei konfisziert. Kommen wir stattdessen vielleicht an seine Kreditkartenabrechnung ran?«

»Ja, ich weiß, wo die ist. Er druckt sie immer aus und hakt die einzelnen Posten ab.«

»Tatsächlich?«

»Ja, er ist ein Kontrollfreak. Kannst du ein Schloss in einer Schreibtischschublade öffnen?«

»Nein, du?«

Nina erhob sich, griff nach einer großen Schere auf ihrem Schreibtisch und verließ das Zimmer.

Jasmin hörte sie nebenan im Arbeitszimmer ihres Vaters werkeln. Kurz darauf ertönte das Krachen und Splittern von Holz, und im nächsten Augenblick kam Nina wieder ins Zimmer. Sie hatte sich einen Holzsplitter in die Haut gestoßen und saugte Blut vom Finger. In der anderen Hand hielt sie jedoch eine Mappe mit Unterlagen.

»Du wirst noch verbluten, bevor wir etwas Interessantes herausgefunden haben«, rügte Jasmin sie.

»Daran kannst du sehen, wie wichtig mir das ist.«

Punkt für dich!

Nina schlug die Mappe mit den Abrechnungen auf. Wie es schien, hatte ihr Vater sogar *drei* Kreditkarten gehabt. Eine

Mastercard von seiner Firma, eine Visa Card, über die alle Urlaube und privaten Einkäufe liefen und eine American Express. Diese verwendete er offenbar zwar auch für private Zwecke, jedoch anscheinend nur für solche Einkäufe, von denen weder Nina noch seine Frau wissen sollten, da er damit Weihnachts- und Geburtstagsgeschenke bezahlte.

»Aber nicht nur das …«, murmelte Nina. »Sieh nur, Motelrechnungen. Jede Menge sogar! Seit über drei Jahren. Und jedes Mal ein anderes. Warum nicht jedes Mal dasselbe? O Gott, mir wird schlecht.«

»Motel23, Motel Windorf, 24h, Motel Plus und Waldmotel«, las Jasmin einige davon vor. »Vielleicht hat er die Hotelzimmer für einen Freund oder für Firmenkunden gebucht«, versuchte Jasmin die Situation zu entschärfen.

»Das glaubst du doch nicht wirklich?«, entgegnete Nina.

Nein, das glaube ich nicht! Aber ich hätte gern, dass du *es glaubst.*

»Außerdem sind das keine Hotels, sondern *Motels«,* sagte Nina. »Und mit ziemlicher Sicherheit solche schäbig schmierigen Absteigen wie die, in der er …« Schon wieder stiegen ihr Tränen in die Augen. Sie bekam eine weinerliche Stimme. »Glaubst du, er hat sich jedes Mal mit ein und derselben Frau getroffen? Alle zwei Wochen woanders?« Sie wischte sich übers Gesicht. »Dieser Mistkerl hat ein verdammtes Doppelleben geführt.«

»Das wissen wir noch nicht! Das sind bloß wilde Vermutungen«, zog Jasmin die Notbremse, bevor Nina sich in etwas hineinsteigern konnte.

»Ich kann im Moment keinen klaren Gedanken fassen.« Nina wischte über die Papiere. »Wie würdest du weitermachen?«

»Willst du das wirklich wissen?«, fragte Jasmin und wartete Ninas Nicken ab. »Gut, ich habe zumindest eine Idee, wie mein Vater vorgehen würde.« Sie griff nach ihrem Handy.

»Rufst du ihn jetzt an?«

»Natürlich, was dachtest du?« Jasmin schüttelte den Kopf. »Nein, zuerst schauen wir einmal, *wo* die Motels liegen.«

Nach einer halben Stunde hatten sie die Standorte aller Motels herausgefunden, die über die Kreditkarte bezahlt worden waren, und auf einem alten Stadtplan von Leipzig markiert. Jedes lag in einem anderen Stadtteil, und wie es schien, hatte Ninas Vater kein Motel in und um Leipzig ausgelassen. Anscheinend vertraute er nicht auf die Diskretion eines einzelnen Etablissements. Oder er wollte in keine bestimmte Routine verfallen.

»Und jetzt?«, fragte Nina.

»Jetzt holen wir uns von Google Maps die Distanzen von der Firma deines Vaters zu den Motels und von dort nach Hause.«

Nina riss die Augen auf. »Du bist genial.«

Ja, leider, dachte Jasmin. Denn kurz darauf wussten sie, dass die Lücken im Fahrtenbuch von Ninas Vater genau den Distanzen zu den Motels entsprachen, die an jenen Tagen mit der Kreditkarte bezahlt worden waren.

Jasmin legte ihr Handy weg. »Ich fürchte, da zeichnet sich ein Muster ab.«

»Das tut es allerdings«, murmelte Nina und kaute an der Unterlippe. »Mein Vater hat meine Mutter öfter als einmal betrogen – und zwar regelmäßig nach Dienstschluss.«

»Das können wir nicht genau sagen, weil wir nicht wissen, mit wem dein Vater in diesen Motels war«, erinnerte Jasmin sie. »Aber das finde ich heraus. Heute Abend, wenn mein Vater seinen Bericht geschrieben hat.«

11

Nachdem Evelyn ihre Aussage auf dem Polizeirevier gemacht und den Beamten erklärt hatte, wo sie den Schlüssel für Johann Wulfs Porsche gefunden hatte, durfte sie wieder gehen. Natürlich ohne Schlüssel.

Die Existenz von Wulfs Handy mit den sonderbaren Notizen behielt sie jedoch für sich. Möglicherweise waren die Fotos ein entscheidendes Indiz dafür, dass Michael Kotten unschuldig war und jemand anders Johann Wulf ermordet hatte. Denn vielleicht ging es bei dem Verbrechen um etwas völlig anderes, als sie bisher angenommen hatten. Aber Chefinspektor Ganser und Oberstaatsanwalt Ostrovsky sollten ihren Grips selbst einschalten.

In einem kurzen Telefonat erfuhr sie, dass Michael Kotten von der Justizwache vom Landesgericht ins Bundeskriminalamt überstellt worden war, wo man erneut DNA-Abstrich und Fingerabdrücke von ihm genommen hatte. Evelyns nächster Weg führte also zum Josef-Holaubek-Platz in der Nähe des Wiener Donaukanals, wo sich das BKA befand. Im Sommer hing in dieser Gegend immer der Gestank der Müllverbrennungsanlage, doch jetzt war die Luft kalt und klar.

Sie ging durch die Drehtür, trat zum Schalter und meldete einen Gesprächstermin mit Michael Kotten an. Danach gab sie Mantel und Handtasche ab, behielt nur ihr und Johann Wulfs Handy und bekam einen Besucherausweis. Ganser holte sie am Empfang ab.

»Ich muss Sie hoffentlich nicht daran erinnern, dass Sie mich verständigen, sobald Sie Michael Kotten wieder vernehmen«, sagte Evelyn nach einer kurzen Begrüßung.

»Nein, müssen Sie nicht«, knurrte Ganser.

Er brachte sie in einen karg eingerichteten und fensterlosen Raum im zweiten Stock, wo er sie allein zurückließ.

Bis Kotten zum Gesprächsraum gebracht wurde, konnte es dauern, aber Evelyn war das Warten gewöhnt. Sie setzte sich mit einem Becher Kaffee an den Tisch und rief Flo an. Der war bestimmt schon vor einer Stunde im DNA-Labor eingetroffen und hatte dort alle Proben für die Untersuchung abgegeben. Während das Freizeichen ertönte, sah sie sich im Raum um. Sie kannte das Zimmer von früheren Gesprächen – keine Spiegel, keine Kameras, keine versteckten Mikrofone. Endlich meldete sich Flo.

»Wie weit bist du? Hast du schon die Fingerabdrücke vergleichen lassen?«, fragte sie.

»Ja, die haben gleich damit begonnen«, antwortete Flo. »Und du wirst nicht glauben, was ich dir jetzt sage. Auf der Sektflasche sind eindeutig die Fingerabdrücke von zwei verschiedenen Personen zu sehen. Weder verschmiert noch abgewischt. Die einen stammen von Johann Wulf, aber die anderen nicht von Michael Kotten.«

Unbewusst ließ Evelyn die angespannten Schultern sinken. »Das ist schon mal ein Punkt für uns. Aber sind es vielleicht die von unserem Tatortreiniger? Hat *er* die Flasche angefasst?«

»Nein, hat er nicht.«

Aber von wem stammen sie dann? Ohne Vergleichsproben ließ sich das nicht herausfinden. »Danke, du kannst jetzt gehen. Den Rest übernehme ich.« Sie überlegte. »Wie lange hast du jetzt noch Zeit, bis du wieder zum Gericht musst?«

»Zeit?«, wiederholte Flo. »Jede Menge, ich habe mir für den Rest der Woche Urlaub genommen. Ich dachte, diesmal könnte es intensiver werden als sonst.«

»Das wird es bestimmt. Danke.« Sie dachte an die Mordgruppe Ganser vom BKA, Oberstaatsanwalt Ostrovsky und die Soko, die er einberufen hatte. »Ich hätte nämlich einen neuen Auftrag für dich.«

»Recherche?«

»Ja. Ich schicke dir einige Fotos von Notizen aufs Handy. Druck sie aus und finde heraus, um welche Personen es sich bei den Namen handelt. Danach brauchst du jemanden, der sich mit Wirtschaftsrecht und Finanztransfers auskennt.« Evelyn nannte ihm die Kontaktdaten ihrer Steuerberaterin. Die würde ihm für den Anfang sicher weiterhelfen können.

»Das ist alles?«

»Ich finde, das reicht. Es handelt sich um fünfundvierzig Aufnahmen. Wir sehen uns morgen früh in der Kanzlei. Danke.« Sie unterbrach die Verbindung, danach hängte sie Johann Wulfs Handy an ein Ladekabel und schickte Flo die Bilder.

Noch während Wulfs Telefon die Daten übermittelte, erhielt sie eine SMS auf ihr Telefon.

Bin schon im Haus.

Sie antwortete sofort.

Warten Sie bitte noch zehn Minuten. Ich melde mich bei Ihnen.

Kaum hatte sie ihre Antwort abgeschickt, öffnete sich die Tür, und Evelyn sah auf. Michael Kotten betrat den Vernehmungsraum. Er trug dieselbe Kleidung wie am Morgen, Jeans, Hemd und Pullover, allerdings hatten die Beamten ihm den Gürtel abgenommen und das Piercing in der Augenbraue entfernt.

Ganser führte ihn zum Tisch und warf Evelyn einen fragenden Blick zu.

»Wir brauchen nur eine Viertelstunde.«

»Gut.« Ganser nickte missmutig und verschwand.

Kotten setzte sich zu Evelyn an den Tisch. Er lächelte müde. Wieder kam er ihr unwahrscheinlich jung vor, und irgendwie fiel es ihr schwer, ihn als *Herrn Michael von Kotten* zu bezeichnen. In Gedanken war er für sie einfach nur *Michael.*

»Geht es Ihnen gut? Werden Sie korrekt behandelt?«, fragte Evelyn.

Michael legte die Arme auf den Tisch. Sie zitterten. Er zog eine Augenbraue hoch und bemühte sich um eine kräftige Stimme. »Na ja, wie man es nimmt. Ich werde wie ein Mörder behandelt.«

Sogar ein Blinder hätte bemerkt, dass er emotional am Boden war und nur so tat, als könnte er das alles locker wegstecken. »Das ist bloß Gansers Psychotaktik, um Sie zu einem Geständnis zu zwingen. Das machen die immer. Sie müssen sich bloß merken, dass Sie nur dann etwas sagen dürfen, wenn entweder Herr Zock oder ich anwesend sind. Sonst sprechen Sie mit niemandem. Wann ist das nächste Verhör?«

»Ich glaube erst morgen.«

»Gut.« Bis dahin wusste sie vielleicht schon mehr über die Fotos auf Johann Wulfs Handy.

»Warum sind Sie hier?«, fragte Michael.

»Sie haben mir gar nicht erzählt, wie mächtig der Familienclan Ihrer Eltern ist«, begann sie das Gespräch.

»Der Clan meiner Mutter«, korrigierte er sie. »Mein Vater hat keine Verwandten mehr. Aber die Familie meiner Mutter ist ziemlich einflussreich. Und obwohl Mutter vor zehn Jahren gestorben ist, hatte sich mein Vater da bereits bestens in der High Society eingelebt.«

»Aha.« Evelyn nickte interessiert.

»Versuchen Sie etwa gerade, die Höhe Ihres Honorars hinaufzutreiben?«

Im ersten Moment verblüffte sie Michaels Reaktion, schließlich war *er* es gewesen, der Kontakt zu ihr aufgenommen hatte. Aber dann schrieb sie seine Gereiztheit den letzten Stunden in der Zelle zu. Sie versuchte zu lächeln. »Nein, ums Honorar geht es mir nicht. Meine Stundensätze richten sich nach dem Rechtsanwaltstarif und sind gleich hoch, egal ob ich den Sohn eines Millionärs vertrete oder den Sohn einer alleinerziehenden Fabrikarbeiterin.«

Nun sah Michael betroffen zur Seite.

»Es spielt übrigens auch keine Rolle, ob Sie verurteilt werden oder nicht, mein Honorar müssen Sie in jedem Fall bezahlen. Allerdings können Sie im Fall eines Freispruchs einen Antrag auf Kostenersatz an das Landesgericht für Strafsachen Wien stellen. Wobei ich Ihnen gleich sagen muss, dass Sie da nicht mehr als zehntausend Euro erhalten werden.«

»Ich besitze Geld.«

»Daran habe ich nicht gezweifelt. Andernfalls hätte ich mein Honorar – im Gegensatz zur Fabrikarbeiterin – Ihrem Vater in Rechnung gestellt.«

»Der hätte Ihnen den Mittelfinger gezeigt.«

Wie reizend. »Das mag sein, doch bevor es so weit kommt, gibt es für mich nur eine Priorität: Sie so rasch wie möglich aus der U-Haft herauszuholen. Sollte mir das aber nicht gelingen, möchte ich Sie zumindest mittels einer Kaution aus Ihrer Zelle hier befreien, da ich weiß, wie zermürbend diese

Zeit sein kann. In einem weiteren Schritt möchte ich es gar nicht zur Anklage kommen lassen. Und falls auch das nicht klappt, hoffe ich, dass wir den Prozess mit einem Freispruch gewinnen. Aber dafür …«

»Ja, ich hab's kapiert.«

»Aber dafür …«, Evelyn hob die Hand, »… gibt es eine wichtige Voraussetzung, nämlich uneingeschränktes Vertrauen. Das wiederum basiert auf Offenheit, und ich übernehme nur Fälle, wenn diese Offenheit zwischen Mandanten und mir garantiert ist. Haben Sie das verstanden?«

Michael nickte.

»Gut. Also lassen Sie uns über Ihre Familie reden. Warum sprechen Sie so geringschätzig über Ihren Vater und das High-Society-Gebaren Ihrer Verwandtschaft?«

»Es ist nicht meine Familie. Zumindest versuche ich, das zu verdrängen. Ich wollte in jeder Hinsicht anders sein als mein Vater.«

Evelyn deutete auf ihr Handy. »Stört es Sie, wenn ich unser Gespräch aufzeichne?«

Michael schüttelte den Kopf. »Wenn es Ihnen hilft, gerne. Meine Mutter war die einzig Normale in diesem Clan. Sie engagierte sich ausschließlich für Charity-Events, unterstützte Wohltätigkeits-Organisationen und war die Schirmherrin einiger kleiner Kunstprojekte.«

»Woran starb sie?«

Er blickte zur Seite. »Darüber möchte ich nicht sprechen. Jedenfalls war ich dreizehn, als sie mich verließ. Ihr Bruder Heinrich ist Sektionschef im Bundesministerium für Justiz, ihre Schwester Olivia leitet ein Ärztezentrum, und ihrem Vater gehörte die Firma, die mein Vater vor fünfundzwanzig Jahren übernommen hat.«

Evelyn war Michaels Wortwahl aufgefallen. Er hatte es vermieden, *mein Onkel, meine Tante* oder *mein Großvater* zu sagen, stattdessen betrachtete er alles aus der Sicht seiner Mutter. Anscheinend hatte er sich zu ihr besonders hingezogen gefühlt.

»Was ist so schlimm daran?«, fragte sie.

»Denen geht es nur um vier Dinge: Einfluss, Macht, Beziehungen und Reichtum. Vater dachte, ich würde perfekt in diese Welt passen. Er wollte, dass ich Wirtschaft studiere und den Master of Business Administration mache, aber ich wollte nie Geschäftsmann werden. Ich habe diese Welt schon früh zu hassen gelernt. Wozu also der MBA? Sehen Sie mich an. Sehe ich etwa aus wie ein kaltblütiger Manager, der über Leichen geht?«

»Geht Ihr Vater über Leichen?«

Michael schwieg.

Evelyn dachte an Michaels Interessen. »Sehen Sie sich selbst als Künstler … oder vielmehr als *Künstlerin?*«, korrigierte sie sich.

Er lächelte, anscheinend gefiel ihm diese Bezeichnung. »Ich wollte Grafik und Design studieren, aber Vater ließ es nicht zu. Das sei zu weibisch! Umso mehr habe ich mich in meine Hobbys vertieft, das Modeln und die Fotografie.«

»Haben Sie Geld damit verdient?«

»Heimlich, ja. Mein Vater durfte davon nichts erfahren, wir sind so unterschiedlich, wie man nur sein kann. Er arbeitet Tag und Nacht, und ich versuche, mich selbst zu finden. Ich fühle mich nicht nur in der falschen Familie groß geworden und im unpassenden Körper aufgewachsen, sondern auch generell völlig fremd auf diesem Planeten.« Er lächelte Evelyn nachsichtig an. »Ich kann verstehen, wenn Sie das nicht begreifen. Niemand kann das. Aber vielleicht werden es die Leute später einmal kapieren.«

»Später einmal?«

»Wenn ich tot bin. Auf meinem Grabstein soll stehen: *nie geboren, nie gestorben – diesen Planeten nur besucht* … gefolgt von Geburts- und Sterbedatum.« Er blickte auf und sah sie an. »Kann ich jetzt gehen?« Er wollte sich bereits erheben.

»Eigentlich bin ich auch noch aus einem anderen Grund hier.«

»Aha.« Er ließ sich wieder auf den Stuhl sinken.

»Ich möchte Ihr Einverständnis für eine DNA-Probe einholen.«

»Die wurde bereits zweimal genommen.«

»Von der Kripo, aber nicht von mir.«

Er sah sie skeptisch an. »Und wozu soll das gut sein?«

»Was immer das Bundeskriminalamt gegen Sie in der Hand hat, wir werden ein privates Gegengutachten erstellen. Und wenn wir beweisen, dass Ihre DNA nicht am Tatort war, könnten wir so Ihre Unschuld belegen.«

Michael dachte nach. »Am Tatort?«

Evelyn nickte. »Herr Zock und ich haben Spuren vom Tatort genommen.«

»Aber warum?«

Er schien es nicht zu begreifen. Sie beugte sich nach vorn. »Die Spurensicherung hat nachlässig gearbeitet. Wenn wir jetzt schnell und präzise handeln und der Staatsanwaltschaft entsprechende Beweise vorlegen, werden die Ermittlungen gegen Sie vielleicht sogar eingestellt, noch bevor es zur Anklage kommt. Das ist im Moment unsere beste Chance.«

Nun beugte sich Michael ebenfalls nach vorn und senkte

die Stimme. »Aber wenn sich herausstellen sollte, dass es *meine* DNA ist, die Sie im Penthouse gefunden haben?«

Was? Evelyn sah ihn verwirrt an. *»Ist* sie im Penthouse?«

»Nein, natürlich nicht. Aber *falls* das Ergebnis das doch belegen sollte?«

»Wie sollte das möglich sein? Glauben Sie an eine Verschwörung?«

»Egal aus welchen Gründen. Was passiert, *wenn* es so ist?«

»Dann werden wir das Ergebnis dieser Untersuchung im Prozess natürlich nicht verwenden.«

»Das dürfen Sie einfach so unter den Tisch fallen lassen?«, fragte er.

Sie musste lächeln, denn ihre Mandanten stellten diese Frage öfters. »Ein Staatsanwalt ist zur objektiven Wahrheitsfindung verpflichtet – ich als Verteidigerin bin das nicht.«

»Weil Sie auch dann noch versuchen werden, meine Unschuld zu beweisen, wenn ich …?«, hakte er nach, verstummte aber.

»Natürlich. Schließlich haben Sie mich genau deswegen engagiert, schon vergessen?« Sie machte eine Pause. Vor einigen Jahren hätte sie bei dieser Vorgehensweise noch leichte Skrupel verspürt, doch diese Zeiten waren vorbei. Der Tod ihres Freundes, der bei den Ermittlungen zu einem Fall ermordet worden war, hatte sie härter gemacht. Als Anwältin hatte sie natürlich immer noch ihre Prinzipien. Sie würde niemals einen Kinderschänder vor Gericht vertreten – alle anderen aber schon, da machte sie keinen Unterschied.

»Hören Sie«, sagte sie, da Michael sie immer noch misstrauisch betrachtete. »Als Ihre Anwältin *muss* ich unumwunden vorbringen, was Ihrer Verteidigung dient, und *darf* andererseits gar nichts vorbringen, was Sie belasten könnte. Was wäre ich für eine miserable Anwältin, wenn ich meinen Mandanten im Stich lassen würde?«

Michael nickte. »Ich verstehe – einverstanden.«

»Gut.« Evelyn erhob sich. »Draußen wartet ein Arzt, den ich gebeten habe herzukommen. Ich werde ihn hereinschicken. Er braucht Haarwurzeln von Ihnen und wird einen Abstrich von Ihrer Mundhöhle machen.«

»Jetzt?«

»Natürlich jetzt, oder haben Sie heute noch etwas anderes vor?« Evelyn griff nach ihrem Handy und tippte eine SMS.

Sie können raufkommen. Zweiter Stock, Zimmer Nr. 218.

12

Um halb sieben Uhr abends saß Pulaski in seinem Wohnzimmer auf der Couch, die Beine auf dem Tisch, den Laptop am Schoß und tippte seinen Bericht zu Ende.

Aufgrund seiner Asthmaanfälle und weil er seine Tochter allein großzog, hatte er vor vielen Jahren mit Dezernatsleiter Fux den Deal ausgehandelt, den Schreibkram zu Hause erledigen zu dürfen. Nun war Jasmin zwar schon siebzehn, aber an Pulaskis Heimarbeitszeiten hatte sich noch immer nichts geändert. Theoretisch hätte er auch längst wieder zum LKA Dresden zurückgehen können. Doch wegen seiner Alleingänge hatte er es sich mit allen Vorgesetzten verscherzt, und so blieb ihm dieser Weg wohl für immer versperrt.

Soeben hatte er die letzte Datei ins zentrale Einsatzleitsystem überspielt. Morgen würde er den Bericht im Büro ausdrucken und unterschreiben. Damit war der Fall für ihn erledigt, denn sowohl die Kollegen von der Spurensicherung als auch die Ermittler der Mordgruppe hatten schon heute Nachmittag damit begonnen, sich um die Hintergründe von Klaus Hinzes Tod zu kümmern – da immer noch nicht klar war, ob es sich nur um einen Unfall oder um einen Mord handelte.

Ein Auto hielt vor dem Gebäude, eine Tür schlug zu. Im nächsten Moment ging die Haustür auf, und Pulaski hörte Schritte im Treppenhaus. *Jasmins Schritte!* Sie hatte es nicht besonders eilig hochzukommen.

Im Schlüsselloch klimperte es. Jasmin kam herein und

verschwand nach einem leise genuschelten »Hallo« in die Küche.

»Warum hast du mich nicht angerufen? Ich hätte dich abgeholt.«

»Ich wollte dich nicht bei der Arbeit stören.«

Ah, jetzt auf einmal! Danke, wie rücksichtsvoll.

»Hat dich Frau Hinze heimgebracht?«

»Nein, die spricht immer noch mit der Therapeutin.«

Ich weiß. Pulaski hatte soeben mit ihr telefoniert. Aber er wollte bloß wissen, ob Jasmin die Wahrheit erzählte. »Bist du mit dem Taxi gekommen?«

»Ja.«

»Setz dich bitte mal her. Ich muss mit dir reden.«

Jasmin stöhnte auf. Sie kam mit einem Glas Erdnussbutter, in dem ein Löffel steckte, ins Wohnzimmer und setzte sich ihm gegenüber im Schneidersitz auf einen Sessel.

»Während ich im Büro war, haben die Kollegen von der Kripo Frau Hinze einen Besuch abgestattet.«

»Haben wir gehört. Ich war bei Nina.«

»Sie haben das Büro von Ninas Vater durchsucht und eine aufgebrochene Schreibtischschublade gefunden.«

»Ist im Haus eingebrochen worden? Nina hat gar nichts erwähnt.«

»Frag nicht so scheinheilig«, knurrte Pulaski. »Was weißt du darüber?«

»Nichts. Fehlt etwas?«

»Scheinbar nicht. In der Lade lagen nur die Kreditkartenabrechnungen von Ninas Vater. Visa und Mastercard. Mehr nicht. Weißt du *darüber* etwas?«

»Herrgott, nein! Habe ich doch schon gesagt.«

»Jasmin! Das ist kein Spaß!« Pulaski klappte den Laptop

zu, legte ihn beiseite und nahm die Beine vom Tisch. »Weißt du, wie Ninas Vater gestorben ist?«

Sie wurde rot. »Nein.«

»Willst du es wissen?« Das hatte er sie noch nie gefragt, aber diesmal, so fürchtete er, war es notwendig.

»Nein, eigentlich …«

»Er hatte eine lange schmale Schere im Ohr. Die Spitze ist tief in sein Gehirn eingedrungen. Das Badezimmer im Motel war voller Blut.«

Jasmins Lippen zitterten. »Warum erzählst du mir das?«

»Weil es möglicherweise kein Unfall war. Weißt du, was das bedeutet?«

»Dass ihn jemand umgebracht hat?«

»Richtig. Möglicherweise – und ich sage bewusst *möglicherweise* – ist ein Mörder dort draußen, und *wir* wissen noch nicht den Grund, weshalb er Ninas Vater getötet hat. Und deshalb möchte ich, dass *du* die Finger von der Sache lässt. Hast du verstanden?«

»Aber ich …«

»Ich weiß genau, dass du Nina helfen möchtest. Aber ihr seid keine kleinen Hobby-Detektivinnen, die mal rasch in den Ferien einen Ponydiebstahl auf einer Pferderanch aufklären. Hier geht es womöglich um einen brutalen Mord! Und solange wir die Hintergründe nicht kennen, möchte ich nicht, dass du herumschnüffelst!«

Jasmin schwieg.

»Was habt ihr aus Herrn Hinzes Auto entwendet?«

Jasmins Lippen bebten. »Ninas Tablet.«

»Okay, ich glaube dir.« Er hob den Finger. »Aber versprich mir, dass du nichts auf eigene Faust unternimmst.«

Sie sah zu Boden. »Ich verspreche es.«

»Gut, das genügt mir.« Er erhob sich. »Hast du Hunger?«

»Nein.«

»Ich mache mir einen Toast mit Käse und Gurken. Möchtest du wirklich nichts?«

Sie hob den Kopf, schielte einen Augenblick zum Laptop auf der Couch und sah wieder zu Boden. »Machst du mir ein Schinkensandwich?«

»Sicher.« Er lebte schon seit vielen Jahren vegetarisch, hatte Jasmin aber noch nie dazu gezwungen, es ihm gleich zu tun. Vor allem weil sie Wurst und Leberkäse über alles liebte.

Er verschwand in die Küche, und als er nach zehn Minuten mit einer Tasse schwarzen Kaffee und Käsetoasts für sich ins Wohnzimmer kam, saß Jasmin wie zuvor an derselben Stelle und sah grübelnd durchs Fenster in die Nacht.

»Dein Sandwich ist in der Küche.«

»Danke.« Sie erhob sich und holte das Tablett mit ihrem Essen. »Darf ich in mein Zimmer gehen?«, fragte sie kleinlaut. »Ich habe heute die Schule geschwänzt und einen Mathetest versäumt. Ich sollte Integralrechnung lernen und mich für die nächste Prüfung in Rechnungswesen vorbereiten. Außerdem habe ich einem Mitschüler den Motorradhelm geklaut. Das muss ich auch noch klären.«

Pulaski atmete tief durch. *Gut, kein Grund, sie jetzt zu schimpfen. Sie hat dir immerhin die Wahrheit gesagt.* »Ist in Ordnung. Falls du mich brauchst, ich bin hier.«

»Ich weiß, danke.« Sie verschwand in ihr Zimmer.

Pulaski nahm einen Schluck vom Kaffee und blickte zum Laptop. Er lag noch genauso auf der Couch, wie er ihn vorhin hingelegt hatte. Sogar das Netzkabel und die Maus lagen unverändert da. *Ich hätte nicht gedacht, dass du so vorsichtig und clever bist.*

Langsam und leise, sodass der Parkettboden nicht knarrte, schlich er in den Flur bis vor Jasmins Zimmertür. Dort legte er behutsam das Ohr ans Holz und lauschte. Sekunden später hörte er Jasmin flüstern.

»… musste gar nicht länger warten. Mein Vater hat seinen Bericht schon zu Ende geschrieben.«

Wusste ich es doch. Bist mir also auf den Leim gegangen, du kleine Kröte!

Automatisch schlug sein Herz schneller. Er spürte einen leichten Asthmaanfall, bekam ihn jedoch rasch wieder in den Griff und atmete tief und langsam ein und aus.

»Ja, auch die Zeugenbefragungen. Der Rezeptionist des Motels hat beim Verhör gesagt, dass er nicht weiß, wie die Begleiterin deines Vaters ausgesehen hat … ja, genauso steht es drin … richtig, er *hatte* also eine Begleiterin«, flüsterte Jasmin. »Wir müssen diese Frau nur noch finden.«

Pulaskis Hand ballte sich zur Faust.

Was habe ich dir vorhin gesagt?

»Ja, das denke ich auch«, flüsterte Jasmin weiter. »Vielleicht war es immer wieder dieselbe Frau, mit der er sich getroffen hat.«

13

Während Flo am Abend versuchte, einen Sinn in diesen ausgedruckten fünfundvierzig Seiten zu finden, saß Evelyn in ihrer Kanzlei und studierte die Unterlagen über Johann Wulf, die sie von Ostrovsky erhalten hatte.

Der wichtigste Punkt war: Laut Polizeibericht hatte man in Wulfs Haus weder im Safe noch sonstwo das Notizbuch gefunden, von dem die Fotos auf seinem Handy stammten. Von diesen Daten wussten demnach nur der Ermordete, Flo und sie. Und möglicherweise Wulfs Mörder, falls er danach gesucht haben sollte.

Der restliche Bericht war wenig interessant. Johann Wulf hatte am Gymnasium maturiert, sein Studium an der Technischen Universität Wien abgeschlossen, in verschiedenen Firmen als technischer Leiter gearbeitet, war mit einer um zehn Jahre jüngeren Frau verheiratet gewesen – angeblich glücklich –, hatte zwei Kinder im Teenageralter gehabt und seit sieben Jahren in einer neuen Firma mit Sitz im Industrieviertel im Süden Wiens gearbeitet. Und zwar … und da blieb Evelyn die Luft im Hals stecken … *in der Casino Kotten GmbH!*

Sie hatte richtig gelesen. Wulf war als Richard von Kottens Entwicklungsleiter verantwortlich für die Elektronik der Spielautomaten und Anzeigetafeln der Roulettetische gewesen. Wütend zerknüllte Evelyn das Papier mit Johann Wulfs Lebenslauf und warf es in die Ecke.

So ein verfluchter Mist!

Der Ermordete war ein Mitarbeiter von Michaels Vater gewesen! Also lag jetzt sogar eine Verbindung zwischen ihrem Klienten und dem Opfer vor. Und Michael hatte behauptet, Johann Wulf nicht zu kennen.

Nie im Leben glaube ich dir das! Warum hast du mir nichts davon erzählt?

Dieser Punkt würde der Anklage voll in die Hände spielen. *Das ist ganz übel!* Dadurch zog sich die Schlinge um Michaels Hals noch enger!

Evelyn stand auf und faltete das zerknüllte Papier wieder auseinander. *Komm wieder runter,* sagte sie sich. *Das ist nicht das erste Mal, dass dir ein Mandant nicht die Wahrheit sagt.*

Natürlich ist es das nicht, sagte eine andere Stimme in ihr. *Aber was bedeutet das? Dass Michael doch der Mörder sein könnte?*

Aber das wollte sie nicht glauben!

»Ich brauche frische Luft«, murmelte sie, schnappte sich Handy, Büroschlüssel und ihren Mantel, schaltete das Licht aus und lief die Treppe hinunter.

Sie würde bei einem Spaziergang in der kalten Abendluft ihre Gedanken neu sortieren, einen kurzen Abstecher nach Hause machen, eine Dose Katzenfutter für Bonnie und Clyde öffnen, anschließend wieder ins Büro gehen und danach einen neuen Plan ausarbeiten. So hatte sie es bisher immer gemacht, und so würde es auch diesmal funktionieren. Doch als sie das Haus verließ und zum Rudolfspark abbiegen wollte, versperrte ihr ein älterer Mann den Weg. Er war schlank, groß, breitschultrig, hatte längeres gewelltes blondes Haar und trug einen schwarzen Mantel.

»Frau Doktor Meyers?« Seine Stimme war rau.

Sie sah sich auf der Straße um. Wind kam auf, und schwarze Wolken verdunkelten den Horizont. Einige Passanten begannen bereits zu laufen, um nicht in den bevorstehenden Regen zu kommen. Neben dem Bürgersteig stand ein silbergrau glänzender Rolls-Royce im Halteverbot. Jemand, der aussah wie ein Ex-Knacki, aber eine Chauffeuruniform trug, lehnte am verchromten Kühlergrill und rauchte eine Zigarette.

»Ich kann im Moment keine weiteren Fälle annehmen«, erklärte sie ihrem Gegenüber.

»Darum geht es nicht.«

»Worum geht es dann? Wer sind Sie überhaupt?«, hakte sie nach.

»Mein Name ist Peter Wehrmann – und das ist unser Fahrer für heute Abend.« Wehrmann hatte schmale Lippen, einen breiten Mund, gelbe Zähne von übermäßigem Tabakkonsum und sprach sehr undeutlich. Aufgrund der Falten im Gesicht schätzte Evelyn ihn auf mindestens Mitte fünfzig. Körperlich schien er jedoch topfit zu sein.

Wer immer das war, der Kerl spielte jedenfalls mit Chefinspektor Ganser in der gleichen Liga, wenn es darum ging, Sympathiepunkte zu verlieren.

»Und was wollen Sie von mir?«

»Ich bin Richard von Kottens Sicherheitsberater. Seine rechte Hand, die dafür sorgt, dass seine Geschäfte so reibungslos und geschmeidig ablaufen, wie er es wünscht.«

»Schön gesagt. Sie sind also sein Mädchen für alles. Und was wollen Sie von mir?«, wiederholte Evelyn, obwohl sie sich das bereits denken konnte.

Wehrmann zog die Augenbrauen zusammen. Wenn Evelyn ihn richtig einschätzte, dann war er nicht gewohnt, dass jemand so mit ihm sprach – außer vielleicht sein Boss. »Herr von Kotten wünscht Sie zu sprechen, und zwar in der Bibliothek seiner Villa.«

»Will er mir ein gutes Buch empfehlen?«

Wehrmann blieb ernst. »Ich fürchte nicht.« Er deutete mit einer knappen Bewegung zum Rolls-Royce. Sogleich schnippte der Fahrer die Zigarette achtlos auf die Straße, kam herüber und öffnete Evelyn die hintere Tür.

»Es freut mich, dass ich so gefragt bin«, sagte sie. »Aber Ihr Boss kann gern einen Termin mit mir in meiner Kanzlei ausmachen. Das erste Gespräch ist kostenlos.«

»Glauben Sie mir, über Kosten macht sich Herr von Kotten keine Gedanken. Und den Termin habe ich soeben mit Ihnen ausgemacht, falls Sie damit einverstanden sind. Wenn ich nun bitten darf?«

Das ist doch die Höhe. Evelyn musste sich zusammenreißen, um nicht lauthals aufzulachen. Was glaubte dieser Richard von Kotten eigentlich, wer er war? Brauchte nur seinen räudigen Wachhund loszuschicken, und alle tanzten nach seiner Pfeife? Kein Wunder, dass Michael seinen Vater im Lauf der Jahre hassen gelernt hatte. »Es tut mir leid, aber für heute Abend habe ich schon andere Pläne.«

»Und zwar?«, fragte Wehrmann.

»Ich muss nach Hause, meine Katzen füttern.« Die warteten sicher schon maunzend auf sie und kratzten an der Wohnungstür, sobald sie ihre Schritte im Treppenhaus hörten.

»Ich kann Ihnen versichern, es wird nicht lange dauern. Und Herr von Kottens Fahrer wird Sie anschließend zu Ihrer Wohnung bringen.«

»Tut mir leid, aber ich habe kein Interesse daran, dass Sie, Herr von Kotten, sein Fahrer oder irgendjemand anderer weiß, wo ich wohne.«

Wehrmann hob bedauernd die Schultern und nannte ihre private Adresse in der Nähe der Salztorbrücke auf der anderen Seite des Donaukanals.

Verdammt! Hatte sie tatsächlich geglaubt, der Vater ihres Mandanten würde sich nicht zuvor ausreichend über sie informieren? Womöglich stammte der Tipp, sie zu engagieren, sogar von ihm.

»Wo liegt Herrn von Kottens Villa?«, fragte sie.

Die Straße, die Peter Wehrmann ihr jetzt nannte, befand sich im Nordosten Wiens, in der Nähe des Donauturms, wo in den letzten Jahren entlang der Alten Donau, eines stehenden Gewässers, eine Villa nach der anderen gebaut worden war.

»Einen Moment, Sie erlauben doch?« Sie zog ihr Handy hervor, machte ein Foto von Wehrmann, fotografierte das Kennzeichen des Luxuswagens und schickte beides an Flo, mit einer kurzen Nachricht, der sie Richard von Kottens Adresse hinzufügte. *Sicherheitshalber!*

Dann steckte sie ihr Handy ein. »Dieses Treffen ist zwar sehr ungewöhnlich, aber weil es meinem Mandanten eventuell nutzen könnte, bin ich damit einverstanden.«

Sie nahm im Wagen Platz, und noch während ihr der Geruch frisch polierten Leders in die Nase stieg, schlug Wehrmann hinter ihr die Tür zu.

Richard von Kottens Bibliothek war düster eingerichtet. Wuchtige Möbelstücke aus Mahagoni, ein offener Kamin aus dunkelroten Ziegeln, weinrote Vorhänge, ein Kronleuchter mit viel Kristall, aber wenig Leuchtkraft, und ein dunkler Perserteppich, der noch den letzten Hauch von Leichtigkeit in diesem Raum erstickte. Was bestimmt beabsichtigt war.

Evelyn war gebeten worden, ihr Telefon einer Hausangestellten zu übergeben, bevor sie in das Zimmer gelassen wurde. Ein Hausbrauch, wie es hieß, da Richard von Kotten vermeiden wollte, dass seine Gespräche in der Bibliothek mitgehört wurden. Sie sperrte ihr Smartphone und gab es der Angestellten.

Seitdem wartete Evelyn in diesem seltsamen Zimmer, in dem der Tod das vorherrschende Motiv zu sein schien. Zumindest kam ihr das so vor. Denn überall hingen Geweihe und ausgestopfte Seeadler an den Wänden über den monströsen Bücherschränken. Aber die größte Trophäe von allen thronte über Richard von Kottens Schreibtisch: der Kopf eines Alaska-Elchs, wie auf der Goldprägung darunter zu lesen stand, mit einem Geweih von enormer Spannweite, dessen gezackte Schaufeln bis über von Kottens Ledersessel ragten. *Ein Albtraum!*

An das hohe Fenster mit dem Rundbogen schlugen die Äste einer Kiefer, und dahinter verdunkelten aufziehende Wolken den Mond. Hin und wieder erhellte ein Blitz den Garten des Anwesens, woraufhin ein Donner krachte. Allmählich kam sich Evelyn vor wie in einem altmodischen Gruselfilm. *Wie passend!* Der einzige Lichtblick in diesem Raum war ein großes Aquarium neben dem Fenster, in dem sich bunte Fische tummelten. Bei jedem Blitz wurde das Aquarium beleuchtet und warf Wellenmuster an die Wand.

Evelyn betrachtete die gerahmten Bilder auf dem massiven Schreibtisch, der das gesamte Zimmer dominierte. Familienfotos. Einige stammten von Michael in den unterschiedlichsten Altersstufen, als Kind, Jugendlicher und junger Erwachsener. Vor der OP hatte er ein wenig anders ausgesehen als heute, zwar auch schon sehr feminin, aber noch nicht so hübsch und fraulich. Am meisten interessierte Evelyn jedoch das Foto von Michaels Mutter Liliane – zumindest von der Frau, die sie aufgrund des Motivs für Michaels Mutter hielt. Eine attraktive Frau, groß gewachsen und schlank wie Michael, mit langen blonden Haaren, aber etwas verbitterten Gesichtszügen. Sie stand anscheinend im Garten vor der Villa, hielt den etwa fünfjährigen Michael an der Hand und fühlte sich sichtlich unwohl dabei, fotografiert zu werden. An der anderen Hand hielt sie ein süßes Mädchen mit brünetten Haaren, das etwa ein Jahr jünger war als Michael. Vermutlich seine Schwester. Gerade als Evelyn das Foto näher betrachten wollte, öffnete sich die Tür zur Bibliothek. Evelyn fuhr herum.

»Vielen Dank für Ihr Kommen.«

Vor ihr stand zweifellos Richard von Kotten. Ostrovsky hatte recht gehabt: Von Kotten war Deutscher, und er hatte nach all den Jahren in Wien immer noch einen ostdeutschen Akzent. Zudem klang seine Stimme alt, eine Spur mürrisch, und der Ton verriet, dass er keinen Widerspruch duldete.

»Richard von Kotten«, stellte er sich vor, schloss die Tür hinter sich, kam auf Evelyn zu und gab ihr die Hand. »Ich hörte von meinem Sicherheitsberater, Sie hätten nicht viel Zeit, darum biete ich Ihnen keinen Platz und auch gar nicht erst etwas zu trinken an. Meine Zeit ist nämlich ebenfalls knapp. Was wir zu besprechen haben, geht genauso gut im Stehen.«

Evelyn entgegnete nichts. *Was für ein selbstgefälliger Kotzbrocken!* Wie hatte Michael es formuliert? Er wollte in jeder Hinsicht anders sein als sein Vater. *Und das ist dir auch gelungen,* dachte sie. *Und zwar wirklich in jeder Hinsicht.*

Von Kotten trug einen eleganten grauen Dreiteiler, Manschettenknöpfe und Lackschuhe. Ein Absatz war höher als der andere, wie Evelyn auffiel. Vermutlich ein kürzeres Bein oder eine schiefe Hüfte. Als von Kotten zu einer Kommode ging und die Hausbar öffnete, in der automatisch das Licht anging, sah sie, dass er leicht humpelte. Vielleicht ein Jagdunfall? Angesichts der Geweihe in diesem Haus nicht so unwahrscheinlich.

Von Kotten goss sich ein halb volles Glas Whisky ein, nippte daran, ging durch den Raum und musterte Evelyn wie ein Stück Beute, auf das er es abgesehen hatte. »Ich dachte, Sie wären älter.«

»Was für ein Kompliment! Danke.«

»Täuschen Sie sich nicht, das war keineswegs als Kompliment gedacht, Frau Meyers. Junge Leute glauben zu vorschnell das, was sie hören. Sie müssen erst lernen, sich ihre eigene Meinung zu bilden.«

»Ach? Haben Sie mich deshalb hergeholt, um mir das zu sagen?«, fragte Evelyn.

»Nein, ich möchte Sie nur davor bewahren, zu rasch zu urteilen.«

»Über Ihren Sohn?«

Er schüttelte den Kopf. »Über mich.«

»Über Sie?«, entfuhr es ihr. »Bei diesem Treffen geht es also um Sie?«

»Schauen Sie.« Er ließ den Whisky im Glas kreisen. »Es gibt dieses Gerücht, ich hätte bloß des Geldes oder des Adelstitels wegen geheiratet.«

»Wieso sollte ich das glauben? In Österreich ist das Tragen von Adelstiteln schon seit langer Zeit verboten, Herr Kotten«, sagte sie, indem sie das *von* bewusst wegließ.

»Eben! Ja, es stimmt, die von Kottens sind – oder *waren*, wenn Sie so wollen – alter österreichischer Adel mit großen Besitztümern und Wäldern und Jagden. Aber ich besitze in

Bad Dürrenberg in Ostdeutschland, woher ich stamme, selbst ein großes Landhaus mit Wäldern und einem nicht gerade unwesentlich kleinen See. Auch dort gehe ich zur Jagd, sofern es meine Zeit erlaubt.«

»Sie sind also Jäger?«, fragte Evelyn und tat überrascht, darum bemüht, die ausgestopften Tiere nicht zu betrachten. »Angeblich werden bei Jagden viele Geschäfte abgeschlossen, richtig?« Sie dachte an Ostrovskys Vorwürfe der Korruption und Bestechung.

Von Kotten schmunzelte. »Alte Klischees und Vorurteile – wieder einmal. Gut, aber Sie sind, wie gesagt, noch jung.«

Du arroganter Arsch! Was würde sie von ihm als Nächstes zu hören bekommen? Dass sie zu jung und unerfahren war, um seinen Sohn vor Gericht zu vertreten? Dass sie diesen Job einem älteren und erfahreneren Anwalt überlassen sollte? Oder dass sie sich gefälligst den Arsch aufreißen sollte, um seinen Sohn aus der Haft zu holen, anstatt im Park spazieren zu gehen? Um jeden Preis, koste es, was es wolle, selbst mit illegalen Mitteln, sonst würde ihr sein Sicherheitsmann die Beine brechen?

Doch da irrte sie sich gewaltig.

»Beenden wir das Geplänkel.« Von Kottens Gesicht wurde zu einer Maske, und seine Stimme bekam einen harten Unterton. »Mein Sohn ist ein Mörder. Und wenn Sie nur einen Funken Anstand haben, sollten Sie dafür sorgen, dass er so lange wie möglich hinter Gitter kommt.«

»Wie bitte?« Gut, dass er ihr keinen Whisky angeboten hatte, denn den hätte sie jetzt laut prustend auf den teuren Teppich gespuckt.

»Sie haben richtig gehört. Sehen Sie, seit dem Selbstmord meiner Frau bin ich alleinerziehender Vater.«

Selbstmord also! Deshalb wollte Michael nicht darüber sprechen. Sie schielte zu den Fotos. »Hat Michael eine Schwester?«

»Hatte.« Von Kottens Blick verlor sich in der Ferne. »Christine starb sehr jung, mit vier. Ein tragischer Unfall auf unserem Landsitz in Bad Dürrenberg. Seitdem war es alles andere als leicht«, sagte er und sah auf. »Zumindest mit einem Sohn wie Michael.«

»Inwiefern?«

»Ach, kommen Sie! Sie haben ihn doch kennengelernt. Er ist eine Tunte. Der Schandfleck der ganzen Familie.«

»Wegen seiner sexuellen Orientierung? Ich bitte Sie! Heutzutage …«

»Ach was, *heutzutage!«*, unterbrach er sie. »Mit dreizehn Jahren habe ich ihn beim Masturbieren erwischt – in Frauenkleidern! In den Kleidern *seiner Mutter!* Er sagte, der Geruch ließe ihn ihr nahe sein. Er hatte zwar nie ein – wie sagt man? – schwules Coming-out, aber ich wusste schon immer, dass er sich anders fühlt und nicht genau weiß, was er wirklich will.«

»Das haben Sie also erkannt? Oder haben Ihnen Ihre Jägerkameraden bei dieser scharfsinnigen Analyse geholfen?«

Er ignorierte ihren zynischen Ton. »Haben Sie Kinder?«

»Nein.«

»Dann sollten Sie zu diesem Thema besser schweigen.« Er nippte am Glas. »Das Schlüsselerlebnis war ein Faschingsfest in meiner Firma. Alle waren kostümiert, auch Michael, er war fünfzehn und hatte sich als Frau verkleidet. Am nächsten Morgen, als ich ihm beim Frühstück zu seinem Kostüm gratulierte, starrte er mich ernst an und sagte: *An diesem Abend waren alle kostümiert, Vater, nur ich war der Einzige, der nicht verkleidet war.* Das ist doch verrückt, oder?«

Das ist nicht verrückt, sondern zutiefst traurig. »Und deswegen verachten Sie ihn?«

»Nicht nur deshalb. Vor allem ist er ein feiger Mörder. Sie sollten auf *schuldig* plädieren und dem Staat eine Menge Prozesskosten ersparen, damit dieser Nichtsnutz so rasch wie möglich dorthin kommt, wo er hingehört: in den Knast!«

»Aber warum? Er ist immerhin Ihr Sohn!«

»Warum?« Richard von Kotten lachte auf. »Damit er keine Gefahr mehr für die Menschheit darstellt. So einfach ist das. Was haben Sie von mir zu hören erwartet? *Blut ist dicker als Wasser?* So ein Quatsch! Mörder gehören weggesperrt.«

Aus dem Augenwinkel betrachtete Evelyn den ausgestopften Seeadler, der sicher nicht an Altersschwäche gestorben und dem Präparator einfach so tot vor die Füße gefallen war.

Mörder gehören weggesperrt!

Da hatte sie sich ordentlich getäuscht, warum Richard von Kotten sie so dringend sprechen wollte. Und mit einem Mal war ihr auch klar, warum er seinem Sohn nicht helfen wollte. Würde sein missratener und masturbierender Junge frei herumlaufen, womöglich noch in Frauenkleidern, und vielleicht sogar aufgrund eines mehr als fragwürdigen Freispruchs, würde es Richard von Kottens Ruf nachhaltiger schaden, als wenn er im Knast säße, wo ihn die Öffentlichkeit nicht zu Gesicht bekäme. Also wollte er sich seines »Problems« so rasch wie möglich mit einer rechtskräftigen Verurteilung entledigen.

Je länger Evelyn den Mann im grauen Anzug mit den streng nach hinten gekämmten grauen Haaren und dem Whiskyglas in der Hand betrachtete, umso mehr verachtete sie ihn. Aber gleichzeitig spornte sie das an, für einen Freispruch zu kämpfen. Schon allein deshalb, weil sie sich von niemandem vorschreiben ließ, was und wie sie etwas zu tun hatte.

Evelyn betrachtete noch einmal die Fotos auf dem Schreibtisch. »Wenn Sie Ihren Sohn so verachten, warum stehen dann mehrere Fotos von ihm auf Ihrem Schreibtisch?«

»Damals war er noch ein netter Junge. Heute ist er zu einer geisteskranken schwulen Missgeburt mutiert.«

Bei den Worten zuckte Evelyn innerlich wie äußerlich zusammen.

»Ich war schon immer ein Mann klarer Formulierungen«, stellte Richard von Kotten fest. »Andernfalls hätte ich meine Firma nicht dahin geführt, wo sie heute steht. Damit ist alles gesagt. Unser Gespräch ist beendet. Danke für Ihren Besuch.«

Entgeistert sah Evelyn zu, wie von Kotten noch einen Schluck aus dem Glas nahm, zum Aquarium ging und den Rest ins Becken tröpfeln ließ.

»Aber …?«, entfuhr es ihr.

»Mein Gott, schauen Sie nicht so. Das ist ein Fünfhundert-Euro-Whisky, der wird den Fischen schon nicht schaden.«

Der Mann ist völlig verrückt! Und eigentlich wäre es längst an der Zeit gewesen, das Haus dieses Wahnsinnigen zu verlassen. Doch sie hielt inne. »Sie reden die ganze Zeit davon, dass Michael homosexuell ist«, sagte sie. »Tatsächlich ist er aber doch transsexuell.«

Von Kotten putzte das leere Glas mit einem Tuch sauber und stellte es zurück in die Hausbar. »Ob er sich zu einer Frau umoperieren lassen möchte oder nicht – was ändert das schon? Er ist schwul. Johann Wulf war auch schwul.«

»Wie bitte?« Von Kotten war wirklich ein Freund des offenen Wortes.

»Wussten Sie das nicht? Wulf hatte ein Problem damit, sich zu outen. In Wahrheit war er so schwul wie ein Friseur in Las Vegas. Woher ich das weiß? Er und mein Sohn hatten jahrelang ein Verhältnis.«

Nun klappte Evelyns Mund endgültig auf. *Die beiden kannten sich also tatsächlich!* Wenn er *das* vor Gericht wiederholte, war Michael geliefert. »Haben Sie schon mit der Kripo über Ihre Vermutung gesprochen?«

»Vermutung? Ich bitte Sie! Aber um Ihre Frage zu beantworten: Nein, die Beamten waren noch nicht hier. Doch sie werden kommen, und wenn sie mich danach fragen, werde ich mit meinem Wissen nicht hinter dem Berg halten, dass mein Sohn eine Beziehung zu meinem Entwicklungsleiter hatte.«

Evelyn brauchte einen Atemzug, um sich zu fassen. »Aber warum sollte Ihr Sohn seinen Liebhaber ermorden?«

Richard von Kotten ging zur Tür, öffnete sie und nickte seinem Sicherheitsmann zu, was einem Rauswurf gleichkam. »Er war schon immer krankhaft eifersüchtig.«

Evelyn hatte ihr Handy zurückbekommen, und eine Minute später stand sie mutterseelenallein in strömendem Regen und eisiger Kälte vor dem schmiedeeisernen, zwei Meter hohen Eingangstor des Grundstücks. Über ihr blinkte das rote Licht einer Überwachungskamera, und vor ihr lief das Regenwasser in den Kanalschacht.

Verfluchter Mist! Richard von Kotten hatte unmittelbar nach der Verabschiedung angeordnet, dass sein Fahrer sie nicht mit dem Rolls-Royce heimzubringen brauchte. Sie sei schließlich jung, habe noch zwei gesunde Beine, und das bisschen Regen werde ihr nicht schaden.

Und so suchte sie Zuflucht unter den Ästen einer Kiefer und telefonierte nach einem Taxi.

Während sie wartete, wusste sie nicht, über wen sie sich mehr ärgern sollte: über Michael Kotten oder über seinen Vater. Entweder belog der Junge sie nach Strich und Faden – oder der Alte. Jedenfalls würde Ostrovsky sich von all diesen Versionen die Rosinen aus dem Kuchen picken und alles gegen sie verwenden.

Im Moment wollte sie einfach nur noch heim zu ihren Katzen und sich mit einer warmen Strickjacke auf die Couch legen.

Und wenn du mit Flo nicht rasch eine brillante Lösung findest, hast du diesen Fall verloren, noch ehe er richtig begonnen hat.

In derselben Nacht in Dresden

Die Vorstellung in der Semper-Oper war zu Ende, und die Besucher strömten zur Garderobe. Jeder wollte bei diesem Sauwetter so rasch wie möglich nach Hause.

Dr. Birkenthal nicht. Er ging durch das Foyer zu einem der kleinen Stehtische, auf denen in der Pause das Brötchenbüfett aufgebaut worden war, und stützte sich darauf. Mittlerweile hatten die Bediensteten die Brötchen abgeräumt, neue saubere Platzdecken auf die Tische gelegt und Schüsseln mit Erdnüssen hingestellt. Birkenthal griff in die Schale und aß ein paar Nüsse. Dann hielt er Ausschau nach der jungen brünetten Frau im roten Cocktailkleid mit den langen Beinen.

Birkenthal hatte sie schon in der Pause gesehen, wusste aber nicht, wo sie während der Vorstellung gesessen hatte. Anscheinend war sie ohne Begleitung hier, und während sich alle Besucher über die Neuinszenierung der *Tosca* unterhalten hatten, hatte sie in der Pause allein vor dem Eingang in der Kälte gestanden und eine Zigarette geraucht. Birkenthal hatte sich die Vorstellung ebenfalls allein angesehen, wie er es dienstagabends immer tat – und so war er zu ihr hinausgegangen und hatte sie angesprochen. Es war eine nette Unterhaltung über Opern gewesen. Sie hatte eine schmale dünne Eve geraucht, und Birkenthal hatte sie zu einem Glas Sekt eingeladen. Ihre Stimme war angenehm sanft, völlig unaufgeregt und sehr sexy gewesen, mit einer Spur Wiener Dialekt, den er entzückend fand.

Nun hielt Birkenthal erneut nach ihr Ausschau. Er musste sie wiedersehen, und zwar bevor sie aus dem Gebäude verschwand, denn danach hatte er keine Chance mehr. Er kannte nicht einmal ihren Namen, geschweige denn ihre Adresse, und er musste unbedingt herausfinden, warum sie diesen süßen Dialekt hatte, woher sie kam, warum sie hier und ob sie Single war.

Und dann sah er sie. Sie kam aus der Damentoilette und ging in Richtung Garderobe an seinem Tisch vorbei, ohne ihn zu bemerken.

»Wie hat Ihnen der zweite Teil gefallen?«, fragte Birkenthal.

Offenbar erkannte sie im Gemurmel der anderen Gäste seine Stimme, denn sie drehte sich tatsächlich um. »Ach, Sie!«

Mein Gott, hatte die ein Lächeln. Dieser süße Mund, die vollen Lippen, die großen Augen und die kleine Stupsnase. Er schätzte sie auf fünfundzwanzig Jahre. Es wäre ein Wunder, wenn eine Frau wie sie keinen Mann hätte. Aber das war Birkenthal im Moment egal.

»Eigentlich ganz gut«, sagte sie. »Einmal etwas anderes.« Sie hob die Schultern und lächelte wieder. »Aber um ehrlich zu sein … das Glas Sekt vorhin hat es erträglicher gemacht.«

Er lachte. »Seien Sie ehrlich, die Vorstellung war schrecklich!«

Sie verzog das Gesicht. »Stimmt, sie war miserabel. Puccini hätte sich im Grab umgedreht. Ich hatte mir schon überlegt, vorzeitig zu gehen.«

»Das wäre schade gewesen, denn dann hätte ich Sie jetzt nicht mehr gesehen und mit Ihnen plaudern können.« Bei den Worten *plaudern können* versuchte er, den Wiener Dialekt zu imitieren.

»Flirten Sie etwa mit mir?«

»Ja, das tue ich. Ich habe mich seit Wochen nicht mehr so gut und mit einer so charmanten Frau unterhalten wie vorhin mit Ihnen.«

»Ach, du liebe Güte, Sie gehen aber ran.«

»Darf ich Sie auf ein weiteres Getränk einladen?«

Sie blickte zur Garderobe, dann zum Ausgang. Es regnete, einige Leute spannten Schirme auf, andere liefen mit Programmheften über dem Kopf auf die Straße, wo eine Reihe Taxis wartete. »Ich hatte eigentlich vorgehabt, nach Hause zu fahren.«

Eigentlich! Sie hatte *eigentlich* gesagt. Das hieß, dass die Schlacht schon halb gewonnen war. »Sind Sie mit dem Auto da?«

»Nein, öffentlich.«

»Bis zur nächsten Bushaltestelle ist es weit. Da sind Sie klitschnass und halb erfroren. Mein Wagen parkt direkt vor der Tür. Wenn Sie wollen, kann ich Sie heimbringen.« *Oder zu mir. Ich bin zwar fast dreimal so alt wie du, aber immer noch gut in Form und könnte dir …*

»Vor der Tür?«, unterbrach sie seine Gedanken. »Sie sind doch nicht etwa der Direktor der Semper-Oper?«

Er nickte und versuchte, dabei ein ernstes Gesicht zu machen. »Gottfried Semper.« Dann lachte er und gab ihr die Hand. »Nein, Birkenthal, Eugen Birkenthal.«

»Eugen?« Nun lachte sie.

»Ich weiß, ein schrecklicher Name«, seufzte er. »Sobald ich ihn erwähne, habe ich keine Chance mehr bei den Damen.«

Sie ließ ihren Blick über seinen Smoking gleiten, betrachtete seine Hände, die silberne Armbanduhr, die Fliege und seine grau melierten Schläfen. Dann zog sie die Nase kraus. »Tut mir leid, danke für das Angebot, aber ich weiß nicht so recht. Wenn ich es ausschlage, dann sicher nicht wegen Ihres Namens, im Gegenteil, der klingt sogar interessant, aber ich kenne Sie ja gar nicht.«

Er zog seine Brieftasche aus dem Smoking und fischte eine Visitenkarte heraus, die er vor ihr auf den Tisch legte.

Sie betrachtete die Karte und verzog anerkennend den Mund. »Doktor Eugen Birkenthal von Birkenthal & Partner, Rechtsanwälte.«

»Meine Kanzlei liegt in der Innenstadt«, fügte er hinzu.

»Ich wohne in einem Vorort.« Plötzlich reichte sie ihm noch einmal die Hand. »Christine. Mehr müssen Sie im Moment nicht über mich wissen.«

»Im Moment?«

»Je nachdem, wie sich der heutige Abend noch entwickelt.«

Sein Herz schlug schneller. »Ich verstehe nicht.«

»Ich schlag vor, wir fahren zu Ihnen. Sie haben sicher ein großes Wohnzimmer mit offenem Feuer im Kamin, einem Bärenfell davor und bestimmt einen besseren Champagner im Kühlschrank als ich in meiner Zweizimmerwohnung.«

»Äh … Kamin ja, Bärenfell nein, und ein Champagner lässt sich organisieren.« Er griff in der Hosentasche nach seinem Autoschlüssel.

»Sind Sie verheiratet?«

»Nein.«

»Gut.« Sie lächelte. »Ich hole nur noch meinen Mantel.«

Birkenthal sah ihr nach, wie sie mit wiegenden Hüften zur Garderobe ging.

Als sie ihren Pelzmantel bekam, ging er zu ihr hin und half ihr hinein. Dabei berührte er wie zufällig ihre Oberarme und spürte, wie das Blut in seinem Glied zu pochen begann und sein Schwanz hart wurde wie schon lange nicht mehr.

Christine fackelte nicht lange herum. Nach einem Glas Champagner, einem kurzen, erotischen Gespräch über ihre sexuellen Vorlieben, die gar nicht so weit von seinen entfernt lagen, und einem Abstecher ins Badezimmer, um sich frisch zu machen, schien sie bereit zu sein für den Ritt ihres Lebens.

Was doch die Erwähnung, ein erfolgreicher Rechtsanwalt zu sein, der in einer tollen Villa lebte und einen Maserati fuhr, alles bewirken konnte. Oft funktionierte schon seine Visitenkarte wie ein Zauberspruch, und der frische Ledergeruch in seinem Wagen wirkte dann noch zusätzlich aphrodisierend.

Während sie noch im Bad war, schluckte er zwei Tabletten. *Lustpillen,* wie er sie nannte. Und als sie aus dem Badezimmer kam, küssten sie sich bereits. Sie küsste genau so, wie sie aussah: verrucht, verdorben und so stürmisch, als gäbe es kein Morgen! Ihre Zunge war lang, kräftig und schmeckte nach Zitrone. Und sie wusste, an welche Stelle in seiner Hose sie greifen musste, um die beiden kleinen, prall gefüllten Rechtsanwaltsgehilfen beinahe zum Platzen zu bringen.

Keine fünf Minuten später landeten sie in seinem Schlafzimmer. Die Vorhänge waren geschlossen, Birkenthal schnappte sich die Fernbedienung, schaltete die indirekte rötliche Beleuchtung ein und startete leise klassische Musik. Nicht *Tosca,* sondern Ravels *Boléro.* Die Musik erinnerte ihn an den Film *Die Traumfrau* mit Bo Derek, aber den konnte Christine unmöglich kennen. Dafür war sie noch zu jung.

Und das, was er jetzt mit ihr vorhatte, kannte sie bestimmt auch noch nicht. Hatte sie garantiert noch nie zuvor erlebt. Dafür war sie trotz allem zu anständig und zu unerfahren.

»Warum schaust du so?«, fragte sie kichernd, während sie aus ihren Stöckelschuhen schlüpfte.

»Ich habe dir doch gesagt, dass ich auf harten Sex stehe.«

»Und ich habe gesagt, dass das für mich okay ist«, antwortete sie prompt.

»Auf *sehr* harten Sex!«

»Wie ha…?«

Er schlug ihr ins Gesicht, sodass sie rücklings aufs Bett fiel. Im nächsten Moment war er über ihr, drückte ihr die Arme über den Kopf und presste seine Hüfte gegen ihren Schambereich, als wollte er sie mit seiner Lanze aufspießen. Blut lief ihr aus dem Mundwinkel.

»Das ist mir zu viel«, keuchte sie.

»Halt's Maul, du Nutte!«, schnaufte er. »Du wolltest es doch auch, das habe ich dir schon in der Pause angesehen, also mach jetzt keinen Rückzieher.«

»Fick mich, sei grob zu mir und schlag mich – aber nicht ins Gesicht, hast du gehört?«

»Okay.«

Ihr Widerstand erstarb, und er lockerte seinen Griff.

»Küss mich und leck mir das Blut von den Lippen!«, befahl sie ihm.

Er beugte sich zu ihr hinunter, und als er sie küsste, biss sie ihm die Spitze seiner Zunge ab. Völlig schockiert richtete er sich ruckartig auf. Blut schoss aus seinem Mund, und sein schriller Schrei erstickte sogleich, weil er schlucken musste. Es schmeckte salzig, eisenhaltig, und ihm wurde sofort übel.

Erst jetzt merkte er, dass Christine sich unter ihm vom Bett gerollt und nach ihrer Handtasche gegriffen hatte.

»Was hast du ge'an?«, lallte er und musste wieder schlucken.

Sie stand neben dem Bett, spuckte aus, und der kleine rosafarbene Teil, der aussah wie die Spitze seiner Zunge, klatschte nass aufs Kopfkissen.

Verdammt! Ich muss sofort ins Krankenhaus.

Sein Magen krampfte sich zusammen. Doch seine Wut überwog. Er ballte die Faust, wollte sich ebenfalls aus dem Bett wälzen und ihr ins Gesicht schlagen, doch da hielt sie plötzlich einen kleinen Gegenstand in der Hand.

»Wa…?« Es sah aus wie ein Elektroschocker, und im nächsten Moment traf ihn auch schon ein Stromstoß.

Er fiel rücklings vom Bett auf den Boden und schlug mit dem Hinterkopf hart gegen die Wand. Kaum hatte er begriffen, was vorging, trafen ihn auch schon ein zweiter und ein dritter Stoß.

Für kurze Zeit war sein Bewusstsein weg gewesen, und als er wieder klar denken konnte, merkte er, dass er am Fußende des Bettes mit dem Rücken auf dem Boden lag und beide Hände jeweils mit einer Handschelle an die Pfosten des Bettgestells gefesselt waren. Außerdem hatte Christine ein nasses Handtuch um seine Handgelenke gewickelt. Er zerrte erfolglos an seinen Fesseln, spürte den Druck des Eisens durch das Tuch.

Vorsichtig tastete er mit dem Rest seiner Zunge über die Vorderzähne. Es fühlte sich so schrecklich an, als hätte sie ihm die halbe Zunge aus dem Mund gerissen. Und vom vielen Blut war ihm schon wieder so kotzübel, dass er sich am liebsten übergeben hätte.

Christine stand vor ihm. Sie trug wieder ihre Stöckelschuhe.

»E' tut mir 'eid, da' ich dir ins Ge'icht ge'lagen habe«, nuschelte er.

»Vergiss es!« Sie wischte sich mit dem Zeigefinger über den Mundwinkel und leckte die Spitze ab. »Ich hätte dich trotzdem ausgeknockt und gefesselt.«

Er sah sie verwirrt an.

»Ich habe mir die *Tosca* gar nicht angesehen«, erzählte sie, während sie einen Fotoapparat aus ihrer Handtasche holte. »Ich hatte nämlich gar keine Karte, weißt du?«

»Aber …«

»Ich habe bloß meinen Pelzmantel an der Garderobe abgegeben, mich in der Pause im Foyer unter die Besucher gemischt und nach dir Ausschau gehalten.«

»Du? 'ach mir?«

Sie lächelte. »Du hast es mir leicht gemacht, als du sogar zu mir rausgekommen bist. Ich hätte nicht gedacht, dass es so einfach sein würde.«

»Einfach? Mach mich 'os! Bi't du ei'e Priva'de'ek'ivin?«

»Was?« Sie lachte laut auf. »Wegen der Kamera? Nein. Die brauche ich, weil ich in dieser Nacht viele Fotos von dir machen werde.«

Birkenthal schwieg. Er dachte an die nassen Handtücher. *Wozu? Um keine Abdrücke an den Handgelenken zu hinterlassen?* War er an eine Verrückte geraten, an eine Stalkerin, oder an eine …?

»Ich bin auch keine ehemalige unzufriedene Mandantin deiner Kanzlei, um deiner nächsten Frage zuvorzukommen.« Sie holte eine Art Dildo aus ihrer Handtasche, der innen hohl war. Wie eine Röhre, durch die sie hindurchblickte und ihn musterte.

»Was will' du?«

»Ich will dich einfach nur langsam sterben sehen, Eugen …«

2. TEIL

Mittwoch, 12. März

14

Der nächste Tag begann mit einer grauen Tristesse aus Nebel und Kälte. Pulaski war bereits um fünf Uhr aufgewacht, hatte geduscht, sich angezogen und frühstückte nun eine Tasse starken Kaffee und ein Gurkensandwich, während er durch die Zeitung blätterte. Diesmal brauchte er gar nicht zu versuchen, die Seite mit der Schlagzeile von Klaus Hinzes Tod in der Altpapiertonne verschwinden zu lassen, da Jasmin sowieso online alle Artikel darüber lesen würde.

Um sieben Uhr hörte er das Prasseln der Dusche. Jasmin war aufgestanden. Pulaski packte Laptop und Unterlagen zusammen, um die Wohnung zu verlassen, wartete aber noch, bis die kleine Hobby-Detektivin aus dem Bad kommen würde.

Fünf Minuten später tapste Jasmin in die Küche. Mit nassen Füßen, in einen Bademantel gehüllt und das Handtuch turbanartig um den Kopf gebunden.

»Guten Morgen, indische Prinzessin«, knurrte Pulaski.

»Guten Morgen, und spar dir die Witze, ich weiß, ich sehe schrecklich aus.«

»Tust du nicht, du bist das hübscheste Mädchen der Schule«, murmelte er. »Apropos Schule. Hast du übrigens vor, da heute hinzugehen?«

»Ja, sicher.«

»Du weißt, dass ich dort anrufen werde. Nicht, um dich zu kontrollieren, sondern um herauszufinden, ob dir auch wirklich nichts zugestoßen ist.«

»Ja, okay, kannst du. Ich verspreche dir, nicht wieder zu schwänzen.«

So, wie du mir versprochen hast, nicht auf eigene Faust zu ermitteln?

»Gut, danke«, sagte er stattdessen. Immerhin spielte *er* mit offenen Karten, und das war besser, als wenn Jasmin eines Tages herausfinden musste, dass er sie angelogen hatte. So wie sie ihn.

»Was passiert nun weiter?«, fragte sie.

Pulaski klemmte sich Computer und Unterlagen unter den Arm. »Meine Arbeit ist getan, seit gestern ermitteln die Kollegen von der Kripo.«

»Und wenn die nichts finden?«

Pulaski hob die Schultern. »Die machen das schon. Das ist ihr Job.«

»Aber wenn die glauben, dass es ein Unfall war, und in Wahrheit war es vielleicht gar keiner? Wirst du dann dranbleiben?«

»Du weißt, dass ich das nicht kann.«

»Aber wenn Ninas Vater ermordet wurde, dann *musst* du den Mörder finden. Was ist mit deiner Hartnäckigkeit und deinem Spürsinn? Du warst doch früher jemand beim LKA und hast sicher noch Kontakte zu den Kollegen, zur Spurensicherung, zur Rechtsmedizin und zu …«

»Lass uns nicht darüber reden! Du weißt ganz genau, warum ich diesen Job an den Nagel gehängt habe.«

»Ja, das weiß ich. Damals war ich sieben. Mittlerweile bin ich erwachsen!«

Pulaski seufzte.

»Versprich es mir!«, drängte sie.

»Was?«

»Dass du nicht aufgibst, ehe der Fall restlos aufgeklärt ist. Sonst werden Nina und ich …« Sie verstummte.

O Gott, lässt du dich etwa gerade von einer Siebzehnjährigen erpressen? Wie sollte er sie bändigen? Mit Hausarrest, Handy- und Computerverbot? Sollte er ihr das Taschengeld streichen oder ihr den Hintern versohlen, damit sie ihn endlich in Ruhe ließ? Das war lächerlich. Zu solchen Erziehungsmaßnahmen hatte er noch nie gegriffen. Jetzt schien es doch ein wenig spät dafür. Vernünftig mit ihr reden? *Vernünftig? Mit Jasmin?* Sie war mindestens genauso stur und bockig wie er. Das konnte er erst recht vergessen – nicht wenn es um sie und ihre beste Freundin ging. Dabei musste er Nina sogar dankbar sein, denn ohne sie hätte Jasmin die Zeit nach dem Tod ihrer Mutter nie überstanden. »Ich …«

»Ja?« Jasmin stand da, mit nassen Füßen, dem Handtuch auf dem Kopf und sah ihn erwartungsvoll an.

Wenn er ihr dieses Versprechen nicht gab, riskierte er, dass sie wieder die Schule schwänzte und doch auf eigene Faust recherchierte. »Okay, du gehst zur Schule – und ich sorge dafür, dass die Hintergründe und alle Ungereimtheiten restlos aufgeklärt werden«, versprach er ihr.

»Hand drauf!« Jasmin streckte den Arm aus.

»Hand drauf«, sagte Pulaski und streckte ebenfalls den Arm aus. Jasmin schlug ein.

Dieser Deal gilt also!

Aber das bedeutete auch, dass *er* ihr ebenso ein Versprechen gegeben hatte. Und das würde weder Horst Fux und den Kollegen von der Kripo noch den hohen Herren im LKA schmecken.

Aber die waren Pulaski ohnehin scheißegal. Hauptsache, seine Tochter stellte keine Dummheiten an.

15

Bei Evelyns täglicher morgendlicher Joggingrunde durch den Stadtpark, zur Sternwarte, von dort am Donaukanal entlang und retour, konnte sie ihr Hirn ordentlich durchlüften.

Anschließend saß sie frisch geduscht im Trainingsanzug bei einer Tasse Kaffee am Frühstückstisch, während Bonnie und Clyde zu ihren Füßen hockten und schmatzend einen kleinen Nachschlag aus ihren Katzenschüsseln runterschlangen.

Gedankenverloren rührte sie mit dem Löffel in der Tasse. Michael Kotten behauptete, er wollte sein Geschlecht operativ ändern, weil er sich als Frau fühlte. Sein Vater hingegen behauptete, er sei schwul, weil er ein Verhältnis mit seinem ebenso homosexuellen Entwicklungsleiter gehabt hatte. Das führte sie zu der Frage, ob ein Mann, der sich zu einer Frau umoperieren lassen wollte, als *normale* Frau mit einem Mann zusammen sein wollte? Oder war er tatsächlich *schwul* und wollte deshalb mit einem Mann zusammen sein? Oder war er eine *lesbische* Frau, die mit einer anderen Transfrau zusammen sein wollte?

Je mehr sie darüber nachdachte, umso unsicherer wurde sie. *Aber ist das alles überhaupt von Bedeutung?* Ja, für die Beurteilung des Videos und ob Michael Kotten tatsächlich darauf zu sehen sein konnte, war es wichtig. Und ihr fiel nur einer ein, der ihr all diese Fragen beantworten konnte: Professor Janecke!

Der würde ihr hoffentlich erklären können, was in Michaels Seele vorging, denn niemand anders kannte sich in der Schwulen- und Transgenderszene besser aus.

Deshalb warf sie den ursprünglich geplanten Tagesablauf über den Haufen und rief als Erstes Flo an.

»Morgen, Evelyn«, meldete er sich müde.

»Scheint ja eine lange Nacht gewesen zu sein«, scherzte sie.

»Ja, das war es, bin erst um zwei ins Bett gekommen.« Er gähnte laut. »Gib mir noch eine Stunde Zeit, dann komm ich ins Büro und erzähl dir, was ich über die Fotos herausgefunden habe.«

»Kleine Planänderung«, unterbrach sie ihn. »Wir treffen uns nicht im Büro, sondern bei Professor Janecke.«

Eine Weile war es still in der Leitung. »*Der* Professor Janecke, der früher mal als psychologischer Gerichtsgutachter gearbeitet hat?«

»Ja, der.«

»Aber der ist doch … verrückt geworden.«

»Nein, ist er nicht«, widersprach Evelyn. »Ich hatte bereits mehrmals mit ihm zu tun. Er ist nur ein Sonderling, der nicht mehr praktiziert. Trotzdem ist er immer noch ein brillanter Psychologe und Therapeut.«

»Okay, wenn du meinst. Bin in einer Stunde dort.« Flo notierte sich die Adresse, dann unterbrach er die Verbindung. Garantiert verkroch er sich jetzt noch einmal unter der Decke.

Evelyn bürstete ihre Katzen, dann räumte sie ihre Kaffeetasse weg und zog sich an. Hosenanzug, weiße Bluse und Schal. Das war zwar nicht angemessen, wenn man Professor Janeckes Wohnung betrat, aber sie hatte keine Lust, in Trainingshose und Turnschuhen aufzutauchen. Außerdem konnte sie ihre Kleidung anschließend ja zur Reinigung bringen.

Sie nahm den Polizeibericht mit den Fotos vom Tatort und den Informationen über Michael Kotten, steckte noch eine Dose Mentholcreme ein, wie sie die Kripobeamten bei Leichenfundorten verwendeten, schlüpfte in ihren Mantel und verließ die Wohnung.

Eine halbe Stunde später stand Evelyn im fünften Stock eines Altbaus am Wiener Donaukanal vor der Türnummer dreizehn.

Professor Janecke war immer schon ein merkwürdiger Kauz gewesen. Zudem war er der einsamste Mensch, den Evelyn kannte. Die Leute behaupteten, er hätte schwere Depressionen, doch Evelyn glaubte, dass er einfach immer noch seinem verstorbenen Lebensgefährten nachtrauerte, der ebenfalls Psychologe gewesen war.

Jedenfalls hatte Janeckes merkwürdiges Verhalten damit begonnen, dass er eines Tages nur noch die Wohnung verließ, um seinen Abfall zu den Containern im Erdgeschoss zu tragen – und mittlerweile hatte er selbst damit aufgehört. Dieser Moment war nun knapp drei Jahre her. Weil er Internet hatte, konnte er alles online bestellen, was er zum Leben brauchte. Inzwischen war seine Wohnung zu einer Messie-Müllhalde verkommen, weil er nichts wegwerfen konnte und nur hin und wieder einen Müllsack mit leeren Lebensmittelpackungen vor die Tür stellte, die seine Nachbarn großzügig entfernten. Da er nicht mehr zu seinen Terminen erschien, hatte er auch seinen Job als Gerichtsgutachter verloren. Seitdem verdiente er seine Brötchen nur noch mit dem gelegentlichen Schreiben von Artikeln.

Evelyn läutete, wusste jedoch, dass er sich nicht zur Tür bequemen würde. Außerdem war diese ohnehin nie abgeschlossen. Bei Janecke gab es nichts zu holen außer altem Zeug.

Sie drückte die Türklinke nieder und betrat die Wohnung. Dunkelheit und muffiger Geruch nach Altpapier und abgestandener Luft empfingen sie. Natürlich hatten die Leute recht, wenn sie behaupteten, seine Wohnung sähe aus wie ein Saustall, doch Evelyn war die Letzte, die versuchen würde, ihn zu bekehren. Stattdessen akzeptierte sie ihn und seine Lebensgewohnheiten so, wie sie waren.

Langsam ging Evelyn durch die Dunkelheit. Professor Janecke hatte mehr als zwei Dutzend maroder Holzpaletten, die von der letzten Hausrenovierung übrig geblieben waren, in der Wohnung aufgestellt. Jenseits dieser Barrikade wurden die Räume als Lagerhalde benutzt. Mittlerweile häufte sich das Zeug bereits bis zur Zimmerdecke: unendliche Stapel von Zeitschriften, Magazinen, Tageszeitungen, Büchern, Videokassetten, Film- und Tonbandrollen, Verpackungen, Handtüchern und alter Wäsche. Das alles muffelte entsetzlich.

Die Wege zwischen den Paletten ähnelten Schützengräben im Ersten Weltkrieg. Sie führten ins Badezimmer, in die Küche, ins Schlafzimmer und zum Klo, das deswegen eindeutig als Toilette zu erkennen war, weil ein Schild an der Tür hing.

»Stand up for your rights, sit down for your piss.«

Evelyn ging weiter in das düstere Wohnzimmer, dessen Fenster mit Zeitungsstapeln verbarrikadiert waren. Das war der Moment, in dem sie die Mentholcreme aus der Handtasche zog, um sich etwas davon unter die Nase zu reiben. Das würde den Mief zwar nur wenige Minuten übertünchen können, aber diese Zeit genügte, damit sich ihr Gehirn an den

Geruch gewöhnte. Sie durfte bloß nicht den Fehler machen, zwischendurch ins Treppenhaus zu gehen, um frische Luft zu schnappen.

»Guten Morgen, Herr Professor«, grüßte sie ihn.

»Ah, Evelyn, schön Sie zu sehen.« Er saß mit dem Rücken zu ihr, vor einem Tisch mit einem Notebook, in einen alten Bademantel gehüllt, der vor Jahren einmal blau gewesen war und den er vor langer Zeit bei einem Wellnessurlaub in einer Therme als sogenanntes »Gastgeschenk« hatte mitgehen lassen.

Trotz des Zustandes seiner Wohnung ließ er sich selbst nicht gehen. Er war geduscht, frisch rasiert, roch sogar nach teurem Aftershave und trug ein sauberes Hemd unter dem Bademantel. Auch seine Fingernägel waren sauber, soweit Evelyn das erkennen konnte. Eine Ambivalenz, die viele irritierte, die Evelyn aber irgendwann einmal akzeptiert hatte und nicht mehr hinterfragte.

Janecke beugte sich über den Monitor, der den Raum in blaues Licht tauchte, tippte den Satz zu Ende und drehte sich anschließend um. »Evelyn«, murmelte er, während er sie musterte. »Sie werden immer hübscher.« Er nahm die Brille ab, putzte die Gläser mit einem Feuchttuch, das er aus der Tasche seines Bademantels geholt hatte, und setzte sie wieder auf.

»Sie auch«, entgegnete sie. »Schicke Frisur, und der Mantel steht Ihnen gut.«

»Vielen Dank. Ich habe auf Ihrer Webseite gesehen, dass Sie einen Anwaltsanwärter in Ihre Kanzlei aufgenommen haben.«

»Ja, einen tüchtigen jungen Mann. Ich habe ihn gebeten herzukommen, falls das für Sie in Ordnung ist.«

Janecke sah sich einen Moment lang in seinem Wohnzimmer um, als würde ihm soeben wieder peinlich bewusst, wie er lebte. »Ist er verschwiegen und diskret?«

»Darauf können Sie sich verlassen.«

»Sieht er gut aus?«

»O ja, das tut er, aber ich fürchte, er ist anders orientiert als Sie.«

»Hm, das ist jammerschade. Aber er sollte trotzdem herkommen. Wie kann ich Ihnen in der Zwischenzeit helfen?«

Evelyn erzählte von dem Video, was darauf zu sehen war, dem Mord an Johann Wulf, von ihrem Mandanten und seiner bevorstehenden Geschlechtsumwandlung. Alles, ohne irgendwelche Namen zu nennen. »Und nun stellt sich für mich die Frage, ob mein Mandant homosexuell ist oder …«

»Liebe Evelyn«, unterbrach Janecke sie. »Sie verwenden das Wort *homosexuell* so, als scheuten Sie sich davor, *schwul* zu sagen.« Er faltete die Hände und verschränkte seine fleischigen Finger vor dem Bauch. Nun sah sie, dass er eine Goldkette am Handgelenk trug.

»Ich dachte, weil … *schwul* klingt so herablassend.«

»Herablassend? Ich bitte Sie. Kein Schwuler würde sich selbst als *homosexuell* bezeichnen. Wie klingt denn das? Das Wort *Homosexueller* verwenden doch nur konservative Heteros.«

Augenblicklich schwor sich Evelyn, dieses Wort nur noch im Ausnahmefall in den Mund zu nehmen.

»Nein, liebe Evelyn, wir sind schwul, einfach nur schwul.« Lächelnd zuckte Janecke mit den Achseln. »Schließlich bezeichnen wir uns selbst als Schwuchteln.«

»Es würde Sie also gar nicht stören, wenn ich sagte, Sie seien eine Schwuchtel?«

»Moment!« Er hob die Hand. »Da ist ein feiner Unterschied, ob Sie es sagen oder ich!«

»Okay, verstehe. Ich habe zwar schon gelegentlich gehört, wie Schwule sich untereinander eher spaßeshalber gegenseitig als *kleine Schwuchtel* bezeichnen, aber …«

»Richtig, würde uns allerdings ein Hetero so nennen, würden wir es als Beleidigung auffassen. Das ist so ähnlich wie mit den Schwarzen aus Harlem. Die bezeichnen sich selbst als *Nigger.* Doch würde ein Weißer zu einem Schwarzen *Nigger* sagen … oh, oh!« Er wedelte mit der Hand.

»Darf ich mich setzen?« Evelyn schielte zu einem Sessel, auf dem jede Menge Prospekte lagen.

»Ja, sicher.« Er deutete großzügig mit der Hand darauf. »Falls Sie das nicht stört. Ich bin heute noch nicht zum Saubermachen gekommen.«

»Natürlich.« Wahrscheinlich meinte er das sogar ernst. Evelyn legte die Broschüren auf den Boden und setzte sich. »Was könnte nun in der Seele meines Mandanten vor sich gehen? Er behauptet, dass er als heterosexuelle Frau auf Männer steht. Das verstehe ich. Aber nun stellt sich heraus, dass er möglicherweise ein jahrelanges Verhältnis mit einem älteren schwulen Mann hatte. Ist er nun transgender oder schwul? Und falls er seinen Partner liebt – tut er das als Mann oder als Frau?«

»Sie verlangen von mir eine Ferndiagnose? Das wäre äußerst unprofessionell.«

»Ich werde Sie nicht vor Gericht zitieren. Ich möchte es nur *verstehen.*« Sie zog ein Foto von Michael Kotten aus der Mappe, das bei seiner Verhaftung gemacht worden war, und reichte es Janecke.

»Ein hübscher Junge.« Er betrachtete das Bild aufmerksam, danach wedelte er damit herum. »Im Grunde genommen gibt es nicht viele Möglichkeiten. Bei den meisten transidenten Menschen ändert sich die sexuelle Orientierung weder durch eine Operation noch durch eine Hormonbehandlung. Steht jemand vor der eigenen Geschlechtsumwandlung auf Männer, dann steht er auch danach auf Männer. Zuerst denkt man natürlich, man sei schwul, das ist naheliegend, doch nachher stellt sich heraus, dass man eine andere Geschlechtsidentität hat. Diese Entwicklung ist völlig normal.«

»Gut, das verstehe ich«, murmelte Evelyn. »Aber warum steht ein älterer, offenbar schwuler Mann auf einen anderen jüngeren Mann, der im Begriff ist, sich in eine Frau zu verwandeln?«

»Liebe Evelyn, Sie sind so eng gestrickt und denken in so strengen Kategorien. Legen Sie Ihre Scheuklappen ab! Genauso wie es bei Heteros eine große Bandbreite gibt – Männer stehen auf dicke, dünne, junge, alte, behaarte, rasierte, rubenshafte, langhaarige, burschikose oder maskuline Frauen –, genauso gibt es eine schwule Bandbreite. Da gibt es die Bären, Leder-Daddys, Fetischisten, Cowboys, die knabenhaft-androgynen oder die Bisexuellen«, zählte er auf. »Es gibt so viele Spielvarianten und verschiedene Vorlieben, dass die Grenzen nahtlos verschwimmen.«

Anscheinend dachte sie wirklich zu engstirnig. Aber als Juristin gab es für sie nun mal nur *eine* Wahrheit. *Und wahr ist, was sich beweisen lässt!* »Trotzdem ist das für mich nur schwer zu verstehen.«

»Nun.« Janecke betrachtete noch einmal das Foto. »Dieser ältere Mann findet vermutlich androgyne Menschen attraktiv. Androgyn heißt doch nichts anderes als eine Vereinigung männlicher und weiblicher Merkmale. Was gibt es da nicht zu verstehen?«

»Dieser ältere Mann – er ist schwul und steht auf knabenhaft androgyne Menschen, okay – hat also seit drei Jahren ein Verhältnis mit meinem Mandanten. Aber der ist seit dieser Zeit im Begriff, sich immer mehr in eine Frau zu verwandeln. Wie passt das zusammen?«

Professor Janecke stöhnte laut auf. »Gut, ich biete Ihnen folgende Erklärung an: Vielleicht wollte sich der ältere Mann nicht eingestehen, dass er schwul ist. Möglicherweise hat er unter den Vorurteilen gelitten und hatte Angst vor den gesellschaftlichen Konsequenzen. Dann wäre die Beziehung zu einer Transfrau sein Kompromiss gewesen.«

»Aber warum sollte ein Schwuler jahrelang mit einem Mann zusammen sein, der eines Tages plötzlich als Transfrau keinen Penis mehr haben wird?«

»Sie denken schon wieder nur in sexuellen Dimensionen«, warf Janecke ihr vor. »Bei Beziehungen geht es doch nicht nur um Sex.«

»Sondern?«

Janecke sah sie entgeistert an. »Wie alt war der Partner Ihres Mandanten?«

»Fünfundvierzig.«

»Strengen Sie Ihr kleines Hirn einmal ordentlich an, auch wenn Ihnen das im Moment scheinbar ziemlich schwerfällt, und versuchen Sie, sich folgende Situation vorzustellen: Ihr junger androgyner Mandant hatte vielleicht deshalb ein Verhältnis mit einem älteren Mann, weil der ihn als Frau sieht und ihn darin unterstützt, eine Frau zu werden. Entweder seelisch oder finanziell. Er ist älter und führt ihn in die Szene ein. Ihr Mandant genießt das – er ist möglicherweise auf der Suche nach einer Vaterfigur, die als Ersatz dient. Jemanden, der akzeptiert, wie er ist, weil er den Erwartungen seines eigenen Vaters nicht entsprechen kann und das Gefühl hat, versagt zu haben. Und dieser Partner ermöglicht ihm Dinge, die er sonst nicht leben könnte. Und damit meine ich keineswegs Sex. Ich spreche von Hobbys und Interessen. Sie haben dieselben Gesprächsthemen. Beide sind vielleicht an Kunst interessiert, besuchen Museen, Musicals oder Kabaretts. Dadurch wird die Beziehung nicht nur auf Sex reduziert, wie Sie das gerne hätten, sondern wird mehrdimensional.« Professor Janecke schnaufte tief durch.

Nun bereute Evelyn, dass sie ihm versprochen hatte, ihn nicht vor Gericht zu zitieren. Aber trotzdem … die ganze Sache war für sie noch nicht ganz rund. »Auf die Gefahr hin, dass ich Ihnen als begriffsstutzig erscheine. Irgendetwas stimmt nicht und hakt immer noch, denn nach der vollständigen Transformation zur Frau wäre der ältere schwule Mann wieder in derselben Situation wie ursprünglich. Da war er nämlich mit einer biologisch *echten* Frau verheiratet und führte ein Doppelleben als Schwuler. Und nun wäre er wieder mit einer Frau zusammen. Wo ist in diesem Konzept Platz für seine schwule Neigung?«

»Wer sagt, dass eine Transfrau eine Neo-Vagina erhalten muss?«

»Wie bitte?« *Neo-Vagina?* Hieß das so?

»Ihnen scheint eine Sache noch nicht richtig klar zu sein, liebe Evelyn. Die genitale Anpassung ist der letzte Schritt und nur einer von vielen Schritten auf dem Weg zur Frau und wird von Transfrauen auch gar nicht unbedingt als der wichtigste angesehen.«

»Das heißt, diese Neo-Vagina ist nicht immer das Ziel?«

»Nein, natürlich nicht! Viele Transfrauen leben mit einem Penis, und vermutlich wird Ihr Mandant gar keine Neo-

Vagina bekommen. Sein älterer Partner steht auf androgyne Männer, Ihr Mandant will wie eine Frau behandelt werden, und sein Partner unterstützt ihn dabei. Es ist die perfekte Synergie!«

»Das würde natürlich einiges erklären«, murmelte Evelyn.

Ihr Gespräch wurde durch das Läuten an der Tür unterbrochen. Automatisch blickte Evelyn auf ihre Armbanduhr. Zehn Uhr.

»Oh, das wird Ihr junger, attraktiver Assistent sein.« Professor Janecke spitzte die Lippen. »Kommen Sie herein!«, rief er Richtung Eingang.

Die Tür öffnete sich, danach war eine Zeit lang nichts zu hören.

»Komm weiter, Flo!«, rief Evelyn.

»Flo?«, flüsterte Janecke. »Mein Gott, wie süß.«

Die Tür schloss sich, und Evelyn hörte, wie schließlich jemand zu ihnen ins Wohnzimmer kam.

Flo trug Lederjacke, Jeans und hielt seinen Motorradhelm in der Hand. »O Gott, verdammte Ka…!«, fluchte er und blickte sich ungläubig um.

»Darf ich dir Professor Janecke vorstellen«, sagte Evelyn rasch. »Und das ist Florian Zock.«

Janecke erhob sich ächzend und reichte Flo die Hand. »Oh, was für schöne warme Hände Sie haben, obwohl Sie bei diesem grässlichen Wetter gerade draußen waren. Entschuldigen Sie mich bitte kurz, junger Mann. Ich hole mir etwas zum Trinken. Wollen Sie vielleicht auch eine Tasse Tee?«

Flo sah sich mit gerunzelter Stirn um. »Nein, danke.«

Evelyn wehrte ebenfalls ab.

»Pfefferminze ist gut für die grauen Zellen.« Janecke tippte sich an die Stirn und schlurfte in die Küche.

Bevor Flo etwas sagen konnte, griff Evelyn in ihre Tasche und reichte ihm die Dose Mentholcreme. »Reib dir etwas davon unter die Nase«, flüsterte sie.

Flo nahm sich von der Creme, gab Evelyn die Dose zurück und trat näher an sie heran. »Bist du verrückt, dass du hierherkommst?«, flüsterte nun auch er. »Der Typ hat mir soeben Tee angeboten – eine Tetanus-Spritze wäre mir lieber. Schau dir an, wie es hier aussieht. Ich frage mich, warum die Hausverwaltung ihn nicht rauswirft.«

»Ihm gehört das Haus.«

»Was?« Flo sah sie erstaunt an. »Trotzdem, wie kann man nur so leben?«

»Er macht gerade eine schwere Zeit durch«, verteidigte Evelyn ihn.

»Na, den möchte ich nicht erleben, wenn er mal in einer richtigen Krise steckt.«

»Er hat immer noch einen scharfen Verstand – und glaub mir, wir können jede Unterstützung brauchen. Was hast du herausgefunden?«

Flo sah über die Schulter zur Küche, wo Janecke mit Schranktüren klapperte. »Ich habe die Daten auf Michael Kottens Handy gecheckt.« Er klopfte auf die Brusttasche seiner Lederjacke, aus der das Telefon ragte. »Außerdem habe ich die Nummer von Johann Wulfs Handy überprüft, das du im Porsche gefunden hast. Zwischen den beiden gibt es keinerlei Verbindung.«

»Wenn du wüsstest«, flüsterte Evelyn. »Michael Kottens Vater hat behauptet, sein Sohn habe ein Verhältnis mit Johann Wulf gehabt.«

Flo bekam große Augen.

Evelyn erzählte kurz, was sie gestern Abend in von Kottens

Bibliothek erfahren hatte. »Und was haben die Fotos von Wulfs Handy ergeben?«, fragte sie anschließend.

Flo blähte die Backen. »Jede Menge!« Er wollte zu einer Erklärung ansetzen, wurde jedoch von Professor Janecke, der plötzlich neben ihm stand, unterbrochen.

»Voilà!« Er hielt eine dampfende Tasse Tee in der Hand, die nach Minze roch.

»Oh, das ging aber schnell«, entfuhr es Flo.

Janecke hatte sich sogar das Haar etwas flotter gekämmt. Außerdem schien er sein Eau de Cologne aufgefrischt zu haben. Er zwängte sich betont umständlich an Flo vorbei und nahm wieder in seinem Stuhl Platz. »Wir waren beim Thema sexuelle Vorlieben stehen geblieben.« Er stellte die Tasse neben das Notebook und betrachtete Flo. »Sind *Sie* schwul, mein junger Freund?«

»Ich?«, wiederholte Flo. »Ganz bestimmt nicht.«

»Na, da wäre ich mir aber nicht so sicher.« Janecke zwinkerte Evelyn verschwörerisch zu. »Es gibt da ein paar Hinweise, mit deren Hilfe man eine eindeutige Aussage treffen kann.«

»Da bin ich aber gespannt.« Flo verschränkte die Arme vor der Brust.

Janecke lächelte. »Viele, die sich nach außen hin sehr maskulin geben, verdrängen den schwulen Anteil in sich. Je mehr jemand in der Öffentlichkeit Schwule diskriminiert, umso mehr will er davon ablenken, selbst einer zu sein.«

»O Gott!« Flo verdrehte die Augen.

»Zudem Ihr hipper Dreitagebart. Typisch!«

»Ach, kommen Sie!«

»Aber das wichtigste Indiz. Haben Sie Ihr Handy dabei?« Janecke blickte ihn auffordernd an.

»Sicher.«

»Gut.« Janecke griff in die Tasche seines Bademantels und zog sein Smartphone heraus. »Es gibt eine Dating-App, die sowohl Schwule, Lesben, Bisexuelle als auch Transidente verwenden, vorwiegend Jugendliche und Twens, um andere Gleichgesinnte in ihrem Umkreis zu finden.«

»Wie funktioniert dieses Ding?«, fragte Evelyn.

»Die meisten jungen Leute sind mit einem Foto registriert, und es funktioniert im Prinzip wie *car2go.* Damit finden Sie den nächstbesten Flitzer für den Verkehr.« Janecke schmunzelte über seinen eigenen Wortwitz.

»Und wie heißt diese App?«

»Sie nennt sich *sase2go. Sase* steht für *Same Sex.* Kommt aus dem amerikanischen Raum, gibt es seit zwei Jahren hier und ist im Moment total angesagt. Ich demonstriere Ihnen, wie es funktioniert.« Janecke öffnete die App. »Sehen Sie.« Er zeigte ihnen das Display, auf dem sich eine Straßenkarte der näheren Umgebung befand. »Allein im Umkreis von fünfhundert Metern gibt es sieben Schwule, die vermutlich gerade in einer Kneipe bei einem Tässchen Bier sitzen und darauf warten, dass … Oh, oh! Sogar in diesem Raum befindet sich einer. Wusste ich es doch!« Janecke sah triumphierend auf.

»Was?«, rief Flo. »Ich doch nicht!«

»Nicht?« Enttäuscht wandte Janecke den Kopf und sah stattdessen Evelyn an. »Dann müssen Sie es sein!«

»Ich?« Da dämmerte es ihr plötzlich. *Na klar!* Sie griff in die Tasche und holte Johann Wulfs Handy heraus, das sie im Porsche gefunden hatte. »Das ist es, nicht wahr?«

»Wem immer dieses Telefon gehört, meine Liebe. Er ist dem gleichen Geschlecht nicht abgeneigt.«

Wie deutlich auf dem Video zu sehen ist, ergänzte Evelyn in

Gedanken. »Aber wozu sollte Johann Wulf diese App brauchen? Er und mein Mandant waren doch sowieso ein Paar. Warum dann noch andere Schwule daten?«

»Bei dieser App geht es ja nicht nur um Sex, sondern generell darum, Gleichgesinnte zu *treffen*«, erklärte Janecke.

»Das ergibt Sinn«, pflichtete Flo dem Professor bei. »Immerhin hat unser Mandant auch zugegeben, andere über Dating-Plattformen kennenzulernen. Aber Moment mal ...« Er zog Michael Kottens Telefon aus der Brusttasche. »Und was ist damit?«

»Was soll damit sein? Gar nichts«, murmelte Janecke.

»Das ist das Telefon unseres Mandanten«, erklärte Flo.

»Vielleicht hat Ihr junger hübscher Knabe, über den wir vorhin sprachen, die App runtergelöscht, um seinen Partner nicht zu vergraulen«, schlug Janecke vor. »Kennen wird er sie garantiert.«

»Und falls nicht?«

»Dann bezweifle ich, dass er auch nur im Entferntesten schwul oder transident ist, es sei denn, er hat die letzten zwanzig Jahre hinter dem Mond gelebt.«

Nachdem sie Professor Janecke verlassen hatten und auf der Straße standen, war Evelyn in der Sache zwar eine Spur schlauer als vorher – aber bezüglich ihres Falls sah sie kein Stück klarer. Im Gegenteil.

»Das ist doch alles mehr als seltsam ...«, murmelte sie, während sie Flo zu seinem Motorrad begleitete und sich ein paarmal umsah.

»Was hast du?«

»Ach nichts«, log sie, obwohl sie das Gefühl hatte, beobachtet zu werden. »Michael Kotten behauptet, er sei nicht schwul und wolle sich zu einer Frau umoperieren lassen, sein Vater behauptet hingegen, er sei schwul und habe ein Verhältnis mit dem schwulen Johann Wulf. Und sein Handy wiederum ist erstaunlich hetero.«

»Wenn schon, ich würde dem, was der Professor erzählt hat, nicht zu viel Gewicht beimessen.«

Evelyn kaute an ihrem Fingernagel. »Ich habe schon seit Längerem das Gefühl, dass bei dieser ganzen Sache etwas nicht stimmt.« Plötzlich blickte sie auf. »Was hast du über die Fotos herausgefunden?«

»Ach ja, die Einträge im Notizbuch! Das sind Namen von polnischen, rumänischen, bulgarischen, ungarischen und tschechischen Politikern. Entweder aus Wirtschaft oder Justiz. Deine Steuerberaterin meint, das könnten durchaus Schmiergeldzahlungen sein, die von sogenannten *steuerschonenden Einnahmen* stammen, danach auf Schwarzgeldkonten gelandet sind, bar abgehoben und auch in bar transferiert wurden.«

»Ins Ausland?«

Flo nickte.

»Das sind genau die Länder in Osteuropa, in denen die Casino Kotten GmbH Spielcasinos gebaut hat.«

»Richtig, und zwar jeweils genau ein Jahr *nach* den Zahlungen. Meinst du, Johann Wulf wollte damit an die Öffentlichkeit gehen?«

Sie erreichten das Motorrad, und Evelyn starrte gedankenverloren auf die Geländemaschine, an deren Seite eingetrockneter Schlamm klebte. »Möglich, aber dann hätte sich Wulf als Entwicklungsleiter der Firma selbst belastet oder zumindest um seinen Arbeitsplatz gebracht.«

»Dann bleibt nur die Möglichkeit, dass er seinen Arbeitgeber erpressen wollte. Vielleicht um so ein höheres Gehalt für sein Doppelleben mit Porsche und Penthouse herauszuschlagen.«

Evelyn nickte. »Kann sein … oder er und Richard von Kotten wurden *beide* erpresst. Es gibt viele Möglichkeiten. Jedenfalls ist er jetzt tot, und durch einen glücklichen Zufall sind wir an die Unterlagen gekommen.« Sie musste diese Informationen an die Kripo weitergeben, daran bestand kein Zweifel. Aber noch war nicht der richtige Zeitpunkt dafür. Zuvor musste sie einen Weg finden, diese Daten für sich und ihren Mandanten zu nutzen.

»Ich kenne diesen Blick«, murmelte Flo. »Du heckst doch wieder etwas aus.«

»Vielleicht hast du recht, und Wulf hat versucht, Richard von Kotten zu erpressen. Aber so jemand wie von Kotten lässt sich nicht erpressen – glaube mir, den habe ich gestern zur Genüge kennengelernt. Vielleicht hat sogar *er* den Mord an seinem Entwicklungsleiter begangen oder zumindest in Auftrag gegeben, und nun soll sein Sohn als Sündenbock herhalten.«

»Wovon redest du bitte?«, fragte Flo.

Oder Peter Wehrmann, sein Mann fürs Grobe, steckt dahinter! »Denk doch mal darüber nach«, sagte Evelyn. »Das ergibt doch Sinn.«

»Habe ich gerade und nein, das ist zu weit hergeholt. Vielleicht hat ja tatsächlich Michael seinen Liebhaber ermordet, weil der seinen Vater erpresst hat.«

»Das ist völliger Quatsch!« Evelyn schüttelte den Kopf. Zum ersten Mal, seit sie an diesem Fall arbeitete, hatte sie ein gutes Gefühl. »Ich denke, der wahre Grund für diesen Mord liegt in der Schmiergeldaffäre – und Richard von Kotten hat seine Hände im Spiel!« Sie griff zum Handy und wählte die Nummer des BKA und die Durchwahl von Chefinspektor Ganser.

Der meldete sich nach dem fünften Läuten. »Ganser.«

»Evelyn Meyers hier – ich brauche einen Termin für ein dringendes Gespräch mit meinem Mandanten Michael …«

»Sie waren doch erst gestern hier.«

»Führen Sie Buch über meine Besuche?«

»Es geht ihm gut, er sitzt im Gefangenenhaus des Landesgerichts und wird von uns verwöhnt. Was wollen Sie denn von ihm?«

»Das werde ich ausgerechnet Ihnen auf die Nase binden.« *Es gibt eine gute Chance, ihn freizubekommen, wenn du es unbedingt wissen willst!*

»Er hat ein Geständnis abgelegt«, sagte Ganser.

»Was?« Evelyn glaubte, sich verhört zu haben. »Können Sie das bitte wiederholen?«

Flo runzelte die Stirn, trat näher und beugte sich zu ihr, um mitzuhören.

»Michael Kotten hat vor einer halben Stunde im Beisein von Oberstaatsanwalt Ostrovsky ein Geständnis abgelegt, dass er am Dienstag, den vierten März diesen Jahres, seinen Liebhaber Johann Wulf in dessen Penthousewohnung zuerst gewürgt und danach mit einem Brieföffner erstochen hat.«

»Und wo ist die Tatwaffe?«

»Das kriegen wir noch raus.«

16

Mittags betrat Pulaski wieder seine Dienststelle, nachdem er zuerst die Messerattacke eines Drogensüchtigen am Leipziger Hauptbahnhof und dann den Überfall auf eine Tankstelle am Stadtrand untersucht hatte.

Das Schreiben dieser Berichte würde eine gute Stunde dauern, doch bevor er in sein Büro ging, marschierte er zu seinem Vorgesetzten.

Horst Fux war ein Hüne mit Schnauzbart und Händen so groß wie Klodeckel. Pulaski wunderte sich jedes Mal, dass Fux die Bleistifte nicht irrtümlich abbrach, wenn er die Urlaube im Dienstplan als genehmigt abhakte.

»Schon zurück?«, murrte Fux, ohne aufzusehen. Er saß hinter seinem Schreibtisch und tippte vermutlich eine E-Mail.

Pulaski blieb im Türrahmen stehen. »An der Tankstelle ist nicht viel passiert. Es wurden dreihundert Euro, zwei Schokoriegel und vier Busen-Magazine geklaut.«

»Die gibt es dort?«

»Schokoriegel?«, fragte Pulaski. »Sicher, mit Marzipan und Krokantstreusel.«

Fux sah auf und musste sich das Lachen verbeißen. »Du bist so ein Idiot.«

»Danke, ich fasse das als Kompliment auf. Die Überwachungskamera hat uns sowohl vom Täter als auch von seinem Motorroller ein gutes Bild geliefert. Den haben wir innerhalb kürzester Zeit.«

»Gut.« Fux tippte wieder an seiner E-Mail. »Ich habe im Moment nichts für dich. Mach Mittagspause.«

»Was gibt es Neues im Fall Hinze?«

Fux zuckte mit den Achseln. »Dich interessieren die Fälle doch sonst auch nicht, wenn du damit fertig bist. Warum diesmal?«

»Ich kannte Hinze.«

»Wieso? Spielst du online?«

»Nein, aber seine Tochter ist Jasmins Schulfreundin.«

»Oh.« Fux machte ein betrübtes Gesicht, als wollte er sein Beileid bekunden. Doch im nächsten Moment schienen die Alarmglocken in seinem Hirn zu schrillen, denn er schob die Tastatur beiseite, legte die mächtigen Unterarme auf den Tisch und beugte sich nach vorne. »O nein, Freundchen! Für dich ist der Fall abgeschlossen, und komm bloß nicht auf die Idee, dich da weiter zu engagieren.«

»Wird nach Hinzes Begleiterin gefahndet?«

»Woher soll ich das wissen? Arbeite ich beim LKA?«

»Beim LKA?«, wiederholte Pulaski. Was hatte das Landeskriminalamt mit der Sache zu tun? Selbst wenn sich herausstellen sollte, dass es sich um Mord handelte, war die Kripo Leipzig dafür zuständig.

Fux fuhr sich seufzend mit den Fingern durch den Schnauzer.

»Komm schon!«, drängte Pulaski. »Warum ermittelt das LKA?«

»Staatsanwalt Clemens will die Sache so rasch und sauber wie möglich erledigen.«

»Schau an, Clemens«, brummte Pulaski. Der Freund unseres Motelbesitzers. »Und wer vom LKA ermittelt?«

»Winteregger.«

»Was soll das? Der sitzt in Dresden.«

»Er ist heute hier. Hat die Witwe befragt, sich die Leiche in der Rechtsmedizin angesehen und mit Hinzes Arbeitskollegen gesprochen.«

»Wird nach der Frau im Motel gefahndet?«, wiederholte Pulaski.

»Welche Frau?« Fux wirkte genervt. »Wir haben nur die Aussage des Managers, dass er das Kichern einer Frau gehört hat. Nichts im Zimmer deutet auf Damenbesuch hin, und niemand hat diese Frau wirklich gesehen. Womöglich hatte Hinze das Fernsehgerät laufen, oder er hat sich über die Lautsprecherfunktion des Handys mit einer Frau unterhalten.«

»Das lässt sich doch überprüfen.«

»Was?«

»Ob er kurz vor seinem Tod telefoniert hat.«

»Walter!« Fux erhob sich. »Er war *allein* im Zimmer. Diese Frau ist ein Hirngespinst.«

»Und was bitte schön hat Hinze allein in einem Motelzimmer gemacht? Sich einen runtergeholt, während der Fernseher lief?«

»Er hat geduscht und sich fein gemacht. Vermutlich hat er auf Damenbesuch gewartet, aber der ist nicht gekommen.«

»Also war es ein Unfall?«

»Winteregger ist kein Anfänger. Er wird nach dieser Frau suchen. Aber solange es weder eine Beschreibung von ihr noch einen Hinweis auf ihre Existenz gibt, wird der Todesfall vom LKA als Unfall eingestuft – ob dir das nun passt oder nicht.«

»Der Zeitpunkt der Dusche, vor dem Rasieren und Haareschneiden, passt nicht ins Bild«, behauptete Pulaski. »Außerdem sind da noch diese mysteriösen Blutstropfen in der Unterhose des Toten. Woher kamen die? Und vielleicht hatte Hinze sogar öfters Damenbesuch …«

»Steht das alles in deinem Bericht?«

Bis auf die Damenbesuche, von denen er erst gestern Abend erfahren hatte, als er heimlich das Gespräch seiner Tochter belauscht hatte, schon. *Vielleicht war es auch immer wieder dieselbe Frau!* »Ja«, log er.

»Gut, dann reg dich nicht auf.«

»Ich …«

Fux streckte drohend den Finger aus. »Ich weiß, du hörst das nicht gern, aber wärst du beim LKA geblieben, könntest *du* die Ermittlungen jetzt leiten.«

Pulaski drehte sich kommentarlos um und verließ das Büro.

»Du bist aber nicht mehr beim LKA!«, schrie Fux ihm nach.

Kurz darauf traf Pulaski in der Tiefgarage auf Winteregger – gerade noch rechtzeitig, bevor der in seinen Wagen steigen und davonfahren konnte.

»Nur eine Minute!« Pulaski unterdrückte sein Keuchen, weil er die Treppe viel zu schnell hinuntergelaufen war. Sein Atem stieg in Form einer kleinen weißen Wolke vor seinem Gesicht auf. Hier unten war es saukalt.

Winteregger drehte sich um. Er war ein hochgewachsener junger Mann, Stahlrahmenbrille, Rolex, dunkler Anzug, steifer Hemdkragen und Seidenkrawatte mit Silbernadel. Vor sechs Jahren war er der jüngste Kommissar des LKA in Dresden gewesen, und er sah immer noch so aus, als käme er frisch von der Schule.

»Kollege Pulaski«, rief Winteregger abfällig. »Wie geht es Ihren Asthmaanfällen?«

Pulaski ignorierte die Frage. »Sie arbeiten am Fall Hinze«, stellte er fest.

»Ich habe Ihren Bericht schon gestern Nacht im System gelesen. Wollen Sie den jetzt wirklich hier besprechen?« Winteregger deutete demonstrativ auf die Betonsäulen und Leuchtstoffröhren an der Decke.

Wo und wann dann, wenn nicht hier und jetzt? »Möglicherweise war Hinze öfters zu Besuch in Motels und hatte Kontakt zu anderen Frauen«, vermutete Pulaski. »Vielleicht war es aber auch immer wieder dieselbe, mit der er sich getroffen hat. Wenn Sie seine Handys über…«

»Pulaski, runter vom Gas!«, unterbrach Winteregger ihn. »Das habe ich schon getan. Es geht mich nichts an, was Klaus Hinze lange vor seinem Tod alles gemacht oder mit wie vielen Frauen er gevögelt und seine Frau betrogen hat. Mich interessiert nur, was er am Abend seines Todes getan hat. Und solange wir nichts Gegenteiliges erfahren, müssen wir davon ausgehen, dass Hinze an diesem Abend allein in seinem Motelzimmer war, sich mit der Schere die Haare aus den Ohren geschnitten hat, dabei unglücklich ausgerutscht ist und sich die Schere ins Hirn gerammt hat. Das ist Pech.«

»Herrgott, das glauben Sie?«

»Sie wissen doch selbst, die einfachste Erklärung ist oft die wahrscheinlichste.«

»Oh, jetzt arbeiten wir schon mit Wahrscheinlichkeitsrechnung?«

»Nicht *wir.*« Er deutete auf sich und Pulaski. »Sondern der Staatsanwalt und ich. Und wenn der die Ermittlungen einstellt, ist das seine Sache.«

Was für eine praktische Lösung. Pulaski hatte nicht erst einmal erlebt, dass begonnene Ermittlungen plötzlich im Sand verliefen, weil der Staatsanwalt das Verfahren überraschend eingestellt und bei einer Pressekonferenz verkündet hatte, dass nach sogenannten intensiven Recherchen ein Selbstmord oder ein Unfall als Todesursache bestätigt worden waren.

»Aber bevor definitiv feststeht, dass es ein Unfall war, sollten noch einige Ungereimtheiten ausgeräumt werden«, setzte Pulaski nach.

»Ungereimtheiten?«, fragte Winteregger. »Sie haben in Ihrem Bericht doch selbst geschrieben, dass es nach Unfall aussieht.«

»Dass es einer sein *könnte!*«, korrigierte Pulaski ihn.

»Also glauben Sie jetzt an einen Mord? Nein, oder doch nicht? Oder geht es Ihnen einfach nur darum, die Witwe zu beruhigen?«

Pulaski starrte Winteregger überrascht an.

»Ja, schauen Sie mich nicht so an! Ich habe mit den Polizisten gesprochen, die im Motel waren, und die haben mir bestätigt, dass Sie Frau Hinze persönlich kennen. Mir ist klar, dass Sie in dieser Sache befangen sind, aber Sie sollten sich nicht darin verrennen, sondern auf Ihren Instinkt hören.«

Genau das tue ich ja!

Pulaski sah zu, wie Winteregger, für den das Gespräch anscheinend beendet war, in seinen Dienstwagen stieg, den Gurt anlegte, das Navi einschaltete und aus der Parklücke ausscherte.

Der findet nicht mal ohne Navi aus der Garage raus, dachte Pulaski. Da hatte ja seine Tochter ein besseres kriminalistisches Gespür als Winteregger. Sollte er den Fall tatsächlich aufgeben, obwohl es noch ungelöste Fragen gab? Nein, denn wie sagte Jasmin immer: *Aufgegeben wird nur ein Brief!* Außerdem hatte er es ihr versprochen. Und in Wahrheit ging es ihm nicht um Frau Hinze, wie Winteregger angenommen hatte, sondern um Nina.

Nachdem Winteregger aus dem Gebäude gefahren war, zog Pulaski sein Handy aus der Tasche und rief Meike, die Rechtsmedizinerin am Universitätsklinikum Leipzig, an. Das Institut lag zwar nur fünfzehn Gehminuten vom Kommissariat entfernt, aber was Pulaski wissen wollte, ließ sich auch am Telefon klären. Nach einigem Warten hatte er Meike endlich in der Leitung.

»Hast *du* die Autopsie an Klaus Hinze gemacht?«, fragte er kurz angebunden, während er zum Fahrstuhl ging.

»Klaus Hinze …«, murmelte sie. »Ist das der Kerl mit der Schere im Kopf?«

»Ja. Was hast du herausgefunden?«

»Jedenfalls keine Fremdeinwirkung, falls du darauf hinauswillst. Ich kenne dich doch!«

»Ja, darauf wollte ich hinaus.«

»Er muss ein wenig benommen gewesen sein. Hatte ein leichtes Antidepressivum genommen, sonst nichts, aber das hat vermutlich ausgereicht, um auszurutschen. Kein Alkohol, kein Betäubungsmittel. Außerdem hielt er die Schere fest in der Hand und …«

»Die könnte ihm doch jemand nach dem Tod in die Hand gedrückt haben.«

»Lass mich ausreden! Auch der Einfallswinkel stimmt genau. Ebenso die Wucht des Aufpralls, als er ausgerutscht und seitlich mit dem Kopf auf den Rand des Waschbeckens geknallt ist. Die Schere ist in sein Kleinhirn eingedrungen. Dort laufen über zweihundert Millionen Nervenfasern zusammen, unter anderem auch die für das Atemzentrum. Es sieht ganz nach einem Unfall aus.«

»Könnte ihn jemand mit dem Antidepressivum betäubt und den Unfall inszeniert haben?«, fragte Pulaski.

»Ausgeschlossen. Dafür war die Medikation zu schwach.«

»Und die extrem blasse Haut und die fast nicht zu sehenden Totenflecken?«

»Das ist zwar merkwürdig, kommt aber in seltenen Fällen vor.«

»Und was ist mit den Blutstropfen in der Unterhose?«, erinnerte Pulaski sich.

»Ist mir aufgefallen. Stammen vermutlich von aufgeplatzten Hämorrhoiden.«

So ein Bockmist! Er hatte im Lauf seiner Dienstzeit schon viele Leichen untersucht, so etwas aber noch nie bei einem Toten gesehen. Plötzlich wurde er stutzig. »Was heißt *vermutlich?* Hast du keine vollständige Autopsie gemacht?«

»Nein – wozu auch? Es war schließlich ein Unfall.«

Herrgott! Im Hintergrund hörte Pulaski ein Klingeln, als hätte Meike soeben eine Nachricht auf ihrem PC erhalten. »Woher willst du das ohne Autopsie so genau wissen?«, fragte er.

»Ganz einfach, weil es keine andere plausible Erklärung gibt. Warte einen Moment …« Sie tippte auf der Tastatur ihres PCs. »Mein Vorgesetzter hat die Leiche übrigens soeben zur Beerdigung freigegeben. Staatsanwalt Clemens hat die Ermittlungen eingestellt.«

17

Evelyn traf im Taxi am Straflandesgericht ein, jenem Gebäude, in dem Flo seine Gerichtspraxis absolvierte. Flo war mit dem Motorrad bereits vorausgefahren und wartete vor dem Haupteingang auf sie. Gemeinsam betraten sie nun das Gericht.

»Du bist im Urlaub«, erinnerte Evelyn ihn. »Wundern sich die Kollegen nicht, wenn du hier aufkreuzt?«

Flo sah sich um. »Glaube nicht. Die hocken alle in ihren Büros. Außerdem wissen sie, dass ich an einem Fall arbeite.«

Sie gingen über das sogenannte Halbgesperre, einen Verbindungsgang zwischen der Wiener Justizanstalt Josefstadt und dem Gefangenenhaus.

Evelyn konnte sich noch an ihre Kindheit erinnern, als die älteren Leute die Justizanstalt das *Graue Haus* genannt hatten, weil die Häftlinge damals graue Kleidung trugen. Bis zur rechtskräftigen Verurteilung würde Michael Kotten nun hier in Untersuchungshaft sitzen, und viele waren der Meinung, dass eine U-Haft schrecklicher war als der Knast selbst – was auf dieses Gefängnis sogar ganz besonders zutraf. Mit knapp 1200 Häftlingen war die Justizanstalt mit zwanzig Prozent überbelegt, und Evelyn hatte schon mal mit eigenen Augen gesehen, dass sich zehn Häftlinge eine Zelle teilen mussten. Regelmäßig kam es zu sexuellen Übergriffen, und zwar nicht nur durch Häftlinge. Evelyn wollte gar nicht daran denken, wie Michael sich hier fühlen musste.

Nach der Kontrolle im Vorraum meldeten sie sich an, um ihren Mandanten Michael Kotten zu sprechen. Diesmal holte Ganser sie nicht allein ab, sondern in Begleitung von Ostrovsky. *Der ist also auch hier!*

Die beiden Männer führten sie und Flo schweigend zu den Fahrstühlen. Als sie in die Kabine stiegen und in das zweite Kellergeschoss fuhren, ergriff Ostrovsky schließlich das Wort.

»Evelyn, es tut mir leid für dich, wie sich die Sache entwickelt hat, ernsthaft, aber ich habe dir gesagt, dass du diesmal nicht gewinnen kannst.«

Es ist erst dann zu Ende, wenn es zu Ende ist, dachte sie bitter, sagte aber nichts.

»Du hättest auf mich …«

»Das kannst du dir sparen.«

Die Fahrstuhltüren öffneten sich mit einem Klingeln, sie stiegen aus und schwiegen den Rest des Weges wieder. Einige Meter vor dem Besprechungszimmer stand ein bewaffneter Polizist, der sie genau musterte.

Ganser öffnete die Tür, und Evelyn sah, dass Michael Kotten bereits im Raum saß. Tatsächlich in einem grauen Overall und mit Handschellen.

»Ist das notwendig?«, fragte sie.

»Ja, ist es!«, erklärte Ganser. »Sie haben zwanzig Minuten Zeit. Danach haben wir mit Ihrem Mandanten einen Termin beim Haftrichter.« Ohne weiteren Kommentar drehte sich Ganser um und ging wieder zu den Fahrstühlen.

Bevor sich der Richter bei der Anhörung ein Bild von Michael machen würde, wollte sie sein Geständnis direkt aus seinem Mund hören.

Während Flo bereits das Besprechungszimmer betrat, blieb Evelyn draußen stehen und blickte zu Ostrovsky. »Mach mir in der Zwischenzeit bitte eine Kopie von Michael Kottens Geständnis und dem Verhör.«

»Lasse ich dir zukommen, sobald die Abschrift fertig ist.«

»Keine Abschrift. Schick mir einfach eine Kopie der Tonaufnahme. Danke.«

»Natürlich, und von deinem Azubi kriege ich noch Kottens Ausweis, Handy und Brieftasche.«

»Lasse ich dir gleich morgen früh zukommen.« Dann senkte sie die Stimme zu einem Flüstern. »Ist dir eigentlich klar, dass du mit der Verhaftung und Verurteilung von Michael Kotten seinem Vater gar nicht schadest, sondern ihm im Gegenteil einen Gefallen tust?«

Ostrovsky klemmte die Daumen in die Hosenträger. Sein Schnauzbart vibrierte. »Was redest du da?«

»Denk mal darüber nach.« Evelyn betrat den Raum und schloss die Tür hinter sich.

Flo nahm gegenüber von Michael Platz, doch Evelyn trat an Michaels Seite. An seinem zu Boden gerichteten Blick merkte sie, dass er ein schlechtes Gewissen hatte. *Und was für eines!*

»Guten Tag. Bleiben Sie bitte ruhig sitzen, ich tue Ihnen nichts.« Mehr sagte sie nicht.

Sie schob Michaels Haare, die ihm in die Stirn gefallen waren, zur Seite und betrachtete sein Gesicht. *Keine Anzeichen von Schlägen.* Nur jene Stelle an der Augenbraue, wo ihm die Beamten das Piercing entfernt hatten, war rot entzündet. Dann zog sie den Kragen des Overalls in Michaels Nacken weg und warf einen Blick auf seinen Rücken. *Keine Blessuren.*

»Ich darf doch?«, fragte sie und schob im gleichen Moment seine Ärmel hinauf. *Keine blauen Flecken an den Unterarmen.*

»Was soll das?«, fragte Michael.

Evelyn setzte sich ihm gegenüber hin. »Wurden Sie geschlagen?«

»Nein.«

»Wurden Sie bedroht?«

»Nein.«

»Hat man Sie zu diesem Geständnis gezwungen?«

»Nein, zum Teufel!«

»Warum haben Sie den Mord dann gestanden? Noch dazu ohne mein Beisein und ohne sich vorher mit mir abgesprochen zu haben?«

»Ich konnte diese Lüge nicht mehr länger aufrechterhalten. Sie hat mich zermürbt.«

»Blödsinn!«, fuhr sie ihn an.

Er zuckte zusammen.

»Ich sage Ihnen was.« Sie rückte näher an den Tisch. »Meine innere Stimme sagt mir, dass Sie diesen Mann nicht ermordet haben. Ich weiß nicht, wer es war, und ich weiß nicht, wie er das alles inszeniert hat. Ich weiß nur eines: *Sie* waren es nicht! Aber ich kenne den Grund nicht, warum Sie diesen Mord auf sich nehmen wollen. Helfen Sie mir, die Wahrheit herauszufinden!«

»Ich habe Johann Wulf auf einer Firmenfeier meines Vaters kennengelernt. Wir hatten drei Jahre lang ein heimliches Verhältnis. Ich war damals gerade erst zwanzig, und er war verheiratet. Das Penthouse war unser Liebesnest, wie wir es nannten. Ich habe ihn geliebt, aber er hat mich schwer enttäuscht.«

Die Sätze waren so hastig, und trotzdem so klar und ohne das leiseste Zögern aus Michaels Mund herausgesprudelt, als hätte er sie schon vor Tagen auswendig gelernt.

»Okay«, sagte Evelyn und versuchte, sich die Reaktion auf

diese Erzählung nicht anmerken zu lassen. »Gehen wir also einen Moment mal davon aus, dass Sie tatsächlich diesen Mord begangen und Ihren Liebhaber getötet haben. Demnach haben Sie mich in meiner Kanzlei angelogen, als Sie behauptet haben, Sie könnten das auf dem Video nicht sein, weil Sie in Wahrheit eine heterosexuelle Frau sind und nicht homo…«, sie hielt inne, »… schwul sind«, korrigierte sie sich.

»Ist das nicht egal, was ich bin?«

»Nein, ist es nicht. Denn ich versuche, eine Verteidigung für Sie aufzubauen, und dafür muss ich Ihre Motivation kennen.«

»Ich hab ihn geliebt – als was, ist doch völlig nebensächlich.«

»Von mir aus. Aber Fakt ist …«, fasste Evelyn zusammen, »Sie hatten Analsex mit Johann Wulf. Sie haben ihm vermutlich auch einen geblasen. Sie kannten auch den großen Leberfleck auf seinem rechten Schulterblatt, der aussieht wie ein Herz-Tattoo, denn Sie hatten tatsächlich ein jahrelanges Verhältnis mit ihm, richtig?«

»Ja, das hatte ich. Wir hatten Analsex, und ich hatte seinen Schwanz im Mund. Ich kenne auch seinen Leberfleck. Und es ist mir verdammt noch mal egal, wie Sie das nun bezeichnen.« Er hob die Arme. »Von mir aus schwul. Meinetwegen nennen Sie mich auch eine Schwuchtel.«

Eine Schwuchtel, wiederholte Evelyn in Gedanken und dachte an Professor Janeckes Worte. Das brachte sie auf eine weitere Idee. »Eine Schwuchtel also! Ist das okay, wenn ich Sie so bezeichne? Ist das kein Schimpfwort?«, hakte sie nach.

»Natürlich nicht. Wir bezeichnen uns doch selbst so.«

»Sie sind also eine kleine, feige Schwuchtel, die einen Mord begangen hat.«

»Ja, Herrgott noch mal!«

Interessant! Evelyn bemerkte aus dem Augenwinkel, wie Flo unruhig mit dem Bein unter dem Tisch wippte, als lägen ihm mehrere Fragen auf der Zunge, doch sie bedeutete ihm mit einem kurzen Blick, sich noch zu gedulden.

»Kennen Sie sase2go?«, fragte sie.

»Was?«

Du hast also keine Ahnung, wovon ich rede.

Plötzlich hörte Flo auf, mit dem Bein zu wippen und beugte sich nun auch nach vorn. »Sie haben doch jede Menge Apps auf Ihrem Handy«, stellte er fest und ließ die Bemerkung wie eine Nebensächlichkeit wirken. Anscheinend hatte er längst begriffen, worauf Evelyn mit ihrer Provokation hinauswollte. »Aber sase2go kennen Sie nicht?«

»Nie gehört.«

»Lesben verwenden die App, um Partnerinnen zu finden«, fuhr Flo fort.

»Ach das.« Michael wedelte mit den Händen, sodass die Handschellen an seinen Gelenken klimperten. »Klar kenn ich das, habe es aber nicht. Wozu sollte ich das verwenden?«

»Ja, verstehe«, murmelte Flo und warf Evelyn einen vielsagenden Blick zu.

Sie ließ sich nichts anmerken und blickte auf die Uhr. »Wir haben noch fünfzehn Minuten Zeit, und wir sollten uns überlegen, wie wir weiter vorgehen. Es sei denn, Sie wollen nicht länger von mir vertreten werden.«

»Doch.«

»Möchten Sie, dass Herr Zock und ich Sie anschließend zum Haftrichter begleiten?«

»Nein, ist nicht nötig.«

»Wie Sie wollen.« Normalerweise hätte Evelyn den Fall an dieser Stelle abgegeben, da sie mit keinem Mandanten zusammenarbeiten wollte, der eigenmächtige Schritte unternahm und sich nicht mit ihr absprach. Doch irgendetwas stimmte hier nicht, und sie wollte herausfinden, was das war.

»Wir haben im Moment nur eine Chance«, fuhr Evelyn fort, nachdem sie tief durchgeatmet hatte und nun wieder in einem sachlichen Ton sprach. »Nach Ihrem Geständnis könnten wir auf Unzurechnungsfähigkeit plädieren. Mit einem entsprechenden Gutachten könnten wir es eventuell so drehen, dass Sie nicht schuldfähig sind.« Evelyn spürte, wie Michael bei diesem Gedanken unbehaglich wurde.

»Sie wollen mich als Verrückten darstellen?«

Sie schüttelte den Kopf. »Nein, das will ich nicht, aber Sie haben selbst gesagt, dass Sie die Hormonbehandlung unberechenbar macht, dünnhäutiger und empfindlicher. Das können wir nun verwenden. Ich möchte Sie als *Opfer* darstellen.«

»Ich weiß nicht, ob ich das will.«

Na schön! Dann eben auf eine andere Art. »Haben Sie Kenntnis davon, ob es in der Firma Ihres Vaters Schwarzgeldkonten oder Geldtransfers ins Ausland gab?«

»Nein. Wie sollte ich davon erfahren haben? Sie wissen, dass mich das alles nicht interessiert.«

»Vielleicht wussten Sie es von Johann Wulf? Er war Ihr Liebhaber und immerhin der Entwicklungsleiter Ihres Vaters.«

Michael schüttelte den Kopf. »Wir haben nie über die Firma meines Vaters gesprochen. Außer an jenem Morgen, als ...« Er verstummte.

»Gut, dann lassen Sie uns über das Motiv Ihrer Tat sprechen«, schlug Evelyn vor. »Was ist an jenem Morgen vorgefallen?« Sie kramte die Fotos vom Tatort aus ihrer Mappe und schob sie so über den Tisch, dass Michael sie sehen konnte.

Sie zeigten das Wohn- und das Schlafzimmer, die Blutspritzer, die umgekippte Lampe, die auf dem Boden liegende Vase und den blutbesudelten Teppich. Allerdings ließ sie das Foto von der Leiche bewusst in der Mappe.

Michael betrachtete die Tatortfotos einen Moment lang desinteressiert, dann wandte er den Blick ab. »Ich wollte …«

Evelyn legte ihr Handy auf den Tisch und startete die Aufnahme. »Bitte, fahren Sie fort!«

»Ich bin … war schwul, ja, aber andererseits fühlte ich mich auch seit längerer Zeit transident. Es war ein ambivalentes Gefühl, nicht genau zu wissen, wohin man gehört. Unter anderem habe ich mit dem Gedanken gespielt, meinen Personenstand zu ändern, um als Frau zu leben, war mir dabei aber noch unsicher. All die Untersuchungen, Gutachten und psychologischen Tests. Johann Wulf hat mich unterstützt und mir zugeredet, es zu tun. Er sagte, dass er sich danach von seiner Frau scheiden lassen würde, und wir könnten offiziell zusammen in eine andere, größere Wohnung ziehen.«

»Das haben Sie ihm geglaubt?«, fragte Flo.

Michael sah kurz auf. *Arschloch!,* schien sein Blick zu sagen. »Ja, ich habe ihm geglaubt.«

»Ich verstehe eine Sache nicht«, unterbrach Evelyn ihn. »Wenn Wulf schwul war, warum wollte er dann mit Ihnen – also mit einer *Frau* – zusammen sein?«

Michael gab keine Antwort.

»War er bi?«, schlug Evelyn vor.

Michael sah auf. »Ja, man könnte meinen, er wäre bi gewesen, immerhin hat er es zu zwei Kindern gebracht.« Er lächelte nachsichtig. »Aber nein, das war er nicht. Er war schwul, zweifellos, aber er konnte seine sexuelle Neigung nicht in der Öffentlichkeit zeigen. Er hätte sich nie geoutet. Davor hatte er panische Angst. Die gesellschaftlichen Ressentiments hätten ihn zerstört.«

»Das beantwortet aber immer noch nicht meine Frage, warum Wulf, wenn er schwul war, mit einer Transfrau zusammen sein wollte, die – womöglich schon in einem Jahr – keinen Penis mehr haben würde.«

Michael sah auf. »Diese Operation ist aus medizinischen Gründen bei mir nicht durchführbar«, sagte er. »Das wussten wir beide. Und falls es anders gewesen wäre, hätte ich meinen Penis vermutlich trotzdem behalten. Schon allein wegen meines ambivalenten Gefühls und um meinen Partner weiterhin befriedigen zu können.«

»Also hat Wulf darauf gewartet, dass Sie offiziell eine Frau sein würden – aber *mit* Penis. Und dadurch wären für ihn alle Probleme gelöst gewesen. Aber fühlten Sie sich dabei nicht ein wenig ausgenutzt, wie eine Notlösung, da Sie für Wulf nichts weiter als ein Kompromiss waren?«

»Ja, aber das stellte ich erst später fest, als herauskam, dass alles nur eine Lüge war. Sein Versprechen, sich scheiden zu lassen, zusammenzuziehen und zu heiraten.«

»Erzählen Sie alles der Reihe nach«, bat Evelyn.

»Gut«, seufzte Michael. »Wir haben uns am Dienstag, den vierten März, um 7.30 Uhr in seinem Penthouse getroffen. Das taten wir öfters, nachdem er zu Hause mit Frau und Kindern gefrühstückt hatte und bevor er ins Büro fuhr. Und wir hatten Sex. Guten Sex. Meistens lag er unten, und ich saß auf ihm. Er hatte so kräftige Hände …«

18

Acht Tage zuvor

Johann Wulf packte Michaels Hüfte und stieß tiefer in ihn hinein, bis er sich schließlich aufbäumte, mit der anderen Hand das Bettlaken packte, schrie und kam.

Erschöpft, keuchend und schweißgebadet lag er da und streckte die Arme aus. Seine muskulöse, grau behaarte Brust hob und senkte sich. Dann fasste er sich an die Wange. »Du hast mir ins Gesicht geschlagen.«

»Dachte, du stehst vielleicht drauf.« Michael spürte, wie Wulfs Schwanz in seinem Anus zusammenschrumpelte. Im nächsten Moment kniff er die Pobacken zusammen.

»Aua!«, rief Wulf.

Michael lachte dreckig.

»Lass das.« Plötzlich wurde Wulf ernst. »Wir können uns nicht mehr sehen.«

»Was?« Michael wischte sich den Schweiß von der Stirn. »Du meinst diese Woche?«

»Nein, ich meine überhaupt.«

»Überhaupt?« Michael stieg schwungvoll vom Bett herunter. »Wovon redest du?«

»Dein Vater weiß von uns. Er verlangt von mir, dass ich die Finger von dir lasse.«

Michael schmunzelte und deutete auf ihn. »Aber er verlangt nicht, dass ich die Finger von *dir* lasse.«

»Hör auf mit den Witzen. Du weißt, wozu er fähig ist.«

»Das ist doch schon seit Jahren immer wieder dieselbe alte Leier. Er möchte, dass ich ein Mädchen kennenlerne, Wirtschaft studiere, heirate, Kinder zeuge und in seiner Firma einsteige.«

»Michael – es ist ernst! Er hat gedroht, alles meiner Frau zu erzählen. Ich kann meine Familie und die Kinder nicht für dich opfern.«

»Frau, Familie, Kinder? Was? Ich brauch was zu trinken«, murmelte Michael, nahm das leere Sektglas vom Nachtkästchen, ging damit in die Küche, holte die offene Sektflasche aus dem Kühlschrank und goss das Glas voll. »Aber du wolltest dich doch sowieso scheiden lassen! Dann tu es eben jetzt!«, rief er aus der Küche. »Und komm mir jetzt bloß nicht mit dieser Scheiße, dass alles nur gelogen war, um mich ins Bett zu kriegen.«

Wulf antwortete nicht.

Michael schlenderte mit der Sektflöte zurück ins Schlafzimmer, nippte am Glas und stellte es auf den Nachttisch. »Hör mir jetzt mal gut zu, du elende Schwuchtel! Nur für dich habe ich mir das Gesicht operieren lassen, die beschissenen Psychotherapiestunden durchgestanden, all die Untersuchungen und endlosen Fragen über mich ergehen lassen. Denkst du, eine Hormonbehandlung ist so lustig? Für *dich* wollte ich eine Frau werden!«

»Komm mir jetzt nicht so. Du willst für *dich selbst* eine Frau werden!«

»Für dich!«, brüllte Michael ihn an. »Aus Liebe! Zeig mir einen Schwulen, der aus Liebe so unheimlich weit gegangen ist wie ich für dich. Der bei den Untersuchungen geschwindelt hat und …«

»Ach komm, so viel erfinden musstest du nun auch wieder nicht. Du fühlst dich doch als Frau, und du liebst es, wenn ich dich wie eine Frau behandle. Also was soll das jetzt?«

Michael spürte, wie seine Wangen brannten und ihm die Tränen kamen. »Ja, mag sein. Aber wir lieben uns doch.«

Wulf schüttelte den Kopf, und diese Bewegung hatte etwas erschreckend Ernüchterndes. »Nein, wir lieben die Illusion, die wir von uns haben. Nur das Abziehbild unserer eigenen Illusion.«

»Wir wollten heiraten«, erinnerte Michael ihn mit heiserer Stimme. »Tun wir es jetzt!«

Wulf schnaufte. »Jetzt? Sieh dich doch an! Okay, du bist groß und schlank. Aber deine sehnigen Oberarme, deine Oberschenkel und Waden. Dachtest du, ein paar Schnitte im Gesicht und ein paar Tabletten und Östrogene machen aus dir über Nacht eine Frau? Das dauert Jahre! Du siehst jetzt noch nicht so aus, dass wir …«

»Was? *So* in die Öffentlichkeit gehen können? Mit diesem Monster an deiner Seite?«

»So habe ich das nicht gemeint.«

Schlagartig versiegten Michaels Tränen. »Du wirst also nicht warten, bis meine Umwandlung zu Ende ist?«

»Nein. Es ist aus.«

»Nur wegen meines Vaters? Wir könnten uns eine andere Wohnung nehmen. Außerhalb von Wien.«

»Vergiss es! Richard hat gedroht, mich fristlos zu entlassen.«

»Wie kann er das? Du weißt doch viel zu viel über seine schmutzigen Geschäfte.«

»Eben deshalb! Er hat gedroht, mir etwas anzuhängen, wenn ich das Maul aufmache. Und glaube mir, ich wäre beruflich erledigt. Bei seinem Einfluss fände ich keinen anderen Job in dieser Branche.«

»Dein Job ist dir wichtiger als ich?«

Wulf antwortete nicht.

»Ich habe Geld«, versuchte Michael es ein letztes Mal, obwohl er wusste, dass die Diskussion zu nichts führen würde.

»Bei deinem Lebensstil ist es nach einem Jahr weg.«

»Weißt du, ich habe dich wirklich geliebt«, warf Michael ihm vor.

»Habe?«, wiederholte Wulf.

»Ja, du hast richtig gehört. Vergangenheitsform!« Michael ging zum Fenster und schloss die Jalousie.

Wulf lächelte. »Was soll das? Willst du zum Abschied noch eine Nummer im Dunkeln schieben?«

»Ja, eine letzte Nummer, nur du und ich.« Michael drehte sich um. »Komm her. Diesmal bin ich dran. Im Stehen.«

Wulf schob sich aus dem Bett und kam zum Fenster.

Michael spürte, wie sein Penis anschwoll und steif wurde. Das Blut pumpte und pochte in seinem Glied. Es war größer und erigierter als sonst. Und er wusste, diesmal war es nicht die sexuelle Erregung, die ihn stimulierte, sondern die Vorstellung von dem, was er als Nächstes tun würde.

Ohne Wulf zu küssen oder zu streicheln, packte er ihn, drehte ihn herum, drückte ihn ans Fenster, schob seine Pobacken auseinander und drang in ihn ein.

»Ohne Gleitcreme?«, keuchte Wulf.

»Brauchen wir nicht.« Michael stieß zu, und Wulf stöhnte auf.

Dann packte Michael das Seil der Jalousie, wickelte es Wulf zweimal um den Hals und zog zu, während er weiterhin mit kräftigen Stößen in ihn stieß.

»Was tust du …?«, röchelte Wulf, krallte sich mit den Fingern in die Jalousie und versuchte, sich zu befreien.

Doch Michael drückte so fest zu, dass das Seil in seine Hände einschnitt, bis sie blau wurden. Die Sehnen traten an seinen Unterarmen hervor, und für einen Moment glaubte er, dass er Wulf sogar den Kopf abreißen könnte, wenn er noch fester zuzog.

Wulf konnte schon lange nicht mehr röcheln. Er versuchte, nach Michael zu schlagen, doch Michael drückte ihn ans Fenster. Da schlug Wulf mit dem Kopf nach hinten aus und traf Michael an der Stirn. Für einen Moment wurde ihm schwarz vor Augen.

Du darfst den Griff nicht lockern!

Doch es war zu spät. Wulf hatte sich von der Kordel befreit. Röchelnd, prustend und nach Luft schnappend zog er sich die Schnur vom Hals. Eine tiefe, dunkelrote Linie hatte sich ins Fleisch gegraben.

Wulf versuchte, etwas zu sagen, brachte aber nichts heraus. Er wich zur Seite, doch Michael setzte mit geballten Fäusten nach. Er musste den Blick nicht senken, um zu sehen, dass sein Glied immer noch aufrecht stand. Vor Verbitterung, Wut und Aggression, die heiß in ihm pulsierten.

Rücklings stolperte Wulf durchs Schlafzimmer und durch die Tür ins Wohnzimmer. Er stürzte zum Schreibtisch. Dort lag der Brieföffner!

Doch Michael war schneller am Tisch, packte das Messer und stach sofort zu. Der erste Stich traf den Hals und riss eine große Wunde auf, die Michael selbst überraschte. Wulf wollte den nächsten Stich mit den Händen abwehren, doch Michael ließ sich nicht aufhalten.

Und dann spritzte plötzlich das Blut in weiter Fontäne aus

der Halsschlagader. Quer durch den Raum, auf die Wand, besudelte den Schreibtisch, den Drehsessel, den Parkettboden, den Teppich und spritzte sogar bis zum Fenster.

Das Fenster! Verdammt! Im Wohnzimmer war die Jalousie oben!

Einen Moment war Michael unaufmerksam gewesen, und Wulf hatte die Gelegenheit genutzt, um zurück ins Schlafzimmer zu laufen. Doch seine Bewegungen waren langsamer und unkoordinierter geworden. Mit jedem Herzschlag verlor er mehr Blut, da konnte er die Hand noch so fest auf die Wunde pressen. Michael erreichte ihn vor dem Bett.

»Du kommst nicht weit!«

Wulf griff nach der Nachttischlampe, doch im nächsten Moment rutschte sie ihm aus der Hand. Seine Knie zitterten.

Michael drängte ihn mit dem Brieföffner wieder zurück ins Wohnzimmer, blieb jedoch im Türrahmen stehen. Und sah zu, wie Wulf zum Schreibtisch stolperte. Mit einer Hand über die Tischplatte wischte. Verzweifelt nach einer Waffe suchte. Nach vorne taumelte, auf dem Teppich zu Boden sank, aufsah und ihn mit einem Blick anschaute, der sagte, dass sie das doch alles anders hätten lösen können.

Das habe ich versucht! Aber du wolltest nicht.

Du hast all meine Vorschläge weggewischt.

Und während du nun hier liegst und dich fragst, ob sie mich erwischen, werde ich duschen, dein Blut abwaschen und ein paar Vorkehrungen in dieser Wohnung treffen. Anschließend werde ich alle meine Sachen von hier mitnehmen, abhauen und den Brieföffner verschwinden lassen.

Michael blickte noch einmal zu Wulf hinunter.

Wenn ich *dich nicht haben kann, dann sollen es auch deine Frau …*

19

»… und mein Vater nicht!«, beendete Michael das Gespräch und erhob sich. »Das war's. Mehr habe ich nicht zu sagen.«

Während er von zwei Beamten abgeführt wurde, hallten seine Worte noch eine Weile in Evelyns Gedächtnis nach. Schließlich fuhren Flo und sie mit dem Fahrstuhl hinauf ins Erdgeschoss, wo Ostrovsky bereits auf sie wartete.

Er hielt eine dünne zusammengerollte Mappe in der Hand, die er Evelyn reichte. »Eine Kopie des unterzeichneten Geständnisses von Michael Kotten. Den Tonmitschnitt des Verhörs findest du auf dem USB-Stick.«

Evelyn öffnete die Mappe. In der Klarsichtfolie lag ein Stick, den sie Flo gab. »Sichere das auf unserem Server. Einer deiner Uni-Kollegen ist doch Tontechniker. Der soll einen Stimmvergleich mit der Aufnahme von Kottens Stimme auf meinem Handy machen.«

Ostrovsky bedachte sie mit einem mitleidigen Blick. »Du würdest mir tatsächlich Manipulation zutrauen?«

»Nicht nur das.« Sie zog die Papiere heraus und blätterte zur letzten Seite. Michael Kotten hatte das Geständnis tatsächlich unterschrieben. Sie überflog die Daten, stockte bei einer Textstelle und sah überrascht auf. »Er hat auch gestanden, wo er die Tatwaffe versteckt hat?«

Ostrovsky verzog das Gesicht zu einer bedauernden Miene. »Eigentlich wollte er den Brieföffner mitnehmen und in der Donau versenken, aber als er das Haus verließ, ist bereits die Polizei angerückt. Also hat er den Brieföffner kurzerhand direkt vor dem Haus gegenüber dem Hotel Stefanie durch das Abflussgitter in die Kanalisation geworfen … wo wir die Tatwaffe vor einer halben Stunde gefunden haben.«

»Fingerabdrücke?«

»Nein, die hat er abgewischt. Aber wir untersuchen gerade, ob die Blutreste auf der Klinge von Johann Wulf stammen und die Form zu den Stichwunden passt.«

»Danke«, seufzte sie und steckte die Blätter wieder zurück in die Klarsichtfolie.

Scheiße! Mit einer Anfechtung des Geständnisses hätte sie Michaels Freispruch vielleicht noch irgendwie hinbekommen. Aber der Fund der Tatwaffe bedeutete das endgültige Aus.

Fünf Minuten später hatte Evelyn Handtasche und Mantel wieder, Flo seine Jacke und den Motorradhelm, und sie standen vor dem Landesgericht. Eine Straßenbahn ratterte an ihnen vorüber.

Flo holte den USB-Stick aus der Hosentasche und gab ihn Evelyn. »Ich habe keinen befreundeten Tontechniker.«

»Ich weiß. Ich wollte nur sehen, wie Ostrovsky reagiert.«

»Und wie hat er reagiert?«

»Wie ich es befürchtet habe. Es hat ihn nicht einmal gejuckt.«

»Der Fall ist nun doch rascher zu Ende, als ich gedacht habe.« Flo klang ein wenig enttäuscht. Er kramte den Schlüssel für seine Maschine aus der Jackentasche.

»Ja«, seufzte Evelyn. Mit dem Geständnis war ihre Theorie von der Bestechungsaffäre in Osteuropa, Johann Wulfs Erpressungsversuch oder seiner Drohung, sich an die Medien zu wenden, hinfällig geworden. Damit fiel ihre gesamte Verteidigungsstrategie wie ein Kartenhaus in sich zusammen. »Wir können nur versuchen, auf Unzurechnungsfähigkeit zu plädieren.«

»Michael hat nicht so ausgesehen, als würde er großen Wert darauf legen.«

»Das ist ja die Scheiße!«, fluchte Evelyn. »Ich hatte nicht einmal den Eindruck, dass er mit einer milderen Strafe wegen Tötung im Affekt davonkommen will.«

»Er möchte für seine Tat büßen, und das klang sehr überzeugend.«

Evelyn wurde nachdenklich. »Ja, seine Erzählung klang sehr glaubhaft. Und vor allem passt sie haargenau zu dem, was wir auf dem Video gesehen haben.«

»Aber du glaubst ihm trotzdem kein Wort, habe ich recht?«

»Stimmt. Und zwar gerade deswegen.«

Flo schüttelte den Kopf. »Selbst wenn das Geständnis gefaked wäre. Was soll's? Er hat den Mord zugegeben, ein glaubwürdiges Geständnis abgelegt und die Beamten sogar zur Tatwaffe geführt.«

Evelyn zog ein Foto aus der Mappe mit dem Polizeibericht, die Johann Wulfs Leiche im Penthouse zeigte. Er lag mit dem Bauch in einer Blutlache auf dem Teppich vor dem TV-Gerät. Kommentarlos reichte sie Flo das Bild.

Der starrte eine Weile auf das Foto. »Und? Was soll …? Leck mich!«, entfuhr es ihm plötzlich.

Evelyn lächelte müde. »Johann Wulfs Leberfleck ist auf dem *linken* Schulterblatt, aber Michael hat zugegeben, dass er weiß, dass sich dieser Leberfleck auf der *rechten* Seite befindet.«

»Du hast ihm eine Falle gestellt? Deinem eigenen Mandanten?«

Evelyn nickte. »Und er ist prompt hineingetappt. Genauso wie in die Sache mit dieser Schwulen-App, die er gar nicht kennt.«

»Und wie interpretierst du das jetzt alles?«

Sie hob die Schultern. »Er lügt, aber ich habe leider nicht die geringste Ahnung, warum.«

»Und selbst wenn wir die hätten, würde uns das nichts nützen«, gab Flo zu. »Er wird trotzdem wegen Mordes angeklagt werden.«

Das ist ja eben das Verrückte daran!

Da vibrierte Evelyns Handy. Sie hatte eine E-Mail erhalten. »Ah, der Bericht aus dem DNA-Labor.«

»Die Arbeit mit den Proben hätten wir uns sparen können«, murmelte Flo. »Und die Kosten dafür auch. War sicher nicht billig.«

Stimmt! Frustriert öffnete sie das PDF-File und scrollte über den Text. Ihr stockte der Atem.

»Was steht drin?«, fragte Flo.

»Das ist unglaublich«, murmelte sie, nachdem sie die nächste Seite überflogen hatte. Sie reichte Flo das Handy, damit er selbst einen Blick drauf werfen konnte. »Das Labor hat keine einzige Übereinstimmung mit Michael Kottens DNA gefunden. Weder auf den Speichelproben, die du vom Tatort genommen hast, noch von den Schweiß- oder Spermaflecken. Kein passender Fingernagel, keine Haarwurzel und auch keine Hautschuppe.«

»Tatsächlich«, murmelte Flo. »Haben die die Proben vertauscht oder einen Fehler begangen?«

»Ich kenne den Arzt persönlich, der Michaels Mundhöhlenabstrich gemacht hat.« Sie schüttelte den Kopf. »Die machen keinen Fehler und prüfen alles doppelt und dreifach.«

Plötzlich grinste Flo. »Weißt du, was das bedeutet? Dass Michael Kotten das Penthouse nie betreten hat.«

Genau das bedeutet es! Und das wies darauf hin, dass Michael unschuldig war. Aber wenn sie mit ihrem Gutachten keine Übereinstimmung gefunden hatten, dann hätte es die Spurensicherung der Kripo auch nicht.

Hätte?

Evelyn drehte sich um und blickte an den Fensterreihen des Landesgerichts hinauf, das vor ihr aufragte. »Nun wird mir auch klar, warum wir im Bericht der Kripo keine forensischen Untersuchungsergebnisse gefunden haben. Nicht, weil die Spurensicherung nachlässig gearbeitet hat, wie wir fälschlicherweise angenommen haben …«

»Sondern weil sie die Untersuchung sehr wohl gemacht hat, aber das Ergebnis nicht gegen Michael verwenden kann«, vollendete Flo ihren Gedankengang.

»Richtig! Es *wurden* nämlich alle Analysen gemacht! Alles andere hätte mich auch gewundert. Aber Ostrovsky hat entschieden, sie nicht vor Gericht zu verwenden, weil sie Michael höchstens entlastet hätten, er ihn aber um jeden Preis drankriegen möchte. Also hat er sie aus der Akte entfernen lassen.« Sie verstummte.

»Das ist Unterdrückung von Beweismitteln«, entfuhr es Flo.

»Ja, das ist es«, murmelte sie gedankenverloren. Aus dem Augenwinkel sah sie, dass Flo blass wurde.

In welche Sache waren sie da nur hineingeraten?

20

Am späten Nachmittag stand Pulaski nach Dienstschluss vor dem Haus der Hinzes, einem netten Einfamilienhaus mit Garten. Offenbar hatte es etliche Minusgrade, denn auf einer Wassertonne, die unter einer Regenrinne im Schatten stand, schwamm eine dünne Eisschicht. Außerdem spürte Pulaski die stechend kalte Luft beim Atmen.

Neben der Wassertonne parkte Klaus Hinzes Honda SUV im Carport. Soviel Pulaski wusste, besaß Frau Hinze keinen Führerschein, und eine Kollegin von der Kripo hatte den Wagen vom Motel hierher gebracht. Da würde er jetzt stehen und warten, bis Nina ihn fahren konnte – somit bekäme sie von ihrem Vater zumindest ein nagelneues Auto vererbt. Ein schwacher Trost.

Pulaski starrte auf den Wagen. *Was hatte Ninas Tablet eigentlich im Handschuhfach verloren?* Er wusste, die Mädchen hatten ihn angelogen. Aber warum? Auch Ninas Geländemoped stand im Carport. Demnach war sie zu Hause. Und da Pulaski seine Tochter daheim nicht angetroffen hatte, war sie vermutlich ebenfalls hier.

Pulaski läutete an der Tür, und es dauerte eine Minute, bis Frau Hinze öffnete. Er hatte gerötete, verweinte Augen erwartet, doch sie hatte Make-up aufgelegt, trug eine schicke Bluse und war offenbar beim Friseur gewesen. Aus dem Haus drangen Frauenstimmen und das Klirren von Gläsern. Jeder ging eben anders mit Trauer um.

»Sind Sie gekommen, um Ihre Tochter zu holen? Sie ist oben. Soll ich sie rufen?« Frau Hinzes Atem roch nach Alkohol.

Pulaski schüttelte den Kopf. »Eigentlich bin ich hier, um mit Ihnen zu reden. Aber Sie haben gerade Besuch. Komme ich ungelegen?«

»Freundinnen sind da. Sie versuchen, mich abzulenken und zu trösten. Das Leben geht schließlich weiter, nicht wahr?«

Das waren exakt die Worte, die Pulaski gestern vermieden hatte. *Ja, das Leben geht weiter – aber schon am nächsten Tag?*

»Ich weiß, was Sie denken. Dass ich herzlos bin«, stellte sie fest. »Gestern habe ich noch Tränen vergossen – und heute wirkt es so, als veranstaltete ich ein Kaffeekränzchen.« Sie richtete sich auf und versuchte, Haltung zu bewahren.

»Ich bin nicht hier, um Ihnen Vorwürfe zu machen oder Ihnen vorzuschreiben, wie Sie mit Ihrem Verlust umzugehen haben«, stellte Pulaski klar. »Ich wollte nur mit Ihnen über Ihren Mann sprechen.«

»Was gibt es da noch zu besprechen?« Sie sah kurz zur Decke und presste für einen Moment die Lippen aufeinander, eindeutig um Fassung bemüht. »Er hat mich offenbar betrogen. Vermutlich schon länger. Aber ich habe beschlossen, dass ich die Details nicht erfahren möchte. Ich will weder wissen, wie alt diese Frau ist, woher sie kommt, wie er sie kennengelernt hat, wie sie aussieht, noch wie lange das schon gegangen ist. Schließlich ist die Sache vorbei, und er hat die Rechnung präsentiert bekommen.«

Pulaski nickte. Eine Frau, die von ihrem Mann betrogen worden war, hatte immer mehrere Überlebensstrategien. Eine davon: Sie musste – zumindest nach außen hin – die harte, selbstbewusste und unerschütterliche Frau spielen. Und abgesehen von ihrer Müdigkeit und der Alkoholfahne gelang Frau Hinze das ziemlich gut.

Er senkte die Stimme. »Und wenn es nun kein Unfall war?«

Sie stutzte einen Moment lang, da ihr dieser Gedanke anscheinend noch gar nicht gekommen war, doch dann hatte sie sich wieder unter Kontrolle. »Und selbst wenn … was würde das ändern?«

»Nun, einiges.« Pulaski hauchte sich in die Faust. »Darf ich hereinkommen?«

»Ja, natürlich. Entschuldigen Sie bitte.« Sie ließ ihn herein. »Wenn Sie sich einen Augenblick gedulden würden, meine Freundinnen sind sowieso gerade im Gehen. Danach können wir ungestört reden.«

»Vielen Dank.« Er schlüpfte aus dem Mantel und hängte ihn an der Garderobe auf. »Darf ich in der Zwischenzeit Ihre Toilette benutzen?«

»Ja, sicher. Aber unser Gäste-WC ist im Moment außer Betrieb. Der Wasserhahn muss repariert werden.« Sie wedelte mit dem Arm. »Gehen Sie nach oben ins Bad.«

»Danke.« Pulaski zog sich die Schuhe aus und stieg die Treppe hinauf. Durch eine geschlossene Tür hörte er Ninas und Jasmins Stimmen, doch diesmal lauschte er nicht. Er würde schon noch erfahren, was sie herausgefunden hatten.

Er sah eine offene Tür, die ins Bad führte. Helle Fliesen mit Blumenmuster, Badewanne, Duschkabine, Klo, Bidet und zwei Handwaschbecken mit einem breiten Spiegel. Daneben stand ein Hochschrank. Es roch nach Kräutern und Zitrone. Nachdem er die Tür abgeschlossen hatte, öffnete er den Schrank und durchsuchte die Fächer. So wie es aussah, belegte Frau Hinze die unteren vier Ablagefächer und Herr Hinze die oberen drei.

Pulaski interessierte sich nur für Herrn Hinzes Sachen. Nassrasierer, Rasierschaum, Aftershave, Nagelscherenetui, Hautcreme, Fußcreme und jede Menge Eau de Toilette. Außerdem fand er eine Erste-Hilfe-Tasche mit Pflaster, eine Reservebrille, Kontaktlinsen in Flüssigkeitsbechern, Kamm, Bürste, Haarfärbemittel und einige Medikamente. Kopfschmerztabletten, Magenschoner, Antidepressiva. Der Wirkstoff war tatsächlich sehr leicht dosiert. Doch eines fand er nicht. Weder im Schrank noch in den Schubladen unter dem Handwaschbecken befand sich eine Salbe gegen Hämorrhoiden.

Pulaski betätigte die Klospülung, wusch sich die Hände und verließ das Bad. Während er hinunterging, sah er, wie die letzten Besucherinnen Frau Hinze auf die Wange küssten und das Haus verließen.

Die Tür fiel zu, und Frau Hinze strich sich über den Rock. »Möchten Sie Kaffee? Stark, schwarz ohne Zucker?«

»Sie erinnern sich daran?«

»War doch erst gestern.«

Ja, es war erst gestern, dachte er. *Und seither ist offenbar viel passiert.* »Ja, bitte.«

Sie gingen ins Wohnzimmer, wo noch immer Kaffeetassen, Kuchenteller und Sektgläser auf dem Tisch standen. Frau Hinze füllte Pulaski eine frische Tasse mit dampfendem Kaffee. Sie setzten sich, und Pulaski nippte daran. Dann hob er überrascht die Augenbrauen. »Verdammt guter Kaffee.«

Sie zuckte mit den Achseln. »Eine alte Mokka-Maschine.«

»Hat heutzutage kaum noch jemand, braut aber den besten Kaffee.«

»Was wollten Sie mit mir besprechen?«

Pulaski stellte die Tasse ab. »Ich kann Ihnen die Details der laufenden Ermittlung nicht verraten, aber …«

»Ich dachte, die Ermittlungen wären bereits abgeschlossen?«

Er nickte. *Wozu lügen?* »Ja, sind sie, aber es bestehen Restzweifel … also, genauer gesagt, *ich* zweifle daran, dass es ein Unfall war.«

»Wie gesagt. Für mich macht das keinen Unterschied. Klaus hat mich betrogen, nun ist er tot. Ich muss zusehen, wie ich allein mit meiner Tochter klarkomme. Und wenn Sie der Einzige sind, der daran zweifelt, nun, dann müssen Sie allein weitermachen. Ich kann Ihnen dabei nicht helfen.«

»Doch, können Sie. Die Staatsanwaltschaft hat die Leiche Ihres Mannes zwar schon freigegeben, aber Sie könnten eine private Obduktion veranlassen.«

»Warum sollte ich das?«

Pulaski blähte die Backen. *Ja, warum nur?* Dann zählte er die Gründe an den Fingern auf. »Um herauszufinden, ob jemand Ihren Mann getötet hat. Falls ja, wie? Falls ja, warum? Und vor allem, wer?«

Sie dachte kurz nach, dann hob sie den Blick. »Sind Sie offiziell hier?«

»Nein.«

»Dachte ich mir. Es mag Sie vielleicht verwundern, aber ich möchte die Sache so rasch wie möglich hinter mich bringen – die Beerdigung, das Testament, die Versicherungen, alle anderen bürokratischen Wege – und danach alles vergessen. Klaus ist tot, er wird nicht mehr wiederkommen, und ich muss mein Leben neu organisieren.«

»Das verstehe ich«, sagte er und dachte an die merkwürdige Leichenblässe und die Blutspur in Klaus Hinzes Afterbereich. »Aber ich möchte Sie dennoch um einen kleinen Aufschub der Beerdigung bitten, denn möglicherweise gibt es neue Hinweise, wenn wir die Leiche Ihres Mannes …«

»Sie wollen ihn aufschneiden lassen?« Jetzt stiegen ihr plötzlich doch noch Tränen in die Augen. »Nein.« Sie schüttelte entschieden den Kopf. »Auch wenn Klaus mir schreckliche Dinge angetan hat, möchte ich seinen Leichnam nicht völlig zerschnitten in den Sarg legen, sondern ganz – so viel Respekt bin ich ihm schuldig. Er soll im Krematorium eingeäschert werden, und zwar so rasch wie möglich. Das ist mein letztes Wort.«

Wie kann man nur so stur sein?

In diesem Moment hörte er im oberen Stockwerk den Holzboden knarren. Hatten die Mädchen Ninas Zimmer verlassen? Lauschten sie etwa?

Wie Pulaski, so hatte auch Frau Hinze kurz nach oben gesehen, aber nun blickte sie ihn wieder an. »Wenn Sie gehen, würden Sie bitte Ihre Tochter mitnehmen? Seit gestern versuche ich mit Nina zu reden, aber solange Ihre Tochter bei ihr ist, will mir das nicht gelingen.«

»Wenn Sie das für richtig halten.« Pulaski nickte, obwohl er bezweifelte, dass Nina mit ihrer Mutter reden würde, solange die so stur blieb. »Falls Sie doch jemanden zum Reden brauchen sollten …« Er holte seine Visitenkarte aus der Sakkotasche und legte sie auf den Tisch.

»Nein, ich glaube nicht. Außerdem fürchte ich, dass die Anwesenheit Ihrer Tochter Nina nur verwirrt«, fügte sie rasch hinzu. »Verstehen Sie das bitte nicht falsch, aber in Zukunft möchte ich, dass sie sich von Nina fernhält.«

Pulaski ließ seine Fingerknöchel knacken. Erst gestern, und gerade eben wieder, hatte er dieser Frau seine Hilfe angeboten – und nun warf sie ihn und Jasmin aus dem Haus.

Am liebsten hätte er ihr gesagt, dass sie verdammt aufpassen musste. Denn anscheinend war sie gerade dabei, die Realität zu verdrängen, sich womöglich mit falschen Freundinnen zu umgeben und das eigene Kind zu vernachlässigen. Aber er sagte nichts, sondern erhob sich nur.

Als er im oberen Stockwerk ankam, um Jasmin zu holen, während Frau Hinze das Geschirr im Wohnzimmer abräumte, sah er, dass Ninas Zimmer leer war. Also hatte er richtig gehört. Sie waren im Gang gewesen. Allerdings nicht oder zumindest nicht nur, um sein Gespräch mit Ninas Mutter zu belauschen.

Leise öffnete er die Tür zu Klaus Hinzes Arbeitszimmer und blickte in den dunklen Raum. Nur eine Schreibtischlampe brannte, und Nina und Jasmin erstarrten in der Bewegung. Sie hatten sich über eine zur Hälfte ausgeräumte Schublade gebeugt.

»Papa!«, rief Jasmin mit gesenkter Stimme. »Was tust du hier?«

»Dich holen.«

»Ich meine, in diesem Zimmer.«

»Das Gleiche könnte ich dich fragen. Nein, nicht *könnte.* Ich tue es! Was machst du in diesem Zimmer?«

»Ich helfe Nina beim Suchen.«

Nina stand daneben und schwieg.

»Jasmin, wir hatten eine Abmachung, und ich möchte nicht, dass du mich anlügst.« Er betrat das Zimmer und schloss die Tür hinter sich. Frau Hinze brauchte nicht zu hören, was er mit den beiden Mädchen zu besprechen hatte. Er sah Nina an. »Ihr habt gestern nicht wirklich dein Tablet aus dem Wagen deines Vaters geholt, richtig?«

Bevor das Schweigen allzu erdrückend wurde, hob Nina den Kopf. »Nein, es war das Fahrtenbuch meines Vaters.«

»Weiß deine Mutter davon?«

»Nein.«

»Habt *ihr* die Schublade aufgebrochen?«

Nina schwieg.

»Ja, wir waren es«, sagte Jasmin plötzlich kleinlaut, als fürchtete sie, ihr Vater würde sie jeden Moment vor ihrer besten Freundin zusammenscheißen. »Wir haben Kreditkartenabrechnungen über jede Menge Motelbesuche gefunden«, rechtfertigte sie sich. »Und hier …« Sie deutete in die Schublade. »… das Brillenetui ist leer, darin liegt ein gutes Dutzend Kondome versteckt.«

»Mein Vater hat offenbar ein Doppelleben geführt, und ich habe ein Recht darauf, alles darüber und vor allem den Grund dafür zu erfahren«, fügte Nina hinzu. In ihrer Stimme lagen jede Menge Enttäuschung, Zorn und Wut.

»Das begreife ich«, sagte Pulaski. »Aber …«

»Ich kann meine Mutter nicht verstehen, warum sie das alles nicht wissen will und den Kopf in den Sand steckt, als wäre nichts geschehen«, fauchte Nina.

»Das kann ich dir verraten. Sie will es verdrängen. Sie ist eben anders als du.«

»Genau. *Ich* möchte diese Frau nämlich finden, mit der mein Vater zuletzt zusammen war. Sie ist möglicherweise die Einzige, die meine Fragen beantworten kann.«

»Das kann ich verstehen«, wiederholte Pulaski leise. »Leider sind wir drei im Moment die Einzigen, die überhaupt daran glauben, dass sie existiert.«

21

Bevor Evelyn sich vor dem Bundeskriminalamt von Flo verabschiedete, hatte sie ihm für den Rest der Woche freigegeben, damit er mit seinem Praktikum am Landesgericht weitermachen konnte. So musste er bei diesem grässlichen Wetter wenigstens keine unnötigen Urlaubstage verbrauchen.

Am späten Nachmittag bekam sie Anfragen, ob sie neue Fälle übernehmen wollte, die sie jedoch ablehnte. Sie zog sich mit einer Tafel Schokolade und einer Tasse heißer Milch mit Honig allein in ihr Büro zurück. Von der Tasse grinsten sie die beiden Comicfiguren Tweety und Sylvester an. *Mach sie platt,* stand in einem Cartoon-Schriftzug darunter. *Sonst machen sie dich platt!,* fügte sie in Gedanken hinzu, seufzte und schlug die Mappe mit Michael Kottens Geständnis auf.

Nachdem sie das Protokoll zweimal gelesen hatte, hörte sie sich das Audiofile der Vernehmung an, sah sich alle Polizeiakten noch einmal in Ruhe durch und verglich schließlich Michaels Stimme vom Verhör mit seiner Stimme auf ihrem Handy. Wie nicht anders zu erwarten bestätigte ein Computerprogramm, das sie sich extra heruntergeladen hatte, die Übereinstimmung. *Lauter Sackgassen!*

Später am Abend, als sie schon zu Hause war, gerade ein Stück Lasagne in den Ofen schieben und es sich mit einem Krimi auf der Couch gemütlich machen wollte, kam Ostrovskys Anruf.

»Na, immer noch deprimiert?«, fragte er. Bei jedem anderen hätte diese Frage wahrscheinlich überheblich geklungen, doch Ostrovsky war tatsächlich besorgt.

»Na ja, es ist nur ein Job«, sagte sie, schob das Blech ins Rohr und trat mit dem Fuß die Ofentür zu. »Manchmal gewinnt man, manchmal verliert man. Ich muss lernen, es nicht persönlich zu nehmen.«

»Ein guter Weg.«

»Du machst es mir aber auch verdammt schwer. Eine Zeit lang dachte ich nämlich wirklich, du, Ganser und das BKA wärt bereit, einen Unschuldigen in den Knast zu bringen, nur um die von-Kotten-Familie zu vernichten.«

»Na ja, um ehrlich zu sein … hätte Kotten nicht gestanden, hätte ich diesen Gedanken möglicherweise sogar einen Moment lang in Betracht gezogen.«

Ich habe es befürchtet. Sie dachte an die fehlenden DNA-Spuren in der Akte und die eventuelle Unterdrückung von Beweismitteln. Sie kannte Ostrovsky wirklich gut, aber dass er ein Disziplinarverfahren wegen Amtsmissbrauchs riskierte und sogar seinen Job aufs Spiel setzte, war sogar für ihn ziemlich extrem. Aber vielleicht wurde man im Alter einfach ein wenig fanatisch. »Warum rufst du eigentlich an? Hat Kotten sein Geständnis widerrufen?«

»Die Hoffnung stirbt zuletzt, richtig?« Ostrovsky grummelte. »Nein, ich wollte dich nur darüber informieren, dass ich dir eine E-Mail mit dem forensischen Bericht von der Tatwaffe geschickt habe. Das Ergebnis der Untersuchung ist eindeutig.«

»Der Brieföffner aus dem Kanalschacht ist die Mordwaffe?«, fragte Evelyn.

»Ja, das Blut stammt von Johann Wulf, und die Form der Klinge passt zu den Stichwunden.«

Tja, das war's dann wohl. »Hättest du damit nicht bis morgen warten können?«

»Du kennst mich. Ich halte nichts davon, Illusionen so lang wie möglich aufrechtzuerhalten. Du hast immerhin tapfer gekämpft. Gute Nacht, Evelyn. Schlaf gut.«

Die Verbindung war tot.

Was gut zu ihrer Stimmung passte.

Während sie die Lasagne aß, das Radio in der Küche lief und ihre Katzen schnurrend unter dem Esszimmertisch saßen in der Hoffnung, dass zufällig etwas von der Lasagne zu ihnen herunterfallen würde, öffnete sie die E-Mail und las das Gutachten.

Ja, alles passt wunderbar zusammen.

Zwei Stunden später ging sie zu Bett.

Sie schlief unruhig und schreckte öfters hoch … Zuerst zeigten die Leuchtziffern des Weckers ein Uhr, dann zwei Uhr, dann drei Uhr.

Immer wieder riss sie ein Albtraum aus dem Schlaf. Von Ostrovsky im Nadelstreif mit Krawatte, wie er im Gerichtssaal an der Reihe der Geschworenen – acht konservative alte Schwulenhasser – vorbeistolzierte, die Daumen hinter seine Hosenträger geklemmt, kurz stehen blieb, auf den Zehenballen wippte und sein Schlussplädoyer hielt.

Du kennst mich. Illusionen müssen so rasch wie möglich zerstört werden!

Auch die nächste Traumsequenz handelte von Ostrovsky. Diesmal stolzierte er nicht durch den Gerichtssaal, sondern saß vor ihr auf dem Schreibtisch in seinem Büro, in der Hand ein Glas seines schrecklichen Magentees. Allerdings waren sowohl er als auch das Glas riesengroß, und dieser Albtraum-

Ostrovsky rief ihr wieder und wieder mit dröhnender Stimme zu: *Wir beide sind doch schon lange im Geschäft und haben so vieles erlebt. Denk immer daran. Nichts ist auf den ersten Blick so, wie es scheint!*

»Nichts ist so, wie es scheint«, murmelte sie mit schweißnasser Stirn und wälzte sich herum.

Befreie dich von den Illusionen!

Ostrovskys Ratschläge, über den Tellerrand zu blicken, Michael Kotten, der Brieföffner, die Fotos von Annie Leibovitz in ihrer Kanzlei, der Stimmvergleich und die DNA-Spuren und Fingerabdrücke, die keine Treffer ergeben hatten. Plötzlich fuhr sie herum und starrte mit weit aufgerissenen Augen in die Dunkelheit.

»Ich weiß, wie es war!«

Auf ihrer Brust hockte eine Katze, schlug die Krallen in die Decke und blickte schnurrend auf ihr Gesicht herunter.

»Bonnie, was machst *du* denn hier …?«, murmelte sie verschlafen und blickte zur Tür.

Sie hatte vergessen, die Schlafzimmertür fest zu schließen, die nun halb offen stand. Neben ihrem Kopfkissen saß Clyde und schnurrte ebenfalls.

Bevor sich der Albtraum mit den Eindrücken der Realität vermischte und drohte, sich in Luft aufzulösen, tastete sie im Dämmerlicht zum Nachtkästchen, griff nach Bleistift und Notizblock. Willkürlich blätterte sie irgendeine Seite auf und schrieb im Dunkeln eine Notiz für sich selbst aufs Papier.

Er ist es nicht!

In derselben Nacht in Berlin

»Wow, hier wohnst du also? Was für eine schicke Bleibe«, lallte Christine, hielt sich am Türstock fest und starrte leicht vornüber gebeugt in das Haus. Vor ihr lag ein langer Gang mit weißen Fliesen, stylischen Mahagonimöbeln mit silbernen Griffen und jeder Menge Gemälde an den Wänden. »Ich wette … ups.« Sie hielt sich die Hand vor den Mund. »Entschuldige, dieser verdammte Rotwein hat es echt in sich.« Sie wischte mit der Hand durch die Luft. »Ich wette, die Bilder sind alle echt.«

»Einige davon.« Iris trat an Christines Seite und streifte wie zufällig ihren Oberarm. »Komm rein, es ist kalt. Warte, ich helfe dir. Leg erst mal den Mantel ab.«

Christine stolperte ins Haus, und Iris schloss die Tür hinter ihr. Automatisch piepte die Alarmanlage. Iris betätigte einen Code und aktivierte die Anlage wieder. Christine sah nur flüchtig hin. Sie kicherte. »Willst du uns einsperren?«

»Nur damit wir sicher und ungestört sind.« Iris half Christine aus dem Pelzmantel und verstaute ihn in einem Schrank.

»Mann, o Mann.« Christine schlüpfte aus den Stöckelschuhen und schleuderte sie mit dem Bein von sich weg, sodass sie gegen eine Kommode prallten. »O sorry. Die sind echt unbequem. Brrr, aber der Boden ist so kalt.«

Iris schlüpfte ebenfalls aus Mantel und Schuhen. »Mit einem Knopfdruck springt die Heizung an, auf dreiundzwanzig Grad. Aber falls dir auch das noch zu kalt sein sollte …«

Sie lächelte. »Könnte ich uns entweder das Jacuzzi einlassen oder im Keller die Sauna einheizen.«

»Du hast ein Tscha… ein Tschak… Schaku… einen Whirlpool?«, fragte Christine.

»Interessiert?«

»Hui, da würde mir ganz schön heiß werden.«

»In deiner Gegenwart ist mir jetzt schon heiß.«

Wieder berührte Iris sie wie nebenbei. Mann, die Frau ging ran. Aber Christine störte das nicht. Nicht bei Iris. Diese Frau war ein Mordsweib; groß, attraktiv und mit langen feuerroten Haaren. Das war ihr allemal lieber als jeder unrasierte Mann, der nach Schweiß stank und nur Vögeln im Sinn hatte.

Christine hatte Iris an diesem Abend auf einem Wohltätigkeitsbankett in der Berliner Innenstadt kennengelernt. An der Bar, wo Christine gelangweilt auf einem Hocker gesessen hatte, in ihrem roten Kleid, ein Bein über das andere geschlagen und bereits bei ihrem zweiten Glas Rotwein. Insgesamt hatten sieben Männer sie angesprochen, die sie alle mit einem herben Spruch abserviert hatte. Bis dann Iris gekommen war. Der hatte Christine nicht die kalte Schulter gezeigt.

Bei einem weiteren Glas Rotwein und einem langen, interessanten Gespräch hatte sie erfahren, dass sie Iris Schmidt-Ulmen hieß, 42 Jahre alt war, eigentlich aus Rochlitz stammte, jetzt aber in Berlin wohnte und Produktionsleiterin eines großen Unternehmens in einem Berliner Vorort war.

Als Managerin im Anlagenbau musste Iris tough sein. Andernfalls hätte sie sich nicht gegenüber den anderen Managern der Firma – alles Männer – und dem Geschäftsführer durchsetzen können. Und von demselben Selbstbewusstsein schien Iris sich auch in ihrem Privatleben leiten zu lassen, denn nach eineinhalb Stunden hatte Iris Christine bereits in ihre Villa in der Berliner Innenstadt eingeladen. Dort wo es kuschelig warm war, wo sie ungestört Céline Dion hören konnten und wo es vor allem keine Männer gab, die ihnen ständig auf den Arsch glotzten und glaubten, sie müssten in ihrer Gegenwart besonders witzig und niveaulos sein.

»Puh, hier ist es auf einmal wirklich heiß«, stöhnte Christine. Sie hatte den Reißverschluss ihres roten Kleides hinten ein wenig geöffnet, sodass ihr ein Träger über die Schulter gerutscht war. Nun stand sie schwankend im Wohnzimmer und sah sich um. Raumhohe Gemälde, offener Kamin, indirekte Beleuchtung, Lautsprecherboxen, beleuchtete Glasvitrinen. »Was hast du gesagt? Dir gehört eine Firma? Die muss ja höllisch Kohle abwerfen.«

»Ich bin nur die Produktionsleiterin«, schwächte Iris ab.

Mein Gott, so sexy und zugleich so bescheiden.

Christine lächelte. »Ich hätte dich schon viel früher kennenlernen müssen.«

»Dann wärst du mir aber zu jung gewesen.« Iris kam näher und streifte ihr auch den zweiten Träger von der Schulter.

»Richtig, shit!« Christine kicherte. »Dann wärst du wegen Sex mit einer Minderjährigen dran gewesen.« Sie hielt sich die Hand vor den Mund.

Plötzlich wurde Iris ernst. »Du willst es doch auch?«

Christines Lächeln verschwand. »Seit ich dich auf dem Bankett gesehen habe. Mein Gott, wie habe ich gehofft, dass du ohne Mann da bist.«

»Ich habe dich schon viel früher entdeckt als du mich«, flüsterte Iris, schob sich eine lange Strähne hinter das Ohr und küsste Christine auf die Schulter. »Und als ich bemerkte, wie du die Männer der Reihe nach abserviert hast, dachte ich … na, probierst du es halt mal.«

Iris zog Christine zu sich heran und küsste sie. Langsam, zärtlich mit vollen Lippen und Zunge, die sich vorsichtig vorantastete. Während des Kusses wanderte Iris' Hand über Christines Hüfte, unter ihren Rock, schob sich am Oberschenkel hoch und stoppte. Christine zuckte bei der Berührung unwillkürlich zusammen.

»Was hast du da?«, fragte Iris.

»Wo? Hier?« Christine nahm Iris' Hand und führte sie über die Narbe an ihrem Oberschenkel. »Eine alte Brandwunde. Habe mich als kleines Mädchen zu Weihnachten an den offenen Backofen gelehnt.«

»Oh, du Arme.«

»Fühlt sich schlimmer an, als es aussieht. Ist mein einziger Makel.«

»Jede perfekte Frau braucht einen Makel. Ich verspreche dir, ich werde mich ganz besonders um diese Stelle kümmern.«

»Das ist ein Angebot!« Christine löste sich aus der Umarmung. »Mann, wenn ich doch bloß nicht so betrunken wäre.«

»Ich glaube, ein Bad im Jacuzzi macht uns beide wieder munter. Was meinst du?«

»Ups ...«, kicherte Christine. »Ich habe aber keinen Bikini in meiner Handtasche.«

»Brauchst du nicht.« Iris lächelte. »Also, was möchtest du am liebsten machen?«

»Was kannst du anbieten?«

Iris nickte zu einer Tür auf der anderen Seite des Wohnzimmers. »Gleich nebenan ist das Jacuzzi. Herrliche Aussicht durchs Fenster in der Dachschräge auf die Lichter der Berliner Innenstadt. Oder wir gehen in den Keller und machen es uns in der Sauna gemütlich. Da hätten wir sogar Musik in der Kabine und können uns jeden Duft aufgießen, den du möchtest.«

»Klingt gut.« Christine hob den Finger und schloss die Augen. »Wir mixen uns einen Gin Tonic, setzen uns in die Sauna, und danach, wenn wir schön schwitzen, lassen wir uns ein Tscha... einen Whirlpool mit viel Schaum ein.«

»Wie du willst, mein Schatz. Ich hole uns die Drinks.«

Fünf Minuten später war Iris wieder mit den Drinks da. Sie war aus dem Businessanzug geschlüpft und hatte sich ein bequemes dunkles Negligé mit dünnen Trägern angezogen, das ihr nur bis zu den Oberschenkeln reichte.

»Huiii...«, schnurrte Christine bei dem Anblick.

»Du musst dich leider noch etwas gedulden«, sagte Iris. »Ich muss die Sauna erst einschalten. In fünfzehn Minuten ist es dann so weit.«

Nach einer Weile kam Iris wieder aus dem Keller zurück, und sie tranken den Gin Tonic.

»Ich habe in der Zwischenzeit einen Kurg ... ups, einen Krug Wasser aus der Küche geholt«, stammelte Christine. »Denn falls wir so weitersaufen, müsstest du mich in den Keller runter- und wieder rauftragen.«

Iris blickte zum Wohnzimmertisch, wo ein voller Wasserkrug stand. Rasch ging sie hin und stellte den Krug auf einen Untersetzer. »Ist sonst schlecht für das Holz.«

»Junge, Junge, bist du penibel«, murmelte Christine. »Kein Wunder, dass du bis jetzt keinen Mann gefunden hast.«

Iris runzelte die Stirn. »Werden wir jetzt frech?«

»Frech? Ich sage nur die Wahrheit«, sagte Christine. »Kommst aus dem Kaff Rochlitz, kleines braves DDR-Mädchen, hast dich hochgearbeitet, geschuftet und abgerackert, nur damit du es zu etwas bringst. Wie armselig du bist.«

Iris' Augenbrauen verengten sich, allerdings sagte sie nichts.

»Und du glaubst, dieser ganze Prunk beeindruckt mich?« Christine sah sich demonstrativ um. »Denkst, du kannst mich abschleppen für eine Nacht, Céline Dion auflegen, mich mit Gin Tonic abfüllen und in der Sauna meine Muschi lecken?«

»Jetzt reicht es!«, rief Iris. »Ich glaube, es ist besser, du verlässt jetzt mein …« Sie hielt inne. »Mein … Scheiße!« Sie starrte auf ihre Hände. Sie zitterten. Dann rieb sie sich die Augen. Ihr Blick verlor sich in der Ferne. »Was … was?«

»Oh, ich habe ganz vergessen zu erwähnen, dass ich dir ein starkes Schlafmittel in den Gin Tonic gekippt habe, während du im Keller warst«, sagte Christine. Nun war es nicht länger nötig, die Betrunkene zu spielen und tollpatschig durchs Haus zu stolpern.

»Was ist auf einmal … mit dir los?«, keuchte Iris.

»Mit mir ist nichts los. Ich bin nur nicht so betrunken, wie du dachtest.« Christine hatte komplett aufgehört zu lallen.

»Aber du …?«

»Was?«, äffte Christine ihre Stimme nach. »Man braucht dem Barkeeper nur zuzuflüstern, dass man angeblich trockene Alkoholikerin ist, dann ist er verständnisvoll und diskret, und man bekommt roten Traubensaft ins Weinglas.«

»Aber warum hast du das … getan?« Iris griff sich an die Stirn, taumelte einen Schritt zurück, stieß mit den Fersen an die Couch und fiel rücklings aufs Sofa. Das Leder knirschte.

Im nächsten Moment war Christine bei ihr, packte ihre Beine und schob sie auf die Couch. »Liegst du bequem? Rühr dich nicht, bin gleich wieder da.«

Sie ging in den Nebenraum, zog, ohne das Licht anzumachen, die Jalousie vor das Dachflächenfenster und ließ dann den Whirlpool ein. Danach ging sie in den Keller, suchte den Saunaraum und schaltete die Heizung ab. Schließlich ging sie wieder ins Wohnzimmer, wo Iris reglos auf der Couch lag, zur Decke starrte und krampfhaft versuchte, wach zu bleiben.

»Was … hast … du … vor?«

»Ich habe das Jacuzzi eingelassen«, erklärte Christine. »Du wirst heute Nacht leider einen tragischen Unfall haben.«

Iris biss sich auf die Zunge. Wohl durch den Schmerz und den Adrenalinstoß wurde ihr Blick wieder klarer.

Versuch es nur! Das nützt dir nicht viel.

»Damit kommst du nicht durch«, presste Iris hervor.

»Hör zu – ich erkläre dir mal etwas.« Christine setzte sich neben Iris auf die Couch und senkte die Stimme zu einem gefährlichen Flüstern. »Ich kann noch so viele bestialische Morde begehen und tun, was ich will und wie ich es will – ich werde trotzdem nie angeklagt werden. Denn es gibt jemanden, der hinter mir steht und der so mächtig ist, dass mir nie etwas passieren wird. Hast du verstanden?«

»Du kommst … nicht … aus dem Haus …«

»Du meinst wegen der Alarmanlage?« Christine lächelte. »Du vergisst, dass ich nicht so betrunken bin, wie du dachtest. Ich habe gesehen, wie du den Code aktiviert hast. *Zwei, null, eins, fünf* – vermutlich das Jahr, in dem das Haus gebaut wurde. Wie einfallslos.«

Iris' Augenlider flatterten.

Gut, es beginnt zu wirken.

»Schlaf gut und träum etwas Schönes, meine süße Königin«, flüsterte Christine, beugte sich nach vorne und gab Iris einen Kuss auf die Stirn.

Dann griff sie mit einer Hand nach dem Wasserkrug, mit der anderen hielt sie Iris die Nase zu. Automatisch schnappte der Mund auf, doch bevor Iris einatmen konnte, leerte Christine ihr den ersten Schwall Wasser in den Mund.

Sogleich füllte sich der Rachen, und Iris begann zu husten. Allerdings nur noch schwach. Ihr Oberkörper bäumte sich auf, doch Christine hielt ihr weiterhin die Nase zu, presste dabei ihren Handballen auf Iris' Stirn und drückte ihren Kopf zurück aufs Kissen.

Flüssigkeit spritzte aus Iris' Mund, doch Christine flößte ihr mehr und mehr Wasser ein.

Ertrinken ist ein schrecklicher Tod, dachte Christine. *Noch dazu völlig betrunken im eigenen Jacuzzi. Und niemand ist da, der einem hilft. Natürlich könnte ich dich auch gleich im Whirlpool ertränken, meine Liebe, aber es hat etwas Befreiendes, hautnah mitzuerleben, wie der Tod langsam kommt, sich deine Pupillen weiten und dein Blick danach bricht.*

Anschließend musste sie noch die Ledercouch mit einem Handtuch trocknen, ihr Gin Tonic Glas in der Küche abwaschen, ihre Fingerabdrücke von allem abwischen, was sie angefasst hatte, Iris entkleiden, ihre Leiche in den Whirlpool zerren und ein paar Fotos machen.

Aber schließlich hatte sie dafür die ganze Nacht Zeit – und die besten Alben von Céline Dion zur Auswahl.

3. TEIL

Donnerstag, 13. März

22

Gleich nach ihrer morgendlichen Joggingrunde, die sie diesmal abkürzte und auf zwanzig Minuten reduzierte, einer heißen Dusche und einer Tasse starken Kaffee schlüpfte Evelyn in legere Kleidung. In Jeans, Pullover und Anorak verließ sie das Haus.

Auf dem Weg zum Bäcker tippte sie eine SMS an Flo.

Bist du schon wach?

Sogleich kam die Antwort.

Schon seit sieben. Soll ich ins Büro kommen?

Nein, wie wär's mit Frühstück bei dir?

Okay, wann?

Bin in fünfzehn Minuten da.

Sie steckte das Handy ein, betrat die Bäckerei, kaufte Cappuccino und Croissants und fuhr anschließend mit der Rolltreppe zur U-Bahn hinunter.

Nach ein paar Stationen mit der U4 kam sie im Nordwesten Wiens an der Stelle raus, wo der Donaukanal von der Donau abging. Früher war sie oft als Kind mit ihren Eltern und ihrer jüngeren Schwester hier gewesen. Damals waren noch Kohlenschlepper in Schubverbänden die Donau hinaufgefahren, heute gehörten die längst der Vergangenheit an.

Evelyn ging an einer Reihe geparkter Autos vorbei, deren Fenster vom Morgenfrost noch immer mit Eisblumen überzogen waren. Sie erreichte ein großes Gebäude mit Eigentumswohnungen, einem Kinderspielplatz und Garagen.

Sie war schon einmal hier gewesen, als sie Flo nach einer Gerichtsverhandlung, die bis weit nach Mitternacht gedauert hatte, mit dem Auto heimgefahren hatte. Damals wollte er sie noch auf einen Absacker zu sich in die Wohnung einladen, doch Evelyn hatte abgelehnt. Die Situation war etwas peinlich gewesen, und sie hatten nie darüber gesprochen. Seitdem hatte sie das Gefühl, ihm einen Besuch schuldig zu sein. Zwar nicht unbedingt bei einem Glas Sekt nach Mitternacht, aber zumindest auf einen Kaffee beim Frühstück.

Als sie die Besucherparkplätze erreichte, fiel ihr Blick in eine der angrenzenden Garagen. Das Rolltor war offen, auf dem Stellplatz stand ein Motorrad und daneben arbeitete Flo, in Trainingshose, Turnschuhen und Windjacke, mit öligen Händen und einem Schraubenschlüssel.

Evelyn holte die Kaffeebecher aus der Warmhaltebox. »Guten Morgen, schon so früh bei der Arbeit und gar nicht auf dem Gericht?«

»Morgen«, sagte er knapp und sah kurz auf. Sein Gesicht dampfte in der Kälte. »Ich habe diese Woche doch noch Urlaub, gehe morgen vielleicht ins Hallenbad.«

»Ich wusste gar nicht, dass du Motorräder reparieren kannst.«

Er zuckte mit den Achseln. »YouTube-Videos. Aber das hier ist nicht mein Motorrad. Das heißt … es gehört nicht mir allein. Wir sind zu dritt und teilen uns die Kosten.« Er sah kurz auf und bemerkte offenbar Evelyns fragenden Blick, da er weiterredete. »Wir haben eine WhatsApp-Gruppe und senden uns gegenseitig den aktuellen Standort, wo es gerade steht.«

»Aha.« Evelyn hatte schon einiges von diesem Share-Economy-Trend unter Studenten, sich alles zu teilen, mitbekommen – ein moderner Spleen, den sie aber eigentlich recht sinnvoll fand.

Flo richtete sich auf, wischte sich die Hände an einem Lappen ab und schnupperte. »Riecht gut.«

»Frischer Cappuccino und Nougatcroissants.« Sie reichte ihm einen Becher, nahm Gebäck und Servietten aus der Tüte und legte alles auf den Ausklapptisch, auf dem auch Flos Handy und diverses Werkzeug lagen.

Flo nippte am Becher. »Ah, tut das gut.« Er nickte zu dem Gebäude hinter sich. »Ich teile mir zwar die Wohnung mit einem Studienkollegen, aber der müsste jeden Moment das Haus verlassen. Willst du raufgehen? Ich meine, falls dich der Geruch der Igel und Fledermäuse nicht stört, die ich über den Winter bringe.«

Jetzt erinnerte sich Evelyn daran, dass Flo ihr einmal davon erzählt hatte. Seine Mutter war Tierärztin, wahrscheinlich hatte er seine Tierliebe von ihr geerbt.

»Bleiben wir hier und stören deinen Kollegen nicht weiter«, schlug sie vor und zog den Reißverschluss ihres Anoraks zu. Soeben kletterte die Sonne über die Häuserdächer und durchbrach an einer Stelle die trübe Wolkendecke. »Warum wohnst du eigentlich in dieser Gegend?«

»Habe die Wohnung nach der Scheidung meiner Eltern übernommen.«

Soeben wurde Evelyn klar, dass sie privat nicht viel über Flo wusste. Außer dass eben seine Mutter Tierärztin war und sein Vater als Arzt beim Roten Kreuz arbeitete, weshalb Flo dort ja auch ehrenamtlicher Sanitäter gewesen war. Eine ziemlich engagierte Familie.

Er betrachtete sie neugierig, während sie am Kaffee nippte. »Gestern warst du noch so niedergeschlagen, aber jetzt strahlst du förmlich. Was ist passiert? Hatte Chefinspektor Ganser über Nacht einen Herzanfall?«

Schön wär's! Stattdessen erzählte Evelyn ihm von Ostrovskys gestrigem Anruf und dem forensischen Bericht über die Tatwaffe.

»Und das stimmt dich fröhlich?«, fragte er kauend.

»Das nicht, aber ich hatte letzte Nacht eine … hm, wie soll ich sagen? Eine Erkenntnis.«

Flo nahm einen Lappen und putzte die Unterseite der Maschine. »Erzähl.«

»Fassen wir einmal zusammen, was wir haben. Es gibt keinen positiven Treffer von Michaels Fingerabdrücken am Tatort. Weder auf dem Brieföffner, der ja abgewischt wurde, noch auf der Sektflasche, die *nicht* abgewischt wurde, noch anderswo. Auch keinen positiven Treffer bei der DNA. Weder bei Fingernägeln noch bei Schweiß- oder Spermaflecken, Haaren oder Hautschuppen. Dafür gibt es jede Menge andere nicht identifizierte Fingerabdrücke und DNA-Spuren in der Wohnung.«

Nun zog Flo die Speichen der Räder an. »Das deutet darauf hin, dass Johann Wulf auch noch andere Liebhaber in seinem Penthouse gehabt hat – und dass Michael seine Spuren nach dem Mord sorgfältig weggewischt hat.«

»Dann wären die anderen Spuren allerdings auch weg«, gab Evelyn zu bedenken. »Es sei denn – unser Mandant hat die Wohnung niemals betreten.«

Flo sah auf. »Du glaubst, dass Michael Kotten gar kein Verhältnis mit Johann Wulf hatte?«

»Doch. Ich bin sogar davon überzeugt, dass Michael ein Verhältnis mit Wulf hatte. Ich glaube auch, dass Michael den

Mord tatsächlich begangen hat. Aber ich glaube andererseits auch, dass unser Klient nichts mit der Sache zu tun hat.«

Flo hielt abrupt inne. Er legte das Werkzeug beiseite und richtete sich auf. »Verstehe ich dich richtig? Du vermutest, unser Mandant ist in Wahrheit gar nicht ... Michael Kotten?«

»So ist es!« Sie steckte die Hände in die Taschen des Anoraks und spürte dort den abgerissenen Zettel, auf dem sie in der vorherigen Nacht mit krakeliger Handschrift vier kleine Worte notiert hatte.

Er ist es nicht!

Nun senkte Flo die Stimme. »Etwas Ähnliches habe ich mir auch schon gedacht, aber ich wollte es nicht laut aussprechen, weil ich dachte, du würdest mich für verrückt halten.«

Sie zog die Augenbrauen hoch. »Was habe ich dir beigebracht?«

»Ja, okay, ich soll nie mit einer Idee hinter dem Berg halten, auch wenn sie noch so verrückt klingt.« Er sah sie an. »Und wie bist *du* auf diese Idee gekommen – ich meine, abgesehen von den fehlenden Fingerabdrücken und DNA-Spuren?«

Nichts ist so, wie es scheint, fielen ihr Ostrovskys Worte ein.

»Erstens.« Evelyn streckte den Daumen aus. »Unser angeblicher Michael wusste nicht, auf welchem Schulterblatt Johann Wulf den Leberfleck hatte. Zweitens: Ihm macht es nichts aus, von mir als Schwuchtel bezeichnet zu werden. Drittens: Er kennt die sase2go-App nicht.«

Flo dachte nach. »Okay, ziemlich dünn, aber bitte.«

»Schließlich war da noch dieses Geständnis, das sehr einstudiert und auswendig gelernt klang. Außerdem hat er für meinen Geschmack zu kühl und unbeteiligt über den Tod seines Geliebten gesprochen.«

»Gut, aber das ist immer noch etwas dünn.«

»Und zuletzt habe ich mich daran erinnert, dass er bei seinem ersten Besuch die Kunstdrucke in meinem Büro überhaupt nicht mit den Augen eines Fotografen betrachtet hat. Und das, obwohl er sich angeblich sehr für Fotografie interessiert, sogar Geld damit verdient. Ihm sind sie nicht einmal aufgefallen. Das hat mich von Anfang an gestört.«

»Du meinst die Annie-Leibovitz-Fotos von Keith Richards und John Lennon?« Flo kaute an der Unterlippe. »Okay, das lasse ich gelten. Aber das ist alles.«

»Reicht das nicht?«

»Ich hätte da noch eine weitere Beobachtung hinzuzufügen.« Er hob den Finger. »Das Piercing in seiner Augenbraue hat sich entzündet. Möglicherweise aus einem anderen Grund, aber es könnte auch erst kürzlich gestochen worden sein.«

Ja, richtig!

Plötzlich drang eine Stimme aus der angrenzenden Garage. »Könnt ihr euch vielleicht einmal über etwas anderes unterhalten als über Piercings, Leberflecken, Schwule, Schweiß- und Spermaflecken?«

Erschrocken sah Evelyn auf und erblickte einen Mann, der einen Stapel Holzscheite in der Hand hielt. »Wer ist das?«, flüsterte sie.

»Zieh Leine!«, rief Flo. Danach wandte er sich etwas leiser an Evelyn. »Der Hausmeister. Er ist harmlos, sein IQ ist so hoch wie eine Teppichkante.«

»Wollen wir uns vielleicht trotzdem woanders weiter unterhalten? Lust auf einen Spaziergang?«, fragte sie.

Flo nahm Handy und Kaffeebecher. »Klar, gehen wir zum Kanal runter.« Er zog das Garagentor zu.

Sie gingen über die Betontreppe zur Uferpromenade des Donaukanals hinunter. Auf dem Fußweg kamen ihnen nur ein paar Jogger und Leute mit Hunden entgegen. Der Raureif glitzerte auf der Uferböschung im Gras, und obwohl die Sonne schien, war es immer noch eiskalt. Ein paar Enten schwammen gegen den Strom.

Flo warf den leeren Becher in einen Mülleimer und steckte die Hände in die Taschen. »Nehmen wir doch einmal an, dass deine Theorie stimmt, und spielen wir sie in Gedanken durch.« Er kickte mit dem Fuß einen Kieselstein ins Wasser. »Jemand, wer auch immer, gibt sich also für Michael Kotten aus. Aber wie ist das möglich?«

»Weil er ihm durch die erfolgten Operationen bereits zum Verwechseln ähnlich sieht.«

»Das müsste dann aber schon sehr lange geplant worden sein.«

»Vielleicht war es das.«

»Das glaube ich nicht.« Flo kniff die Augen zusammen und blinzelte in die Sonne. »Warum sollte er das tun? Und aus welchem Grund nimmt er sich überhaupt eine Anwältin?« Automatisch zweifelte Flo – wie Evelyn es ihm beigebracht hatte – ihre Theorie an, um sie auf Logikfehler abzuklopfen. »Warum hat dieser falsche Michael nicht gleich bei seiner Verhaftung gestanden und sich des Mordes an Wulf schuldig bekannt, ohne diesen ganzen Zirkus? Ich fürchte, schon diese Frage zerstört deine Theorie.«

»Das tut sie eben gerade nicht! Was hätte der echte Michael Kotten getan, wenn die Polizei ihn gefasst hätte?«

Flo dachte nach. »Vermutlich hätte er sich mit dem Geld seines Vaters die besten Anwälte genommen, die es zu kaufen gibt.«

»Eben!«, bestätigte Evelyn. »Es geht doch darum, mit einer täuschend echten Illusion die Realität vorzugaukeln. Der echte Michael hätte in Wahrheit natürlich versucht, mit einem Anwalt freizukommen. Bei dem ganzen Zirkus, wie du es nennst, ging es doch nur darum, diesen Austausch so authentisch wie möglich zu inszenieren, damit weder der Staatsanwalt noch die Kripoermittler etwas ahnen. Die wollten es den Behörden nicht zu leicht machen, damit die den Braten nicht riechen.«

»Und wer sind *die?*«

Ratlos hob Evelyn die Schultern. Sie gingen an einer Stelle vorbei, an der früher eine Personenfähre zum anderen Ufer übergesetzt hatte. Jetzt ragten nur noch die rostigen Eisenpfosten mit der Winde für die Stahlseile aus der Erde.

»Jedenfalls muss der Austausch – falls er je stattgefunden hat«, gab Flo zu bedenken, »*vor* der Verhaftung, ja eigentlich schon vor dem ersten Verhör passiert sein.«

»Richtig«, sagte Evelyn. »Michael hat erzählt, dass er selbst zum Revier gefahren ist, als er gehört hat, dass die Polizei ihn vernehmen wollte. Auf dem Weg dorthin hat er auf meinen Anrufbeantworter gesprochen.«

»Okay, klingt plausibel. Aber die Polizei hätte den Schwindel doch bemerken müssen.«

»Wie haben die Beamten seine Identität geprüft?«, entgegnete sie.

»Nach der Festnahme habe ich Kotten zum Bundeskriminalamt begleitet, dort haben sie nur seinen Ausweis kontrolliert.«

»Eben.«

»Aber wer hat diese Täuschung inszeniert? Wer könnte dahinterstecken?«, wiederholte Flo.

»Mir fallen nur Michael Kotten und sein Vater ein. Du hast mir erzählt, dass er vom BKA aus mit seinem Vater telefoniert hat. Der hätte doch an der Stimme erkennen müssen, dass das nicht sein Sohn ist. Hat er aber nicht. Wer sollte also sonst dahinterstecken?«

»Die beiden hassen sich«, erinnerte Flo sie und starrte auf die glitzernde Wasserfläche. »Die ganze Theorie ist doch scheiße«, fluchte er plötzlich.

»Warum auf einmal?«

»Ganz einfach: Warum der ganze Aufwand mit dem Doppelgänger, mit dem Austausch und dem Zirkus mit einer Anwältin, wenn der falsche Michael dann sowieso gesteht? Welchen Sinn hat das?«

Evelyn starrte ebenfalls aufs Wasser. Plötzlich fröstelte sie. *Ja, warum eigentlich dieses Geständnis?* »Du hast recht«, gab sie resigniert zu. »Aus welchem Grund sollte Richard von Kotten wollen, dass dieser falsche Michael in den Knast geht? Denn *ohne* Geständnis und mit den fehlenden Beweisen bei den DNA-Spuren wäre es doch mit hoher Wahrscheinlichkeit zu einem Freispruch gekommen.«

Plötzlich erhellte sich Flos Gesicht, und seine Augen leuchteten. »Es sei denn, jemand *will,* dass der Doppelgänger in den Knast kommt!«

»Aber aus welchem Grund?« Nun war sie es, die ihre eigene Theorie anzweifelte.

Sie erreichten eine Stelle mit einem Holzsteg, an dem einige mit Planen bedeckte alte Ruderboote vertäut waren. Die Strömung ließ in dieser kleinen, künstlich angelegten Bucht nach, in der sich Äste, Plastikflaschen und zwei Autoreifen angesammelt hatten. Hinter ihnen befand sich eine mit Sprüchen bunt besprayte Betonwand.

Flo bückte sich nach einem Kieselstein und ließ ihn über die Wasseroberfläche hüpfen. »Was aus welchem Grund genau passiert ist, weiß ich natürlich nicht …« Er dachte nach. »… aber Richard von Kotten hat bestimmt nicht allein gehandelt. Der macht sich die Finger nicht selbst schmutzig.«

23

Acht Tage zuvor

Bei dem Treffen in Richard von Kottens Bibliothek war bis jetzt nur Peter Wehrmann anwesend. Soeben betrat auch Heinrich das Büro, der Bruder von Richard von Kottens verstorbener Frau. Dass Heinrich Sektionschef des Justizministeriums war, konnte jetzt von Vorteil sein.

Richard hatte wegen dieser Krisensitzung einen Knoten im Magen. *Das wird ein schreckliches Gespräch,* dachte er. Jahrelang hatte er gefürchtet, dass dieser Moment eines Tages kommen würde. Nun war es so weit. *Bring es rasch hinter dich!*

Obwohl es noch relativ früh am Tag war, hatte Richards Haushälterin bereits Feuer im offenen Kamin der Bibliothek angezündet. Die Holzscheite knackten, Funken stoben auf, und die Flammen erhellten den dunklen Raum. Der Morgen war grau, und durch das große Fenster fiel nur wenig Tageslicht. Auch weil Richard den Vorhang zugezogen hatte. Falls es irgendein Journalist geschafft haben sollte, sich heimlich auf das Grundstück zu schleichen, sollte er nichts von diesem Treffen erfahren.

Heinrich schloss die Tür hinter sich, ging ohne zu grüßen durch den Raum und knallte die zusammengerollte Tageszeitung auf den Schreibtisch. »Hast du mich deshalb hergebeten? Um mir zu erzählen, dass dein Entwicklungsleiter in seinem Penthouse erstochen aufgefunden wurde?«

Richard ignorierte die Schlagzeile. Er stand an seiner Hausbar und goss sich ein Glas ein. »Einen Whisky?«

»Um diese Uhrzeit?«

»Zum Aufwärmen.«

Peter Wehrmann stand am Fenster, spähte durch den Vorhangspalt in den Garten und rührte in einer Tasse Tee. Er trank nie Alkohol – eine Eigenschaft, die Richard sehr an ihm zu schätzen wusste. »Und wir müssen uns auch warm anziehen, wenn das passiert ist, was wir vermuten.«

Heinrich war mit seinen dreiundsechzig Jahren, seinen knapp einen Meter neunzig, den breiten Schultern und der Glatze eine imposante Erscheinung. »Was vermutet dein Sicherheitsberater?« Heinrich hatte Richards Lakaien, wie er Wehrmann insgeheim bezeichnete, noch nie direkt angesprochen. Das war wohl unter seiner Würde.

Richard nippte am Whisky. »Ihr wisst beide, mit wem Johann Wulf seit drei Jahren ein Verhältnis hatte.«

»O bitte, erspar mir die Details. Warum hast du ihn eigentlich nicht längst gefeuert?«, knurrte Heinrich.

Richard sah Heinrich fest in die Augen. Seine Finger umklammerten das Glas. »Er wusste zu viel über unsere Geschäfte.«

»*Das* wäre in der Tat ein Problem gewesen«, gab Heinrich mit kalter Stimme zu.

»Darum habe ich jahrelang darüber hinweggesehen, dass diese Drecksau meinen Sohn gefickt hat! Doch anscheinend hat ihm das nicht gereicht, denn jetzt wollte er auch noch, dass Michael sich zu einer Frau umoperieren lässt.«

»Dann wäre dein Sohn eben keine Tunte mehr, sondern ein Weib gewesen. Pech, ist das so schlimm? Draußen wartet meine Limousine, und ich habe in …« Er blickte auf die Armbanduhr. »… neunzig Minuten ein Treffen in der Kammer.«

Richard ignorierte den Einwand. Das Thema war zu brisant, und er würde sich nicht drängen lassen. »Ich habe Wulf *nahegelegt,* sich von Michael zu trennen. Und nun ist er tot. Wir wissen alle, wer für den Mord infrage kommt. Und wenn *das* auffliegt und in der Folge noch viel mehr rauskommt, sind wir alle dran – dann war das dein letztes Treffen in der Kammer.«

»Aus welchem Grund sollte dein tuntiger Sohn ihn denn getötet haben?«, fragte Heinrich.

»Er ist krankhaft eifersüchtig. Dieser Mord ist für mich ein klares Indiz dafür, dass die Krankheit nun auch bei ihm ausgebrochen ist.«

»Richard, ich bitte dich …!«

»Ich habe schon seit Jahren vermutet, dass er wahnsinnig ist«, unterbrach Richard ihn, »genauso wie seine Mutter es war.«

Nun schwieg Heinrich. Immerhin war Liliane seine Schwester gewesen, und gerade weil er stets ein gutes Verhältnis zu ihr gehabt hatte, wusste er, dass es keinen Sinn hatte, die Wahrheit zu leugnen: Bei ihr waren nachweislich Depressionen und eine schwere Geisteskrankheit festgestellt worden, aufgrund derer sie sich schließlich das Leben genommen hatte.

»Angeblich gibt es ein Video von dieser Tat«, fuhr Richard fort. »Stimmt das? Und falls ja, hast du es schon gesehen?«

»Ja, es stimmt – und nein, ich habe Wichtigeres zu tun, als mir die Schwulitäten meines Neffen anzusehen. Darauf kann ich gern verzichten.«

»Du nimmst die Sache also immer noch auf die leichte Schulter«, stellte Richard fest. »Wenn Michael darauf zu sehen ist – und davon gehe ich aus –, wird die Polizei ihn schnappen.«

»Was schlägst du also vor?«, knurrte Heinrich. »Soll ich das Video einfach verschwinden und aus den Akten streichen lassen?« Er schnippte mit den Fingern. »Oder soll ich einen Beamten bestechen, der den Speicher des Handys zerstört? Vergiss es! Wenn die Staatsanwaltschaft das Video einmal hat, werden so viele Kopien angefertigt, dass man ein Zauberkünstler sein müsste, um …«

»Heinrich! Es kann sich nur noch um wenige Tage handeln, bis Michael wegen Mordes von der Polizei vernommen und danach verhaftet werden wird.«

»Also gut.« Heinrich schloss die Augen, faltete die Hände vor dem Gesicht und legte die Fingerspitzen an die Lippen. »Dann wird er eben verhaftet. Die Staatsanwaltschaft wird ihn bearbeiten – vermutlich wird das sogar Ostrovsky höchstpersönlich tun, dieser miese alte Kotzbrocken. Der hat mich und unsere Familie schon seit Jahren im Visier. Mit den ganzen Beweisen werden sie Michael schuldig sprechen können.«

»Du kannst einem richtig Mut machen«, kommentierte Richard.

»Sei still! Ich denke immer noch nach«, knurrte Heinrich. »Wir brauchen also ein Gutachten, das ihn zum Tatzeitpunkt als geistig unzurechnungsfähig einstuft. Als nicht schuldfähig bleibt ihm der harte Knast erspart, und er wird in eine Anstalt für geistig abnorme Rechtsbrecher eingewiesen. Das ist die einzige Chance, die wir haben.« Er blickte auf die Armbanduhr. »Ich muss los.«

Richard schüttelte den Kopf. »Das habe ich schon mit meinen Anwälten besprochen – und das ist Bullshit!«

»Ach?«, rief Heinrich. »Du hast vorab also schon mit deinen Anwälten geredet? Und warum bitte schön geht das nicht?«

»Weil die Öffentlichkeit unter keinen Umständen erfahren darf, dass mein Sohn geisteskrank ist. Dann rollt nämlich irgendein findiger Journalist Lilianes Tod auf, und dann kannst du dir vorstellen, was noch alles rauskommt und in welches Licht die Firma und die Familie gerückt werden.«

»Nun …« Heinrich faltete wieder die Hände. »Dann eben die zweite Möglichkeit: Michael kommt in den Knast. Rechtskräftige Verurteilung. Punkt. Aus. Ende! Du distanzierst dich von ihm, und die Firma wird den Skandal überleben.«

»Michael im Knast?«, rief Richard. »Bist du verrückt? Hast du auch nur die leiseste Vorstellung, was die mit einem Jungen wie ihm dort machen?«

»Ja, Himmel Herrgott!«, fluchte Heinrich. »Sie werden ihn in der Dusche vergewaltigen. Na und? Er steht doch sowieso drauf. Dann soll er seinen Zellenkumpels einen blasen. Ich nehme an, er wird ziemlich gefragt sein.«

»Du bist so ein Arschloch!«

»Ja, und dieses Arschloch hat dir und deiner Firma schon mehrmals den Arsch gerettet.«

Richard atmete durch und hob besänftigend die Hände. »Okay, die Sache ist die: Michael braucht eine Behandlung. Und zwar eine gute Therapie in einem privaten Sanatorium, ohne dass die Öffentlichkeit jemals davon erfährt. Im Knast würde er elend zugrunde gehen und vermutlich versuchen, sich das Leben zu nehmen.«

»Wie theatralisch!« Heinrich seufzte auf. Wieder blickte er auf die Armbanduhr.

»Darf ich auch etwas dazu sagen?«, mischte sich nun Wehrmann in das Gespräch. »Es gibt noch eine dritte Möglichkeit.«

Heinrich drehte sich demonstrativ zur Seite, als hätte er Angst, sich mit einer Krankheit zu infizieren. »Wenn es darum geht, den Staatsanwalt zu bestechen oder mögliche Zeugen zu eliminieren, will ich davon nichts wissen!«

Wehrmann stellte die Teetasse neben dem Aquarium ab. »Eine viel einfachere Lösung. Wir bringen einen Doppelgänger ins Spiel. Jemand, der Michael zum Verwechseln ähnlich sieht.«

Heinrich drehte sich Wehrmann wieder zu. »Und?«

Richard kniff die Augen zusammen. Nun hatte Wehrmann auch seine Aufmerksamkeit erlangt.

»Verstehen Sie denn nicht?«, fragte Wehrmann. »Wir servieren der Polizei einen falschen Michael. Dessen Fingerabdrücke sind natürlich nicht am Tatort, und auch bei den DNA-Spuren wird es keinen Treffer geben. Die Staatsanwaltschaft hat also nichts in der Hand. Sie könnten unseren Doppelgänger nicht anklagen, müssten ihn laufen lassen und müssten weiter nach dem Täter suchen.«

»Das ist doch verrückt!«, platzte es aus Richard heraus.

»Nein, nein …« Heinrich wedelte mit der Hand. »Sprechen Sie weiter!«

»Und falls Michael auf diesem Video von dem Mord tatsächlich zu sehen sein sollte, können wir mit einem Gutachten belegen, dass es eben *nicht* Michael ist, weil er etwas anders aussieht.«

»Das wird immer verrückter!«, rief Richard. »Das funktioniert niemals! Jeder weiß, wie Michael aussieht.«

»Da bin ich anderer Meinung«, widersprach Wehrmann. »Michael hat kürzlich seine ersten zwei Gesichtsoperationen hinter sich gebracht. Seine Nase ist kleiner, der Kinnbereich runder, der Wangenbereich schmäler, und die Schlupflider wurden entfernt. Das verändert ein Gesicht schon um einiges.«

»Ich habe den Jungen seitdem noch nicht gesehen«, sagte Heinrich nachdenklich. »Stimmt das?«

Richard nickte.

»Bis auf den Chirurgen, für den die ärztliche Schweigepflicht besteht, und ein paar sehr enge Vertraute kann niemand konkret sagen, wie Michael jetzt genau aussieht«, fuhr Wehrmann fort. »Das ist *die* Gelegenheit! Wenn nicht jetzt, wann dann?«

»Gelegenheit …«, wiederholte Richard abfällig. »Wie können Sie nur auf so eine verrückte Idee kommen? Wir finden doch niemanden, der ihm ähnlich sieht.«

»Das ist keine verrückte Idee!«, widersprach Wehrmann. »Denn ich bin tatsächlich jemandem in Michaels Alter begegnet, der ihm im Gesicht ähnelt und von der Statur her gleicht. Das hat mich ja erst auf diesen Gedanken gebracht.«

»Und die Idee ist gut!«, rief Heinrich plötzlich. »Darf ich doch einen Whisky haben?«

Richard zog eine Augenbraue hoch, ging jedoch ohne weiteren Kommentar zur Hausbar und goss für Heinrich und sich ein Glas ein, wobei er sich selbst die doppelte Menge gab. »Eis?«

»Das ist mir doch völlig egal. Gib schon her!«

Richard warf in jedes Glas einen Eiswürfel und reichte Heinrich seinen Drink. »Aber selbst wenn das alles tatsächlich klappen würde, was ich ehrlich gesagt bezweifle, funktioniert dieser Plan trotzdem nicht«, sagte er, nachdem sie jeder einen Schluck genommen hatten. »Denn die Medien würden Michaels neues, *falsches* Gesicht veröffentlichen, und jeder, der Zeitung liest oder das Fernsehgerät einschaltet, wüsste, wie er aussieht. Irgendjemand würde diesen Doppelgänger erkennen und enttarnen.«

»Das ist kein Problem«, fügte Heinrich hinzu. »Ich könnte dafür sorgen, dass der Prozess unter Ausschluss der Öffentlichkeit geführt wird. Immerhin bist du mein Schwager, und Michael ist mein Neffe. Da fällt mir was ein.«

»Von mir aus.« Richard leerte das Glas mit einem Schluck und verzog das Gesicht. *Scheiße!* Sein Magengeschwür brannte wieder. »Auch wenn die Öffentlichkeit ›Michaels‹ Gesicht nicht zu sehen bekommt und es tatsächlich zu einem Freispruch käme, können wir die beiden nachher nicht wieder so einfach austauschen. Unser Doppelgänger müsste Michaels Leben in Freiheit weiterführen – und zwar so lange, wie Michael unter einer falschen Identität in einem Sanatorium behandelt wird. Und damit kommen wir niemals durch!«

Wehrmann atmete tief durch und ließ die Schultern sinken. Dafür hatte wohl auch er keine Lösung.

Heinrich wischte sich mit einer Stoffserviette über den Mund. »Ich verstehe dein Problem. Ein Doppelgänger soll für einen Freispruch sorgen, während dein Sohn in einem Privatsanatorium behandelt wird. Also gut.« Er lächelte. »Es gibt eine vierte Möglichkeit.«

Wehrmann sah auf. Auch Richard blickte zu Heinrich. »Und die wäre?«

Heinrich stellte das leere Glas auf den Schreibtisch. »Wir müssen lediglich dafür sorgen, dass der *Doppelgänger* in den Knast kommt. Dort haben wir ihn besser unter Kontrolle. So einfach ist das.«

Das erschien Richard nun erst recht absurd. »Und wie willst du das anstellen? Willst du diesen Mann zwingen, für einen Mord, den er nicht begangen hat, fünfzehn Jahre lang in den Bau zu gehen und sich dort täglich unter der Dusche vergewaltigen zu lassen, wie du das so schön plastisch dargelegt hast?«

»Warum nicht? Ich …«

»Und außerdem!«, unterbrach Richard ihn. »Wie soll es zu einem Schuldspruch kommen, wenn weder Fingerabdrücke noch DNA vom Tatort und von unserem Doppelgänger zusammenpassen? Dann bräuchten wir ein Geständnis. Nein, das ist alles Wahnsinn!«

Wehrmann massierte sein kantiges Kinn. »Das ließe sich machen …«

Heinrich deutete mit dem Finger auf ihn. »Das ist mein Mann!« Dann hob er den Arm. »Aber ich will niemals erfahren, mit welchen Mitteln er das anstellt.«

Wehrmann ergriff wieder das Wort. »Natürlich hängt alles davon ab, dass wir der Polizei, der Kripo und dem Staatsanwalt einen Doppelgänger servieren, der Michaels Rolle glaubwürdig spielt. Und wir müssten ihn mit sämtlichen Informationen briefen, die wir haben. Sowohl über die Tat als auch über Michaels Leben.«

Richard spürte, wie sein Gesicht immer länger wurde. »Unmöglich!«

»Ja, aber er hat recht«, widersprach Heinrich. »Das ist unsere einzige Chance.«

Richard schluckte den galligen Geschmack seines Sodbrennens hinunter. »Wie viele Tage haben wir Zeit, bis sie Michael verhaften? Was denkst du?«

Heinrich zuckte mit den Achseln. »Kommt darauf an. Zwei Tage, mit etwas Glück vielleicht sogar drei oder vier.«

Gleichzeitig sahen Richard und Heinrich zu Wehrmann.

Dieser wiegte den Kopf. »Wenn ich sofort mit den Recherchen beginne, wäre es vielleicht machbar, dass ich alles rechtzeitig arrangiere. Aber dann bräuchte ich noch mindestens drei Tage, um den Doppelgänger vorzubereiten.«

»Ihre Fähigkeiten in allen Ehren«, sagte Richard. »Und Gott soll mein Zeuge sein, ich weiß, was Sie alles zuwege bringen können, aber wie wollen Sie das jemals schaffen?«

»Lassen Sie das meine Sorge sein, Herr von Kotten«, sagte Wehrmann. In seinen Augen flackerte der Ehrgeiz, mit dem er jede neue Herausforderung dankend annahm, und Richard wusste, unter Druck arbeitete Wehrmann am besten. Wenn es jemand schaffte, dann er. »Sie haben auf jeden Fall meine volle Unterstützung. Ich sage in den nächsten vier Tagen all meine Termine ab. Und über Geld brauchen Sie sich keine Sorgen zu machen. Ich kann binnen achtundvierzig Stunden jede Summe flüssig machen, die dieses kleine Unternehmen kosten wird.«

Heinrich hob die Hand. »Bevor ihr zwei Hübschen die Details besprecht, lasst mich gehen. Davon will ich gar nichts wissen. Ich kümmere mich darum, dass Michaels Verhaftung so lange wie möglich hinausgezögert wird, um euch Zeit zu verschaffen. Und um eine zweite Sache werde ich mich auch noch kümmern …«

Richard und Wehrmann sahen ihn fragend an.

Heinrich lächelte verschlagen. »Wenn unser kleines Unternehmen, wie du es bezeichnet hast, klappen und auch authentisch wirken soll, brauchen wir einen verdammt guten Anwalt, der zwar reichlich Erfahrung hat, aber den Prozess trotzdem verbockt. Damit der Doppelgänger auch wirklich ins Gefängnis kommt. Und dafür schwebt mir auch schon jemand vor.«

»Und wer soll das bitte schön sein?«

»Ostrovskys Ziehkind, eine ausgezeichnete Strafverteidigerin.«

»Aber wenn sie es trotzdem schafft?«, gab Richard zu bedenken.

»Tja, dann müsste unser Doppelgänger – so wie du es vorhin angedeutet hast – tatsächlich ein Geständnis ablegen.« Heinrich lächelte. »Unsere Anwältin kann also nur verlieren.«

24

Nach Flos Ausführungen saßen Evelyn und er stumm auf einer Holzbank und blickten aufs Wasser.

Schließlich sah er Evelyn an. »Dir ist kalt«, stellte er fest. »Gehen wir zurück?«

»Ja.« Sie sah sich unbehaglich um.

»Was hast du?«

»Seit gestern habe ich das Gefühl, dass uns jemand beobachtet«, sagte sie, da sie Flo nicht schon wieder belügen wollte.

Er lachte auf. »Das kommt davon, weil wir uns in Verschwörungstheorien hineinsteigern.«

»Vielleicht hast du recht.« Sie erhob sich und spürte ihre steifen Glieder. »Also du meinst tatsächlich«, wiederholte sie, während sie an der Uferpromenade des Donaukanals zurückgingen, »dass Michaels eigener Vater einen Doppelgänger engagiert haben könnte, der an Stelle seines Sohnes in den Knast geht, während sein Sohn – aus welchen Gründen auch immer – von der Öffentlichkeit abgeschirmt wird?«

Flo nickte. »Das scheint mir die einzig plausible Erklärung zu sein. Und zwar deshalb, weil Richard von Kotten der Erste hätte sein müssen, der erkennt, dass das gar nicht sein Sohn ist, der festgenommen wurde. Das war bisher aber nicht der Fall. Folglich …?«

Evelyn überlegte. *Ja, das scheint im Moment wirk-*

lich die einzig logische Erklärung für alles zu sein. »Wenn das tatsächlich stimmt, dann waren wir bisher kräftig auf dem Holzweg. Denn das würde bedeuten, dass Richard von Kotten seinem verhassten Sohn gar keinen Mord in die Schuhe schieben will – wie ich ursprünglich angenommen habe –, sondern im Gegenteil: Er will seinen Sohn retten!«

»Und dann war dein Besuch in seiner Bibliothek nur ein für dich inszeniertes Theater«, ergänzte Flo. »Eigentlich liebt er seinen Sohn.«

»Deshalb standen auf seinem Schreibtisch auch diese Fotos von seinem Sohn und seiner Tochter. Er hat offenbar nicht daran gedacht, sie wegzuräumen.«

»Tochter? Michael hat eine Schwester?«, wiederholte Flo.

»Ja, *hatte!* Sie hieß Christine und ist mit vier Jahren bei einem Unfall ums Leben gekommen«, murmelte Evelyn abgelenkt. Innerlich war sie noch mit der Ungeheuerlichkeit dessen beschäftigt, was Flos und ihre Theorie mit sich brachte. Mit ziemlicher Sicherheit wurde sie nur dafür benutzt, einen aussichtslosen Kampf zu führen, während ihr unschuldiger Mandant den Kopf für einen echten Mörder hinhielt. »Irgendjemand hat mich kräftig verarscht«, resümierte sie.

»Irgendjemand hat *uns* kräftig verarscht«, korrigierte Flo sie.

Ja, das hat er.

»Das bedeutet, dass die Fingerabdrücke auf der Sektflasche, die wir bisher nicht zuordnen konnten, die des echten Michael Kotten sind«, fiel es Evelyn plötzlich ein.

Flo zog die Hände aus den Taschen und hauchte sich in die Fäuste. »Ja – und es bedeutet«, murmelte er, »dass der echte Michael noch frei ist – und mit großer Wahrscheinlichkeit der Mörder ist!«

Kalter Wind kam auf, und ein Schauder lief Evelyn über den Rücken.

Und die Frage lautet: Wo steckt er?

25

Um 16 Uhr konnte man nicht so genau sagen, ob die Sonne in Leipzig bereits untergegangen war oder nicht. Am Horizont schimmerte jedenfalls noch eine letzte graue Wolkenbank, die zunehmend dunkler wurde. Und der Tag ging, wie er gekommen war: eiskalt, windig und trüb.

Pulaski hatte vor der Garage der Hinzes geparkt und wartete nun an der Haustür, dass Frau Hinze ihm öffnen würde. Es dauerte eine Weile, dann stand sie im Eingang. Wie gestern, so bat sie ihn auch heute nicht ins Haus, doch nun wunderte er sich nicht mehr darüber.

»Ich bringe Ihnen die Sachen Ihres Mannes, die die Kripo freigegeben hat«, begann Pulaski. Wie zur Erklärung hielt er eine Sporttasche der Leipziger Kripo hoch.

Nachdem Frau Hinze ihm die Tasche nicht abnahm, stellte er sie auf die Türschwelle. So musste sie sie zumindest wegschieben, bevor sie die Tür schließen konnte. Und diese offen zu lassen war keine Option, denn seit diesem Morgen herrschte Dauerfrost.

»Danke.« Mehr sagte sie nicht. Ihr Gesicht war wie versteinert.

»Normalerweise kann man sich die Sachen auf dem Kommissariat abholen, aber ich dachte, ich komme persönlich vorbei.«

»Wie nett.« Frau Hinze blickte nur kurz zur Tasche hinunter. »Und was befindet sich darin?«

»Brieftasche, Führerschein, Brille, Notizbuch, Handys sowie einige andere Dinge aus dem Wagen Ihres Mannes«, zählte Pulaski auf. »Ehering, Halskette …«

»Handys?«, wiederholte sie.

»Ja, Ihr Mann hatte zwei. Eines lag im Motel, das zweite im Handschuhfach des Wagens.«

»Haben Sie einen Blick in die Telefone geworfen?«

»Ich nicht, aber die Kollegen von der Kripo. Die haben beide Handys geklont und die Daten ausgewertet, doch soviel ich weiß, befand sich nichts Interessantes darunter.« Pulaski räusperte sich, und nachdem Frau Hinze nichts erwiderte, fuhr er fort. »Der Fall ist seit gestern endgültig abgeschlossen – die offizielle Todesursache lautet *Unfall*. Das wollte ich Ihnen bloß noch mitteilen.«

Frau Hinze schwieg beharrlich.

»Haben Sie über meinen Vorschlag nachgedacht, eine private Obduktion zu beantragen?«

»Habe ich.« Sie nickte. »Aber wie Sie selbst gesagt haben, es war ein Unfall.«

Okay, dann war es das wohl. Pulaski wandte sich ab und wollte bereits gehen, als er hörte, wie Frau Hinze tief Luft holte.

»Da ist noch eine Sache«, sagte sie. »Ich hatte Sie gebeten, Ihre Tochter nicht mehr herzuschicken.«

»Ist Jasmin hier?« Pulaski sah automatisch zur Garage, wo Ninas Enduro stand. Offenbar waren die Mädchen wieder zusammen im Haus.

»Ja, ist sie, obwohl ich Sie gebeten hatte, sie nicht herzubringen. Ich bin kein Asylantenheim, und meine Tochter ist kein Kindermädchen für andere, die noch dazu einen schlechten Einfluss auf sie haben. Nina sollte sich besser auf die Schule konzentrieren und Rechnungswesen lernen.«

Asylantenheim? Schlechten Einfluss? Pulaski gefiel der Ton nicht, mit dem sie zu ihm sprach.

»Haben Sie gehört, was ich gesagt habe?«, fragte sie ihn.

»Ja, das habe ich. Es war laut genug. Aber meine Tochter ist siebzehn und kein *Kind* mehr«, sagte er in einem bemüht ruhigen Ton. »Ich *schicke* sie weder irgendwohin, noch *bringe* ich sie irgendwohin. Sie ist alt genug, ihren eigenen Weg zu gehen. Und wenn Ihnen nicht passt, dass unsere Töchter befreundet sind, dann sollten Sie nicht mit mir sprechen, sondern das mit Ihrer eigenen Tochter klären.«

Frau Hinze schnappte nach Luft. »Das heißt, Sie entfernen sie nicht?«

Entfernen? Wie das klang. »Nein, ich nehme sie nicht mit. Guten Abend.« Pulaski drehte sich um und ging zu seinem Wagen.

Nach einer Weile knallte hinter ihm die Haustür zu. Er drehte sich kurz um. Die Sporttasche war weg.

Als er seinen Wagen aufsperrte, sah er im ersten Stock, wie sich hinter dem Fenster von Ninas Zimmer der Vorhang zur Seite schob. Im Zimmer brannte Licht, und er erkannte die Silhouette von Jasmins Haarschopf.

In den letzten Tagen hatte er die Meinung über seine Tochter massiv geändert. Dass sie ungemein hartnäckig war, wenn sie von etwas überzeugt war, wusste er längst. Dass er das zu schätzen und zu bewundern anfing, war neu für ihn.

Nur musste er ein Auge darauf haben, dass die Sache nicht außer Kontrolle geriet.

Jasmin wartete, bis ihr Vater in den Wagen gestiegen und davongefahren war, dann zog sie den Vorhang wieder vors Fenster. In diesem Moment betrat Nina auf leisen Sohlen das Zimmer. »Worüber haben sie gesprochen?«, wisperte Jasmin.

»Ich konnte nicht alles hören, aber meine Mutter will, dass du das Haus verlässt, hat nur offenbar nicht den Mumm, dich selbst rauszuwerfen.«

Jasmin nickte. »Ist vermutlich besser, wenn ich gehe. Mein Vater hat heute Morgen mit mir darüber gesprochen. Er hat gemeint, er will sich nicht einmischen und macht mir auch keine Vorschriften mehr. Ich müsste selbst wissen, was am besten ist.«

»Am besten ist, dass du bei mir bist«, entfuhr es Nina.

»Aber deine Mutter …«

»Meine Mutter!«, wiederholte Nina abfällig. »Ich …«

In diesem Moment schrie Ninas Mutter von unten durch das Treppenhaus hinauf. »Nina! Komm runter!«

»Gottverdammt!«, zischte Nina. »Bleib hier.« Sie machte kehrt und lief hinunter.

In den nächsten fünf Minuten konnte Jasmin von Ninas Zimmer aus ein heftiges Streitgespräch zwischen Mutter und Tochter hören. Die Auseinandersetzung eskalierte, als Ninas Mutter die Sachen aus der Sporttasche achtlos in den Mülleimer warf.

»Du wirfst Vaters Sachen einfach so weg?«, rief Nina.

»Da, bitte! Schau selbst! Ist etwas darunter, das dir gehört?«

»Nein.«

»Na also, dann habe ich wohl das Recht, damit zu tun, was ich für richtig halte.«

»Ich kann nicht verstehen, warum du nicht wissen willst,

warum Papa dir das angetan und mit wem er sich getroffen hat.«

»Dein Vater hat mich nach Strich und Faden betrogen! Genügt das nicht?«, rief Ninas Mutter. »Was erwartest du von mir? Dass mich das interessiert?«

»Das wäre mal ein Anfang, aber du verdrängst es! Eines Tages wirst du es bereuen, die Sache nicht aufgeklärt zu haben.«

Der Ton wurde schärfer, und Jasmin war kurz davor, hinunterzugehen, sich von Frau Hinze zu verabschieden und das Haus zu verlassen, bevor es wegen ihr vielleicht noch mehr Streit geben würde.

»Du bist so kalt und verbittert«, warf Nina ihrer Mutter jetzt vor. »Kein Wunder, dass Vater eine andere hatte!«

»Halt den Mund!«

»Das Einzige, was dich kümmert, ist, dass ja niemand von Vaters Seitensprung erfährt.«

»Sei endlich still!«, brüllte Ninas Mutter.

»Dir ist es doch gleich, ob er ermordet wurde oder es ein Unfall war, denn Vaters Lebensversicherung zahlt sowieso in jedem Fall! Und das ist dir das Wichtig…«

Da knallte eine Ohrfeige.

Jasmin zuckte zusammen. *Verdammt!* Nina war verstummt.

»Ich gehe jetzt zu einer Freundin«, sagte Ninas Mutter völlig emotionslos. »Und wenn ich in einer Stunde wieder zurück bin, ist dieses Mädchen aus meinem Haus verschwunden. Hast du gehört?«

»Warum?« Ninas Stimme klang hart.

»Weil sie dich auf schlechte Gedanken bringt. Sie wiegelt dich auf.«

»Oh, ich verstehe, und dadurch wird deine heile Welt zerstört.«

»Ich werde nicht länger mit dir darüber streiten!«

Das Gespräch war zu Ende, und Jasmin hörte, wie Ninas Mutter das Haus verließ. Unten knallte die Haustür zu.

Kurz darauf kam Nina die Treppe hinauf. Im nächsten Moment stand sie im Zimmer, die Hände in den Taschen. Ihre Wange leuchtete rot, aber sie hatte keine Tränen vergossen. Stattdessen funkelte so viel Wut in ihren Augen, dass es Jasmin die Sprache verschlug.

»Das hast du prima hingekriegt«, sagte Jasmin schließlich.

»Es musste raus aus mir.«

»Du musst nicht genauso hart sein wie deine Mutter.«

Ninas Blick war immer noch kalt. »In Wahrheit ist sie gar nicht so tough, wie sie tut. Gestern Nacht habe ich gehört, wie sie stundenlang geheult hat.«

»Und du hast dich nicht um sie gekümmert?«

»Kümmert sie sich um mich?«, entgegnete Nina. Ihr Blick wurde eisig.

»Und *du* weinst nicht?«, wunderte sich Jasmin.

Anstelle einer Antwort, presste Nina nur die Augen für einen Moment zusammen.

»Ich hab mich schon gefragt, wie du das alles so locker wegstecken kannst«, murmelte Jasmin.

»Ich habe Angst, wenn ich einmal damit anfange, kann ich nicht mehr aufhören. Weißt du …« Nina verstummte, ihr Blick wurde abwesend. Sie schien noch mehr sagen zu wollen, überlegte es sich dann aber anders.

»Nina … Wenn du irgendwann mal darüber reden willst, wie es dir wirklich geht und so …«

»Danke, aber im Moment kann ich das noch nicht. Erst muss ich wissen, was wirklich mit Papa passiert ist.« Seufzend zog sie die Hände aus den Taschen. In einer Hand hielt sie ein silbernes Smartphone. »Das lag auf der Kommode.« In der anderen ein schwarzes Tastentelefon und eine zerknüllte Visitenkarte. »Und das hat Mutter weggeworfen. Ich hab es im Mülleimer gefunden.«

Jasmin erkannte das Logo der Leipziger Kripo. Es war die Visitenkarte ihres Vaters.

Nina steckte die Karte in ihre Gesäßtasche und warf die Telefone aufs Bett. »So, nun haben wir Vaters Handy. Sogar zwei! Und wir haben eine Stunde Zeit, danach bringe ich dich heim. Was machen wir damit?«

»Kommt darauf an, was du vorhast?«, entgegnete Jasmin.

»Ich möchte dieser mysteriösen Frau von Angesicht zu Angesicht gegenübertreten und sie fragen, warum mein Vater mit ihr meine Mutter betrogen und damit riskiert hat, die Familie zu zerstören.« Nina nickte zu den Telefonen. »Also, was machen wir damit? Die Kripo hat angeblich nichts darauf gefunden.«

Jasmin nahm das silberne Smartphone zur Hand. Offenbar hatte die Polizei die Sperre gelöst. Sie öffnete die Einträge der letzten Telefonate. Alle Nummern waren mit Namen abgespeichert, und Nina erkannte die meisten davon als die von Freunden, Nachbarn, Verwandten oder Arbeitskollegen ihres Vaters.

»Ist da auch dieser süße Azubi mit den braunen Locken dabei, der deinen Vater letzten Sommer ins Büro chauffiert hat?«

Nina funkelte sie kurz an, dann überflog sie die Namen. »Nein, ist er nicht. Ist nicht sehr ergiebig. Schauen wir uns das andere Handy an.«

Das schwarze Tastentelefon war ein älteres, viel einfacheres Modell. Jasmin versuchte, es einzuschalten, aber der Akku war leer. »Zuerst einmal aufladen.«

Nina steckte das Handy an ein passendes Ladekabel und schaltete es ein.

»Prepaid?«, fragte Jasmin.

Nina tippte herum. »Ja! Wozu hatte er das?«

Jasmin sah auf und verdrehte die Augen. »Warum hatte er wohl ein solches Handy? Nicht angemeldet? Na?«

»Damit meine Mutter nichts von bestimmten Gesprächen erfährt?«, schlussfolgerte Nina. »Aber laut Kripo ist doch nichts Interessantes darauf.«

»Aber schau mal, all diese Nummern sind ohne Namen auf der SIM-Karte abgespeichert. Haben entweder eine Leipziger Vorwahl oder eine aus der Umgebung – und keine wiederholt sich.« Jasmin drückte auf *wählen.*

»Was machst du?«, zischte Nina.

»Ich rufe an – sei still!« Sie wartete. Nina setzte sich neben sie aufs Bett, und gemeinsam lauschten sie.

Nach dem fünften Läuten meldete sich eine weibliche Stimme. »Escort-Service Leipzig Ost. Ja, bitte?«

»Oh, Entschuldigung, falsch verbunden«, murmelte Jasmin verblüfft und unterbrach das Gespräch.

»Fuck!«, schimpfte Nina.

»Im wahrsten Sinne des Wortes«, pflichtete Jasmin ihr bei.

Nina sah sie entsetzt an. »Du bist so blöd!«

In den nächsten zehn Minuten riefen sie alle unbekannten Nummern an, und schon bald hatten sie eine Liste mit den Namen der Teilnehmer. Es waren jeweils einschlägige Firmen. Elite-Service, Hostessen-Begleitservice Deluxe, Laufhaus Luxury und so weiter.

»Mein Vater war ein richtiges Arschloch«, resümierte Nina nach einer Weile und starrte nachdenklich aus dem Fenster.

Indessen verglich Jasmin die Einträge der Telefonate mit

der American Express Kreditkartenabrechnung von Herrn Hinze. »Jedes dieser Telefonate fand an einem Tag statt, an dem dein Vater ein Motelzimmer gebucht hat.«

Nina starrte immer noch durchs Fenster. »Er hat sich also eine Begleitung gekauft und ist mit ihr in ein Motel gefahren. Allerdings gibt es über seine geheime Kreditkarte keine Zahlungen an diese Escort-Services.«

»Und?« Jasmin hob die Schultern.

»Warum hat er die Damen nicht auch über seine Kreditkarte bezahlt, so wie die Motels?«

»Vermutlich war er am Geldautomat, um sie bar zu bezahlen.«

Nina sah sie an und verzog das Gesicht, als wäre ihr fürchterlich übel.

»Auch wenn es sich dabei um seine geheime Karte handelte, war es ihm wahrscheinlich dann doch zu gefährlich«, vermutete Jasmin weiter. »Tut mir leid, wenn ich das sage, aber dein Vater ist ziemlich vorsichtig gewesen.«

»Wie meinst du das?«

»Er hat immer einen anderen Service angerufen und ein anderes Motel aufgesucht. Anscheinend war er nicht immer mit derselben Frau in diesen Motels, sondern hat jedes Mal eine andere Frau bestellt. Weißt du, was das bedeutet? Dein Vater hatte keine *Geliebte,* sondern es waren jeweils *verschiedene* Frauen, die er stets für einen Abend bezahlt hat.«

»Das macht es nicht leichter.«

»Wir sollten diese Unterlagen der Kripo geben.«

Nina fuhr hoch. »Wozu? Es war sowieso ein Unfall. Außerdem ist das im Nachhinein peinlich und erniedrigend für meinen Vater, wenn das alles rauskommt.«

»Aber allein wirst du keine dieser Frauen finden, die du fragen kannst, warum er deine Mutter betrogen hat.«

»Ich möchte auch nur mit der Letzten reden, mit der er zusammen gewesen ist. Das würde mir schon reichen.«

»Allerdings wird er der wohl kaum erzählt haben, warum er sich mit ihr …« *Mit der Letzten!* Jasmin verstummte und dachte nach. *Da war doch etwas, das wir übersehen haben.* Der Gedanke war zum Greifen nahe.

»Was hast du?«, fragte Nina plötzlich. »Du schaust so …«

»Still!« *Was ist das noch gleich gewesen?* »Ich hab's!«, rief sie plötzlich und schnappte sich das Handy.

»Was denn?« Nina sah sie neugierig an.

»An dem Abend, als dein Vater starb, hat er *keinen* Escort-Service angerufen. Da gab es kein einziges Telefonat auf diesem Handy. Siehst du?« Zum Beweis hielt sie ihr das Telefon hin. »Wie kam er also zu seiner Begleiterin?«

Sogleich wurde Nina von Jasmins Euphorie angesteckt. »Das bedeutet, dass er mit dieser Frau schon zuvor ausgemacht haben muss, sich mit ihr dort zu treffen.«

»Oder, dass er sie zuvor irgendwo anders getroffen und dann mitgenommen hat«, vermutete Jasmin.

»Wir müssten wissen, wo er an diesem Tag überall gewesen ist.«

»In seinem Büro und anschließend in einem Lokal«, erinnerte Jasmin sich an den Bericht, den sie heimlich auf dem Laptop ihres Vaters gelesen hatte.

»Der Country & Beat Club?«, fragte Nina.

»Ja, richtig!« Jasmin nickte.

»Der liegt gegenüber seiner Firma. Meistens sind er und seine Kollegen dorthin mittagessen gegangen oder nach dem Büro, um noch etwas zu trinken.« Nina blickte auf die Uhr.

»Es ist schon fast halb sechs. Meine Mutter wird bald heimkommen.«

»Gut, bring mich nach Hause«, seufzte Jasmin.

»Ja, aber vorher fahren wir in den Country & Beat Club.«

26

Kurz nach Sonnenuntergang fuhr Evelyn mit ihrem Wagen aus der Tiefgarage ihres Wohnhauses. Da man bei der Parkplatzsuche innerhalb von Wien jedes Mal einen Frustanfall riskierte und durch die gebührenpflichtigen Kurzparkzonen halb pleite wurde, legte sie alle Wege in der Stadt mit U-Bahn, Straßenbahn oder Taxi zurück. Doch aus Wien raus fuhr sie stets mit ihrem Wagen.

Und diesmal trug sie weder Jeans noch Anorak, sondern hatte dunkelblaue Bluse, Hosenanzug und Mantel angezogen, noch dazu Ohrringe angesteckt, ihr langes blondes Haar zu einem Zopf geflochten und zu einem Knoten hochgesteckt, wie sie es bei wichtigen Terminen immer tat.

Ihr Weg führte sie südlich aus der Stadt hinaus nach Laxenburg, eine flache, bewaldete Gegend mit vielen Parks, Eissalons und einem großen Teich, auf dem sich im Sommer jede Menge Tretboote tummelten. Jetzt war er natürlich gesperrt, die Lokale waren geschlossen, und über dem Ort lag ein feiner Nieselregen, der einen schmierigen Film auf den Straßen hinterließ. Die Straßenbeleuchtung war bereits angegangen.

Instinktiv blickte Evelyn ständig in den Rückspiegel, konnte aber nicht erkennen, ob ihr jemand folgte. Sie fuhr an der Hinterseite des Schlossparks die Hügelgasse hinauf bis zu einer kleinen Anhöhe, auf der sich nur ein einziges großes Gebäude befand: die Nagorski-Klinik. Zweistöckig, weiß, mit vielen Fenstern und Balkonen und unzähligen Verbindungstrakten, die in Bungalow-Form angeordnet waren. Einige davon standen auf Stelzen. Die Laternen des daneben liegenden Parkplatzes tauchten die Klinik in ein fahles Licht.

Evelyn betrat die Klinik, meldete sich am Empfang an und bat um ein Gespräch mit der Leiterin oder einem ihrer Assistenten.

Die Leiterin der Klinik, Frau Doktor Nagorski, war tatsächlich noch da und würde sich Zeit für Evelyn nehmen, allerdings erst in ein paar Minuten. So lange wartete Evelyn bei einer Tasse Tee in einem der Besprechungszimmer.

Evelyn wusste, dass der Besuch wahrscheinlich nicht viel bringen würde, aber diese Klinik war die einzige Spur, die sie im Moment hatte. Michael Kotten, oder wie auch immer ihr Mandant in Wahrheit hieß, hatte ihr in ihrem allerersten Gespräch erzählt, dass er seine ersten Gesichtsoperationen in der Nagorski-Klinik hatte machen lassen. Natürlich konnte auch das eine seiner vielen Lügen gewesen sein, aber unter anderem war sie deswegen hier – um herauszufinden, ob er zumindest bezüglich der OP die Wahrheit gesagt hatte.

Evelyn blickte durchs Fenster auf den Parkplatz, wo ihr Wagen im kreisrunden Licht einer Laterne stand. Eine einsame Krähe hockte auf ihrem Autodach und krächzte in die Nacht. Dann wandte Evelyn sich einer raumhohen Wandtafel zu, auf der die wichtigsten Ereignisse der Klinikgeschichte chronologisch mit Jahreszahlen festgehalten waren. Demnach war die Gründerin vor fünfundsechzig Jahren geboren worden, hatte Medizin studiert und die Einrichtung vor dreißig Jahren gegründet. Beinahe jedes Jahr hatte es seitdem eine

Auszeichnung für irgendwelche herausragenden Eingriffe gegeben, die erstmalig gelungen waren. Und anhand der angeführten Zitate berühmter Persönlichkeiten, von denen sogar Evelyn die meisten dem Namen nach kannte, ließ sich erahnen, welch guten Ruf diese Klinik genoss.

Nachdem Evelyn die Teetasse geleert hatte, öffnete sich die Tür und eine hoch gewachsene schlanke Dame um die fünfundsechzig mit leicht orangefarbenen auftoupierten Haaren kam herein. Sofort fielen Evelyn die dazu passende moderne orange Lesebrille auf, die langen Wimpern, der Lippenstift und das Rouge auf den Wangen.

Trotz der Jahreszeit war die Frau braun gebrannt und machte mit der weit aufgeknöpften Bluse keinen Hehl aus ihren Falten am Hals, die nur mit einer Perlenkette kaschiert wurden.

»Doktor Evelyn Meyers?« Die Dame trat zu Evelyn und begrüßte sie mit festem Händedruck. »Nagorski«, stellte sie sich vor. Auf ihren akademischen Titel verzichtete sie. »Wie kann ich Ihnen helfen?«

»Ihre Empfangsdame hat Ihnen bestimmt gesagt, dass ich Anwältin bin und Sie wegen eines meiner Mandanten sprechen möchte.«

»Natürlich.« Nagorski deutete zum Besprechungstisch, um den ein paar Stühle standen. »Nehmen Sie doch Platz.«

Sie setzten sich, und Evelyn erzählte von ihrem Mandanten, ohne vorerst seinen Namen zu nennen, erklärte, dass er bereits in U-Haft saß und unter Verdacht stand, Johann Wulf ermordet zu haben.

Nagorski nickte, offenbar hatte sie von dem Mord bereits aus den Medien erfahren. »Aber wenn er ein Geständnis abgelegt hat«, sagte sie, nachdem Evelyn geendet hatte, »wozu gibt es da noch eine Gerichtsverhandlung?« Sie spielte mit der Goldkette an ihrem Handgelenk.

Evelyn lächelte, betrachtete kurz Nagorskis lange rote Fingernägel, dann sah sie wieder auf. »Selbst wenn alles gegen einen Angeklagten spricht und er die Tat sogar gestanden hat, kommt es zu einem Prozess. Sowohl die Geschworenen als auch die Berufsrichter sind verpflichtet, sich alle Beweise anzuhören. Und nur weil ein Geständnis vorliegt, heißt das noch lange nicht, dass das seine Richtigkeit hat und auf legalem Weg zustande gekommen ist.«

»Verstehe.« Nagorski lächelte.

Evelyn beugte sich nach vorn. »Kennen Sie einen Michael Kotten?«

Bevor Nagorski antworten konnte, klopfte es an der Tür.

»Herein!«, rief Nagorski, woraufhin ein junger Mann mit einigen Broschüren unter dem Arm eintrat.

Er nickte Evelyn kurz zu, kam zum Tisch und breitete die Prospekte vor Nagorski aus. »Was meinst du, Olivia, sollen wir den blauen Entwurf nehmen?«

Evelyn schielte zu den Flyern. Es waren Werbebroschüren mit Vorher- und Nachher-Fotos von Frauen, die eigentlich gar keine Schönheits-OP nötig gehabt hätten.

Nagorski klopfte mit dem Fingernagel auf den Tisch und legte konzentriert die Stirn in Falten. »Der Text im gelben Entwurf klingt so, als müssten wir um jeden Preis um jede Kundin betteln. Das passt nicht. Schließlich bieten wir ein elitäres Produkt.«

»Okay, gut, dann …«

»Allerdings …«, murmelte Nagorski. »Sind die Fotos des gelben Entwurfs besser. Wir wollen schließlich zufriedene Kunden und keine frustrierten Frauen, die ein Gesicht wie ein altes Bügeleisen haben. Schaffst du die Änderung noch heute?«

»Sicher.« Offenbar war der Assistent diesen herben Ton gewöhnt. Er wollte mit den Flyern schon wieder verschwinden.

»Und korrigiere den Druckfehler! *Ästhetische Chirurgie* schreibt man mit th.«

Er starrte auf die Broschüre. »Aber so steht es doch hier.«

»Ja, aber an der falschen Stelle. Das th gehört vorne hin.«

Der Assistent nickte Evelyn zu und verschwand.

Indessen hob Nagorski den Blick. »Wo waren wir stehen geblieben? Ach ja. Michael von Kotten. Es tut mir leid, aber da kann ich Ihnen nicht weiterhelfen. Alle Informationen fallen unter die ärztliche Schweigepflicht.«

Nun lächelte Evelyn. »Das verstehe ich. Nur eine Sache finde ich seltsam. Ich habe Sie gar nicht danach gefragt, ob Sie Michaels Ärztin sind, sondern nur, ob Sie ihn kennen.« Außerdem hatte sie mit keinem Wort das *von* im Adelstitel von Michaels Familie erwähnt.

Aber es war nicht nötig, Frau Nagorski auch darauf hinzuweisen, da ihr Gesicht bereits versteinerte.

»Es stimmt also, Michael Kotten hat sich in Ihrer Klinik einem chirurgischen Eingriff unterzogen«, bohrte Evelyn weiter.

Nagorski schwieg verbissen.

Evelyn zählte alle Eingriffe auf, die Michael bei seinem ersten Gespräch mit ihr genannt hatte, doch auch darauf erhielt sie von Nagorski keine Reaktion.

»Es ist für die Verhandlung meines Mandanten von großer Wichtigkeit herauszufinden, was er an sich hat ändern lassen«, log Evelyn.

»Haben Sie einen richterlichen Beschluss?«

»Nein, den habe ich nicht«, gab Evelyn zu. »Aber Ihre Aussage könnte mir und der Verteidigung meines Mandanten weiterhelfen.«

»Wenn er gestanden hat, dann ist er ein Mörder«, schlussfolgerte Nagorski. »Sie glauben doch nicht wirklich, dass ich Ihnen helfe, einen Mörder zu schützen?«

Evelyn seufzte. »Er ist erst dann ein Mörder, wenn er rechtskräftig verurteilt worden ist.«

»Ersparen Sie mir Ihr juristisches Gewäsch«, fuhr Nagorski dazwischen. »Selbst wenn ich Ihnen helfen *wollte*, was schon allein aus moralischen Gründen nicht der Fall ist, könnte ich es gar nicht wegen meiner ärztlichen Schweigepflicht.«

Huh, wie theatralisch das klang. *Aus moralischen Gründen, als wären wir hier bei einem Guinness-Buch-der-Rekorde-Wettbewerb, wer die höchste Moralvorstellung besitzt. Und das in einer Schönheitsklinik!*

»Das verstehe ich nur zu gut«, sagte Evelyn lächelnd, und überraschenderweise ging ihr die Lüge problemlos über die Lippen. »Trotzdem würde ich gern einen kurzen Blick in die Akte werfen, wenn Sie erlauben, und zwar auf die Fotos, wie Michael Kotten vor und nach dem operativen Eingriff ausgesehen hat.«

Nagorski runzelte verständnislos die Stirn. »Wie er nach dem Eingriff ausgesehen hat, müssten Sie doch wissen, wenn er Ihr Mandant ist, es sei denn, er hat einen Sack über dem Kopf getragen.«

»Nein, hat er nicht.« *Aber genau um diesen Punkt geht es! Wie sieht der echte Michael jetzt aus?*

»Und wie er vorher ausgesehen hat, tja.« Nagorski faltete die Hände. »Da müssten Sie schon das schriftliche Einverständnis Ihres Mandanten einholen, um einen Blick in die Akte werfen zu dürfen. Aber ich bezweifle, dass Sie das erhalten werden.«

»Warum?«

»Warum?«, wiederholte Nagorski ungläubig. »Wenn jemand die Form seines Gesichts verändern möchte, hat er einen guten Grund dafür. Immerhin stellt ein chirurgischer Eingriff eine Veränderung der Persönlichkeit dar, zumindest äußerlich. Und dieser Grund ist meist so tiefgreifend, dass der Klient nicht will, dass jemand sein früheres, manchmal oft sogar *verhasstes* Ich, jemals wiedersieht.«

»Ist das auch bei Michael Kotten der Fall?«

»Er ist Ihr Mandant. Fragen Sie *ihn.*«

Evelyn kramte die Kopien der Fotos aus der Tasche, die die Polizei nach Michaels Festnahme von ihm gemacht hatte und die ihn von vorne und im Profil zeigten. »Ist er das?«

Nagorski machte sich nicht einmal die Mühe hinzusehen. »Kein Kommentar. Nur mit Zustimmung des Patienten. Andernfalls bin ich zur Verschwiegenheit verpflichtet.«

»Aber …«

»Ich kann Ihnen leider nicht weiterhelfen.« Nagorski erhob sich und streifte ihren Rock glatt. »Ich wünsche Ihnen einen schönen Abend.«

Evelyn ging über den fast leeren Parkplatz zu ihrem Wagen. Mittlerweile war es vollkommen dunkel bis auf die Laternen, deren Licht sich in den Regenpfützen spiegelte.

Ein völliger Misserfolg war der Besuch ja nicht, versuchte Evelyn sich einzureden. *Michael ist tatsächlich hier gewesen!* Aber die alte Kuh hatte sich das Foto von ihm nicht einmal angesehen, dabei wäre ihre Reaktion so wichtig gewesen.

Darüber hinaus hatten Nagorskis Argumente, einem mutmaßlichen Mörder aus moralischen Gründen nicht helfen zu wollen, ziemlich aufgesetzt geklungen. Im Grunde genommen hatte die Frau alle Fragen abgeschmettert. Warum eigentlich? Aus welchem Grund schützte sie diesen x-beliebigen Patienten so? Es fühlte sich fast an, als wäre sie …?

Evelyn stockte. Als wäre sie *was?* Mit ihm verwandt? Sie rief sich die Firmengeschichte an der Wandtafel im Besprechungszimmer in Erinnerung.

Natürlich!

Der Besuch des Assistenten. *Was meinst du, Olivia, sollen wir den blauen Entwurf nehmen?*

Eine von Michaels Aussagen kam ihr in den Sinn. *Olivia, die Schwester meiner Mutter, leitet ein Ärztezentrum.*

Sogar das Alter könnte passen. *65!*

Falls sie recht hatte, dann war Olivia Nagorski möglicherweise eine geborene von Kotten, Mitglied der von Kotten-Familiendynastie – und Michaels Tante! Jetzt ergab es auch Sinn, dass ihr vorhin automatisch sein Adelstitel herausgerutscht war, obwohl sie sonst so vorsichtig gewesen war.

Rasch sperrte Evelyn ihren Wagen auf, setzte sich hinters Lenkrad und schaltete die Innenbeleuchtung ein. Dann kramte sie die Polizeiakten aus dem Handschuhfach, suchte nach den Personendaten der Vernehmungsprotokolle und nahm anschließend ihren Notizblock aus dem Handschuhfach. Mit Bleistift kritzelte sie einen Familienstammbaum aufs Papier, fand in den Akten Olivias Geburtsdatum, das mit den Daten der Firmenchronik übereinstimmte, und entdeckte, dass sie sogar einen erwachsenen Sohn hatte, der ebenfalls Arzt war.

Das ist es! Evelyn hob den Blick und sah durch die Windschutzscheibe zur Klinik empor. In diesem Moment ging im Besprechungszimmer das Licht aus.

Du hast die Identität deines Neffen geschützt!

Sie wollte auf der Stelle tot umfallen, wenn der von-Kotten-Clan nicht etwas vertuschte. Und ihr Mandant, der als Doppelgänger in den Knast gehen sollte, war das Opfer. Aber wie sollte sie jemandem helfen, der freiwillig ein Geständnis abgelegt hatte?

Und hinzu kam noch etwas, das ihr soeben bewusst wurde. Evelyn klopfte mit dem Bleistift gedankenverloren aufs Lenkrad.

Nämlich die zweite Konsequenz von alldem! Niemand konnte genau sagen, wie der echte Michael jetzt aussah.

Nur die behandelnden Ärzte.

Die entsprechenden Akten lagen in dieser Klinik. Und Evelyn war sicher, dass sie nach ihrem Gespräch noch in dieser Nacht spurlos verschwinden würden.

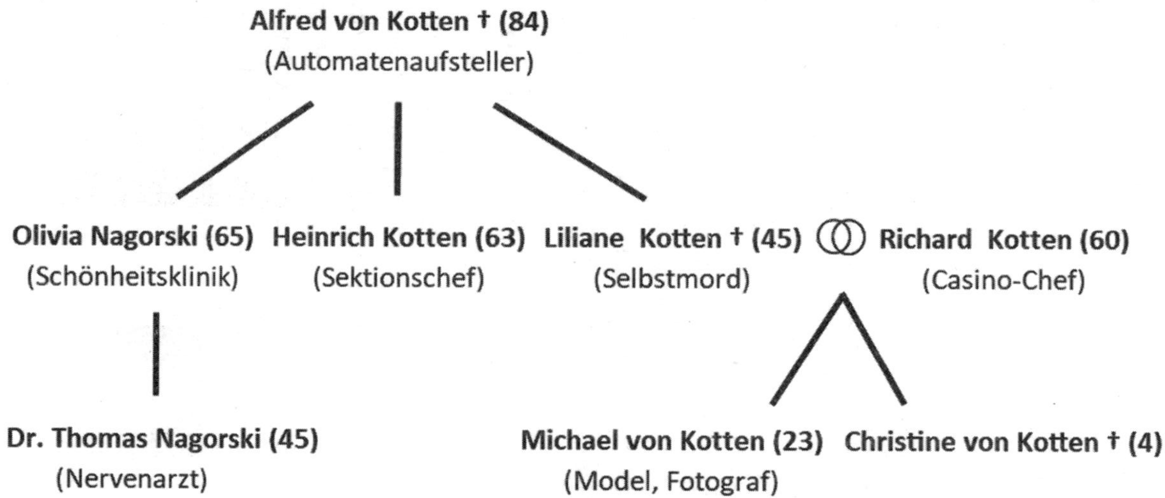
Alfred von Kotten † (84)
(Automatenaufsteller)
Olivia Nagorski (65)
(Schönheitsklinik)
Heinrich Kotten (63)
(Sektionschef)
Liliane Kotten † (45)
(Selbstmord)
Richard Kotten (60)
(Casino-Chef)
Dr. Thomas Nagorski (45)
(Nervenarzt)
Michael von Kotten (23)
(Model, Fotograf)
Christine von Kotten † (4)

27

Der *Country & Beat Club* gegenüber Hinzes Firma war eher eine Mischung aus Café und nobler Bar als ein Restaurant. Zwar gab es Mittagsmenüs, wie Jasmin auf einer bunten Leuchttafel ablesen konnte, doch um diese Zeit, kurz nach sechs Uhr abends, war niemand mehr daran interessiert. Stattdessen hatte jetzt die Bar geöffnet, die Besucher saßen an der Theke oder spielten im Nebenraum an einem der drei Billardtische. Alles sehr leise, unaufgeregt und dezent.

Der Club war hell eingerichtet. An den Wänden hingen Spiegel und Fotos berühmter DJs, die mal hier gewesen waren – Jasmin kannte sogar einige davon. Die Gäste, fast alle männlich und dreißig aufwärts, unterbrachen kurz ihre Gespräche und starrten sie und Nina an, als die Mädchen den Club betraten und sich umsahen.

»Hier war dein Vater nach Büroschluss?«, zischte Jasmin so leise, dass Nina sie gerade noch verstehen konnte. Aus den Lautsprechern an der Wand drang der neue coole Remix eines angesagten DJs.

»Ich entdecke immer mehr neue Seiten an ihm«, erwiderte Nina überrascht.

Sie gingen zur Theke und lehnten sich an das helle Holz, auf dem jede Menge Schüsseln mit Erdnüssen standen. Alles sah sehr sauber aus, trotzdem würde Jasmin sich hüten, in eine davon zu greifen.

Der Barkeeper trug ein weißes Hemd mit schwarzen Hosenträgern. »Alkohol gibt es erst ab achtzehn«, murrte er.

»Ist schon zehn Minuten nach achtzehn Uhr«, antwortete Nina frech.

»Sehr witzig, Kleine. Was wollt ihr?«

»Zwei Coke Zero«, sagte Jasmin rasch, bevor Nina wieder eine freche Antwort geben konnte und der Mann sie aus dem Lokal werfen würde.

Außerdem konnten sie sich etwas anderes gar nicht leisten, da die Cocktailpreise, die mit buntem Schriftzug auf dem Spiegel vor ihnen standen, ziemlich gesalzen waren.

Nachdem der Barkeeper ihnen die Getränke gebracht hatte – immerhin in hohen Gläsern mit Strohhalm und Zitronenscheibe –, zog Nina ihr Handy hervor und zeigte dem Mann ein Foto. »Das ist mein Vater«, erklärte sie. »Er war vor drei Tagen hier. Können Sie sich erinnern, ob er in Begleitung einer Frau da war, und falls ja, wie sie ausgesehen hat?«

Jasmin atmete tief durch. Sie wäre nicht so direkt vorgegangen, aber Nina wollte wohl keine Zeit verschwenden.

Der Barkeeper kniff die Brauen zusammen. »Wer sagt, dass ich an diesem Abend überhaupt Dienst hatte?«

»Hatten Sie Dienst?«, fragte Nina.

Der Mann schien kurz zu überlegen, ob er auf die Frage ernsthaft antworten sollte. Schließlich nickte er. »Ja, ich kannte deinen Vater. Klaus Hinze. Er kam mittags oft her. Die Polizei hat mich schon dazu befragt, aber ich kann mich nicht erinnern, wie seine Begleitung ausgesehen hat. So viele Leute gehen hier ständig ein und aus. Bist du Nina?«

Nina nickte überrascht.

»Dein Vater hat oft von dir gesprochen. Tut mir leid, was

mit ihm passiert ist. Kopf hoch, Kleine. Ich muss jetzt weitermachen, die Cola geht aufs Haus.« Er wandte sich um und zapfte ein Bier vom Hahn.

Nina ließ die Schultern sinken und sah Jasmin mit einem traurigen Blick an. »Für einen Moment dachte ich tatsächlich, wir wären einen Tick schlauer als die Polizei. Hab mich wohl geirrt.«

»Hast du nicht«, sagte Jasmin.

»Was? Hör auf so zu grinsen!«

»Hast du nicht gehört, was er gesagt hat?«, fragte Jasmin. »Er kann sich nicht mehr daran erinnern, wie die Begleitung deines Vaters ausgesehen hat. Er *hatte* an diesem Tag also eine Begleiterin!«

Ninas Augen wurden groß. Unwillkürlich sah sie sich um. »Wir müssen bloß jemanden finden, der die beiden gesehen hat und sich auch an sie erinnern kann.«

»Willst du jetzt alle Typen in diesem Club befragen?«

»Wenn es sein muss.« Nina rutschte vom Hocker.

O Gott! Nina war so verzweifelt, diese Frau zu finden, dass sie sogar riskierte, sich lächerlich zu machen. Aber es war nicht bloß das. Jasmin dachte an die Warnung ihres Vaters, dass es gefährlich war, was sie taten.

»Was ist?«, fragte Nina.

»Nichts.« Jasmin griff zu ihrem Handy. »Ich rufe meinen Vater an.«

»Scheiße, er ist …«

»Nein!«, unterbrach Jasmin sie. »Ich habe ihm versprochen, dass wir nicht auf eigene Faust herumschnüffeln, weil es zu riskant sein könnte. Ich habe ihn in den letzten Tagen oft genug belogen, und deshalb werde ich ihm jetzt sagen, dass wir hier sind.«

»Ist ja okay.« Nina hob beschwichtigend die Arme. »Ich wollte vorhin bloß sagen, dass du ihn nicht mehr anzurufen brauchst.« Sie nickte zum Eingang. »Er ist nämlich gerade …«

Jasmin fuhr herum.

In der Eingangstür stand ihr Vater.

28

Auf dem Heimweg von der Olivia-Nagorski-Klinik läutete Evelyns Handy. Auf dem Display sah sie Flos Nummer. Sie nahm das Gespräch sofort entgegen und meldete sich.

»Bist du noch im Büro?«, ertönte seine Stimme aus dem Lautsprecher.

Sie erklärte ihm, woher sie gerade kam und was sie dort erfahren hatte. »Mittlerweile bin ich mehr denn je von der Doppelgängertheorie überzeugt und auch davon, dass Michaels Tante darin involviert ist.«

»Deswegen rufe ich an. Kannst du bei mir zu Hause vorbeikommen?«

»Und dein Mitbewohner?«

»Den schicke ich fort. Beeil dich!«

Eine halbe Stunde später parkte Evelyn ihren Wagen vor Flos Garage und betrat seine Wohnung im fünften Stock. Nachdem sie Mantel und Blazer an der Garderobe aufgehängt hatte, rümpfte sie die Nase. »Hier riecht es … wie im Zoo.«

»Das sind die Igel und Fledermäuse. Sind im Nebenzimmer in Schuhschachteln und schlafen.«

»Was machst du eigentlich mit den Tieren?«

»Die jungen Igel haben zu wenig Gewicht für einen Winterschlaf. Ich füttere sie bis zum Frühling durch.«

»Mit Milch?«

Flo lachte auf. »Nein, das würden sie nicht vertragen. Ich nehme Katzenfutter.«

Evelyn schlüpfte aus den Schuhen. »Und die Fledermäuse? Hängen die nachts bei dir im Schlafzimmer an der Decke?«

Flo grinste. »Die krabbeln auch in Schuhschachteln herum. Einige sind verletzt. Sind zu früh aus dem Winterschlaf erwacht und oben auf dem Dach in den fast leeren Swimmingpool gefallen. Andere haben sich unter die Holzscheite verkrochen, und wenn der Hausmeister das Holz ins Haus trägt, um seinen Kamin anzuheizen, wachen sie auf. Möchtest du sie sehen? Sind niedlich.«

»Nein, danke. Warum wolltest du mich sprechen?«

»Ich habe den ganzen Tag über unsere Theorie nachgedacht.« Er führte sie ins Wohnzimmer. Aus den Boxen dröhnte laute Rockmusik.

»Du hörst Heavy Metal?«, fragte sie.

»Mein Mitbewohner ist Metallica-Fan. Ich steh nicht auf diesen Dreck.« Flo griff zur Fernbedienung des CD-Players und schaltete leiser.

In diesem Moment kam ein tätowierter Kerl mit dichtem schwarzem Vollbart aus dem Badezimmer. Er trug nur eine Unterhose und ein Metallica-T-Shirt. »'n Abend«, grüßte er mit deutschem Akzent, ging ungeniert an Evelyn vorbei, schlüpfte in eine weite schwarze Lederhose und einen Pullover. »Wie ist das Wetter?«, fragte er.

»Kalt und nieselig«, antwortete Evelyn.

»Flo, kann ich dein Motorrad haben?«

»Sicher.« Flo griff in die Hosentasche und warf seinem Mitbewohner einen Schlüsselbund zu.

Der fing ihn auf, ohne hinzusehen. Dann ging er in den Vorraum und schlüpfte in Flos Lederjacke. Mit Tattoos, Vollbart und Lederklamotten wirkte er wie eine Mischung aus Hipster und Möchtegern-Rocker. Irgendwie hatte Evelyn den Eindruck, dass er trotz seines Out-of-bed-Looks großen Wert darauf legte, dass das Shampoo für seinen Bart vegan, gluten- und laktosefrei und vor allem im Fairtrade-Handel zu beziehen war.

Nachdem die Tür zugefallen war, sah Evelyn Flo verwundert an. »Was studiert der?«

»Errätst du nie. Architektur. Kommt aus Stuttgart und macht ein Auslandssemester hier. Ist schon fast fertig und hat mehrere Preise für seine Entwürfe gewonnen.«

»Und wie kommst du mit ihm klar?«

Flo zuckte mit den Achseln. »Ganz gut, aber er bleibt nur noch eine Woche. Im April zieht jemand Neues ein. Von der Medizinischen Uni in Barcelona, bleibt aber nur bis zum Sommer. Die war ganz begeistert, als sie Fotos von meinen Fledermäusen gesehen hat.«

Kann ich mir vorstellen! »Und wie viel Miete verrechnest du pro Monat?«

»Miete?«, wiederholte Flo. »Die zahlen doch nichts.« Er nickte zum Monitor. »Ich habe auf einer Uni-Plattform inseriert – *Easy-Wohnen-WG* – und finde so Leute, die gratis bei mir wohnen. Wir teilen uns die Betriebskosten, kochen, waschen, putzen und kaufen abwechselnd ein. Und wenn ich mal nicht da bin, kümmern die sich um die Fledermäuse. Komm, setz dich. Möchtest du etwas trinken? Heiße Milch mit Honig? Oder etwas zum Naschen?«

Sie lächelte. »Später vielleicht.« Flo kannte ihre Vorliebe für Süßes, sobald sie ihre grauen Zellen anwerfen wollte.

»Okay, sag einfach, wenn du etwas möchtest.« Flo rollte einen weiteren Drehstuhl zu seinem PC, und sie setzten sich.

Vor ihm befanden sich drei schwarze Monitore, und unter dem Tisch surrten zwei Standgeräte.

»Du hast gesagt, dass du dir Gedanken über unsere Theorie gemacht hast«, kehrte sie zum Thema zurück.

»Ja, richtig. Ich habe versucht, ein aktuelles Foto von Michael vor und nach seiner Gesichts-OP zu finden. Glaub es oder nicht! Alle Webseiten sind entweder gesperrt oder gelöscht worden. Es gibt nicht mal Jugendfotos von ihm im Netz.«

»Und deswegen holst du mich her?«

»Nicht nur – bei der Gelegenheit habe ich auch gleich nach Michaels Schwester gesucht«, fuhr Flo fort.

»Christine.«

»Ja, richtig. Sie ist tatsächlich mit vier Jahren gestorben, in Bad Dürrenberg, auf von Kottens Landsitz in Deutschland. Allerdings konnte ich in den Unterlagen keine Todesursache finden.«

»Von Kotten sagte, es sei ein tragischer Unfall gewesen«, erinnerte Evelyn sich. »Und hast du noch etwas herausgefunden?«

Flo bewegte die Maus, woraufhin die Bildschirmschoner verschwanden und mehrere Fenster mit Datenbankprogrammen erschienen. »Danach habe ich recherchiert, wer unser Doppelgänger sein könnte.«

Nun war Evelyn richtig erstaunt. »Und wie willst du den echten Namen unseres Mandanten erfahren?«

»Mit einer klassischen Rasterfahndung, so wie die Kripo sie macht«, erklärte Flo. »Man bringt sämtliche Daten ins Spiel, die man über die gesuchte Person weiß, und zieht den Kreis nach dem Ausschlussverfahren immer enger, bis nur noch …«

»Ich weiß, was eine Rasterfahndung ist«, unterbrach Evelyn ihn und rutschte unbehaglich auf dem Stuhl herum. Skeptisch blickte sie zu den Monitoren. »Aber wie kommst du an all die Daten? Sag bloß, du hast noch Zugang zu den Datenbanken, mit denen du auf der Polizeischule gearbeitet hast?« Im gleichen Moment merkte sie, wie aberwitzig diese Frage klang.

Flo verzog das Gesicht. »Natürlich nicht, das ginge auch gar nicht. Außerdem wissen die selbst nicht alles. Im Gegensatz zu denen habe *ich* die notwendigen Programme am Rechner.«

»Und wie kriegst du *Zugang* zu diesen Daten?«

»Du meinst zu Einwohnermeldeamt, Standesamt, Sozialamt, Vorstrafenregister, Arbeitsmarktservice, Banken, Amtsärzten, Krankenkasse, Versicherungen, Abteilung für Führerschein und Reisepässe und allen Daten über die e-card?«, fragte Flo.

Evelyn schluckte. »So in der Art.«

»Die meisten Daten kriegt man über die Statistik Austria, die sammeln fast alles von Firmen und öffentlichen Organisationen.«

»Kriegt *man?«,* wiederholte sie. »Kriegst *du!«,* stellte sie richtig. »Aber *wie* verdammt noch mal?«

»Okay, also ich knacke die Firewall, damit ich in die Netzwerke reinkomme. Mit einem Tool, das sich *Kain & Babel* nennt, fange ich die Administrator-Passwörter ab und habe damit Zugriff auf alle Server.«

»Und dieses Tool hast du mal eben am Samstagnachmittag im Media-Markt gekauft?«

»Es ist ein Freeware-Tool, das ein Programmierer von der Technischen Uni, der vor einem halben Jahr bei mir gewohnt hat, umgeschrieben und erweitert hat.« Flo lächelte, er sah sogar ein wenig stolz aus. »Das Programm scannt Netzwerke, knackt verschlüsselte Passwörter und analysiert Protokolle, indem es die Sicherheitslücken der jeweiligen Software nutzt.«

»O Gott, und was machst du anschließend mit den Administratorrechten?«

Flo zuckte mit den Achseln. »Was wohl? Ich lade mir die Anwenderprogramme von den Servern runter, lege Fake-User an und schreibe Abfragen. Ich hab mir sogar einen Fernzugriff angelegt, damit ich von überall auf die Daten zugreifen kann, theoretisch auch von meinem Handy.«

Heilige Scheiße! Evelyn stöhnte auf. »Davon hast du mir nie was erzählt.«

»Es hat sich bisher auch nie die Situation ergeben, dass wir diese Daten gebraucht hätten. Außerdem werde ich das nicht der erstbesten Rechtsanwältin auf die Nase binden.«

»Der erstbesten …?«

»Sorry, war nicht so gemeint.«

Evelyn nickte. Sie war noch zu perplex von dem, was sich neben ihr auf den Bildschirmen tat. »Das alles hast du raffiniert eingefädelt. Eine gute Voraussetzung, wenn man bedenkt, dass du dich nach deinem Gerichtsjahr als Detektiv selbstständig machen willst. Aber du weißt bestimmt, dass du überall deine digitalen Spuren hinterlässt.«

»Die meiner Fake-User«, korrigierte er sie. »Aber auch dafür gibt es Programme – doch darüber solltest du dir keine Gedanken machen.«

»Muss ich sehr wohl, falls die Polizei eines Tages mit einem Haftbefehl für meinen Assistenten in meiner Kanzlei auftaucht.«

Flo grinste. »Das war das schönste Kompliment, das du mir je gemacht hast.«

»Was? Haftbefehl?«

»Nein, *Assistent.*« Flo lächelte. »Bekomme ich Rabatt, wenn du mich als deinen Mandanten vor Gericht vertrittst?«

»Im Gegenteil, wer dich vertritt, müsste eine Gefahrenzulage draufschlagen.« Evelyn zeigte auf die Monitore. »Also, was hast du herausgefunden?«

»Aha, du bist also doch interessiert!«

»Ich wäre eine schlechte Anwältin, wenn ich es nicht wäre. Also?«

Flo krempelte sich die Hemdsärmel auf. Dann zählte er alle Fakten auf, die er der Reihe nach abgearbeitet hatte. »Wir suchen jemanden, der etwa gleich alt ist wie Michael, also zwischen zwanzig und fünfundzwanzig Jahren. Männlich. Wohnhaft in Wien oder Niederösterreich.«

»Moment! Warum nicht aus anderen Teilen Österreichs?«

»Weil der Akzent ein anderer wäre als bei einem gebürtigen Wiener.«

»Gut, aber dann müsste er nur hier aufgewachsen sein und den Großteil der Zeit hier gelebt haben. Mittlerweile könnte er sonst wohin gezogen sein.«

»Okay, Punkt für dich – und viertens«, zählte er weiter auf, »müsste er ähnlich aussehen, also ziemlich feminin sein, fünftens die gleiche Blutgruppe haben, null positiv, die weltweit häufigste und …«

»Stopp«, unterbrach sie ihn erneut. »Woher hast du die Blutgruppen?«

»Die von unserem Mandanten von der DNA-Probe aus dem Privatlabor und Michaels Blutgruppe über den Zugang von seiner e-card. Die ist technisch gesehen in der Lage, persönliche Daten für Notfälle zu speichern.«

»Okay, weiter!«

»Er hat frische, gut verheilte Narben im Gesicht, müsste also kürzlich eine Schönheits-OP gehabt haben. Vermutlich privat gemacht, darum habe ich keine Daten darüber.«

»Moment mal«, rief Evelyn und rutschte näher an den Monitor. »Kannst du dich auch in das Akten-Archiv der Olivia-Nagorski-Klinik in Laxenburg hacken?«

»Damit wir herausfinden, wie Michael nach der OP ausgesehen hat? Guter Gedanke. Hängt die Klinik am öffentlichen Netz?«

»Wohl kaum, ist eine Privatklinik.«

Er ließ die Schultern sinken. »Dann haben wir keine Chance, weil ich nur Zugang zu ihrer Webseite habe, aber keine Möglichkeit finde herauszukriegen, wo deren Server liegt.«

»Schade«, seufzte Evelyn. »Gut, und weiter?«

»Unser gesuchter Mann darf keine Vorstrafen haben, weil andernfalls seine Fingerabdrücke registriert wären und damit der Austausch bei der Festnahme aufgeflogen wäre. Trotzdem muss er Dreck am Stecken haben, weil man ihn sonst nicht zu diesem Austausch hätte zwingen können.«

»Puh«, überlegte Evelyn. »Was müsste da passieren, damit du einen Mord gestehst, den du nicht begangen hast, und für fünfzehn Jahre einsitzt?«

Flo sah sie ratlos an und hob die Schultern. »Keine Ahnung.«

»Eben. Vielleicht macht er das ja freiwillig, weil er jemandem helfen möchte oder jede Menge Geld bekommt«, gab Evelyn zu bedenken.

»Ist zwar unwahrscheinlich, könnte aber sein. Ich werde das über die Kontodaten prüfen.« Flo notierte den Gedanken und klopfte mit dem Kugelschreiber auf den Tisch. »Und da bin ich am Ende angelangt. Mit all diesen Parametern ist das

Ergebnis stets null. Lasse ich aber einen der Parameter weg, kann ich den Kreis auf zwei- bis dreihundert Personen eingrenzen.«

»Dreihundert?«, wiederholte Evelyn und klatschte in die Hände. »Okay, wann fangen wir an, ihnen der Reihe nach einen Besuch abzustatten?«, witzelte sie.

Flo zog die Augenbrauen zusammen. »Ich weiß, das ist nicht gerade großartig, aber ich habe immerhin ein Ergebnis. Leider stecke ich ab hier in einer Sackgasse. Mir fehlt weiterer Input, um die Menge *richtig* einzugrenzen.«

»Falls dir unser Mann nicht schon längst durch das Raster gerutscht ist«, gab sie zu bedenken.

»Ja«, knurrte er.

»Okay, ich habe einen zusätzlichen Hinweis. Ist vielleicht weit hergeholt, könnte aber passen«, überlegte sie. »Unser Mandant ist ziemlich feminin. Das lässt sich nicht spielen oder vortäuschen. Außerdem wirkt er tatsächlich so, als wäre er sozial engagiert und künstlerisch interessiert.«

»Wenn auch nicht gerade an Fotografie«, gab Flo zu bedenken.

»Richtig, aber so ein junger Mann war höchstwahrscheinlich nicht beim Bundesheer, sondern hat doch bestimmt Zivildienst geleistet.«

Flo schnippte mit den Fingern. Danach hämmerte er in die Tastatur und drückte auf *Enter.* Der Bildschirm erstarrte, und der Mauszeiger verwandelte sich einen Moment lang in eine Sanduhr. Dann erschien das Ergebnis auf dem Monitor.

»Hundertzweiundachtzig«, murmelte Flo enttäuscht. »Und wenn ich *alle* Parameter berücksichtige, ist das Ergebnis wieder null.«

»So kommen wir nicht weiter«, entschied Evelyn. »Fangen wir noch einmal von vorne an. Zeig mir, was du alles gemacht hast. Vielleicht hat sich irgendwo auf dem Weg zu dem Ergebnis ein Fehler eingeschlichen.«

29

Die Einrichtung des *Country & Beat Club* erinnerte Pulaski an die VIP-Lounge eines Flughafens, ebenso die vielen Spiegel, hellen Möbelstücke, der Geruch nach Kaffee und das Gemurmel der Gäste. Der Betreiber des Lokals hatte jede Menge signierte Fotos von irgendwelchen Typen aufgetrieben, von denen Pulaski noch nie im Leben etwas gehört hatte.

Dieses Lokal war nicht seine Generation. Eigentlich hätte er in einem Ambiente wie diesem eine Piano, Lounge- oder typische Fahrstuhlmusik erwartet, aber sie spielten elektronischen Schrott. Und da erkannte er den Song am verzerrten Refrain. *Poison* von Alice Cooper. Mein Gott, was hatten die bloß mit diesem Lied gemacht? Es klang nach *DJ Hab-keine-Stimme* featuring *DJ Kann-nicht-singen* beim Wettschnüffeln an einem Heliumballon.

Pulaski sah sich um. Die männlichen Gäste waren fast alle zwischen dreißig und vierzig, sahen aus wie Anwälte, Banker und Geschäftsleute, die wenigen Damen waren etwas jünger, im Nebenraum spielten einige Typen Billard, und an der Bar … *Nein! Das gibt's doch nicht!* Dort saßen tatsächlich seine Tochter und Nina. Wie Fremdkörper hockten sie in diesem Club. Sogleich stieg sein Puls auf zweihundert, und in seinem Hals kratzte es. Er spürte, wie sich seine Muskeln verkrampften und er weniger Luft bekam. *Nicht jetzt!* Er zog sein Asthmaspray aus der Tasche und inhalierte kräftig. Sofort ging es ihm besser.

Er blickte wieder zu Jasmin. Die starrte ihn mindestens genauso verdutzt an wie er sie. Allerdings mischte sich eine kräftige Portion schlechtes Gewissen in ihren Blick. *Und das kannst du auch getrost haben, Fräulein!*

Er drängte sich relativ rücksichtslos an zwei Gästen vorbei, die vermutlich in den Billardraum wollten. Aber das war Pulaski im Moment scheißegal.

»He, kannst du nicht aufpassen, Penner?«

»Halt's Maul!«, knurrte Pulaski und ignorierte die beiden Kerle. Zielstrebig ging er zur Bar.

»Was darf es denn sein?«, fragte der Barkeeper, der hinter dem Tresen stand und Pulaski interessiert musterte.

»Ein Taxi für die beiden jungen Damen«, sagte Pulaski.

»Papa!«, rief Jasmin.

»Keine Widerrede!«

»Oh, oh! Scheint ein Familienstreit zu werden«, murmelte der Barmann. »Ich lasse Sie besser allein.«

»Gute Idee!«, knurrte Pulaski und warf dem Mann einen finsteren Blick zu. Der konnte zwar nichts dafür, aber im Moment war Pulaski einfach nur stinksauer.

»Danke, aber wir brauchen kein Taxi«, mischte sich nun Nina in das Gespräch. »Wir fahren selbst heim. Ist das für Sie in Ordnung?«

»Es hat Minusgrade, und die Straße ist spiegelglatt. Du solltest dein Moped hier stehen lassen. Ich zahle euch das Taxi.«

»Aber …«, protestierte Jasmin.

»Kein Aber! Was habt ihr hier überhaupt zu suchen?«

»Vermutlich dasselbe wie du.«

»Werde jetzt bloß nicht frech!« Pulaski schüttelte das Spray und inhalierte erneut.

»Tut mir leid«, sagte Jasmin plötzlich kleinlaut.

»Darauf geschissen! Ich habe euch so was von satt«, fluchte Pulaski und warf alle guten Erziehungsvorsätze über Bord. Die beiden Mädchen sahen ihn erschrocken an. Im nächsten Augenblick senkte er die Stimme. »Selbst wenn es keine laufende Ermittlung mehr gibt, dürft ihr euch nicht in Polizeiarbeit einmischen!«

»Wir wollen doch nur die Frau finden, mit der Ninas Vater in dem Motel war«, protestierte Jasmin mit leiser Stimme, die zum Teil von der Musik übertönt wurde.

»Ihr habt anscheinend noch nicht kapiert, dass die Sache gefährlicher sein könnte, als ihr denkt.«

»Aber Papa …«

»Du bist unmündig und meine Tochter«, unterbrach er sie. »Und da es anscheinend nicht anders geht, hast du ab sofort Hausarrest. Ich werde dich keiner weiteren Gefahr aussetzen.«

»Hausarrest? Das kannst du nicht machen!«, rief Jasmin. »Weißt du, was das bedeutet?«

»Ja, dass du von nun an nach der Schule zu Hause bleibst, damit dir nichts passiert.«

»Nein, das bedeutet, dass Nina allein losgeht.«

Er sah zu Nina, und die blickte ihm fest in die Augen. Die Botschaft war eindeutig: *Genau so ist es!*

Scheiße! Anscheinend biss er bei den beiden auf Granit. Er atmete tief durch. »Ich hatte doch versprochen, dass ich mich darum kümmere, oder etwa nicht?«

Jasmin blickte zu Boden. »Ja, aber es hieß, es sei ein Unfall gewesen, und deshalb dachten wir …«

»Denk lieber nicht! Und das gilt auch für dich, Nina! Wenn ihr Infos habt, ist das okay. Aber dann gebt sie *mir,* statt euch selbst auf Mörderjagd zu begeben. Ist das klar?«

»Ja, Sir.« Nina wandte sich ab und sah sich im Lokal um.

Pulaskis Augen folgten ihrem Blick. »Kennst du hier jemanden? Vielleicht Arbeitskollegen von deinem Vater?«

»Ich sehe mich gerade um.«

Pulaski wartete.

Schließlich erhellte sich Ninas Blick. »Dort drüben bei den Billardtischen sind zwei, die ich einmal in seinem Büro gesehen habe, als ich einen Ferienjob in der Firma hatte. Hab aber keine Ahnung, wie die heißen. Und den hinter ihnen …« Für einen Moment sah sie zu Jasmin und wurde rot im Gesicht. » … kenne ich auch. Er war früher Vaters Azubi, danach sein Assistent. Hat ihn drei Monate lang mit dem Auto von zu Hause abgeholt und heimgebracht, als sein Führerschein weg war.«

»Ich kann mich daran erinnern.« Pulaski sah zu dem Billardtisch. Zwei von den drei Typen waren etwa um die dreißig – ein Riese mit Vollbart und ein fast ebenso großer mit sportlicher Figur und breiten Schultern. Der dritte war jünger. »Meinst du den jungen mit den braunen Locken?«

»Ja, er heißt Dominik.«

»Verhörst du ihn jetzt?«, wollte Jasmin wissen.

»Wenn Sie nichts dagegen haben, würde ich gern mitkommen«, schlug Nina vor. »Ich kenne ihn und vielleicht …«

Pulaskis Blick verengte sich. »Seid endlich still – alle beide!« Wenn er sie jetzt allein ließ, würden sie abhauen. »Von mir aus, kommt mit. Aber ihr sagt kein Wort, und danach bringe ich euch mit dem Auto heim, verstanden?«

Die beiden nickten.

Pulaski ging voraus, und die beiden Mädchen folgten ihm in den Nebenraum zu den Billardtischen, wo die Musik deutlich leiser war. Jetzt spielten sie eine elektronisch verzerrte

Nummer von Steppenwolf. *DJ Kotztüte featuring DJ Nanohirn.* Das Klackern von Billardkugeln tönte durch den Raum.

Pulaski ging zu dem Braunhaarigen. Er schätzte ihn auf etwa zwanzig Jahre. Der Typ sah gut aus, hatte ein typisches Modelgesicht – Marke Duschgelwerbung –, war schlank und groß, aber nicht so groß wie seine beiden älteren Kollegen, der Riese mit dem Vollbart und der Typ aus dem Fitnessstudio. Die zwei trugen schwere Uhren, Poloshirts und sahen aus wie typische Businessleute, die sich nach Dienstschluss in teure Freizeitklamotten warfen. Insgesamt wirkte es so, als versuchte der Azubi verzweifelt, in dieser Liga mitzuspielen.

Zwei Tische weiter hinten spielten die zwei Kerle, die Pulaski vorhin beim Eingang versehentlich angerempelt hatte.

»Dominik?« Pulaski legte die Hand auf den Billardqueue, sodass der Junge seinen Stoß nicht ausführen konnte. »Ich habe gehört, Sie kennen Klaus Hinze. Haben Sie kurz Zeit?«

Dominik richtete sich auf. »Wer will das wissen?«

»Die Kripo Leipzig will das wissen.« Pulaski zog sein Lederetui mit dem Dienstausweis aus der Tasche und schlug es kurz auf. Gerade mal so lange, dass man einen kurzen Blick darauf werfen konnte. Das war Vorschrift, und mehr war seiner Meinung nach nicht nötig.

»Und wie heißen Sie?«, fragte der Große.

»Pulaski, und wenn es recht ist, würde *ich* jetzt gern die Fragen stellen.«

»Mein Vater ist Kommissar«, mischte sich Jasmin ein.

»Sei still«, sagte Pulaski, ohne sich nach seiner Tochter umzusehen. Eigentlich war er Kriminalhauptkommissar, aber so stellte er sich nie vor. »Waren Sie vor drei Tagen am Abend auch hier?«

Dominik nickte. »Ist das verboten?« Er starrte zu Nina.

»Nein, aber darüber möchte ich mich mit Ihnen unterhalten.«

»Muss das ausgerechnet jetzt sein?«

»Wäre ich sonst hier?«

»Aber ich habe meine Aussage schon gemacht und habe keine Lust, alles noch mal zu wiederholen.«

Dominiks Kollegen blickten jetzt ebenfalls zu den Mädchen, die angespannt neben Pulaski standen. Der große Mann musterte Nina, und für Pulaskis Geschmack blieb sein Blick einen Moment zu lange auf ihrem Busen hängen.

»He!« Pulaski schnippte mit den Fingern. »Ihr beide geht jetzt besser einen Moment lang raus, damit ich mich mit Dominik allein unterhalten kann.«

»Aber nur, wenn die Mädchen mitkommen«, sagte der Große mit dem Vollbart grinsend; sein schäbiges Lachen hatte etwas Verstörendes.

Der Fitnesstyp grinste ebenfalls, dann wurde er plötzlich ernst. »Merkwürdig, dass man Sie hier überhaupt hereingelassen hat mit diesen Klamotten. Zahlt Ihnen die Polizei so wenig?« Er musterte Pulaski von oben bis unten, und in seinem Blick schwang deutlich das Wort *Penner* mit.

»Ja, *Sie* gehen! Und *wir* und die Mädchen bleiben hier«, sagte der Große. »Warum sollten wir auch gehen? Ist ein freies Land, oder?«

»Weil ich dir sonst den Finger breche, wenn du noch einmal so auf die Mädchen starrst, hast du verstanden?«, knurrte Pulaski.

»Papa! Deeskalation sieht anders …«

»Sei still!«

Der Große machte einen Schritt auf Pulaski zu. Sein Ton wurde hart. Anscheinend musste er nach Dienstschluss ein bisschen den wilden Mann spielen, um sich den Bürofrust abzureagieren. »Weißt du überhaupt, mit wem du hier redest? Wenn du kein Bulle wärst, alter Mann, hätte ich dir schon längst eins aufs Maul gegeben.«

»Wenn ich kein Bulle wäre, hätte ich dich auch nicht so höflich darum gebeten, von hier zu verschwinden, sondern dich gleich am Ohrläppchen auf die Straße gezerrt.«

»Papa!«, zischte Jasmin.

Mein Gott, sei doch endlich still! Seine Nerven gingen mit ihm durch. Er war viel zu gereizt. Aber bisher war Jasmin auch noch nie dabei gewesen, wenn er in einem Fall ermittelt hatte.

»Kurt, gibt es Probleme?«, rief einer der Männer vom Nebentisch. Es war der, den Pulaski vorhin angerempelt hatte.

»Wenn ihr beiden einfach weiterspielt, nicht!«, rief Pulaski.

»Aber …«

Pulaski hob die Hand. »Was habe ich gerade gesagt?«

Deine Tochter ist hier. Reiß dich zusammen! Pulaski ignorierte die beiden Typen am Nebentisch und sah den Großen an. »Verschwindet bitte einen Moment«, sagte er, um einen versöhnlichen Ton bemüht. »Danach könnt ihr weiterspielen, und ich zahle euch auch eine zusätzliche halbe Stunde, okay?«

»Wir haben dein Geld nicht nötig, du Penner!« Der Riese schnippte Pulaski über den Kragen. »Ich geh pissen, in zehn Minuten bin ich wieder da.« Er drängte sich an Pulaski vorbei und streifte mit dem Oberarm seine Schulter.

Kommentarlos verließ auch sein Kumpel den Raum, aber nicht ohne vorher den Mädchen zuzuzwinkern.

Lass es gut sein!, dachte Pulaski. *Hauptsache, die beiden Kacknasen sind weg.*

Im nächsten Moment spielten auch die zwei Kerle am anderen Tisch weiter.

Pulaski fuhr sich mit der Hand übers Gesicht, atmete einmal tief durch, dann senkte er die Stimme. »Ich möchte nur wissen, ob Klaus Hinze vor drei Tagen in Damenbegleitung hier war. Und ob er an diesem Abend mit Ihnen gesprochen oder mit jemandem telefoniert hat.«

Dominik dachte nach. »Nein, nichts von alledem. Wir waren ja nicht gemeinsam hier. Ich habe mit den Kollegen Billard gespielt – wir trainieren für …«

»Und Hinze?«

»Der saß an der Bar. Und ja … dort hat er sich mit einer Frau unterhalten.«

»Haben Sie das auch den Kripobeamten erzählt?«

»Nein, die haben mich ja nicht danach gefragt.«

War ja klar! »Und von selbst sind Sie nicht auf die Idee gekommen, dass das vielleicht hätte wichtig sein können?«

»Puhhh.« Dominik blähte die Backen. »Es war nicht ungewöhnlich, dass Hinze mit Frauen geflirtet hat.« Er blickte kurz zu Nina und sah dann beschämt weg, als wüsste er von den Affären seines Vorgesetzten.

»Kannten Sie die Frau?«

Dominik schüttelte den Kopf. »Habe sie nie zuvor gesehen.«

»Wie sah sie aus?«

Er dachte nicht lange nach. »Sie war groß, schlank, hatte lange Beine und langes brünettes Haar. Außerdem war sie jung, etwa in meinem Alter.«

»Ist sie Ihnen deshalb aufgefallen?«

»Nein. Sie ist mir aufgefallen, weil sie ein enges rotes Kleid anhatte und einen Pelzmantel über dem Arm getragen hat.«

30

Zweieinhalb Stunden später brannten Evelyn die Augen. Entweder rührte es vom Starren auf die Monitore her oder von dem beißenden Geruch der Fledermäuse, die im Nebenraum erwachten und aufgeregt mit den Flügeln zu schlagen begannen. Oder von den Igeln. Oder von allen zusammen.

Nachdem sämtliche Prozesse noch einmal durchgelaufen und erneut zu einem Ergebnis von null Treffern gekommen waren, hatte Flo jeweils einen möglicherweise falschen Parameter weggelassen. Damit waren sie dann stets auf einige Dutzend potenzielle Männer gestoßen, deren Daten sie sich genau angesehen hatten, allerdings ohne brauchbares Ergebnis. Es war wie die verdammte Suche nach der berühmten Nadel im Heuhaufen. Irgendwo steckte ein Fehler in ihren Überlegungen, und nun gingen ihnen wirklich die Ideen aus.

Erschöpft legte Flo das Kinn auf den Unterarm am Tisch und dachte intensiv nach. Evelyn spürte seinen warmen Atem auf den Härchen ihres Unterarms. Ein Schauder rieselte ihr über den Rücken, und sie hoffte, dass Flo es nicht bemerkte.

Schließlich massierte sie ihre Augen. »Kann ich jetzt doch etwas zu trinken haben?«

Flo erhob sich. »Tut mir leid, ich bin ein Trottel. Ich habe dich gar nicht mehr gefragt. Heiße Milch mit Honig?«

Sie nickte. »Ja, bitte, aber lass den Honig weg und gib stattdessen einen Schuss Baileys rein, falls du den hast. Rum tut es auch.«

»Alkohol?«

»Ich fürchte, den brauche ich jetzt.«

Während er in die Küche ging und sie ihn dort hantieren hörte, blickte sie auf die Monitore. »Was immer wir glauben, herausgefunden zu haben – eines ist klar«, rief sie in Richtung Küche.

»Und zwar?« Die Mikrowelle klingelte, und Flo kam mit einer warmen Milch mit Baileys ins Wohnzimmer zurück.

»Danke.« Sie nippte an dem Glas. »Falls sich der Doppelgänger tatsächlich für mehrere Wochen, Monate oder sogar Jahre für Michael Kotten ausgeben wird, stellt sich doch die Frage, ob jemand ihn in seiner ursprünglichen Identität vermissen wird.«

Flo sah sie fragend an.

Sie nahm einen weiteren Schluck und spürte, wie der Alkohol sie wärmte. »Was erklärt man der Öffentlichkeit, wohin derjenige verschwunden ist, der sich als Doppelgänger ausgibt? Schließlich kann er nicht *zwei* Leben gleichzeitig führen.«

»Sein altes Ich müsste von der Bildfläche verschwinden. Er müsste entweder offiziell tot sein …«

»Oder als vermisst gelten.«

Flo massierte seine Nasenwurzel. »Dazu brauche ich eine erneute Abfrage. Das dauert.«

»Wie lange?«

»Eine Stunde.«

Da fuhr ein Schlüssel ins Türschloss. Evelyn blickte in den Vorraum und sah Flos Mitbewohner mit schweren Motorradstiefeln die Wohnung betreten. »Mensch«, rief er und schwang den Helm auf die Kleiderablage. »Ich hätte jetzt voll damit gerechnet, euch beide beim …«

»Sag's nicht!«, warnte Flo ihn und sah entschuldigend zu Evelyn.

Sie zwinkerte Flo zu, und er wurde rot. Mein Gott, er war wirklich süß, wenn er sich genierte.

Evelyn blickte auf die Uhr. »Es ist spät. Schlafen wir eine Nacht drüber und machen morgen weiter«, schlug sie vor und stellte das leere Glas ab.

Flo nickte und senkte die Stimme, nachdem sein Kollege ins Badezimmer verschwunden war. »Vielleicht helfen mir meine Kontakte zu meinen ehemaligen Kollegen von der Polizeischule weiter.«

»Aber sei vorsichtig«, mahnte sie ihn. »Nichts von dem, was wir hier gemacht haben, ist legal.«

»Bin ich sowieso.«

»Es hat schon Schlauere als dich erwischt.« Evelyn blickte zum Bad, in dem gerade der Wasserhahn aufgedreht wurde. »Hat dein PC ein Passwort?«

»Du meinst wegen ihm?« Flo nickte zum Bad. »Natürlich.«

»Gut«, sagte sie. »Und komm morgen mit deinem Notebook in meine Kanzlei. Dort machen wir weiter.«

»Noch mal alles von vorne?«, stöhnte er.

Sie nickte. »Ja, aber morgen gehen wir einen anderen Weg, um den echten Namen unseres Klienten herauszufinden.«

In derselben Nacht in Stettin, Polen

Die Gespräche waren perfekt gelaufen. Ulrich Siegler konnte wieder einmal stolz auf sich sein – und das in seinem Alter. Nach den Verhandlungen mit den polnischen Politikern, den Stadträten, Finanzberatern und Immobilienhändlern – alle an einem Tisch – und dem anschließenden gemeinsamen Abendessen im Restaurant seines Fünf-Sterne-Hotels hatte Siegler sich verabschiedet und war mit dem Fahrstuhl in die oberste Etage gefahren, wo sich sein Zimmer befand.

Gut gemacht, du alter Haudegen! Mit seinen fünfundsechzig Jahren war er einfach souveräner als jeder Vertriebsleiter in der Midlife-Crisis. Ein Geschäftspartner der alten Schule mit Handschlagqualität.

Nun stand er am Fenster und blickte in die Nacht. Hier in Stettin, an der polnisch-deutschen Grenze, direkt an der Ostsee, wo die Oder ins Meer floss, würde das Casino entstehen. Perfekte Infrastruktur, erstklassige Hotels und Einzugsgebiete aus Polen und Deutschland. Irgendwo dort unten, wo Autoscheinwerfer die Nacht erhellten und Boote im Hafen einliefen, würde schon bald der erste Spatenstich erfolgen. Seine Firma sollte die gesamte Anlage bauen und das Casino betreiben. Er konnte schon die Kasse klingeln – und es natürlich auch in seiner Brieftasche rascheln hören.

Wenn dieses Projekt erst einmal erfolgreich war, würden noch weitere Standorte in Polen folgen. Krakau und Warschau waren während des Abendessens bereits erwähnt worden – aber das war noch Zukunftsmusik. Und über ungelegte Eier wollte Siegler nicht nachdenken. Hatte er noch nie. Dazu hatte er schon zu viel erlebt und war schon zu lange im Geschäft.

Mittlerweile war es schon nach dreiundzwanzig Uhr, aber das war egal. Er zog trotzdem sein Handy aus der Tasche, schaltete es ein und tippte eine kurze SMS an seinen Chef.

Verhandlung erfolgreich. Alles so gut wie unter Dach und Fach. Fahre morgen heim. Gute Nacht!

Dieselbe Nachricht schickte er auch an seine Frau. Hertha war wie er fünfundsechzig, und er wusste, sie würde nicht eher zu Bett gehen, bevor er ihr eine kurze Nachricht zukommen ließ. So war sie nun mal. Schon seit so vielen Jahren. Immer treu an seiner Seite.

Danach hängte er sein Sakko in den Schrank, öffnete den Krawattenknoten, schaltete die Espressomaschine im Wohnbereich seiner Suite ein und kramte ein Buch aus dem Koffer. *Steve Jobs – eine Biografie.* Eine Stunde lesen war noch drin. Frühstücken würde er morgen sowieso erst um acht und …

Es klopfte an der Tür.

Siegler sah auf. War das der Boy vom Restaurant? Hatte er etwas am Tisch vergessen oder im Fahrstuhl verloren? Instinktiv tastete er seine Hose ab. Die Brieftasche war noch da.

Er ging zur Tür und öffnete sie. »Ja bitte …?« Im gleichen Moment verstummte er.

Im Flur stand eine junge, schlanke und hoch gewachsene Frau mit langen brünetten Haaren im engen roten Kleid, mit einer Handtasche in der Hand und einem Pelzmantel über dem Arm.

Sogleich starrte Siegler ihr in die Augen. *Diese Augen!* So dunkel und zugleich eindringlich und faszinierend. »Ja bitte?«, fragte er automatisch auf Polnisch.

»Guten Abend, Herr Siegler«, sagte die Frau auf Deutsch mit einem Lächeln. Sie hatte einen österreichischen Akzent, und sogleich fühlte Siegler etwas Vertrautes. Seine Mutter kam aus Österreich, darum war er in der Nähe von Wien aufgewachsen. Nach ihrem Tod war er dann als junger Mann in den 70er-Jahren nach Hamburg und später, nach dem Mauerfall, nach Ostberlin gegangen.

»Sie wünschen?«, fragte er.

Sie runzelte die Stirn. »Sie wissen nicht, warum ich hier bin?«

Er schüttelte den Kopf.

»O Gott! Das tut mir leid. Oder gehört das zum Spiel?« Sie klemmte sich ihre große Handtasche unter den Arm und wischte sich eine Haarsträhne hinters Ohr. »Ihre Geschäftspartner – also genauer gesagt der Bürgermeister – hat mich engagiert.«

»Engagiert?«

»Sie wissen also wirklich nicht, worum es geht? Oder tun Sie nur so, als wüssten Sie nicht, was ich meine?«

»Nein, tut mir leid.« Siegler sah sich im Gang um.

Sie senkte die Stimme. »Als kleine Aufmerksamkeit für Ihren Besuch in Stettin, wenn Sie verstehen, was ich meine.«

»Nein, ich fürchte, ich verstehe nicht.« Verdammt, was wurde hier gespielt?

»Die hätten auch eine Polin oder Deutsche schicken können, aber sie haben sich für mich entschieden. Sie dachten, eine Österreicherin wäre Ihnen angenehmer.«

»Angenehmer? Wofür?«

Sie lächelte ihn mit einem Schmollmund an. »Das könnte ich Ihnen erklären oder noch besser … zeigen. Aber nicht hier auf dem Gang.«

»Sie sollten jetzt besser gehen.«

»Gehen?«, rief sie erschrocken. »Ich kann nicht *gehen*. Wie stellen Sie sich das vor? Ich kann jetzt nicht runter ins Foyer und dieses Hotel verlassen. Ich wurde für die ganze Nacht bezahlt, damit ich Ihnen Gesellschaft leiste. Wenn ich *jetzt* gehe, wären Ihre Geschäftsfreunde mehr als empört, weil Sie deren Geschenk ausgeschlagen haben. Außerdem habe ich einen Ruf zu verlieren. Wenn die glauben, dass ich …«

»Ja, schon gut, kommen Sie herein.« Siegler trat zur Seite. »Wie heißen Sie überhaupt?«

»Oh, entschuldigen Sie bitte, das habe ich völlig vergessen. Es war aber auch ein holpriger Start, das bin ich so nicht gewöhnt. Christine.« Sie reichte ihm die Hand.

Zehn Minuten später saßen sie in der Wohnzimmerecke auf der Couch mit Ausblick auf das nächtliche Stettin, tranken jeder eine Tasse Espresso und naschten Pistazienkerne aus der Minibar.

»Und wie viel, wenn ich fragen darf, hat man Ihnen für diesen …«, beinahe hätte er *Job* gesagt, »… für diesen Abend bezahlt?«

»Normalerweise rede ich nicht übers Geschäft – aber das ist ja auch kein normales Geschäft.« Sie lächelte. »Viertausend Złoty.«

Siegler stieß einen Pfiff aus. Das waren umgerechnet knapp neunhundertfünfzig Euro.

Sie zwinkerte ihm zu. »So viel sind Sie Ihren Geschäftsfreunden wert.«

»Um mich einzuwickeln, meinen Sie.«

»Es ist keine Bestechung, es wäre bloß ein kleines Geschenk gewesen.«

»Sie müssen verdammt gut sein … also, ich meine in Ihrem Metier. Wenn man Ihnen so viel bezahlt.«

»Ja, vermutlich bin ich das. Aber einen so süßen, netten älteren Herrn hatte ich trotzdem noch nie, der mich so charmant abblitzen lässt und stattdessen auf einen Kaffee einlädt, um mit mir zu plaudern.«

»Die meisten kommen wohl gleich zur Sache.«

»Sie würden nicht glauben, was ich erlebe.«

»Wie lange sind Sie denn schon in diesem … Beruf?«

»Seit drei Jahren. Ich mache es vielleicht noch ein oder zwei Jahre, dann habe ich genug Geld beisammen, um in den Süden zu gehen nach Kroatien, und mir ein Hausboot zu kaufen.« Sie lächelte. »Mein großer Traum.«

»Kroatien ist gut«, sagte Siegler, »aber Griechenland wäre besser.«

Sie schwiegen eine Weile, schließlich räusperte sie sich. »Hatten Sie noch nie …?«

»Was? Ein Abenteuer wie dieses?« Siegler schüttelte den Kopf. Er spürte, er konnte Christine vertrauen. Im Grunde war sie eine arme Seele, die bloß ihren Job machte, ihre Haut retten wollte und förmlich darum gebettelt hatte, dass er sie nicht rauswarf. Allerdings war sie eine äußerst attraktive und sinnliche arme Seele. Mein Gott, wäre er doch bloß um dreißig Jahre jünger.

»Haben Sie das nie bereut?«, fragte sie.

Siegler wurde nachdenklich. »Na ja, gelegentlich träume ich schon von einem verrückten Abenteuer«, sagte er verlegen. »Wer tut das nicht? In meinem Job hätte sich auch die eine oder andere Gelegenheit ergeben. Früher. Allerdings habe ich es nie gewagt.«

»Gewagt?«, wiederholte sie. »Das klingt so, als wäre es etwas Schlimmes. Ist es aber nicht. Es ist die natürlichste Sache der Welt.«

»Ich weiß«, seufzte er. »Aber in meinem Alter …«

Sie rückte näher. »Wie lange wollen Sie noch warten? Bis Sie alt und grau in einem Altersheim an den Maschinen hängen? Dann ist das Leben vorbei.«

Er nickte. »Mein Bruder hatte vor fünf Jahren einen Schlaganfall, und mein bester Freund ist bei einem Zugunglück ums Leben gekommen. Man weiß nie, wie lange es noch geht.«

»Carpe diem.«

»Sie können Latein?«, fragte er neckisch.

Plötzlich lachte sie laut auf. »Na, das war aber jetzt keine große Leistung. Allerdings beherrsche ich *Französisch.«* Sie zwinkerte ihm zu. »Nur mit der Sprache hapert es ein wenig.«

Es dauerte eine Weile, aber schließlich verstand er den Scherz und lachte mit ihr.

Sie stellte die Kaffeetasse ab und rückte noch näher an ihn heran. »Ich mache Ihnen einen Vorschlag.« Sie berührte seine Hände, woraufhin ihm plötzlich ganz heiß wurde. »Ich habe meine Bezahlung bereits erhalten, mit Ihnen geplaudert und könnte demnächst schon bald hinuntergehen und mit dem Taxi heimfahren.«

»Aber …?«

»Aber das will ich nicht«, fuhr sie fort. »Nehmen Sie diese kleine Aufmerksamkeit von mir an. Ich muss das nicht tun, aber ich will es tun. Ich mache es freiwillig. Es ist in dieser Nacht *mein Geschenk* an Sie.«

»Ich …«

Sie legte ihren Finger auf seine Lippen. »Nach dieser Nacht werden wir uns vermutlich nie wieder sehen. Aber Sie hatten Ihr Abenteuer, das Sie noch lange in Erinnerung behalten werden. Und ich verspreche Ihnen, auch ich werde es genießen.« Sie rückte näher und legte ihm den Arm auf die Schulter.

Er roch ihr Parfüm, ihren sinnlichen Atem, ihr Kleid und ihre Haut. »Ich …«

Sie beugte sich nach vorne und küsste ihn. Zuerst wehrte er sich, doch dann öffnete er den Mund und ließ zu, dass ihre Zunge die seine berührte.

Da zog er plötzlich den Kopf zurück. »Okay«, sagte er rasch, ehe er es sich anders überlegen würde. »Ich mache es. O Gott, ja, ich mache es. Aber ich warne Sie, ich bin schon einige Jahre aus der Übung.«

»So etwas verlernt man nicht.« Sie wollte ihn wieder küssen, doch er stand auf.

»Einen Moment.« Er ging zur Kommode, dimmte das Licht, schaltete das TV-Gerät ein, wählte einen Radiosender, der sanfte Musik spielte, und legte seine Armbanduhr ab.

»Du weißt, wie man ein Mädchen verführt«, sagte sie lächelnd und schlug ein Bein über das andere, sodass ihr Kleid hochrutschte und er für einen Moment ihr schwarzes Höschen sehen konnte.

Wahnsinn!

Rasch löste er die Krawatte vom Hemdkragen und legte sein Handy auf die Kommode. Da sah er, dass er eine SMS erhalten hatte. Die Antwort von Hertha, seiner Frau. Automatisch öffnete er die Nachricht.

Gratuliere! Gute Nacht, schlaf gut. Kuss!

Da ließ er die Schultern sinken und sah auf. »Es tut mir

leid, ich kann das doch nicht. Ich habe … habe meine Frau noch nie betrogen.«

Sie rutschte von der Couch, ging auf die Knie, kam ganz langsam auf allen vieren mit wiegender Hüfte auf ihn zu, richtete sich vor ihm auf die Knie auf, öffnete seinen Gürtel und fasste in seine Hose. Noch ehe er etwas sagen konnte, umschlossen ihre warmen vollen Lippen seinen Penis. Er schloss die Augen und fürchtete, dass er jeden Moment kommen würde.

In dieser Nacht war er dreimal gekommen – öfter als im ganzen letzten Jahr. Einmal in Christines Mund, einmal in ihre Hand und ein drittes Mal in ihren kleinen festen Hintern. So etwas hatte er überhaupt noch nie erlebt, ja nicht einmal gewusst, dass er das überhaupt zusammenbringen würde. Und beim dritten Mal hatte sein Herz so rasch und heftig geschlagen, dass er für einen Moment befürchtet hatte, tot umzufallen.

Aber er war nicht tot umgefallen, sondern hatte sich so lebendig wie noch nie zuvor gefühlt. Danach war er völlig erschöpft aufs Bett gesunken, hatte sich zur Seite gerollt und war sofort eingeschlafen.

Als er wieder erwachte, fühlte er sich wie benommen. Er kam nur allmählich zu sich, viel langsamer als sonst, und einer der ersten klaren Gedanken, die er fassen konnte, war, dass er immer noch seitlich zusammengerollt auf dem Bett lag. Aber diesmal mit seinen an die Füße gefesselten Händen. Um jedes Gelenk befand sich außerdem ein nasses Handtuch.

»Was zum Teufel …?«, keuchte er und versuchte, sich zu bewegen.

»Es ist alles okay«, hörte er Christines Stimme von der Seite. »Ich bin noch da. Das Schlafmittel hat dich kurz ausgeknockt.«

»Schlafmittel? Was zur Hölle tust du mit mir?« Er versuchte, sich zu befreien, doch die Kabelbinder waren trotz der Handtücher so eng zugezogen, dass er die Gelenke nicht bewegen konnte. Aber es waren nicht nur diese Schmerzen und die angespannte gebeugte Haltung, worunter er litt – es war vor allem die Scham, die ihn plötzlich überkam, mit entblößtem Hinterteil auf dem Bett zu liegen.

Doch da spürte er noch etwas äußerst Unangenehmes. Etwas steckte in seinem After. »Was …?«

»Du hast einen Dildo im Arsch«, erklärte Christine, als könnte sie Gedanken lesen. »Einen Hohl-Dildo, um genau zu sein. Kennst du wahrscheinlich nicht. Ist wie eine kleine Röhre.«

»Warum tust du das?«, heulte er verzweifelt auf. Sein Puls beschleunigte, und Schweiß trat ihm auf die Stirn. Die Panik kam. Er dachte an Hertha. »War das alles geplant?« Er schielte zum Nachtkästchen, wo ein Fotoapparat lag. »Machst du Fotos von mir, um mich zu erpressen?«, rief er. »So läuft das Casinogeschäft nicht! Das kannst du deinem Auftraggeber ausrichten!«

»Auftraggeber?«, wiederholte Christine. »Keine Sorge, die wissen nichts davon. Die kennen mich nicht einmal. Nein, das ist nichts Geschäftliches. Unser kleines, feines Meeting ist höchst privater Natur.«

Christine griff in die Handtasche, holte einen kleinen silbernen Stab heraus und ließ ihn mit einer raschen Bewegung aus dem Handgelenk aufschnappen. Wie bei einem Teleskop klappte das Ding auseinander, woraufhin sie einen dünnen, knapp einen dreiviertel Meter langen Stahlstift in der Hand hielt.

»Ein Rohrstock?«, rief er.

Sie lachte. »Nein, kein Rohrstock, Dummerchen. Das war es mal, jetzt ist es etwas anderes. Bleib ruhig liegen und bewege dich nicht. Es ist gleich vorbei.«

Sie ging zum Fernsehgerät und schaltete lauter.

Christine hatte gelogen. Wie auch schon zuvor bei den anderen. Nein, es würde nicht gleich vorbei sein. Aber trotzdem würde sie es diesmal schneller durchziehen, denn sie hatte nicht geplant, dass Siegler so rasch erwachen würde. Vielleicht lag es am starken Espresso, der die Wirkung der K.-o.-Tropfen ein wenig abgeschwächt hatte.

Sie fuhr mit der spitzen Klinge des Teleskopdegens durch die Röhre in seinen After. Zweimal rasch und präzise. Bis zum Anschlag. Sie spürte den Widerstand, als sie seine inneren Organe perforierte. Während er schrie und versuchte, das Fernsehgerät zu übertönen, zog sie den Degen raus und wischte ihn gleichzeitig mit einem Handtuch ab. Kurz darauf zog sie auch die Röhre heraus. Noch bevor Siegler begriff, was mit ihm passierte, bevor er den stechenden Schmerz in seinem Körper spürte und verzweifelt nach Luft schnappte, zog sich sein After reflexartig zusammen.

Er würde langsam an zahlreichen inneren Verletzungen verbluten. Und Christine würde alles mit dem Fotoapparat festhalten, neben ihm stehen und seine letzten Sekunden fotografieren.

Bis auf die kaum vorhandenen Schürfwunden unter dem nassen Handtuch an seinen Gelenken würden keine äußeren Verletzungen zu sehen sein.

Vermutlich nur ein Blutstropfen in seiner Unterhose, die sie ihm nach seinem Tod wieder anziehen würde.

Aber der könnte genauso gut von seinen Hämorrhoiden stammen.

4. TEIL

Freitag, 14. März

31

Evelyn stand schon in aller Herrgottsfrühe in Ostrovskys Büro im Wiener Justizpalast. Bei aller Liebe zu Flos Recherchemethoden mussten sie einen anderen Weg gehen, und zwar den, den der Leipziger Kripoermittler Walter Pulaski ihr vor vielen Jahren an der Nordsee beigebracht hatte. *Frau Meyers, Sie müssen sich in den Kopf des Täters hineinversetzen.* Doch wer waren die Drahtzieher? Höchstwahrscheinlich Richard von Kotten selbst oder sein Mann fürs Grobe.

»Du willst wissen, wo Peter Wehrmann in den zwei Tagen *nach* dem Mord gewesen ist?« Ostrovsky strich sich über den Schnauzbart, dann klemmte er die Daumen unter die Hosenträger. »Und warum bitte?«

Evelyn blieb ihm die Antwort schuldig. »Ihr habt ihn im Zuge der Ermittlungen doch sicherlich befragt.«

»Ja, haben wir. Alle Mitglieder der Familie und ihre Bediensteten wurden vernommen. Michael Kottens Vater hat uns sogar über das geheime Verhältnis zwischen seinem Sohn und Johann Wulf …«

»Ja, das weiß ich längst«, wischte Evelyn Ostrovskys Kommentar beiseite. »Aber ich möchte wissen, wo Wehrmann war und mit wem er gesprochen hat!«

Ostrovsky blähte die Backen. »Du weißt, dass du diesen Prozess so gut wie verloren hast.«

»Ja, das wissen wir beide. Warum zierst du dich dann so, mich mit Informationen zu versorgen?«

»Na gut.« Ostrovsky griff zum Handy, telefonierte mit Chefinspektor Ganser, dann ging er zu seinem Computer und öffnete eine Datei. »Er hatte nur firmeninterne Termine. Gespräche mit dem Betriebsrat der Casino Kotten GmbH und der Personalchefin – den Rest der beiden Tage verbrachte er zu Hause.«

Personalgespräche also! Du hast einen Doppelgänger gesucht. Und zwar in den eigenen Reihen. Wie clever! Das passte wunderbar in das Bild, das Evelyn sich gemacht hatte.

»Kannst du mir die Protokolle der Vernehmung ausdrucken?«

»Nein. Die haben nicht unmittelbar etwas mit dem Fall zu tun und fallen unter Datenschutz.«

Gut. Evelyn nickte. »Aber wie wäre es mit einer Liste der Namen aller Mitarbeiter, Angestellten und Freelancer der Casino Kotten GmbH?«

»Woher sollte ich die haben?«

Ja, woher solltest du die haben? Evelyn überlegte. Im Zuge der Mordermittlungen war eine solche Liste nicht unbedingt erforderlich. Aber hatte Ostrovskys Sekretärin ihr nicht erzählt, dass sich auch Privatdetektive in seinem Stab befanden? »Du hast doch auch Detektive engagiert«, stellte sie fest.

Ostrovsky entgegnete nichts.

»Zahlst du die etwa aus deiner privaten Tasche?«, bohrte sie weiter. »Immerhin bist du seit Jahren hinter dem von-Kotten-Clan her. Da würde es mich nicht wundern, wenn du für solche nicht bewilligten Ermittlungen …«

Ostrovsky brachte sie mit einer Handbewegung zum Schweigen. »Ich frage mich, wozu du eine solche Liste brauchst.«

»Das wirst du erfahren, sobald ich genügend Informationen zusammenhabe«, wich sie seiner Frage aus. »Die Namen genügen.«

»Gut, das lässt sich machen.« Er klickte ein paarmal auf der Maus herum, und Sekunden später begann der Drucker zu surren.

Auf dem Weg in ihre Wohnung las Evelyn die Liste in der U-Bahn und schrieb zwischendurch schnell eine SMS an Flo.

Planänderung. Bin nicht im Büro, arbeite zu Hause.

Soll ich zu dir kommen? Bin gestern Nacht noch auf etwas gestoßen, antwortete Flo.

Gut. Frühstück?

Prima. Ich bring etwas mit.

Bitte Nougatcroissants, brauche Zucker, schrieb sie.

Weiß ich doch.

Grinsend beendete Evelyn die Konversation. Flo war einfach Gold wert.

Eine halbe Stunde später trafen sie sich in Evelyns Wohnung. Während sie frischen Kaffee aufsetzte und Tassen und Teller im Wohnzimmer herrichtete, spielte Flo mit Bonnie und Clyde, die beide auf der Couch saßen und Flos Finger nachjagten. Im Hintergrund lief ein Album von Enya im CD-Player.

»Hier wohnst du also«, stellte Flo fest. »Aua!« Bonnie hatte sich auf den Rücken gewälzt und klammerte sich nun mit Zähnen, Pfoten und ausgefahrenen Krallen an Flos Hand. Er befreite sich mühsam und leckte sich das Blut vom Handrücken.

»Der Verbandskasten ist im Bad«, rief Evelyn.

»Ich werde es überleben.«

Evelyn lachte. »Sind etwas lebendiger als deine Igel und Fledermäuse.«

»Kann man wohl sagen.« Er setzte sich zu ihr an den Tisch, wo sie ihre Croissants aßen und Kaffee tranken. »Ich hatte in der Nacht eine Idee.«

Evelyn betrachtete ihn. Er sah unausgeschlafen aus, sein rotblondes Haar war ungekämmt und sein Dreitagebart struppig. »Hast du durchgemacht?«

»Beinahe.« Flo zog einen Papierausdruck aus der Gesäßtasche. »Wir haben bei den Parametern unserer Suche einen Fehler gemacht.« Er grinste. »Wir sind immer davon ausgegangen, dass der Gesuchte eine Schönheits-OP im Gesicht hatte. Was aber, wenn das nicht stimmt? Was, wenn er beispielsweise einen Arbeits-, Haushalts- oder Verkehrsunfall gehabt hat und die Narben in seinem Gesicht von der Unfallchirurgie stammen?«

Stimmt! Die Schnitte im Gesicht ihres Klienten waren Evelyn ohnehin nicht symmetrisch vorgekommen. »Dann wäre er gar nicht in einer Schönheitsklinik gewesen, sondern auf der Unfallchirurgie eines Krankenhauses«, schlussfolgerte sie, bremste sich jedoch gleichzeitig in ihrer Euphorie. »Allerdings hätte man diese Narben als Folge eines Unfalls erkannt.«

»Nicht, wenn man sie – beispielsweise in der Nagorski-Klinik – weggelasert und optisch aufpoliert hätte.« Flo schnippte mit den Fingern. »Ich habe fünfunddreißig Namen gefunden, die auf unser neues Profil passen könnten.« Er faltete den Ausdruck auseinander, ließ aber gleichzeitig die Schultern hängen. »Blöderweise ist von denen niemand tot oder wird vermisst. Und das wäre eine Voraussetzung für den Austausch gewesen.«

»Das muss nicht sein«, murmelte Evelyn, während sie gedankenverloren die Namen überflog. »Oft werden Personen erst nach achtundvierzig Stunden als vermisst gemeldet. Deine Abfrage war vielleicht einfach noch nicht auf dem aktuellsten Stand und …« Sie hielt inne und blieb mit dem Finger auf einem Namen stehen.

Gerald Dröger!

Plötzlich sprang sie auf und holte Ostrovskys Ausdruck von den Mitarbeitern der Casino Kotten GmbH aus ihrer Handtasche. Hastig blätterte sie durch die Seiten, auf denen sich mehrere Hundert Namen befanden. »Hier!«, rief sie und reichte Flo die Blätter. Sie hatte sich nicht geirrt.

»Gerald Dröger«, las er.

»Das ist unser Mann!«

»Bist du sicher?«

Evelyn erklärte ihm, woher sie die Liste hatte, woraufhin sie alle Namen miteinander verglichen.

»Wir haben zwei unterschiedliche Ansätze verfolgt, und bei diesem Mann gibt es die einzige Übereinstimmung!«, resümierte sie, nachdem sie fertig waren. »Auf ihn treffen offenbar alle Fakten zu, die wir gesammelt haben. Was hast du noch über ihn herausgefunden?«

»Lebt in Wien, arbeitete als freier Softwareentwickler für eine Spielefirma und hatte letztes Jahr im Dezember einen Autounfall. Danach: Intensivstation, Chirurgie, zwei Monate Krankenstand, posttraumatische Belastungsstörung und Psychotherapie.«

»Und diese Spielefirma ist eine Tochter der Kotten GmbH.« Evelyn deutete zu Flos Notebook, das neben ihm auf dem Stuhl lag. »Kannst du über deine Programme, hm … das Foto von Gerald Drögers Reisepass aufrufen?«

Flo klappte den Computer auf, steckte einen USB-Internetstick an und loggte sich in ein Programm. Instinktiv schielte Evelyn zu dem Modem in ihrem Vorraum.

»Keine Sorge«, sagte Flo. »Ich hinterlasse keine Spuren zu dir.« Er klickte eine Weile herum, schüttelte dann jedoch enttäuscht den Kopf. »Zu Gerald Dröger, wohnhaft in der Seestadt Aspern, finde ich erstaunlicherweise weder Daten zu einem Reisepass noch zu einem Personalausweis. Anscheinend hat er keines von beiden. Aber hier …« Er schob das Notebook herum, sodass sie einen Blick auf den Bildschirm werfen konnte. »Ein Bild von seinem Führerschein. Schwarzweiß und unscharf, aber immerhin.«

Evelyn starrte auf das Bild und zoomte es mit der Maus größer. Gerald Dröger hatte kurze helle Haare und ein schlankes, jugendlich feminines Gesicht. »Wenn man sich diesen Mann vorstellt, nur mit längeren, schwarz gefärbten Haaren, die Narben seines Unfalls im Gesicht berücksichtigt, die Augen geschminkt, ja … dann könnte das unser Mandant sein.« Sie sah zu Flos Unterlagen. Unter Gerald Drögers Namen befanden sich seine Adresse und Telefonnummer. Sie griff zu ihrem Handy.

»Wen rufst du an?«

»Dreimal darfst du raten.« Evelyn brachte Flo mit einer Handbewegung zum Verstummen, da eine Frau das Gespräch entgegennahm.

»Dröger?« Im Hintergrund schrien Kinder.

Evelyn legte auf. »Jemand ist zu Hause. Entweder seine Mutter, seine Schwester oder seine Frau.«

Flo blickte auf den Ausdruck. »Er ist ein Einzelkind, und seine Mutter ist vor einigen Jahren gestorben. Aber er ist verheiratet und hat kleine Zwillingsmädchen.«

»Dann wird es Zeit, Frau Dröger einen Besuch abzustatten.«

»Jetzt?«

»Sicher jetzt, und zwar, bevor sie die Wohnung verlässt.«

»Sollten wir uns vorher nicht die Finanzen dieser Familie ansehen?«

»Dafür ist später noch Zeit.« Evelyn trank ihren Kaffee aus und erhob sich.

»Aber wie willst du die Frau zum Reden bringen?«, gab Flo zu bedenken.

»Lass das mal meine Sorge sein.«

Fünfzehn Minuten später saßen sie in der U-Bahn. Um diese Uhrzeit war nicht viel los, weshalb sie am Ende des Waggons einen Vierersitz für sich allein hatten.

Evelyn trug Mantel und einen schwarzen Businessanzug, hatte sich ihre knallrote Lesebrille ins Haar gesteckt und ihre Handtasche gegen einen schmalen eleganten Aktenkoffer getauscht. Flo war zwar etwas lässiger gekleidet, hatte sich aber zuvor in Evelyns Bad frisch gemacht. Nun zog er sein Notebook mit dem Internetstick aus der Umhängetasche und öffnete ein Programm, das genauso kompliziert aussah wie seine Hackerprogramme. Während die U-Bahn von einer Station zur nächsten rumpelte, tippte und klickte Flo auf dem Touchpad herum.

»Was machst du da?«, zischte Evelyn erschrocken, als sie das Logo einer Online-Bank erkannte.

»Ich will mir Drögers Kontobewegungen ansehen«, flüsterte Flo und tippte auf der Tastatur.

O Gott! Evelyn sah kurz weg, doch im nächsten Moment starrte sie wieder neugierig auf den Bildschirm. »Das geht?«

»Wenn man weiß, wie man das Online-Banking eines Privatkontos hackt«, flüsterte er kaum hörbar.

»Beeil dich! Wir müssen bei der nächsten Station aussteigen.«

»Ich hab's gleich.«

Die U-Bahn bremste bereits.

»Komm, wir müssen raus!«

»Warte!« Flo sah kurz auf, dann drehte er das Notebook zu Evelyn. »Auf Drögers Konto ist nichts, aber es sieht so aus, als hätte seine Frau eine große Zahlung erhalten. Schau!«

Eineinhalb Millionen Euro! Fast hätte Evelyn einen Pfiff ausgestoßen. »Wenn das mal kein Zufall ist. Und von wem?«

»Leider sehe ich mit diesem Programm nur die Belegzeile und dass das Geld von einem Liechtensteiner Konto stammt.«

Während die U-Bahn in die Station einfuhr, starrte Evelyn auf den Bildschirm. *Endfälliges Darlehen* stand dort, und darunter der Name der Bank und des Auftraggebers: *Banque Cantonale AG* und *Risk Management Vaduz.* Vermutlich eine Briefkastenfirma. *Wie clever!* Da Frau Dröger mit einem sauberen Darlehensvertrag die Rechtmäßigkeit des Betrages nachweisen konnte, wurden so die Geldwäschebestimmungen umgangen.

Nach dem Irrtum mit der Schönheits-OP war das ihr zweiter Trugschluss gewesen. Gerald Dröger war weder erpresst noch zu dem Austausch gezwungen – sondern dafür bezahlt worden!

32

Nachdem Pulaski am Vormittag einige Telefonate geführt hatte, fuhr er – anstatt Mittagspause zu machen – in die Wellnessoase *Blue Beach* am südlichen Stadtrand von Leipzig.

»Haben Sie Handtuch, Badeschuhe und Bademantel?«, fragte er die Dame am Empfang, nachdem er ein Tagesticket bezahlt hatte.

»Bekommen Sie neben den Umkleidekabinen. Ist im Preis inbegriffen, aber für die Saunatasche kriege ich dreißig Euro Pfand.«

Pulaski schob ihr die Scheine durch den Geldschlitz.

»Wollen Sie eine Saisonkarte?«

»Nein, bin nur heute hier.«

Zehn Minuten später ging er im Bademantel in die Saunalandschaft und sah sich um. Es dauerte eine Weile, doch dann entdeckte er den Mann, den er suchte. Doktor Clemens war sechzig Jahre alt, ein großer, trainierter Mann mit Glatze, aber dichten grauen Koteletten. Er band sich gerade einen Saunakilt mit Klettverschluss um die Hüften, legte seine Brille in die Ablage und betrat eine Saunakabine.

Finnisch! 90 Grad. Mit Eisaufguss in fünfzehn Minuten.

Clemens war im Moment noch der Einzige in der Kabine. Pulaski hing den Bademantel an einen Haken, schlang sich ein Handtuch um die Hüften, ging zur Tür, drehte das Schild über dem Griff um, sodass die rote Seite *Aufguss – Bitte nicht eintreten!* zu lesen war, und folgte Clemens in die Kabine.

Drinnen nahm er den Wasserschöpfer aus dem Holzeimer und klemmte ihn so in den Türgriff, dass er sich verkeilte und die Tür von außen nicht zu öffnen war.

Clemens saß auf der obersten Bankreihe auf seinem Handtuch, die Ellenbogen auf die Knie gestützt, und beobachtete Pulaski. »Was wird das, wenn es fertig ist?«

»Eine kleine Vorsichtsmaßnahme, damit wir ungestört reden können«, antwortete Pulaski und setzte sich neben Clemens.

»Die Leute werden Sie steinigen, in fünfzehn Minuten gibt es hier einen Aufguss.«

»In zehn Minuten sind wir fertig.« Pulaski wischte sich mit dem Handrücken über die Stirn. Er war überhaupt kein Saunafreund, und ihm lief jetzt schon der Schweiß übers Gesicht. »Kriminaldauerdienst Leipzig. Meinen Ausweis habe ich gerade nicht bei mir, aber …«

»Pulaski, ich weiß, wer Sie sind«, sagte Staatsanwalt Clemens.

»Sie erinnern sich an mich?«

»Herrgott, wer würde sich nicht an Sie erinnern? Sie waren früher beim LKA Dresden, als ich meine ersten Fälle übernommen habe. Woher wissen Sie, dass ich hier bin?«

»Ihre Geschäftsstelle hat mir verraten, wo Sie Ihren freien Tag verbringen.«

»Sie sagen es! Es ist mein *freier* Tag! Machen Sie für nächsten Montag einen Termin in meinem Büro aus.«

»Ich fürchte, so lange kann die Sache nicht warten.«

Staatsanwalt Clemens blickte Pulaski genervt an. »Okay, Sie haben noch sieben Minuten, bevor der Polizeipräsident, zwei Männer vom BND und Verfassungsschutz und Richter Kunesch diese Kabine betreten. Unsere freitägliche Saunarunde! Dann könnten wir gleich über Ihre Suspendierung sprechen.«

»Ich bin sechsundfünfzig und leide an Asthma. Glauben Sie mir, damit würden Sie mir sogar einen großen Gefallen tun.«

»Pulaski, spucken Sie es schon aus. Was wollen Sie von mir?«

»Der Fall Klaus Hinze ist meines Erachtens noch nicht abgeschlossen.«

»Es war ein Unfall. Das haben mir alle Beteiligten versichert.«

»Sie kennen den Betreiber des AutoRest-Motels«, stellte Pulaski fest.

»Das tue ich, aber das hat nichts damit zu tun. Nach Einsicht der Akten bin ich selbst zu dem Schluss gekommen, dass es ein Unfall war. Was glauben Sie zu wissen, was ich nicht weiß?«

»Meinen Informationen zufolge hat sich Klaus Hinze öfter mit Damen von Escort-Services in diversen Motels getroffen.«

»Pulaski, kommen Sie! Wer von uns hat das noch nicht getan?«

Ich zum Beispiel! »Ich weiß, das ist kein Verbrechen«, sagte Pulaski stattdessen, »aber Hinze war verheiratet und hatte eine Tochter.«

»Glauben Sie an Mord aus Eifersucht?«

»Nein, das nicht. Aber er war in Begleitung einer Frau im Motel.«

»Für die Existenz dieser angeblichen Begleitung gibt es keinerlei Beweise. Wir haben keine Zeugen. Niemand hat diese Frau gesehen.«

»Ich habe einen Zeugen und eine Beschreibung.« Pulaski wischte sich erneut den Schweiß aus dem Gesicht und schnappte nach Luft. »Die Frau war jung, schlank, groß gewachsen, hatte langes brünettes Haar«, keuchte er. »Und trug einen Pelzmantel und ein rotes Kleid.«

»Klingt wie ein Märchen.«

»Die weiße Haut des Toten, die fehlenden Totenflecken und das Blut im Afterbereich sind *kein* Märchen!« Pulaski atmete tief durch.

»Mein Gott, Pulaski. Verlassen Sie die Kabine. Sie verrecken ja gleich.«

Pulaski ignorierte den gut gemeinten Rat. »Es wurde noch keine Autopsie gemacht.«

»Warum sollte ich die bei Gericht beantragen? Kein Ermittlungsrichter würde …«

»Weil die Leiche morgen im Krematorium verbrannt wird und wir danach keine Möglichkeit mehr haben werden, die Ursache für diese Merkwürdigkeiten herauszufinden.«

»Was wollen Sie also von mir?«

»Dass Sie die Freigabe der Leiche rückgängig machen und eine vollständige Autopsie beantragen.«

»Jetzt auf einmal? Mit welcher Begründung? Ich habe in den Akten vermerkt, dass keine Autopsie notwendig war. Wenn ich jetzt plötzlich einen solchen Antrag stelle, muss ich das irgendwie plausibel begründen. Welche neu bekannten Fakten habe ich, die den Richter überzeugen könnten?«

In diesem Moment rüttelte jemand an der Tür. Pulaski sah hin und bemerkte einen Mann, der die Augen mit den Handflächen abschirmte und versuchte, durch das Fenster in die Sauna zu blicken.

»Wenn wir die Frau im roten Kleid finden, könnten wir sie

zum angeblichen Unfallhergang befragen«, röchelte Pulaski. »Und dann stellt sich vielleicht sogar heraus, dass es gar kein Unfall war.«

Der Staatsanwalt dachte nach. »Ich verliere mein Gesicht, wenn ich nachträglich eine Autopsie beantrage und sich dann herausstellt, dass alles nur heiße Luft war.«

»Sie verlieren noch viel mehr, wenn Sie es nicht tun und sich herausstellt, dass es Mord war«, konterte Pulaski.

»Ich hasse es, wenn Sie recht haben«, seufzte Clemens und drehte sich zu Pulaski. »Ich gebe Ihnen vierundzwanzig Stunden. Bis dahin müssen Sie entweder diese mysteriöse Frau gefunden haben, oder die Leiche verschwindet wie geplant im Krematorium. Mehr kann ich nicht für Sie tun.«

Pulaski erhob sich. »Danke, das genügt mir.«

»Und jetzt machen Sie, dass Sie rauskommen, bevor *Sie* tot umfallen.«

33

Die Seestadt Aspern im Osten Wiens war das größte Stadtentwicklungsprojekt, das je in Wien in Angriff genommen worden war. Hier wurde bereits seit vielen Jahren gebaut, ohne dass ein Ende in Sicht war. Immerhin waren die ersten Wohnungen bereits fertig.

Die Gebäude waren um einen großen Grundwassersee mit Park angeordnet. Evelyn und Flo gingen von der U-Bahn-Station zu einer Fußgängerbrücke, die über einen Ausläufer des Sees zu den Häusern führte. Der Weg war erst sporadisch beleuchtet, und die links und rechts gepflanzten Jungbüsche steckten zum Schutz vor der Kälte noch in grünen Plastiksäcken. Über einen begrünten Hügel pfiff der Wind und brachte das Schilf am Ufer zum Rauschen. Wenn die Anlage einmal fertig war, würde sie sicher großartig aussehen, doch im Moment standen überall Bauarbeiterhütten herum und Kunststoffrohre lagen neben den Wegen.

Evelyn stellte den Kragen ihres Mantels auf und sah sich um. Nach einigem Suchen fanden sie das Haus, wo unter anderem auch *Dröger* auf der Gegensprechanlage stand.

Soeben kam eine Frau mit einem Kinderwagen aus dem Haus. Geistesgegenwärtig stellte Flo seinen Fuß in die Tür, um sie am Zufallen zu hindern.

Frau Dröger?, lag Evelyn bereits auf der Zunge. Sie schwieg jedoch, denn Frau Dröger hatte Zwillingsmädchen, im Wagen dieser Frau aber lag nur *ein* Kind.

Rasch betraten sie das Haus, fuhren mit dem Fahrstuhl in den an der Klingelanlage ausgewiesenen dritten Stock und läuteten an der Wohnungstür mit dem Schild *Dröger.* Nachdem die Glocke verstummt war, hörte Evelyn Kindergeschrei aus der Wohnung. Im Flur roch es nach Silikon und Scheuermittel. Endlich öffnete jemand die Tür.

»Ja, bitte?«, fragte eine junge Frau mit langen roten Haaren.

»Evelyn Meyers, Rechtsanwältin.« Sie zeigte ihren Ausweis her. »Und das ist mein Assistent Florian Zock. Wir würden gern mit Ihnen oder Ihrem Mann sprechen.«

»Worum geht es denn?«

»Um sein Verschwinden.«

Die Frau sah sie mit aufgerissenen Augen an. Im nächsten Moment schrien die Kinder so laut, dass sie sich umwandte, um nach dem Rechten zu sehen. »Seid doch mal still!«

Evelyn nutzte die Gelegenheit, deutete Flo mit einem Kopfnicken, ihr zu folgen, und betrat die Wohnung. Flo ging ihr nach und schloss hinter sich die Tür.

»Danke, dass Sie uns hereingebeten haben.«

»Aber ich habe Sie nicht …«, protestierte die Frau.

»Ich verstehe, wenn Sie das nicht im Gang besprechen wollen«, unterbrach Evelyn sie. Was sie wissen wollte, konnte sie nur mit forschem Auftreten erfahren und indem sie der Frau keine Pause zum langen Nachdenken gab. »Ihr Mann steht im Verdacht, eine strafbare Handlung begangen zu haben, und bevor es zu einer polizeilichen Befragung und einer Anklage kommt, wäre es wichtig, ihn zu sprechen.«

Flo schluckte. Ihm wurde offenbar bewusst, wie weit sie sich hier gerade aus dem Fenster lehnten. Denn falls sie sich irrten und Gerald Dröger jetzt plötzlich in den Vorraum treten würde, hatten sie gewaltigen Erklärungsbedarf. Aber vorerst passierte das nicht.

Frau Dröger war höchstens dreiundzwanzig Jahre alt und sah mit ihren vielen Sommersprossen fast noch kindlich aus. Allerdings wirkte ihre zarte Figur beinahe ausgemergelt, und ihre schmalen Augen und dunklen Ringe darunter ließen darauf schließen, dass sie einige schlaflose Nächte mit den Mädchen hinter sich hatte. Vielleicht war eines davon auch krank und schrie deshalb so.

»Mein Mann ist nicht zu Hause. Worum genau geht es denn?« Sie strich sich die Strähnen hinters Ohr und zupfte nervös an der Bluse.

»Eine nette Gegend«, sagte Flo. »Wohnen Sie schon lange hier?«

»Seit einem Jahr. Aber …?«

Nun kamen die etwa zweijährigen Mädchen aus dem Kinderzimmer in den Vorraum zu ihrer Mutter gelaufen. Sie trugen identische blaue Kleidchen mit Blumenmuster, hielten sich links und rechts am Rock ihrer Mama fest, beide jeweils einen Daumen im Mund, und starrten mit großen glasigen Augen zu Evelyn hinauf. Ihre Nasen waren gerötet, anscheinend hatten die beiden Schnupfen.

»Schöne Vorhänge haben Sie in dieser Wohnung, nette Einrichtung und sehr süße Fotos«, bemerkte Flo und beugte sich zu den Kindern. »Na, ihr beiden?«

Sehr süße Fotos? Hatte Flo das gerade eben tatsächlich gesagt?

Evelyn blickte zu den gerahmten Bildern, die über der Kommode an der Wand hingen. Sie zeigten die Kinder mit Pudelmützen auf einem Schlitten, der von einem Mann gezogen wurde. *Ah, darum geht es!* Flo hatte ihr einen Hinweis zukommen lassen. Auf einem Hochzeitsfoto war Frau Dröger mit ihrem Mann zu sehen. Das cremefarbene Hochzeitskleid war zwar raffiniert geschnitten, konnte aber dennoch nicht darüber hinwegtäuschen, dass ihre Schwangerschaft zu diesem Zeitpunkt bestimmt schon weit vorangeschritten gewesen war.

Evelyn betrachtete den Mann im dunklen Anzug mit der weißen Blume im Knopfloch. So hatte Gerald Dröger also vor dem Autounfall ausgesehen. Die Ähnlichkeit mit ihrem Mandanten war frappierend! Hier waren sie richtig. Und nachdem Frau Dröger Evelyns Behauptung, ihr Mann sei verschwunden, nicht widersprochen hatte, hatte sie wohl auch damit ins Schwarze getroffen.

»Kommen wir zur ersten Frage«, sagte Evelyn. »Wo ist Ihr Mann?«

»Wer sagten Sie noch gleich, sind Sie?«, fragte Frau Dröger.

Evelyn zeigte ihr noch einmal den Ausweis und erklärte ihr, wer Flo und sie waren.

Frau Dröger studierte den Ausweis, dann sah sie auf. »Gerald hat Schulden gemacht. Hohe Schulden.«

»Mit einem Kredit für diese Wohnung?«, fragte Evelyn.

Frau Dröger schüttelte den Kopf. »Ja, das auch, aber vor allem im Casino. Er war spielsüchtig. Dort wollte er Geld machen, um die hohen Kreditraten schneller zurückzahlen zu können. Aber der Stress im Job, die Verluste im Casino, die beiden Kinder, der Druck von der Bank … das alles wuchs ihm über den Kopf. Er ist abgehauen und hat uns nur einen Abschiedsbrief hinterlassen, in dem steht, dass er ins Ausland gehen wird und wir ihn nicht suchen sollen.«

»Wann war das?«

»Vor vier Tagen, am Montag.«

»Wann *genau?*«

Frau Dröger dachte nach. »Er hat in der Früh das Haus verlassen, und als ich gegen zehn Uhr vormittags die Post aus dem Briefkasten holte, fand ich seine Nachricht. Am Wochenende davor ist alles noch in Ordnung gewesen.«

Garantiert nicht, dachte Evelyn, denn an diesem Wochenende musste das Briefing von Dröger stattgefunden haben – schließlich hatte ihm jemand die Daten und Fakten einimpfen müssen. »Haben Sie eine Vermisstenanzeige aufgegeben?«

»Natürlich. Ich bin mit den Kindern sofort zur Polizei gegangen.«

Seit sie die Wohnung betreten hatte, fragte sich Evelyn, warum die Frau so entgegenkommend war. Jede andere hätte sie vermutlich sofort wieder hinausgeworfen. Allerdings klang ihre Aussage eine Spur auswendig gelernt – genau wie Michael Kottens Geständnis. Und war somit wohl auch nur eine gut vorbereitete Show.

»Hat Ihr Mann die Schulden in einem der Casinos gemacht, die vom Kotten-Konzern betrieben werden? Derselbe, für den er gearbeitet hat?«

Dröger hob die Schultern. »Woher soll ich das wissen, wo er die Abende verbracht hat?«

»Darf ich den Brief sehen?«, fragte Evelyn.

Widerwillig öffnete Dröger eine Schublade und reichte ihr ein Blatt Papier.

Evelyn setzte sich die Brille auf und las die Zeilen.

Du wirst es nicht verstehen, darum versuche ich gar nicht erst, es dir zu erklären. Es tut mir leid. Ich muss weg, solange die Mädchen noch klein sind und sie mich rasch vergessen können.

Gib den Kindern einen Kuss von mir. Such nicht nach mir. Leb wohl, Gerald.

»Woher wissen Sie eigentlich, dass Ihr Mann ins Ausland gegangen ist?«, fragte Evelyn. »Hier steht es nicht.«

Frau Dröger mahlte schweigend mit dem Kiefer.

Dachte ich es mir doch! Evelyn versuchte, sich Michael Kottens Unterschrift auf dem Geständnis in Erinnerung zu rufen. Die Handschriften waren zwar nicht identisch – was auch sicher Teil des Plans war –, aber einige Gemeinsamkeiten schien es dennoch zu geben. Die Schleife im o und der nach oben gezogene Strich beim a. Ein grafologisches Gutachten würde bestimmt Klarheit schaffen.

»Darf ich den Brief fotografieren?«

Die Frau nahm ihr das Papier aus der Hand und faltete es zusammen. »Natürlich nicht.«

Okay, bis hierhin war Dröger auf diesen Besuch vorbereitet worden. Falls Evelyn weiterging, würde sie bestimmt abblocken. Aber das galt es herauszufinden. »Woher stammt der Geldbetrag auf Ihrem Konto?«

Dröger runzelte die Stirn. »Wovon sprechen Sie?« Instinktiv schob sie die Kinder hinter sich.

»Woher stammt das Geld?«, wiederholte Evelyn und betrachtete Frau Dröger. Diese war nun in der Zwickmühle. Denn würde sie mit einer Anzeige wegen Verletzung des Bankgeheimnisses drohen, müsste sie zugeben, das Geld tatsächlich erhalten zu haben. Aber so dumm war sie nicht.

»Sie haben mir immer noch nicht gesagt, warum Sie hier sind und meinen Mann sprechen wollen«, sagte Dröger stattdessen. »Aber ehrlich gesagt interessiert mich das auch nicht.

Ich habe genug Probleme. Er ist weg! Und Sie sollten jetzt auch verschwinden!«

Gut, dann eben auf die harte Tour.

»Ihnen ist wohl nicht klar«, begann Evelyn, »dass Ihr Mann in eine kriminelle Handlung verwickelt wurde, und Sie – falls Sie nicht kooperieren und mir Auskunft erteilen – sich mitschuldig machen.«

»Verschwinden Sie, wenn ich Ihnen sage, woher das Geld stammt?« Die Stimme der Frau zitterte.

Jetzt hatte Evelyn sogar ein wenig Mitleid mit ihr. »Wenn Sie mir die Wahrheit sagen, ja.«

»Das Geld stammt von einem Kredit über eine Liechtensteiner Bank.« Dröger strich sich mit den Fingern über die Nase. »Mehr muss ich Ihnen nicht sagen.«

»Frau Dröger.« Evelyn lächelte. »Sobald man lügt, regt der Adrenalinstoß unwillkürlich die Kapillaren in der Nase an. Deshalb greifen sich Lügner unbewusst an die Nase, um sich zu kratzen – so wie Sie es eben getan haben.«

Drögers Augen funkelten. »Verlassen Sie sofort meine Wohnung!«

Evelyn atmete tief durch. »Durch sein Verschwinden und das Annehmen einer anderen Identität deckt Ihr Mann einen Mörder. Michael Kotten! Ihr Mann wird an Kottens Stelle ins Gefängnis gehen. Wissen Sie, was das bedeutet?« Evelyn ließ die Frau nicht zu Wort kommen, sondern beantwortete die Frage selbst. »Sie haben davon gewusst und eineinhalb Millionen Euro Schweigegeld erhalten. Damit decken Sie den wahren Mörder und machen sich mitschuldig, die Hintergründe der Tat zu vertuschen.« Sie machte einen Schritt näher auf die Frau zu und senkte die Stimme. »Das kommt Beihilfe zum Mord gleich. Verstehen

Sie das? Schlimmstenfalls drohen Ihnen bis zu fünf Jahre Haft.«

»Und sobald Sie in U-Haft sitzen«, fügte Flo hinzu, »werden Ihnen die Kinder weggenommen. Ich sehe an den Wänden keine Fotos von Großeltern. Falls Sie keinen Erziehungsberechtigten für Ihre Mädchen finden, kommen die ins Heim. Dann ist es aus mit dieser schönen Wohnung in der Seestadt. Stattdessen Fünfbettzimmer mit anderen traumatisierten Kindern und einmal pro Woche Besuchsrecht bei ihrer Mama im Knast. Glauben Sie mir, das sind keine schönen Aussichten für ein Kind.«

Natürlich waren ihre Aussagen hart und gemein, und Flos und ihre Drohungen juristisch nicht haltbar, aber anders würden sie Frau Dröger nicht zum Reden bringen.

»Und außerdem«, fügte Evelyn hinzu, »bezweifle ich, dass Sie tatsächlich eine Vermisstenanzeige bei der Polizei aufgegeben haben.«

»Warum?«

»Jede Dienststelle hätte ein Foto von Ihrem Mann erhalten, und damit wäre der Plan, Ihren Mann so unauffällig wie möglich gegen einen Mörder auszutauschen, aufgeflogen. Es lässt sich übrigens leicht überprüfen, ob Sie tatsächlich bei der Polizei waren.«

»Mist, Mist!« Frau Dröger drehte sich um und schob die Mädchen ins Kinderzimmer. Sie beugte sich zu ihnen hinunter, wischte sich eine Träne weg und senkte die Stimme. »Mami muss mit dieser Frau etwas besprechen, in Ordnung? Bleibt schön brav in eurem Zimmer und seid leise. Ich komme gleich zu euch, dann spielen wir Puppenhaus.« Sie erhob sich, schloss die Tür und wandte sich um. »Was wollen Sie von mir?«, fragte sie mit gefasster Stimme.

»Am besten, Sie erzählen uns alles, was Sie wissen.«

»Dann verschwinden Sie von hier?«

»Ja.«

»Und das Geld? Gerald sagte mir, es sei weg, wenn ich rede.«

Evelyn griff in ihre Brieftasche und gab der Frau ihre Visitenkarte. »Falls Sie einmal rechtliche Probleme haben sollten, können Sie mich jederzeit anrufen und um Rat fragen. Ich werde Ihnen nichts berechnen. Außerdem werde ich mich dafür einsetzen, dass Sie die eineinhalb Millionen behalten dürfen.«

»Bestimmt?«

»Bestimmt«, sagte Evelyn, und diesmal sagte sie die Wahrheit.

Dröger seufzte tief. »Also gut.«

Sie gingen ins Wohnzimmer, setzten sich auf eine Couch, und während Dröger am Ärmel ihrer Bluse zupfte, begann sie mit leiser Stimme zu erzählen, als hätte sie Angst, ihre Kinder oder die Nachbarn könnten sie hören.

»Wir hatten so hohe Schulden wegen dieser Wohnung, und dann hat Gerald beim jährlichen Gesundheitscheck in der Firma auch noch erfahren, dass er höchstens noch eineinhalb Jahre zu leben hat. Schilddrüsenkrebs, der bereits gestreut hat. Also ist er ins Casino gegangen und hat gespielt. Er ist Programmierer, kennt die Systeme und die Wahrscheinlichkeiten. Gerald hat mir versichert, dass er sie austricksen kann. Er wollte mich gut versorgt sehen.«

»Aber es ist schiefgegangen, und danach hatten Sie noch weniger Geld für Ihren Kredit«, vermutete Evelyn.

Dröger nickte. »Aber nicht nur das. Wir hatten noch höhere Schulden, und diesmal bei einem Geldverleiher. Ich bin sowieso von Anfang an dagegen gewesen, aber Gerald hat sich nicht davon abbringen lassen. Danach war die Lage wirklich aussichtslos.«

»Aber er wäre doch nicht der Erste gewesen, der in Privatinsolvenz geht. Sie hätten zwar die Wohnung wieder verkaufen müssen, aber nach seinem Tod wäre die Kreditlebensversicherung ausbezahlt worden.«

»Theoretisch schon.« Sie nickte. »Aber Gerald hat beim Gesundheitscheck zum Abschluss des Kredits geschwindelt. Die Versicherung hätte gute Chancen gehabt, ihm nachzuweisen, dass er zu diesem Zeitpunkt bereits von seiner Krebserkrankung hätte wissen müssen, und wäre aus dem Vertrag ausgestiegen.«

Evelyn schluckte. *Scheiße,* das klang wirklich verdammt aussichtslos. »Und wie ging es weiter?«

»Gerald hat versucht, sich mit dem Auto das Leben zu nehmen und es wie einen Unfall aussehen zu lassen. Ist im Dezember letzten Jahres durch die Leitplanke in die Donau gestürzt, aber sein Selbstmordversuch ist misslungen. Hat sich nur das Schlüsselbein gebrochen und das Gesicht zerschnitten.«

»Und im Krankenhaus haben die Chirurgen ihn wieder zusammengeflickt?«, fügte Evelyn hinzu, da Dröger verstummt war.

Sie nickte. »Ja, anschließend Krankenstand und Psychotherapie, was uns noch tiefer in die Schulden ritt.«

»Schließlich haben Sie ein Angebot erhalten«, half Evelyn ihr weiter.

Dröger nickte erneut. »Ja, er sollte für jemand anderen ins Gefängnis gehen. Ich habe den Namen nie erfahren, erst jetzt, als Sie ihn vorhin erwähnt hatten.« Sie begann zu weinen. »Gerald hat sowieso nur noch höchstens eineinhalb Jahre zu leben, aber die Kinder und ich sollten drei Millionen in zwei Raten erhalten.« Sie wischte sich über die Augen. »Wir hätten keine Schulden mehr und für den Rest unseres Lebens ausgesorgt. Wir könnten diese Wohnung behalten, die Kinder hätten einen Platz im Kindergarten und in Privatschulen … aber trotzdem war ich dagegen. Gerald sagte, das wäre eine einmalige Chance, aus seinem Schicksal Profit zu schlagen, aber ich war immer noch dagegen. Die Mädchen sollten ihren Vater wenigstens noch eineinhalb Jahre haben.«

Evelyn öffnete ihren Aktenkoffer und reichte Frau Dröger ein Taschentuch. »Und Sie Ihren Mann.«

Sie schniefte. »Aber er war nicht davon abzubringen. Er sagte, er hätte unsere Misere verschuldet und wollte mich nicht auf dem Schuldenberg sitzen lassen. Anfangs hatte er vorgehabt zu sterben, aber anstatt noch einmal zu versuchen, sich umzubringen, wollte er jetzt etwas Sinnvolles aus dem Rest seines Lebens machen.« Sie blickte nach oben und wischte sich wieder Tränen aus den Augen.

Erst jetzt bemerkte Evelyn, dass sich die Tür zum Kinderzimmer leise geöffnet hatte, die Mädchen im Türrahmen zum Wohnzimmer standen und verängstigt ihre Mutter ansahen. Flo erhob sich sofort, nahm die Kinder behutsam an den Händen und führte sie zurück ins Kinderzimmer. Hinter geschlossener Tür hörte Evelyn, wie er sich von den Mädchen erklären ließ, welche Puppen sie hatten.

»Schließlich haben Sie zugestimmt?«

»Nein, habe ich nicht. Aber was hätte ich tun sollen? Er hatte sich ja dafür entschieden. Was hätten Sie an meiner Stelle getan?«

Evelyn dachte kurz nach. »Schwierig zu sagen. Ich weiß nicht, ob ich zugestimmt hätte. Möglicherweise. Allerdings hätte ich täglich in panischer Angst gelebt, dass ihn jemand im Fernsehen oder in der Zeitung als *meinen Mann* erkennt. Dann wäre der ganze Schwindel aufgeflogen.«

Frau Dröger sah auf. Ihre Augen waren rot und verquollen. »Die haben uns versprochen, dass der Prozess nicht öffentlich geführt wird. Höchstens ein Gerichtszeichner würde ein Bild von Gerald anfertigen. Und ich dürfte nie versuchen, Kontakt mit ihm aufzunehmen.«

»Wer sind *die?*«

Sie hob die Schultern. »Keine Ahnung. Bis vor Kurzem wusste ich ja nicht einmal, um wen es ging.«

Evelyn zog ihr Handy aus dem Blazer, öffnete das Fotoalbum und zeigte Frau Dröger ein Bild, das sie erst vor wenigen Tagen gemacht hatte. »Kennen Sie diesen Mann?«

Sie rieb sich die Augen und blickte kurz hin. »Ja, das ist er. Er war einmal bei uns und hat mit Gerald gesprochen.«

Peter Wehrmann.

Evelyn rückte näher. »Würden Sie das vor Gericht auch so aussagen?«

Frau Dröger dachte nach, plötzlich straffte sich ihr Gesicht, als wäre ihr etwas Wichtiges eingefallen. Sie schüttelte den Kopf. »Niemand kann mich zwingen, gegen meinen Mann auszusagen, nicht wahr?«

Evelyn wollte keine weiteren Spielchen mehr mit dieser armen Frau treiben. »Ja, das ist richtig. Niemand kann zu einer Aussage gezwungen werden, die den eigenen Ehepartner belastet.«

»Gut.« Sie richtete sich auf und strich ihren Rock glatt. »Falls mich jemand nach Gerald fragt, werde ich offiziell angeben, dass er von zu Hause abgehauen ist. Und dabei bleibe ich.«

Evelyn berührte Frau Dröger an der Schulter. »Ich an Ihrer Stelle würde es genauso machen. Danke, dass Sie ehrlich zu mir waren.« Sie erhob sich. »Darf ich noch Toilette und Bad benutzen, bevor ich gehe?«

Fünf Minuten später fuhr Evelyn mit Flo im Fahrstuhl nach unten.

»Peter Wehrmann hat den Austausch inszeniert«, erzählte Evelyn ihm. »Aber sie wird vor Gericht nicht aussagen.«

»Okay, immerhin«, seufzte er, »auch wenn uns das jetzt nicht unbedingt weiterhilft. Im Prinzip wissen wir genauso viel wie vorher.«

»Nicht ganz.« Evelyn lächelte geheimnisvoll.

»O Gott, was hast du wieder getan?«

Sie öffnete ihren Aktenkoffer und ließ Flo einen Blick auf eine Klarsichthülle werfen, in der sich ein schmaler schwarzer Männerkamm, ein Nassrasierer und eine trockene Zahnbürste mit steifen Borsten befanden. »Das habe ich aus dem Badezimmer mitgehen lassen. Ein DNA-Vergleich mit dem Mundhöhlenabstrich unseres Mandanten wird ergeben, dass die beiden in Wahrheit tatsächlich ein und dieselbe Person sind.«

Der Fahrstuhl kam unten an, Evelyn schloss den Koffer, und sie stiegen aus.

»Du hast diese Beweise entwendet!«, fuhr er sie leise an.

Nun senkte auch sie die Stimme. »Das sagst gerade du, der Programme hackt und Daten im großen Stil abfragt.«

»Aber du hast die Sachen *geklaut!*«

»Anscheinend hast du an der Uni nicht aufgepasst. Dieses Verwertungsverbot von illegal erlangten Beweismitteln vor Gericht gibt es in USA und Deutschland, aber nicht bei uns«, erinnerte sie ihn, öffnete die Haustür und trat ins Freie.

Eine eisige Kälte lag über dem See. Die Sonne stand zwar im Zenit, kam aber nicht richtig durch die grauen Wolken. Zudem roch es nach Schnee.

»Aber in einer Sache hast du trotzdem recht«, gab Evelyn zu. »Das alles hilft uns bei einer Frage nicht weiter: Wo ist der echte Michael?«

34

Vier Tage zuvor

Es war 8.45 Uhr morgens, und Gerald Dröger hatte es so satt. Er träumte schon von all den Informationen, die sie ihm in den letzten drei Tagen eingetrichtert hatten – aber schließlich war genau das der Zweck seines Aufenthalts hier.

Denk nicht an deine Kinder oder an dein altes Leben. Akzeptier, dass es aufgehört hat zu existieren, dann wird es leichter.

Er starrte aus dem vergitterten Fenster hinaus in die trübe bleigraue Landschaft. »Und wo haben Sie den echten Michael hingebracht?«, fragte er.

»Das geht dich nichts an«, herrschte Peter Wehrmann ihn an.

»Irgendwo, wo es heiß und sonnig ist …?«

»*Du* bist der echte Michael!«, brüllte Wehrmann ihn an. »Alles andere ist für dich uninteressant, hast du verstanden?«

»Gerald …«, rief eine Frauenstimme hinter ihm.

Er unterdrückte den Reflex, sich automatisch umzudrehen, weil er seinen Namen gehört hatte. Zu oft hatte er es in den letzten Tagen getan, einem Instinkt folgend, und dafür Wehrmanns Gebrüll ertragen müssen.

Diesmal reagierte er nicht darauf und bemerkte, wie Wehrmann ihn mit Argusaugen beobachtete.

»Michael …?«

Er wandte sich um. »Ja.«

»Gut gemacht«, antwortete die Frau. Mit ihr hatte er in den letzten Tagen viel Zeit verbracht: Sie hatte das Make-up-Training mit ihm gemacht und ihn unterrichtet, sich richtig zu bewegen, zu sprechen und in Schuhen mit hohen Absätzen zu laufen.

Bei einem dieser Trainings hatte Dröger zufällig ein Gespräch belauscht und erfahren, dass ein anonymer Hinweis bei der Polizei eingegangen war. Demzufolge war Michael Kotten auf einem Video zu sehen. Daraufhin hatte Wehrmann einen Tobsuchtsanfall bekommen, der nicht zu überhören gewesen war. Anscheinend hatte Wehrmann versucht, die Identität des Anrufers herauszufinden – allerdings ohne Erfolg. Auch ein Grund, warum dieser Kerl seit gestern so gereizt war.

»Wann ist es so weit?«, fragte Dröger. »Die weißen Wände, der enge Raum, das alles macht mich langsam verrückt.« Zuerst hatten sie von zwei Tagen gesprochen, dann waren es drei geworden, und jetzt war sogar schon der vierte Tag angebrochen. Am liebsten wäre es ihm, wenn schon alles vorbei wäre und er im Knast endlich Striche an die Wand malen könnte.

»Genieße jede Stunde, die du noch hier sein darfst. Die U-Haft wird deutlich anstrengender für dich werden«, prophezeite Wehrmann ihm. »Viel enger, viel einsamer, viel trostloser. Das tagelange Verhör durch die Kripo noch nervenaufreibender.«

Dröger schüttelte den Kopf. Die Verhöre konnten nicht anstrengender werden als Wehrmanns Drill. Der Kerl musste in seinem vorherigen Leben bei der Fremdenlegion gewesen sein und es geliebt haben, den Rekruten den Arsch aufzureißen und in die offenen Wunden zu pissen.

»Aber du musst zumindest zwei Tage durchhalten, ehe du dein Geständnis ablegst, hast du das verstanden?«

»Ja, wie oft denn noch?«

»Warum willst du schwule Missgeburt eine Frau werden?«, fuhr Wehrmann ihn an.

»Ich bin nicht schwul«, antwortete Dröger ruhig. »Ich bin eine heterosexuelle Frau, die Männer liebt.«

»Du stehst doch darauf, in den Arsch gefickt zu werden!«

»Nein, ich möchte eine Frau werden.«

»Aber warum hattest du dann jahrelang ein Verhältnis mit einem schwulen Mann?«

»Ich habe ihn geliebt. Ihm zuliebe wollte ich …«

»Was? Eine Frau werden? Also was jetzt?«

»Ja, ich bin schwul«, schrie Dröger. »Ich will meinen Penis behalten und habe die Hormontherapie nur begonnen, um mit Johann offiziell zusammen sein zu können!«

»Aber weil er dich verlassen wollte, hast du ihn ermordet!«

»Nein, ich habe ihn geliebt!« Speichel flog aus Drögers Mund.

Wehrmann grinste zufrieden. »Gut, gut. Das klingt überzeugend. Beruhige dich wieder.«

Drögers Puls raste, seine Halsschlagader pochte. Langsam sank er in den Stuhl zurück. *Du bist so ein mieses Arschloch!*

Da läutete Wehrmanns Handy. Er hob die Hand. »Schnauze jetzt!« Er nahm das Gespräch entgegen, murmelte ein paarmal ein knappes *Ja* und legte danach auf. »Michael, das war dein Vater.« Er lächelte und holte tief Luft. »Die Kripo hat ihn gerade angerufen. Die Beamten wollen wissen, wo du steckst.«

»Soll ich nach Hause fahren?«

»Nein.« Wehrmann griff in die Hosentasche, holte ein Handy heraus, wischte seine Fingerabdrücke mit dem Pullover ab und warf das Gerät in Drögers Schoß. »Das ist ab jetzt dein Telefon. Es ist auf dich angemeldet. Wir haben dir alle wichtigen Sachen draufgespielt. Am besten ist, du rufst die Kripo an, fragst, worum es geht, und schlägst vor, selbst zum Revier zu fahren.«

»Ist das notwendig?«

Wehrmann sah ihn streng an.

»Ja, ich weiß schon, Vater will keine Polizei im Haus. Er meidet jeden Skandal und den ganzen Scheiß!« Er war Richard von Kotten erst dreimal begegnet, aber mittlerweile hasste er diesen Mann wirklich. Nicht wie ein Arbeitnehmer seinen Vorgesetzten hasste, sondern wie ein Sohn seinen Vater hasste. *Dieser miese Arsch, der in einem Meeting war, während meine Mutter sich das Leben genommen hat!*

Wehrmann nannte ihm eine Telefonnummer, die er in das Handy tippte.

»Ab jetzt gibt es kein Zurück mehr«, sagte Wehrmann. »Spiel deine Rolle, und spiel sie gut! Wir überweisen jetzt die erste Rate.«

»Ja, halt endlich dein Maul, verzieh dich und kriech meinem Vater in den Arsch, aber nicht mir, du Witzfigur«, sagte Michael mit fester Stimme. Dann wandte er sich ab. »Hallo? Spreche ich mit der Polizei? Hier ist Michael Kotten.«

35

Wo steckt der echte Michael?, überlegte Evelyn. Mittlerweile war es zwei Uhr nachmittags, und sie und Flo waren wieder in ihrer Wohnung. Sie lag auf der Couch, hatte die Beine auf einem Kissen hochgelagert und musste kurz wegen eines anderen Falls telefonieren, während Bonnie schnurrend auf ihrem Bauch saß. Indessen stand Flo in ihrer Küche und starrte in die Backröhre, in der gerade eine Pizza warm wurde.

Evelyn beendete das Gespräch und streichelte gedankenversunken ihre Katze. *Wir müssen irgendwie herausfinden, wo Michael Kotten steckt.* Denn würden sie ihn rechtzeitig vor der Verhandlung finden, käme Gerald Dröger frei und müsste keine Strafe für eine Tat absitzen, die er nicht begangen hatte. Er bekäme höchstens eine lächerliche Verwaltungsstrafe wegen Irreführung der Justiz. Mehr nicht.

»Hörst du mir eigentlich zu?«

»Was?« Evelyn sah auf.

»Ist das normal, dass dein Herd so laut brummt?«

»Ja, ein Ventilator ist kaputt. Du musst das Pizzablech nach sieben Minuten umdrehen.«

»Was? Es sind schon *fünfzehn* Minuten um!«

»Dann raus damit!« Evelyn schob Bonnie sanft von ihr herunter, erhob sich und ging in die Küche, wo Flo gerade mit dem heißen Blech hantierte.

Sie aßen auf der mit großen Glasfenstern abgedichteten

Loggia, die Evelyn bis zum Frühjahr als Wintergarten benutzte. Die Wohnung war nach Süden ausgerichtet, und hier wuchsen die Topfpflanzen am besten.

Zur Pizza gab es Rotwein, und Flo prostete ihr zu. »Ich hätte nie gedacht, dass ich hier mal mit dir sitze, gemeinsam mit deinen Katzen, Wein trinke und Pizza esse … halb fertige Pizza«, bemerkte er.

»Der Fall ist auch ziemlich kompliziert«, murmelte sie kauend.

»Ich hatte das eher so gemeint, dass du mich zu dir einlädst und …«

»Das ist ein Firmenessen, okay, nicht mehr«, unterbrach sie ihn.

»Ja, schon okay.« Er blickte zu einem Foto, das auf einem Bücherregal stand und Evelyn mit Patrick zeigte. »Er fehlt dir immer noch, richtig?«

»Sicher tut er das, auch wenn es schon zweieinhalb Jahre her ist. Er war Privatdetektiv, ein verdammt guter sogar, so wie du einmal einer werden wirst«, sagte sie nachdenklich. »Er ist in der Donau ertrunken – Autounfall. Es ist schon komisch. Dröger wollte sich das Leben nehmen und hat überlebt – und Patrick wollte ein Leben retten und wurde ermordet.« Sie riss sich von den Gedanken los und sah auf. »Warum hast *du* eigentlich keine Freundin?«

»Äh, ich?« Flo wurde rot. »Ich bin nicht schwul, so wie Professor Janecke das behauptet hat, falls du das meinst.«

Sie lachte laut auf. »Ach, nicht? Nein, aber im Ernst: Warum bist du allein?«

Er hob die Schultern. »Alle Mädchen in meinem Alter kommen mir so … ich weiß auch nicht … so jung und unerfahren vor. Sind zwar alle ständig in den Social Media unterwegs, verhalten sich aber so, als wäre *sozial* ein Fremdwort für sie. Die interessieren sich nur für Instagram und wer mehr Likes auf Facebook kriegt. Ich habe keinen Bock auf künstliches Getue und Eifersuchtsdramen. Ich weiß, es hört sich bescheuert an, aber ich brauche eine Frau mit *echter* Lebenserfahrung, die selbstbewusst ist und ein bisschen Zivilcourage und Rückgrat besitzt.«

»Und die findest du nicht?«

»Doch.« Er sah sie an. »Da gäbe es eine, die mich …«

»Komm, lass das!«, unterbrach sie ihn.

»Fühlst du dich nicht geschmeichelt, wenn ich so etwas sage?«

»Doch, das ist ja das Problem. Ich fürchte nämlich, dass du das tatsächlich ernst meinst.«

»Tue ich!«

»Gut, danke, schön. Aber ich will mich nicht geschmeichelt fühlen.«

»Okay, dann lass uns mal ernst über diese Sache reden.« Flo rückte näher. »Deine Schwester wurde ermordet, als sie noch sehr klein war, von diesem ekelhaften Kerl in dieser Jagdhütte im Wald. Deine Eltern starben bei einem schrecklichen Unfall, und dann wird auch noch dein Freund umgebracht. Ich weiß, das ist alles ziemlich tragisch, aber du darfst dich nicht so von der Welt abkapseln.«

»Abkapseln? Tue ich das?«

Er nickte. »Du bist so allein. Und manchmal ist dein Gemüt so stachelig wie die Kakteen auf dem Fensterbrett in deiner Küche.«

»Hm«, murrte sie und dachte an ihren Spitznamen *Igel,* den ihr die früheren Kollegen in der Anwaltskanzlei verpasst hatten, weil sie sich so perfekt einrollen und die Stacheln ausfahren konnte. Patrick hatte sie sogar liebevoll *Spitzmausigel* genannt – und sein Tod hatte ihre Gemütslage tatsächlich nicht gerade verbessert.

Flo sah kurz zur Kommode, auf der ein Foto von ihren Eltern stand – eine der letzten Aufnahmen vor dem Unglück –, eines von ihrer Schwester und eines von Bonnie und Clyde, wie sie, erst zehn Wochen alt und frisch aus dem Tierheim, nebeneinander in einem Einkaufskorb lagen. »Ich verstehe es, wenn du Angst davor hast, wieder jemanden zu verlieren, der dir nahesteht. Aber das da ist deine ganze Familie: zwei grau getigerte Katzen.«

Sie legte Teller und Besteck beiseite und leerte ihr Glas in einem Zug. »Du hast leicht reden, deine Eltern leben noch, und du hast jede Menge Studienkollegen, die abwechselnd bei dir wohnen.«

»Glaub mir, das hört sich besser an, als es ist. Meine Eltern sind geschieden und reden kein Wort miteinander.« Flo hob die Flasche. »Noch was?«

»Nein danke, wir brauchen einen klaren Kopf.«

»Wofür?«

»Weil wir jetzt mit unserem Grips herausfinden werden, wo der echte Michael Kotten steckt.«

»Bist du betrunken?«

»Nein, ich war selten so klar wie in diesem Moment. Dummerweise bleibt uns dafür nicht viel Zeit, denn nach Michael Kottens Geständnis wird Ostrovsky den Prozess gegen ihn so rasch wie möglich durchziehen und die Höchststrafe fordern. Und das können wir nur verhindern …«

»Indem wir den echten Michael Kotten finden. Das ist mir klar. Aber warum weihen wir Ostrovsky nicht in unsere Vermutungen ein?«

»Eben deshalb, weil es bisher nur Vermutungen sind. Ostrovsky ist als Oberstaatsanwalt immer noch auf der gegnerischen Seite und verfolgt seine eigenen Ziele. Ich will nichts überstürzen, sondern erst dann mit ihm reden, wenn ich ihm ein überzeugendes und vor allem beweisbares Ergebnis liefern kann.«

»Also gut, aber wie machen wir das? Wir haben keinerlei Anhaltspunkte, wo Michael sein könnte.«

»Flo, wir haben bisher so viel herausgefunden«, versuchte sie, ihn zu motivieren. »Wir finden auch das heraus!« Sie stand auf, ging zum Fenster und blickte zur Straße hinunter. »Lass uns einmal in Ruhe überlegen: Als Dröger uns im Vernehmungsraum den Mord an Johann Wulf geschildert hat, wusste er so viele Details über Michael, die Familie, die Beziehung zu seinem Vater und das Motiv des Mordes, dass alles, bis auf wenige Kleinigkeiten, ziemlich authentisch und plausibel klang. Das können sich Wehrmann und Richard von Kotten gar nicht alles selbst aus den Fingern gesogen haben.«

»Dröger kannte sogar das Versteck der Tatwaffe«, fügte Flo hinzu, »und das konnte nur der echte Michael wissen. Seine Erzählung *muss* demnach die Wahrheit gewesen sein.«

»Richtig!« Sie drehte sich um. »Darum bin ich überzeugt, dass sie bei dem Briefing Unterstützung vom echten Michael hatten. Jedenfalls war Dröger gerade auf dem Weg zum Polizeirevier, als er mich angerufen hat, um mir zu sagen, dass er eine Rechtsanwältin braucht. Bis zu diesem Zeitpunkt ist er sicher noch auf den Austausch vorbereitet worden, denn die haben ihn garantiert bis zur letzten Minute mit Informationen vollgestopft. Wo immer das war … höchstwahrscheinlich befand sich auch Michael in der Nähe.«

»Als Wehrmann Dröger vorbereitet hat, hätte Michael aber auch genauso gut Hunderte von Kilometern weit entfernt sein können – und sie haben das Briefing über Telefon oder Skype gemacht«, widersprach Flo.

Evelyn schüttelte den Kopf. »Überleg doch mal! Es wäre viel zu gefährlich gewesen, dass dabei etwas nicht klappt, Michael abspringt oder jemand diese Gespräche zufällig aufnimmt. So jemand wie Wehrmann geht kein Risiko ein.«

Flo richtete sich auf. »Gut, dann lass uns versuchen herauszufinden, von wo er angerufen hat, denn anscheinend haben wir keinen besseren Anhaltspunkt.«

Evelyn ging in die Küche und warf die Kaffeemaschine an. »Möchtest du auch einen?«

»Nein danke.«

Sie braute sich einen starken Espresso und kam wieder in den Wintergarten. »Von wo kam also sein Anruf auf meinem Anrufbeantworter?«

»Wir haben ja seine Handynummer«, sinnierte Flo. »Ich könnte ein Programm schreiben lassen, das …«

»Wie lange dauert das?«

»Einen Tag.«

Sie schüttelte den Kopf. »So viel Zeit haben wir nicht. Ich könnte über Ostrovsky einen richterlichen Beschluss für eine Datenrückverfolgung von Michaels Anruf beantragen, um herauszufinden, in welche Masten sein Handy an diesem Tag eingeloggt war, aber auch das dauert Tage.«

»Wir wissen ja nicht einmal die genaue Uhrzeit, *wann* er angerufen hat«, gab Flo zu bedenken. »An dem Tag gab es ja diese Stromausfälle, und dein vorsintflutliches Gerät ohne Funkuhr hat sich natürlich nicht automatisch neu eingestellt.«

Stimmt. Die Anzeige des Anrufbeantworters hatte jedes Mal bei null Uhr neu zu zählen begonnen. »Hast du noch Michaels Handy?«

Er schüttelte den Kopf. »Ausweis, Handy und Brieftasche habe ich schon gestern bei der Kripo abgegeben.«

Auch das noch! »Gut, hören wir uns die Aufnahme einfach noch einmal genau an«, schlug sie vor.

»Du willst in dein Büro fahren?«

Evelyn lächelte milde. »Ich kann von hier aus im Büro anrufen und Michael Kottens Nachrichten abrufen.« Sie wählte die Nummer ihres Büros, drückte eine Tastenkombination, legte das Handy auf den Tisch und schaltete auf Lautsprecher.

»Guten Tag, hier spricht Michael Kotten. Frau Doktor Meyers? Sind Sie gerade zufällig in Ihrer Kanzlei?« Pause. *»Nein? Auch gut, vielleicht könnten Sie mich ja zurückrufen.«* Pause. *»Es ist dringend! Es geht darum, dass mich die Kripo zu einem Mordfall befragen möchte, und ich dachte – sicher ist sicher – eine gute Anwältin kann nicht schaden.«* Er nannte ihr seine Telefonnummer. *»Es gibt da sicher einiges zu besprechen, und deshalb würde ich gern für morgen einen Termin mit Ihnen ausmachen.«*

Im Hintergrund waren ein Song zu hören und das Fahren eines Zuges. Nachdem das Klappern des letzten Waggons verklungen war, endete die Nachricht.

»Während des Telefonats war er auf jeden Fall in keinem Haus«, überlegte Flo laut. »Am Anfang des Gesprächs hört man das Klingeln eines Bahnübergangs und das Verstummen eines Motors. Vermutlich stand er vor einem Bahnübergang, und die Musik kam aus dem Autoradio, das er nicht ausgeschaltet, sondern nur leiser gedreht hatte.«

»*Unchain my Heart* von Joe Cocker«, bestätigte Evelyn.

»Und dann kam der Zug vorbei. Das Auto muss ziemlich nahe bei den Bahnschranken gestanden haben, weil die Waggons so deutlich zu hören sind«, murmelte Flo mehr zu sich selbst als zu Evelyn. Plötzlich hob er die Augenbrauen. »Ich weiß, wie wir herausfinden, wo er sich zu diesem Zeitpunkt befand.«

»Wie bitte?«

»Zuerst müssen wir herausfinden, wie spät es war, als er dieses Gespräch geführt hat.«

»Okay, falls er nicht CD, sondern Radio gehört hat, sollte das möglich sein.« Evelyn holte ihr Notebook und durchsuchte mit surfmusik.de die Playlists der größten Radiosender. Bei Ö3 wurde sie fündig. »Schau!«, rief sie nach einer Weile. »Am Montag, den zehnten März, hat Ö3 zwischen 9.13 Uhr und 9.16 Uhr tatsächlich *Unchain My Heart* gespielt.«

»Gut, es war also am Morgen. Und jetzt zählen wir die Anzahl der Waggons.«

Evelyn rief noch einmal die Nachricht auf dem Anrufbeantworter ab, und diesmal saßen sie dicht gedrängt vor dem Handy, beugten sich über den Tisch und versuchten, Gerald Drögers Worte auszublenden und sich auf das Geräusch des Zugs zu konzentrieren.

Ta-tam-Ta-tam … Ta-tam-Ta-tam … Ta-tam-Ta-tam …

Nachdem die Nachricht zu Ende war, sahen sie sich an.

»Ich habe sechsundzwanzigmal Rumpeln gezählt«, sagte sie.

»Ich auch … bin auf dreizehn Waggons gekommen. Ziemlich lang für einen Personenzug. Muss vermutlich ein Güterzug gewesen sein.«

»Und jetzt?«

»Jetzt rufe ich die Zentrale der Österreichischen Bundesbahnen an.« Flo griff bereits nach seinem Handy.

Er gab sich als Sachbearbeiter einer Versicherung aus, behauptete, es ginge um den Blechschaden eines PKWs, und wurde viermal verbunden. Insgesamt hing er über zwanzig Minuten in den verschiedensten Warteschleifen, bis er endlich einen Koordinator vom Zentralverschiebebahnhof Wien-Kledering dranhatte, der ihm Auskunft erteilen konnte.

Während Evelyn hörte, wie Flo herauszufinden versuchte, auf welchen Strecken und an welchen Stellen genau am 10. März um 9.15 Uhr Güterzüge mit dreizehn Waggons gefahren waren, kramte Evelyn aus ihrem Bücherregal die größte Karte von Wien und Umgebung hervor, die sie besaß.

Als sie die Karte vor sich über den ganzen Tisch ausbreitete, hatte Flo sein Telefonat bereits beendet und kritzelte gerade etwas auf ein Blatt Papier.

»Also«, begann er, nachdem er den Stift weggelegt hatte. »Täglich fahren im Großraum Wien über sechstausend Wagen auf einer Gleislänge von Tausenden Kilometern. Um diese Zeit waren drei Güterzüge mit dreizehn Waggons unterwegs. Einer erreichte den Verschiebebahnhof in Wien-Kledering, der zweite verließ gerade die Stadtgrenze Richtung Bratislava, und der dritte kam von Norden nach Wien und fuhr gerade durch Nußdorf Richtung Spittelau.«

Evelyn markierte die drei Stellen mit einem Kreis auf der Karte. Dann richtete sie sich auf und betrachtete den Plan mit einem unglücklichen Blick. »Geht es etwas genauer?«

»Das *war* genau! Darf ich noch einmal die sechstausend Wagen in Erinnerung rufen?«

»Gut, dann scheidet der Zug nach Bratislava aus, weil es

hier nur Wald gibt und weder Straßen noch einen beschrankten Bahnübergang.«

»Von wann ist die Karte?«

Evelyn blickte zum Rand der Faltmappe. »Die ist zehn Jahre alt.«

»O Gott«, murmelte Flo und öffnete auf seinem Notebook ein Satellitenbild in 3D-Ansicht von der entsprechenden Stelle und scrollte hin und her. »Hm, ja, da gibt es immer noch keinen Bahnübergang.«

Evelyns Laune hatte sich keinen Deut gebessert. »Also kommen nur Wien-Kledering oder Nußdorf in Frage.« *Verdammt!* Keine der beiden Stellen lag auch nur in der Nähe von Richard von Kottens Villa beim Donauturm oder dem Sitz seiner Firma im Industrieviertel im Süden Wiens. Bei aller Mühe – aber diese Information war absolut nutzlos! »Hat wohl nichts gebracht.«

Flo nickte langsam. »Sieht so aus, schade. Und wie geht es jetzt weiter?«

»Ich habe keine Ahnung, wohin die Reise jetzt geht.«

»*Wohin die Reise geht …*«, wiederholte Flo nachdenklich. »Moment!« Er fuhr vom Stuhl hoch. »Hast du die Vernehmungsprotokolle hier?«

»Ja, wenn ich zu Hause arbeite, nehme ich immer alle Unterlagen mit.« Evelyn holte die Mappen, die sie von Ostrovsky erhalten hatte.

Rasch blätterte Flo durch die Zeugenbefragung von Michael Kotten, fuhr mit dem Finger die Zeilen entlang und stoppte an einer Stelle, die er offenbar gesucht hatte. »Hier steht es! Michael Kotten traf am zehnten März um 9.30 Uhr im Polizeirevier ein, wo die Beamten ihn vernommen haben.« Er nahm einen Stift, suchte den Standort des Reviers auf der

Wien-Karte und verband diesen mit dem Bahnübergang bei Nußdorf mit einem dicken Pfeil.

»Okay, diese Strecke ist er also an jenem Morgen gefahren«, stimmte Evelyn ihm zu. »Die Distanz entspricht etwa fünfzehn Minuten Fahrtzeit. Aber wie hilft uns das weiter?«

Flo grinste. »Daraus können wir schließen, aus welcher Richtung er gekommen ist.«

Nun begriff Evelyn, worauf Flo hinauswollte, und sah zu, wie er die Linie in jene Richtung weiterzog, aus der Dröger gekommen sein könnte. »Höchstwahrscheinlich kam er also aus dieser Gegend – nördlich von Nußdorf.«

Flo zog sein Notebook zu sich, scrollte zu dieser Gegend und schaltete die Satellitenansicht aus. Im nächsten Moment erschienen wieder die Straßenbezeichnungen. Gemeinsam starrten sie auf diesen Teil am Stadtrand Wiens zwischen Nußdorf und dem Kahlenbergerdorf, eine Gegend mit vielen Äckern, Wäldern und kleinen Ortschaften, wo die Donau die Stadt erreichte. Nach einer Weile ließ er ratlos die Schultern hängen. »Schade, da ist nichts, was uns weiterhilft. Na ja, einen Versuch war es zumindest wert.«

Evelyn wollte ebenfalls schon wieder den Blick abwenden, als der Name eines Gebäudes ihr ins Auge sprang. »Warte!«, rief sie, bevor Flo das Browserfenster schließen konnte. »Schau mal, was es hier mitten in diesem Park gibt. Das Dr.-Thomas-Nagorski-Sanatorium.«

»Und? Was ist damit?«

»Nagorski!«, rief Evelyn, als wäre Flo begriffsstutzig. »Olivia Nagorski ist Michael Kottens Tante. Und Thomas Nagorski ist ihr Sohn – also Michaels Cousin. Sie leitet die Olivia-Nagorski-Klinik in Laxenburg, wo Michael operiert wurde, und er führt dieses Sanatorium. Das ist doch kein Zufall!«

»Du denkst, dass Dröger dort für den Austausch vorbereitet worden ist … und sich der echte Michael noch dort aufhält?«

»Wäre eine Möglichkeit«, sagte Evelyn. »Was wissen wir über dieses Sanatorium?«

Flo suchte nach der entsprechenden Webseite und öffnete sie. »Ein Privatsanatorium für Psychiatrie, Psychotherapie und Psychosomatik.« Er scrollte zur Übersicht. »Wir bieten einen ganzheitlichen, erlebnisorientierten Therapieansatz mit individuell auf Störungsbilder zugeschnittenen Psychotherapien«, las er vor. »Wir unterstützen unsere Patienten bei der Bewältigung jeglicher psychischer Erkrankungen, bla, bla, bla …«

Das Sanatorium lag in einem Park mit angrenzendem Wald und sah wie ein Grandhotel aus dem neunzehnten Jahrhundert aus.

»Was es hier alles gibt«, staunte Flo. »Hör mal … Naturerlebnispfade im Wald, Nordic Walking, Kunsttherapie mit Farbe und Leinwand, Yoga, progressive Muskelentspannung, Akupunktur, Ernährungsberatung, therapeutisches Bogenschießen. Klingt fast wie Urlaub.«

»Als Urlaub würde ich das nicht bezeichnen«, murmelte Evelyn, nahm die Maus und klickte auf einen Button. »Schau dir mal die Krankheitsbilder an, auf die sie spezialisiert sind. Depression, Burnout, Trauma, Psychose sowie Angst- und Zwangsstörungen. *Puuuh!*«

Evelyn stand auf, nahm ihren kalt gewordenen Kaffee, ging zum Fenster und trank ihn aus. Nachdenklich fuhr sie mit dem Finger über den Rand der Tasse. »Nehmen wir einmal an, Dröger ist dort auf den Austausch vorbereitet worden. Dann kam der Anruf von der Polizei, dass sie ihn verhören wollen, woraufhin er mit dem Auto zum Revier gefahren ist. Am Bahnübergang musste er warten und hat mir die Nachricht auf dem Anrufbeantworter hinterlassen.«

»Aber Frau Dröger hat doch gesagt, dass ihr Mann das Haus an diesem Morgen …«

Evelyn hob die Hand und brachte ihn zum Schweigen, während sie immer noch aus dem Fenster blickte. »Die hat natürlich gelogen. Zur selben Zeit fand sie den Abschiedsbrief ihres Mannes in ihrem Briefkasten, den vermutlich Peter Wehrmann höchstpersönlich dort eingeworfen hat, woraufhin ihr Mann inoffiziell als vermisst galt.« Sie wandte sich um und sah Flo an. »Das alles passt perfekt zusammen. 9.15 Uhr. Das war der Zeitpunkt, an dem der ganze Plan ins Rollen kam.«

»Glaubst du, dass Michael sich immer noch in dem Sanatorium versteckt hält?«

»Versteckt hält … oder gefangen gehalten wird«, sinnierte Evelyn.

»Natürlich!« Flo schnippte mit den Fingern. »Falls du recht hast, kriegt er dort vielleicht – ob er will oder nicht – eine Therapie. Und das würde auch die Frage klären, warum Richard von Kotten will, dass der Doppelgänger mit seinem Geständnis in den Knast wandert.«

Ganz verstand Evelyn noch nicht, worauf Flo hinauswollte. »Und warum?«

Flo rutschte auf dem Sessel herum. »Das liegt doch auf der Hand. Falls der Doppelgänger freigesprochen wird, müsste er Michaels Rolle in Freiheit weiterspielen, während der echte Michael in Therapie ist. Dabei wäre das Risiko zu groß, dass der Schwindel auffliegt. Also muss Dröger so lange wie möglich im Knast bleiben. Nach eineinhalb Jahren wird er dort ohnehin sterben – oder er hat bereits zuvor einen tödlichen Unfall.«

»Und niemand wird jemals Michaels wahre Geschichte erfahren«, vollendete Evelyn den Gedanken.

Flo sah auf die Uhr. »Fahren wir zu diesem Sanatorium?«

Evelyn nickte. »Darauf kannst du Gift nehmen. Aber vorher sollte sich Ostrovsky einen Durchsuchungsbeschluss holen.«

36

Um drei Uhr nachmittags saß Pulaski in seinem Büro in der Dimitroffstraße und beendete seinen Bericht über einen Messerangriff mit Körperverletzung in der Fußgängerzone, von wo er gerade gekommen war. Er schloss die Akte im System und dachte an sein Gespräch mit Staatsanwalt Clemens in der Sauna. Irgendwie musste er die brünette Frau finden. Aber die Beschreibung, die er von Dominik im *Country & Beat Club* erhalten hatte, war einfach zu oberflächlich. Brünette Frauen im roten Kleid mit Pelzmantel gab es Hunderte. Aber nur eine davon wusste, was an jenem Abend in dem Motel passiert war.

Falls Pulaskis Riecher richtig war, handelte es sich um eine äußerst raffinierte Tat. Aber noch fehlte ihm das Motiv dazu. Wozu Hinze ausschalten? Sein Ehebruch konnte nicht der Grund dafür sein. Erstens hatte Ninas Mutter erst am nächsten Tag vom Tod ihres Mannes erfahren – oder sie war eine verdammt gute Schauspielerin. Und zweitens hatte sich herausgestellt, dass sie für die Tatzeit ein Alibi besaß. Nein, es musste einen anderen Grund für diesen Mord geben. Womöglich steckte viel mehr dahinter, als er im Moment ahnte. Und wenn das der Fall war, gab es vielleicht noch weitere ähnliche Taten.

Also telefonierte er mit Philip Koch, seinem ehemaligen Kollegen beim LKA in Dresden, der für Datenverarbeitung und Erkennungsdienst zuständig war. Koch hatte Pulaski vor vielen Jahren mit seiner späteren Frau bekannt gemacht und war dann auch sein Trauzeuge gewesen.

»Du rufst immer nur an, wenn du dienstlich etwas brauchst«, murrte Philip, nachdem Pulaski ihm erklärt hatte, was er wollte.

»Was willst du hören? Ich bin immer noch Single, Jasmin macht gerade eine schwierige Teenagerphase durch, meine Asthmaanfälle werden nicht besser, und mit etwas Glück werde ich nach diesem Fall suspendiert und darf in Frührente gehen«, knurrte Pulaski. »Zufrieden? Können wir den Small Talk jetzt beenden, damit du einen Blick ins System wirfst?«

»Bin ja schon dabei – ist immer wieder nett, mit dir zu plaudern.«

Pulaski hörte seinen Kollegen auf der Tastatur tippen. Er hätte ja selbst einen Blick ins zentrale Einsatzleitsystem werfen und eine Abfrage starten können, aber seit dem letzten beknackten Update war er nicht mehr so fit am Computer. Auch weil er die letzte Schulung geschwänzt hatte – der moderne Kram interessierte ihn einfach nicht mehr. Heutzutage erstickte jeder in bürokratischen Abläufen und glaubte darüber hinaus, er könnte Verbrechen allein mit dem Computer lösen, übersah dabei aber die naheliegendsten Verbindungen.

»Also … Leiche mit fehlenden Totenflecken«, wiederholte Philip. »Unfall … und Blut im Afterbereich – mein Gott, da bist du aber wieder einer schrägen Sache auf der Spur. Aha – da haben wir ja tatsächlich etwas.« Er klickte mit der Maus. »Vor drei Tagen, am Dienstag, ist ein Rechtsanwalt in seiner Villa verstorben, der laut Hausarzt ähnliche Anzeichen hatte. Allerdings war das eine natürliche Todesursache. Hatte einen epileptischen Anfall und danach Herzversagen – hat sich dabei die Zungenspitze abgebissen.«

»Und wo?«

»Sieh mal an, sogar hier in Dresden. Ein gewisser Doktor Eugen Birkenthal. Ist nach dem Besuch der Semper-Oper am nächsten Tag von seiner Putzfrau im Schlafzimmer tot aufgefunden worden.«

»Schick mir die Akte.«

»Bin schon dabei.«

Pulaski hörte im Telefon den typischen Online-Klingelton, wenn Daten über das Polizeinetz abgeschickt wurden. »Noch was?«

»Gedulde dich und halt die Füße still, sonst bekommst auch du einen Herzanfall.«

Pulaskis Herz war einwandfrei in Ordnung, nur die Atemwege machten ihm zu schaffen. In diesem Moment fiel von draußen ein Schatten auf die Milchglastür zu seinem Büro, die Klinke quietschte, und die Tür wurde aufgedrückt.

Sein Chef Horst Fux stand im Türrahmen, mit locker gebundener Krawatte und aufgerollten Hemdsärmeln, und blickte neugierig ins Zimmer. »Schon fertig mit dem Bericht über die Messerstecherei?«

Pulaski hielt die Hand über die Sprechmuschel des Hörers. »Ja.«

»Und?«

»Und was? Du siehst doch, dass ich telefoniere.«

»Mit Dresden? Was willst du von denen?«

Ach, *das* wusste er? Die modernen Telefonsysteme waren Pulaski von Anfang an ein Dorn im Auge gewesen. Konnte Fux ihn nicht eine Minute in Ruhe lassen? »Es ist privat!«, sagte er.

Fux kniff die Augen zusammen, als wüsste er genau, dass Pulaski wieder an der Hinze-Sache dran war. Da leuchtete auf Pulaskis Telefon die rote Lampe des Pförtners auf.

Im Lautsprecher knackte es. »Pulaski?«

»Ja?«, rief er. »Mein Gott, was ist denn jetzt schon wieder?« *Konnte man nicht einen Moment lang ungestört in seinem Büro sitzen?*

»Am Empfang ist Besuch für dich.«

»Soll raufkommen!« Pulaski schaltete die Gegensprechanlage aus und sah zu Fux. »Du siehst, ich bin beschäftigt.«

Fux nickte, verschwand zwar, ließ jedoch die Bürotür einen Spalt offen. Also nahm Pulaski seinen Anti-Stress-Knetball, den er nach dem letzten Mitarbeitergespräch von der Betriebspsychologin erhalten hatte, und warf ihn so fest gegen die Tür, dass diese zuschwang. Das Glas vibrierte, und der Ball hüpfte einmal durchs Zimmer und sprang wieder auf den Tisch, wo Pulaski ihn auffing.

»Hallo? Hörst du mich?«, rief Philip ins Telefon.

»Ja, bin wieder am Apparat. Hast du noch etwas gefunden?«

»Könnte möglicherweise ins Bild passen. Allerdings nicht bei uns, sondern in Polen.«

Polen? Vergiss es, dachte Pulaski im ersten Moment, doch dann überlegte er es sich anders. »Okay, lass hören. Worum geht es da?«

»Gestern ist ein Mann in Settin gestorben. An der polnischen Grenze zu …«

»Ich weiß, wo das ist. Heißt aber vermutlich *Stettin.*« Pulaski drückte den Ball.

»Ach ja, stimmt, hab mich verlesen. Vermutlich auch Herzinfarkt. Aber weil der polnische Rechtsmediziner die außerordentlich blasse Haut des Toten merkwürdig fand, ebenso wie die Blutspuren beim After, hat der eine Autopsie gemacht.«

Die Polen waren immer schon mehr auf Zack als wir. »Liegt schon ein Ergebnis vor?«

»Nein, nichts bis auf die Vermutung, dass er K.-o.-Tropfen im Blut hatte.«

»Kannst du mir auch diese Akte schicken?«

»Ich kann's über das BKA versuchen. Sonst noch was?«

»Nein, danke.« Pulaski knetete den Ball und legte den Hörer auf. *Die können ja unmöglich alle Hämorrhoiden gehabt haben.*

Kurz darauf klingelte das Betriebssystem, drei Minuten später ein zweites Mal. Er hatte die Akten der beiden Todesfälle erhalten und öffnete die Dateien. Der Tote aus Stettin war gebürtiger Österreicher, hatte jedoch in Berlin gearbeitet. Er hieß Siegler und war fünfundsechzig Jahre alt gewesen. Etwa in Birkenthals Alter. Ninas Vater war zwar deutlich jünger als die beiden anderen gewesen, doch angesichts der Tatsache, dass die drei Männer innerhalb von nur einer Woche gestorben waren und ihre Leichen ähnliche Spuren aufwiesen, erschien das eher nebensächlich. Zudem lagen Dresden und Stettin nicht weit von Leipzig entfernt. Die möglichen Tatorte waren mit dem Auto in etwa einer beziehungsweise knapp vier Stunden erreichbar. Er spürte, dass es da einen Zusammenhang geben musste. *Aber worin besteht der?*

Pulaski druckte die beiden Akten aus, und während der Laserdrucker ein Blatt nach dem anderen einzog, öffnete sich die Tür. Er erwartete schon wieder Fux, doch es war ein junger Kollege, der den Kopf ins Büro steckte.

»Herr Pulaski, Ihr Besuch ist da.«

Ach, der Besuch! Den hatte er ganz vergessen. Er legte den

Ball beiseite und blickte neugierig zur Tür. Der Kollege verschwand, und zwei junge Frauen traten ein. *Jasmin und Nina!* Beide in Jeans, Parka und mit einem Motorradhelm in der Hand.

»Hallo, Papa«, grüßte Jasmin kleinlaut. »Entschuldige, dass wir dich hier stören.«

Automatisch griff Pulaski wieder zu seinem Anti-Stress-Ball und drückte ihn so fest, dass das Material knirschte. »Was wollt ihr hier? Nein, sag es nicht, ich kann es mir denken. Können wir zu Hause darüber sprechen? Ist gerade ungünstig.«

»Es ist wichtig!«, drängte Jasmin.

»Wann ist es das nicht? Kommt rein«, seufzte er.

Die beiden Mädchen traten ein, schlossen die Tür und setzten sich vor Pulaskis Schreibtisch auf die Besucherstühle. Während Nina einen Ausdruck aus der Jacke zog, blickte Jasmin neugierig auf die letzten Blätter, die der Laserdrucker auswarf. Rasch griff Pulaski nach dem Stapel und ließ ihn in seiner Schreibtischschublade verschwinden.

»Was druckst du da aus?«, fragte seine Tochter.

»Eine laufende Ermittlung, die dich nichts angeht, Jasmin. Und falls du daran denkst, auch diese Polizeiarbeit zu behindern, muss ich dich festnehmen und eine Nacht lang in die Ausnüchterungszelle stecken.« Er hob den Finger. »Und ja, ich darf das ohne Angabe von näheren Gründen.«

»Du hast also eine Spur entdeckt«, flüsterte Jasmin verschwörerisch.

Nina sah neugierig zu ihm hin, doch er versuchte, sich keine Reaktion anmerken zu lassen. Schließlich breitete sie ihre Unterlagen auf seinem Schreibtisch aus. »Wir haben auch eine gefunden.«

Was heißt wir auch? »Himmel, Mädchen! Ich habe jetzt andere Sachen zu tun, als mir eure Schauer-Detektivgeschichten anzuhören. Außerdem hatten wir eine Abmachung, dass ihr die Finger von der Sache lasst.«

»Um das herauszufinden, mussten wir nicht einmal das Haus verlassen«, konterte Nina.

»Also schön, was habt ihr Großartiges entdeckt?« Er warf einen Blick auf die Papiere. Es waren Ausdrucke von Zeitungsartikeln.

»Wir haben uns die Online-Archive der Zeitungen angesehen und nach außergewöhnlichen Todesfällen gesucht. Insgesamt haben wir elf gefunden und überprüft, ob bei denen eine Frau im roten Kleid mit Pelzmantel erwähnt wird.«

Nein, wie einfallsreich! Fast hätte Pulaski lauthals aufgelacht. Da hörte er die Stimme von Horst Fux im Gang. Im nächsten Augenblick sah er die Umrisse seines Vorgesetzten durch die Milchglasscheibe. Rasch schob er Ninas Unterlagen zu einem Stoß zusammen. »So geht das nicht«, flüsterte er. »Wir haben andere Systeme, mit denen man zielsichere Abfragen machen kann. Da muss man nicht im Zeitungsarchiv blättern.«

Die Silhouette von Horst Fux verharrte vor Pulaskis Tür. *Schöne Scheiße!* Gleich würde er hereinkommen.

»Es gibt da die Todesfälle von einer Iris Schmidt-Ulmen und einem Eugen Birkenthal«, flüsterte Jasmin.

Pulaski stutzte. »Was hast du da gesagt? Birkenthal?« Er nahm Ninas Ausdrucke und warf einen Blick darauf. *Wer ist die Frau im roten Kleid?*, lautete die Überschrift eines Zeitungsartikels.

In diesem Moment öffnete sich die Tür. Horst Fux trat ein. »Na, dein Privatgespräch schon beendet?« Er betrachtete die beiden Mädchen. »Hallo, Jasmin.«

»Guten Tag, Herr Fux.« Sie nickte artig.

Pulaski drehte den Stapel mit den Ausdrucken rasch um. »Nina, ich habe jetzt keine Zeit, aber ich komme anschließend zu dir und deiner Mutter und helfe euch beim Ausfüllen der Witwen- und Waisenrentenformulare und beim Ummelden des Autos bei der Versicherung, okay?«

»Vielen Dank.« Nina spielte sofort mit.

Fux' versteinertes Gesicht wurde plötzlich weich, als er Nina betrachtete, die mit hängenden Schultern auf dem Stuhl saß. »Du kannst das ruhig hier erledigen«, sagte er plötzlich großzügig. »Aber anschließend kommst du in mein Büro. Ich habe neue Arbeit für dich.«

»Danke«, sagten die Mädchen wie aus einem Mund.

Fux nickte verständnisvoll, dann verließ er das Büro und schloss die Tür hinter sich.

»Warum hast du gelogen?«, wisperte seine Tochter.

»Weil die Ermittlungen das LKA Dresden geführt hat und mich die Sache offiziell nichts mehr angeht. Und euch schon gar nicht. Wenn Fux erfährt, dass ihr herumschnüffelt und ich davon weiß, reißt er mir eigenhändig den Kopf ab.« Er sah auf die Zeitungsartikel. Die beiden Gören waren also wie Philip und er auf den Namen von Rechtsanwalt Dr. Eugen Birkenthal gestoßen. Er hob den Blick. »Und wer ist diese Iris Schmidt-Ulmen?«

»Die Produktionsleiterin einer großen Firma in Berlin. Sie ist nach einer Benefizveranstaltung im Whirlpool ihres Hauses ertrunken.«

»Ertrunken? Und?«, fragte Pulaski unbeeindruckt.

»Sie stand bei der Veranstaltung mit einer brünetten Frau in einem roten Kleid an der Bar.«

»Das ist noch lange kein Beweis«, knurrte er, dachte jedoch

daran, dass Berlin auch nicht weit von den anderen Tatorten entfernt lag und somit ins Schema passen könnte. »Woher wisst ihr das überhaupt? Gab es einen Exklusivbericht über ihre Barbekanntschaft in einem Schmierenblatt?«

»Nein, wir haben ihren Namen gegoogelt und sind auf die Facebook-Seite dieser Wohltätigkeitsveranstaltung gestoßen. Auf einigen Fotos haben wir Iris Schmidt-Ulmen entdeckt, und auf einem davon stand sie mit einer brünetten Frau im roten Kleid an der Bar.«

Facebook, dachte er grimmig. »Ist diese Frau darauf genauer zu erkennen?«

»Leider nein, nur am Bildrand und verschwommen von hinten.«

Aber immerhin – sie hatten eine erste Spur. Und noch etwas wurde ihm soeben klar: Hinze, Birkenthal, Schmidt-Ulmen und Siegler waren an vier aufeinanderfolgenden Tagen gestorben – jeweils am Abend. Und in wenigen Stunden würde der fünfte Abend dieser Woche anbrechen.

Er ließ sich von Jasmin den genauen Namen der Wohltätigkeitsveranstaltung nennen, griff zum Hörer und drückte die Wahlwiederholungstaste. Kurz darauf meldete sich Philip Koch. »Was hast du vergessen? Mach schnell, wir haben gleich eine Einsatzbesprechung.«

Pulaski nannte ihm den Namen der Facebook-Seite jener Benefizgala. »Setz den Erkennungsdienst darauf an. Die sollen sämtliches Bild- und Videomaterial sichern. Vielleicht finden die heraus, wer die junge brünette Frau im roten Kleid ist.«

»Aha.« Koch notierte sich alles. »Noch was?«

»Ja, schick mir die Akte vom Todesfall einer gewissen Iris Schmidt-Ulmen vom zwölften März in Berlin.«

»So, so.« Philip tippte auf seiner Tastatur. »Wenn du so weitermachst, kann ich dir gleich alle Todesfälle aus dem gesamten Jahr schicken.«

»Mhm«, brummte Pulaski. »Vielleicht sind wir da einer großen Sache auf der Spur.«

»Wir?«, wiederholte Philip.

Pulaski betrachtete die Mädchen. »Ja, wir.«

37

Um halb fünf Uhr abends saß Evelyn im Café Landtmann auf der Wiener Ringstraße Oberstaatsanwalt Ostrovsky gegenüber. Das Wetter war trüb, die Stadt grau, und eisig kalter Nieselregen benetzte die Scheibe.

Ostrovsky löffelte aus einem tiefen Teller einen Apfelstrudel, der in Vanillesoße ertrank. Dann sah er auf und wischte sich mit einer Serviette über den Schnauzbart. »Was gibt es so Dringendes?«

Evelyn hatte sich nur eine Tasse Kaffee bestellt, die aber noch nicht serviert worden war. Im Hintergrund ertönte ein Walzer von Strauß. Sie beugte sich über den Tisch und senkte die Stimme, da das Kaffeehaus voller Gäste war. »Ich weiß, wie wir Richard von Kotten drankriegen, aber dazu brauche ich deine Hilfe.«

Gedankenverloren knetete Ostrovsky mit seinen dicken Wurstfingern die Serviette. »Ausgerechnet *du* hast plötzlich Interesse daran, ihm zu schaden?«, fragte er überrascht. »Ich dachte, du wolltest deinem Klienten helfen.«

»Meinem Klienten schon – aber nicht Richard von Kotten.«

»So, so.« Ostrovsky hob die Augenbrauen. »Ich habe dich gewarnt. Du hast dich auf ein Tänzchen mit dem Teufel eingelassen, als du Michael als Mandanten angenommen hast.«

»Wie meinst du das?«

»Peter Wehrmann hast du vermutlich schon kennengelernt?«

»Habe ich – und?«

»Wehrmann ist kein unbeschriebenes Blatt. Er sorgt dafür, dass jede Menge Ex-Knackis in von Kottens Diensten stehen, die von ihm fürstlich entlohnt werden. Dadurch sind sie ihm loyal ergeben.«

»Ist das ein Verbrechen?«

»Kommt darauf an, wofür man diese Leute braucht.«

Evelyn atmete tief durch. »Und wofür?« Sie hasste es, wenn Ostrovsky so kryptisch daherredete.

»Anscheinend kennst du die Hintergründe nicht, wie und warum von Kottens Firma binnen fünfundzwanzig Jahren von einer Reihe kleiner Wettbüros zu einem mächtigen internationalen Konzern aufgestiegen ist.«

»Ich nehme an, die wirst du mir gleich erzählen.« In diesem Moment wurde ihr Kaffee serviert, in den sie ein Stück Zucker rührte.

Nachdem der Kellner wieder verschwunden war, beugte sich Ostrovsky nach vorn und hob zwei Finger. »Zuerst kauft er ausländische Casinos, indem er die Betreiber unter Druck setzt, während Heinrich von Kotten die juristische Drecksarbeit für ihn erledigt. Und dann lässt er Politiker in seinen Casinos an manipulierten Geräten gewinnen. Nicht nur osteuropäische, auch eine Handvoll deutsche und österreichische. Große Summen Schwarzgeld. Als Gegenleistung erwartet er einen Gefallen. So läuft das Geschäft.«

»Und das weißt du deshalb«, sagte Evelyn spitz, »weil er es dir genau so erzählt hat.«

Er ignorierte Evelyns Ton und schüttelte nur den Kopf. »Kannst du dich noch an meinen Vater erinnern? Er war noch Oberstaatsanwalt, als Heinrich von Kotten gerade Sektionschef wurde. Mein Vater hätte damals umgerechnet eine halbe

Million Euro gewinnen können – als Gegenleistung für gewisse juristische Gefälligkeiten.«

»Dein Vater?«, entfuhr es Evelyn, die wusste, dass der alte Ostrovsky eine angesehene Persönlichkeit gewesen war.

»Er wollte das Geld nicht. Im Gegenteil. Stattdessen wollte er von Kottens Machenschaften auffliegen lassen. Aber sie machten ihn fertig und bezichtigten ihn, das Schmiergeld sehr wohl angenommen zu haben. Der Koffer mit dem Bargeld stand bei der Hausdurchsuchung in seinem Arbeitszimmer. Außerdem behaupteten sie, er habe in einem der Casinos mit einer minderjährigen Nutte Sex gehabt …« Er verstummte. »… woraufhin er sich das Leben nahm.«

»Aber …«, rief Evelyn mit trockener Kehle.

»Davon stand natürlich nichts in der Zeitung. Nicht einmal meine Mutter wusste davon. Alles wurde vertuscht, wie üblich. Und schon damals hing Heinrich von Kotten mit drin.«

Nun wurde Evelyn einiges klar. »Und deshalb möchtest du ihn fertigmachen.«

»Nicht nur.« Er winkte ab. »Sondern auch deshalb, weil sich seit damals nichts an diesen Methoden geändert hat. Viele wissen davon, doch alle sehen zu, und Beweise gibt es keine.«

Sie dachte an die Fotos von Johann Wulfs Handy. »Folgendes Angebot: Ich könnte dir Unterlagen über eine Schmiergeldaffäre zur Verfügung stellen, mit der du die Casino Kotten GmbH drankriegst.«

Ostrovsky schien erstaunlich wenig interessiert. »Wie bist du an diese Unterlagen gekommen?«

»Sagen wir einmal so: Es gab jemanden, der Richard von Kotten vermutlich erpressen wollte, jetzt aber tot ist.«

»Johann Wulf?«

Evelyn schwieg.

»Das hört sich zwar alles wahnsinnig aufregend an«, sagte Ostrovsky in einem ruhigen Ton, »aber ich brauche schon mehr als das, um von Kotten dranzukriegen.« Er ballte die Faust. »Ich brauche etwas, um ihn so fertigzumachen, dass er, seine Firma und sein schmieriger Schwager für immer zerstört sind. Alles andere wäre unser beider beruflicher Selbstmord.«

»Na gut«, sagte sie. »Dann hätte ich noch ein zweites Angebot für dich.«

»Ich höre.«

»Wenn du mir hilfst, könnten wir nicht nur Richard von Kotten und seine Firma, sondern auch Olivia und Thomas Nagorski sowie vermutlich sogar auch Heinrich von Kotten und damit die ganze Familie zu Fall bringen.«

»Du bist tatsächlich bereit, dich mit dem gesamten von-Kotten-Clan anzulegen? Das sind mächtige und einflussreiche Leute.«

Das ist mir mittlerweile klar geworden. Einen solchen Tausch zu inszenieren und Michael unter falscher Identität in einem Sanatorium zu verstecken, das zog man nicht mal eben so an einem Nachmittag durch. Dazu mussten jede Menge Ärzte entweder bestochen oder unter Druck gesetzt worden sein. »Also, wirst du mir nun helfen?«

Ostrovsky blickte sie kurz nachdenklich an, schien dann aber zu dem Schluss zu kommen, dass er ihr vertrauen konnte. »Aber nur unter der Bedingung, dass ich es als Erster erfahre, sobald du etwas Belastendes über die Familie findest.«

Evelyn nickte.

»Gut, was brauchst du?«

»Eine Polizeistreife, unbestechliche Beamte und einen richterlichen Durchsuchungsbeschluss für das Dr.-Thomas-Nagorski-Sanatorium, damit wir Einsicht in die Personendaten aller Neuzugänge der letzten zwei Wochen erhalten sowie eine Befragung aller Patienten durchführen können.«

Ostrovsky stöhnte auf. »Und wozu soll das gut sein?«

Das war ja klar! Evelyn seufzte. Ihr Instinkt sagte ihr jedoch, dass es noch zu früh war, Ostrovsky in alle Details einzuweihen. Er würde Frau Dröger unweigerlich in die Sache hineinziehen und keine Minute zögern, sie im Zeugenstand fertigzumachen. Außerdem suchte Evelyn noch nach einer Möglichkeit, dass die Drögers Richard von Kottens Geld behalten durften. Immerhin hatte sie das versprochen. Und ob ihr Mann nun einen Tag länger im Knast saß oder nicht, war auch schon egal.

»Das kann ich dir jetzt noch nicht verraten«, sagte Evelyn.

Ostrovsky strich sich über den Schnauzbart. »Und wie soll ich das vor dem Richter begründen?«

»Lass dir etwas einfallen. Du bist doch sonst so erfinderisch. Jedenfalls ist es das Risiko wert.«

»Ja, hör schon auf, mich überzeugen zu wollen. Ich kenne ja deinen berühmten Instinkt. Gut, ich werde sehen, was sich machen lässt.«

»Es ist dringend!«, beharrte Evelyn.

»Ist es das nicht immer? Ich verspreche dir, den Beschluss noch heute Abend zu beschaffen.«

»Und du mailst ihn mir sofort?«

»Kann ich machen, aber du weißt, dass du nichts erreichst, wenn du dort allein mit diesem Beschluss aufkreuzt«, stellte er sicher. »Diese Hausdurchsuchung ist schon noch eine Sache der Polizei, darum müsste ich wissen, wonach wir eigentlich suchen.«

»Es ist nicht unüblich, dass ein Staatsanwalt die Polizei bei einer Hausdurchsuchung begleitet. Schon allein deshalb, weil es um sensible Personendaten geht. Und aus ermittlungstechnischen Gründen könntest du eine Anwältin mitnehmen.«

»Du lässt dir wohl nicht gern in die Karten schauen«, stellte er fest.

»Habe ich von dir gelernt.«

»Gut, ich melde mich bei dir, wenn es so weit ist.«

Evelyn lächelte. Sie trank den Kaffee in einem Zug aus und stellte die Tasse ab. »Du zahlst?«

»Wie immer«, seufzte Ostrovsky.

38

Pulaski saß mit Nina und Jasmin in seinem Wohnzimmer. Um ihn herum surrten die Notebooks der Mädchen, und Pulaski hatte die Blätter der Ermittlungsakten von Hinze, Birkenthal, Siegler und Schmidt-Ulmen neben seinem Laptop ausgebreitet. Die Frau war zwar in ihrem Whirlpool ertrunken, doch der Rechtsmediziner hatte eine geringe Dosis K.-o.-Tropfen in ihrem Blut gefunden.

Freilich war es »old school«, was er tat, aber er kritzelte dennoch eine Übersicht auf einen Zettel. Früher waren Kriminalfälle nur so gelöst worden – mit einem Blatt Papier, einem gespitzten Bleistift und jeder Menge Hirnschmalz und Ausdauer.

Während er an einer frischen Tasse heißen Kaffees nippte, starrte er nachdenklich auf die Übersicht, auf der er mehrere Details mit einem Stift eingekreist hatte.

Klaus Hinze
Alter: *40*
Beruf: *Geschäftsführer der Urania GmbH*
Wohnort: *Leipzig*
Verstorben: *Montag, 10. März*
Todesursache: *Stich einer Schere ins Kleinhirn im AutoRest-Motel.*
Frage: *Warum wenige Leichenflecken, blasse Haut und Blut im Afterbereich?*

Verbindung: *Wurde zuvor in einem Club mit einer Frau im roten Kleid gesehen.*

Dr. Eugen Birkenthal
Alter: *65*
Beruf: *Jurist mit eigener Kanzlei, Birkenthal & Partner Rechtsanwälte*
Wohnort: *Dresden*
Verstorben: *Dienstag, 11. März*
Todesursache: *Nach dem Besuch der Semperoper in seiner Villa an Herzversagen verstorben. Hat sich bei einem epileptischen Anfall die Zungenspitze abgebissen.*
Frage: *Warum wenige Leichenflecken, blasse Haut und Blut im Afterbereich?*
Verbindung: *Wurde zuvor in der Oper mit einer Frau im roten Kleid gesehen.*

Iris Schmidt-Ulmen
Alter: *42*
Beruf: *Produktionsleiterin der Casino Produktions GmbH*
Wohnort: *Berlin*
Verstorben: *Mittwoch, 12. März*
Todesursache: *Alkoholisiert im Whirlpool ihres Hauses ertrunken.*
Frage: *Warum leichte Dosis von K.-o.-Tropfen im Blut?*
Verbindung: *Ist auf einem Foto mit einer Frau im roten Kleid auf einem Charity-Event zu sehen.*

Ulrich Siegler
Alter: *65*
Beruf: *Vertriebsleiter der Eastern Europe Games GmbH*
Wohnort: *Berlin* – Leichenfundort: *Stettin, Polen*
Verstorben: *Donnerstag, 13. März*
Todesursache: *möglicherweise natürlich, Fremdeinwirkung nicht restlos ausgeschlossen.*
Frage: *Warum wenige Leichenflecken, blasse Haut und Blut im Afterbereich, sowie leichte Dosis von K.-o.-Tropfen im Blut?*
Verbindung: *War auch hier die Frau im roten Kleid im Spiel?*

Einige Dinge lagen noch im Dunkeln, doch es gab zwei Schnittmengen, die alle Fälle miteinander verbanden: die Umstände des Todes und die mysteriöse brünette Frau, die mit Ausnahme von Siegler in der Nähe aller Verstorbenen gesehen worden war. Falls es sich dabei um dieselbe Frau handelte – und davon ging Pulaski aus –, war sie entweder die Mörderin, oder sie wusste zumindest etwas über die Todesfälle.

Es sah ganz so aus, als wäre der Tod von Ninas Vater nur Teil eines größeren Bildes – und zwar das erste Puzzlestück, mit dem zu Beginn dieser Woche alles angefangen hatte.

Pulaski nippte an der Kaffeetasse und kramte danach in den Unterlagen. Und es gab noch eine dritte Gemeinsamkeit: Alle vier Opfer waren beruflich in der Glücksspielbranche beschäftigt gewesen. Ninas Vater war der Geschäftsführer einer Online-Spielefirma gewesen, Iris Schmidt-Ulmen die Produktionsleiterin der Berliner Casino Produktions GmbH und Siegler der Vertriebsleiter einer Firma, die Casinos im Ausland aufbaute und betrieb.

»Und du, alter Mann …«, brummte Pulaski und betrachtete die Webseite, die er auf seinem Laptop geöffnet hatte. Rechtsanwalt Birkenthal hatte unter Referenzen nur einen einzigen Kunden, nämlich die Casino Kotten Deutschland GmbH. Das alles hing irgendwie zusammen. »Wir haben es auf jeden Fall mit der Glücksspielindustrie zu tun«, murmelte er.

Die beiden Mädchen, die im Schneidersitz auf dem Boden saßen und konzentriert auf ihre Notebooks blickten, sahen plötzlich auf.

»Wir haben uns den Geschäftsbericht des vorletzten Jahres der Casino Kotten Deutschland GmbH heruntergeladen«, sagte Jasmin. »Da steht nur eine Unmenge von Zahlen drin, aber eines ist interessant …«

»Die Firmen, für die mein Papa, Schmidt-Ulmen und Siegler gearbeitet haben, gehören der Casino Kotten mit Sitz in Berlin«, übernahm Nina die weitere Erklärung. »Ich blicke bei dem ganzen Firmengeflecht nicht durch, aber Rechtsanwalt Birkenthal und Vertriebsleiter Siegler besaßen jeweils zehn Prozent Gesellschafteranteil.«

Pulaski nickte. Die kaufmännische Schule, die die Mädchen besuchten, und der Nachhilfeunterricht in Rechnungswesen schienen doch für etwas gut zu sein. »Richard von Kotten«, murmelte er. Das hatte er bisher auch herausgefunden. Die *Casino Kotten Deutschland GmbH* war die Tochtergesellschaft der *Casino Kotten GmbH* in Österreich – und befand sich im Privatbesitz des Eigentümers. Alles fügte sich zu einem Bild zusammen. Doch dieser von Kotten wohnte und arbeitete in Wien, wodurch er im Moment unerreichbar für ihn war. Allerdings hatte Pulaski noch eine andere Spur entdeckt, und die hieß *Torfhoff!*

»Neben Birkenthal und Siegler gibt es noch einen dritten Gesellschafter, der ebenfalls zehn Prozent Anteil an der Firma hält«, sagte Jasmin. »Ein gewisser Torfhoff.«

»Richtig, darauf bin ich auch gerade gestoßen.« Auf der Webseite der Firma hatte er sich die Historie des Unternehmens durchgelesen und so den Namen des Finanzdirektors gefunden. Es sah so aus, als hätten diese drei Männer die Firma damals gemeinsam mit dem Eigentümer zu dem aufgebaut, was sie heute war. Ein Glücksspielimperium. »Wohnt in Halle an der Saale«, murmelte Pulaski. Das lag zwar im benachbarten Sachsen-Anhalt, war aber trotzdem gar nicht mal so weit von hier entfernt. *Nur vierzig Kilometer.*

»So sieht er aus.« Jasmin erhob sich und zeigte ihm ein Foto von einer Online-Plattform für Geschäftsnetzwerke.

Pulaski starrte auf das Bild. Torfhoff war Mitte fünfzig mit Dreitagebart und einer Sonnenbrille, die in den längeren schwarz gelockten Haaren steckte. Das eigentliche Profil war nicht öffentlich zugänglich, doch unter dem Foto stand: *arbeitet bei Casino Kotten Deutschland GmbH.*

Was es alles gibt! Neidlos musste Pulaski zugeben, dass die beiden Mädchen bei den Recherchen ein ebenso zügiges Tempo an den Tag legten wie mancher Kripoermittler. *Unterschätze niemals die Intelligenz von Jugendlichen,* hatte seine Frau schon vor zehn Jahren gepredigt.

Nach einem kurzen Telefonat mit einem Kollegen von der Polizei in Halle kannte er Torfhoffs Adresse. Und wie es aussah, war der Mann noch am Leben. Wenn man sich allerdings überlegte, wie rasch die Gesellschafter und Geschäftsführer von Richard von Kottens Firma starben, fragte man sich: Wie lange noch?

Pulaski blickte auf die Uhr. Es war kurz vor sechs. Da läutete sein Handy. Philip Koch war dran. »Was gibt's?«, fragte Pulaski.

»Ich habe nicht viel Zeit, die nächste Einsatzbesprechung fängt gleich an. Also sei still und hör mir gut zu«, sagte Philip. »Mittlerweile liegt uns der polnische Autopsiebericht von Ulrich Siegler vor.«

»Du kannst Polnisch?«, fragte Pulaski.

»Ich nicht, aber der Google-Translator kann es. Hör zu! Die ungewöhnlich helle Haut sowie das Fehlen der Leichenflecken haben ein und dieselbe Ursache. Siegler ist innerlich verblutet.«

»Und wie ist das passiert?«

»Er wurde mit einem langen, scharfen, spitzen und vermutlich metallenen Gegenstand durch den Anus … äh … aufgespießt. Und zwar mehrmals.«

Automatisch dachte Pulaski an Ninas Vater. Er schielte zu Nina, die den Atem anhielt und lauschte, aber nichts verstehen konnte, da Pulaski das Telefon ans Ohr presste.

»Dadurch kam es nach dem Tod nicht zu den üblichen Leichenflecken, weil das Blut durch die Stiche anderweitig im Körper ausgeronnen ist.«

»Und daher auch die Blutstropfen am After«, schlussfolgerte Pulaski. *Wusste ich es doch, dass die nichts mit Hämorrhoiden zu tun haben.*

»Jedenfalls hattest du den richtigen Riecher. Es war Mord. Das wollte ich dir nur rasch sagen. Muss jetzt los.«

»Warte!«, unterbrach Pulaski ihn. »Die Fälle, die du mir geschickt hast, hängen zusammen. Sie haben etwas mit der

Glücksspielbranche zu tun. Wir sollten nach einem Spieler oder einer Spielerin suchen, die vielleicht in einem Casino der Kotten GmbH viel Geld verloren hat.«

»Okay, klar, aber morgen. Muss jetzt los.« Philip hatte aufgelegt, und Pulaski starrte Richtung Wohnzimmerwand ins Leere. Das bedeutete, dass auch Ninas Vater auf die gleiche Art und Weise ermordet worden war – und nicht nur er.

Pulaski dachte an seinen Deal mit Staatsanwalt Clemens. Die Sache kam ins Rollen. Er musste die Einäscherung von Ninas Vater verhindern! Doch jetzt hatte er keine Zeit, um mit Clemens zu reden. Er musste zuerst Torfhoff erreichen und ihn warnen, da sein Leben möglicherweise in Gefahr war.

Aber die Sache war zu komplex und zu gefährlich, um einen Alleingang zu wagen. Noch dazu, wo Jasmin und Nina eine konkrete Spur gewittert hatten. Darum wählte er erneut Philip Kochs Nummer. Mittlerweile war Philip von all seinen Kollegen am ehesten in die Sache involviert. Noch dazu hatte er am LKA Dresden die besseren Beziehungen. Er musste die Einsatzbesprechung verschieben und stattdessen mit Staatsanwalt Clemens Kontakt aufnehmen.

Scheiße!

Philips Handy war ausgeschaltet – und es gab keine Mobilbox, auf die er hätte sprechen können.

Jasmins Augen waren ängstlich geweitet. »Was ist passiert?«

Pulaski versuchte, langsam und ruhig zu sprechen, da er eine aufkommende Enge in seinem Brustkorb spürte. »Hört mir jetzt gut zu, ihr zwei.« Er inhalierte einmal von seinem Spray.

»Papa!«, rief Jasmin.

»Alles in Ordnung. Ihr beide bleibt hier in dieser Wohnung. Ihr sperrt die Tür hinter mir zu und verlasst das Haus nicht, verstanden? Während ich weg bin, versucht ihr, Philip Koch zu erreichen.« Er notierte eine Handynummer auf einem Zettel.

Jasmin sah auf. »Das war doch ein Freund von Mama und euer Trauzeuge?«

»Ja, genau der. Er hat mir diese Akten geschickt.«

»Und was sollen wir ihm sagen?«

»Er soll Kontakt mit Staatsanwalt Clemens aufnehmen und ihm ausrichten, dass ich eine Spur zu der Frau im roten Kleid gefunden habe.«

Jasmin sah ihn verunsichert an. »Warum rufst du den Staatsanwalt nicht selbst an?«

»Das LKA hat einen besseren Draht zu ihm, außerdem habe ich jetzt Wichtigeres zu tun.«

»Okay, und weiter?«

Pulaski stand auf. »Clemens soll die Einäscherung von Ninas Vater verhindern, die Leiche in die Rechtsmedizin überführen lassen und eine Obduktion beantragen. Sollte es für die Behördenwege zu spät sein, soll er eine Krematoriumsleichenschau anordnen. Hast du dir das gemerkt?«

»Ja, sicher. Und was machst du?«

Er griff nach seiner Waffe im Holster, dem Dienstausweis und dem Autoschlüssel. »Ich fahre nach Halle an der Saale und suche Torfhoff und die Frau im roten Kleid.«

39

Das Dr.-Thomas-Nagorski-Sanatorium im Norden von Nußdorf war ein altes Gebäude im k.u.k. Stil und ähnelte den Grandhotels an der Wiener Ringstraße. Schon von Weitem sah Evelyn, dass es vermutlich vor 1900 erbaut worden war, mit vielen Säulen, Treppenaufgängen, Dachvorsprüngen, Erkern, hohen Räumen und entsprechend hohen Fenstern. Die meisten davon waren vergittert.

Um diese alte Villa, die laut Webseite vor fünfzehn Jahren in ein Sanatorium für gut betuchte Privatpatienten umfunktioniert worden war, lag ein Park mit Wanderwegen aus Kies, mit Hecken, Sitzbänken und einem Mischwald. Evelyn stellte ihren Wagen auf dem Besucherparkplatz ab, von wo Flo und sie über einen schmalen Weg zum Gebäude gingen.

Die Laubbäume waren allesamt kahl, und auf dem Rasen häuften sich die Blätter vom letzten Herbst und die Nadeln vieler Jahre. Wenn man sich die Satellitenschüssel auf dem Dach und den schwarzen Audi vor dem Treppenaufgang zur doppelflügeligen Tür wegdachte, hätte das Gebäude genauso gut ein Ansichtskartenmotiv von der vorletzten Jahrhundertwende sein können.

Sie gingen um den schwarzen Audi mit dem Wiener Kennzeichen NAGOR1 herum. Der Chef war also im Haus. Evelyn fühlte den Durchsuchungsbeschluss in ihrer Tasche, den Ostrovsky ihr vor einer halben Stunde zur Kenntnisnahme für ihre Akten gemailt hatte. Sie wollten sich eigentlich mit einem Polizeiwagen als Unterstützung um sechs Uhr vor dem Sanatorium treffen, doch weit und breit war niemand zu sehen.

Jetzt war es schon kurz nach sechs, die Sonne war vor wenigen Minuten hinter den Bergen versunken, und der Park war in ein trübes Zwielicht gehüllt. Nur einige schwache Laternen erhellten die Umgebung, und hinter ein paar Fenstern brannte Licht. Der Vorhang hinter einem Fenster im Erdgeschoss schob sich beiseite, und jemand blickte hinaus.

Hoffentlich kam Ostrovsky bald, denn wenn Evelyn noch länger hier herumstand und Thomas Nagorski sie vielleicht sogar als Anwältin von Michael Kotten erkannte, war der Überraschungseffekt dahin.

Da vibrierte ihr Handy. Die SMS stammt von Ostrovsky.

Stecken im Stau. Verspäten uns. Unternimm nichts ohne uns.

Evelyn sah auf. Wieder blickte jemand aus dem Fenster. *Verdammt!*

»Was ist?«, fragte Flo.

»Nichts, alles okay«, murmelte Evelyn. »Wir gehen schon mal rein.«

Einige Meter hinter der Eingangstür befand sich im Gang eine Empfangsloge, in der ein Portier saß.

Der Boden war gefliest, und jeder von Evelyns Schritten hallte durch das Gebäude, das mit Kronleuchtern, Ölgemälden und Wandvertäfelungen einen antiquierten Charme ausstrahlte. Allerdings war es kalt, und die vermutlich ebenfalls antiquierte Heizung schien nichts gegen den muffigen Geruch des Winters ausrichten zu können. Evelyn zeigte dem Portier ihren Ausweis, reichte ihm ihre Visitenkarte durch den Schlitz und schob den Durchsuchungsbeschluss hinterher.

Während der Portier das Dokument prüfte, hörte sie, wie am Ende des Korridors jemand eine Krankenpflegerin mit aufgeregter, aber gedämpfter Stimme heftig maßregelte. Der Mann stand im Dunkeln, sodass Evelyn nur seine hohe Gestalt erkennen konnte. Die Pflegerin im weißen Kittel war klein, etwas älter, mit grauen Haaren. Sie blickte zu Boden und ließ die Beschimpfungen wortlos über sich ergehen.

»Wir würden gern mit Doktor Nagorski sprechen«, erklärte Evelyn.

Der Portier sah kurz auf und nickte zum Ende des Gangs. »Der ist beschäftigt, wie Sie selbst hören können. Kein guter Zeitpunkt. Der Herr Doktor ist gerade ein *klein wenig gereizt,* und Schwester Brigitte kriegt wieder mal alles ab.«

»Das tut mir für die Frau ja aufrichtig leid, aber ich kann mir nicht vorstellen, dass sich Richter, Staatsanwalt und Kripo davon beeindrucken lassen.«

Der Portier hob entschuldigend die Arme. »Ich habe Sie gewarnt. Sie können gern im Sekretariat auf ihn warten.« Er nickte zur gegenüberliegenden Tür. »Der Chef hat in einer halben Stunde sicher Zeit für Sie.«

In einer halben Stunde? »Gut, danke.« Evelyn nahm den Beschluss wieder an sich, wandte sich um, klopfte an die Tür des gegenüberliegenden Büros und trat ein.

Das Sekretariat war ein großer Raum mit knarrendem Parkettboden, Stuckarbeiten an der Decke und halbrundem Erker, in dem der Schreibtisch von Thomas Nagorskis Sekretärin stand. Es handelte sich dabei um jenes Büro, in dem sich zuvor der Vorhang bewegt hatte. Die Stehlampe brannte, ebenso eine Tischlampe, und ein Monitor war an. Die Frau, die hinter dem Schreibtisch saß, blickte auf. Sie wirkte wie ein erfrischend moderner Anachronismus in diesem historischen Gebäude: Mitte zwanzig mit dunkelvioletten Haaren, die an einer Seite kurz geschoren, an der anderen schulterlang waren. Zudem hatte sie ein Piercing in der Lippe und Tattoos auf den Unterarmen. Trotzdem sah sie hübsch aus – und dumm war sie bestimmt auch nicht, wie ihr wacher und klarer Blick verriet.

»Wie kann ich Ihnen helfen?«

Evelyn und Flo setzten sich ihr gegenüber hin, Evelyn wiederholte ihre kleine Einführungsrede und gab der Sekretärin den Beschluss. »Haben Sie noch freie Zimmer in Ihrem Haus?«

»Wir sind voll belegt, und es gibt eine lange Warteliste«, sagte die Sekretärin, während sie den Beschluss las.

»Haben Sie viel Personal?«

»Insgesamt drei Fachärzte für Psychiatrie und Nervenheilkunde, neun Psychologen und ein Pflegeteam, das mindestens einmal im Monat medizinisch und psychologisch geschult wird«, murmelte die Sekretärin, ohne aufzusehen.

»Und die Räumlichkeiten?«, wollte Evelyn wissen.

»Wir haben spezielle Räume für Einzel- und Gruppentherapien, je einen Fitnessraum und Indoor-Pool. Alle Zimmer sind mit SAT-TV ausgestattet, und für Pflegepatienten haben wir ein spezielles Monitoring im Zimmer.« Sie hielt kurz inne und las eine Passage ein zweites Mal. »Außerdem gibt es Aufenthaltsräume, eine Bibliothek und einen Computerraum mit kostenlosem WLAN. Wir haben sogar Wohnmöglichkeiten für Angehörige.« Schließlich sah sie auf. »Also gut, was wollen Sie?«

»Wir würden uns gern die Akten der Neuzugänge der letzten zehn Tage ansehen.«

»Darf ich fragen, warum?«

»Eine polizeiliche Untersuchung des Bundeskriminalamts. Ich vertrete einen Mandanten, der in diesem Zusammenhang angeklagt wurde.«

»In *welchem* Zusammenhang?«

»Dabei handelt es sich um eine laufende Ermittlung«, mischte Flo sich in das Gespräch. »Und genauso, wie Sie sich an die ärztliche Schweigepflicht halten müssen, dürfen wir über den Stand der Ermittlungen keine Auskunft erteilen.«

»Wurde Doktor Nagorski über diesen …«, sie wedelte mit dem Blatt in der Hand, »… Beschluss bereits informiert?«

»Als Leiter dieses Sanatoriums wurde ihm der richterliche Beschluss sicherlich zugestellt«, sagte Evelyn. »Können Sie uns weiterhelfen, oder sollen wir Doktor Nagorski stören? Er hat gerade ziemlich miese Laune, wie wir festgestellt haben.«

Die Sekretärin legte den Beschluss beiseite und verdrehte die Augen. »Wem sagen Sie das? Gut, also die Neuzugänge. Das dürfte einfach werden. Es waren nur drei in den letzten zwei Wochen.«

»Dürfen wir die Patientenakten sehen?«, fragte Evelyn, und plötzlich schlug ihr Herz schneller, als sie hörte, wie Doktor Nagorskis Stimme im Gang lauter wurde. Offenbar näherte er sich diesem Büro. Sie blickte zum Fenster hinaus. Immer noch keine Spur von Ostrovsky oder der Kripo.

Die junge Dame erhob sich und holte aus einem versperrten Rollschrank drei Akten, die sie so auf ihren Schreibtisch legte, dass Evelyn das Deckblatt lesen konnte. Dann schlug sie die erste Mappe auf, ließ aber die Hand darauf liegen, sodass Evelyn nur das Datenblatt sah und nicht weiterblättern konnte. Aber was Evelyn las, genügte ihr. Es handelte sich um eine neunzigjährige Dame, eine ehemalige Bühnenschauspielerin, die unter Depressionen litt und vor acht Tagen in das Sanatorium eingeliefert worden war.

Die zweite Akte war die einer dreißigjährigen Frau, die gestern überwiesen worden war und der der Magistrat nach ihrem dritten Selbstmordversuch die Kinder weggenommen hatte. Auch diesmal schlug die Sekretärin nur die erste Seite mit dem Datenblatt auf.

»Und die dritte Akte?«, fragte Evelyn.

Die junge Dame öffnete auch diese Mappe. Der fünfundzwanzigjährige Mann war zwei Tage nach dem Mord an Johann Wulf eingeliefert worden. Ein Dauer-Privatpatient namens Christian Quill.

Evelyn sah kurz zu Flo, und der blickte neugierig in die Mappe. »Darf ich?« Rasch blätterte Evelyn auf die nächste Seite zu dem Foto.

Mein Gott!

Ihr stockte der Atem.

40

Pulaski war nicht zum ersten Mal in Halle an der Saale. Es war eine nette Stadt mit einem reichen historischen Erbe, das war sogar ihm bewusst, obwohl er sich sonst nicht besonders für Geschichte interessierte. In jungen Jahren war er oft hier gewesen. Seine Frau hatte damals als junge Studentin an der Burg Giebichenstein, die hoch oben neben der Saale thronte, Kunst studiert, bevor sie in die Verlagsbranche gewechselt war, und er hatte seine Besuche in dieser Stadt bisher immer als besonders nett empfunden. Ob seine Stippvisite in Halle jetzt ebenso angenehm verlaufen würde, würde sich erst noch zeigen.

Anders als im Sommer war die Stadt um diese Uhrzeit und bei diesem Sauwetter wie ausgestorben. Es musste kürzlich geregnet haben. Die Temperatur lag bei minus zwei Grad, der Wind heulte, und auf den Straßen bildete sich Blitzeis. Pulaski spürte es am Schlingern seines Skoda, als er an der Mauer des Stadtgottesackers vorbeifuhr, einer Anlage im Stile alter italienischer Friedhöfe. Noch waren keine Streuwagen unterwegs. Und wenn es hier so war wie überall anders auch, würden die ohnehin erst ausrücken, nachdem die ersten Auffahrunfälle schon passiert waren.

Pulaskis Navi lotste ihn beim Händel-Denkmal und am Marktplatz vorbei und zeigte noch zehn Minuten bis zu Torfhoffs Haus an, das jenseits der Saale in Richtung Dölauer Heide am westlichen Stadtrand Halles lag. Soviel Pulaski sich erinnerte, gab es auch dort einen Friedhof, auf dem früher allerdings speziell namenlose Personen, Selbstmörder und Opfer von Gewaltverbrechen beerdigt worden waren. Der Gedanke daran bescherte ihm selbst jetzt, nach dreißigjähriger Erfahrung als Kripobeamter, noch immer einen unbehaglichen Schauder.

Denk an etwas anderes!

Gute Idee!

Er dachte wieder an Torfhoff. Wie es schien, hatte der keinen Festnetzanschluss. Also hatte er Torfhoffs Handynummer gewählt, die die Kollegen von der hiesigen Kripo für ihn herausgefunden hatten, doch Torfhoff war nicht rangegangen. Auch nicht nach dem fünften Anruf. Vermutlich nahm er keine Gespräche von Menschen entgegen, deren Nummer er nicht kannte. Was hätte Pulaski auch sagen sollen?

Hallo, Herr Torfhoff, Sie kennen mich nicht, aber ich bin Beamter beim Leipziger Kriminaldauerdienst. Ich bin unterwegs zu Ihnen und würde mich gern mit Ihnen unterhalten, weil ich fürchte, Ihr Leben könnte in Gefahr sein.

Und wer sagt mir, dass nicht Sie derjenige sind, von dem mir Gefahr droht?

Und darauf hätte Pulaski dann keine Antwort mehr gewusst, außer dass einige Firmenkollegen von Torfhoff tot waren und er sich besser mit keiner jungen Frau im roten Kleid treffen sollte.

Also hatte Pulaski noch einmal mit der Polizeidienststelle in Halle telefoniert und diesmal gebeten, einen Streifenwagen zu Torfhoffs Haus zu schicken. Die Kollegen waren wie viele andere auch, die er kannte, *höchst motiviert,* wenn ein Anruf von außerhalb ihres Zuständigkeitsbereichs eintraf. Noch dazu von einem Kollegen aus dem benachbarten

Sachsen. Doch zumindest hatten sie ihm versprochen, in der nächsten halben Stunde zu Torfhoff zu fahren.

Eine halbe Stunde! Da würde Pulaski dann auch schon da sein. Er überquerte die Saale und erreichte die neben der Dölauer Heide, einem großen Wald- und Parkgebiet, gelegene Villengegend. Das Navi zeigte direkt voraus den Zielort an. Die enge Gasse lag zur Hälfte im Dunkeln. Eine Laterne war ausgefallen, aber hinter den Fenstern und zugezogenen Vorhängen der anderen Gebäude brannte Licht.

Nur hundert Meter trennten ihn von der richtigen Hausnummer, doch davor war eine breite Querstraße mit einem Restaurant an der Ecke, und Pulaski musste mit seinem Wagen an einer roten Ampel halten.

Weit und breit kein Streifenwagen. Das war ja klar! Da öffnete sich die Eingangstür von Torfhoffs Villa. Ein hoch gewachsener Mann mit längeren, dunkel gelockten Haaren, grauem Steppmantel und Schal trat auf die Straße, entfernte sich von Pulaski und ging zum Lichtkegel der nächsten Laterne, wo ein Mercedes geparkt war.

Das muss er sein!

Pulaski ließ das Fenster herunter, und sogleich drang eine unangenehme feuchte Kälte in den Wagen. Er beugte sich hinaus. »Herr Torfhoff!«, rief er gegen den Wind.

Doch in diesem Moment raste ein Streuwagen an ihm vorbei und nahm ihm die Sicht. Der Matsch spritzte bis zu seiner Motorhaube und die Windschutzscheibe hinauf.

Verflucht! Immer dann, wenn man die Kerle nicht braucht.

»Herr Torfhoff!«, rief er noch einmal, nachdem der Streuwagen außer Hörweite war, doch Pulaski blieb die Luft weg. Die Kälte schnitt ihm schmerzhaft in die Lunge.

Außerdem sah er, wie Torfhoff den Mercedes erreichte,

den Funkschlüssel betätigte und das Licht im Wagen anging. Pulaski drückte auf die Hupe, doch Torfhoff reagierte nicht.

Wann wird es denn hier endlich Grün?

Pulaski sah nach links und rechts. Ein weiterer Wagen kam die Straße herunter und folgte dem Streuwagen.

Pfeif drauf!

Er drückte auf die Hupe, schaltete die Warnblinkanlage ein und fuhr bei Rot über die Kreuzung. Natürlich hupte auch der auf ihn zukommende Wagen.

»Ja, du mich auch!«, fluchte Pulaski und raste in die Gasse.

Torfhoff war bereits aus der Parklücke ausgeschert und entfernte sich zügig. Pulaski schaltete die Blinker aus und folgte ihm. Einige Male betätigte Pulaski das Fernlicht, doch Torfhoff reagierte nicht. Der dachte vermutlich, dass ein Verrückter hinter ihm her war. Dementsprechend beschleunigte er.

Pulaski heftete sich mit seinem Skoda an die Fersen des Mercedes. Bei der nächsten roten Ampel musste Torfhoff anhalten, und dann würde Pulaski aus dem Wagen springen und ihn zu einem Gespräch zwingen – ob er nun wollte oder nicht.

Der Weg führte wieder zurück zur Saale, doch Torfhoff fuhr nicht in Richtung Innenstadt, sondern am Fluss entlang. Pulaski kannte diese Gegend nicht. Hier waren die Häuser niedriger und älter, die Gassen enger. An den Straßenecken befanden sich einige zweifelhafte Bars, und die roten und orangefarbenen Reklametafeln machten bereits deutlich, wo Pulaski hier hingeraten war.

In der Dahlstraße, die direkt neben der Saale verlief, wurde Torfhoffs Wagen langsamer. Er hielt in einer Parklücke nur wenige Meter vor dem *Dark Secret*, einem zweistöckigen Etablissement mit violett beleuchteter Eingangstür und schwarz verhüllten Fenstern. Dieser Schuppen passte wunderbar in ein richtiges Rotlichtviertel, das Pulaski allerdings eher beim Güterbahnhof vermutet hätte als so nahe am Fluss.

Pulaski hielt ebenfalls nach einem Parkplatz Ausschau, fand aber keinen, also hielt er mitten auf der Straße neben Torfhoffs Mercedes. Wiederum ließ er das Fenster herunter. »Herr Torfhoff!«

Hinter Pulaski hupte ein Wagen.

Ja, du Arschloch!

Erneut rief er Torfhoffs Namen, doch der hörte ihn nicht und war bereits in Richtung *Dark Secret* unterwegs. Nun hupte der Wagen hinter ihm erneut und blendete auf.

Knurrend legte Pulaski einen Gang ein und fuhr weiter. Hundert Meter vor ihm sah er eine Parklücke, in die er sich mit etwas Glück hineinzwängen konnte. Dann würde er eben von dort aus zurücklaufen.

Während er den Skoda einparkte, sah er im Seitenspiegel, wie Torfhoff die Stufen hinauf im beleuchteten Eingang des *Dark Secret* verschwand. Hoffentlich kam man dort auch ohne Mitgliedschaft hinein. Pulaski würde es in einer Minute wissen.

Er stieg aus dem Wagen, knöpfte sich den Mantel zu und schlug den Kragen hoch. Gebückt, um dem Wind und dem feinen Stechen des Schneeregens nicht zu viel Angriffsfläche zu bieten, lief er über die Straße. Der Asphalt war spiegelglatt, und Pulaski rutschte zwischen zwei Autos hindurch auf den Bürgersteig, wo er sich an der Hausmauer abstützte. Herrgott, er könnte jetzt gemütlich zu Hause sitzen, stattdessen trieb er sich bei diesem Sauwetter in Halle herum. *Man gönnt sich ja sonst nichts.*

Auf dem Weg zum *Dark Secret* wählte Pulaski noch einmal Torfhoffs Handynummer, doch der ging natürlich nicht ran. Im nächsten Moment stand er auch schon vor der Eingangstür des Eckgebäudes. Langsame dumpfe Musik drang daraus hervor. Eine Diskothek war das nicht, aber auch kein gewöhnliches Bordell.

Pulaski stieg die Stufen hinauf, betrat das Etablissement, inhalierte die stickige Luft und sah durchs Foyer zur Theke am Empfang. Als er schließlich das Schild an der Wand las, wusste er es.

Das *Dark Secret* war ein Swingerclub. Und wenn alles stimmte, was er über diese Etablissements gehört hatte, würde er da nur nackt reinkommen.

41

Natürlich hatte Torfhoff bemerkt, dass ihm der Skoda von zu Hause bis hierhin gefolgt war. Aus dem Augenwinkel hatte er sogar gesehen, dass der Mann im vorbeifahrenden Wagen etwa in seinem Alter war. Aber wer immer das war – ein unzufriedener Kunde, der neue Freund seiner Exfrau oder ein Privatdetektiv, der vom Partner einer seiner flüchtigen Bekanntschaften engagiert worden war –, ihm war das gleichgültig. Am Montag war er wieder im Büro erreichbar, und bis dahin war Wochenende, und dieser Kerl interessierte ihn nicht.

Nachdem er seine Kleidung in der Garderobe in einem Spind versperrt hatte, ging er durch die Tür, von wo er direkt zum Barbereich gelangte. Er war barfuß, trug nicht einmal Socken, sondern nur enge Boxershorts und ein kurzärmeliges Hemd, das er aufgeknöpft ließ, um seine rasierte Brust, den flachen Bauch, die Solariumsbräune und das Goldkettchen zu zeigen. Für seinen Körper brauchte er sich nicht zu genieren. Im Gegenteil. Trotz seiner sechsundfünfzig Jahre hatte er eine gute Figur. Einmal pro Woche im Hallenbad schwimmen, zweimal Fitnessstudio und einmal am Freitagabend vögeln – wenn es denn klappte, was meistens der Fall war. Andere zahlten für Sex, er bezahlte nur für den Eintritt – das war gut für sein Ego, was in seinem Alter immer wichtiger wurde.

Torfhoff ging an der Bar vorbei, an der einige Damen in sexy und frivolen Dessous saßen, mit hochhackigen Schuhen,

Sekt tranken, sich unterhielten und ihn großzügig ignorierten. Die waren ihm sowieso zu hochnäsig.

Wie immer spielten sie um diese Zeit kitschige französische Chansons, damit die Gäste sich akklimatisieren konnten. *Amour … Amour!* Torfhoff brauchte keine Aufwärmphase. Er war schon bereit, seit er zu Hause frisch rasiert aus der Dusche gestiegen war.

Er kam zur Liebesschaukel, die einige Meter von der Bar entfernt hing und in der eine junge Frau lag, mit den Beinen in den Schlaufen, sichtlich die Musik genießend. Eine Stammkundin, die er kannte und mit der er sogar einmal eine Nummer geschoben hatte. Allerdings hatte er ihren Namen vergessen.

Eigentlich hatte er sich beim letzten Mal ja gern mit ihr zum Kaffee für den nächsten Tag verabreden wollen, sich das jedoch rechtzeitig verkniffen. So etwas funktionierte hier nicht. *Was im Swingerclub passierte, sollte auch im Swingerclub bleiben.* Eine alte Regel, an die er sich konsequent hielt.

Sie lächelte ihm zu. »Hallo, mein Großer.« Anscheinend hatte auch sie ihn erkannt. Und offenbar ebenfalls seinen Namen vergessen.

»Hallo, ich …« Er verstummte, als er hinter ihr eine junge Frau mit langen brünetten Haaren entdeckte, die mit elegant wiegenden Hüften auf ihn zusteuerte. Genau sein Beuteschema!

»Du entschuldigst mich«, murmelte er, berührte seine alte Bekannte am Bein und schob die Liebesschaukel an, woraufhin die Lederriemen knirschten.

»Du verlässt mich schon wieder?«, rief sie mit gespielter Entrüstung.

»Ja, bis nächsten Freitag.« Torfhoff ging auf die Brünette zu.

Er musste nicht viel tun. Sie lächelte ihm zu, und sofort bestand ein intensiver Blickkontakt zwischen ihnen. Manchmal dauerte es Stunden, bis er jemanden fand, aber manchmal passte es innerhalb weniger Sekunden.

Sie hielt eine Sektflasche und ein leeres Glas in der einen Hand, ein halb volles in der anderen, als wäre sie auf der Suche nach einem geeigneten Trinkpartner.

»Guten Abend«, sagte er.

»Hallo.« Sie lächelte, dann hob sie die Flasche. »Gerade erst gekommen?«

Was für ein nettes Wortspiel!

»Darf ich Sie auf ein Getränk einladen?«, fragte sie weiter.

Ein süßer Akzent. »Du«, korrigierte er sie. »In einem Swingerclub duzen sich immer alle.« Anscheinend war sie noch nicht oft in solchen Etablissements gewesen.

Normalerweise tauchten Frauen immer mit einer Freundin in einem Lokal wie diesem auf, doch er konnte niemanden in ihrer Nähe sehen. *Also völlig neu. Eine blutige Anfängerin.* Im Gegensatz zu ihr war er oft hier, denn die Atmosphäre im *Dark Secret* und dieses zwanglose Duzen gaben ihm das Gefühl jener jugendlichen Unbeschwertheit der 70er-Jahre wieder, nach der er sich so sehnte und die in der modernen digitalen Welt immer mehr verlorengegangen war.

»Du«, wiederholte er, »ganz egal, wie groß der Altersunterschied ist.«

»Okay, dann eben *du*. Außerdem ist der Altersunterschied zwischen uns ja gar nicht so groß«, flirtete sie.

»Danke, aber theoretisch könnte ich dein Vater sein«, sagte er, obwohl das glatt untertrieben war. Sie war höchstens einundzwanzig, und mit etwas Mühe und gutem Willen hätte er sogar eine Enkeltochter in ihrem Alter haben können.

»Reden wir nicht länger darüber. Also kämpfst du nun diese Flasche mit mir nieder, oder muss ich die Schlacht allein schlagen?«

»Sehr gerne. Darf ich?« Er nahm ihr die Flasche und das leere Glas ab, goss sich ein, und dann prosteten sie sich zu.

Sie leerte ihr Glas in einem Zug, woraufhin er ihre Gläser noch einmal füllte.

Danach stießen sie erneut an. »Auf die Liebe.«

»Auf die Liebe und den heutigen Abend.« Er leerte das Glas.

Nachdem er ihr lange genug in die Augen geblickt hatte, musterte er sie unauffällig. Sie trug zwar einen Push-up-BH, wie er unter ihrem Kleid mit den schmalen Trägern erkennen konnte, dennoch hatte sie kleine feste Brüste, wie ihr Dekolleté vermuten ließ.

Ihre Brustwarzen waren steif und drückten sich wie kleine zarte Korken durch den Stoff. Mein Gott, was würde er dafür geben, sie in den Arm zu nehmen, ihr den Träger über die Schulter zu streifen und mit der Zunge sanft und zärtlich über ihre Haut und die Brustwarzen zu lecken, um ihr eine wohlige Gänsehaut zu bescheren.

»Ein hübsches rotes Kleid«, bemerkte er. »Wie außergewöhnlich.«

»Ich weiß, danke.« Sie lächelte.

»Wie heißt du eigentlich?«

»Christine.«

42

Evelyn starrte wie gebannt auf das Foto in der Akte. *Das ist er doch, verdammt noch mal!*

Christian Quill hatte ein schmales Gesicht, intensiv stechende Augen, eine schmale Nase, ein rundes Kinn, hohe Wangenknochen und volle Lippen. Ja, er sah verdammt feminin aus. Diese Augen waren so ausdrucksstark, als handelte es sich um gar kein Foto, sondern als blickte dieser junge Mann sie direkt aus der Mappe heraus an.

Sie hörte, wie Flo neben ihr nach Luft schnappte und den Atem anhielt. In diesem Moment zog die Sekretärin die Mappe weg und schlug sie zu. »Wenn Sie mehr über diesen Klienten wissen wollen, müssen Sie mit meinem Chef sprechen.«

Evelyn nickte. Mehr als diesen Blick hatte sie nicht gebraucht. Anscheinend war ihre lange Suche endlich zu Ende. Flo konnte das natürlich nicht beurteilen, aber Evelyn hatte in Richard von Kottens Bibliothek Bilder von Michael gesehen, wie er vorher ausgesehen hatte, und obwohl die Schönheits-OPs einiges an seinem Gesicht verändert hatten, war die Ähnlichkeit unverkennbar.

Das muss er sein!

Erstaunlich war allerdings, dass, wenn man das aktuelle Aussehen von Christian Quill nach seiner Schönheits-OP mit dem von Gerald Dröger nach dem Unfall, dem chirurgischen Eingriff und einer eventuellen Laserbehandlung verglich, sie sich – anders als erwartet – gar nicht einmal *so* ähnlich sahen. Viel wichtiger waren bei der Auswahl des Doppelgängers vermutlich Ähnlichkeiten in Körperbau, Größe, Alter und Statur gewesen.

Evelyn warf Flo einen kurzen wissenden Blick zu. Dann wandte sie sich an die junge Dame. »Darf ich einen Blick in Christian Quills Reisepass werfen?«

Die Sekretärin ging zum Safe, öffnete ihn mit einer fünfstelligen Kombination und holte aus einer Metallschatulle, in der sich jede Menge Ausweise befanden, einen Pass heraus, den sie Evelyn reichte. Die gab ihn sogleich an Flo weiter, der ihn aufschlug, genau betrachtete und dabei schräg ins Licht hielt. *Eine gut gemachte Fälschung* – schien sein Blick zu sagen.

Es war unnötig, nach Christian Quills Geburtsurkunde zu fragen. Auch dabei würde es sich vermutlich um eine Fälschung handeln, die innerhalb der letzten Tage angefertigt worden war.

»Und Christian Quill ist seit acht Tagen in Ihrem Haus untergebracht?«, fragte Evelyn.

»Tag und Nacht«, bestätigte die junge Dame. »Er ist Waise, und sein gesetzlicher Vormund hat ihn nach einem Nervenzusammenbruch in Absprache mit seinem Hausarzt einweisen lassen. Er bekommt eine Vierundzwanzig-Stunden-Betreuung.«

Natürlich habt ihr an alles gedacht, begriff Evelyn. »Und wer bezahlt diese Therapie?«

Die Sekretärin rutschte auf ihrem Stuhl herum und fixierte zuerst Evelyn, dann Flo. Anscheinend wurde ihr zunehmend unwohler.

Evelyn wiederholte die Frage.

»Ich finde, das geht jetzt eindeutig zu weit«, sagte sie

schließlich. »Gerade bei diesem heiklen Patienten muss ich Doktor Nagorski hinzuziehen.« Sie legte den Reisepass zurück in den Safe, griff nach den drei Mappen und versperrte sie wieder im Rollschrank. Den Schlüssel ließ sie in ihrer Hosentasche verschwinden.

Scheiße!

Im nächsten Moment war sie aus dem Büro geeilt. Schneller als Evelyn schauen konnte, war Flo aufgesprungen, hatte eine Büroklammer vom Schreibtisch auseinandergebogen, einen Haken geformt und mit beiden Enden im Schloss des Rollschranks herumzustochern begonnen.

»Was tust du?«, zischte Evelyn.

»Ostrovsky kommt nicht mehr, und falls doch, wird es zu spät sein. Die wissen jetzt, wonach wir suchen.« Als machte er das täglich, hatte er das Schloss in Windeseile geöffnet und zog den Rollschrank auf. »Schau nicht so entsetzt, so etwas lernt man in den Seminaren zur Sperrtechnik.«

»Aber nur bei der Kripo, und du warst auf der *Polizeischule.*«

»Von mir aus, dann kenne ich es eben aus YouTube-Videos«, gab er zu.

»Beeil dich!«

Flo zog Christian Quills Akte heraus und blätterte sie auf. Evelyn hatte sich ebenfalls erhoben und blickte Flo neugierig über die Schulter.

Sie sahen einen einwöchigen Therapieplan mit vielen Behandlungen und Gesprächsterminen. Rasch blätterte Flo weiter.

»Stopp!«, rief Evelyn. »Hier ist die Einweisung.«

Tatsächlich war Christian Quill ein Dauerpatient auf unbestimmte Zeit. Die Honorarnoten für seine Therapien wurden an die Olivia-Nagorski-Klinik geschickt.

Nun passt alles zusammen!

Offiziell bezahlte seine Tante die Therapie – aber das Geld kam letzten Endes garantiert von Richard von Kotten.

In diesem Moment hörte Evelyn Schritte vor der Tür. Geistesgegenwärtig zog Flo sein Handy aus der Tasche und blätterte zur zweiten Seite.

»Mach schnell!«, zischte Evelyn.

Rasch machte er ein Foto von Christian Quills Bild. Da stoppten die Schritte vor der Tür, und die Klinke wurde heruntergedrückt. Evelyn wollte die Akte bereits zusammenfalten und in ihrer Handtasche verschwinden lassen, als die Tür aufgerissen wurde.

Zu spät!

Flo ließ sein Handy gerade noch rechtzeitig in der Tasche verschwinden, als ein hochgewachsener Mann mit schwarzen Haaren, Seitenscheitel und weißem Kittel in das Büro platzte. Er war etwa Mitte vierzig, und seinem Verhalten nach zu urteilen handelte es sich eindeutig um Dr. Thomas Nagorski.

»Wer zum Teufel sind Sie?«, brüllte er, und noch während Evelyn es ihm ruhig zu erklären versuchte, riss er ihr den Ausweis aus der Hand, warf einen Blick darauf und knallte ihn auf den Schreibtisch.

Als Nächstes nahm er ihr die Akte weg und schleuderte die Unterlagen in den Rollschrank. »Warum zum Teufel ist der nicht versperrt?«

»Aber ich habe ihn verschlossen«, druckste die Sekretärin, die hinter ihm das Büro betreten hatte, leise.

»Sie sollten sich beruhigen«, sprach Evelyn auf ihn ein. »Wir haben hier einen Durchsuchungsbeschluss für die Patientenakten in Ihrem Sanatorium und …«

Nun riss er ihr auch noch den Beschluss aus der Hand,

betrachtete ihn und hielt ihn gegen das Licht der Stehlampe. »Das ist eine Kopie. Wo ist das Original?« Er sah Flo an. »Sind Sie von der Polizei?«

»Nein, ich bin …«

»Herrgott, nein?«, brüllte er. »Und Sie sind eine stinknormale Rechtsanwältin! Sind Sie von allen guten Geistern verlassen, dass Sie hier ohne Befugnis herumschnüffeln? Wo ist die Polizei?«

»Die …«

»… ist nicht hier, soviel ich sehe!«, unterbrach Dr. Nagorski sie und wandte sich an seine Sekretärin. »Verständigen Sie den Sicherheitsdienst!«

Die junge Frau verließ sogleich wieder das Büro. Evelyn sah ihr hinterher, dann blickte sie aus dem Fenster. Draußen herrschte bereits finstere Nacht, und weit und breit waren weder Autoscheinwerfer noch Blaulicht zu sehen. Wenn Ostrovsky nicht bald kam, saßen sie und Flo ziemlich in der Tinte.

Indessen griff Nagorski nach seinem Handy. »Wissen Sie, wen ich jetzt anrufen werde? Der Herr dürfte Ihnen bekannt sein.« Er scrollte durch das Verzeichnis. »Sektionschef Heinrich von Kotten wird Ihnen so den Marsch blasen, dass Sie Ihre Lizenz als Rechtsanwältin freiwillig zurückgeben und mit viel Glück – *mit viiieeel Glück* – einen Teilzeitjob als Schreibkraft beim am schlechtesten bezahlenden Notar Wiens bekommen werden.«

Evelyn versuchte, ruhig zu bleiben und ignorierte die Drohung. »Wir möchten mit Ihrem Patienten Christian Quill sprechen.«

»Was Sie wollen …« Nagorski lachte laut auf. »Interessiert mich einen feuchten Dreck.«

»Wo ist Christian Quill?«

»In seinem Zimmer. Er ist in Behandlung. Und aus medizinischen Gründen kann ich im Moment keine Besuche gestatten. Da brauchen Sie schon ein ärztliches Gutachten, das zuerst einmal auf meinem Tisch landet – und das kann Monate dauern, bis das bearbeitet wird.«

Evelyn atmete tief durch. Es gab Momente, da wusste man einfach, dass man verloren hatte. »Bemühen Sie sich nicht weiter um Ihr Sicherheitspersonal. Wir verlassen Ihr Sanatorium freiwillig.«

»Sie werden es nicht verlassen, ich werde Sie *rauswerfen lassen!*« Er drehte sich zu Flo um. »Und wer sind Sie eigentlich, und wie heißen Sie?«

»Florian Zock, ich bin Rechtsanwaltsanwärter.«

»Ein Anwärter, das wird ja immer besser!«

Während Nagorski mit seinem Handy endlich jemanden erreichte und zu reden begann, legte Evelyn ihm ihre Visitenkarte auf den Tisch, nahm ihren Ausweis, nickte Nagorski knapp zu und verließ das Büro. Sie hatte keine Lust, bei dem Gespräch mitzuhören. Möglicherweise bedeutete es tatsächlich das Ende ihrer Karriere. Es war nicht das erste Mal, dass sie in eine solche Situation geraten war. Übel wurde ihr aber deshalb, weil sie Flo in die Sache mit hineingezogen hatte. Der folgte ihr aus dem Büro.

Bevor die Tür hinter Evelyn und Flo zufiel, hörte sie noch einmal Nagorskis Stimme. »Ach, das weißt du bereits? Und warum hast du mich nicht darüber informiert …?«

Evelyn ging an der Loge des Portiers vorbei zum Ausgang. Da vibrierte ihr Handy. Eine SMS von Ostrovsky. *Reichlich spät!* Der konnte sie jetzt auch nicht mehr retten. Mutlos öffnete sie die Nachricht.

Alles retour! Müssen die Aktion abblasen. Heinrich von Kot-

ten hat von der Sache Wind bekommen, und ein Richter hat vor einer halben Stunde Einspruch erhoben. Wir reden morgen darüber!

Evelyn biss sich auf die Lippe. Wie lautete ein altes Sprichwort? *Alles, was schiefgehen kann, wird auch schiefgehen.* Andererseits hatten sie aber herausgefunden, wo Michael Kotten steckte – auch wenn sie die Beweise dafür nicht mehr in der Hand hielten.

Als Evelyn bereits die Türklinke niederdrückte, um die Pforte ins Freie zu öffnen, näherte sich ihr eine Frau von der Seite, die offenbar in einer Nische auf sie gewartet hatte.

Evelyn fuhr zurück. »Was wollen …?«, fragte sie, doch die Frau im weißen Kittel legte den Finger auf ihre Lippen. Es war dieselbe ältere grauhaarige Schwester, die vor einer halben Stunde von Dr. Nagorski am Ende des Gangs zur Schnecke gemacht worden war.

»Ich muss Sie sprechen«, flüsterte Schwester Brigitte so leise, dass der Portier es nicht hören konnte. »Es geht um Christian Quill.«

43

Pulaski befand sich im Foyer des Swingerclubs mit rotem Teppich, schweren Vorhängen und einem Kronleuchter mit elektrischen Kerzen, die unruhig flackerten. Ob das zum Ambiente gehörte und gewollt war? Oder einfach nur an den Spannungsschwankungen lag? Er vermutete Letzteres.

Hinter einer Tür mit der Aufschrift *Eingang* erklang dumpfe Musik. Ein Chanson. Davor machte sich ein glatzköpfiger Türsteher mit schwarzem Rippshirt und einem Tattoo am Hals breit, der nicht ganz zu diesem Musikstil passte. Er nickte Pulaski kommentarlos zu und deutete mit einer knappen Geste zum Empfang.

Beweg dich nicht zu viel, sonst platzen deine Muskeln.

Hinter dem Tresen saß eine Frau, die aus einem Zombiekabinett hätte stammen können: um die siebzig, mit ausladendem Dekolleté, auftoupierten roten Haaren, einer Perlenkette und so viel Schminke im Gesicht, dass die für das gesamte Ensemble des Bolschoi-Theaters gereicht hätte.

»Zum ersten Mal hier?«, fragte die Dame mit einer rauchigen Stimme.

Pulaski nickte. Früher, als er noch selbst geraucht hatte, hatte er auch so geklungen.

»Bist du in Begleitung?«

Er schüttelte den Kopf.

»Dann hast du Glück, denn heute ist *kein* Pärchenabend.«

Was für ein Glück! »Was kostet der Eintritt?«

»Hundertneunundzwanzig Euro.«

Pulaski riss die Augen auf. »Soll das ein Scherz sein?«

»Nein, aber wenn du etwas Lustiges sehen willst, gehst du am besten nebenan ins Kabarett. Hier findet heute eine große Party statt, und für den Eintrittspreis ist das Büfett mit kleinen Häppchen und Getränken inklusive. Ausgenommen Cocktails. Die musst du extra bezahlen, ansonsten kannst du so viel trinken, wie du willst.« Sie beugte sich zur Seite und hustete in ein Tuch.

Pfeif auf die Getränke, dachte Pulaski. *Zeig der Alten doch einfach deinen Dienstausweis, dann lässt sie dich auch so rein.* Andererseits wollte Pulaski keinen großen Trubel verursachen und so unauffällig wie möglich an Torfhoff herankommen.

Verdammt! Er zog die Brieftasche heraus, legte hundertdreißig Euro auf den Tresen, presste ein knappes »Stimmt so!« heraus und wollte sich bereits an dem Türsteher vorbeizwängen. Doch die ›Dame‹ hielt ihn mit einem Fingerschnippen auf.

»Einen Moment noch, junger Mann.«

Junger Mann! Pfff! Er wandte sich um. »Was noch?«

»Pro Paar wird heute nur ein Singlemann eingelassen.«

Pulaski lehnte sich an den Tresen. »Und das heißt?«

»Warte noch einen Augenblick, Süßer. In der Zwischenzeit gebe ich dir eine kurze Einführung.«

»Ich brauche keine Einführung, ich will da rein!«

»Jeder braucht eine kurze Einführung, wenn er zum ersten Mal hier ist, und du siehst nicht so aus, als wärst du erfahren in solchen Dingen.« Lächelnd betrachtete sie seinen Ehering, zeigte Pulaski ihre blitzenden Zähne, auf denen Spuren von Lippenstift hafteten, und winkte ihn mit ihren fleischigen Fingern näher zu sich heran. »Gleich nach dem Eingang sind die Garderoben, danach kommt der Nacktbereich. Wie viel du von dir zeigst, bleibt dir überlassen. Dort findest du dann auf vierhundertfünfzig Quadratmetern Bar- und Essensbereich, Kaffeelounge mit Kuchen und diverse Spielwiesen.«

Kaffeelounge hört sich prima an!

»Oben sind die Zimmer für Pärchen, aber es gibt auch auf der unteren Etage Kabinen mit Vorhängen. Unten sind die S&M-Ecken und der Nassbereich mit den Duschen. Überall ist Nichtraucherzone.«

Das krieg ich gerade noch hin!

»Kein Sex mit den Angestellten!«, sagte die Dame.

Auch das krieg ich hin.

»Sex am Tresen und im Essensbereich ist nicht erlaubt – dafür gibt es die Spielwiese. Kein Sex in der Sauna, und aus hygienischen Gründen auch nicht im Whirlpool. Und alle Besucher gehen respektvoll miteinander um.«

Die Eingangstür schwang auf, kalter Wind fegte in den Vorraum, und ein Pärchen um die vierzig trat ein. Er war schlank, hatte einen Schnauzbart – sie wog etwa hundertzehn Kilo. Anscheinend waren sie Stammgäste, denn sie bezahlten nach einem kurzen Gruß und gingen ohne weitere Erklärung hinein.

»So, war's das jetzt?«, fragte Pulaski, nachdem die Tür zum Swingerclub wieder zugefallen und das Chanson verstummt war.

»Ja, das war's. Viel Spaß.« Die Frau nickte dem Türsteher zu, woraufhin der zur Seite trat.

Pulaski ging in den nächsten Raum, ignorierte die Umkleidekabinen zur Linken, hängte nur seinen Mantel an einen Haken und betrat in Hose, Schuhen, Hemd und Sakko den Korridor, der zur Bar führte.

Ja, hier war wirklich eine große Party im Gange, und wie es schien, hatte die schon ohne ihn begonnen. Die Frauen trugen fast alle aufreizende Dessous und die Männer entweder Hemden und Boxershorts oder Netzshirts und eng geschnittene schwarze Slips.

Ein älterer Mann kam Pulaski sogar mit nur einer Unterhose und einer schwarzen Fliege entgegen. *Typen gibt's!*

»Uuuh, du siehst aber streng aus.« Der Alte zog die Augenbrauen zusammen.

Verzieh dich!

Die Musik drang dezent aus den Lautsprechern, sodass man sich an den Tischen unterhalten konnte, wie es einige bei Cappuccino und Longdrinks auch taten.

In der Mitte des Raums stand ein großer Kastanienbaum aus Plastik, dessen Äste sich an der Decke verzweigten. Daneben thronten große Spiegel an der Decke. Sogleich blickte Pulaski hinauf und hielt nach Torfhoff Ausschau, doch das hatte er sich einfacher vorgestellt. Ohne seine Kleidung hätte er Torfhoff nur am Alter, seinem Dreitagebart und den längeren schwarz gelockten Haaren erkannt.

Gegenüber der Bar hing ein großer Flatscreen an der Wand, auf dem gerade ein Softporno zur Inspiration lief, dem Pulaski aber nur einen flüchtigen Blick schenkte.

Er ging an einer Nische vorbei, in der ein Bett an vier Ketten frei im Raum schwebte. Noch lag kein Pärchen darauf, aber das würde sich bestimmt bald ändern, denn das Gedränge wurde immer dichter.

Der gesamte Club war sehr verwinkelt, mit vielen Gängen, Räumen und Nischen. Alles abwechslungsreich, schrill und bunt eingerichtet. Das war also die Spielwiese! Allerdings gab es keinen zentralen Punkt, von dem aus man alles überblicken konnte, und so marschierte Pulaski an den Leuten vorbei und spähte unauffällig in jeden Raum. Da er als Einziger einen Anzug trug, gaben einige Besucher blöde Kommentare ab, aber das ignorierte er großzügig.

Bald wurde ihm ziemlich heiß, und er öffnete das Sakko und die ersten Knöpfe seines Hemds. Auch wenn er jetzt etwas legerer aussah, wirkte er immer noch wie ein Voyeur. Doch unter seinem Sakko trug er sein Holster mit der Walther PPK. Wenn er es auszog, drohte eine Massenpanik – und die konnte er jetzt so gut brauchen wie eine doppelseitige Lungenentzündung.

Als er an einem breiten Treppenabgang vorbeikam, bemerkte er eine schwüle Mischung aus Eukalyptusduft und starkem Chlorgeruch, der von unten heraufwehte. Auf einem Live-Monitor unter der Decke sah er einen Whirlpool, in dem zwei junge Frauen saßen.

War Torfhoff etwa da hinuntergegangen? Nach seinem Saunabesuch zu Mittag hatte Pulaski nicht vor, jetzt auch noch in einen Whirlpool zu hüpfen. Er würde zunächst alle anderen Räume abklappern und erst danach im Nassbereich Hemd und Sakko durchschwitzen. Außerdem war da ja auch noch das obere Stockwerk.

Wo steckte der Typ? *Scheiße!* Die hundertdreißig Euro hätte er sich sparen können. Hier waren zu viele Leute, und es wurden immer mehr.

Da entdeckte er aus dem Augenwinkel einen roten Fleck. Er fuhr herum und sah für einen Moment eine Frau im roten Kleid, die jedoch ebenso rasch, wie sie aufgetaucht war, wieder zwischen den Menschen verschwand.

Pulaski stellte sich auf die Zehenspitzen, reckte den Hals und sah nach ihr. *Nichts!*

»Na, etwas Interessantes entdeckt?«, fragte eine ältere Dame neben ihm.

»Möglicherweise.« Rasch drängte er sich an den Leuten vorbei und kassierte einige Beschimpfungen.

Vielleicht war das ja auch nur ein Zufall. Eine Frau im roten Kleid und der letzte lebende Gesellschafter der Casino Kotten Deutschland GmbH an ein und demselben Ort. Doch ausgerechnet am fünften Abend nach einer viertägigen Mordserie? Niemals! Kannten sich die beiden vielleicht sogar? Steckte Torfhoff hinter der Mordserie? Im Moment konnte er nichts ausschließen. Außer einer Sache: *Das ist kein Zufall!*

Allerdings war Pulaski zu alt für eine Verfolgungsjagd durch diesen Club. Und allein würde er ohnehin nichts ausrichten können. Er zog das Handy aus der Tasche und wählte die Nummer des Polizeireviers in Halle. Während er dem Klingeln lauschte, drängte er sich weiter an den Leuten vorbei in jene Richtung, in der er die Frau im roten Kleid gesehen hatte.

»He, drehst du etwa ein Video? Hier ist Handyverbot, du Spanner!«, rief eine junge Frau. Zwei andere lachten.

Pulaski ignorierte auch sie. Er kam an einer Reihe Nischen vorbei, in denen sich Liegeflächen mit Kopfkissen und abwaschbaren blauen Sportmatratzen befanden. Bei einigen waren die durchsichtigen Vorhänge zugezogen und boten den Paaren, die sich dahinter rekelten, zumindest ein wenig Privatsphäre.

Trotzdem zog Pulaski die Vorhänge auf und starrte kurz in jede Nische, während er am Telefon auf eine Verbindung wartete. Einige Gäste beschimpften ihn lauthals.

Endlich hob jemand ab. »Polizeirevier Halle an der Saale.«

Pulaski hielt sich das andere Ohr zu, nannte seinen Namen und gab durch, wo er sich gerade befand.

»Was?«, rief der Mann, den er am Apparat hatte.

Pulaski wiederholte alles, diesmal lauter, schirmte aber den Mund mit der Hand ab.

»Pulaski?«, rief der Polizist. »Sie sind doch derselbe, der schon mal angerufen und unsere Kollegen zum Haus von diesem Torfhoff geschickt hat. Aber dort war niemand. Worum geht es da eigentlich?«

»Möglicherweise um Mord – oder besser gesagt um einen bevorstehenden Mord«, sagte Pulaski. »Sie müssen sofort zwei Streifenwagen herschicken, die Dahlstraße und alle Zufahrten absperren und die Personaldaten aller weiblichen Gäste aufnehmen. Ich suche nach einer Frau, die womöglich im Verdacht steht …«

»Sind Sie verrückt?«

Ja, das klingt wirklich verrückt! »Rufen Sie Staatsanwalt Clemens in Leipzig an, wenn Sie mir nicht glauben«, sagte er statt einer Erklärung, die sowieso nichts gebracht hätte. »Aber beeilen Sie sich!«

»Gut, ich werde ihn anrufen, und dann schicken wir einen Wagen hin. Warten Sie im *Dark Secret* auf uns und bleiben Sie am Handy erreichbar.«

»Danke.« Pulaski legte auf.

In der Zwischenzeit würde er einen Blick in jede Kabine und hinter jeden Vorhang in diesem Schuppen werfen, und wenn die Leute zu kreischen beginnen würden, war ihm das mittlerweile auch egal.

44

»Wer sind Sie, und was wissen Sie über Christian Quill?«, fragte Evelyn die kleine grauhaarige Frau.

»Ich arbeite hier, aber mein Name ist unwichtig«, sagte die Schwester.

Evelyn bohrte nicht nach, denn schließlich hatte ihr der Portier zuvor den Namen der Frau schon halb verraten: Schwester Brigitte. »Von mir aus – gehen wir vor die Tür«, schlug Evelyn vor.

Flo zog die Pforte auf, und sie traten auf den Vorplatz. Von hier führte die Marmortreppe hinunter auf den Kiesweg, wo Nagorskis Audi von einer Laterne angestrahlt wurde. Dahinter lagen der Besucherparkplatz, auf dem Evelyns Wagen im Dunkeln stand, und der Wald. Eine Eule rief, und eiskalter Wind rauschte durch die Bäume.

Schwester Brigitte wartete, bis Flo die Tür geschlossen hatte, dann sah sie sich um. »Bleiben wir hier stehen, dann sieht uns keiner durchs Fenster.« Sie fror in ihrem dünnen weißen Kittel und steckte die Hände in die Taschen. »Ich habe Doktor Nagorski durch die Tür brüllen gehört.«

»War garantiert nicht zu überhören.« Evelyn stellte den Kragen ihres Mantels auf. »Hat er öfter solche Anfälle?«

»Beinahe täglich. Die Arbeit in diesem Sanatorium ist die Hölle. Eigentlich hätten wir, die Angestellten, eine Therapie nötiger als manche Patienten. Aber unser Chef hat sie von allen am nötigsten.«

»Warum kündigen Sie nicht?«, fragte Flo.

Sie lächelte nachsichtig. »In meinem Alter?«

Die Frau hatte eine nette Art, von der Sorte Hausfrau und Oma, und wie es schien, hatten die Demütigungen ihres Vorgesetzten sie noch nicht ganz verbittert werden lassen.

»Ich habe gehört, dass Sie sich nach Christian Quill erkundigt haben«, fuhr Schwester Brigitte fort.

»Kennen Sie ihn?«

»Ich war seine Pflegerin.«

»*War?*«, fragte Evelyn.

»Sie brachten ihn vor acht Tagen in unser Sanatorium. Mitten in der Nacht. Er bekam weder den üblichen Rundgang noch die Vorstellungsrunde so wie alle anderen Neuzugänge. Da wusste ich, dass etwas nicht mit ihm stimmt. Außerdem hat Doktor Nagorski ihn im alten Trakt untergebracht.«

»Im *alten* Trakt?«, fragte Flo.

»Hinter dem Haus. Dort sind die schweren Fälle. Die Fenster sind extra vergittert, die Türen abschließbar. Nur wenige haben Zutritt dorthin.«

»So wie Sie?«

Die Frau nickte. »Ich arbeite schon seit fünfzehn Jahren in diesem Haus, gehöre mittlerweile fast zum Inventar, habe das Sanatorium sozusagen mit Doktor Nagorski aufgebaut, als er noch ein junger Arzt Anfang dreißig war.«

»Trotzdem behandelt er Sie so?«

»Gerade deshalb. Er weiß, dass ich nie kündigen und ihn verlassen würde.«

»Erzählen Sie weiter.«

»Nur wenige hatten Kontakt zu Christian Quill: Doktor Nagorski, zwei Therapeuten und ich. Nicht einmal der Nachtportier hat ihn zu Gesicht bekommen.«

»Sie sprechen ständig in der Vergangenheitsform von ihm«, bemerkte Evelyn. »Was ist mit ihm? Ist er gestorben? Hatte er einen Unfall, oder hat ihn jemand ermordet?«

Sie schüttelte den Kopf. »Nein, nicht ermordet. Er hat zwar einen Selbstmordversuch unternommen, mit Pillen, aber es waren die falschen, und er hat überlebt.«

»Was ist dann mit ihm?«

»Er ist abgehauen. Vor fünf Tagen. Ich weiß es, weil ich ihm immer das Essen gebracht habe und sein Zimmer reinigen musste. Ich weiß nicht warum, aber seine Flucht wurde vertuscht.«

»Wie kommen Sie darauf?«

»Die Polizei war kein einziges Mal hier, und Christian Quill wird immer noch offiziell als Patient in unserer Einrichtung geführt.«

»Warum erzählen Sie uns das alles?«, wollte Evelyn wissen.

Die Frau holte tief Luft. »Ich mochte Christian. Wir verbrachten zwar nur eine kurze, aber umso intensivere Zeit miteinander. Er war ein so trauriger Junge und konnte so sensibel sein. Allerdings wäre er in dieser Anstalt zugrunde gegangen. Außerdem glaube ich, dass ihm die Menschen in diesem Sanatorium ein großes Unrecht angetan haben. Ich weiß nicht, warum Sie hier sind, aber soviel ich gehört habe, sind Sie Anwältin. Helfen Sie ihm!«

»Haben *Sie* ihm zur Flucht verholfen?«, wisperte Flo.

»Nein!«

Die Antwort war zu rasch gekommen. Evelyn wusste, dass die Frau log. Was Evelyn allerdings auch noch klar wurde: *Ein Mörder läuft frei herum!* Wovon die Öffentlichkeit keine Ahnung hatte – und diejenigen, die es wussten, wie Michaels Vater, Heinrich von Kotten, Peter Wehrmann sowie Thomas und Olivia Nagorski, würden garantiert die Klappe halten.

Jetzt musste der Austausch, den Richard von Kotten inszeniert hatte, erst recht geheim gehalten werden. Von Kotten hatte zu viel zu verlieren. Die Frage war, wie weit er gehen würde, um weiterhin die wahren Hintergründe zu vertuschen.

Anscheinend hatte die Schwester Evelyns besorgten Gesichtsausdruck bemerkt, da sie die Stimme zu einem kaum hörbaren Flüstern senkte. »Sie beide wissen, was er getan hat, nicht wahr?«

Evelyn kniff die Augen zusammen und schwieg.

»Sie wissen es auch, habe ich recht?« Flo beobachtete ihre Reaktion, und plötzlich hoben sich seine Augenbrauen. »Und Sie wissen auch, wer Christian Quill tatsächlich ist.«

Schwester Brigitte schüttelte energisch den Kopf.

»Kommen Sie, Sie arbeiten seit zwanzig Jahren hier und kennen den Neffen von Dr. Nagorskis Mutter nicht? Seinen Cousin?«

Da dämmerte es Evelyn, und schlagartig fügten sich in ihrem Geist zwei Puzzleteile zusammen. »Sie haben das Video im Internet gesehen, richtig? Und *Sie* haben der Polizei den anonymen Hinweis gegeben, dass darauf Richard von Kottens Sohn zu sehen ist.«

Die Frau presste die Lippen aufeinander und senkte den Blick.

»Ihre Gewissensbisse, den jungen Mann verraten zu haben, haben Ihnen keine Ruhe gelassen. Und als niemand von der Polizei kam, um ihn zu verhaften, wussten Sie, dass etwas an der ganzen Sache nicht stimmt«, drängte Evelyn weiter. »Und *deshalb* haben Sie Michael Kotten schließlich zur Flucht verholfen.«

Sie sagte nichts.

»Aber dadurch haben Sie einem Mörder geholfen«, fuhr Evelyn fort. »Ist Ihnen das klar?«

»Sie als Anwältin helfen ihm doch auch.«

»Das ist nicht das Gleiche.«

Schwester Brigitte sah zu Boden. Ihre Stimme zitterte leicht. »Sie hätten ihn nur kennenlernen müssen, dann würden Sie es verstehen. Er ist unschuldig in die ganze Sache hineingeschlittert. Sein Vater und die tragischen Umstände seines Lebens haben ihn dazu getrieben.«

»Er hat Sie beeinflusst und manipuliert«, brachte Evelyn es auf den Punkt. *Indem er sich als Opfer präsentiert hat,* fügte sie in Gedanken hinzu. »Würden Sie das vor Ge…?«

»Nein! Mehr sag ich nicht.« Schwester Brigitte sah auf. »Wenn jemand erfährt, was ich weiß und dass ich ihm geholfen habe, bin ich tot.«

Evelyn und Flo schwiegen.

Die Schwester nahm die Hände aus den Taschen und hauchte sich in die hohle Hand. »Ich muss jetzt wieder rein, bevor jemandem auffällt, dass ich weg bin.«

»Warten Sie!« Evelyn packte die Frau am Arm. »Sie sagten vorhin, dass Christian Quill immer noch als Patient geführt wird. Heißt das, sein Zimmer ist seitdem unberührt geblieben?«

Sie nickte. »Aber seine privaten Sachen hat er mitgenommen.«

»Auch sein Handy?«, fragte Flo.

»Handy, Kleidung, Geld … einfach alles.«

Flo warf Evelyn einen wissenden Blick zu. »Sase2go«, murmelte er.

Natürlich! Da Michael bei seiner Flucht sein Smartphone

mitgenommen hatte, hatten Richard von Kotten, Wehrmann oder wer auch immer, Gerald Dröger ein neues Telefon geben müssen und dabei vergessen, diese App raufzuladen.

»Gibt es noch eine Zahnbürste, einen Kamm oder Handtücher in seinem Badezimmer?«, fragte Flo plötzlich.

Schwester Brigitte runzelte die Stirn. »Ja, warum?«

Flo, du bist genial! Evelyn dachte an einen DNA-Vergleich mit den Spuren in Johann Wulfs Penthouse. »Könnten Sie uns seine Haarbürste bringen?«

»Ich …« Sie zögerte und sah kurz zum Eingang des Sanatoriums. Die Situation war ihr sichtlich unangenehm.

»Es war richtig, dass Sie mit uns gesprochen haben«, flüsterte Flo. »Wenn Sie wollen, begleite ich Sie zum alten Trakt. Wir brauchen nur eine Haarbürste.«

Die Frau schluckte, dann richtete sie sich auf. »Wer A sagt, muss auch B sagen, richtig? Na gut, ich beschaffe Ihnen die Bürste. Doch wir sollten es jetzt gleich machen. Kommen Sie rasch mit rein.«

»Danke«, sagte Flo.

»Aber sollte Doktor Nagorski oder einer vom Sicherheitspersonal Sie im Haus erwischen, weiß ich von nichts, verstanden?«

»Natürlich.« Flo wollte die Tür aufziehen. »Gehen wir?«

»Nicht hier, wir nehmen den Seiteneingang. Oder wollen Sie am Portier vorbeilaufen?«

Evelyn blickte den beiden etwas ratlos nach. Ihrem Assistenten und dieser kleinen, rüstigen Dame, die zuerst einen Mörder an die Polizei verraten und ihm anschließend zur Flucht verholfen hatte – und die nun irgendwie versuchte, ihre Schuld wiedergutzumachen.

Im nächsten Moment war Flo mit der Schwester seitlich

im Gebäude verschwunden, und Evelyn stand allein in der kalten Nacht. Es wurde feucht, und vom Wald her wehte ein kühler Wind über die Wiese. Langsam ging sie die Stufen hinunter zum Kiesweg, wo Nagorskis Auto stand. Es war ein Wunder, dass er noch nicht herausgekommen war, um zu sehen, ob sie tatsächlich zum Parkplatz unterwegs und schon weggefahren waren. Im Zimmer seines Sekretariats brannte jedenfalls noch Licht. Evelyn sah zwei Schatten hinter dem Vorhang, mehr nicht.

Während sie neben dem schwarzen Audi wartete, bemerkte sie plötzlich Autoscheinwerfer. Der Wagen fuhr am Parkplatz vorbei und näherte sich dem Sanatorium. Reifen knirschten auf dem Kies.

Ostrovsky? War er trotzdem hergekommen?

Höchst unwahrscheinlich!

Im nächsten Moment erkannte Evelyn den Wagen. Im Licht der Laternen blitzte der verchromte Kühlergrill auf, und der silbergraue Lack glänzte. Es war ein Rolls-Royce – der Wagen von Richard von Kotten.

45

Die Kabine, in die Torfhoff mit Christine gestolpert war, hatte die Ausmaße eines begehbaren Kleiderschranks. Es passten gerade ein Futonbett hinein, ein Nachtkästchen mit Lampe, eine Vorrichtung mit Handtüchern, Desinfektionsmittel, Erfrischungstücher, ein Mülleimer sowie ein Kondombehälter.

Torfhoff hatte diese Kabine mit der dunkelroten Beleuchtung bisher nur von außen gesehen. Ihm wäre eine Nische mit Vorhang lieber gewesen, aber Christine bevorzugte diese Location. Natürlich – sie war noch jung, entsprechend scheu und war es vermutlich nicht gewohnt, beim Sex beobachtet zu werden. Außerdem hatte sie ihm ins Ohr geflüstert, ihm das Hirn rausvögeln zu wollen. Wenn sie so fickte, wie sie küsste, war das kein leeres Versprechen gewesen.

Also drängten sie sich küssend in die Kabine, während Torfhoff mit dem Fuß die Tür zutrat.

Christine presste ihn an die Wand und leckte ihm über die Brust, sodass ihm die Sektflasche aus der Hand rutschte, die er immer noch hielt. Sie kullerte über den Boden, woraufhin sich der restliche Inhalt über den Teppich ergoss.

Pfeif drauf!

Torfhoff schloss die Augen und genoss es, wie Christine mit spitzen Zähnen an seiner Brustwarze knabberte.

»Ich habe eine Idee«, sagte sie schließlich und griff in die Handtasche, die auf dem Nachtkästchen stand.

Er spähte zur Seite. »Ist das etwa deine?«

»Ja, die hatte ich vorher hierhin gestellt.« Sie zog eine durchsichtige Plastiktüte hervor. »Was hältst du davon, wenn ich dir die über den Kopf stülpe, während du kommst.«

Er merkte, wie sein Schwanz in den Boxershorts zusammenschrumpelte. »Findest du mein Gesicht so abstoßend?«

Lachend kam sie näher. »Im Gegenteil, du siehst klasse aus. Aber ich verspreche dir, dadurch kommst du zu einem größeren Lusterlebnis«, hauchte sie ihm ins Ohr.

»Ich …« Torfhoff verstummte. So jungfräulich und unerfahren, wie er vermutet hatte, war Christine gar nicht. »Nein.« Er lächelte. »Das werde ich nicht tun. Aber *du* kannst dir die Tüte gern überziehen, wenn du möchtest, obwohl ich es besser fände, wenn …«

»*Du* wirst sie dir überziehen«, sagte sie bestimmt.

Okay, die Kleine ist verrückt. Wäre ja auch zu schön gewesen, mit so einer heißen Braut den Abend zu verbringen. »Ich glaube, es ist besser, wenn ich …« Er verstummte. *Scheiße! Was ist das?* Plötzlich spürte er, wie der Raum langsam größer wurde. Die Wände dehnten sich unproportional aus und zogen sich wieder zusammen, als atmete das Zimmer. Instinktiv stützte er sich an der Wand ab. Schweiß brach ihm aus den Poren.

Er brauchte gar keine Plastiktüte, um Sauerstoffmangel oder Schwindelgefühle zu verspüren – die kamen ganz von allein.

Sie runzelte die Stirn. »Was hast du?«

»Ich fühle mich plötzlich so …« Jetzt lief ihm der Schweiß auch über die Stirn, und sein Magen krampfte sich zusammen. *Verflucht!* Sein Herz raste. Er beugte sich hinunter und stützte sich auf die Knie. Dabei verschwamm sein Blick. Der Boden dehnte sich vor ihm aus, und die Sektflasche rückte in unendliche Ferne. *Der Sekt!* »Du verdammte Schlampe …«, flüsterte er, »… hast mir etwas ins Glas getan.«

»Ein leichtes Betäubungsmittel«, sagte sie. »Damit du dich nicht wehrst.«

Die ist verrückt!

Er wollte sich an ihr vorbei zur Tür drängen, doch sie hielt ihn auf und stieß ihn mit einer unglaublichen Leichtigkeit auf die Matratze. Er fiel wie in Zeitlupe, und als er auf dem Bett zu liegen kam und zur Decke starrte, fielen ihm für einen Moment die Augen zu.

Nein! Du musst wach bleiben! Denk nach!

»Aber du … du …«, stammelte Torfhoff. Er konnte sich nicht konzentrieren. Die Gedanken kamen nur stoßweise und verschwanden wieder, ehe er sie fassen konnte. »Du hast doch auch davon getrunken.«

Sie beugte sich zu ihm hinunter und flüsterte ihm ins Ohr: »Ich habe aus meinem *Glas* getrunken, aber du hast von dem Sekt aus der *Flasche* getrunken.«

Er drehte sich auf die Seite und blickte zur Flasche. »Es … war nur in der Flasche …?«

Christine nickte, das lange Haar fiel ihr ins Gesicht.

Aber das kann nicht sein! Sein Herz raste, und seine Gedanken spielten verrückt. »Ich habe dir doch auch … aus der Flasche ins Glas … gegossen.«

»Stimmt.« Lächelnd strich sie ihm mit dem Fingernagel über die Lippen. »Aber danach habe ich nichts mehr getrunken.«

»Warum? Was … willst du?«

Sie drehte ihn weiter zur Seite, dann legte sie sich hinter ihn. Er konnte sich nicht mehr bewegen, war völlig benommen, versuchte, laut um Hilfe zu schreien, doch seine Zunge hing schwer in seinem Mund und ließ sich nicht mehr bewegen. Außerdem musste er sich mit allen Sinnen darauf konzentrieren, regelmäßig zu atmen, damit er nicht erstickte. Wäre die Dosis stärker gewesen, hätte sein Herz garantiert schon aufgehört zu schlagen.

Da hörte er ein Rascheln. Im nächsten Augenblick hatte sie ihm die Plastiktüte tatsächlich über den Kopf gezogen. Ihm wurde heiß, und er sah die Umrisse der Kabine nur noch verschwommen und verzerrt durch das durchsichtige Plastik. Er hob die Hand, hatte aber nicht genügend Kraft, die Tüte mit den Fingern zu zerreißen.

Hilfe! So komm doch jemand in diese Kabine! So viele Leute waren in diesem Club, und er lag hier ganz hilflos und allein.

Indessen bewegte sich Christine hinter ihm. Er bemerkte, wie sie ihr Kleid hochschob, und dann spürte er etwas Hartes und zugleich Warmes zwischen seinen Pobacken. *Einen Penis!*

»Du bist … du bist eine …?«, keuchte er.

»Ja«, hauchte sie und küsste ihn am Nacken. »Ich bin eine verdammte Transe, und mein Schwanz will in dich hinein.«

Pures Adrenalin durchfuhr seinen Körper. *Nein!* Schweiß lief ihm über die Schläfen, und die Tüte beschlug innen. *Du musst hier raus!* Er versuchte, sich aufzubäumen, wollte mit den Armen um sich schlagen, bekam dabei aber nur ihre Haare zu fassen. Als er daran riss, schrie Christine nicht einmal. Und das, obwohl es sich anfühlte, als würde er ihr die Haare mitsamt der Kopfhaut herunterreißen.

Nein! Verflucht! Was ist das?

Er drehte den Kopf, und da sah er Christine ohne Haare. Mit einer Glatze. *Es ist eine verdammte Perücke!* Durch die Tüte, die bereits auf seiner Haut festklebte, sah er verschwommen die Umrisse ihres Gesichts.

Ich wusste, ich kenne dieses Gesicht!

»Du bist es?«, presste er hervor und bemerkte, dass er keine Luft mehr bekam.

Ja, ich bin es, dachte Christine und zog den Rand der Plastiktüte enger um Torfhoffs Hals zusammen.

Er war der Erste gewesen, der sie erkannt hatte. Alle anderen hatten nur das gesehen, was sie sehen wollten: die langhaarige, sympathische, kichernde und unbeschwerte Christine im engen Kleid, die so gern flirtete, ein verrücktes Abenteuer suchte und bereit war, so viele bisher unerfüllte Fantasien Wirklichkeit werden zu lassen.

Von ihrem Vater wusste sie so vieles über seine Manager – und im Besonderen auch über Torfhoff. Dass er beispielsweise auf junge Frauen stand und am Freitagabend nie am Telefon zu erreichen war, weil er diese Abende im Swingerclub verbrachte. Da es in Halle und Umgebung nur diesen einen Club gab, war die Wahrscheinlichkeit hoch gewesen, hier auf ihn zu treffen.

Sie hatte sich nur schnell genug an Torfhoff heranmachen müssen, bevor eine andere ihn ihr vor der Nase wegschnappte. Aber mit ihrer Figur hätte eine andere sowieso keine Chance gehabt.

Wie leicht es doch gewesen war, Klaus Hinze in dem *Country & Beat Club* aufzugabeln, Birkenthal in der Oper anzumachen, sich von Iris auf der Wohltätigkeitsveranstaltung ansprechen zu lassen und Siegler in seinem Hotelzimmer zu verführen.

Mit Siegler, diesem glücklich verheirateten alten Mann, hatte sie sogar etwas Mitleid gehabt. Allerdings war es gerade bei ihm am schwierigsten gewesen. Nicht nur, ihn zu einer kleinen Nummer zu überreden, seinem ersten echten Abenteuer seit vierzig Jahren, sondern dabei Penis und Hoden so in ihrem kleinen, engen Slip zu verstecken, dass er sie nicht entdeckte. Als Siegler beim Arschfick ihren Slip zur Seite schob, hätte er es beinahe bemerkt. Doch der alte Mann, der nur einmal im Leben eine leidenschaftliche Affäre erleben wollte, war so in Ekstase geraten, dass er garantiert nicht im Entferntesten damit gerechnet hätte, eine Transfrau zu vögeln. Und wer wusste besser, was ein Mann wirklich wollte, als eine Transfrau, die früher selbst einmal ein Mann gewesen war? Ein Wissen, das sie schon mehrmals geschickt eingesetzt hatte.

Torfhoff röchelte mit herausgepresster Zunge. Die Tüte saugte sich wie eine zweite Haut an sein Gesicht, wodurch sein hochroter Kopf wie ein Stück Steak beim Vakuumieren aussah.

Christine hielt die Tüte fest umklammert und drang tiefer in ihn ein. Zuerst erfüllt von Zorn und Wut, dann immer fester mit purer Aggression. Es hatte doch etwas Gutes, dass die Operation aus medizinischen Gründen bei ihr nicht durchführbar war. Erst wenn Torfhoffs Widerstand nachgab und er in sich zusammensackte, würde sie kommen. Und danach würde sie mit ihrer Kamera die Fotos machen.

Doch plötzlich drang von draußen der immer lauter werdende Tumult einer Menschenmenge zu ihr in die Kabine. Christine hielt inne, sah auf und lauschte.

Leute schrien und schimpften. Eine Tür knallte. Die Geräusche kamen von der Kabine nebenan!

Scheiße!

Vielleicht hatte jemand bemerkt, was hier vor sich ging!

Sie ließ von Torfhoff ab, sprang auf und streifte ihr Kleid

über Hüfte und Oberschenkel. Rasch griff sie zur Perücke und zog sie über den Kopf.

Indessen klaffte die Tüte auf, und Torfhoff schnappte wieder nach Luft. *Mist.* Auch wenn die K.-o.-Tropfen ihn ausgeknockt hatten, würde er nicht daran sterben, sondern bloß Kopfschmerzen und eine Gedächtnislücke haben. Doch die war nicht groß genug, um alles zu vergessen, was er gesehen hatte.

Aber das muss er!

Ich weiß!

Der Tumult kam näher.

Hau ab!

Sie griff nach ihrer Handtasche. Dann sah sie zu Torfhoff hinunter, der zusammengekrümmt wie ein Baby auf der Matratze lag. *Er darf dieses kleine Intermezzo nicht überleben. Immerhin hat er dein Gesicht gesehen, dich erkannt und wird dich beschreiben können.*

Kurz entschlossen zog sie die Teleskopstange aus der Tasche und ließ sie mit einem Schnappen ausfahren. Ein dreiviertel Meter langer, fester, kalter Stahl.

Keine Zeit für Spielchen!

Danke, ich weiß!

Sie setzte die Spitze an Torfhoffs Kehle an und drückte den Stab in die weiche Haut, die sogleich nachgab.

Mach schon, stich zu!

46

Der silbergraue Rolls-Royce hielt vor Evelyn auf dem knirschenden Kies. Sogleich öffnete sich die hintere Tür, und Richard von Kotten stieg aus. Er sah nicht so aus, als wäre er überrascht, sie hier zu sehen. Im Gegenteil. Augenblicklich kam er auf sie zu und sprach sie an, als wäre er extra *wegen* ihr hier.

»Was machen Sie an diesem Ort, Frau Doktor Meyers?«, fragte er mit sanfter Stimme. Es klang nicht wie eine Frage, eher wie ein Vorwurf. »Sollten Sie nicht die Verteidigung meines Sohnes vorbereiten?«

Evelyn blickte kurz zum Wagen mit den dunklen Scheiben. Peter Wehrmann war wohl diesmal daheim geblieben.

»Um Ihren Sohn zu verteidigen, müsste ich ihn erst einmal finden«, antwortete sie.

Von Kotten runzelte die Stirn. »Wovon reden Sie?«

»Hören wir mit den Spielchen auf«, schlug Evelyn vor. »Wenn Sie der intelligente Mann sind, für den ich Sie halte, dann wissen Sie längst, warum ich hier bin.«

Von Kotten knöpfte seinen Mantel zu, sah sich demonstrativ um und stellte sich immer noch dumm. »Suchen Sie hier etwa nach Entlastungszeugen?«

»Das beschäftigt Sie anscheinend sehr. Und dabei dachte ich, Ihr Sohn wäre Ihnen sowieso gleichgültig«, antwortete Evelyn, wartete aber keine Erwiderung ab. »Woher wissen Sie eigentlich, dass ich hier bin?« Da dämmerte es ihr. »Sie lassen mich beschatten!«

Im gleichen Moment dachte Evelyn an das merkwürdige Gefühl, das sie in letzter Zeit gehabt hatte, wenn sie unterwegs gewesen war.

»Beschatten? Ich bitte Sie! In Zeiten wie diesen ist das doch nicht mehr nötig.« Von Kotten schmunzelte. »Und wenn, dann würde ich Sie *beschützen* lassen.«

Ja, so siehst du aus! Evelyn dachte nach. *Nicht nötig?* Was meinte er damit? Und plötzlich kannte sie die Antwort. »Sie haben mein Handy verwanzt!«

»Sie haben es mir bei Ihrem Besuch in meiner Villa selbst überlassen«, antwortete von Kotten unschuldig.

»Mein Telefon war gesperrt!«

»Sie glauben doch nicht wirklich, dass das irgendjemanden daran hindert, sich den Inhalt anzusehen?«

»Sie verdammter Mistkerl!« Evelyns Kehle wurde enger. »Haben Sie mir eine App aufs Handy gespielt?«

Von Kotten antwortete nicht.

»Oder eine Wanze? Können mich damit vielleicht sogar abhören?«

»Nein, abhören können wir Sie damit nicht.«

»Also nur orten! Und das geben Sie auch noch einfach so zu?«, rief sie außer sich.

»Es dürfte Ihnen schwerfallen, das zu beweisen, außerdem spielt es keine Rolle, was *ich* mache. Mir können Sie nämlich nichts anhaben – egal, was ich tue. Mit Leuten wie Ihnen werde ich fertig, noch bevor ich den ersten Kaffee getrunken und die Fische im Aquarium gefüttert habe. Erst danach kümmere ich mich um die wirklich wichtigen Dinge.«

»Anscheinend konnten Sie Ihr Problem mit mir aber noch nicht endgültig lösen, sonst hätten Sie sich nicht extra herbemüht, um mich einzuschüchtern.«

»Fühlen Sie sich eingeschüchtert?«, fragte er gelassen.

»Mache ich den Eindruck?« Obwohl von Kotten näher an sie herangetreten war, blieb sie stehen, ohne zurückzuweichen. »Bin ich Ihnen und Ihrem kleinen, feinen Plan zu nahe gekommen? Bin ich Ihnen auf den Schlips getreten?«

»Ein netter Versuch, in die Offensive zu gehen.« Anerkennend verzog er die Mundwinkel.

Evelyn starrte ihm fest in die Augen. Wäre Flo nicht in ihrer Nähe gewesen, hätte sie von Kottens Drohungen – mitten in der Nacht und an diesem gottverlassenen Ort – nicht so abgeschmettert wie jetzt. Aber Flo war ihre Rückendeckung, und sie hatte nicht vor, in von Kottens Gegenwart Schwäche zu zeigen. Andererseits hatte es auch keinen Sinn, die Unwissende zu spielen. Von Kotten wusste genau, was sie bisher herausgefunden hatte. Aber wenn sie es schaffte, dass *er* nervös wurde, würde ihm vielleicht ein Fehler unterlaufen.

»Ich mache Sie beruflich fertig, wenn Sie die Verhandlung nicht ohne Zwischenfälle zu Ende führen«, flüsterte er. »Als Anwältin haben Sie die Pflicht, meinen Sohn zu verteidigen.«

»Falsch«, korrigierte sie ihn. »Ich muss *meinen Mandanten* verteidigen – aber *Ihren Sohn* darf ich belasten!«

Von Kotten schluckte. »Wie Sie wollen, ich habe Sie gewarnt. Machen Sie sich darauf gefasst, dass ich Sie nicht nur beruflich, sondern auch privat erledige.«

»Ach ja?« *Zieh eine Nummer und stell dich hinten an!*

Er wandte sich kurz um, warf einen Blick zu seinem Wagen und nickte knapp. In diesem Moment öffnete sich die Beifahrertür und jemand stieg aus. Peter Wehrmann in dunkler Hose und Windjacke. Da hatte sie sich wohl vorhin getäuscht.

Er stellte sich kommentarlos vor Evelyn hin und reichte ihr ein Mobiltelefon. »Für Sie.«

Perplex nahm sie das Telefon. An der Anzeige auf dem Display sah sie, dass das Gespräch bereits drei Minuten dauerte. Langsam führte sie das Handy zum Ohr. »Hallo?«

Sie hörte am anderen Ende nur leise Atemgeräusche und erwartete bereits, die dumpfe, emotionslose Stimme eines von Wehrmanns Lakaien zu hören. *Wie Peter Wehrmann Ihnen bereits sagte, wissen wir, wo Sie wohnen. Und wir wissen auch, dass Sie zwei niedliche Kätzchen in Ihrer Wohnung haben* – oder eine ähnliche Drohung! Aber am anderen Ende der Leitung war keiner von Wehrmanns Schlägern.

Viel schlimmer!

»Liebe Frau Doktor Meyers«, knarrte eine tiefe Stimme, die sie von zahlreichen Radiointerviews kannte. »Hier spricht der Sektionschef der Sektion IV für Strafrecht.«

Heinrich von Kotten! »Was wollen Sie von mir?« Automatisch schlug ihr Herz schneller. Sie hatte noch nie mit ihm persönlich gesprochen und wusste, dass selbst jemand wie Ostrovsky in von Kottens Gegenwart darauf achtete, sich keinen Fehler oder verbalen Ausrutscher zu leisten. Die Konsequenzen wären fatal. Automatisch fragte sie sich, ob Heinrich von Kotten wohl wusste, dass Ostrovsky ihn absägen wollte. *Bestimmt weiß er davon. Er ist ja nicht dämlich.*

»Sie wissen, dass ich Ihnen problemlos die Lizenz entziehen kann«, begann Heinrich von Kotten.

»Jedem Anwalt kann bei einem schweren Vergehen die Lizenz entzogen werden«, antwortete Evelyn.

»Weil Sie dieses schwere Vergehen gerade erwähnen: Von Doktor Nagorski habe ich vorhin erfahren, dass Sie ohne Befugnis in den Patientenakten seines psychiatrischen Sanatoriums herumgeschnüffelt haben, wofür es zwei Zeugen gibt. Meinen Sie *so* ein schweres Vergehen?«

Evelyns Mund wurde schlagartig trocken. »Oberstaatsanwalt Ostrovsky hat …«

»Papperlapapp!«, fuhr von Kotten dazwischen, als wäre er des Themas überdrüssig. »Ich habe soeben eine Strafanzeige gegen Ostrovsky bei der Staatsanwaltschaft eingebracht, und zwar wegen Amtsmissbrauchs. Der von ihm beantragte Hausdurchsuchungsbeschluss, um Einsicht in die Patientenakten des Nagorski-Sanatoriums zu erlangen, war rechtswidrig. Ich habe ihn angefochten, und ein Richtersenat des Oberlandesgerichts wird das prüfen. Mit der Hilfe Ihres Mentors dürfen Sie also nicht mehr rechnen.«

Scheiße! Dieses miese Arschloch hatte Ostrovsky abgesägt. *Allerdings …* »Da gegen Ihre Familie ermittelt wird«, sagte Evelyn, »nehme ich an, dass Sie befangen sind und deshalb …«

»Ob eine Befangenheit vorliegt, entscheiden immer noch meine Kollegen! Und in *Ihrem* Fall, Frau Meyers, werde ich dem Justizminister offenlegen, mit welchen Methoden Sie arbeiten. Nämlich Anstiftung zum Amtsmissbrauch. Zusätzlich werde ich Ihr Vorgehen der Rechtsanwaltskammer melden. Die wird ein Disziplinarverfahren gegen Sie einleiten, und Sie verlieren Ihre Lizenz. Na, wie schmeckt Ihnen das?«

Evelyn spürte einen galligen Geschmack im Mund.

»Ihrem Schweigen zufolge vermute ich, dass ich Ihre ungeteilte Aufmerksamkeit genieße«, fuhr Heinrich von Kotten fort. »Gut, hören Sie zu: Die Alternative zu alldem ist, dass Sie den Prozess gegen Michael Kotten wie geplant abwickeln und den Fall, ohne viel Aufsehen zu erregen, abschließen.«

Nötigung also!

»Und Ostrovsky?«, fragte sie.

»Der wird nie wieder für die Staatsanwaltschaft arbeiten und im besten Fall frühpensioniert werden.«

»Ich lasse Sie meine Antwort morgen früh wissen«, sagte Evelyn, beendete grußlos das Gespräch und gab Wehrmann das Telefon zurück, ohne ihn dabei anzusehen. Stattdessen fixierte sie Richard von Kotten. »Geht Ihnen der Arsch auf Grundeis, dass Sie zu solchen Mitteln greifen müssen?«

»Wie bitte?«, platzte es aus von Kotten heraus.

Nun darfst du keine Schwäche zeigen oder dir anmerken lassen, dass du auf verdammt dünnem Eis stehst. Evelyn versuchte zu lächeln. »Ich nehme an, Sie wissen im Moment selbst nicht so genau, wo Ihr Junge sich gerade aufhält.«

Richard von Kottens Halsschlagader schwoll an. Er ballte die Faust. »Du kleine Fotze weißt einfach nicht, wann es genug ist. Ich …«

In diesem Moment öffnete sich die Eingangstür. Erleichtert ließ Evelyn die Schultern sinken in der Erwartung, dass Flo endlich herauskommen würde, doch an den Schritten hörte sie, dass sie sich getäuscht hatte. Als sie sich umdrehte, sah sie Dr. Thomas Nagorski.

Verdammt!

Der Arzt kam eilig die letzten Stufen der Treppe zu ihnen herunter und sah zuerst Richard von Kotten und dann Wehrmann an. Besorgnis lag in seinem Blick. »Was zum Teufel macht diese Frau immer noch hier? Sie weiß …« Er verstummte. In seinem Blick lag nackte Angst, und seine Augen schienen von Kotten zu verstehen zu geben, dass Evelyn alles herausgefunden hatte.

Von Kotten überlegte nicht lange. Er nickte Wehrmann zu,

der machte einen Schritt nach vorne und versuchte, Evelyn am Arm zu packen.

Sie wich zurück, aber er drängte sie ein Stück hinauf zum Eingang des Sanatoriums. Evelyn brach der Schweiß aus, ihr Herz raste. *Was soll das?* Waren die verrückt geworden?

Da öffnete sich die Tür ein weiteres Mal. Diesmal sah Evelyn nicht hin, weil sie Wehrmann nicht aus den Augen lassen wollte. Im nächsten Moment hörte sie eilige Schritte hinter sich und Flos Stimme. Ihr fiel ein Stein vom Herzen. Sie wandte sich um und sah, wie er mit dem Handy telefonierend, völlig locker und unbeschwert auf sie zukam.

»Ja, ich bin gerade mit Evelyn Meyers vor dem Nagorski-Sanatorium in Nußdorf«, sagte er und nickte von Kotten und Wehrmann nebenbei zu, als wäre es völlig selbstverständlich, die beiden hier zu treffen. »Wir hatten ein nettes Gespräch mit Doktor Thomas Nagorski, Peter Wehrmann und Richard von Kotten und fahren jetzt wieder in die Stadt.« Er lachte. »Ja, *der* Richard von Kotten, Sie wissen schon, alter Adel, hat reich geheiratet und führt jetzt ein paar Casinos.«

Die Männer beobachteten Flo argwöhnisch.

Es reicht, übertreib es nicht, Flo, dachte Evelyn, hakte sich bei ihm unter und ließ sich von ihm über den Kiesweg zum Parkplatz führen. Im Hintergrund hörte sie, wie von Kotten bereits telefonierte.

Mit raschen Schritten ließen sie die drei Männer hinter sich. Als sie weit genug außer Hörweite waren, beendete Flo das Gespräch.

»Puh, das war knapp«, flüsterte Evelyn. »Hast du die Bürste bekommen?«

»Ja, und es sind noch ein paar Haare dran.«

»Gut«, seufzte sie erleichtert und spürte, wie gut es tat, sich an Flos Arm zu klammern. »Mit wem hast du eigentlich telefoniert?«

Flo sah sie grinsend an. »Telefoniert? Ich? Mit niemandem.«

47

Nachdem Pulaski im Erdgeschoss des Clubs bereits einen Blick in alle Nischen geworfen hatte, blieben nur noch die Einzelkabinen übrig. Er öffnete die erste Tür einen Spalt und überraschte zwei Frauen mit einem Mann. Im düsteren Licht erkannte er, dass der Mann zu jung war, um Torfhoff zu sein. Rasch schloss er die Tür wieder.

Ein Pärchen hinter ihm regte sich auf, und es fiel das Wort *Spanner.* Sollten sie doch glauben, was sie wollten. Immer noch besser, als mit der Wahrheit eine Panik auszulösen. Die war sowieso unvermeidlich, wenn erst einmal die Kollegen den Club betreten hatten. Doch bis es so weit war, würde Pulaski noch halbwegs unbemerkt nach der Dame im roten Kleid suchen. Und wenn er sie gefunden hatte, würde er sie festnehmen.

Zwei Einzelkabinen fehlten noch, dann würde er zu den Pärchenzimmern im ersten Stock hinaufgehen.

In der nächsten Kabine lag ein älterer Mann auf der Matratze, eine Frau saß auf ihm, und am Kleiderhaken hing etwas Rotes. Pulaskis Puls raste. *Das sind sie!* Er betrat die Kabine, griff unter das Sakko zum Schulterholster mit der Walther.

Doch da sah er, dass auf dem Haken nur eine rote Bluse und ein roter Büstenhalter mit Rüschen hingen.

»Mensch, hau ab!«, knurrte der Mann.

Pulaski nahm die Hand von der Waffe. *Das ist nicht Torf-*

hoff! »Entschuldigung«, stammelte er und wollte sich umdrehen, als eine Frau im Gang aufkreischte.

»Der hat eine Waffe!«

Einige Gäste schrien los. Schnell knöpfte Pulaski sein Sakko zu, da legte sich ihm schon von hinten eine schwere Hand auf die Schulter. Pulaski fuhr herum. Es war der glatzköpfige Türsteher aus dem Foyer. Anscheinend hatten ihn einige Gäste geholt, die sich von Pulaskis Auftreten gestört fühlten.

Um sie herum wurde es lauter, da sich die Nachricht von einem Gast mit einer Waffe wie ein Lauffeuer verbreitete.

»Folgen Sie mir bitte!«, forderte der Glatzkopf ihn auf.

»Mein Name ist Pulaski, ich bin von der Kripo«, zischte Pulaski so leise wie möglich, damit der Glatzkopf ihn trotz der Musik gerade noch verstehen konnte. »Ich werde jetzt in mein Sakko greifen und Ihnen meinen Ausweis zeigen.«

»Ne«, knurrte der Glatzkopf und verstärkte den Griff auf Pulaskis Schulter. »Wir klären das draußen im Büro, nicht hier!«

»Nehmen Sie die Hand weg! Das ist eine Polizeiaktion.« Pulaskis Ton wurde schärfer, als er zur letzten Kabine nickte. »Ich werde da jetzt reinsehen.«

In der Zwischenzeit hatten sich einige Leute um sie herum versammelt, die sie neugierig anstarrten.

»Haben Sie einen Durchsuchungsbeschluss?«, fragte der Glatzkopf.

Was für ein Klugscheißer!

»Nein, habe ich nicht. Brauche ich auch nicht. Es ist Gefahr im Verzug.« Pulaski packte die Finger des Glatzkopfs und drehte sein Handgelenk so herum, dass er sich schreiend zur Seite wand und in die Knie ging.

»Seien Sie leise«, zischte Pulaski. »Ich möchte nur einen Blick in diese Kabine werfen. Mehr nicht!«

»Raus mit dir, du Spanner!«, rief eine Frau.

»Sei still, der hat eine Waffe!«

Da flog die Tür der letzten Kabine auf, und eine Frau mit langen brünetten Haaren trat in den Gang. Mit hochhackigen Schuhen, einer Handtasche und in einem engen roten Kleid.

Verdammt, wusste ich es doch!

Ohne den Glatzkopf loszulassen, zog Pulaski mit der anderen Hand die Waffe aus dem Holster. »Stehen bleiben!«, rief er.

Doch die Frau hatte ihm bereits den Rücken gekehrt und drängte sich zwischen den Menschen in die entgegengesetzte Richtung davon.

Eine Besucherin starrte in die offene Kabine und brach in hysterisches Geschrei aus. Weitere Leute folgten. Und dann ging es richtig los. Die Leute stoben wie eine gigantische Welle in alle Richtungen davon, und Pulaski hatte Mühe, nicht abgedrängt zu werden.

Wenn er jetzt einen Warnschuss in die Decke abgab, dann war die Panik perfekt. *Scheiße!* Er versuchte, die Frau im roten Kleid anzuvisieren, doch die herumlaufenden Besucher kreuzten ständig seine Schusslinie. Es wäre ohnehin wahnwitzig gewesen, hier eine Waffe abzufeuern.

Pulaski ließ den schnaufenden Glatzkopf los, drängte sich zu der letzten Kabine und warf einen Blick hinein. Da wusste er, warum die Gäste hysterisch davongerannt waren. Vermutlich war es Torfhoff, der unten herum nackt auf dem Boden lag, in einer großen Blutlache, die sich immer weiter um ihn herum ausbreitete. Er hatte eine Plastiktüte über dem Kopf, und das Blut schoss in pulsierenden Wellen aus einer Wunde an seiner Halsschlagader.

»Rufen Sie einen Notarzt und einen Krankenwagen!«, brüllte Pulaski, doch niemand hörte ihn, da er mittlerweile allein vor der Kabine stand.

Die Angst der Besucher war wohl stärker gewesen als ihr Voyeurismus, und so waren sie fluchtartig zu den Ausgängen gerannt. Sogar der Glatzkopf war weg. Pulaski blickte in die Richtung, in die die Brünette verschwunden war, dann sah er wieder in die Kabine. *Was tun?* Die Frau verfolgen und festnehmen? Oder versuchen, Torfhoffs Leben zu retten? Sein Herz musste noch schlagen, sonst würde er nicht so viel Blut verlieren.

»Fuck!«, brüllte Pulaski. Er rammte die Dienstwaffe ins Holster, stürzte in die Kabine, kniete sich in die Blutlache und riss dem Mann die Tüte vom Kopf. Es war tatsächlich Torfhoff.

Sein Mund stand weit offen, die Zunge hing heraus, seine Augen waren geöffnet, und die Pupillen verengten sich. *Ein gutes Zeichen!* Hoffentlich kam der Glatzkopf in der Zwischenzeit nicht mit einem Baseballschläger zurück.

Pulaski drückte mit dem Handballen auf die Stichwunde am Hals, dann fingerte er sein Handy aus der Sakkotasche. Mit blutverschmierten Fingern versuchte er, mit einer Hand den Notruf zu wählen. Schließlich stand die Verbindung, und er klemmte sich das Telefon zwischen Schulter und Ohr.

In diesem Moment verstummte die Musik im Club. Umso lauter hörte er dafür jetzt das Kreischen der Menschen, die in Panik zu Garderobe und Ausgang drängten. Alle riefen durcheinander. Waffe, Mord, Blut, Terroranschlag.

Das hast du ja prima hingekriegt!

Endlich hatte er eine Frau in der Leitung. Er nannte seinen

Namen, die Adresse und gab alles durch, was er über Torfhoff und seine Verletzung wusste. Dann legte er das Handy auf den Nachtschrank neben die Lampe und presste auch die zweite Hand auf die Wunde. »Halt durch, alter Junge. Wir schaffen das!«

48

Christine war in der Damentoilette und hörte durch die Tür den Tumult aus der nebenan liegenden Garderobe.

Zum Glück war niemand in den Kabinen. Sie stopfte ihre Perücke in die Handtasche und fuhr sich einmal über die Glatze, um zwei lange Haare zu entfernen, die sich gelöst hatten. Dann wusch sie sich, oberflächlich und so gut es ging, Torfhoffs Blut von den Händen.

Draußen tobte immer noch das Chaos. Ihr blieb also noch etwas Zeit. Sie griff nach ihrem schwarzen Lippenstift und trug dunkle Farbe auf die Lippen auf. Anschließend schlüpfte sie aus ihrem raffinierten roten Wendekleid, stülpte es um und zog es rasch wieder an. Nun trug sie ein schwarzes Cocktailkleid mit rotem Saum. Vor dem Spiegel strich sie den Stoff glatt, hängte sich die Handtasche um und zog die Augenbrauen zusammen. Mit einem Mal sah sie völlig verändert aus.

Als glatzköpfige, hoch gewachsene Amazone in dunklem Outfit verließ sie die Toilette und mischte sich unter die Menschen. Die meisten drängten zur Garderobe, weil sie den Club nicht halb nackt verlassen wollten. Doch Christine holte ihren Pelzmantel gar nicht erst aus dem Spind, sondern strömte gleich so im Gewühl zum Ausgang.

Einige wussten nun, wie sie aussah – aber es wurde ohnehin Zeit für ein anderes Auftreten. Sie hatte sowieso nicht damit gerechnet, fünf Tage lang unbemerkt mit dem roten Kleid durchzukommen. Dabei war es dann nur gegen Ende knapp geworden. Der ältere Mann im Sakko, den sie aus dem Augenwinkel gesehen und der für das Chaos im Club gesorgt hatte, hatte sie aufgespürt. Aber wie? Und wer war das überhaupt?

Das ist doch jetzt egal! Jedenfalls ist es verdammt eng gewesen. Und du bist noch lange nicht draußen!

Plötzlich stockte die Menschenmenge. Christine stand nur wenige Meter vor dem Foyer, das wie ein Nadelöhr wirkte und den Andrang nicht bewältigen konnte. Aber das allein war es nicht. Dahinter sah sie die offene Tür zur Straße. Ein Polizeiwagen stand vor dem Club, und das irisierende Blaulicht fiel ins Foyer. Sie glaubte, auch im Gemurmel und Rufen der Leute das Knacken von Funkgeräten herauszuhören.

Scheiße! Du musst da raus!

Hinter ihr drängten die Leute nach, ein Ellenbogen knallte in ihre Wirbelsäule, aber es ging nicht weiter. Anscheinend hatten die Polizisten den Menschenstrom aus irgendeinem Grund gestoppt.

Christine drehte den Kopf. »Das Feuer kommt näher, aber zum Glück sind wir bald draußen«, flüsterte sie, scheinbar nach hinten gewandt, aber so, dass die Pärchen vor ihr es hören konnten.

»Ein Feuer!«, rief plötzlich ein Mann vor ihr.

Panik griff um sich. Hinter Christine drängten die Leute unbarmherzig weiter, und nun schob auch sie sich nach vorne. Jeder rief durcheinander.

Mit einem Mal hatte Christine sogar den Geruch versengter Haare in der Nase. Rauch, glühende Hitze und sogar den Gestank verbrannten Fleisches! *Bloß Einbildung? Natürlich, was sonst?* Aber auf eine schreckliche Art und Weise wirkte es auch wie ein Déjà-vu, das sie an irgendetwas zu erinnern versuchte, etwas, das in ihrem Unterbewusstsein schlummerte. Für einen Moment schloss sie inmitten des Gedränges die Augen und ließ zu, dass die Vision in ihr hochkam – rasch und albtraumhaft wie immer.

Plötzlich befand sich Christine nicht mehr im Foyer des Clubs, sondern in einem engen dunklen Raum. Sie sah ein Mädchen vor sich, das wie am Spieß schrie und nicht mehr aufhören wollte. Dazu über allem der schreckliche Geruch verbrannter Haut und verkohlter Haare. *Immer wieder dieselbe verdammte quälende Albtraumsequenz!* War die junge Frau sie selbst? Und waren es ihre Zukunftsängste und Schreckensvisionen von einer vollständigen Transformation? *Verdräng es!* Schweißgebadet und nach Atem ringend riss Christine die Augen auf und schnappte nach Luft. Sofort war sie sich des Tumults um sie herum wieder voll bewusst.

»Ein Feuer! Lasst uns raus!«, rief eine Frau, und dann ging es plötzlich weiter.

Die Menschen drängten durch das Foyer zum Ausgang, und Christine musste sich jetzt nur noch im Strom mittreiben lassen.

Verdräng den Albtraum! Konzentrier dich auf die Situation!

Vor dem Ausgang standen zwei Polizisten, die – so wie es aussah – versuchten, sich in den Club zu drängen. Soeben hielt ein zweiter Streifenwagen linker Hand vor dem Gebäude, und zwei weitere Polizisten stiegen aus. Bald würden sie damit beginnen, die Personalien der Leute aufzunehmen.

Zum Glück stand Christines Wagen rechts die Straße hinunter. Sie trat auf die erste Stufe ins Freie, spürte die Kälte und inhalierte die beißend frostige Nachtluft. Einige halbnackte Besucher flüchteten auf die andere Straßenseite, und während die Polizisten sich umdrehten, lief sie die Stufen hinunter, wandte sich unauffällig nach rechts und verschwand in der Nacht.

49

Torfhoffs Augen brachen und blickten leblos zur Decke.

»Nein!« Pulaskis Rachen wurde augenblicklich trocken, und ihm wurde speiübel.

Er packte Torfhoff an den Schultern und drehte ihn auf den Rücken. Dann wischte er das offene Hemd zur Seite, sodass Torfhoffs glatt rasierte Brust vor ihm lag. Pulaski tastete nach dem Brustbein, verschränkte seine Finger, setzte den Handballen auf und drückte so fest es ging zu. Dabei stützte er sich mit seinem ganzen Gewicht auf die Arme.

»Komm schon!«, brüllte er und drückte erneut zu. Immer wieder. Im Takt einer Musik, die er nur für sich in seinem Kopf abspielte.

Ah, ah, ah, ah, Staying Alive, Staying Alive.

Er hatte einmal gehört, dass dieser Song von den Bee Gees bewusst in dem Takt aufgenommen worden war, in dem das menschliche Herz schlug. Hielt man sich daran, konnte man theoretisch fast nichts falsch machen.

Pulaski zuckte zusammen, als er Torfhoffs Rippen knacken hörte. Schweiß lief ihm über die Schläfen, und obwohl er selbst kaum noch Luft bekam und zu röcheln begann, drückte er so fest zu, dass seine Handballen in seiner Vorstellung mitten durch Torfhoffs Körper drangen. Zwar rann bei jedem Druck weiteres Blut aus der Wunde, aber er machte trotzdem weiter.

Fester! Nicht nachlassen!

Der Kreislauf musste in Schwung kommen, aber es passierte nichts, außer dass Torfhoffs Kehle bei jedem Druck ein Röcheln entfuhr, obwohl der Mann tot war. Und er würde auch tot bleiben.

Nach fünf Minuten gab Pulaski auf. Keuchend setzte er sich auf den Boden, griff mit eiskalten, zitternden und blutverschmierten Fingern nach seinem Spray. Allerdings fehlte ihm die Kraft, den Arm zu heben und zu inhalieren.

Du hättest stattdessen verdammt noch mal die Frau verfolgen sollen!

»Bleiben Sie auf dem Boden und rühren Sie sich nicht von der Stelle!«

Pulaski sah auf.

Der Glatzkopf stand vor der Kabine. Sein Gesicht war bleich, und er hielt tatsächlich einen Baseballschläger in der Hand.

»Sind die Kollegen von der Polizei schon eingetroffen?«, fragte Pulaski unbeeindruckt und erhob sich mit wackeligen Knien.

Der Glatzkopf wich einen Schritt zurück, gab jedoch keine Antwort.

Dann bleibst du eben stumm. Mit etwas Glück war die Polizei schon da und hatte bereits alle Ausgänge und die Straßen abgesperrt.

Da schob sich von beiden Seiten je ein uniformierter Beamter mit gezogener Waffe in den Gang, und beide blickten zu Pulaski in die Kabine.

»Hände hoch! Keine Bewegung.«

Auch das noch!

Zu seinen Beinen lag Torfhoff in einer Blutlache und Pulaski stand keuchend, verschwitzt und mit blutverschmierten Händen daneben.

»Mein Name ist Pulaski«, presste er hervor. »Ich …«

»Lassen Sie das fallen!«

Pulaski starrte an sich hinunter. »Das ist ein Asthmaspray.«

»Fallen lassen!«

Pulaski umklammerte die Dose. »Ich bin Polizist aus Leipzig und habe Sie angerufen, um genau das hier zu verhindern«, röchelte er und blickte zu Boden. »Der Mann ist tot. Hat eine Stichverletzung im Hals.«

Die Polizisten starrten zuerst die Leiche und dann ihn an.

»Meine Dienstwaffe steckt im Holster«, erklärte Pulaski weiter. »Machen Sie nichts Unüberlegtes. Ich werde jetzt mit meinem Spray inhalieren. Dann greife ich in meine Sakkotasche, um meinen Ausweis herauszuholen.«

Die Beamten nickten, hielten jedoch weiterhin ihre Waffen auf ihn gerichtet.

Pulaski inhalierte langsam, dann zog er mit spitzen Fingern seinen Ausweis heraus, klappte ihn auf und hielt ihn den beiden Pappnasen ausnahmsweise lange genug vors Gesicht, dass sie ihn auswendig lernen konnten. Schließlich hatte er nicht vor, von einem nervösen Kollegen im Dienst erschossen zu werden.

»Okay, entschuldigen Sie bitte, Herr Kriminalhauptkommissar«, sagte einer der beiden.

»So, und jetzt die Waffen runter!« Pulaski verließ die Kabine. »Sie sind nur zu zweit?«

»Nein, wir sind mit zwei Funkstreifen hergefahren. Die anderen beiden Kollegen sind draußen.«

»Gut. Riegeln Sie alles ab, das ist ein Tatort. Und geben Sie über Funk durch, dass Ihre Kollegen die Straße in beide Richtungen absperren sollen, falls das noch nicht geschehen ist.«

»Nein, haben wir nicht. Wir wollten zuerst einmal sehen, was …«

»Herrgott!«, fluchte Pulaski. »Wozu rede ich überhaupt? Sie da!« Er deutete zu dem anderen Beamten. »Funkgerät raus! Straße absperren! Und fordern Sie Verstärkung an. Die Kollegen sollen auch die umliegenden Nebengassen abriegeln. Notieren Sie die Kennzeichen aller Wagen, die vorbeifahren. Wir suchen nach einer jungen Frau zwischen zwanzig und fünfundzwanzig Jahren im roten Kleid und mit hochhackigen Schuhen. Lange brünette Haare. Trägt vermutlich einen Pelzmantel. Ist höchstwahrscheinlich mobil und mit einem Auto unterwegs.«

Der Kollege zog das Funkgerät vom Gürtel und entfernte sich.

»Und Sie«, fuhr Pulaski den ersten Polizisten an. »Lassen Sie das Gebäude abriegeln! Keiner kommt raus, keiner rein, bis wir die Personalien von allen Gästen kennen. Haben Sie verstanden?«

Der Beamte nickte.

Als Nächstes wandte sich Pulaski dem Glatzkopf zu, der wie ein begossener Pudel mit dem Baseballschläger in der Hand dastand und ihn anstarrte. »Und Sie mit der Glatze! Ich habe eine Kamera im Nassbereich gesehen. Zeichnet die auf?«

Der Türsteher schüttelte den Kopf. »Ist nur ein Live-Stream für den Monitor.«

»Haben Sie andere Kameras im Haus? Im Foyer vielleicht? Oder draußen im Eingangsbereich auf der Straße?«

»Nein.«

»Verdammt.« Pulaski wischte sich mit dem Ärmel den Schweiß von der Stirn. »Wenn der Krankenwagen kommt, führen Sie den Notarzt und die Sanitäter zu dieser Kabine.«

»Glauben Sie, dass da noch was zu machen ist?«

Pulaski massierte seine Nasenwurzel, blickte auf Torfhoff, der reglos dalag, und schüttelte kaum merklich den Kopf. *Reg dich nicht auf, du hättest ihn sowieso nicht durchgebracht.*

Fünf Minuten später stand Pulaski auf der Straße. Seinen Mantel, der immer noch in der Garderobe hing, hatte er völlig vergessen.

Mittlerweile fror er entsetzlich. Aber er hatte keine Zeit, noch mal in den Swingerclub zu gehen. Drinnen waren die Beamten beschäftigt, das Personal und die verbliebenen etwa sechzig Gäste zu vernehmen, während er draußen bei einem Kollegen über Funk mithörte, was die Straßensperre und die örtliche Fahndung gebracht hatten.

Der Beamte steckte das Funkgerät an den Gürtel und sah ihn ratlos an. »Im Moment ist uns die Frau noch nicht ins Netz gegangen.«

Das wird sie auch nicht mehr.

Die Straße war mittlerweile mit drei Streifenwagen, einem Wagen der Kripo, zwei Rettungsfahrzeugen und dem Auto des Notarztes so zugeparkt, dass Pulaski mit seinem Wagen auf absehbare Zeit nicht würde rausfahren können. Er wandte sich an den Kollegen. »Wenn Sie in den Club gehen, nehmen Sie meinen Mantel mit – hängt allein an einem Haken – und einen Becher Kaffee.«

»Aber ich gehe nicht rein.«

Pulaski sah ihn müde an. »Schwarz, heiß und ohne Zucker.«

Murrend setzte sich der Kollege in Bewegung.

Die Brünette ist also verschwunden. So ein Dreck! Und nach Torfhoffs Tod hatte Pulaski keine weiteren Anhaltspunkte mehr, wo die Mörderin als Nächstes zuschlagen könnte. Die

Gesellschafter der Kotten Deutschland GmbH waren nun allesamt tot, ebenso zwei Geschäftsführer und der Rechtsanwalt der Firma. Wer stand als Nächstes auf der Todesliste? Richard von Kotten selbst? Seine Familie? Pulaski musste dringend mit dem Mann reden, dessen Firmen- und Wohnsitz in Wien lagen.

Aber wie? Über das österreichische Bundeskriminalamt? Oder direkt über die Wiener Kripo? Verächtlich schüttelte er den Kopf. Das würde zu lange dauern und zu viele rechtliche und bürokratische Fragen aufwerfen. Pulaski kannte den Verwaltungsapparat zu gut, um darauf warten zu wollen, bis der mal in Gang kam. Dafür war nun wirklich keine Zeit.

Er zog sein Handy aus der Tasche und öffnete das Telefonverzeichnis. Es klebte immer noch Torfhoffs Blut auf dem Display. Pulaski kannte nur eine Person in Wien, über die er rasch und unproblematisch an Informationen herankommen konnte.

Während der Kollege mit Pulaskis Mantel im Arm und einem Becher Kaffee in der Hand gerade wieder aus dem Swingerclub kam und über die Straße lief, baute Pulaskis Handy die Verbindung auf.

Evelyn Meyers leuchtete auf dem Display.

Er nahm das Telefon zum Ohr und wartete auf das Läuten.

50

Nachdem Evelyn und Flo in ihren Wagen gestiegen und vom Parkplatz des Nagorski-Sanatoriums gefahren waren, hatte Evelyn ihm alles über ihre Begegnung und das Gespräch mit Richard von Kotten und dem Telefonat mit Heinrich von Kotten erzählt.

»Eine schöne Scheiße!«, fluchte Flo.

»Du sagst es! Vor allem weil Ostrovsky uns nicht mehr helfen kann.«

»Und Chefinspektor Ganser?«

»Den können wir jetzt auch vergessen! Der ist nur ein Kripobeamter beim BKA. Was will der schon ohne Ostrovsky ausrichten? Ab sofort sind wir auf uns allein gestellt.«

Sie fuhren einige Minuten wortlos am Donaukanal entlang Richtung Innenstadt. Hinter ihnen braute sich soeben ein Sturm zusammen, und im Rückspiegel sah Evelyn den hellen Schein eines Hagelschauers, der sie einholte. Auf einem Teil der Strecke war die Straßenbeleuchtung ausgefallen, danach funktionierten die Laternen wieder. Da läutete Evelyns Handy.

Sie sah kurz zum Telefon, das in der Mittelkonsole steckte. »Kannst du eigentlich eine Spionage-App zum Orten von Handys runterlöschen?«, fragte sie, während es immer noch läutete.

»Wenn es Android Lost ist, schon, aber falls es eine raffiniertere Software ist, wird es schwierig.«

»Hm.« Evelyn blickte auf das Display in ihrem Armaturenbrett. Eine Nummer mit deutscher Vorwahl wurde angezeigt. Das war das letzte Telefonat, das sie mit diesem Handy führen wollte, schwor sie sich. Danach würde sie sich ein neues besorgen, damit von Kotten sie nicht länger überwachen konnte.

Sie nahm das Gespräch über die Lautsprecherfunktion entgegen. »Ja, bitte?«

»Evelyn Meyers?«, fragte eine männliche Stimme mit deutschem Akzent.

»Walter Pulaski!«, rief sie überrascht. »Schon lange nichts mehr von Ihnen gehört.« Plötzlich strahlte sie, und für einen Moment waren ihre Sorgen vergessen. »Wie geht es Ihnen?«

»Ich kann nicht klagen.« Pulaski lachte über seinen Wortwitz, weil er wusste, dass sie Anwältin war. »Und selbst?«

»Einigermaßen«, spielte sie die Tatsache herunter, dass ihr in Wahrheit kotzübel war. »Setzen Sie Ihren schon seit vielen Jahren angekündigten Besuch in Wien endlich in die Tat um?«

»Leider nein. Im Moment überschlagen sich gerade die Ereignisse.«

»Wem sagen Sie das«, seufzte sie.

»Ich rufe dienstlich an.« Plötzlich wurde er ernst. »Ich habe leider nicht viel Zeit und brauche eine dringende Auskunft.«

»Und das, wie könnte es anders sein, mal wieder außerhalb des üblichen Dienstweges.« Sie lächelte. »Schießen Sie los!«

Für einen Moment war er nur undeutlich zu hören. Im Hintergrund erklangen das Knacken von Funkgeräten und das Aufheulen einer Polizei- oder Rettungssirene. »In Deutschland gab es in den letzten Tagen fünf Morde an hochrangigen Managern.« Seine Stimme klang gehetzt. »Die Opfer haben eines gemein: Sie haben für die Casino Kotten Deutschland

GmbH gearbeitet. Die Muttergesellschaft dieser Firma sitzt in Wien. Kennen Sie zufällig Richard von Kotten, den Eigentümer?«

Evelyn und Flo warfen sich einen überraschten Blick zu. Im nächsten Moment runzelte Flo die Stirn. »Kann das eine Falle sein?«, flüsterte er.

Evelyn schüttelte den Kopf, dann wandte sie sich wieder dem Lautsprecher zu. »O ja, den kenne ich«, antwortete sie. »Warum wurden die Manager ermordet?«

»Es wäre jetzt zu kompliziert und würde zu lange dauern, Ihnen das alles zu erklären. Was können Sie mir über Richard von Kotten erzählen?«

Evelyn suchte am Straßenrand nach einer Haltemöglichkeit und steuerte den Wagen vor einer Unterführung auf den Parkstreifen. Hier gab es nur wenig Verkehr, trotzdem schaltete sie die Warnblinkanlage ein. In diesem Moment erreichte sie der Sturm. Der Wind heulte und rüttelte am Wagen, Zweige flogen über sie hinweg, und Hagelkörner trommelten aufs Autodach. Binnen Sekunden war die Straße von Eis bedeckt und fast schneeweiß.

Evelyn blickte in den Rückspiegel, löste den Gurt und setzte sich bequem hin. »Über den könnten wir Ihnen jede Menge erzählen«, rief sie. »Hängt davon ab, *was* Sie wissen wollen.«

»Wer ist *wir?*«

»Mein Assistent Florian Zock sitzt bei mir im Wagen.«

»Können wir ihm vertrauen?«

»Wäre er sonst mein Assistent?«

»Punkt für Sie, Evelyn.«

»Um welche Morde geht es?«

»Nun …« Pulaski überlegte. »Richard von Kottens Geschäftsführer für Online-Spiele wurde umgebracht. Ebenso sein Rechtsanwalt, seine Produktionsleiterin, sein Vertriebsleiter, und gerade eben ist sein Finanzleiter in meinen Armen gestorben.«

»Ach, du Scheiße!«, entfuhr es Flo.

»Wie bitte?«, rief Pulaski.

»Nichts«, sagte Evelyn rasch. »Wie können wir Ihnen helfen?«

»Ich vermute, einer von Richard von Kottens österreichischen Geschäftsführern oder er selbst könnte einer der Nächsten auf der Liste sein.«

Das ist schon passiert. Sie dachte an Johann Wulf. »Richard von Kotten befindet sich zurzeit in Wien.«

»Sind Sie sicher?«

»Ganz sicher.« Sie verzog das Gesicht.

»Ich würde Personenschutz für ihn anfordern. Außerdem würde ich mich gern mit ihm unterhalten. Könnten Sie das arrangieren? – Verdammt!«, fluchte Pulaski. »Haltet doch mal die Klappe. Seht ihr nicht, dass ich telefoniere?«

»Hallo?«, rief Evelyn. Sie hörte aufgebrachte Stimmen und eine Sirene im Hintergrund.

»Ja, bin schon wieder da. Hier ist ein ziemlicher Tumult.«

»Mit von Kotten zu sprechen wird schwierig.« Evelyn dachte an ihre eben stattgefundene Begegnung mit von Kotten, Wehrmann und Nagorski. »Aber Sie werden nicht glauben, was ich Ihnen jetzt sage: Auch hier in Wien gab es vor zehn Tagen einen Mord, und zwar an von Kottens Entwicklungsleiter.«

»Sind Sie mit dem Fall vertraut?«

»Allerdings.«

»Sieht so aus, als arbeiteten wir wieder einmal an ein und derselben Sache.«

Stimmt. Alle paar Jahre führte das Schicksal sie zusammen. »Wann genau geschahen die Morde in Deutschland?«, wollte sie wissen.

»So wie es aussieht, begann alles vor vier Tagen.«

»Ach, du Scheiße«, wiederholte Flo, nur diesmal leiser.

Aus dem Lautsprecher drang das Geschrei von Menschen.

»Hier will einer abhauen!«, rief Pulaski. »Haltet den Mann fest!«

»Pulaski, sind Sie noch da?«

»Ja, entschuldigen Sie.«

»Ich habe eine Vermutung, wer der Mörder sein könnte«, sagte Evelyn. »Sowohl Ihrer in Deutschland als auch unserer in Wien. Es ist ein und dieselbe Person. Ein junger Mann namens Michael Kotten.«

Pulaski lachte auf. »Ihr Bauchgefühl in allen Ehren«, rief er. »Aber diesmal irren Sie sich. Der Mörder ist eine Frau. Und zwar eine junge, verdammt gut aussehende Brünette.«

Evelyn lächelte. Die Aussage überraschte sie nicht im Geringsten. *Ich hätte mein Leben darauf verwettet, dass er als Frau gut aussieht.* »Sind Sie in Leipzig?«

»Im Moment bin ich noch in Halle an der Saale, aber ab morgen bin ich wieder zu Hause. Warum?«

Evelyn dachte kurz nach. Es gab nur eine Möglichkeit, die Sache zu beenden. »Ich komme zu Ihnen nach Leipzig.«

51

Das Blaulicht war die gesamte Straße hinunter zu sehen, während Christine langsam weiter in Richtung ihres Wagens ging. Sie versuchte, das Klappern ihrer Stöckelschuhe auf den Pflastersteinen zu ignorieren und lauschte stattdessen, was hinter ihr passierte.

Aber zum Glück rief ihr niemand hinterher oder versuchte, sie aufzuhalten. Andernfalls hätte sie mit dem Teleskopstab einen weiteren Mord begehen müssen.

Doch die Menschen schrien nur aufgeregt durcheinander, und eine Frau lief sogar in Unterwäsche an ihr vorbei. Bestimmt wussten die wenigsten, was wirklich im Club passiert war. Ein Mord, ein Attentat, ein Terroranschlag oder eine schreckliche Feuersbrunst waren nur ein Teil der wilden Gerüchte. Aber so funktionierte der Herdentrieb bei einer Massenpanik nun mal. *Dein Glück!*

Danke, ich weiß.

Ihr Herz schlug ihr immer noch bis zum Hals, als sie ihren Mietwagen erreichte, den sie sich vor vier Tagen am Flughafen Leipzig/Halle genommen hatte. Mit klammen Fingern, zitternd und frierend bis auf die Knochen, öffnete sie den Wagen, sprang hinein, startete den Motor und schaltete gleich die Sitzheizung auf Maximum. Sie hauchte sich in die klammen Finger.

Ein Blick in den Rückspiegel. *Keine Verfolger!*

Sie wartete einen Augenblick, gurtete sich an, setzte

den Blinker und fuhr aus der Parklücke. *Langsam und unauffällig!*

Ihr Hotelzimmer beim Flughafen lag von hier nur eine gute Viertelstunde entfernt. In der Nacht bei wenig Verkehr würde es sogar schneller gehen. Eine heiße Dusche, Schweiß abwaschen, frisch ankleiden, neue Schminke auftragen und die neuen Bilder über den Fotodrucker auf Hochglanzpapier ausdrucken. Dann würde sie sich wieder gut fühlen. Wie ein neuer Mensch!

Allerdings würde sie auch ihr zweites rotes Kleid, das von der Hotelwäscherei mit 24-Stunden-Service frisch gereinigt im Schrank ihres Zimmers hing, sicherheitshalber nicht mehr tragen. Die rote Signalfarbe, mit der sie die Aufmerksamkeit ihrer Opfer auf sich zog, hatte ihren Zweck erfüllt und nun ausgedient. Und für den Fall, dass jemand den Mietwagen gesehen und zufällig die Nummer notiert haben sollte, würde sie ab morgen mit dem Taxi fahren.

Morgen!

Da man ihr jetzt auf den Fersen war, musste sie es rasch zu Ende bringen.

Einen Tag noch!

Nachdem sie aufgehört hatte, vor Kälte zu zittern, stellte sie mit dem Handy über Bluetooth eine Telefonverbindung her.

Nach dem dritten Läuten hob jemand ab. »Wer ist da?«, erklang eine harte Stimme aus dem Lautsprecher.

Christine warf einen Blick auf das Navi und lenkte den Wagen an der Altstadt vorbei in nordöstliche Richtung zum Autobahnkreuz bei Zöberitz. Von dort waren es dann nicht einmal zwanzig Kilometer über die Autobahn. *Ein Katzensprung!*

»Hallo, Vater«, sagte sie.

Schweigen.

»Wo bist du gerade?«, fragte sie.

»Im Sanatorium«, antwortete ihr Vater. »Peter Wehrmann und dein Cousin Thomas sind bei mir. Wir haben gerade über dich gesprochen. Ich hätte nicht gedacht, dass du dich bei mir meldest.«

Das Triumvirat war vereint. Drei verschworene Männer. »Und Heinrich ist nicht dabei?«, fragte sie spöttisch.

»Doch, er hat sich übers Telefon zu uns geschaltet.«

Dachte ich es mir doch! Die Viererbande ist komplett. »Wie geht es dir?«, fragte sie.

»Wie es *mir* geht?«, wiederholte er. »Du errätst nie, wer gerade hier war. Eine Rechtsanwältin, die nach dir gesucht hat! Nicht etwa nach Gerald Dröger, sondern nach *dir!*«

Ihr Vater klang aufgebracht. Das wäre sie auch an seiner Stelle.

Christine setzte den Blinker, sah in den Rückspiegel und fuhr auf die lange gerade Schnellstraße. Langsam heizte sich der Wagen auf, und ihr wurde warm.

»Sie sucht nach dir!«, wiederholte er. »Weißt du, was das bedeutet?«

Natürlich! Aber wer immer diese Rechtsanwältin ist – sie ist nicht die Einzige, die nach mir sucht. Christine dachte an den Mann im Sakko, der im Club eine Waffe gezogen hatte. »Bringen wir es zu Ende.«

Ihr Vater atmete geräuschvoll ein. »Was schlägst du vor?«

»Ich warte in Bad Dürrenberg auf unserem Familiensitz auf dich«, sagte Christine und trennte die Verbindung.

In derselben Nacht in Wien

Schwester Brigitte stand am Treppenabsatz und starrte in die Dunkelheit. Das matte Licht einer Straßenlaterne fiel durch das Fenster und erhellte den unteren Korridor mitsamt dem Treppenhaus.

Im alten Trakt des Sanatoriums befand sich niemand mehr. Nebenan lagen die Patienten längst in ihren Zimmern, und der Portier hatte alle Türen versperrt. Mit langsamen Schritten ging Schwester Brigitte zur Treppe und hielt sich am Knauf des Holzgeländers fest. Der andere Arm hing leblos an ihr herunter.

Sie spürte die Schmerzen kaum.

Sie hatte kooperiert, alle Fragen beantwortet und alles gesagt, was man von ihr wissen wollte. Vielleicht würde man sie jetzt in Ruhe lassen.

Die Scheinwerfer eines Wagens erhellten den Gebäudetrakt, rissen die Gemälde an den Wänden aus der Dunkelheit, warfen tanzende Schatten durch das Treppenhaus und über die Kommoden und Kerzenständer. Im nächsten Moment war es wieder dunkel. Sekunden später kam der Sturm, und ein Hagelschauer prasselte mit einer solchen Wucht auf das Dachlukenfenster, dass Schwester Brigitte zusammenzuckte.

Die Hagelkörner trommelten aufs Dach und rauschten geräuschvoll durch das Fallrohr der Regenrinne. Die Fensterläden klapperten im Wind.

Lasst mich runtergehen. Ich will doch nur in mein Zimmer

und mich hinlegen. Eine Tablette nehmen, den Arm bandagieren und schlafen.

Sie stützte sich auf das Geländer, wollte schon die Treppe hinuntersteigen. Doch dann verharrte sie, weil sich hinter ihr etwas bewegte.

Aus der Dunkelheit schälten sich die Umrisse einer Person. Eine hoch gewachsene Gestalt trat von hinten auf sie zu und legte ihr behutsam die Hand auf die Schulter.

»Danke für die Zusammenarbeit«, flüsterte der Mann und legte nun auch die zweite Hand auf Schwester Brigittes Schulter.

»Darf ich jetzt …?«

»Natürlich, alles wird gut.« Der Mann wartete das zunehmende Heulen des Windes und den nächsten Hagelschauer ab, dann verstärkte er den Griff auf ihre Schultern und stieß sie die Treppe hinunter.

5. TEIL

Samstag, 15. März

52

Die beiden grau getigerten Katzen waren in Evelyns Schlafzimmer gehuscht. Bonnie saß auf dem Nachtkästchen und beäugte Evelyn skeptisch, während Clyde in den offenen und halb gepackten Koffer kletterte, der auf dem Bett lag, und sich darin so klein wie möglich zusammenrollte.

»Du kannst leider nicht mitkommen, Schätzchen.« Behutsam hob sie Clyde aus dem Koffer und setzte ihn auf das Kopfkissen. Während er maunzte, schichtete sie die letzten Langarmshirts und ein paar Jeans in den Koffer sowie einen Rollkragenpullover – den blauen Norweger ihrer Mutter mit dem Zopfmuster –, der sogar bei Minusgraden warm hielt. Bei der Wettervorhersage für Deutschland würde sie ihn bitter nötig haben.

Nun maunzte auch Bonnie. Ihre beiden Katzen wussten ganz genau, dass Evelyn in ein paar Minuten verschwinden würde. Nachdem sie noch eine Strickjacke und feste Schuhe in den Koffer gestopft hatte, schloss sie ihn und zog den Gurt stramm. Sie trug Turnschuhe, Jeans und einen bequemen Sweater. Im Vorraum hatte sie bereits ihren Wintermantel rausgehängt, den sie während der Reise tragen würde.

Sie blickte auf die Uhr. Ihr blieben nur noch fünf Minuten. Für einen Moment setzte sie sich aufs Bett und streichelte Clyde, der schnurrend sein Köpfchen an ihrer Hand rieb. Nun tapste auch Bonnie zu ihr und schmiegte sich an ihren Arm. »Ich verspreche euch, ich bleibe nicht lange weg.«

Manche Leute würden es vielleicht für eine dumme Angewohnheit halten, dass sie mit ihren Katzen sprach, aber Flo hatte es treffend formuliert: Die beiden waren ihre Familie! Und mit Familienmitgliedern sprach man nun mal.

Das Läuten ihres Handys riss sie aus den Gedanken. Rasch nahm sie das Gespräch entgegen. Es war Ostrovsky, dem sie vor einer halben Stunde eine SMS geschickt hatte.

Ruf mich bitte an – dringend!

»Morgen«, knurrte er missgelaunt. »Was gibt es so Wichtiges?«

»Guten Morgen.« Sie holte tief Luft. »Ich habe gehört, dass du suspendiert wurdest und dir ein Disziplinarverfahren droht. Ich wollte dir nur sagen, dass mir das leidtut.«

»Warum tut *dir* das leid?« Es klang mit einem Mal wieder versöhnlich.

»Warum?« Sie fuhr sich durchs Haar. Indessen war Clyde auf ihren Schoß gesprungen, stellte sich auf die Hinterbeine und stupste sie mit der Schnauze ins Gesicht. »Ich habe dich mit dem Durchsuchungsbeschluss in die Sache hineingezogen.«

»Ach komm, Evelyn. Du weißt genau, dass es auch ohne diesen Beschluss irgendwann mal zu meiner Suspendierung gekommen wäre. Ich wollte Heinrich von Kotten zu Fall bringen – aber dieser Mistkerl sitzt einfach am längeren Hebel.« Er seufzte. »Manchmal gewinnt man, manchmal verliert man.«

»Du gibst auf?«, fragte sie überrascht. »Wie dein Vater?«

»Ich werde mir zumindest nicht das Leben nehmen, aber man muss wissen, wann es aus ist. Jedenfalls habe ich es versucht und …«

»Aber es ist noch nicht aus!«, widersprach sie. »Ich bin noch an der Sache dran.« *Das bin ich dir schuldig.*

Er senkte die Stimme. »Was hast du vor?«

Sie dachte an die App, die Richard von Kotten ihr aufs Handy gespielt hatte. Womöglich konnte er sie damit nicht wirklich abhören, doch das wollte sie nicht riskieren. »Das kann ich dir am Telefon nicht sagen. Ich bitte dich einfach um dein Vertrauen.«

»Evelyn ...«

»Nein, ich muss das wieder glattbügeln. Und es gibt eine reelle Chance, wie wir ...«

»Evelyn!«, unterbrach er sie erneut, diesmal nachdrücklicher. »Du weißt noch nicht alles.« Er räusperte sich.

»Was?« Sie blickte auf die Uhr. Noch zwei Minuten, dann musste sie runter.

»Wenn du am Montag in deine Kanzlei kommst, wirst du einen Brief von der Rechtsanwaltskammer vorfinden. Sie zitieren dich in die Kammer.«

Evelyn schluckte. »Und warum?«

»Kannst du dir das nicht denken? Sie haben dir die Lizenz entzogen. Und ich fürchte, du kannst nicht dagegen berufen.«

Heinrich und Richard von Kotten arbeiteten nicht nur gründlich und effizient, sondern auch sehr schnell. *Die verlieren keine Minute. Und was sagt dir das? Dass ihnen der Arsch auf Grundeis geht!*

Jetzt aufhören zu wollen wäre ein fataler Fehler. *Du musst es zu Ende bringen! Und zwar jetzt!*

»Ich fahre am Montag nicht in die Kanzlei«, sagte Evelyn. »Ich habe andere Pläne. Und solange ich diesen eingeschriebenen Brief nicht entgegengenommen habe, weiß ich nichts über seinen Inhalt.«

Es läutete an ihrer Tür.

»Evelyn, du …«

»Tut mir leid, ich muss Schluss machen«, sagte sie knapp. »Vertrau mir.« Sie beendete das Gespräch, nahm die Rückwand des Handys ab und entfernte Akku und SIM-Karte. Dann legte sie alles auf die Kommode und verließ das Schlafzimmer.

Bereits vor dem Frühstück hatte sie einige Dinge erledigt, unter anderem Conny, die Tochter ihrer Nachbarin, gebeten, Bonnie und Clyde während ihrer Abwesenheit mit Dosenfutter, Wasser und einigen Streicheleinheiten zu versorgen. Den Reserveschlüssel für die Wohnung hatte sie ihr bereits gegeben.

Jetzt öffnete sie die Eingangstür. Flo stand im Flur mit festen Schuhen, Jeans, einem Anorak und einem Trolley.

»Komm rein«, sagte sie. »Hat alles geklappt?«

»Klar.« Er putzte sich die Schuhe ab und trat ein. »Ich habe die Bürste aus Christian Quills Zimmer ins Labor geschickt und bin anschließend gleich hergefahren.«

»Prima. Erinnere mich bitte daran, dass ich mir im nächsten Shop ein Prepaid-Handy kaufe.«

»Das brauchst du nicht.« Er griff in die Tasche und holte ein Smartphone heraus. »Ich habe dir eins mitgebracht.«

»O danke.« Sie steckte es ein, ging ins Schlafzimmer, strich ihren Katzen ein letztes Mal über den Kopf und kam mit ihrem Koffer und dem Laptoprucksack wieder.

»Hast du für einen Monat gepackt?«, witzelte er.

»Du weißt doch, Frauen reisen immer mit großer Garderobe.« Plötzlich wurde sie ernst. »Du musst das nicht machen«, erinnerte sie ihn.

»Evelyn, das hatten wir doch schon. Entweder lösen wir den Fall gemeinsam oder gar nicht. Außerdem war ich noch nie in Leipzig. Glaubst du, ich lasse mir diese Gelegenheit entgehen?«

Sie nickte. »Danke.«

Im nächsten Moment grinste er wieder. »Unten vor der Haustür wartet übrigens ein Taxi. Fahren wir damit nach Deutschland?«, scherzte er.

»Wir fahren nicht mit dem Auto«, antwortete Evelyn ernst. »Nach Leipzig wären das knapp sieben Stunden ohne Baustellen und Stau. Nein.« Sie schüttelte den Kopf. »Wir fliegen.«

»Fliegen? Aber ich habe kein Geld für das Ticket.«

»Mach dir keine Gedanken, das zahlt die Kanzlei. Die Kosten kann ich von der Steuer absetzen.«

»Aber wie hast du so rasch …?«

»Ich bin seit fünf Uhr früh wach. Wir haben beide ein Ticket und sind bereits eingecheckt. Komm.« Sie verließen die Wohnung, und Evelyn sperrte ab. »Das da unten ist unser Taxi. Es bringt uns zum Flughafen.«

53

Richard von Kotten saß auf dem Rücksitz seines Rolls-Royce. Durch die getönte Seitenscheibe leuchtete die Vormittagssonne in den Wagen, aber je weiter sie in den Norden fuhren, umso mehr verdunkelte sich der Himmel.

Schließlich musste er das Leselicht einschalten. Aus den Lautsprechern drang sanfte Orchestermusik, die er immer beim Arbeiten im Wagen hörte. Sie erinnerte ihn an die Stimmung eines Konzertsaals, in dem man in entspannter Atmosphäre die besten Geschäfte abwickeln konnte. Auf dem Ausklapptisch vor ihm standen sein Notebook, eine fast leere Tasse mit kaltem Cappuccino und ein Aschenbecher mit einer halb gerauchten Zigarre. Neben ihm lagen sein Handy und eine dicke Mappe mit Verträgen.

Nachdem von Kotten die Morgenpost erledigt hatte, kümmerte er sich um die offenen Projekte. Nach Klaus Hinzes Tod waren kurz hintereinander Birkenthal, Schmidt-Ulmen und Siegler bei Unfällen ums Leben gekommen – zumindest wollte er daran glauben, dass es Unfälle waren. Für ihn waren das die wichtigsten Menschen gewesen, mit denen er einst seine Firma aus dem Boden gestampft hatte. Sie und ein paar andere waren die Einzigen, die von den krummen Dingern wussten, die sie ständig gedreht hatten und die vielleicht nicht besonders schön, aber notwendig gewesen waren, um nach oben zu kommen. Ihr Verlust war ein harter Schlag für das gesamte Unternehmen, und obwohl er sich rund um die Uhr um die Geschäfte kümmerte, reichte es einfach nicht, und er steckte trotzdem noch bis über beide Ohren in Arbeit. Nur die wenigsten Aufgaben konnte er an andere delegieren. Eigentlich hatte er wirklich keine Zeit, ausgerechnet jetzt nach Deutschland zu fahren und sich auch noch um seinen Sohn zu kümmern!

Nachdem das Gröbste erledigt war, fast alles wieder in geordneten Bahnen verlief und er ein paar Vorstellungsgespräche veranlasst hatte, klappte er das Notebook zu und blickte aus dem Fenster. Sie verließen soeben die Tschechische Republik und waren kurz vor Liebstadt. Noch knapp eineinhalb Stunden Fahrt bis zu seinem Landhaus in Bad Dürrenberg. Er hasste es zu fliegen, da nutzte es auch nichts, wenn der Ort nur knapp dreißig Kilometer vom Flughafen Leipzig entfernt lag. Sein Chauffeur schaffte die Strecke Wien-Leipzig ohnehin in weniger als sechs Stunden. Radarstrafen bezahlte von Kotten aus der Portokasse.

In Bad Dürrenberg war er einst aufgewachsen, doch mittlerweile war das Grundstück mit Villa und Waldsee nur noch sein Ferienwohnsitz, auf dem er zweimal im Jahr ein paar Wochen verbrachte. Einmal im Frühjahr, wenn alles blühte, und einmal, wenn der Herbst die Landschaft in orange, gelbe und braune Farbtöne tauchte und der Wind das Laub über den See trieb. Mitte März, so wie jetzt, war er schon lange nicht mehr hier gewesen, doch wenn sein Sohn auf diesem Treffpunkt bestand, sollte ihm das auch recht sein. Oder sollte er besser sagen, seine Tochter? Jedenfalls war es die beste Gelegenheit, ihn wieder in die Finger zu kriegen. Und diesmal würde Michael nicht mehr abhauen. Dafür würde Wehrmann schon sorgen.

Der wartete bereits auf dem Landsitz. Wehrmann war mit

der Frühmaschine von Wien nach Leipzig vorausgeflogen, um in Bad Dürrenberg alle Vorbereitungen zu treffen. Als von Kotten die Verantwortung für Michael an Olivia und Thomas und dessen Sanatorium abgegeben hatte, war alles aus dem Ruder gelaufen. *Ein schwerer Fehler!* Er hätte Wehrmann niemals von dem Projekt abziehen dürfen. Ein Mann, der für die Israelis gearbeitet hatte, Krav Maga im Schlaf beherrschte, früher für das Innenministerium ausländische Botschafter beschützt hatte und erst dann richtig Feuer fing, wenn andere schon aufgaben, war wie geschaffen für die Aufträge, mit denen von Kotten ihn betraute.

Sein Schwager Heinrich hatte Wehrmann vor über fünfundzwanzig Jahren bei einem Empfang in der Wiener Hofburg in Aktion gesehen und ihm den Mann empfohlen. Von Kotten hatte sogleich Wehrmanns Härte und Skrupellosigkeit gespürt – ein Mann, der keine Fragen stellte und seine Aufgaben bedingungslos erfüllte – und ihn für sein neu entstehendes Firmenimperium abgeworben. Wehrmann war teuer, doch absolut loyal und jeden Cent wert. Mittlerweile war sein Sicherheitschef ebenso an die Familie gebunden wie umgekehrt, denn wenn die Polizei einmal gegen die von Kottens ermitteln würde, wäre Wehrmann genauso dran wie alle anderen. Aber das würde hoffentlich nie passieren, und auch diese Sache hier würden sie wieder in den Griff bekommen. Zum Glück war Wehrmann wieder mit von der Partie. Michael musste gefunden werden und ein für alle Mal aus der Öffentlichkeit verschwinden.

Von Kotten leerte die Kaffeetasse und löschte die Glut der Zigarre. Dann starrte er wieder aus dem Fenster und versank in Gedanken. Einige Zeit später merkte er, dass der Wagen langsamer wurde. Sie hatten das große doppelflügelige Tor seines Landsitzes erreicht, das sich nun automatisch öffnete.

In geschwungenen Lettern standen die Worte *von Kotten* sowohl auf den Marmorsäulen als auch auf dem schmiedeeisernen Torbogen darüber. Nach seiner Hochzeit mit Liliane hatte von Kotten noch den Tod seiner Eltern abgewartet, danach alle vorsintflutlichen Überwachungskameras auf dem Grundstück abmontieren, mehr Blumenbeete setzen und Bäume pflanzen lassen, und den Namen des gesamten Anwesens in *von Kotten* geändert. Alter österreichischer Adel zählte für ihn mehr als die unrühmliche Kriegs- und spätere Stasi-Vergangenheit seines Vaters. Außerdem hatte er Liliane damit eine Freude machen wollen. Und nicht zuletzt war diese Entscheidung ein deutliches Signal an seinen Schwiegervater gewesen, dass er sich zur Familie seiner Frau bekannte. Dadurch war er wie geschaffen dafür gewesen, Alfred von Kottens Geschäfte zu übernehmen.

Der Chauffeur steuerte den Rolls-Royce zwischen den Bäumen über die asphaltierte Zufahrt zum Haus, wo er auf dem Wendeplatz vor der Eingangstreppe hielt. In der Mitte stand ein Springbrunnen mit leerem Wasserbecken, in dem sich Laub gesammelt hatte.

Die Villa war mit dem Erdgeschoss insgesamt dreistöckig, verfügte über ein Dutzend Räume und hatte einen eigenen Trakt, der früher für das Hauspersonal verwendet worden war. Jetzt wurde er allerdings für etwas anderes benutzt, von dem außer von Kotten nur eine Handvoll Leute wusste.

Der Chauffeur kam um den Wagen herum und öffnete die Tür. Ein eisiger Wind blies über den Vorplatz. Während von

Kotten ausstieg, holte der Fahrer von Kottens Mantel aus dem Kofferraum und half ihm hinein. Es waren zwar nur wenige Schritte über den Treppenaufgang bis ins Haus, aber es war saukalt, zwischen fünf und zehn Grad minus. Niemand hatte mit so einem langen Kälteeinbruch rechnen können. Aber von Kotten hoffte ohnehin, dass sich alle Angelegenheiten von seinem Büro im Haus aus regeln ließen, ohne dass er einen Schritt vor die Tür setzen musste.

Während der Chauffeur von Kottens Laptop vom Rücksitz nahm und die Gepäckstücke aus dem Kofferraum holte, kam Wehrmann die Treppe herunter. Er trug sportliche dunkle Kleidung und eine Windjacke. Sein Blick war trotz seines Alters wie immer frisch und voller Tatendrang.

»Haben Sie schon herausgefunden, wo er steckt?«, kam von Kotten gleich ohne Begrüßung zur Sache.

»Noch nicht, aber ich habe bereits alle Fühler ausgestreckt.«

»Wie konnte er die Reise nach Deutschland überhaupt finanzieren?«, fragte von Kotten. »Woher hat er das Geld, um sich eine Unterkunft oder ein Hotelzimmer zu nehmen? Soviel ich weiß, hat er keine Freunde in Deutschland. Also?« Er starrte Wehrmann an. »Geht er auf den Strich und lutscht Schwänze?«

Wehrmann zuckte kurz zusammen, dann schüttelte er den Kopf. »Bestimmt nicht, Herr von Kotten.«

»Also was dann? Wir haben doch unmittelbar nach Michaels Flucht seinen Zugriff auf alle Firmenkonten sperren lassen.«

»Das stimmt.« Wehrmann knirschte mit den Zähnen. »Aber zu spät.«

»Zu spät?«

»Ich habe mich gestern Nacht noch einmal ausführlich und

sehr intensiv mit Thomas Nagorskis Oberschwester unterhalten, die für Michaels Unterbringung zuständig war.«

»Was heißt *intensiv?*«

»Sie hat sich gestern Nacht bei einem unglücklichen Sturz den Arm gebrochen und ein paar Blutergüsse zugezogen.«

Von Kotten sah ihn gelangweilt an. »Und?«

»Nach diesem ersten Sturz wurde sie sehr gesprächig. *Sie* war der anonyme Anrufer. Außerdem hat sie Michael zur Flucht verholfen.«

Von Kotten knallte mit der Faust in die offene Hand. »Ich habe es geahnt.«

»Allerdings hat sie sein Verschwinden geheim gehalten und es uns erst einen Tag später gemeldet. Sie wollte dem Jungen wohl zu einem Vorsprung verhelfen, um ihr Gewissen zu beruhigen.«

»Ein Vorsprung?« Von Kotten ballte erneut die Faust. »Ich wusste, ich hätte nicht auf Nagorski und seine Stümper in diesem Sanatorium vertrauen sollen.«

»Michael hat diesen Tag genutzt, um von drei Konten insgesamt zwanzigtausend Euro abzuheben. Er verfügt also über genügend flüssige Mittel, sich luxuriöse Hotelzimmer zu suchen und in bar zu bezahlen.«

Von Kotten nickte. »Das erschwert die Suche nach ihm.«

»Und da ist noch etwas …« Wehrmann senkte die Stimme und wartete, bis der Chauffeur mit den restlichen Koffern an ihnen vorbei ins Haus gegangen war. »Schwester Brigitte hat leider auch mit Evelyn Meyers und diesem Florian Zock gesprochen.«

Von Kotten atmete tief durch. »Das heißt, sie wird auch weiterhin nicht den Mund halten. Kümmern Sie sich darum.«

»Das habe ich bereits.«

Von Kotten betrachtete Wehrmann skeptisch, und plötzlich dämmerte es ihm. »Was heißt eigentlich bei ihrem *ersten* Sturz?«

»Nach unserem Gespräch ist sie bedauerlicherweise erneut gestürzt.« Wehrmann schwieg einen Moment. »Ich fürchte, das hat sie nicht überlebt.«

54

Evelyn und Flo waren am Flughafen Leipzig/Halle gelandet, hatten sich ein Taxi in die Dimitroffstraße genommen, ihren Besuch bei Pulaski angemeldet und Mantel, Anorak und Gepäckstücke in der Kantine deponiert.

Ein junger Polizeibeamter holte sie dort ab und brachte sie über eine Treppe in das Kellergeschoss.

»Sind Sie sicher, dass Walter Pulaski hier unten arbeitet?«, fragte Evelyn überrascht.

»Ja, das bin ich. Aber den Grund soll er Ihnen am besten selbst erklären«, sagte der Beamte und trat in einen Korridor, an dessen Decke automatisch eine Batterie Leuchtstoffröhren anging. Ein Schild mit einem Pfeil und der Aufschrift *Archiv* hing an der Wand.

Schicke Umgebung!

Ohne weitere Fragen zu stellen, folgten sie dem Mann. Von einigen Skype-Gesprächen kannte sie Pulaskis Büro, doch das Fenster hinter seinem Schreibtisch hatte bisher immer einen Ausblick auf einen Park gehabt, und lag nicht in einem Keller.

»Bitte sehr.« Der Beamte öffnete die Tür und ließ sie vorbei.

Evelyn und Flo traten ein. Das fensterlose Archiv wurde von nur einer einzigen Leuchtstoffröhre erhellt. Es roch nach Papier und altem Holzboden, irgendwo gluckste ein Heizkörper, und die Luft war so trocken, dass es Evelyn sofort im Hals kratzte.

Bis zur Decke befanden sich Regale mit Akten, und hinter einem Schreibtisch mit Monitor saß Pulaski. Er stand sofort auf und kam ihnen entgegen. »Guten Tag, Evelyn.«

Er hatte sich kein bisschen verändert, hatte immer noch dieses griesgrämige, zerknitterte Aussehen und trug ein Sakko mit aufgeknöpftem Hemd ohne Krawatte.

Nachdem der junge Beamte verschwunden war und die Tür hinter sich geschlossen hatte, gab Evelyn Pulaski die Hand und stellte ihm Flo vor.

Flo sah sich um. »Was tun Sie hier unten? Recherchieren?«

»Witzbold«, knurrte Pulaski. »Wie Sie sehen, scanne ich alte Akten und lege sie ab.«

»Alte Akten scannen?«, wiederholte Evelyn.

»Das ist eine lange Geschichte.« Pulaski führte sie zu seinem Schreibtisch, wo sie Platz nahmen. »Kaffee?« Ohne eine Antwort abzuwarten, goss er zwei Tassen aus einer Thermoskanne voll. Sogleich erfüllte ein herrliches Aroma den Raum und vertrieb den verstaubten Geruch.

»Bisher haben wir es mit fünf Morden zu tun«, erklärte Pulaski. »In Leipzig, Dresden, Berlin, Stettin und gestern Nacht in Halle. Heute Morgen, kurz bevor der Leichnam des ersten Opfers, eines gewissen Klaus Hinze, im Krematorium eingeäschert werden sollte, hat der Staatsanwalt eine Autopsie beantragt. Und wenn wir die bisherigen Ergebnisse der Rechtsmediziner vergleichen, dann ergibt sich ein und dasselbe Bild.«

Pulaski erzählte, dass die meisten Opfer zunächst mit K.-o.-Tropfen betäubt worden waren. Torfhoff war in einem Swingerclub in die Halsschlagader gestochen, und bei Iris Schmidt-Ulmen ein Unfall durch Alkoholkonsum und Ertrinken im Whirlpool vorgetäuscht worden. Die anderen drei

Männer waren jeweils an inneren Verletzungen verblutet, da ihre Organe durch mehrere Stiche durch den Anus perforiert worden waren, was zwei Hausärzte als natürliche Todesursache durch Herzinfarkt gedeutet hatten.

»Hätte die Mörderin sich mehr Zeit genommen, um auch den Blutausfluss am Anus wegzuwischen, wäre sie vermutlich mit ihren Unfallszenarien durchgekommen«, schloss Pulaski seine Erklärung.

Beim Wort *Mörderin* hatte Evelyn kurz zu Flo hinübergesehen. Aber er entgegnete genauso wenig wie sie etwas. Offenbar wollte er sich zunächst auch erst Pulaskis Version anhören.

»Und mit Johann Wulf sind es sechs Mordopfer«, ergänzte Evelyn und legte Pulaski die Akte Wulf auf den Tisch, die dieser aufmerksam durchblätterte.

»Wulf passt zwar ins Bild, weil er in der Kotten GmbH gearbeitet hat«, murmelte Pulaski, während er die Seiten überflog, »ansonsten tanzt er allerdings aus der Reihe, weil er, wie ich hier lese, brutal gewürgt und anschließend mit einem Brieföffner erstochen wurde.«

»Der Mord an Wulf war bestimmt nicht so geplant, sondern ist offenbar im Affekt passiert«, ergänzte Flo. »Vermutlich war das der Auftakt und die Initialzündung für alles, was danach noch passiert ist.«

»Was geschieht nun weiter?«, fragte Evelyn.

Pulaski blätterte zum Ende der Akte, las noch ein paar Stellen, dann lehnte er sich in seinem Sessel zurück. »Die Leipziger Kripo sowie das LKA in Dresden und Sachsen-Anhalt arbeiten seit gestern Abend zusammen. Die Kooperation mit der Kripo Berlin, dem LKA Wien und der Kripo Polen wird gerade initiiert. Ein Prozess, der dauern wird!« Pulaski nippte am Kaffee. »Jedenfalls sind die Behörden bereits auf Richard von Kotten aufmerksam geworden, doch der ist – soviel ich hier unten in diesem Loch erfahren habe – vorübergehend nicht erreichbar. Angeblich ist er verreist.«

Der hat im Moment garantiert andere Sorgen, als mit der Polizei zu sprechen, dachte Evelyn. »Und warum sind Sie nun eigentlich hier unten?«, hakte sie nach.

»Eigentlich hatte ich keine Befugnis mehr, an dem Fall zu arbeiten, aber Staatsanwalt Clemens gab mir noch eine Chance, eine Zeugin zu finden, ehe er den Fall Hinze endgültig abschließen wollte. Ich fuhr also nach Halle, um mit Torfhoff zu sprechen. Doch der starb in meinen Armen.« Pulaski erzählte in allen Details, wie in dieser Nacht im Swingerclub alles außer Kontrolle geraten war. »Und das war meinem Chef schließlich zu viel. Er konnte mich zwar nicht suspendieren – immerhin habe ich die Sache ins Rollen gebracht, wenn auch durch einen Alleingang. Aber er konnte mich in dieses Kellerloch stecken, ohne Telefon, Internet und Zugang zum internen Netz, damit ich endlich die Finger von dem Fall lasse. Jetzt sind die Profis dran, und die Schlipsträger kümmern sich um die Sache«, murmelte er abfällig. »Aber bis die etwas auf die Reihe kriegen, passiert heute Abend garantiert der nächste Mord – da bin ich mir ziemlich sicher.«

»Warum glauben Sie das?«

»Ich habe die Mörderin gestern Nacht für einen kurzen Augenblick gesehen. Die hört nicht auf! Die ist noch lange nicht fertig mit dem, was sie sich vorgenommen hat. Aber zum Glück konnte ich eine Sache noch erreichen, bevor mein Chef mich hier unten verschwinden ließ. Die Fahndung nach der Frau im roten Kleid mit dem Pelzmantel wurde in den frühen Morgenstunden eingeleitet.« Pulaski zog einen Farbausdruck aus der Sakkotasche, der eine brünette Frau von hinten an einem Bartresen zeigte. »Das ist das beste Foto, das wir von ihr haben. Stammt von einer Benefizgala. Mit etwas Glück schnappen die Kollegen sie, bevor noch mehr Morde auf ihr Konto gehen.«

»Das ist der springende Punkt«, seufzte Evelyn. »Sie werden diese Frau nicht finden!«

Pulaski sah auf. »Weil die Mörderin, wie Sie gestern behauptet haben, in Wahrheit ein Mann ist?«

»So ist es.« Sie warf Flo einen auffordernden Blick zu.

Der zog sein Handy aus der Tasche und zeigte Pulaski das Foto von Christian Quills Akte, das er im Büro des Nagorski-Sanatoriums gemacht hatte. »Denken Sie sich Schminke und lange brünette Haare dazu. Ist das die Frau?«

»Hm ... etwas unscharf.« Pulaski kniff die Augen zusammen. »Aber Teufel, ja. Das könnte sie sein.«

Nun erzählte Evelyn alles, was sie und Flo in den letzten vier Tagen herausgefunden hatten.

Nachdem sie geendet hatte, wischte sich Pulaski nachdenklich übers Kinn. »Während also in Wien ein Doppelgänger im Knast sitzt, hat Michael Kotten als Frau verkleidet die Geschäftsführer und Firmenvorstände seines Vaters ermordet.« Er sah auf. »Sind Sie *absolut* sicher?«

»Ja, sind wir. Außerdem haben wir eine Krankenschwester als Zeugin, die den Austausch und Kottens Flucht aus dem Nagorski-Sanatorium belegen kann.«

»Okay, und aus welchem Grund sollte Michael Kotten diese Morde begangen haben?«

»Über das Motiv können wir nur spekulieren ...« Evelyn wurde durch das Läuten ihres Handys unterbrochen. Im ersten Moment war sie irritiert, da sie den neuen Klingelton noch nicht gewohnt war. Sie starrte auf das Display, dann sah sie Flo verblüfft an. »Es ist das DNA-Labor.«

»Ich habe ihnen deine neue Nummer gegeben«, erklärte Flo.

Evelyn nahm das Gespräch entgegen. Es war derselbe Arzt, der den Mundhöhlenabstrich von Gerald Dröger in der U-Haft genommen hatte und ihr nun das Ergebnis der Untersuchung mitteilen wollte. »Würden Sie bitte lauter sprechen?«, bat sie. »Ich sitze hier mit zwei Kollegen und würde Sie gern auf Lautsprecher schalten.« Sie legte das Handy auf den Tisch. Pulaski und Flo rückten näher.

»Die Spuren von Zahnbürste, Nassrasierer und Männerkamm aus Gerald Drögers Badezimmer haben exakt die gleiche DNA wie der Mundhöhlenabstrich, den ich von der Person in U-Haft genommen habe«, erklärte der Arzt.

»Das ist der Doppelgänger«, flüsterte Evelyn zu Pulaski.

»Und die Haare von Christian Quills Bürste aus dem Zimmer des Nagorski-Sanatoriums«, fuhr der Arzt fort, »haben exakt dieselbe DNA wie die Spuren, die Sie aus dem Penthouse genommen haben.«

»Vom Tatort, wo Wulfs Leiche gefunden wurde«, fügte Evelyn für Pulaski leise hinzu. »Vielen Dank«, sagte sie nun laut. »Sie haben uns sehr weitergeholfen. Wenn ich wieder in Wien bin, melde ich mich bei Ihnen. Vielleicht wird entweder die Wiener oder die Leipziger Kripo in der Zwischenzeit auf Sie zukommen, dann können Sie die Ergebnisse gern weitergeben. Danke, auf Wiederhören.« Evelyn beendete das Gespräch.

»Ich will gar nicht wissen, mit welchen Mitteln Sie das alles herausgefunden haben«, knurrte Pulaski.

»Jedenfalls haben Sie nun Ihre Antwort schwarz auf weiß.

Der Austausch *hat* stattgefunden, und nun wissen wir auch definitiv, wer Johann Wulfs Mörder ist: Michael Kotten!«

Pulaski starrte das Foto von Michael Kotten auf dem Handy lange Zeit an, als wollte er alles, was er in der letzten Stunde erfahren hatte, abwägen. »Okay«, sagte er schließlich und klopfte sich auf die Oberschenkel. »Mein Chef wird mir zwar den Kopf abreißen – wieder einmal –, aber ich gebe Ihnen jetzt die E-Mail-Adresse von Philip Koch, einem Kollegen vom LKA Dresden.« Er zog eine Visitenkarte aus der Brieftasche. »Dem schicken Sie dieses Foto, und ich werde inzwischen veranlassen, dass die Kripo zusätzlich zu der brünetten Frau auch nach Michael Kotten fahndet. Ich fürchte, mehr können wir im Moment nicht tun.« Pulaski erhob sich und streckte seine steifen Arme und Beine.

Während Flo das Bild verschickte und Pulaski im Hintergrund telefonierte, rief Evelyn Ostrovsky an, um ihn über den neuesten Stand der Ermittlungen zu informieren. Vielleicht würde er trotz seiner Suspendierung in Wien bereits einige Weichen stellen können, damit die Ermittlungen gegen den von Kotten-Clan zügiger voranginge n.

Nach dem fünften Läuten hob Ostrovsky endlich ab.

»Hallo, ich bin es«, meldete Evelyn sich, wurde aber sofort von Ostrovsky unterbrochen.

»Mein Gott, von welcher Nummer rufst du da eigentlich an? Egal! Ich versuche, dich schon seit Stunden zu erreichen«, rief er aufgeregt ins Telefon.

»Was ist passiert? Hat Heinrich von Kotten gestanden?«, witzelte sie.

»Die Scherze werden dir gleich vergehen, wenn ich dir sage, was ich soeben erfahren habe«, brummte Ostrovsky ernst. »Eine der Krankenschwestern des Nagorski-Sanatoriums ist gestern Nacht auf mysteriöse Weise ums Leben gekommen. Die Kripo ermittelt.«

»Was?« Evelyn sah aus dem Augenwinkel, wie Pulaski und Flo aufsahen. Sie wusste, auch ohne den Namen zu erfahren, dass es sich dabei um Schwester Brigitte handeln musste.

»Du bist doch nicht etwa gestern mit deinem Assistenten allein im Sanatorium gewesen, oder?«

»Doch«, sagte Evelyn etwas leiser.

»Verdammt noch mal!«, fluchte Ostrovsky. Im Hintergrund knallte eine Flasche auf den Tisch. »Hatte ich dir das nicht ausdrücklich untersagt? Zeugen haben gesehen, wie Florian Zock mit der Schwester im abgesperrten Trakt verschwunden ist. Dort ist sie kurze Zeit später die Treppe hinuntergefallen. Die Spuren an ihrer Leiche weisen eindeutig auf fremde Gewalteinwirkung hin. Blutergüsse, gebrochener Arm und durchtrennte Halswirbelsäule.«

Evelyns Mund wurde schlagartig trocken. »Und was heißt das jetzt?«

»Kannst du dir das nicht denken? Nach Florian Zock wird gefahndet. Die Kripo will ihn vernehmen. Und wie ich Heinrich von Kotten kenne, wird er alles daransetzen, ihn fertigzumachen, und zumindest versuchen, ihm einen Totschlag anzuhängen. Ist Zock jetzt bei dir? Denn falls ja, musst du …«

»Nein«, log sie. »Ich fahre gerade durch einen Tunnel. Die Verbindung ist schlecht …« Sie kratzte mit dem Fingernagel über das Mikrofon, danach unterbrach sie das Gespräch.

Pulaski und Flo starrten sie fragend an. »Du bist plötzlich so blass«, stellte Flo fest.

»Unsere Zeugin im Sanatorium ist gestern Nacht ums Leben gekommen«, murmelte Evelyn. Dutzende Gedanken gingen ihr durch den Kopf. Sie sah auf und blickte Flo an. »Nach dir wird wegen Totschlags gesucht.«

»Aber ich …«

»Ich weiß«, unterbrach Evelyn ihn. »Du hast mit der Sache nichts zu tun.«

Pulaski trat in die Mitte des Zimmers. »Um die Frau tut es mir aufrichtig leid – aber das beweist doch nur eine Sache«, begann er und hob die Hand. »Dass Sie beide den Hintermännern der Morde ziemlich nahe auf die Pelle gerückt sind, und die nun mit allen Mitteln versuchen, Zeugen auszuschalten, um ihre Spuren zu verwischen.«

»Und das ist gut?«, fragte Flo mit einem ironischen Unterton.

»Kommt drauf an, wie rasch wir nun handeln.« Pulaski steckte sein Handy ins Sakko. »Ich schlage vor, wir verlassen zunächst einmal dieses Gebäude, bevor ein Fahndungsfoto von Ihnen hereinflattert und noch mehr Leute erfahren, dass Sie beide hier sind.«

»Und wohin sollen wir?«

»Zunächst einmal in meine Wohnung. Dort werden wir überlegen, was wir als Nächstes tun.«

»Müssen Sie hier nicht Dienst nach Vorschrift schieben?«, fragte Flo.

»Ich?« Pulaski hustete demonstrativ und griff nach seinem Asthmaspray. »Ich befinde mich soeben im Krankenstand.«

55

»Vielen Dank.« Jasmin beendete das Telefonat. Da das Handy ihres Vaters ständig besetzt war, hatte sie auf seiner Dienststelle angerufen und erfahren, dass er im Krankenstand war. *Krankenstand?* Er war doch heute Morgen noch gesund gewesen. Was hatte das zu bedeuten? Sie blickte auf das Display ihres Smartphones – vier Uhr. Dann sah sie Nina an. »Mein Vater wird jeden Augenblick nach Hause kommen.«

Sie und Nina waren vor einer halben Stunde von der Schule heimgekommen – Nachhilfeunterricht in Mathematik und Rechnungswesen – und saßen nun in Jasmins Zimmer. Das Notebook lief, und vor sich hatten sie eine Landkarte von Sachsen-Anhalt auf dem Bett ausgebreitet.

Bei Richard von Kotten schienen alle Fäden zusammenzulaufen, und von einem der seltenen Online-Interviews, das von Kotten vor zwei Jahren gegeben hatte, wussten sie, dass er ein Landhaus mit einem Waldsee in Bad Dürrenberg an der Saale besaß. Angeblich verbrachte er nur ein paar Wochen im Frühjahr und Herbst dort, aber Nina hatte gemeint, dass sicher auch während des restlichen Jahres jemand dort sein müsste, um nach dem Anwesen zu sehen.

Laut Wikipedia gab es in Bad Dürrenberg nur einen Waldsee. Nina nickte zum Notebook, auf dem das vermeintliche Grundstück von Richard von Kotten in der 3D-Ansicht von Google Maps zu sehen war. »Schau mal, wie groß die Hütte ist. Die steht sicher nicht leer. Jemand muss dort sein! Und wenn man nicht den Umweg über die Autobahn, sondern die direkte Strecke über den Kulkwitzer See und Markanstädt fährt, liegt das Haus nicht mal fünfundzwanzig Kilometer von hier entfernt.«

Nicht mal? Jasmin atmete tief durch. »Heißt das, du willst hinfahren?«

Nina gab keine Antwort.

Jasmin musterte sie skeptisch. »Ehrlich gesagt ist mir dieser Richard von Kotten ziemlich egal. Wenn ihn die Brünette umbringt, geht mir das so was von am Arsch vorbei.«

»Ich will ihn doch nicht warnen und schon gar nicht retten. Außerdem hat das dein Vater sicher schon längst in die Wege geleitet. Aber ich meine ja nur …«

»Was?«

»Falls er wirklich das nächste Opfer sein sollte, wie dein Vater vermutet, würde die Frau vermutlich dort auftauchen.«

Mit einem mulmigen Gefühl dachte Jasmin an den Autopsiebericht, den sie gestern heimlich am Laptop ihres Vaters gelesen hatten, während der nach Halle gefahren war, und daran, was die Brünette mit ihren Opfern angestellt hatte. »Und dann willst du sie ernsthaft in ein Gespräch verwickeln? *He, Moment mal, dürfte ich Sie kurz was fragen, bevor Sie dem ollen Kotten eine Metallstange in den Arsch schieben?*«

»Du bist so doof!«, sagte Nina. »Aber *wenn* sie dort auftaucht, haben wir sie. Denn so wie es aussieht, hat *sie* meinen Vater zuletzt lebend gesehen.«

Ja, und vermutlich auch ermordet, dachte Jasmin. »Ich erlaube dir nicht, dass du dorthin fährst.«

»Was?«, prustete Nina los. »Glaubst du ernsthaft, ich frag dich vorher um Erlaubnis? Aber wenn du willst, kannst du gern mitkommen!«

Scheiße! Und wenn ich nicht mitkomme, fährt sie allein. Jasmin blickte auf ihr Notebook. *Zehn nach vier.* Ihr Vater würde jeden Moment heimkommen. »Okay, aber dann lass uns jetzt gleich fahren, solange es noch halbwegs hell ist.«

Nina sprang auf.

»Und wir sehen uns nur das Haus an. Wir gehen nicht rein!«, bestimmte Jasmin.

»Klar.«

»Und wenn zufällig die Frau im roten Kleid auftaucht, rufen wir sofort meinen Vater an.«

»Sicher.«

»Und zieh dich warm an. Es ist arschkalt draußen.«

»Ja, Mama.«

Eine gute halbe Stunde später erreichten sie mit Ninas Enduro das Grundstück der von Kottens. In den Abendstunden war es noch kälter geworden. Trotz Helm, Handschuhe, Parka und Schal fror Jasmin elendiglich auf dem Rücksitz. Und im Gegensatz zu ihr musste Nina Gefrierfleisch sein, da sie den ganzen Fahrtwind abbekommen hatte.

Im Schritttempo fuhren sie am Haupteingang des Grundstücks vorbei, wo die Schrift auf der Marmorsäule und dem schmiedeeisernen Torbogen jeden Zweifel ausräumte, dass sie das richtige Anwesen gefunden hatten. Sie starrten durch die Gitterstäbe auf das Areal. Zwischen den Bäumen führte ein asphaltierter Weg zur Villa. Jasmin glaubte, einen silbergrauen Rolls-Royce gesehen zu haben, aber mehr konnte sie nicht erkennen, da sie schon wieder am Eingang vorbei waren.

Nina drehte eine Runde um das Gelände. Es war größer, als sie gedacht hatten. Überwiegend war es von einer Mauer umgeben, an manchen Stellen aber auch nur von Naturhecken oder einem löchrigen Maschendrahtzaun. Und es ließ sich nur von einer einzigen Stelle aus fast komplett einsehen – und zwar von einem Hügel mit einer Holztafel. Daneben führte ein Naturlehrpfad in den dichten Nadelwald.

Dort hielt Nina das Moped an und nahm den Helm ab. »Das war nicht sehr ergiebig«, seufzte sie.

Stimmt, das Benzin für diese Fahrt hätten wir uns sparen können.

Jasmin kletterte vom Sitz und nahm ebenfalls den Helm ab. Sogleich spürte sie die schneidend kalte Luft. Sie machte ein paar Schritte zum Rand des Hügels. Das Grundstück der von Kottens war ebenfalls recht hügelig. Von der Rückseite der Villa führte ein verschlungener Pfad wenige Hundert Meter leicht bergauf zu einem See, der auf einer erhabenen Stelle teils vom Wald umrahmt im Schatten der Bäume lag. Der Wind pfiff gnadenlos über das Wasser. In der Mitte des Sees lag ein Ruderboot, das sich trotz der Sturmböen nicht bewegte.

»Der See ist gefroren«, stellte Nina fest. »Am besten, wir lassen das Moped hier stehen und gehen über diesen Naturlehrpfad hinunter zur Grundstücksgrenze.« Nina deutete zu einer Stelle etwas unterhalb von ihnen. »Schau, dort steht eine Bank windgeschützt zwischen den Bäumen, und von da sehen wir auch besser durch die Hecken zum Haus.«

Jasmin nickte. Eine bessere Stelle gab es nicht. Trotzdem war ihr bei der ganzen Sache mehr als nur mulmig zumute. Es war keine gute Idee, hier draußen bei der Kälte vor dem Grundstück herumzuhängen. »Wir werden nicht viel sehen, außer vielleicht einen Gärtner, der Laub harkt.«

»Im März?«

»Oder Äste häckselt, Sturmschäden ausbessert oder was

weiß ich. Ist doch scheißegal! Denn falls die Frau tatsächlich auftauchen sollte, dann kommt die doch höchstwahrscheinlich erst nachts. Und so lange werde ich hier nicht warten.« Jasmin stampfte auf, damit ihr wärmer wurde.

»Die Sonne geht gleich unter«, stellte Nina fest und war bereits auf dem Weg, der zum Grundstück hinunterführte. »Wenn wir uns nicht beeilen, sehen wir gar nichts mehr.«

»He, warte!« Jasmin lief zum Moped, zog den Zündschlüssel ab und wickelte die Kette durch die Helme und die Speichen des Hinterrads. Nina war so davon besessen, mehr über diese Frau herauszufinden, dass sie alles andere um sich herum vergaß.

»Komm schon!«, zischte Nina aus dem Wald.

»Ja, doch. Du Irre hast nicht mal dein Moped abgesperrt.« Jasmin steckte den Schlüssel in die Hosentasche und folgte Nina. Als sie weiter unten am Fuß des Hügels aus dem Wald kamen, lag die Grundstücksgrenze unmittelbar vor ihnen. Durch ein Loch in der Hecke, hinter der einige Vogelhäuschen mit Körnerfutter standen, konnten sie die Villa erkennen. Hier waren sie dem Haus sogar näher als am vergitterten Tor des Eingangs. Es war tatsächlich ein Rolls-Royce, der vor dem Gebäude parkte. Doch niemand war zu sehen.

»Im oberen Stock brennt Licht«, stellte Nina fest.

Großartig! Das bringt uns ja echt viel.

Nina zog ihr Handy aus der Tasche, schlich zur Hecke, hockte sich davor hin, und klemmte das Telefon auf eine Astgabel.

»Was machst du?«, zischte Jasmin.

»Du brauchst nicht zu flüstern«, wisperte nun auch Nina. »Da ist weit und breit niemand.«

Jasmin sah, wie Nina den Rolls-Royce mit der Kamera heranzoomte und abdrückte. Sie fühlte sich wie die Assistentin eines Paparazzo, die sich zum Grundstück eines Stars geschlichen hatte.

»Der Wagen hat ein Wiener Kennzeichen«, flüsterte Nina.

»Und?«

»Was *und?*«, äffte Nina sie nach. »Das kann nur der Wagen von Richard von Kotten sein. Er ist hier!«

Da senkte sich ein Schatten über sie beide, und Nina fuhr zurück. Jasmin hätte beinahe laut aufgeschrien. Dabei war nur eine große Krähe über ihre Köpfe gesegelt, die nun eine Schleife zog und sich auf dem Vogelhäuschen niederließ, wo sie die anderen Vögel vertrieb und Körner aufpickte.

»Mann«, stöhnte Jasmin auf. »Wir sollten von hier verschwinden.«

»Leck mich, schau doch!«, entfuhr es Nina plötzlich. Sie quetschte sich wieder in die Hecke und sah zur anderen Seite, wo sich das Eingangstor befand.

Jasmin drängte sich hinter Nina in die Hecke, um ebenfalls einen Blick zu erhaschen. Soeben schwangen beide Flügel des Tors auf. Dahinter stand ein Taxi. Das gelbe Licht auf dem Dach des Wagens ging gerade an und zeigte, dass er wieder frei war. Während das Auto davonfuhr, schritt eine selbstbewusste, hoch gewachsene Frau im Dämmerlicht der untergehenden Sonne durch das Tor. Zielstrebig ging sie zwischen den Bäumen auf das Haus zu, während sich das Tor hinter ihr wieder schloss.

»Ist sie das?«, flüsterte Jasmin.

»Zumindest ist sie groß und schlank. Allerdings hat sie – so viel ich erkennen kann – rote Haare und keinen Pelzmantel.«

Jasmin kniff die Augen zusammen. *Stimmt!* Diese Frau hier

trug einen schwarzen Mantel. Aber sie schien immerhin sehr jung zu sein, was passen könnte.

»Okay, vielleicht ist sie das. Nun hast du sie gesehen, lass uns gehen«, drängte Jasmin.

Nina blieb hocken, ohne ein Wort zu sagen.

»Erinnere dich, was mein Vater gesagt hat«, redete Jasmin auf sie ein, indem sie die Stimme zu einem Wispern senkte. »Es ist zu gefährlich. Außerdem wollten wir nur sehen, ob wir diese Frau finden. Vermutlich haben wir sie gefunden! Prima. Jetzt lass uns abhauen!«

»Ich will nur sehen, ob sie ganz normal das Haus betritt oder sich illegal Zutritt verschafft«, murmelte Nina. »Und falls ja, wie.«

Die Frau ging die Treppe hoch und läutete an der Tür.

»Der Besuch sieht sehr offiziell aus – und vielleicht ist sie das auch gar nicht.«

»Mich würde zu sehr interessieren, was die dort vorhat.« Nina machte erneut ein Foto.

»Was sie dort vorhat?«, wiederholte Jasmin. »Du willst doch nicht etwa reingehen?« Die Frage war eher als Scherz gedacht.

Doch Nina blieb ernst. »Warum nicht?«

»Bist du irre?«, entfuhr es Jasmin. »Was ist, wenn die Hunde haben?«

»Dann hätten die schon längst angeschlagen, als die Frau in die Nähe des Hauses gekommen ist.«

»Du Klugscheißerin hast auch immer eine Antwort parat!«, schimpfte Jasmin. Nun zog auch sie ihr Handy aus der Tasche und rief ihren Vater an, der in der Zwischenzeit sicher schon längst zu Hause war. Doch anscheinend telefonierte er gerade, da seine Mobilbox sofort ansprang. Jasmin wartete den Pfeifton ab, dann senkte sie die Stimme und sprach im Flüsterton aufs Band. »Hallo Papa, kannst du mich bitte zurückrufen? Es ist dringend …« Sie versuchte, nicht aufgeregt zu klingen, obwohl ihr Herz raste. »… bitte!«, fügte sie noch hinzu, dann beendete sie das Gespräch.

Sicherheitshalber schaltete sie das Telefon auf lautlos, damit es nicht losschrillte, wenn ihr Vater zurückrief. Andernfalls würden die Vögel kreischend aufschrecken, die Besitzer des Hauses zu ihnen herübersehen und sie womöglich entdecken.

Es war rasch dunkel geworden, und mittlerweile war nur noch ein silberner Streifen am Horizont zu sehen.

Jasmin fuhr herum und sah sich um. »Nina?«, zischte sie. Ihr Herz raste von neuem los, diesmal noch schneller.

Nina war weg!

Das darf doch nicht wahr sein! Jasmin drängte sich wieder in die Hecke und starrte durch das Loch zur Villa. Die rothaarige Frau war mittlerweile vom Vorplatz verschwunden, und die Eingangstür war zu. Nun brannte auch Licht in der unteren Etage.

Da sah Jasmin ihre Freundin. Die dumme Kuh lief gebückt im Schutz der Bäume über das Grundstück auf die Villa zu. Ein sich rasch bewegender Schatten, der mit der Dunkelheit verschmolz.

»Verdammt, nein, du …«, zerbiss Jasmin einen Fluch zwischen den Zähnen.

Nina war so verflucht stur! Am liebsten wäre Jasmin mit Ninas Moped heimgefahren und hätte Nina allein zurückgelassen. Sollte sie doch sehen, wo sie blieb. Sie hatten nur vereinbart, das Grundstück aus der Distanz zu beobachten, und jetzt rannte die blöde Kuh tatsächlich zum Haus.

Gerade erreichte sie es und presste sich mit dem Rücken an die Wand.

Herrgott!

Sie würde bestimmt versuchen, ins Haus zu gelangen. Und dann? Plötzlich kam Jasmin der verrückte Gedanke, dass Nina mit dieser Frau nicht einfach nur reden, sondern ihr vielleicht sogar etwas antun wollte.

Warum habe ich nicht schon viel früher daran gedacht?

»Scheiße!«, fluchte Jasmin und zwängte sich durch die Hecke.

56

»Danke«, sagte Richard von Kotten und legte den Hörer auf die Gabel. Er saß in seinem Büro und starrte auf das altmodische Telefon mit der goldenen Wählscheibe, das er nur für interne Telefonate im Landhaus verwendete. Dann hob er den Blick und sah aus dem Fenster. Die Sonne war untergegangen, die Landschaft nur ein dunkelgrauer Schemen. Frost lag auf der Wiese, die aussah, als wäre sie von einer leichten Schneeschicht bedeckt. Nur noch undeutlich war der Pfad im Dämmerlicht zu erkennen, der über den Hügel zum Waldsee führte.

Von Kotten erhob sich und knöpfte die Weste zu. Er dachte an den Anruf seines Butlers. *Besuch ist eingetroffen!* Manche Probleme lösten sich eben von selbst, man musste dazu nicht einmal das Haus verlassen.

Er trat aus seinem Büro und ging zur Eingangshalle, die mit schwarzen und weißen Kacheln im Schachbrettmuster gefliest war. Darüber flackerten die vielen kleinen Glühlampen des mächtigen Kronleuchters. Ein wahres Monstrum im Stil alter Herrenhäuser, das noch sein Vater hatte montieren lassen. Es hing vor dem breiten geschwungenen Treppenaufgang, der sich in der Mitte teilte und nach links und rechts in das obere Stockwerk des Ost- und Westflügels des Hauses führte.

Im Eingangsbereich, neben einer Kommode und einer Glasvitrine mit Jagdgewehren für Niederwild, stand eine hoch gewachsene rothaarige Frau. Schlank, elegante Figur, extra hohe Stöckelschuhe. Sie schlüpfte aus ihrem Mantel und warf ihn dem Butler zu, sodass dieser Mühe hatte, ihn zu fangen. Darunter trug sie ein eng geschnittenes schwarzes Kleid, das ihre Figur betonte.

»Soll ich Ihnen auch Handtasche und Buch abnehmen?«, fragte der Butler mit brüchiger Stimme.

»Nicht nötig, Edwin.« Mit den Fingernägeln trommelte die Dame auf ihre Tasche, die an einem Riemen über ihrer Schulter hing. In der anderen Hand hielt sie ein kleinformatiges schwarzes Fotoalbum.

Da riss der Butler die Augen auf. »Ach, Sie sind es! Das tut mir leid. Ich … ich hatte Sie gar nicht …«

»Ja, ich bin es, Edwin.« Sie lächelte ihm zu. »Richten Sie mir bitte das große Gästezimmer her. Womöglich bleibe ich heute Nacht hier. Machen Sie und Agathe Abendessen?«

Der Butler nickte. »Gebratene Forelle mit Hummerschaumcreme und Spinat.«

»Klingt hervorragend.«

Der Butler warf Richard von Kotten einen verunsicherten Blick zu.

Dieser nickte. »Decken Sie für eine Person mehr, aber Agathe soll sich bemühen, einmal im Leben etwas richtig zu machen, und den Fisch knusprig anbraten.«

»Jawohl.«

Die Rothaarige schüttelte bedauernd den Kopf. »Wie ich sehe, demütigst du die arme Frau nach so vielen Jahren immer noch. Ein Wunder, dass sie bei dir im Haus geblieben ist.«

»Wo sollte sie mit ihren Vorstrafen denn sonst hin? Ins Hilton oder Waldorf Astoria?« Von Kotten nickte dem Butler kurz zu, woraufhin dieser mit dem Mantel verschwand.

Die Rothaarige sah dem Butler nach. »Sollten wir nicht besser in dein Büro gehen, wo wir ungestört sind?«

»Nein, wir bleiben hier – diese Umgebung wird für unser Gespräch wohl reichen.« Von Kotten blickte zum Treppenabsatz hinauf, wo Peter Wehrmann sich im Schatten verbarg, die Hände auf der Balustrade, und jeden Moment bereit einzugreifen. Gewiss trug er eine Waffe unter dem Sakko.

Nun machte von Kotten einige Schritte auf die Frau zu. Sie hatte lange Wimpern und volle geschwungene Lippen. Er roch ihr dezentes Parfüm, das sich mit dem Duft von teurer Hautcreme zu einer verführerischen Gesamtkomposition vermischte. »So siehst du jetzt also aus.«

»Ich habe schon immer so ausgesehen, Vater.«

Er nickte und erinnerte sich an den Kostümball seiner Firma, bei dem Michael als Frau erschienen war – schon damals hatte er die Blicke aller Männer auf sich gezogen. »Ist das deine Wunschpersönlichkeit, Michael?«

»Nenn mich nicht so! Ich heiße Christine«, korrigierte sie ihn. »Anscheinend fragst du dich immer noch, ob ich verkleidet bin, oder ob das alles echt ist, nicht wahr?«

Von Kotten streifte mit einem flüchtigen Blick den Ansatz ihres Busens. »Ich kann mich an die langen Gespräche mit dir erinnern, in denen du mir heulend dein Herz ausgeschüttet hast.«

»Ausschütten *wollte!*«, korrigierte sie ihn erneut. »Aber du hast nie richtig zugehört.«

»Doch, habe ich«, antwortete er so ruhig wie möglich. »Du warst immer schon androgyn, fühltest dich *in-between.*« Bei dem Wort zog er die Augenbrauen hoch. »Warst extrem ambivalent, halb Mann, halb Frau und konntest dich nie eindeutig für ein Geschlecht entscheiden. Aber wie ich sehe, ist dir das mittlerweile gelungen.«

»Ja, und zwar ohne deine Hilfe und gegen all deine Bemühungen, es zu verhindern.« Christines Ton wurde schärfer. »Du hattest nie Verständnis dafür. Der Erfolg deiner Firma war dir stets wichtiger. Ich wundere mich, dass du überhaupt hergekommen bist. War es hart, dich von deinen Meetings in Wien loszureißen?«

»Es geht dir also immer noch um dieses leidige Thema«, stellte von Kotten genervt fest. Wie sehr er diese Diskussionen hasste – und ja, er konnte sie nicht mehr hören, darum hatte er sie in den letzten Jahren stets abgewürgt.

»Du hast nichts begriffen«, sagte Christine. »Ich kann dir gar nicht sagen, wie sehr ich dich dafür verachte. Aber endlich hast du dir Zeit genommen, mir zuzuhören.«

»Bitte«, seufzte von Kotten und steckte die Hände in die Hosentaschen.

»Macht, Ruhm und deine Selbstdarstellung waren dir stets wichtiger als alles andere«, spie sie aus.

»Wie theatralisch! Es tut mir ja so leid, dass du in ein erfolgreiches Unternehmerhaus hineingeboren wurdest und in keine arme Künstlerfamilie. Ich wundere mich gerade, warum alle anderen Millionärssöhne nicht auch zu bestialischen Mördern werden so wie du.« Von Kottens Stimme wurde wieder ernst. »In meiner Position konnte ich nun mal nicht immer für die Familie da sein.«

»Darum ging es doch gar nicht.« Christines Ton schlug in puren Hass um. »Ja, Mutter hat darunter gelitten, dass du nie für sie da warst, an keinem Geburtstag, Feiertag oder Wochenende, nie hat sie dich gesehen. Immer gab es Meetings, Dienstreisen, Telefonate mit den Vorständen oder heuchlerische Charity-Events, bei denen wir wie dressierte Affen der Öffentlichkeit vorgeführt wurden, damit *du* deine Geschäfte abwickeln konntest. Und ja, wir hatten Geld, und meine Schwester und ich wurden abwechselnd von den besten Au-Pair-Mädchen erzogen. Wenn schon!«

»Worum ging es dir dann?«

»Ich sagte doch: Du hast mir nie zugehört! Dass du *mich* so akzeptierst, wie *ich* bin! Ich brauchte deine *Zuneigung!*«

»Du bist mein Kind, wie könnte ich dich nicht lieben? Deine Mutter, deine Schwester und du, ihr wart immer die Einzigen, an denen mir je etwas gelegen ist.«

»Du heuchlerisches Arschloch! Ich weiß, warum du alles vertuschen möchtest.« Christines Stimme wurde leiser. »Nicht aus Liebe zu mir, sondern weil *du* Angst hast, dass ich auspacke, wenn ich in den Knast komme. *Du* sorgst dich, dass die jahrelangen Schmiergeldaffären ans Tageslicht kommen. *Du* fürchtest den kleinsten Imageschaden für deine Firma. Durch den Austausch mit dieser armen Sau hast du jetzt auch noch Heinrich, Olivia und den Rest der Familie mit hineingezogen, damit ja nichts an die Öffentlichkeit dringt.« Jetzt wurde sie wieder lauter. *»Du* musst dein perfektes Leben um jeden Preis aufrechterhalten. Aber dadurch wirst du dich nur immer tiefer in die Scheiße reiten.« Sie legte das Album auf die Kommode und griff in ihre Handtasche.

Von Kotten blickte zu Wehrmann hinauf, der einen Schritt hin zur Treppe gemacht hatte, bedeutete ihm aber mit einer unauffälligen Geste, sich noch nicht einzumischen, sondern oben zu bleiben.

»Alles wäre besser zu ertragen gewesen, wenn meine Schwester und meine Mutter nicht gestorben wären, aber so … diese unendliche Einsamkeit.« Christine verstummte und zog einen kleinen silbernen Gegenstand aus der Tasche. Mit einem raschen Griff fuhr ein roter Stift heraus, mit dem sie ihre Lippen nachzog.

Von Kotten zögerte einen Moment, ob er Christine die Wahrheit über ihre Mutter und ihre Schwester erzählen sollte, doch er schwieg. Jetzt war nicht der richtige Zeitpunkt – außerdem hatte er sich geschworen, dass er Michaels verwirrte und zerbrechliche Seele nie damit belasten wollte. »War dieses Leben denn so schlimm?«, fragte er stattdessen.

»Du meinst, wenn man aufwächst, umgeben von den Entscheidungen, wen Peter Wehrmann als Nächstes unter Druck setzt, in den Tod treibt, oder ob ausländische Politiker lieber erpresst oder mit großzügigen Schmiergeldzahlungen besänftigt werden?«

»Ich darf also annehmen, dass Johann Wulf die Unterlagen, mit denen er mich erpressen wollte, von dir hatte?«, vermutete von Kotten, während sein Blick wieder nach oben ging.

Christine lächelte. »Du bist eben noch ein Geschäftsmann vom alten Schlag und konntest die DDR-Gepflogenheiten deines Vaters nie ganz ablegen. Hast all deine Einnahmen und Ausgaben akribisch aufgeschrieben, damit du im Ernstfall abgesichert bist. Eines Tages betrat ich dein Arbeitszimmer, weil ich mit dir sprechen wollte. Du warst nebenan. Ich hörte dich telefonieren, es ging um ein Geschäft in Polen. Dein Safe stand offen, da sah ich zufällig dein Notizbuch und habe die ersten fünfundvierzig Seiten mit dem Handy fotografiert. Mehr ging leider nicht, denn dann kamst du wieder ins Zimmer.«

Von Kotten nahm die Hand aus der Tasche und ballte sie hinter dem Rücken zur Faust. *Fünfundvierzig Seiten! Die Aufzeichnungen von mindestens zwei Jahren.* »Und du hast nichts

Besseres anzufangen gewusst, als diese Unterlagen Johann Wulf zu geben?«

»Ich dachte, das würde unserer gemeinsamen Zukunft helfen. Aber stattdessen hast du den Spieß umgedreht und Joe gedroht, unsere Beziehung an die große Glocke zu hängen. Im Gegensatz zu dir hat Joe mir nämlich die Zuneigung und Wärme gegeben, nach der ich mich gesehnt habe – aber sogar das hast du mir genommen.«

»*Joe* hast du ihn also genannt?« Sein süffisanter Ton wurde wieder ernst. »Ich lasse mich nicht erpressen! Von niemandem. Das solltest du wissen. Wenn er tatsächlich versucht hätte, mich fertigzumachen, wäre er als Entwicklungsleiter genauso dran gewesen wie ich. Darüber hinaus hätte ich auch noch sein Privatleben zerstört. Ich hätte dafür gesorgt, dass seine Frau und seine Kinder von seinem Doppelleben erfahren, dass er schwul ist und seit Jahren einen transsexuellen Lustknaben in seinem exklusiven Penthouse vögelt. Glaube mir, ich hätte dafür gesorgt, dass er auf diesem Planeten nie wieder einen seriösen Job bekommt.«

»Gratuliere! Das ist dir gelungen. Er hat mich noch einmal in den Arsch gefickt und anschließend mit mir Schluss gemacht.«

»Woraufhin *du* ihn kaltblütig ermordet hast!«, brüllte von Kotten. »Ich hätte wissen müssen, dass du völlig durchdrehst, du geisteskranker Irrer.« Von Kotten ballte immer noch die Faust hinter dem Rücken.

»Du hast mir meine Liebe und mein Leben genommen«, warf Christine ihm vor. »Meine Zukunft zerstört. *Du* hast mich dazu gezwungen, es zu tun.«

»Was? Ich? Niemand hat dich gezwungen, irgendjemanden zu töten.«

»Doch, du und deine ewigen Machenschaften und Manipulationen! Nach Joes Tod habe ich dich erst so richtig hassen gelernt!«

Von Kotten atmete tief durch und löste seine Faust. »Insgeheim habe ich immer befürchtet, dass deine Mutter ihre Geisteskrankheit an dich weitervererbt haben könnte und diese eines Tages ausbrechen würde.«

Christines Augen funkelten. »Lass Mutter aus dem Spiel!«

»Bei ihr war es unmöglich, aber du bist noch jung, du kannst geheilt werden. Ich …«

»Sie war nicht verrückt! Und ich bin es auch nicht! Nur die Hormone machen mich empfindsamer.«

»Deine Mutter …«

»Meine Mutter!«, unterbrach Christine ihn und machte einen Schritt auf ihn zu. »Hat genauso wie ich unter deinem Perfektionismus gelitten. Sie war so verzweifelt, dass sie ihren Frust im Alkohol ertränkt hat und die meiste Zeit in Entziehungskliniken verbringen musste, statt sich um ihre Kinder zu kümmern.«

»Sie ist …« Von Kotten biss sich auf die Lippen. *Lass dich nicht provozieren. Erzähl es nicht!* »Du musst dringend zurück in psychiatrische Behandlung«, sagte er stattdessen. »Ich bin fest davon überzeugt, dass die Krankheit durch den Mord an Johann Wulf auch bei dir ausgebrochen ist.«

»Krankheit?«, wiederholte Christine, als bestünde jeder Buchstabe dieses Wortes aus ätzender Säure. »Im Gegenteil. Joes Entscheidung, mich zu verlassen, damit *du* einmal mehr deinen Willen durchsetzen konntest, hat mich wütend gemacht. Er musste einfach sterben, damit *ich* leben konnte. Dieser erste Mord hat mich endlich klar sehen lassen. Mich befreit!«

Von Kottens Hals wurde eng. »Der *erste* Mord?«, wiederholte er und schloss für einen Moment die Augen. *Verflucht, ich habe es geahnt.* »Was hast du noch angerichtet?«

Christine kam näher. »Sind dir in dieser Woche nicht deine vertrautesten Partner und wichtigsten Geschäftsführer *abhandengekommen?*«

Über viele Jahre hatte er mit diesen Menschen in enger Zusammenarbeit seine Geschäfte aufgebaut. Natürlich hatte er mit den Hinterbliebenen Kontakt gehabt und die Polizeimeldungen gelesen. Offiziell waren es Unfälle gewesen, aber er hatte bereits geahnt, dass dem nicht so war. »*Du* steckst also dahinter«, stellte er bitter fest.

Christine lächelte. »Die Polizei hat bestimmt schon herausgefunden, dass es keine Unfälle waren, aber das ist jetzt egal. Die Inszenierung hat ihren Zweck erfüllt.«

»Welche Inszenierung? Wovon zum Teufel sprichst du?«

»Davon!« Christine nahm das Buch von der Kommode und warf es ihm vor die Füße, sodass sich die ersten Seiten öffneten wie eine schlecht verheilte Wunde. »Es durfte sich nur die ersten paar Tage nicht herumsprechen, dass es sich um Morde handelt, damit ich mich gefahrlos an deine anderen Teilhaber heranmachen konnte. Der erste, Klaus Hinze, ist nach drei Stichen durch seinen Anus innerlich verblutet. Hast du das gewusst?«

»Verblutet?« Von Kotten beugte sich nach vorne und starrte auf die Fotos. Es waren Farbausdrucke, die ein Motelzimmer zeigten. Auf einem war tatsächlich Hinze zu sehen.

»Mit solchen Stichen im Körper lassen die Vitalfunktionen rasch nach. Die Organe versagen der Reihe nach. Währenddessen habe ich ihn ins Bad gezerrt, ihm eine Schere aus seinem Etui in die Hand gedrückt, ihn aufgerichtet und losgelassen. Es hat gleich beim ersten Mal geklappt. Er ist mit dem Kopf gegen den Rand des Waschbeckens gefallen und …«

»Hör auf!« Von Kotten war nicht gerade zimperlich, was zwielichtige und brutale Methoden anbelangte. Sonst hätte er in so kurzer Zeit und in einer Branche wie dieser kein Firmenimperium aus dem Boden stampfen können. Noch dazu in Osteuropa. Aber Schmiergelder, Erpressung, Verleumdung und Manipulation von Geschäftspartnern waren eine Sache – dass sein Sohn ein hinterhältiger Mörder war, eine ganz andere.

Er hob das Album auf und ging zur Kommode, wo er es von Anfang an durchblätterte. Es begann mit einer handschriftlichen Eintragung an einem Montag. Es folgten Fotos von Klaus Hinze. Rasch blätterte er zum Dienstag. *Eugen Birkenthal.* Fotos aus einem Schlafzimmer. *Mittwoch – Iris Schmidt-Ulmen.* Fotos von einer Wohnzimmercouch und einem Whirlpool.

»Warum sie?«, keuchte von Kotten. »Was hat sie dir getan? Sie war keine meiner Partner, sondern nur Produktionsleiterin!«

»Es hätte in Berlin eine Alternative gegeben, aber ich war nur an diesem Abend dort, und sie hat gut in meinen Zeitplan gepasst.«

Du kranker Bastard! Er blätterte weiter. *Donnerstag – Ulrich Siegler.* Fotos von einem Bett in einem Hotelzimmer. Siegler lag nackt und zusammengerollt da, Hand- und Fußgelenke aneinandergefesselt.

Von Kotten wurde übel. »Das warst alles *du?*« Mit einem gequälten Gesichtsausdruck sah er zu Christine.

»Du wolltest mich ständig zu deinem Ebenbild erziehen. Skrupellos und hart! Bin ich jetzt so, wie du mich immer wolltest, Vater?«

Von Kotten schüttelte den Kopf. »Egal, was du noch getan hast, ich werde alles unternehmen, damit du deswegen nicht angeklagt wirst.«

»Ja, das wissen wir beide.« Christine stellte sich neben ihn und blickte auf die Fotos. »Als du mich in diesem Sanatorium weggesperrt hattest, ist nach und nach mein Plan entstanden. Ich wollte nur noch dich und das ganze verlogene Pack deiner Firma zu Fall bringen. Dich und dein Unternehmen zerstören, dich endgültig vernichten, wie du mich vernichten wolltest. Du stehst für alles, was ich *nicht* bin. Denn in Wirklichkeit bin nicht *ich* diejenige von uns beiden, die verrückt ist – ich bin es, die bei klarem Verstand ist.«

»Wie konntest du das alles auch noch fotografieren?«, würgte von Kotten hervor.

»Ich bin Fotografin, schon vergessen? Du betrachtest die wichtigsten Momente meines neuen Lebens.«

»Das ist so ekelhaft. Wie konntest du nur?«

»Es war ganz leicht.« Christine lehnte sich an die Kommode. Ihr Kleid raschelte. Sie strich ihrem Vater zärtlich über die Wange. »Mit der richtigen Portion Sex sind sie alle herumzukriegen. Das ist es doch, was du mir immer vorgeworfen hast, was mit mir nicht stimmt: meine sexuelle Orientierung. Und ausgerechnet die hat es mir ermöglicht, sie alle zu töten. Ist das nicht witzig? Du würdest nicht glauben, wie rasch die Scheinheiligkeit und Doppelmoral deiner so integren Geschäftspartner gefallen sind.«

Von Kotten schlug Christines Hand beiseite, doch sie lächelte nur milde.

»Ich musste mich nicht einmal verkleiden. Ich brauchte bloß so zu sein, wie ich in Wahrheit bin, um in ihre Nähe zu kommen. Das ist meine doppelte Rache an dir, Vater.«

Er sah kurz auf. »Rache?«

»Ich nenne diesen Bilderzyklus *Rachewinter.* Ich schenke ihn dir.« Sie blätterte auf die nächste Seite. »Siehst du?«

Freitag – Torfhoff.

Von Kotten starrte auf die Fotos. *Nein, der auch?* Die Aufnahmen sahen aus wie aus einem Swingerclub. Etwas verwackelt, schräg und von unten, als hätte Christine die halbnackten Leute heimlich mit der Kamera aus der Hüfte aufgenommen. Auf der nächsten Seite lag Torfhoff mit entblößtem Unterleib in einer Blutlache. Der Anblick schnürte von Kotten die Kehle zu.

»Und wozu diese Rache?«, keuchte er. »Um mir zu beweisen, dass du recht hattest? Dass auch *du* mich manipulieren und vernichten kannst, indem du mir das nimmst, was mir am wichtigsten ist? Von mir aus, ich habe es kapiert. Aber was jetzt? Wohin soll das alles führen?«

»Ja, wohin wohl?« Sie blätterte zur letzten Doppelseite ihres Kunstwerks.

Samstag.

Bis auf seinen Namen war die Doppelseite noch weiß und leer.

57

Nachdem Jasmin unbemerkt zwischen den Bäumen über das Grundstück zur Villa gelaufen war, hatte sie Nina fast eingeholt. Die schlich an der Hausmauer entlang und starrte zu den Fenstern hinauf. Nur in wenigen Zimmern im ersten und zweiten Stock brannte Licht.

Jasmin lief Nina gebückt hinterher. »Bist du verrückt?«, keuchte sie. »Was machst du da?«

»Wonach sieht es denn aus?«

Was für eine doofe Antwort! »Es sieht danach aus, als wärst du komplett bescheuert«, fauchte Jasmin.

Sie erreichten die Rückseite der Villa und gelangten zu einer Falltür aus Holz, die vermutlich früher für Kohlenlieferungen benutzt worden war, und hinter der sich wohl eine Rutsche in den Keller verbarg. Daneben stand eine Schubkarre voll mit Zweigen. Einige Rechen und Unkrautharken lehnten an der Wand, und eine alte, ziemlich morsche Holzleiter, bei der mehrere Sprossen gebrochen waren, lag neben der Hausmauer. Offenbar hatte das Personal den Garten gerade auf Vordermann bringen und für den Frühling vorbereiten wollen, als es vom neuerlichen Wintereinbruch überrascht worden war.

»Spinnst du? Du kannst doch nicht einfach einbrechen!« Ungelenk versuchte Jasmin, nach Nina zu greifen, doch die wich ihr aus und suchte weiter nach einer Möglichkeit, ins Haus zu gelangen. Gleichzeitig hielt sie krampfhaft die Hand in der Tasche verborgen.

»Was hast du da in der Tasche?«, fragte Jasmin misstrauisch.

»Nichts.« Nina rüttelte vorsichtig an der Falltür, doch die war mit einer Kette und einem massiven Schloss versperrt.

»Zeig her!« Jasmin riss Ninas Hand aus der Tasche und starrte auf Ninas geballte Faust. »Verdammt, nein!«, fluchte sie entsetzt.

Nina hielt ein aufklappbares Rasiermesser mit einer langen und vermutlich scharfen Klinge in der Hand.

»Was hast du damit vor?«, entfuhr es Jasmin. »Im Haus sind doch sicher jede Menge Dienstboten. Willst du allen die Gurgel aufschlitzen?«

»Das ist nur zur Selbstverteidigung. Aber ich muss einfach wissen, was die mit meinem Vater gemacht hat. Wie er gestorben ist! Und warum!«

»Auf diese Art wirst du es aber nicht herausfinden. Du hast ein Brett vor dem Kopf!«

Nina riss sich los, steckte das Messer in die Gesäßtasche, stellte die etwa vier Meter hohe Leiter auf und lehnte sie neben das Fallrohr der Regenrinne an die Wand. Das Rohr endete einen Meter über dem Boden. Darunter stand eine volle Regentonne mit einer Eisschicht darauf.

»Bleib hier! Das ist verrückt! Ich will dich doch nur vor dir selbst schützen.«

Nina antwortete nicht. Da die ersten Sprossen der Leiter gebrochen waren, stieg sie auf den Rand des Fasses. Sie verlagerte ihr Gewicht auf das Eis, das gefährlich knackte, dann war sie auch schon auf der Leiter. Flink wie ein Wiesel kletterte sie hinauf. Das Holz knirschte, und im Nu stand Nina mit der Brust an die Wand gepresst auf einem gemauerten Sims, das im ersten Stock ums Haus herumführte. Neben ihr befanden sich zwei hohe schmale Fenster, von denen eines gekippt war.

Scheiße!

»Ich schreie laut los, wenn du ins Haus einbrichst!«, drohte Jasmin.

Nina neigte den Kopf zur Seite. »Wenn du glaubst, dass uns das hilft.« Sie schob den Ärmel ihres Parkas über den Ellbogen und fuhr mit dem nackten Unterarm in den Spalt des gekippten Fensters. Danach tastete sie – wie Jasmin in der Dunkelheit zu erkennen glaubte – nach dem Griff des angrenzenden Fensters.

Wer lässt bei dieser Temperatur ein Fenster gekippt?

Jasmin konnte nicht genau sehen, was Nina machte, doch irgendwie schien es ihr zu gelingen, den Fenstergriff hinaufzudrücken, denn kurz darauf zog sie den Arm aus dem Spalt und der Flügel des anderen Fensters schwang nach innen auf.

So ein Dreck! Jasmin biss die Zähne zusammen, dann stieg sie ebenfalls auf das Fass. Die Eisschicht knackte, ein Riss entstand, und durch Jasmins Gewicht wurde das Wasser heraufgedrückt. Rasch kletterte sie die Leiter hinauf. Das Holz war mit einer dünnen Eisschicht überzogen. Bei jedem Schritt knarrten die Sprossen verdächtig unter ihr, weshalb sie nicht in der Mitte, sondern jeweils nur am Rand auftrat. Außerdem hielt sie sich sicherheitshalber am Blech des Fallrohrs fest.

Oben angelangt spürte sie den eiskalten Stein des Mauervorsprungs, an dem sie sich hochzog. Der Wind pfiff um die Hausecke und ließ sie schaudern, während sie sich aufrichtete und langsam zum Fenster vortastete. *Bloß nicht nach unten sehen!*

Nina war bereits drinnen. Soviel Jasmin in der Dunkelheit erkennen konnte, stand ihre Freundin in einem Badezimmer neben einer Wanne mit gusseisernen Füßen. Auch Jasmin kletterte durchs Fenster. In dem Raum roch es nach Seife, und eine schwüle Feuchtigkeit lag in der Luft. Auf dem Rand der Wanne befanden sich ein nasses Handtuch und eine Scheuerbürste. Jemand musste kurz zuvor geduscht haben.

»Bitte lass uns gehen!«, flehte Jasmin, und ihr Wispern hallte schaurig durch den gekachelten Raum. »Wenn sie uns erwischen …«

»Wir müssen nur leise sein.« Nina öffnete die Tür.

Etwas Licht fiel in das Bad, und Jasmin erkannte nun das schwarz-weiße Schachbrettmuster der Fliesen. Tatsächlich hatte hier jemand geduscht, denn auf dem Boden lag ein weiteres nasses Handtuch. Das bedeutete aber auch, dass bald jemand kommen würde, um das Fenster zu schließen.

Indessen schlich Nina in den Gang. Jasmin folgte ihr. Sie gelangten auf einen Flur mit rotem Teppich – zum Glück lag da kein knarrendes Parkett –, der vor einer Balustrade endete. Wenige Meter von ihnen entfernt führte ein geschwungener Treppenabgang in das untere Stockwerk. Dort befand sich die Eingangshalle, die von einem Kronleuchter beschienen wurde.

Jasmin hörte Stimmen. Eine junge weibliche und eine ältere männliche, die aufgebracht miteinander diskutierten. Durch das Geländer der Balustrade konnte sie einen Blick auf das Foyer erhaschen. Es war die rothaarige Frau, die mit Richard von Kotten sprach. Dessen Foto kannte sie von dem Online-Interview.

Noch befanden sich Nina und Jasmin im Schatten, doch Nina wollte schon in gebückter Haltung weiter nach vorne zur Balustrade schleichen. Da packte Jasmin sie am Parka und drückte sie zu Boden. Bevor Nina etwas sagen konnte, presste Jasmin ihr die Hand auf den Mund. Anscheinend hatte Nina sofort begriffen, da sie in der Bewegung erstarrte und keinen Mucks von sich gab.

Langsam löste Jasmin die Hand von Ninas Mund und deutete zwischen den Streben des Geländers zur anderen Seite der Balustrade, wo sich ebenfalls ein Treppenabgang befand. Dort stand ein Mann, halb im Schatten, halb im Licht, in Jeans, schwarzem Pullover und einem Sakko. Sein Gesicht war kantig, sein Körper athletisch, und er sah nicht aus wie der Gärtner.

Instinktiv trat Nina vorsichtig und leise einen Schritt zurück und warf Jasmin einen vielsagenden Blick zu. *Verdammt, das war knapp,* schienen ihre Augen zu sagen.

Jasmin funkelte sie warnend an. *Wir sollten abhauen!*

Nina schüttelte mit zusammengepressten Lippen den Kopf und nickte nur nach unten. Sie wollte das Gespräch belauschen.

Plötzlich vibrierte Jasmins Handy in der Tasche. Sie zuckte zusammen, und sogleich brach ihr der Schweiß aus allen Poren.

Nina riss die Augen weit in Panik auf, während Jasmin in die Tasche griff, nach dem Telefon tastete und den Anruf unterbrach. Wahrscheinlich ihr Vater, der endlich zurückrief.

Da sie keine Möglichkeit sah, Nina von ihrem Wahnsinnstrip abzubringen, wurde es höchste Zeit, ihn über all das hier zu informieren. Er würde sie zwar wie noch nie in ihrem Leben zusammenscheißen – und das auch noch völlig zu Recht –, aber sie hatten immerhin die Frau gefunden. *Und das ist sie garantiert!* Auch wenn sie jetzt rote statt brünette Haare hatte und ein schwarzes Kleid trug. Denn was Jasmin bisher von dem Gespräch hatte belauschen können, schnürte ihr die Kehle zu. Es ging um etliche Morde, die diese Frau begangen hatte.

Bleib hier und rühr dich nicht vom Fleck!, bedeutete Jasmin ihrer Freundin mit einer Geste. Dann zog sie ihr Smartphone ein Stück aus der Tasche und hielt es so, dass der Mann auf der gegenüberliegenden Balustrade den Lichtschein des Displays nicht sehen konnte. Jasmin nickte zum Badezimmer und signalisierte Nina, dass sie zurückschleichen wollte, um zu telefonieren.

Nina nickte mit stummem Einverständnis. Anscheinend war ihr bei ihrem waghalsigen Ausflug mittlerweile selbst zu mulmig geworden.

Jasmin ging langsam Schritt für Schritt rückwärts, bis sie das Badezimmer erreichte. Sicherheitshalber ließ sie die Tür offen, falls Nina im Ernstfall schnell flüchten musste. Dann setzte sie sich auf den Rand der Wanne und atmete tief durch. Ihre Hände zitterten. Schweiß lief ihr in einem dünnen Rinnsal über den Rücken in die Hose. *Mann, so eine verrückte Idee!*

Sie nahm das Handy aus der Tasche und blickte aufs Display. Der Anruf war tatsächlich von ihrem Vater gekommen. Im Badezimmer konnte sie nicht telefonieren. Selbst wenn sie flüsterte, wäre der Hall an den gefliesten Wänden vermutlich so laut, dass es der Mann an der Balustrade hören könnte. Also tippte sie eine SMS. Sie schrieb, dass Nina und sie sich im Augenblick in von Kottens Landhaus in Bad Dürrenberg befanden und gab die genaue Adresse an. Dann fügte sie hinzu, dass sie die brünette Frau gefunden hatten.

Papa, sie ist tatsächlich hier!

Sie ist die Mörderin!

Komm rasch her! Bring die Polizei mit!

Aber er *war* die Polizei! Sie löschte den letzten Satz und schrieb stattdessen: *Bring Verstärkung mit!*

Sie wollte die Nachricht bereits abschicken, als jemand das Bad betrat. Jasmin sah auf, ihr Herz rutschte ihr in die Hose.

Fuck!

Aber es war nur Nina. Aufgeregt stürzte sie auf Jasmin zu. »Lass uns sofort abhauen!«

»Gott sei Dank bist du endlich zur Vernunft gekommen«, flüsterte Jasmin.

»Du glaubst ja nicht …«

»Warte!«, zischte Jasmin und hob die Hand. Bevor etwas dazwischenkommen konnte, musste sie die SMS abschicken. Sie drückte auf den Sendeknopf und wartete. *Geschafft!* Dann blickte sie Nina an, die nervös vor ihr stand. *Sei leise!*, warnte sie ihre Freundin mit einem Blick, der keinen Widerspruch duldete.

Nina beugte sich nach vorne und flüsterte ihr ins Ohr: »Das glaubst du nie. Ich werd' verrückt. Diese Frau ist in Wirklichkeit ein Mann!«

Jasmin zog den Kopf zurück und starrte sie entsetzt an.

»Das bedeutet …«, formte Jasmin mit den Lippen, »dass dein Vater es mit einem …?«

Nina schnappte nach Luft, da ihr gerade die Konsequenz von dem, was sie soeben behauptet hatte, bewusst wurde. Sie wandte sich um, fuhr mit dem Arm durch die Luft und streifte dabei einen Gegenstand, der auf dem Rand der Wanne gelegen hatte.

Die Scheuerbürste!, wurde Jasmin schlagartig klar.

Sie wollte danach greifen, doch es war bereits zu spät. Ihr Herzschlag setzte einen Moment lang aus.

Die Bürste rutschte schwungvoll in die Wanne und schlug klappernd auf deren Boden.

58

Richard von Kotten starrte auf die leere Doppelseite des Fotoalbums, dann schlug er es zu. Er wusste, was sein Name auf dieser letzten Seite bedeutete. »Was hast du mit mir vor? Willst du mich auch verführen so wie alle anderen und anschließend töten?«

»Ich wünschte, du würdest das gleiche Schicksal erleiden wie meine Schwester«, sagte Christine kalt und blickte zur Treppe. »Sie war noch so klein, als sie dort oben stand und dir sehnsüchtig in die Arme springen wollte, nachdem du von einer Dienstreise heimgekommen bist. Und dann ist sie die Balustrade hinuntergefallen.«

Er glaubt also immer noch daran. Von Kotten schob das Buch von sich und machte einen Schritt zurück.

»Aber nicht nur meine Schwester ist wegen dir gestorben«, fuhr Christine fort. »Mutter wurde depressiv, und während du wieder einmal in einem Meeting warst, hat sie Selbstmord begangen.«

»Nichts war so, wie du denkst.«

»Ach, wie war es denn?«

Von Kotten sah zum Treppenabsatz, wo sich Wehrmann immer noch im Schatten versteckt hielt und jetzt kurz ins Licht trat. Wehrmann schüttelte fast unmerklich den Kopf, doch von Kotten ignorierte die Warnung. Es konnte nicht mehr schlimmer werden. *Mein Sohn – oder von mir aus auch meine verdammte Tochter – soll die ganze Wahrheit erfahren.*

Er steckte die Hände in die Taschen und spürte die Kälte in seinen Fingern. »Wusstest du, dass deine Mutter krankhaft eifersüchtig war?«

»Wenn schon, sie …«

Von Kotten hob den Blick und brachte Christine zum Schweigen. »Nach deiner Geburt ist sie in eine Wochenbettpsychose gefallen und hat sich nie davon erholt. Die Geburt deiner Schwester im darauffolgenden Jahr hat alles noch verschlimmert. Deine Mutter war immer eifersüchtig, weil ich deiner Schwester angeblich mehr Aufmerksamkeit und Liebe gegeben habe als ihr.«

»Blödsinn!«

Von Kotten schüttelte den Kopf. »Es gipfelte darin, dass sie versucht hat, deine Schwester und dich mit dem heißen Bügeleisen umzubringen.«

»Was für einen Schwachsinn versuchst du, mir da aufzutischen?«

Grauenvolle Bilder huschten durch von Kottens Kopf. »Das ist kein Schwachsinn. Eines Abends hat unser Kindermädchen das Bügeleisen im Wäschezimmer auf dem Bügelbrett stehen lassen. Du warst fünf. Damals wohnten wir noch hier in Bad Dürrenberg. In jener Nacht – ich war zu Hause, und nicht auf Geschäftsreise – hat sich deine Mutter aus dem Schlafzimmer geschlichen, das Gerät angesteckt, als es heiß genug war, euer Kinderzimmer betreten und die Tür von innen verriegelt. Ich wachte auf, als ich deine Schreie und die deiner Schwester hörte.«

Christines Augenlid zuckte. Irritiert starrte sie ihn an, als wurde ihr soeben bewusst, dass es eine längst verdrängte Erinnerung war, die sie all die Jahre heimgesucht hatte.

Die versengten Haare.

Die verbrannte Haut.

»Aber meine Schwester ist die Balustrade ...«

»Nein, ist sie nicht! In dieser Nacht brach ich die Tür auf und konnte dich im letzten Moment retten«, fuhr von Kotten fort. »Ich habe dich am Arm aus dem Bett gezerrt. Du hattest nur leichte Verbrennungen am Oberschenkel, da wo Mutter dich erwischt hat.«

»Die stammen vom heißen Blech des offenen Backofens, an den ich mich als Kind angelehnt habe.«

Von Kotten schüttelte den Kopf. »Das habe ich dir erzählt. Tatsächlich war es jedoch anders. Du hast mit ansehen müssen, wie deine Schwester geschrien und deine Mutter sie vor deinen Augen verbrannt hat – und wie sie schließlich nur noch leblos dagelegen hat.«

»Nein!« Christine presste die Augen zusammen. »Sie ist die Balustrade ...«

»Vielleicht hätte ich deine Schwester retten können«, sagte von Kotten. »Aber ich musste mich entscheiden. Also habe ich *dich* in Sicherheit gebracht.«

Christines Atem ging rasch, ihre Brust hob und senkte sich, und ihr Blick wanderte verstört hin und her. Tränen standen in ihren Augen.

»Du hast dieses Erlebnis verdrängt und an die Version geglaubt, die ich dir erzählt habe. Für dich war es am besten so. Offenbar hast du dich trotzdem unbewusst an ihrem Tod schuldig gefühlt, weil du sie nicht retten konntest.«

»Psychoscheiße!«, entfuhr es Christine.

Von Kotten betrachtete seine Tochter. »Sieh dich doch an. Warum schlüpfst du in ihre Rolle? Ich sage es dir: damit *sie* weiterleben kann, während du dich selbst von der Bildfläche verschwinden lässt.«

»Blödsinn!«

Von Kotten nahm Christines Wutanfall gelassen hin. »Ein Leben für das andere. Warum sonst benennst du dich nach ihr?«

»Ich …« Christine stutzte. »Kannst du dich nicht mehr daran erinnern? Du selbst hast mir den Namen für meine neue Identität gegeben: *Christian Quill.*«

»Das glaubst du doch wohl selbst nicht! Das war *deine* Idee!«

»Meine?« Sie schloss für einen Moment die Augen, massierte ihre Schläfen und atmete tief durch. »Selbst wenn alles so gewesen wäre, wie du behauptest … Warum ist Mutter nie wegen Mordes angezeigt worden?«

Von Kotten lachte laut auf. »Glaubst du, ich hätte zugelassen, dass jemand deine Mutter anzeigt? Sie war geisteskrank. Ich habe Ärzte bestochen, damit der Mord an deiner Schwester nicht an die Öffentlichkeit dringt. Deine Mutter verschwand für einige Jahre in einer Klinik. Deshalb hast du sie als Kind so selten gesehen. Nicht, weil sie Alkoholikerin war, wie ich dir erzählt habe, sondern weil sie in einem Sanatorium gelebt hat.«

»Du lügst!«

»Ja, ich bin ein verdammter Lügner. Das bringt mein Job mit sich. Aber jetzt sage ich ausnahmsweise die Wahrheit. Deine Mutter wurde acht Jahre später wieder entlassen. Ich habe sie zu Hause aufgenommen. Du wärst zu diesem Zeitpunkt schon dreizehn. Sie konnte sich so gut verstellen, als wäre sie wieder völlig gesund, und ich dachte, sie wäre geheilt. Aber tatsächlich war sie immer noch krank – schlimmer denn je – und eifersüchtig auf alles, was ihrer Idealvorstellung von unserem Leben zu zweit im Weg stand. Aber am meisten auf das, was sie unter Schmerzen selbst zur Welt gebracht hat. Sie wollte zu Ende bringen, was sie einmal begonnen hat: *dich zu töten!* Aber zuvor hat sie dein Kindermädchen ermordet, um an dich heranzukommen.«

Christine starrte ihn ungläubig an.

»Ja, das wusstest du nicht! Dieser Mord ließ sich nicht mehr vertuschen. Deine Mutter wäre angeklagt und für immer in eine Anstalt gesteckt worden.«

»Und jetzt soll ich dir glauben, dass sie sich deshalb das Leben genommen hat?«, presste Christine hervor.

Nun kam der schwierigste Moment. Von Kotten sog die Luft tief ein. »Nein«, begann er. »In Wahrheit ist deine Mutter ...« Er verstummte.

Da war ein Geräusch gewesen. *Ein Klappern!*

Er sah nach oben zur Balustrade. Nicht zu Wehrmann, sondern zur anderen Seite, zum Westflügel, wo das Badezimmer lag. Doch soviel er wusste, befand sich niemand dort oben. Edwin und Agathe waren in der Küche und bereiteten das Abendessen zu.

Wehrmann hatte es auch gehört und sofort reagiert. Er lief bereits an der Balustrade entlang zur anderen Seite.

Irritiert blickte Christine ebenfalls nach oben. »Was war das?«

»Ich weiß es nicht.« Rasch ging von Kotten zur Eingangstür, versperrte sie, zog den Schlüssel ab und öffnete die Glasvitrine mit den Gewehren.

59

Nachdem Pulaski Evelyns Koffer im Vorraum abgestellt und Evelyn und Flo in sein Wohnzimmer geführt hatte, griff er zum Telefon. »Ich buche Ihnen in der Nähe ein Zimmer in einem günstigen Hotel.«

Evelyn schlüpfte aus Mantel und Schuhen und nahm auf der Couch Platz. »Ja, bitte.«

»Ein Doppelzimmer genügt«, mischte sich Flo grinsend ein.

»Quatsch!«, widersprach Evelyn. »Zwei Zimmer bitte. Allerdings wissen wir noch nicht, wie lange wir bleiben.«

»Das spielt keine Rolle.« Pulaski ging in den Nebenraum, um zu telefonieren. Er kannte den Hotelbesitzer seit vielen Jahren von einem früheren Fall, und er wusste, dass er die Buchung diskret behandeln würde. Immerhin wurde Flo von der Wiener Kripo wegen Mordverdachts gesucht, und die Kollegen hatten bestimmt schon herausgefunden, dass er an diesem Vormittag nach Leipzig geflogen war.

Zehn Minuten später saßen sie bei frisch gebrühtem Kaffee im Wohnzimmer. Ihre Notebooks liefen, und während Evelyn und Flo Einsicht in die Akten der deutschen Mordopfer nahmen, führte Pulaski mehrere Gespräche.

Zunächst versuchte er, Staatsanwalt Clemens zu erreichen, doch der saß in einer Einsatzbesprechung, zu der Pulaski natürlich nicht durchgestellt werden konnte. Danach sprach er mit Philip Koch, um sich zu erkundigen, wie weit mittlerweile die Zusammenarbeit mit den LKAs in Sachsen-Anhalt und Berlin, der polnischen Kripo und dem österreichischen BKA gediehen war. Natürlich dauerte das. Das Gespräch wurde unterbrochen, und Philip legte Pulaski auf die Warteschleife.

Während Pulaski am Kaffee nippte und einer nervigen Pianomusik lauschte, erhob er sich, um in Jasmins Zimmer zu gehen. Offensichtlich war sie nicht da, sonst hätte sie garantiert den Besuch gehört und wäre herausgekommen.

Das Zimmer war tatsächlich leer, Schultasche und Rucksack seiner Tochter standen neben dem Schreibtisch. Pulaski warf einen Blick hinein und entdeckte die Mathebücher. Dann sah er auf die Uhr. Der Förderunterricht in der Schule war längst zu Ende, und Jasmin war offensichtlich heimgekommen. Doch wo steckte sie jetzt?

Neben Jasmins Notebook lag ein zweites Gerät. *Ninas Computer!* Die war also auch hier gewesen. Und offenbar waren die beiden anschließend mit dem Moped wieder weggefahren. Aber ohne Rucksack und Notebooks? Nur mit leichtem Gepäck?

Während er immer noch wartete, klappte er Jasmins Notebook auf und fuhr den Computer hoch. Passwortgesperrt! *Verdammt!* Er sah sich im Zimmer um und betrachtete die Poster von Jasmins Lieblingsbands über dem Bett. Dann klemmte er sich das Handy zwischen Wange und Schulter und tippte aufs Geratewohl einen Bandnamen ein. *Falsch!* Beim zweiten klappte es.

Er öffnete den Internetbrowserverlauf seiner Tochter. Offenbar hatte Jasmin nach Richard von Kotten gegoogelt, denn sie hatte ein kürzlich mit ihm geführtes Online-Interview geöffnet gehabt. *Wieder mal auf eigene Faust recherchiert, Fräu-*

lein! Aber bekanntlich fällt der Apfel nicht weit vom Stamm, dachte er bitter.

Endlich meldete sich Philip wieder. »Wie weit seid ihr mit der Fahndung nach der brünetten Frau im roten Kleid?«, fragte Pulaski, während er darauf wartete, dass sich das Interview öffnete.

»Negativ«, antwortete Philip.

»Konnte sich jemand von dem Charity-Event in Berlin an sie erinnern?«

»Ja, einige, aber das Phantombild, das wir erstellt haben, gibt nicht viel her.«

»Hast du in der Zwischenzeit das Foto eines gewissen Christian Quill aufs Handy erhalten?«

»Ja.«

»Er heißt in Wahrheit Michael Kotten.«

»Wissen wir bereits, aber der sitzt zurzeit in Wien in U-Haft wegen Mordes an einem …«

»Vergiss das!«, unterbrach Pulaski ihn. Er erzählte Philip von dem Personentausch, der gefälschten Identität und dass Michael Kotten in Wahrheit die brünette Frau war, auf deren Konto die fünf Morde gingen, inklusive der gestrigen Tat im Swingerclub.

»Du musst zugeben, dass das alles sehr verrückt klingt.«

»Die Zeugen in Berlin sollen sich Christian Quills Foto ansehen. Mit etwas Fantasie werden sie die brünette Frau wiedererkennen.«

»Du glaubst doch nicht allen Ernstes, dass ich das *so* dem Staatsanwalt …?«

»Und ob ich das glaube!« Pulaski redete weiter auf Philip ein und scrollte währenddessen durch das Interview. *Warum hat dich das so sehr interessiert, Jasmin?*

Da blieb er an einer Antwort hängen. Im Frühjahr und Herbst verbrachte Richard von Kotten immer ein paar Wochen auf seinem Landsitz in Bad Dürrenberg.

Das ist ja ganz in der Nähe!

»Ich muss Schluss machen«, brach er seinen Redeschwall ab und beendete das Gespräch. Mit zuckenden Augenlidern starrte er auf das Interview. Er ahnte Schlimmes. *Was findet sich noch im Browserverlauf?* Rasch fand er heraus, dass Jasmin zuletzt Google Maps geöffnet gehabt hatte.

Verdammte Kacke!

Er stand auf und trat mit Wucht gegen den Schreibtisch, sodass der Becher mit den Stiften umkippte, die allesamt über den Tisch kullerten.

Evelyn lugte vorsichtig vom Gang ins Zimmer. »Was ist passiert?«

»Nichts«, knurrte er. »Ich muss weg.«

Da piepte sein Handy. Er sah, dass er eine Nachricht auf seiner Mobilbox erhalten hatte. Und zwar schon vor zwanzig Minuten. Aber er hatte die letzte halbe Stunde permanent telefoniert. Rasch öffnete er die Nachricht. Sie stammte von Jasmin. Ihre Stimme klang aufgeregt.

Hallo Papa, kannst du mich bitte zurückrufen. Es ist dringend … bitte!

Mehr war da nicht. Er hörte sich die Nachricht ein zweites Mal an. Im Hintergrund hörte er das Pfeifen des Windes und das Krächzen mehrerer Vögel. Alles fügte sich zusammen. Die beiden Gören waren nach Bad Dürrenberg zu Richard von Kottens Landsitz gefahren.

Er knirschte mit den Zähnen. Sollte er jetzt schon die Kripo verständigen? Nein, das würde er selbst klären, die beiden Mädchen schnappen, und dann konnte sich Jasmin zum ersten Mal in ihrem Leben ordentlich auf etwas gefasst machen.

Aber vorher wollte er sie anrufen. Er wählte ihre Nummer und machte sich in Gedanken schon bereit, ins Telefon zu brüllen, was ihr einfiel, doch sie drückte seinen Anruf tatsächlich nach dem zweiten Läuten einfach weg.

Diese kleine Kröte!

Sie war genauso stur, wie ihre Mutter es gewesen war. Er hätte die Wände hochgehen können.

»Schlechte Nachrichten?«, fragte Evelyn.

»Kann man wohl sagen. Meine Tochter ist vermutlich zu Richard von Kottens Landsitz gefahren.«

Evelyn starrte ihn entsetzt an.

Nun kam auch Flo in Jasmins Zimmer, und Pulaski erklärte ihm, was seiner Meinung nach passiert war.

»Aber Richard von Kotten ist in Wien«, widersprach Flo.

Hoffentlich ist er das!

Da summte Pulaskis Handy erneut. Eine lange SMS von seiner Tochter. Beim Lesen wurde ihm übel. Sein Magen zog sich zusammen.

Scheiße!

»Von Kotten ist nicht mehr in Wien«, sagte er mit kalter Stimme und spürte nun auch, wie seine Kehle eng wurde. *Jetzt bloß keinen Anfall!* »Und Michael ist bei ihm. Meine Tochter und ihre beste Freundin haben soeben ein Gespräch zwischen den beiden in von Kottens Landhaus in Bad Dürrenberg belauscht.« Er drückte das Handy so fest, dass das Display knirschte. »Evelyn, Sie hatten mit allem recht.«

Er betätigte die Wahlwiederholungstaste, doch diesmal drückte Jasmin seinen Anruf nicht weg.

Diesmal reagierte sie gar nicht mehr.

60

Das Klappern der Bürste in der Badewanne klang in Jasmins Kopf wie der Knall eines Hammers auf zerspringendem Porzellan. Sie fuhr sofort vom Wannenrand hoch, stürzte zum Fenster und kletterte ins Freie auf das Sims. Sogleich spürte sie an Nase, Wangen und Ohren den schneidenden Wind und die bittere Kälte. Mit dem Smartphone in der einen Hand und der anderen an der Mauer, tastete sie sich nach vorn zur Leiter.

Sie wollte sich bereits umdrehen, um über die Sprossen nach unten zu klettern, als sie hinter sich hörte, wie Nina aus dem Fenster stieg. Das Licht im Badezimmer ging an. Im nächsten Moment kreischte Nina auf. Aus dem Augenwinkel sah Jasmin, wie ihre Freundin zappelnd um sich schlug. Der Mann musste wie der Teufel von der anderen Seite der Balustrade ins Badezimmer gestürmt sein.

Nina schrie verzweifelt auf, als der Mann sie an den Haaren packte und ins Badezimmer zurückzerrte. In der nächsten Sekunde war Nina weg. Jasmin hörte zwei kurze dumpfe Schläge, dann erstickte Ninas Geschrei in einem Jammern.

Fuck!

Nach unten schaffst du es nicht mehr!

Statt über die Leiter nach unten zu fliehen, blieb Jasmin auf dem Sims stehen, presste sich aber neben dem Fallrohr in eine Mauernische. Kurz darauf leuchtete die Taschenlampe eines Handys ins Freie.

Jasmin hielt den Atem an, drückte sich an die Wand und machte sich so dünn wie möglich, während der Mann die Gegend ableuchtete.

Im Bad versuchte Nina, etwas zu sagen.

»Halt's Maul!«, herrschte der Mann sie an. Dann beugte er sich nach vorne, erreichte mit den Fingerspitzen die Leiter und stieß sie um. Mit einem dumpfen Knirschen fiel sie ins Gras. Kurz darauf schloss er das Fenster.

Jasmin stieß die angehaltene Luft aus und atmete tief ein. Die Kälte ließ sie erschaudern. *Zum Glück hat er mich nicht …* Da vibrierte ihr Handy. Sie zuckte so heftig zusammen, dass ihr das Telefon aus den klammen Fingern fiel. Mit einer Hand an das Fallrohr geklammert, wollte sie das Telefon mit der anderen noch zu fassen kriegen, als es einen Augenblick lang vor ihr scheinbar schwerelos in der Luft schwebte, dann aber in die Tiefe stürzte.

Nein!

Jasmin sah dem Handy nach und hörte ein Knacken. Es hatte die bereits gesprungene Eisschicht am Rand der Regentonne durchschlagen und sank dann zum Grund des Fasses. Durch die Eisschicht sah Jasmin noch kurz das Display in der Dunkelheit leuchten. Dann erlosch es.

Toll, das hast du super hingekriegt!

Durch das geschlossene Fenster hörte sie Nina kreischen. »Lass mich los, du Arschloch!«

Daraufhin folgte ein erneuter Schlag, der Nina sogleich verstummen ließ.

»Was hast du im Haus gesucht? Bist du Christines Komplizin?«

»Was? Ich war noch gar nicht drinnen«, sagte Nina nun eine Spur leiser. »Ich *wollte* gerade ins Haus einsteigen.«

Cleveres Mädchen! Nina tat geistesgegenwärtig so, als wäre sie gerade dabei erwischt worden, wie sie ins Haus einbrechen und nicht, wie sie daraus fliehen wollte.

Im nächsten Moment schrie der Mann auf, und es folgte ein weiterer Schlag. Irgendetwas klapperte über den Fliesenboden. Vermutlich hatte Nina den Typen mit dem Rasiermesser erwischt.

Mensch, Nina!

Jasmin kamen die Tränen. Sie starrte zur Regentonne hinunter. *Du brauchst dieses Telefon!*

Kurzerhand klammerte sie sich mit Händen und Beinen an das kalte Blech des Fallrohrs und rutschte Meter für Meter nach unten. Ihre Fingerknöchel rieben über den rauen Mauerstein, doch sie biss die Zähne zusammen. Die letzten Meter rutschte sie gegen ihren Willen rasant hinunter, knallte mit den Beinen gegen den Rand der Tonne und fiel rücklings ins Gras neben die Holzleiter. Der Sturz presste ihr die Luft aus der Lunge.

Mühsam rappelte sie sich auf, drückte sich mit dem Rücken an die Wand und lauschte. Das Badezimmerfenster blieb geschlossen. Offenbar hatte niemand ihren Absturz gehört.

Jasmin schielte zur Tonne. Sie war zu tief. Jasmin hätte schon die ganze Eisschicht wegschlagen und kopfüber ins kalte Wasser eintauchen müssen, um ihr Handy zu erreichen. Aber dann wäre sie bei diesen Temperaturen elend erfroren. Also stemmte sie sich mit voller Kraft gegen das Fass, um es umzukippen und auszuleeren. Aber das Mistding bewegte sich keinen Millimeter. Es war am Boden festgefroren und wog bestimmt eine Tonne. *So eine Scheiße!* Außerdem war das Handy wahrscheinlich eh schon längst hinüber. Alles ging schief.

Aber ich muss telefonieren!

Doch wie komme ich von hier weg? Am besten wäre es natürlich, sie schlüge mit einem Stein die Scheibe des Rolls-Royce ein, der vor dem Haus parkte, würde den Wagen kurzschließen und damit abhauen. Aber wie? Sie hatte keine Ahnung, wie man ein Auto ohne Schlüssel zum Starten brachte.

Panisch vergrub sie die mittlerweile völlig starren Hände in den Taschen der Jeans, und da fühlte sie den Zündschlüssel von Ninas Moped. *Natürlich!* Sie hatte die Enduro abgesperrt und den Schlüssel eingesteckt.

Sie blickte sich in der Dunkelheit um und vergewisserte sich, dass niemand da war, der sie sehen konnte. *Wenn, dann jetzt!* Der Halbmond schob sich am Hügel gerade über den Saum des Waldes. Es war eine sternenklare Nacht, und es würde klirrend kalt werden.

Jasmin begann zu laufen. Im Schatten der Bäume rannte sie auf das Loch in der Hecke zu, durch das Nina und sie geschlüpft waren. Das gefrorene Gras knirschte unter ihren Schuhen. An einem Ast in der Hecke blieb sie mit der Schulter hängen und riss sich die Jacke auf. *Egal.* Keuchend erreichte sie den Pfad, der durch den Wald zur Lichtung hinaufführte. Dort oben stand das Moped.

Verfluchter Mist!

Jasmin sah sich um. Verdammt, es war nicht mehr da! Hatte jemand es geklaut? Verzweifelt hetzte sie über die Lichtung. Hier oben blies der Wind wieder kräftiger, und Jasmin schlug den Kragen ihres Parkas hoch. Von Weitem sah sie, wie in von Kottens Landhaus mehrere Lichter in zwei Etagen brannten. *Wie geht es Nina?* Musste sie weitere Schläge von diesem Kerl einstecken?

Wo ist das verdammte …?

Da sah sie das Moped in der Wiese liegen. Der Wind musste es umgeworfen haben. Erleichtert rannte sie hin, richtete die Maschine auf, löste die Kette, setzte ihren Helm auf – Ninas hängte sie über den Lenker – und sprang auf den Sitz. Sie startete, gab Gas, legte den Gang ein und fuhr mit röhrendem Motor los, sodass die Erde hinter ihr aufspritzte.

Nach wenigen Metern bemerkte sie, dass sie vergessen hatte, die Handschuhe anzuziehen, die in ihrem Parka steckten, doch jetzt wollte sie nicht haltmachen. Mit klammen Fingern jagte sie das Moped den Hügel hinunter, an von Kottens Grundstücksgrenze entlang und am Haupteingang vorbei zur Hauptstraße. Sie orientierte sich kurz an einem Hinweisschild und fuhr dann weiter in Richtung Leipzig auf einer Straße, die beiderseits von Äckern umgeben war.

Sie versuchte, sich zu erinnern. Das nächste Kaff hieß Witzschersdorf, war ein Ortsteil von Kötzschau, sah so aus, wie es klang und hatte gefühlte hundert Einwohner. Es lag nur etwa fünf bis sechs Kilometer entfernt, und an dieser Stelle ging es nach Nordosten Richtung Leipzig. Doch statt abzubiegen, würde sie dort haltmachen, ein Gasthaus oder eine Kneipe suchen oder zur Not an einem Privathaus läuten. Irgendjemand würde bestimmt helfen und ihr ein Telefon leihen, damit sie ihren Vater anrufen konnte.

61

Nachdem der drahtige Mann mit dem kantigen, pockennarbigen Gesicht ihr zwei Ohrfeigen verpasst hatte, sodass ihre Wangen wie Feuer glühten, hatte Nina ihn mit dem Rasiermesser ihres Vaters erwischt. Und zwar am Ärmel seines Sakkos und am Handrücken. Doch er hatte nur kurz aufgebrüllt, ihr gleichzeitig die Waffe aus der Hand geschlagen und ihr erneut ins Gesicht gedroschen. Diesmal mit der Faust. Anschließend hatte er seine Wunde mit einem Handtuch notdürftig umwickelt, Nina an den Haaren gepackt und aus dem Bad gezerrt.

Hinter ihm herstolpernd schlug sie mit Armen und Beinen um sich und fügte einem Glasschrank, in dem sich Messer und Jagdgewehre befanden, einen Sprung zu. Der Mann ignorierte ihre Widerspenstigkeit und zerrte sie über die Treppe ins untere Stockwerk.

Dabei knallte ihre Hüfte bei jeder zweiten Stufe gegen das Geländer, ihre Kopfhaut brannte, und bestimmt hatte ihr das Arschloch einige Haarbüschel ausgerissen. Schwungvoll schleuderte er sie über den Boden der Vorhalle, sodass sie über die Fliesen rutschte.

»Christine, ist das deine Komplizin?«, fragte der Mann nun, dem Nina insgeheim den Namen Arschloch gegeben hatte.

Christine beäugte sie von oben herab. »Ich habe diese Schlampe noch nie in meinem Leben gesehen.«

»Wir werden die Wahrheit gleich herausfinden«, mischte sich nun Richard von Kotten in das Gespräch. Er hielt ein offenes Jagdgewehr in der Hand, in dessen Kammer er mehrere Patronen schob. Dann ließ er den Lauf zuschnappen und zeigte damit abwechselnd auf Nina und Christine.

»Vater, was soll das?«, rief die Rothaarige.

»Sei still! Und rühr dich nicht vom Fleck!«

Nina sah hilfesuchend zu der jungen Frau, konnte aber in deren Gesicht keinerlei Gefühlsregung erkennen.

Was für eine beschissene Situation.

Richard von Kotten verließ kurz die Halle, und Nina hörte seine dumpfe Stimme aus einem anderen Raum. »Das Abendessen fällt bis auf Weiteres aus. Edwin, bringen Sie ihr nur die Medizin, danach begeben Sie sich mit Agathe und Schwester Viktoria in den Angestelltentrakt, und richten Sie meinem Chauffeur aus, dass er sich bereithalten soll, falls wir ihn brauchen.«

Christine sah Arschloch an. »Schwester Viktoria? Wer soll das sein? Und wer ist *›sie‹*? Wem soll Edwin Medizin bringen?«

»Eines nach dem anderen!«, knurrte Arschloch und nickte zu Nina. »Zuerst klären wir das hier.«

Da kam von Kotten auch schon wieder zurück und zeigte mit dem Finger auf Christine. »Du bleibst hier stehen und rührst dich nicht vom Fleck, verstanden?« Dann sah er Arschloch an und nickte kurz zu Nina, die immer noch auf dem Boden kauerte.

Kommentarlos packte Arschloch sie erneut an den Haaren und zog sie hinter sich her.

Zwei Minuten später lag sie in der Küche. Arschloch hatte in der Mitte des Raums den schweren Esstisch umgedreht, sodass die vier Tischbeine wie Pfosten nach oben ragten.

Nina lag mit dem Rücken auf der Unterseite der Tischplatte, Hände und Füße wie eine Gekreuzigte ausgestreckt und die Gelenke jeweils mit einem Stück Draht an ein Tischbein gefesselt. Je mehr sie sich bewegte, umso tiefer schnitt der Draht in ihre Haut.

»Alte, aber effiziente Verhörmethode aus Israel, wenn man nichts Besseres zur Verfügung hat«, sagte Arschloch.

In der Küche roch es nach Fisch und Spinat. In einem Kochtopf blubberte immer noch etwas vor sich hin, und Arschloch schaltete die Dunstabzugshaube auf Maximum. »Damit dich im Haus niemand schreien hört«, erklärte er.

Von Christine war weit und breit nichts zu sehen.

Als Nächstes schloss er die Jalousien der beiden Fenster. »Sicherheitshalber, damit dich auch niemand sieht.«

Ninas Herz raste. Sie schluckte unwillkürlich.

»Was wolltest du hier?«

Sie bemühte sich um einen rüden Ton. »Ich dachte, in dieser Bude könnte man locker Geld und Schmuck abstauben.«

»Du bist also eine kleine Diebin?«

Nina nickte, drehte den Kopf und spuckte Blut aus, da ihr Arschloch zuvor vermutlich einen Vorderzahn wackelig geschlagen hatte, wie sie jetzt bemerkte. Die Spucke hing in einem dünnen Faden aus ihrem Mundwinkel.

»Und wozu braucht so ein hübsches Kind wie du so viel Geld?«

Sie starrte zur Decke, und sah aus dem Augenwinkel, wie Richard von Kotten mit seinem Jagdgewehr die Küche betrat. »Für meine Oma. Sie ist krank.«

»Blödsinn!«, herrschte Arschloch sie an.

»Okay, für Drogen«, sagte Nina, da ihr nichts Überzeugenderes einfiel.

»Was nimmst du?«

Fuck! Was nehme ich? »Crystal Meth … mehr kann ich mir nicht leisten.«

Arschloch kniete sich neben sie hin, fuhr ihr mit zwei Fingern in die Nasenlöcher und riss ihren Kopf nach hinten. Nina schrie auf und wollte in die Finger seiner anderen Hand beißen, mit der er ihre Unterlippe zurückschob, erwischte sie aber nicht.

Kurz darauf ließ Arschloch sie wieder los. »Spritzt du?« Ohne ihre Antwort abzuwarten, schob er Parka und Pullover bis zu ihrem Ellenbogen hinauf, um einen Blick auf ihre Armbeuge zu werfen. Natürlich waren da keine Einstiche. Genauso wenig wie ihre Zähne verfärbt waren.

»Okay, Miss Lügnerin. Noch mal: Was wolltest du hier?«

Sie schwieg, woraufhin er die äußeren und inneren Taschen ihres Parkas durchsuchte.

»Wie bist du hergekommen?«

»Zu Fuß.«

Arschloch tastete ihre Jeans ab, und da sie keinen Zündschlüssel dabeihatte, musste er ihr diese Lüge wohl abnehmen. Er fand nur ihr Handy und ihre Brieftasche, die er rasch durchsuchte.

»Sieh mal einer an, eine drogensüchtige Diebin mit einer Bankomatkarte.« Er richtete sich auf, sah auf sie herab und warf ihr den Personalausweis auf die Brust. »Nina Hinze … nächstes Mal lässt du deinen Ausweis besser zu Hause.«

Richard von Kotten trat an sie heran und musterte sie neugierig, während der Lauf seiner Flinte auf ihr Gesicht zielte. »Hinze? Bist du Klaus Hinzes Tochter?«

»Wer zum Teufel ist Klaus Hinze?«, rief sie, wobei es ihr in der Seele schmerzte, ihren Vater zu verleugnen.

Arschloch beugte sich noch einmal zur ihr herunter, drehte sie aber diesmal zur Seite, sodass der Draht tiefer in ihr Fleisch schnitt, der Mistkerl jedoch ihre Gesäßtasche erreichen konnte.

»Dort ist nichts«, log sie.

»Ach, und was ist das?« Arschloch richtete sich auf und strich eine zerknitterte Visitenkarte glatt. »Walter Pulaski, Leipziger Kriminaldauerdienst.« Er warf von Kotten einen Blick zu.

Der nickte, als hätte er es geahnt. »Bei einem meiner Telefonate mit Hinzes Witwe hat sie einen Ermittler namens Pulaski erwähnt. Er hat mit ihr im Motel gesprochen«, sagte er zu Arschloch, dann wandte er sich an Nina. »Es tut mir leid, was mit deinem Vater passiert ist. Glaube mir, das haben wir alle nicht gewollt. Jedenfalls …« Er seufzte mitleidig. »… hast du entweder etwas mit Christine zu tun oder – was viel wahrscheinlicher ist – mit der Kripo. In beiden Fällen bedeutet das nichts Gutes.«

Arschloch nickte, als wüsste er, was zu tun war. Er schlug Ninas Handy an der Kante der Arbeitsfläche auseinander, sodass es in zwei Teile zerbrach, und entfernte die SIM-Karte. Anscheinend wollte er verhindern, dass jemand sie über das Telefon orten konnte. Dann trat er Nina ansatzlos mit der Schuhspitze in die Rippen.

Der Schmerz fuhr ihr durch den Brustkorb, ihr wurde schwarz vor Augen, und sie hörte sich selbst schreien. Am liebsten hätte sie sich zusammengekrümmt, hingekauert oder wenigstens die Hand auf die gebrochene oder zumindest angeknackste Rippe gepresst, doch sie lag wie gekreuzigt da und konnte sich nicht bewegen. Jeder Atemzug schmerzte.

»Ich frage dich kein zweites Mal!«, drohte Arschloch. »Also, was hast du gehört?«

»Nichts. Ich bin gerade durchs Fenster ins Bad gestolpert.«

»Die Badezimmertür war offen, also musst du zumindest im Gang gewesen sein. Ich nehme an, du hast genug gehört.«

Genug gehört, um was zu tun? Mich verschwinden zu lassen? Bestimmt!

Warum hätte von Kotten sonst das Küchenpersonal weggeschickt? Damit sie nicht sahen, was Arschloch dort mit ihr anstellte!

Nina wurde übel. Ihr Magen krampfte sich zusammen, und sie würgte unwillkürlich Schleim herauf, der sich mit dem Blut in ihrem Mund vermischte.

Arschloch beugte sich noch einmal zu ihr herunter und bohrte ihr die Kuppe des Zeigefingers an einer bestimmten Stelle zwischen die Rippen, sodass ihr die Luft wegblieb. Der Schmerz fuhr ihr wie Säure von den Zehenspitzen bis ins Hirn und war so stark, dass sie nicht einmal Luft bekam, um zu schreien. Fast hätte sie sich in die Hose gepinkelt.

Nach wenigen Sekunden, die Nina wie eine Ewigkeit in der Hölle vorkamen, ließ der Druck endlich nach, und sie schnappte gierig nach Luft. Kalter Schweiß lag auf ihrer Stirn und den Schläfen. Außerdem spürte sie Blut an den Hand- und Fußgelenken, da sie sich im Schmerz vermutlich aufgebäumt und gegen den Draht gestemmt hatte.

Fünf Minuten später hatte sie Arschloch alles erzählt, was sie bisher herausgefunden hatte. *Einfach alles!* Von der Brünetten, die fünf Menschen ermordet und zuletzt auch noch im Swingerclub zugeschlagen hatte, und von allen Details des Gesprächs, das sie hinter der Balustrade belauscht hatte. Auch alles, was Pulaski bisher wusste, weil sie gemeinsam auf eigene Faust recherchiert hatten. Und dass sie hergekommen war, um die Mörderin ihres Vaters zu finden.

Nur eines hatte sie verheimlicht: dass Pulaski eine Tochter hatte, die mit ihr hier gewesen war und ebenfalls alle Details kannte. Und da Arschloch sie nicht nach Jasmin gefragt hatte, nahm sie an, dass Jasmin es irgendwie über das Grundstück zum Moped geschafft hatte. Hilfe war bestimmt schon unterwegs. *Du musst nur durchhalten!*

»Wer weiß noch davon, dass du hier bist?«, fragte Arschloch.

»Niemand!«, keuchte Nina. »Oder denken Sie, ich bin so bescheuert, auf Facebook zu posten, dass ich mit einem Messer in eine Villa einsteige, um es der Mörderin meines Vaters heimzuzahlen?«

Arschloch nickte. Anscheinend nahm er ihr das ab. »Und wie bist du hergekommen?«

»Mit dem Bus. Den Rest bin ich zu Fuß gelaufen.«

Arschloch erhob sich.

»Glauben Sie ihr?«, fragte Richard von Kotten.

»Nein«, sagte Arschloch. »Aber das ist jetzt nebensächlich. Wir müssen handeln – und zwar rasch.«

Nina hörte, wie Arschloch die Herdplatte abstellte, den Topf zur Seite schob und die Dunstabzugshaube ausschaltete. Danach verließen er und Richard von Kotten die Küche. Nina ließ erleichtert die angespannten Schultern sinken. Dann hob sie den Kopf und lauschte. Die beiden Männer gingen ins Nebenzimmer.

»Wir müssen jetzt überlegt handeln, bevor alles rauskommt. Und ich meine: Wirklich *alles* rauskommt!«, sagte Arschloch.

»Ich weiß. Uns bleibt nichts anderes übrig, wir müssen diesen Pulaski herschaffen«, antwortete von Kotten.

Als Nächstes schlug die Tür im Nebenzimmer zu. Nina hörte kein Wort mehr, bemerkte jedoch, wie am Wandtelefon der Küche ein rotes Licht anging. Wahrscheinlich riefen sie soeben eine von Pulaskis Nummern von seiner Visitenkarte an.

Das Wandtelefon hing nur wenige Meter von ihr entfernt, doch Nina hatte keine Möglichkeit, den Tisch wie auch immer zu kippen, um irgendwie hinzugelangen. Darüber hinaus schmerzte jede ihrer Bewegungen. Arschloch hatte sie echt fertiggemacht.

Durch die offene Küchentür sah sie in die Eingangshalle. Da schlich ein älterer Mann in Butleruniform mit einem Tablett, auf dem sich Teller, Wasserglas und eine Vase mit einer Rose befanden, an der Tür vorbei und ging die Treppe hinauf.

Noch während Nina überlegte, ob sie dem Butler nachrufen sollte in der Hoffnung, dass er ihr zu Hilfe käme – was jedoch unmöglich war, ohne dass Arschloch sie ebenfalls hören würde –, war der Mann aus ihrem Blickfeld verschwunden. Kurz darauf vernahm sie das hallende, sich langsam nähernde Pochen von Stöckelschuhabsätzen.

Sie hob den Kopf. Das Klappern kam noch näher. Schließlich betrat die Rothaarige die Küche – Christine. *O Gott!* Soviel Nina von dem Gespräch zuvor mitbekommen hatte, hieß sie in Wahrheit Michael und war von Kottens Sohn. »Hilf mir«, stöhnte Nina.

Christine betrat die Küche, blieb wenige Meter vor Nina stehen und betrachtete sie mitleidig. »Ich habe Wehrmanns Verhör mitbekommen. Er ist ein brutales Schwein. Hat zwei Jahre in Tel Aviv eine Spezialausbildung genossen. Du warst tapfer und hast länger durchgehalten, als ich gedacht habe, aber irgendwann redet jeder.«

Nina presste die Lippen zusammen. Seit Tagen wollte sie

dieser Frau von Angesicht zu Angesicht gegenüberstehen. *Wegen ihr bist du hier!* So viele Fragen hatte sie gehabt, doch nun, da es endlich so weit war, hatte sie bereits mehr herausgefunden, als sie eigentlich wollte.

»Willst du wissen, warum ich es getan habe?«, fragte Christine.

Nina schüttelte den Kopf.

»Dein Vater hat *mich* im Club angebaggert«, sagte Christine trotzdem. »*Er* wollte Sex mit mir!«

»Nein!«

»Doch. Und seine Lust und sein Trieb haben ihn rascher das Leben gekostet als geplant.«

»Hilf mir!«, flehte Nina, der plötzlich alles andere egal war.

»Das würde ich wirklich gern.« Christine lächelte. »Aber denkst du tatsächlich, ich gebe dir eine Chance, dass du mir die Kehle aufschlitzt?«

Als ob sie das Messer noch hätte! Außerdem waren im Moment der alte von Kotten und sein Wachhund ihr größeres Problem. »Als dein Vater vorhin das Gewehr auf dich gerichtet hat«, sagte Nina, »hat er nicht gerade so ausgesehen, als würde er dich einfach so wieder gehen lassen. Wir müssen uns gegenseitig helfen.«

»Nach dem Motto … Der Feind meines Feindes ist mein Freund?«, fragte Christine.

»Genau!«

Christine lächelte. »Tut mir leid, Mädchen. Aber ich habe keine Freunde, weder meinen Vater und schon gar nicht dich! Glaub mir, ich habe wirklich Mitleid mit dir. Und was ich jetzt tue, bereitet mir garantiert keinen Spaß, aber ich muss es tun.«

Nina schluckte.

Christine griff in ihre Handtasche und holte einen Gegenstand heraus. Im ersten Moment glaubte Nina, einen Lippenstift zu erkennen, doch der entpuppte sich als ein etwas längerer silberner Stab. Mit einer schnellen Schnappbewegung aus dem Handgelenk verlängerte Christine den Stab auf etwa einen halben Meter. Sie drehte das degenartige Gebilde, und die Teleskopelemente rasteten ein. »Du schaust so irritiert«, stellte Christine fest.

Nina war tatsächlich irritiert. Aber nicht wegen des Stabs, sondern wegen einer anderen Sache. Nina hatte den Kopf gehoben und an Christine vorbei in die Empfangshalle gesehen. Dort kam soeben mit leisen und langsamen Schritten eine ältere Dame mit langen weißen, zu einem Knoten hochgesteckten Haaren die Treppe herunter. Sie trug ein elegantes cremefarbenes Abendkleid. *Das ist keine Bedienstete,* schoss es Nina durch den Kopf.

»Dieses Teil«, sprach Christine weiter, ohne die Gestalt hinter ihr zu bemerken, »wurde ursprünglich in der Sado-Maso-Szene als Rohrstock verwendet. Eine metallene Gerte für die Handtasche von Dominas. Nur dass die hier …«, sie tippte auf die Spitze, »… ein verdammt scharfes Ende hat.«

Nina hörte nur mit einem Ohr hin. Unauffällig versuchte sie, an Christine vorbeizusehen. Wie in Zeitlupe schwebte die Frau die letzten Stufen herunter, erreichte den Treppenabsatz und stand dann auf den Schachbrettfliesen der Halle. *Barfuß!* Sie drehte sich zur Seite und sah zu ihnen herüber. Nina erkannte nun ihre dunklen Fingernägel, die roten Lippen, die goldenen Armbänder, eine Perlenkette und die auffällig weiße Haut.

»Eigentlich hätte das alles nicht passieren müssen«, sagte Christine mit sanfter Stimme. »Aber du hast es selbst herausgefordert.« Sie machte einen Schritt auf Nina zu, ließ die

Spitze der Teleskopstange über ihre Jeans hinaufwandern und bohrte sie mit einem leichten Druck unter Ninas Bauchnabel in die Haut.

Nina zuckte kurz zusammen, starrte auf die sich immer noch leise nähernde Dame und blickte wieder zu Christine hoch. »Warum tust du das? Ich habe dir doch nichts getan.«

»Richtig, und eigentlich bist du das Problem meines Vaters …« Christine sah sie bedauernd an. »Aber glaubst du wirklich, dass ich dich mit diesem Wissen am Leben lassen kann?«

Aus dem Augenwinkel sah Nina, dass die etwa fünfzig- oder sechzigjährige Frau etwas lautlos fallen ließ, das sie nun hinter sich herzog. Eine Schnur oder die Kordel eines Vorhangs – das konnte Nina nicht erkennen. Und ihr Instinkt sagte ihr, dass die Lady nicht wegen ihr hier war. Andernfalls würde sie sich nicht mit so leisen Schritten der Küche nähern.

Nina sah auf. *Die Lady ist wegen dir hier, Christine!*

Die Spitze der Teleskopstange erreichte Ninas Hals, wo sie stoppte und sich unter ihrem Kehlkopf in die weiche nachgiebige Haut bohrte. Nina schluckte. Mittlerweile hatte die Frau die Küche betreten, stand unmittelbar hinter Christine und hielt die gespannte Vorhangkordel mit beiden Händen umklammert. Nina sah, wie sich die langen sehnigen Muskeln ihrer Unter- und Oberarme spannten und die Schnur tief in ihre Handrücken schnitt.

Der Druck des Rohrstocks erhöhte sich. Vergeblich versuchte Nina, den Kopf zur Seite zu drehen.

»Es geht schnell, Kleine!«, flüsterte Christine.

Nina öffnete den Mund, doch es kam kein Ton dabei heraus. Sollte sie überhaupt etwas sagen oder einfach nur zusehen, wie die weißhaarige Frau Christine möglicherweise jeden Moment vor ihren Augen erwürgte? Und dann? Würde die Frau sie von den Drähten befreien, oder war sie danach vielleicht selbst dran und würde ebenfalls sterben?

Wofür entscheidest du dich?, drängte eine panische Stimme in ihrem Kopf. »Ich …«

Da wurde ihr die Entscheidung abgenommen, denn Christine bemerkte offenbar, dass jemand hinter ihr stand. Sie wollte sich umdrehen, doch die Weißhaarige schlang Christine mit einer Schnelligkeit, die Nina ihr nicht zugetraut hätte, die Kordel um den Hals und zog mit einer Unbarmherzigkeit zu, die an absoluten Wahnsinn grenzte. Dabei verzerrte sich ihr Gesicht zu einer schrecklichen Grimasse, und die Adern traten blau an ihrem Hals hervor.

Im gleichen Moment riss Christine die Augen auf. Instinktiv drehte sie die Teleskopstange in der Hand, stach schwungvoll nach hinten und traf die Frau seitlich in die Taille. Der Stahl ging durch das Fleisch und brach an einem der Verbindungsstücke ab. Sofort bildete sich eine größer werdende blutrote Fläche auf dem cremefarbenen Kleid, die sich wie eine sich öffnende Blüte ausbreitete. Trotz der Schmerzen, die die Dame haben musste, reagierte sie nicht, sondern zog weiter unbarmherzig an den Enden der Kordel, bis Christine röchelnd in die Knie ging.

Christine wollte sich zur Seite drehen und trat nach hinten. Dabei fiel ihr der Griff der abgebrochenen Teleskopstange aus der Hand. Und während sie mit geweiteten Augen über die Schulter blickte und vergeblich die Kordel um ihren Hals zu lockern versuchte, presste sie nur ein einziges Wort hervor.

»Mutter …!«

62

»Sie müssen sofort die Kripo einschalten!«, drängte Flo, nachdem Pulaski mehrmals erfolglos versucht hatte, seine Tochter zu erreichen.

Pulaski schüttelte den Kopf. »Die Kripo kann da gar nichts ausrichten«, widersprach er. »Einen solchen Fall kann ich nicht auf kleiner Flamme halten. Ich muss das Mobile Einsatzkommando in Leipzig und das Spezialeinsatzkommando in Sachsen einschalten.«

»Das MEK und SEK?«, wiederholte Flo.

»Wenn Jasmin recht hat, befindet sich ein sechsfacher Mörder in von Kottens Villa in Bad Dürrenberg.«

»Aber wäre dann nicht Sachsen-Anhalt zuständig?«

»Auch wenn die Mädchen dort gefangen gehalten werden, ist ihr Wohnsitz ausschlaggebend. So ist der Ablauf nun mal.«

»Worauf warten Sie dann noch?«, rief Flo.

»Ich weiß, weshalb Sie zögern«, schaltete sich Evelyn nun in das Gespräch ein. »Weil Ihre Tochter sich vermutlich ebenfalls im Haus befindet, richtig?«

Pulaski nickte. Sein Gesicht war aschfahl und wirkte völlig versteinert. »Ich kann nicht riskieren, dass sie oder Nina als Geisel genommen werden oder in den Kugelhagel des SEK geraten, wenn die mit schwerem Gerät anrücken. Die sind mit einer Haenel CR 223 ausgerüstet. Haben Sie schon mal gesehen, was so eine Mitteldistanzwaffe anrichtet?«

»Aber was ist die Alternative?«, fragte Flo.

Pulaski atmete tief durch und drückte auf die Wahlwiederholungstaste. »Sobald ich weiß, dass die beiden Mädchen außer Gefahr sind, kann das SEK die Villa von mir aus in Grund und Boden schießen, aber so …« Er wartete darauf, dass Jasmin ranging, doch wieder schaltete sich sofort die Mobilbox ein. *Es ist zum Verrücktwerden!* Nur ein Tonband lief. *Der Teilnehmer ist vorübergehend nicht erreichbar.* Als Nächstes rief er Nina an, deren Nummer er ebenfalls in seinem Telefon gespeichert hatte, doch mit dem gleichen Ergebnis. Kein gutes Zeichen!

Vermutlich war das eingetreten, was er die ganze Zeit über befürchtet hatte. Die beiden Mädchen mussten sich so dämlich angestellt haben, dass von Kotten sie entdeckt hatte.

»Also gut, es bleibt mir nichts anderes übrig, ich riskiere es.« Er wollte zuerst Staatsanwalt Clemens anrufen, danach Philip Koch vom LKA Dresden und zuletzt seinen Vorgesetzten Horst Fux informieren. Doch bevor er die erste Nummer wählen konnte, läutete sein Telefon.

Eine ihm unbekannte Nummer!

Pulaski nahm das Gespräch entgegen. »Hallo?«

»Kriminalhauptkommissar Walter Pulaski?«, fragte eine fremde Stimme.

»Am Apparat.«

»Mein Name ist Richard von Kotten. Wir hatten bisher noch nicht das Vergnügen, aber ich kenne Sie, weil Sie den Todesfall meines Geschäftsführers Klaus Hinze untersucht haben …«

Und dein Finanzdirektor Torfhoff gestern Nacht in meinen Armen gestorben ist, ergänzte Pulaski. »Wie kann ich Ihnen helfen, Herr von Kotten?«, fragte Pulaski und deutete Evelyn und Flo an, leise zu sein, während er sein Handy auf den

Tisch legte und die Lautsprecherfunktion aktivierte, sodass sie mithören konnten.

»Nina Hinze, die Tochter des Verstorbenen, ist in mein Haus eingebrochen.«

»Und?« Pulaskis Puls beschleunigte sich. »Wenden Sie sich an die nächste Dienststelle oder an die Mutter des Mädchens«, bluffte er. »Ich bin im Krankenstand.«

»Eigentlich müsste ich diesen Einbruch zur Anzeige bringen, aber zum Glück ist ja kein Schaden entstanden. Außerdem möchte ich der Witwe noch mehr Kummer ersparen. Durch Klaus Hinzes tragischen Tod hat die Familie schon genug gelitten.«

»Und wie kann *ich* Ihnen helfen?«

»Sie haben doch in dem Fall ermittelt und kennen die Witwe«, sagte von Kotten. »Wir sollten das am besten ohne große Aufregung klären. Ich meine, ohne offiziell die Polizei einzuschalten! Das dürfte auch im Interesse von Ninas Mutter sein. Könnten Sie zu meinem Landhaus kommen?«

Pulaskis Gedanken überschlugen sich. Warum hatte von Kotten mit keinem Wort Jasmin erwähnt? *Wo steckst du bloß? Und warum reagierst du nicht auf meine Anrufe?*

»Hören Sie«, sagte Pulaski trocken, da er sich mit keiner Bemerkung anmerken lassen wollte, wie weit er bereits über alles informiert war. »Ich habe wahrlich Wichtigeres zu tun, als für eine jugendliche Einbrecherin die Amme zu spielen. Sie sollten …«

»Im Interesse der Witwe!«, unterbrach von Kotten ihn. »Ich würde Sie nicht um diesen Gefallen bitten, wenn ich eine einfachere Lösung wüsste.«

Pulaski seufzte. »Also gut.«

»Danke, bis gleich. Auf Wiederhören!«

»Warten Sie«, rief Pulaski. *Was für ein abgefeimtes Schlitzohr!* »Wo wohnen Sie überhaupt?«, fragte er, obwohl er die Antwort bereits kannte. Aber garantiert war das ein Test gewesen, und von Kotten wollte herausfinden, wie viel er bereits wusste.

Von Kotten nannte ihm dieselbe Adresse des Landhauses, die er bereits per SMS von seiner Tochter bekommen hatte.

»Gut, ich bin in einer Dreiviertelstunde dort.« Pulaski legte auf.

»Das ist eine Falle«, war Evelyns erste Reaktion. »Ich kenne Richard von Kotten, und vor allem kenne ich seinen Sicherheitschef Peter Wehrmann, der garantiert auch vor Ort ist. Und dem ist alles zuzutrauen.«

Pulaski hob die Hand. »Das ist mir klar«, knurrte er. Die Stimme des Mannes hatte nicht so geklungen, als würde er Kompromisse eingehen oder halbe Sachen machen.

In diesem Moment läutete sein Handy erneut.

Schon wieder eine unbekannte Nummer! Aber diesmal eine andere.

Pulaski ging ran und hatte kaum Gelegenheit etwas zu sagen, als er Jasmins Stimme erkannte, die sofort lossprudelte.

»Hallo Papa, es tut mir so leid, du wirst mich dafür hassen, aber ich hatte keine andere Möglichkeit, bitte glaub mir, Nina und ich, wir wollten das nicht, wir …«

»Atme tief durch!«, unterbrach er ihren Redeschwall, erleichtert darüber, sie endlich am Apparat zu haben. »Erzähl mir alles der Reihe nach, und dann sagst du mir, wo du steckst.«

Sie berichtete unter Tränen, dass sie in von Kottens Haus gewesen waren, Nina geschnappt und von einem Mann, den sie als sehnig und pockennarbig beschrieb, geschlagen worden war, sie selbst jedoch rechtzeitig hatte fliehen können.

»… und jetzt bin ich im Wohnzimmer einer Familie, bei der ich geklingelt habe, und die mich hat telefonieren lassen.«

»Bist du dort in Sicherheit?«

»Ja.«

»Wie heißen die? Und wie sieht es dort aus?«

»Ist das jetzt so wichtig?«

»Ja, verdammt! Schließlich muss ich wissen, ob dir dort etwas passieren kann.«

»Bei Cathérine Krobitzsch und ihrem Bruder René. Die haben einen großen Hof mit Scheune, Schweinestall und einem Nebengebäude für die Hunde.«

Er notierte alles in Gedanken. So vieles lag ihm auf der Zunge. Dass er fuchsteufelswild war, weil die Mädchen einfach nicht auf ihn hören konnten und sich ständig in Gefahr begaben, und dass er Jasmins Sturheit endgültig satthatte – aber im Moment gab es wichtigere Dinge, als seine Tochter ein weiteres Mal zusammenzuscheißen. Außerdem würde das jetzt nichts an der Situation ändern.

»Bleib dort«, sagte Pulaski. »Wie lautet die genaue Adresse?« Er hörte, wie Jasmin mit einer jungen Frau sprach.

»Witzschersdorf bei Kötzschau, Hausnummer vierzehn.«

»Gut, ich werde einen Streifenwagen der Kollegen vor Ort hinschicken, die dich abholen und auf mein Kommissariat in Leipzig bringen.«

»Warum holst *du* mich nicht ab?«

»Das geht nicht.«

»Aber ich möchte nach Hause …«, jammerte sie.

Pulaski tat das nicht gern, aber es war notwendig. »Zu Hause bist du im Moment nicht sicher. Ich möchte, dass du den Kollegen aufs Kommissariat folgst. Hast du verstanden?«

»Ja«, druckste sie.

»Gut, ich muss auflegen«, sagte er und unterbrach die Verbindung.

Evelyn und Flo hatten das Gespräch mitverfolgt. »Der Mann, den Ihre Tochter beschrieben hat, kann nur Peter Wehrmann sein«, sagte sie. »Jetzt wissen wir mit absoluter Sicherheit, dass es sich um eine Falle handelt.«

Pulaski massierte seine Schläfen und dachte konzentriert nach. Langsam reifte ein Plan in seinem Kopf. »Richard von Kotten weiß nicht, dass Sie in Deutschland sind und wir uns hier getroffen haben. Das ist mein Vorteil.«

Evelyn sah ihn skeptisch an. »Ein minimaler Vorteil.«

»Ich weiß.«

»Was haben Sie um Himmels willen vor?«, drängte sie. »Sie müssen das Einsatzkommando verständigen!«

»Ja, das werde ich – aber selbst wenn der Staatsanwalt ohne richterlichen Beschluss einen Eilfall anordnet, müssen die taktischen Gruppen erst einmal instruiert und in Bereitschaft versetzt werden. Bis die ausrücken, dauert das. In der Zwischenzeit muss ich mir etwas überlegen.«

»Was ist mit der Polizei vor Ort?«

»Ja, die würde ich hinschicken, wenn Richard von Kotten allein im Haus wäre. Aber dort ist auch dieser als Frau verkleidete Mörder, der mir mehr Sorgen macht. Im Swingerclub habe ich gesehen, wozu er fähig ist. Der ist unberechenbar, und ich fürchte, dass er Nina etwas antun könnte.« Pulaski stand auf und griff nach seiner Waffe und dem Schulterholster.

Evelyn sprang auf. »Was haben Sie vor?«

»Nina ist in von Kottens Gewalt. Es ist zu riskant, auf das SEK zu warten. Ich gehe allein hin und versuche, das, bis das Kommando eintrifft, auf meine Art zu regeln.«

»Richard von Kotten hat alles zu verlieren. *Wirklich alles!*«, warnte Evelyn ihn. »Sowohl sein Firmenimperium als auch die Zukunft des gesamten Familienclans stehen auf dem Spiel. Er wird nicht zögern, wenn nötig Nina und Sie aus dem Weg zu räumen. Ist Ihnen dieses Mädchen wirklich so wichtig, dass Sie Ihr Leben für sie riskieren wollen?«

Pulaski dachte an seine verstorbene Frau und an die letzten zehn Jahre, die Jasmin und er ohne Ninas Hilfe nie als funktionierende Familie überstanden hätten. Außerdem hatte er Nina versprochen, den Mord an ihrem Vater aufzuklären. Dass sie nun in dieser Situation steckte, schrieb er teilweise auch sich selbst zu. »Ja, das ist sie.«

»Aber die Polizei könnte doch …«

»Falls von Kotten oder Wehrmann merken, dass sich auch nur *ein* Polizist ihrem Grundstück nähert, könnte die Situation eskalieren und Nina etwas zustoßen.«

»Dann lassen Sie wenigstens mich mitgehen«, schlug Flo vor.

»Nichts für ungut, aber Sie sind Rechtsanwaltsanwärter.«

»Stimmt, aber ich habe auch die Polizeischule absolviert. Ich halte mich unauffällig im Hintergrund. Als Ihr Back-up, bis das SEK eintrifft. Richard von Kotten kennt mich. Falls er mich sehen sollte, kann ich ihm immer noch erklären, dass ich wegen des Falls hier bin.«

Pulaski atmete tief durch.

»Ich begleite Sie auch«, entschied Evelyn.

»Das ist keine gute Idee.«

»O doch!«, widersprach Evelyn. »Ich möchte Richard von Kotten, dieses miese Arschloch, zu Fall bringen. Und das werde ich, mit allen mir zur Verfügung stehenden Mitteln.«

»Na dann … willkommen im Team.« Pulaski blickte auf die Uhr. Es wurde Zeit.

Er griff zum Handy und führte zwei Telefonate. Zuerst mit seinen Kollegen in Leipzig, denen er die Adresse der Familie Krobitzsch gab, damit sie Jasmin von dort ins Kommissariat bringen konnten. Als Nächstes sprach er mit Philip Koch, der mit Staatsanwalt Clemens sowohl SEK als auch Mobiles Einsatzkommando für einen Zugriff in Bad Dürrenberg organisieren sollte.

»Alles klar«, bestätigte Philip, nachdem er sich alle Daten notiert hatte. »Ich ruf dich an, sobald alles bereit und das SEK vor Ort ist. Wird aber noch mindestens eine Stunde dauern.«

»Gut, wenn du anrufst, gebe ich euch letzte Infos und grünes Licht für den Zugriff«, sagte Pulaski. Das war sein zweites Back-up.

Er beendete das Gespräch, warf einen Blick auf die Anzeige seines Akkus. Das Handy war nahezu voll aufgeladen. Außerdem steckte er ein neues Asthmaspray in die Hosentasche. Jetzt konnte nichts mehr schiefgehen.

Er legte sicherheitshalber eine schusssichere Kevlarweste an, die schon seit Jahren unbenutzt in seinem Schrank hing, schnallte das Holster darüber und zog es stramm. Dann überprüfte er das volle Magazin seiner Walther PPK und schlüpfte in eine Jacke. »Bereit?«

Evelyn und Flo nickten.

Gemeinsam verließen sie die Wohnung.

63

Nina sah entsetzt, wie Christine neben ihr zu Boden ging, nach Luft röchelte und nach dem abgebrochenen Rohrstock tastete, um sich zu verteidigen.

»Mutter …«, keuchte sie, erwischte den Griff tatsächlich, doch die Frau wich dem Stich geschickt aus.

»Ja?« Die Frau drückte stärker zu. Ihr Blick wurde finster. »Ich habe deine Stimme gehört und mein Zimmer verlassen. Nur für dich, Christine. Ich dachte, ich hätte das schon vor vielen Jahren erledigt … Aber jetzt bist du zu einer erwachsenen Frau gereift«, presste sie zwischen den Zähnen hervor. »Es ist besser, wenn du nicht mehr bist. Ich wollte dich nie haben. Nie! Hast du gehört? Du standest immer zwischen mir und …«

Ihr Blick kippte und wurde irre.

Indessen verdrehte Christine die Augen, ihr Mund schnappte erfolglos nach Luft, die Zunge glitt heraus, lief blau an und wurde schlaff.

»Alles wird gut, mein Kleines …«

Christine sank vollends zu Boden, und der Griff des Degens fiel erneut klirrend auf die Fliesen. Für Nina jedoch zu weit weg, um ihn zu erreichen.

Nina starrte auf Christine und konnte nicht sagen, ob sie tot oder nur bewusstlos war. Ihre rothaarige Perücke war verrutscht, und die Glatze, die zum Vorschein kam, stand in starkem Kontrast zu ihren langen Wimpern.

Auch die Frau betrachtete die Glatze verunsichert, ließ von Christine ab, sah auf, und blickte nun Nina in die Augen. »Bist *du* meine Tochter?«

»Was? Ich? Nein!«, rief Nina. »Binden Sie mich los! Bitte!«

Die Frau kroch auf allen vieren über den Boden auf sie zu, während das Blut aus der Wunde in ihrer Taille eine schmierige dunkelrote Spur hinterließ. Einige Strähnen hatten sich aus ihrem Haarknoten gelöst, die ihr jetzt ins Gesicht fielen. Sie blies sie zur Seite.

»Machen Sie mich los?«, bat Nina erneut, nur diesmal leiser und etwas unsicher. War es überhaupt eine gute Idee gewesen, diese Frau anzusprechen und ihre Aufmerksamkeit auf sich zu lenken? Sie sah eigentlich nicht so aus, als wollte sie Nina befreien.

Jetzt tastete die Frau nach dem Griff des abgebrochenen Degens.

»Hilfe!«, brüllte Nina plötzlich los. »Hilfe!«

Sogleich wurde die Tür des Nebenraums aufgerissen, und Wehrmann stürzte in die Küche. Er sah sich um, dann entfuhr ihm ein lautes: »Scheiße!« Er packte die weißhaarige Frau von hinten und zerrte sie weg. »Was haben Sie nur getan?«, herrschte er sie an, doch die Frau betrachtete ihn lediglich verwirrt.

»Ich bring Sie von hier fort.« Wehrmann nahm sie in die Arme, hob sie hoch und trug sie behutsam aus der Küche.

Dabei fiel der Blick der Frau auf Richard von Kotten, der im Türrahmen stand und das Szenario betrachtete, das sich ihm bot. »Du bist hier?«, hauchte sie überrascht.

Als Wehrmann die weißhaarige Frau an von Kotten vorbeitrug, berührte sie von Kottens Schläfe und strich ihm zärtlich durchs Haar. »Ich wünschte, du würdest bei mir bleiben. Jetzt, wo unsere Kinder weg sind, könnten wir endlich gemeinsam …« Plötzlich veränderte sich ihr Ausdruck. »Warum bringst du mich weg? Bleib bei mir!«, spie sie aus und versuchte, Wehrmanns Gesicht mit den Fingernägeln zu kratzen.

»Bringen Sie sie nach oben!«, befahl von Kotten, woraufhin Wehrmann zur Treppe verschwand.

Im nächsten Augenblick kniete von Kotten sich neben Christine, nahm ihren Kopf in die Arme und fühlte ihre Halsschlagader mit den Fingern.

»Ist sie tot?«, fragte Nina.

»Halt dein Maul, du Dreckstück!«, schrie von Kotten ohne aufzusehen. Dann hob er den Kopf. »Wehrmann!«, brüllte er. »Helfen Sie mir!«

Nina sah, wie Wehrmann im Foyer stand und die weißhaarige Frau in die Obhut eines Mannes gab, der plötzlich wie aus dem Nichts da war. Da der Butler vorhin mit dem Tablett nach oben verschwunden war, handelte es sich jetzt vermutlich um den Chauffeur.

»Agathe soll sich um die Wunde kümmern. Und schicken Sie Schwester Viktoria runter! Rasch!«, befahl Wehrmann.

Während der Mann die Frau in die Arme nahm und nach oben trug, jagte Wehrmann wieder in die Küche. Die Situation hatte etwas Surreales. Anscheinend wunderte sich außer Nina niemand darüber, was in diesem Haus vor sich ging.

Was für eine kranke und kaputte Familie!

»Kein Puls!«, rief von Kotten.

Sogleich riss Wehrmann Christines schwarzes Kleid mit einem Ruck auseinander. Nina sah, dass Christine einen Push-up-BH mit Einlagen trug, aber dennoch ansatzweise kleine Brüste besaß.

Wehrmann begann mit einer Herzdruckmassage und beatmete Christine, nachdem er ein gutes Dutzend Mal gepumpt hatte.

Indessen eilte eine ältere Frau im weißen Schwesternkittel mit einer Arzttasche in die Küche, prallte im ersten Moment zurück, überblickte dann aber gefasst die Situation. »Machen Sie in genau diesem Rhythmus weiter!«, sagte sie mit einem – wie Nina zu hören glaubte – leicht österreichischen Akzent zu Wehrmann.

Nina zuckte zusammen, als sie das Knacken einer Rippe hörte.

Schwester Viktoria kniete sich neben Wehrmann hin und öffnete die Arzttasche. »Sehr gut – weiter!«

Offenbar machte Wehrmann das nicht zum ersten Mal.

»Wie konnte meine Frau in diesem Zustand überhaupt ihr Zimmer verlassen?«, fuhr von Kotten die Schwester nun an. »Sie ist doch seit Jahren mit einem Anti-Psychotikum ruhiggestellt.«

»Ich war vorhin oben und habe ihr Zimmer durchsucht«, antwortete Viktoria. »Offenbar hat sie die Medikamente schon seit Monaten nicht mehr genommen und die Tabletten heimlich im Überzug ihrer Matratze versteckt.«

»Aber *wie* konnte sie entkommen?«

Viktoria kramte in der Arzttasche herum. »Vermutlich hat sie die Tabletten und ihre Blutdruck senkenden Mittel in eine Flasche Wein gemixt und Edwin damit ausgeschaltet, als er ihr die Medizin bringen wollte. Der hat ein gutes Gläschen noch nie abgelehnt.«

»Sie hätten das bemerken müssen, verdammt!« Er stöhnte auf. »Wie geht es Edwin?«

»Ich fürchte, die Dosis war zu hoch. Er ist tot.«

Von Kotten knirschte mit den Zähnen. »Er hat fast dreißig Jahre lang für mich gearbeitet.«

Wehrmann, der Christine weiterhin mit einer Herzdruckmassage bearbeitete, sah kurz auf. »Es ist nicht das erste Mal, dass wir einen Todesfall vertuschen«, keuchte er.

»Ja, aber im Moment gerät alles ein wenig außer Kontrolle.« Von Kottens Stimme klang angespannt. Er blickte kurz zu Nina, die mit rasendem Herzen rasch wieder zur Decke sah. »Ich hätte Liliane einfach der Justiz überlassen sollen.«

»Wer hätte damals gedacht, dass wir sie mit einem fingierten Selbstmord verschwinden lassen können?«, erinnerte Wehrmann ihn. »Wir bekommen auch das hin.«

»Ich bin ebenfalls davon überzeugt, Herr von Kotten«, fügte Viktoria hinzu und zog eine Spritze auf. »Wir sitzen alle im gleichen Boot.« Sie presste auf den Kolben, bis Flüssigkeit aus der Nadel spritzte. »Puls?«

Wehrmann ließ von Christines Brust ab und tastete nach der Halsschlagader. »Negativ.«

»Sie können aufhören, die Reanimation bringt nichts mehr«, sagte Viktoria.

»Was machen wir?«, rief von Kotten.

»Unsere technischen Möglichkeiten sind begrenzt. Ich versuche es mit einer Adrenalinspritze. Je länger wir warten, desto schlechter stehen die Chancen, sie zurückzuholen.« Viktoria tastete Christines Hals ab und verharrte an einer bestimmten Stelle. »Scheiße«, fluchte sie.

»Was?«, rief von Kotten.

»Durch den Herzstillstand gibt es keinen Kreislauf mehr. Die Venen sind zusammengefallen – ich versuche es trotzdem.« Sie stach zu und drückte den Kolben durch. »Pumpen Sie weiter!«, forderte sie Wehrmann auf.

Der begann wieder mit seiner Herzdruckmassage. Indessen stemmte Viktoria Christines Beine hoch. »Fester! Das Adrenalin muss zirkulieren.«

Die Sekunden verstrichen. Nina, die das alles mitbekam, schluckte leise, starrte weiterhin zur Decke und verhielt sich so unauffällig wie möglich. Am liebsten hätte sie sich weggebeamt oder in Luft aufgelöst. Instinktiv wusste sie schon lange, dass sie nach allem, was sie gesehen und gehört hatte, dieses Haus nicht mehr lebend verlassen würde.

»Stopp!«, rief Viktoria schließlich, nachdem sie wieder nach Christines Halsschlagader getastet hatte. »Sie hat wieder Puls!«

Wehrmann hörte auf, lehnte sich zurück und wischte sich den Schweiß von der Stirn.

Nun sah auch Nina, dass Christine wieder atmete. Ihre Brust hob und senkte sich leicht, doch offenbar blieb sie bewusstlos. Viktoria zog die Spritze heraus und säuberte die Stelle mit einem nach Alkohol stinkenden Desinfektionstuch.

»Bringen Sie sie nach oben!«, befahl von Kotten.

Kommentarlos hob Wehrmann die junge Frau hoch und trug sie aus der Küche zur Treppe.

Von Kotten folgte ihm, blieb aber im Foyer stehen. Er tupfte sich mit einem Tuch den Schweiß von der Stirn, brachte Frisur und Kleidung in Ordnung und blickte auf die Uhr. »Noch fünfzehn Minuten, dann kommt er«, rief er Wehrmann nach. »Bereiten Sie alles wie besprochen vor.«

»Jawohl«, dröhnte es von oben herunter.

»Viktoria!«, rief von Kotten nun in die Küche. »Gehen Sie auch nach oben und kümmern Sie sich um meine Frau. Sie hat eine Stichwunde in der Seite und viel Blut verloren.«

»Selbstverständlich – einen Moment noch.« Viktoria verstaute alles wieder in ihrer Arzttasche.

Von Kotten verschwand aus Ninas Blickfeld. Sie hörte, wie er durch die Eingangshalle lief, und im nächsten Moment knallte irgendwo eine Tür.

Nun hob sie den Kopf und sah zu Schwester Viktoria, die sich aufgerichtet hatte. Die Frau sah nicht nur kompetent, sondern auch einigermaßen vernünftig aus. Bestimmt konnte man normal mit ihr reden. »Können Sie mich bitte losmachen?«, flehte Nina.

Viktoria griff in die Tasche ihres Kittels, holte etwas daraus hervor und beugte sich zu Nina hinunter. Dann wurde ihr Blick kalt. »Wer immer du bist, halt deinen Mund!«, sagte sie und stopfte eine Mullbinde in Ninas Mund.

64

Pulaski hatte Richard von Kottens Anwesen erreicht, kurz den Wagen angehalten, um Evelyn und Flo aussteigen zu lassen, und danach das Tor zur Villa passiert. Die beiden sollten vor dem Grundstück auf das Eintreffen des SEK warten und eventuell eingreifen, falls Pulaski sie anrief.

Er parkte den Skoda neben von Kottens Rolls-Royce und stieg aus. Mit der Hand schirmte er die Augen ab und warf einen Blick durch die Seitenscheibe der Limousine. Ein nagelneues Modell, das bestimmt noch nicht viele Kilometer auf dem Tacho hatte. Die Ausstattung war vom Feinsten. Ein Sakko hing am Kleiderbügel, einige Armaturenlichter blinkten.

Pulaski löste sich von dem Wagen, ging über die Treppe zum Eingangstor und läutete. Es dauerte keine halbe Minute, bis jemand öffnete. Pulaski erkannte Richard von Kotten aufgrund des Fotos, das er auf Jasmins Notebook gesehen hatte.

»Herr von Kotten?«, fragte er.

»Ja.« Der Mann reichte ihm die Hand. »Sie müssen Walter Pulaski sein, nicht wahr? Ich hätte versuchen sollen, Sie zu erreichen, aber da waren Sie vermutlich schon unterwegs. Es ist etwas Unvorhergesehenes passiert.«

Was denn?, dachte Pulaski. *Hast du Nina bereits aus dem Verkehr gezogen?* »Und zwar?«

»Das Mädchen ist ausgebüxt«, erklärte von Kotten. »Es hat meinem Sekretär in die Hand gebissen, sich losgerissen und ist abgehauen.«

»Und wohin?«, fragte Pulaski und spähte ins Haus. »Mir ist auf dem Weg hierher niemand begegnet.«

»Hinter das Haus, übers Grundstück nach Norden.«

»Gar nicht zur Straße?«, fragte Pulaski verwundert.

»Da hätten wir sie vermutlich leicht mit dem Auto einholen und mit den Scheinwerfern entdecken können. Aber die Kleine war so schlau, dass sie über den Hügel in Richtung Waldsee gelaufen ist. Mein Sekretär, Herr Wehrmann, hat eine Taschenlampe. Er wollte gerade losgehen, um sie zu suchen. Bei diesem weiten Areal und diesen Temperaturen könnte sie sich leicht verlaufen und erfrieren. Ich bin leider nicht so gut zu Fuß, darum wäre ich Ihnen dankbar, wenn Sie meinen Sekretär begleiten könnten.«

So denkt ihr euch das also!

Pulaski hob den Blick zum Himmel und nickte. »In Ordnung.« Es war eine bitterkalte, sternenklare Nacht, die vom Halbmond, der hoch im Zenit stand, zumindest einigermaßen beleuchtet wurde. Vielleicht war das eine gute Gelegenheit, Wehrmann allein zu erledigen.

Von Kotten trat zur Seite, und ein Mann, der etwa in Pulaskis Alter war, schritt an ihm vorbei ins Freie. Es war der Mann mit dem pockennarbigen Gesicht, den Jasmin beschrieben hatte. Seine Hand war tatsächlich bandagiert, und er trug eine Strickmütze, feste Schuhe und eine gefütterte Windjacke. Er versuchte, freundlich zu lächeln, was ihm jedoch misslang. *Wenn du ein gewöhnlicher Sekretär bist, bin ich das gefragteste Unterwäschemodel Deutschlands.*

Wehrmann ging an Pulaski vorbei und klopfte ihm kameradschaftlich auf die Schulter. »Danke, dass Sie mich begleiten. Gehen wir.« Er schaltete die Taschenlampe ein und ging voraus.

Pulaski folgte ihm. Der Weg führte ums Haus herum. Auf der Rückseite, ehe sie den Pfad zum Waldsee erreichten, wäre Pulaski beinahe über eine Leiter gestolpert, die mitten auf der Wiese lag.

Pulaski nahm sein Handy aus der Jackentasche und aktivierte die Taschenlampenfunktion, um ebenfalls den Weg zum Hügel auszuleuchten. Unauffällig drückte er dabei jedoch auf eine Kurzwahltaste, die er während der Autofahrt vorbereitet hatte. Er wartete einige Sekunden, bevor er Wehrmann ansprach. »Wenn Nina Hinze tatsächlich über den Hügel zum Waldsee abgehauen ist, wie Sie und Herr von Kotten vermuten, sollten wir vielleicht die Lichter ausschalten, damit sie uns nicht entdeckt, sonst finden wir sie nie.«

»Gute Idee«, knurrte Wehrmann und knipste die Lampe aus.

Pulaski beendete das heimliche Telefonat und schaltete ebenfalls die Taschenlampe aus. *Diese Information sollte genügen.* Nun wusste Evelyn Bescheid, wohin er mit Wehrmann unterwegs war.

Der Pfad führte über eine leichte Steigung auf einen Hügel, wo der See lag. Pulaski wurde immer kurzatmiger, bis sie schließlich auf der Kuppe ankamen.

Hier oben pfiff der Wind unbarmherzig. Pulaski drehte sich einmal kurz um, um zu sehen, wie weit sie sich schon vom Haus entfernt hatten. Bestimmt vier- bis fünfhundert Meter. Er zählte sieben hell erleuchtete Fenster in den verschiedenen Etagen des Hauses. Weit und breit befand sich kein anderes Haus auf dem weitläufigen Grundstück.

Keuchend folgte er Wehrmann. Dabei musste er durch den Mund atmen, weil er durch die Nase keine Luft mehr bekam. Schmerzvoll stach ihm die Kälte in die Lunge. Allerdings unterdrückte er den Drang, von seinem Spray zu inhalieren. Wehrmann brauchte nicht zu wissen, dass er gehandicapt war.

Sie näherten sich dem Ufer. Die Oberfläche des Sees glänzte im Mondlicht. Dahinter lag der Wald. In der Mitte des Sees glaubte Pulaski, ein vom Eis umschlossenes Ruderboot zu erkennen.

Wehrmann erreichte einen breiten Holzsteg, der einige Meter vom Ufer aufs Wasser hinausführte, und hielt an.

Pulaski blieb ebenfalls stehen. »Puuuh, mir läuft ganz schön der Schweiß runter.« Er öffnete seine Jacke. »Vielleicht sollten wir uns aufteilen«, schlug er vor. »Ich nehme das linke Seeufer, Sie das rechte.« Er nickte zum Wald.

Wehrmann drehte sich kurz um. »Gute Idee …«

In diesem Moment zog Pulaski seine Waffe aus dem Holster, lud noch in der Bewegung durch und richtete den Lauf auf Wehrmann. »Keine Bewegung. Wo ist Nina?«

Wehrmann hob die Arme. »Was soll das?«

»Das wissen Sie ganz genau! Was hatten Sie hier draußen mit mir vor? Mich zu erschießen und meine Leiche im Wald zu verscharren?«

»Nein, eigentlich hatte ich vor, Sie um ein intimes Rendezvous zu bitten.«

»Was?« Für einen Moment war Pulaski so abgelenkt, dass er gar nicht mitbekam, was als Nächstes passierte.

Wehrmanns Bewegungen waren präzise und schnell. Gleichzeitig schlug er von beiden Seiten auf Pulaskis Handgelenk und Handrücken, sodass diesem die Waffe aus der Hand fiel, in hohem Bogen auf den See knallte und über das Eis schlitterte.

Noch bevor Pulaski darauf reagieren konnte, hatte Wehrmann ihm auch schon mit dem Bein von der Seite in die Kniekehle getreten, und Pulaski sackte stöhnend zu Boden. Der nächste Schlag traf seine Kehle.

Ihm blieb die Luft weg.

Fuck! Ich kann nicht mehr atmen!

Als Pulaski seinen Blick durch einen Tränenschleier wieder scharfstellen konnte, kam auch seine Atmung wieder. Gierig röchelte er nach Luft und fühlte gleichzeitig nach seiner Kehle. Der Mistkerl hatte ihm die gestreckten Finger seitlich hinter den Kehlkopf tief in den Hals gestoßen, und Pulaski hätte sich nicht gewundert, wenn an dieser Stelle jetzt ein großes Loch gewesen wäre.

»Kein Wort!«, warnte Wehrmann ihn, ohne auch nur zu keuchen. Nun hielt *er* eine Waffe in der Hand, die er auf Pulaski richtete.

Soviel Pulaski im Mondlicht erkennen konnte, war es eine großkalibrige Schusswaffe mit Schalldämpfer. In der anderen Hand hatte Wehrmann ein Gerät, das knisternde Geräusche von sich gab, und das er über Pulaskis Körper gleiten ließ.

»Ich bin nicht verkabelt.«

»Ich sehe es, keine Bodycam, kein Mikrofon.« Wehrmann steckte das Gerät ein und trat einen Schritt zurück.

»Sie haben mir fast den Kehlkopf zertrümmert«, röchelte Pulaski.

»Eine israelische Technik«, erklärte Wehrmann gelassen. »Lähmt den Atemreflex. Sehr effizient. Beim nächsten Schlag ersticken Sie.«

»Wie reizend.«

»Ich wusste, dass Sie in die Offensive gehen würden«, sagte Wehrmann.

»Und woher?«, krächzte Pulaski. »Sind Sie Hellseher?«

»Ich habe Ihnen vorhin nicht zufällig auf die Schulter geklopft«, erklärte Wehrmann. »Ich habe das Schulterteil gespürt und mich gefragt, wozu ein Mann wie Sie, der nur ein Mädchen abholen kommt, wohl eine kugelsichere Weste braucht.«

»Ich hätte gerade von einem Einsatz kommen können.«

»Beim Kriminaldauerdienst? In Ihrem Alter? Außerdem haben Sie behauptet, Sie wären im Krankenstand.«

Punkt für dich! »Was nun?«, keuchte Pulaski.

»Greifen Sie in Ihre Jackentasche und holen Sie Ihr Handy raus«, befahl Wehrmann. »Ganz langsam und mit spitzen Fingern. Dann werfen Sie es so weit wie möglich auf den See.« Im selben Moment schaltete er die Taschenlampe ein und blendete ihn.

Pulaski schloss die Augen und gehorchte. Dabei hatte er keine Möglichkeit, auf irgendeine Taste zu drücken, da Wehrmann alles, was er tat, ganz genau im Licht der Lampe beobachtete.

»Und nun weg damit!«

Pulaski schirmte den Schein der Lampe mit der Hand ab und schleuderte das Telefon mit der anderen weg. In einigen Metern Entfernung schlug es hart am Eis auf und schlitterte über den See.

»Wollen Sie Ihr Telefon und Ihre Waffe wiederhaben?«, fragte Wehrmann süffisant. »Der See ist seit einer Woche zugefroren. Er müsste Ihr Gewicht tragen.«

»Niemals – es ist Mitte März«, keuchte Pulaski.

»Ohne das bisschen Risiko macht es doch keinen Spaß«, antwortete Wehrmann. »Ich gebe Ihnen eine Chance. Versuchen Sie es. Gehen Sie bis zum Ende des Holzstegs!«, befahl er.

»Die Kollegen vom SEK werden jeden Moment hier sein. Dann sind Sie sowieso geliefert.«

»Das ist *mein* Risiko. Also los! Entweder Sie entscheiden sich für Ihre Waffe, Ihr Handy – oder jetzt gleich für eine Kugel.« Er zielte mit dem Lauf auf Pulaskis Bein.

Pulaski erhob sich und ging über die gefrorenen rutschigen Holzbretter zum Ende des Stegs. Dort ragte eine Metallleiter aus dem Wasser. Pulaski klammerte sich an das kalte Gestänge und stieg zwei Sprossen hinunter. Unter sich fühlte er das Eis. Vorsichtig verlagerte er sein Gewicht darauf. Es knackte nur einmal kurz, hielt aber. Dann stellte er den zweiten Fuß dazu und ließ das Geländer los. Das Eis trug sein Gewicht tatsächlich. Fragte sich nur, wie lange.

»Und jetzt vorwärts!«, befahl Wehrmann vom Ufer aus.

Je weiter Pulaski sich Schritt für Schritt vorschob und vom Ufer auf die Mitte des Sees zubewegte, desto geringer war die Chance, dass Wehrmann ihn mit der Waffe treffen würde. Doch wer so schnelle Reaktionen hatte und solche Schläge austeilen konnte, der war garantiert auch in der Lage, auf diese Entfernung zu treffen. Da machte sich Pulaski gar keine falschen Hoffnungen.

Denk lieber nach! Wofür entscheidest du dich? Für dein Handy oder die Waffe? Eines liegt vermutlich links, das andere rechts.

Er tastete sich über die helle Fläche vor ihm, versuchte, die Fußsohlen möglichst gleichmäßig zu belasten, und hörte das Knacken und Knirschen der Eisschicht.

Aber wohin jetzt?

In der Dunkelheit konnte er weder die Waffe noch das Handy ausmachen.

Da piepte plötzlich sein Telefon. Das Display leuchtete

zehn Meter von ihm entfernt auf der Eisfläche. Offenbar hatte es den Aufprall überlebt. Wahrscheinlich war das Philip Koch, der ihn informieren wollte, dass das SEK in Bad Dürrenberg eingetroffen war und einsatzbereit nur noch auf sein grünes Licht wartete.

Also zum Handy!

Pulaski änderte die Marschrichtung. Der Boden unter ihm war spiegelglatt und mit rudernden Armen rutschte er über die Eisfläche. Noch acht Meter.

Das Handy verstummte.

Noch sieben Meter.

Das Telefon summte erneut. Diesmal schickte Philip vermutlich eine SMS. *Zugriff?*

Ja, verdammt!

Noch fünf Meter.

Das Display erlosch, aber Pulaski hatte sich die Stelle eingeprägt.

Noch vier Meter.

Instinktiv glaubte er, jeden Moment einen Schuss zu hören und ein Projektil in seinem Kopf zu spüren, doch nichts passierte.

Noch drei Meter.

»Stopp!«, rief Wehrmann plötzlich. »Umdrehen!« Seine Stimme klang weit entfernt.

Pulaski wendete langsam auf dem Eis. Auch so weit vom Ufer entfernt war die Eisschicht tatsächlich immer noch stabil, und mittlerweile fühlte er sich etwas sicherer auf den Beinen. Außerdem lag inzwischen genug Entfernung zwischen Wehrmann und ihm – und da Wehrmann ihn wegen der Kevlarweste auch noch in den Kopf treffen musste, würde er schon ganz genau zielen müssen. Bei der Dunkelheit einen so treffsicheren Schuss zu landen war nahezu unmöglich.

Da ploppte ein schallgedämpfter Schuss!

Instinktiv ließ Pulaski sich auf den Boden fallen. Er hörte, dass die Kugel nur einen Meter neben ihm ins Eis eingeschlagen war. Auf allen vieren robbte er zu seinem Telefon.

Ein zweiter und dritter Schuss ploppten. Wieder gingen die Projektile ins Eis.

Warum hatte Wehrmann ihn nur so weit auf den See hinausgehen lassen?

Weil es hier tief genug ist!

Und da wurde ihm plötzlich Wehrmanns perfider Plan klar. *Natürlich!* Er schoss gar nicht auf ihn, sondern absichtlich daneben. *Aufs Eis!*

Rund um Pulaski knackte es und bekam tiefe Risse. Und dann ergoss sich eiskaltes Wasser über Pulaskis Hände und Knie.

65

Flo hauchte sich in die Hände und stampfte mit den Beinen auf, um sich zu wärmen.

Evelyn spähte zum Haus. »Schau mal! Er geht gar nicht hinein.«

Flo kam zu ihr, und gemeinsam starrten sie durch die Hecken zum Haus. Nach einer kurzen Diskussion flammte eine Taschenlampe auf, und Pulaski folgte einem Mann zur Rückseite des Hauses.

»Was tun die?«, flüsterte Flo.

Da läutete Evelyns Handy. »Pulaski ruft an«, sagte sie und nahm das Gespräch entgegen.

Flo drängte sich an sie und hörte mit einem Ohr zu.

Wenn Nina Hinze tatsächlich über den Hügel zum Waldsee abgehauen ist, wie Sie und Herr von Kotten vermuten …, hörten sie Pulaskis Stimme.

Einige Sekunden später war die Verbindung wieder weg.

»Er hat uns ein Zeichen gegeben«, flüsterte Flo. »Und ich werde nicht länger tatenlos herumstehen, sondern reingehen. Bleib du hier.«

»Nein!«, zischte Evelyn. »Was ist mit Michael Kotten?«

»Mit dem werde ich fertig.«

»Und wenn nicht?«, rief sie, doch es war schon zu spät.

Flo zwängte sich durch die Hecke und lief über die Wiese zum Haus. Fluchend folgte Evelyn ihm.

Noch während sie über das Grundstück rannten, ging

die Beleuchtung auf dem Vorplatz aus, wo von Kottens Rolls-Royce und Pulaskis Wagen standen. Doch als sie keuchend die Treppe erreichten, die zur Eingangstür führte, ging das Licht durch den Bewegungsmelder automatisch wieder an.

»Wir sollten uns doch im Hintergrund halten«, zischte Evelyn, die sich hinter einer Säule versteckte, falls jemand die Tür aufriss. »Als Back-up!«

»Du hast Pulaski selbst gehört!«, antwortete Flo. »Wehrmann ist weg. Demnach sind die beiden von Kottens allein im Haus. Wir gehen rein und holen das Mädchen. Er hätte es so gewollt.«

»Das ist verrückt! Die sind doch niemals allein im Haus.«

»Finden wir es heraus.« Flo drückte die Türklinke nieder, doch es war abgesperrt.

»Folgen wir doch wenigstens Pulaski«, schlug Evelyn vor.

»Der ist ein Bulle und kann auf sich selbst aufpassen. Außerdem bleibt uns womöglich nicht viel Zeit, ehe sie zurückkommen.« Flo sah sich um, fand einen Blumentopf mit verblühten Schneechristrosen und wühlte in der Erde herum.

»Du glaubst doch nicht wirklich, dass von Kotten hier einen Zweitschlüssel versteckt hat?«

»Nein, das nicht«, antwortete Flo und hob die Hand mit den schmutzigen Fingern, »aber ich habe nach einem Draht gesucht.« Er bog den Draht, an dem ein Pflanzenetikett hing, zurecht und fuhr mit den beiden Enden in das Schloss. Doch nach einigen Sekunden gab er auf. »Ein Sicherheitsschloss kriege ich damit nicht auf.«

»Dann lass uns von hier verschwinden!«, drängte Evelyn.

Aus dem Haus drangen Stimmen, die wie in einem großen Foyer hallten. Gleichzeitig ertönten an der Längsseite des

Hauses Schritte im Kies, und der Strahl einer Taschenlampe wanderte übers Gras.

Da kam jemand!

Aber Pulaski konnte das nicht sein, denn der hatte ja gesagt, dass sie zum See unterwegs seien.

Rasch verschwanden Evelyn und Flo an der anderen Seite des Hauses um die Ecke in der Dunkelheit. Flo ging weiter ums Haus herum. Nur ab und zu fiel eine Lichtsäule von einem Fenster in den Garten. Sie kamen an einer Schubkarre vorbei und an einer Leiter, die mitten im Gras lag. An der Hausmauer entdeckten sie einen Holzverschlag mit einer Falltür, die in den Keller führte. Bevor Evelyn sich alles genauer ansehen konnte, kniete Flo bereits davor, tastete über eine Kette und bekam ein Vorhängeschloss zu fassen.

»Aber das müsste sich öffnen lassen.« Wieder stocherte er mit dem Draht im Schloss, und diesmal schnappte es auf. Er zog die Kette durch die Griffe.

»Leise!«, zischte Evelyn und spähte zur Ecke. Der Strahl der Taschenlampe näherte sich.

Flo öffnete eine der beiden Holztüren und leuchtete mit der Taschenlampe seines Handys in den Abgrund. »Eine Kohlenrutsche.«

»Du zuerst – und beeil dich!«, sagte Evelyn, hielt die Tür auf und leuchtete ebenfalls mit ihrem Display in die Dunkelheit.

Flo setzte sich aufs Blech und rutschte hinunter. Es ging nur etwa eineinhalb Meter weit. »Alles okay«, flüsterte er, nachdem er unten angekommen war.

Evelyn folgte ihm, schloss jedoch, während sie Stück für Stück nach unten glitt, langsam die Klappe über ihrem Kopf, damit die Person, die gleich um die Ecke käme, den Einbruch nicht so schnell bemerken würde.

Unten reichte Flo ihr die Hand. »Alles gut gegangen?«

»Ja«, flüsterte sie.

In dem Keller roch es nach Kohlen und abgestandener Luft. Und es war heiß! Flo ließ das Licht seines Handys von Wand zu Wand gleiten. *Ein Heizungskeller wie in alten Herrenhäusern.* Der Raum war knapp drei Meter hoch. In einer Ecke stapelten sich Dutzende leere Holzpaletten, und auf der anderen Seite stand ein großer Ofen, durch dessen Ritzen das Licht eines lodernden Feuers drang. Evelyn öffnete ihren Mantel.

»Hier drüben ist der Ausgang.« Flo leuchtete zu einer Tür.

Vorsichtig gingen sie durch den Raum, auf dessen Boden Holzspäne und jede Menge alter Krempel lagen, bis sie die Tür erreichten. Flo öffnete sie und spähte hinaus. Draußen befand sich ein Gang mit kahlen Wänden und Estrich auf dem Boden. An der Decke verliefen Stromkabel und nackte Heizungsrohre. Von einem Treppenaufgang fiel ein Lichtschimmer herunter.

»Da geht's lang«, flüsterte Flo.

Er ging voraus, und Evelyn folgte ihm. Die Treppe führte ziemlich lang und steil zum Erdgeschoss hinauf. Schließlich standen sie vor einer Tür, durch deren Spalt helles Licht durchfiel.

»Und jetzt?«, wisperte Evelyn.

Flo legte das Ohr an die Tür und lauschte eine Weile. »Ich höre von Kottens Stimme …«, flüsterte er. »Er spricht mit einer Frau … über eine andere Frau … *seine* Frau!« Flo warf Evelyn einen verwirrten Blick zu, dann schüttelte er den Kopf und presste wieder das Ohr an die Tür. »Es klingt so, als würde er in den ersten Stock gehen … seine Stimme wird leiser.« Flo legte die Hand auf die Klinke und drückte sie hinunter.

Beide hielten den Atem an, als Flo die Tür langsam öffnete. Licht fiel in den Treppenabgang.

Evelyn biss sich auf die Lippen in der Erwartung, dass die Türangeln jeden Moment schrill quietschen würden, doch nichts passierte. Als der Spalt groß genug war, steckte Flo den Kopf durch.

»Eine Vorhalle«, wisperte er so leise, dass Evelyn ihn fast nicht verstehen konnte. Dann schob er sich hinaus.

Evelyn folgte ihm. Sie befanden sich unter einer geschwungenen breiten Treppe, die in den ersten Stock hinaufführte, und über die von Kotten vermutlich gerade nach oben gegangen war. Jedenfalls hörten sie von dort dumpfe Stimmen. Die von Richard von Kotten und einer Frau.

Evelyn erstarrte, als ihr Blick auf das Schachbrettmuster der Bodenfliesen fiel. Sie zupfte Flo am Ärmel und zeigte ihm, was sie entdeckt hatte. *Eine Blutspur!* Sie führte von einem Raum, der aussah wie eine Küche, quer durch die Halle zum Treppenaufgang.

Mit leisen Schritten trat Evelyn in die Mitte der Halle, während sie am Kronleuchter vorbei nach oben spähte. Zum Glück befand sich niemand auf der Balustrade. Rasch folgte sie der Blutspur, die tatsächlich in eine Küche führte. Und was sie dort sah, ließ sie erst recht zurückprallen.

Auf dem Boden lag eine junge Frau mit dem Rücken auf einem umgedrehten Tisch, die abgespreizten Gliedmaßen an die Tischbeine gefesselt. Ihr Gesicht war blutig, die Wangen geschwollen, und in ihrem Mund steckte ein Knebel. Sie hob den Kopf, sah ängstlich zu Evelyn, aber Evelyn deutete ihr sogleich, keinen Mucks von sich zu geben.

Mit einer Handbewegung bedeutete sie Flo, ihr zu folgen. Gemeinsam huschten sie in die Küche.

»O Gott!«, entfuhr es Floh, als er die blutigen Gelenke des Mädchens sah, die mit Gartendraht, den man normalerweise zum Blumenbinden verwendete, an die Tischbeine gefesselt waren.

Evelyn beugte sich zu dem Mädchen hinunter. »Nina, richtig? Wir sind Freunde von Walter Pulaski«, flüsterte sie. So viele Fragen las sie im Blick des Mädchens, aber Evelyn machte ihr mit einer Geste klar, still zu sein. »Jasmin ist in Sicherheit – keinen Laut jetzt!« Sie zog dem Mädchen den Stoffknebel aus dem Mund.

Nina schluckte mehrmals, hielt aber tapfer den Mund.

Indessen hatte Flo die Drahtenden aufgebogen und von Ninas Beinen gelöst, als sie plötzlich Stimmen aus dem oberen Stockwerk hörten. Rasch rutschte er weiter und wand den Draht am ersten Handgelenk auf. »Tut mir leid«, flüsterte er, als Nina schmerzvoll das Gesicht verzerrte.

Tapfer biss sie die Zähne zusammen, dann flüsterte sie: »Ein Typ namens Wehrmann ist draußen. Und ich habe gesehen, wie noch jemand rausging, vermutlich der Chauffeur. Aber oben sind noch Richard von Kotten, seine Frau und eine Krankenschwester.«

»Seine Frau?«, wisperte Evelyn verwirrt. »Und Michael?«

»Die Frau, die in Wirklichkeit ein Mann ist? Ist bewusstlos. Sie haben sie auch nach oben gebracht …«

Mit einem Nicken legte Evelyn ihr die Hand auf den Mund, sodass sie verstummte. Danach befreite sie Nina vom letzten Draht.

Flo half dem Mädchen auf die wackeligen Beine und stützte sie, während sie beim Einatmen schmerzhaft das Gesicht verzerrte und ihre Rippen hielt. »Zwei Möglichkeiten«, formte er mit tonlosen Lippen und nickte zum Fenster. »Entweder da raus oder durch den Keller?«

»Durch den Keller«, antwortete Evelyn.

In Ordnung, deutete Flo ihr mit einem Nicken an und half Nina, die Küche zu verlassen. Er und Nina gingen zuerst, Evelyn folgte ihnen. Diesmal liefen sie nicht quer durch die Halle, sondern wollten unter der Treppe an der Wand entlang zur Kellertür schleichen.

Evelyns Herz schlug unwillkürlich schneller, als sie Schritte von oben hörte. Jemand kam die Stufen herunter. Wer immer das war, er würde zwei Dinge sofort bemerken: dass sie sich zwischen Küche und Kellerabgang befanden, wo es keine Möglichkeit gab, sich zu verstecken, und dass Nina nicht mehr gefesselt auf dem Küchenboden lag.

Evelyn bedeutete Flo mit einer knappen Geste, Nina rasch rauszubringen. Dann trat sie gefasst in die Mitte des Foyers und blickte nach oben. Ihr Herz begann zu rasen, als sie tatsächlich Richard von Kotten sah. Im Anzug und mit einem Jagdgewehr, das er lässig in der Armbeuge hielt.

»Guten Abend, Herr von Kotten«, sagte sie laut.

Er blieb auf der Treppe stehen und starrte sie ungläubig an. »Evelyn Meyers.« Instinktiv richtete er den Lauf der Waffe auf sie.

»Niemand hat mein Läuten gehört, die Tür war offen, darum dachte ich, ich komme herein. Was wollen Sie denn mit dem Gewehr?«

Er legte den Kopf schief, musterte sie und ging eine Stufe nach der anderen herunter, bis er ihr gegenüberstand. »So, so, die Tür war also offen.«

Sie nickte. »Ich wollte noch einmal mit Ihnen über Ostrovskys Suspendierung, Ihren Sohn und den Mord an Johann Wulf sprechen«, sagte sie laut. »Ich bin Ihnen und Heinrich von Kotten noch eine Antwort schuldig, wie ich mich entschieden habe, was die Verteidigung Ihres Sohnes betrifft.« Im Hintergrund sah sie, wie Flo mit Nina durch die Kellertür verschwand.

Von Kotten schien die Flucht noch nicht bemerkt zu haben. Ohne Evelyn aus den Augen zu lassen, ging er durch die Halle zur Eingangstür. »Und da haben Sie sich auf den langen weiten Weg von Wien hierher gemacht?«

»In Anbetracht der diffizilen Situation, was meine berufliche Zukunft betrifft, spielen Zeit und Reisekosten eine untergeordnete Rolle.«

Von Kotten erreichte die Eingangstür und drückte die Klinke herunter. Es war abgesperrt. Dann betrachtete er die Blutschlieren auf dem Boden und sah Evelyn an, die so tat, als hätte sie die Spuren noch gar nicht bemerkt.

Da begriff von Kotten das Ablenkungsmanöver, blickte gehetzt in die Küche und sah, dass sie leer war. Augenblicklich presste er den Kolben der Jagdflinte an die Schulter und richtete den Lauf auf Evelyn. »Wo ist das Mädchen?«

Evelyns Herz raste. »Welches Mädchen?«

»Ich habe keine Zeit für Spielchen!« Von Kotten zielte und schoss ihr ohne zu zögern über dem Knie ins Bein.

Evelyn spürte zwar nur einen Stich, dennoch war die Wucht des Aufpralls so groß, dass es ihr das Bein wegzog und sie hinfiel. Im nächsten Moment kamen die Schmerzen. Sie schrie auf. Dieser Wahnsinnige hatte sie tatsächlich angeschossen! »Sind Sie verrückt?«, brüllte sie.

Mit wenigen Schritten stand er vor ihr und richtete den Lauf der Waffe auf ihren Bauch. »Es ist nur ein Kleinkalibergewehr, aber auf geringe Distanz sehr effizient. Ich frage Sie zum letzten Mal: Wo ist das Mädchen?«

»Welches Mädchen?«, keuchte Evelyn.

Von Kotten setzte eine bedauernde Miene auf und drückte ab.

66

In der Eiseskälte erstarrten Pulaskis Finger. Hose und Jacke sogen sich mit Wasser voll, und er atmete so hektisch, dass er nichts sah, weil ständig weißer Dampf vor seinem Gesicht aufstieg.

Das Handy!

Es konnte nur noch höchstens einen Meter von ihm entfernt liegen.

Ein weiterer Schuss ploppte, und dann kippte die Eisplatte, auf der er lag, brach unter ihm entzwei, und er rutschte seitlich in den See. Mit rudernden Armen versuchte er, den Kopf über Wasser zu halten. *Raus, du musst raus!,* war sein einziger Gedanke, als der Schock ihn packte.

Die Kälte schnürte seinen Brustkorb zusammen und ließ das Blut in seinen Armen und Beinen gefrieren. Vor seinem Gesicht spritzte das Wasser hoch, und er glaubte zu sehen, wie das Handy im Wasser unterging.

Das war jetzt auch scheißegal!

Er musste nicht mehr telefonieren, sondern nur noch ums Überleben kämpfen. Grund spürte er keinen unter den Füßen. Bestimmt hatte Wehrmann diese Stelle ausgesucht, weil er wusste, dass der See dort mehrere Meter tief war.

Mit klammen Fingern versuchte Pulaski, den Rand der nächsten festen Eisfläche zu erreichen, doch die gab es nicht mehr. Das Eis war zerbrochen und trieb nur noch in vielen Stücken um ihn herum. *Du musst schwimmen!* Aber auch das ging nicht. Jacke, Hose, Schuhe und Kevlarweste waren zu schwer, außerdem beengte ihn das Schulterholster. Davon kam er nicht los. Seine Finger waren so gefühllos und steif, und seine Muskeln zitterten so unkontrolliert, dass er nicht mal aus der Jacke kam, geschweige denn aus dem Rest. Es gab nichts, woran er sich hätte festhalten können. Und die extrem kalte feuchte Luft war überhaupt nicht gut für seine Atemwege, die sich zunehmend verengten.

Er machte ein paar Bewegungen mit den Beinen, um wenigstens den Kopf über Wasser zu halten. Doch seine Lungenflügel fühlten sich an, als wären sie schon zu Eis erstarrt. Zeitgleich setzte seine Atmung aus. *Nein! Ein Asthmaanfall!*

Das Spray! Hastig griff Pulaski in die Hosentasche und glaubte, die Dose zu spüren. Er zog sie heraus, verlangsamte dabei aber unwillkürlich die Beinbewegung und ging für einen Moment unter. Die Wellen klatschten über seinem Kopf zusammen. Die Kälte stach wie mit Tausenden Nadelspitzen auf seiner Kopfhaut, in seinem Gesicht, Nacken, einfach überall …

Das hat ohnehin keinen Sinn. Du kriegst keine Luft! Und falls du es doch irgendwie ans Ufer schaffen solltest, wartet Wehrmann auf dich, um dich zurück ins Wasser zu stoßen – so lange, bis du ertrinkst oder erfrierst.

Trotzdem umklammerte Pulaski das Spray, als wäre es seine letzte Rettung. Nachdem er wieder aufgetaucht war, bekam er zwar immer noch keine Luft, ruderte aber dennoch mit den Armen Richtung Ufer.

Und dann glaubte er, einen Schuss zu hören. Kein weiteres schallgedämpftes Ploppen, sondern einen dumpfen Knall. Ziemlich weit entfernt. Möglicherweise sogar aus dem Landhaus. Dann folgte ein zweiter Schuss. Diesmal war er deutlicher zu hören. Es klang wie der Knall eines Gewehrs.

Eine Jagdflinte!

Pulaski versuchte, alles auszublenden. Die Kälte, die Schmerzen, die starre Bewegungslosigkeit – und versuchte zu atmen. *Entspanne dich! Keine Panik! Atme ein! Du* musst *atmen!*

Er bekam wieder Luft, zwar nur minimal, aber das genügte, um sich ganz langsam durch das gesplitterte Eis weiter in Richtung Ufer vorzukämpfen.

Als er den Kopf hob und sich das Wasser aus den Augen wischte, sah er, wie Wehrmann noch einmal kurz zum See blickte, anschließend mit dem Strahl der Taschenlampe das Ufer ableuchtete und sich bückte, vermutlich um die Patronenhülsen einzusammeln. Dann machte er kehrt und lief zum Haus zurück.

Wer hatte dort geschossen? Von Kotten?

Jedenfalls war Wehrmann jetzt weg, und Pulaski versuchte zu kraulen. Mit steifen eckigen Bewegungen kam er sich wie ein Steinzeitmensch vor. Sein Herz raste wie verrückt, und er konnte nicht mehr klar denken. Wie lange noch bis zum Herzstillstand?

Pulaski versuchte, die Finger zu strecken und zu Fäusten zu ballen, um sein Blut zum Zirkulieren zu bringen, aber er spürte nichts mehr. Immer wieder brach das Eis vor ihm ab, und bestimmt hatte er sich schon mehrmals an den scharfen Kanten ins Fleisch geschnitten.

Und dann endlich hielt eine Eisplatte. Er streckte den Arm aus, schlug die Kante der Spraydose ins Eis und krallte sich mit den steif gefrorenen Fingerkuppen der anderen Hand in das rutschige Eis. Langsam zog er den Oberkörper heraus.

Noch einen halben Meter! Damit zumindest sein Herz sich nicht mehr im Wasser befand.

Zwar knackte die Platte unter ihm und er rutschte wieder zurück ins Wasser, fand aber die Kraft, noch einmal strampelnd nachzutreten und sich weiterzuziehen, bis sein Oberkörper schließlich tatsächlich im Freien lag. *Langsam jetzt!* Er machte sich auf der Platte breit, um sein Gewicht zu verteilen, hackte die Spraydose ins Eis und schob sich Zentimeter für Zentimeter raus, bis er schließlich auch unter seinen Oberschenkeln festes Eis spürte. *Weiter!*

Im nächsten Moment lag er ganz draußen, streckte Arme und Beine von sich. *Du hast es geschafft!* Erschöpft lag er da, drehte den Kopf zur Seite und starrte in den glasklaren Nachthimmel. *Aber trotzdem hast du es noch nicht ganz hinter dir.* Der Wind fegte über den See, und jetzt erschien ihm die Temperatur sogar noch kälter als im Wasser. *Du darfst nicht liegen bleiben!*

Bevor er mit Jacke und Hose auf dem Eis festfror, schob er sich Stück für Stück auf dem Bauch liegend zum Ufer. Nach jedem Meter merkte er, wie seine Kleidung starrer wurde. Schließlich kam er in die Nähe der Eisenleiter, die am Holzsteg ins Wasser führte. Ein kurzer Blick bestätigte ihm, dass Wehrmann nicht mehr zu sehen war. Auf Händen und Knien kroch Pulaski zur Leiter, packte sie und zog sich daran hoch. Die verbeulte Spraydose hielt er immer noch umklammert. Er führte sie zum Mund und wollte inhalieren, doch Druckknopf und Düse des Zerstäubers waren eingefroren.

Du musst sie auftauen!

Pulaski nahm die gesamte Dose in den Mund. 35 Grad Körpertemperatur mit einer starken Unterkühlung. Mehr hatte er nicht zur Verfügung. Aber das würde reichen. Im ersten Moment fror das Metallteil an seinem Gaumen fest, er musste würgen und mehrmals schlucken, doch dann löste es sich, und er spürte einen ätzenden Geschmack. *Ignorier es! Ruhig weiteratmen!* Indessen befreite er sich mühsam aus seiner Jacke. Je länger er wartete, umso schneller würde seine Kleidung erstarren, und er würde einen Erfrierungstod sterben.

Mit steifen Händen und am ganzen Körper zitternd fingerte er am Gurt des Holsters. Das Eis hatte seine Handballen tatsächlich an mehreren Stellen zerschnitten. Die Wunden klafften zwar auf, bluteten aber – vermutlich wegen der Kälte – nicht so schlimm, wie er befürchtet hatte. Als Nächstes öffnete er den Verschluss der Kevlarweste. Endlich fiel sie wie ein nasser Sack zu Boden. Mehrmals ballte er die Finger zur Faust und spürte, wie sich die Handrücken spannten. Danach riss er sich auch das Hemd vom Leib.

Mit nacktem Oberkörper trotzte er dem Wind, der gefühlte minus zehn Grad hatte. Aber es war immerhin besser, mit nacktem Oberkörper im Freien zu stehen, als mit den nassen, gefrorenen Sachen am Leib zu erfrieren.

Da schnürte ihm der nächste Asthmaanfall den Brustkorb zu. *Du überlebst nur, wenn du ruhig bleibst! Deine Muskeln dürfen sich nicht verkrampfen!*

Er nahm das Spray aus dem Mund, spuckte den ätzenden Speichel aus und wischte die Dose mit den Fingern notdürftig trocken. Dann führte er sie zum Mund, drückte drauf und inhalierte. Nach dem zweiten Drücken kam tatsächlich etwas heraus. Er atmete tief und langsam ein. Sogleich spürte er die entspannende Wirkung.

Bibbernd richtete er sich auf, hob den Blick und starrte zu

dem beleuchteten Landhaus. Die Lichter hinter den Fenstern wiesen ihm die Richtung.

Der Wind heulte, und Pulaski setzte sich in Bewegung. Er schlug die Arme um den Oberkörper, beugte sich nach vorne, um dem Wind keine allzu große Angriffsfläche zu bieten, und ging mit langsamen, stapfenden Schritten auf das Haus zu.

67

Flo hatte Nina an der Hand die Treppe hinunter und durch den dunklen Gang geführt. Mit der Handylampe leuchtete er den Weg zum Heizungskeller und schob Nina vorsichtig in Richtung Kohlenrutsche.

»Pass auf, dass du nirgendwo draufsteigst – da vorne geht's raus.«

Plötzlich zuckte er zusammen, als er den Schuss hörte.

Verdammt!

Hastig schob er Nina zur Blechrutsche. »Da geht's rauf!«

»Die Holztür? Aber die ist versperrt«, entgegnete sie.

»Jetzt nicht mehr, ich habe sie geöffnet.«

Nina drehte sich ängstlich um. »Kommen Sie nicht mit?«

Da knallte ein zweiter Schuss im Haus, und Flo zuckte wieder zusammen. »Nein, ich muss zurück. Kletter rauf und lauf zum Wald, aber pass auf, dass Wehrmann dich nicht erwischt.«

»Gut.« Sie nickte und presste dabei wieder die Hand auf die Rippen. »Ich kenne den Weg.«

»Die Polizei ist bereits informiert«, erklärte er ihr. »Falls du einem Streifenwagen begegnest, halt ihn an. Die Beamten werden dich in Sicherheit bringen.«

Sie nickte wieder.

»Ich muss los!« Er schob Nina nach oben, die sich an den Rand des Blechs klammerte und keuchend hinaufkletterte.

Doch da hörten sie von draußen, wie jemand mit der Kette rasselte.

Nina stoppte in der Bewegung, und Flo rieselte ein Schauder über den Rücken. *Nein, verdammt!*

Jemand zog die Kette mehrmals durch den Griff an der Holztür, und Flo hörte deutlich, wie das Schloss zuschnappte. Die Falltür war zu, und nun gab es kein Entkommen mehr aus diesem Haus.

»Was jetzt?«, keuchte Nina.

»Komm wieder runter und versteck dich irgendwo im Keller. Hast du ein Handy?«

»Nein, nicht mehr …«

Flo drückte ihr seines in die Hand. »Damit kannst du den Weg leuchten. Und ruf einen Krankenwagen! Danach verständigst du die Polizei. Sag, wo du bist und dass du Schüsse gehört hast. Ich muss jetzt rauf!«

Er machte kehrt und lief durch den Raum, in den Gang und die Treppe hinauf. Er öffnete die Tür und blickte ins Foyer. Von Kotten, dieses Mistschwein, stand mit einer Flinte in der Armbeuge über Evelyn gebeugt, die sich auf dem Boden krümmte und den Bauch hielt. Bei dem Anblick krampfte sich sein Herz zusammen.

»Mit diesem Projektil im Bauch werden Sie innerlich langsam verbluten und schließlich sterben«, sagte von Kotten kühl. »Verraten Sie mir nun, wo das Mädchen ist? Dann rufe ich einen Krankenwagen.«

»Fahr zur Hölle!«, presste Evelyn heraus.

Flo wollte sich bereits von hinten auf von Kotten stürzen, ihn überwältigen und ihm die Flinte abnehmen, als er zurückschreckte. Denn im selben Moment wurde von außen ein Schlüssel ins Schloss der Eingangstür gesteckt.

Flo verharrte in der Bewegung und schob sich wieder in die Dunkelheit. Abwechselnd spähte er zu Evelyn, die sich auf dem Boden wand, und zur Tür. Ein Mann mit einer Taschenlampe trat ein. Es war nicht Wehrmann.

Er hatte diesen Mann noch nie zuvor gesehen, aber seiner Uniform nach zu schließen konnte es von Kottens Chauffeur sein.

»Ich sagte doch, Sie sollen draußen bleiben und achtgeben, ob sich jemand dem Grundstück nähert«, herrschte von Kotten ihn an.

»Das habe ich.« Er blickte kurz zu Evelyn, ignorierte aber die Tatsache, dass hier ein Mensch im Sterben lag. »Ich habe niemanden gesehen.«

»Was tun Sie dann hier?«

»Als ich die Leiter an die Hauswand gelehnt habe, habe ich bemerkt, dass der Zugang zum Kohlenkeller offen war. Jemand muss das Vorhängeschloss geöffnet und die Kette durch die Türgriffe gezogen haben. Also habe ich die Klappe verschlossen und bin rasch ins Haus. Vermutlich war der Besuch des Polizisten ein Ablenkungsmanöver, damit jemand …«

»Was für eine brillante Schlussfolgerung.« Von Kotten nickte in die Küche. »Die Kleine ist abgehauen. Suchen Sie nach ihr. Sie kann noch nicht weit sein. Aber vorher bringen Sie Pulaskis Wagen zur Rückseite des Grundstücks.«

»Aber wie soll ich das Auto …?«

»Fünf Jahre Knast, da werden Sie doch diese Karre kurzschließen können!«, rief von Kotten.

Mensch, hau schon ab!, dachte Flo.

Der Chauffeur verschwand endlich aus dem Haus, und noch ehe die Tür ins Schloss gefallen war, setzte Flo sich zügig in Bewegung. Auf den letzten Metern achtete er nicht mehr darauf, leise zu sein.

Von Kotten bemerkte zwar ein Geräusch hinter sich und fuhr herum, aber da war Flo schon bei ihm und schlug ihm die Handkante gegen den Kehlkopf. Röchelnd ging von Kotten zu Boden und ließ das Gewehr fallen. Flo trat es mit dem Fuß zur Seite, sodass es über die Fliesen rutschte.

Dann beugte er sich zu Evelyn und schob ihren blutgetränkten Pullover und die Bluse nach oben. Das Projektil war nicht in ihre Bauchmitte, sondern zum Glück nur seitlich in die Flanke eingedrungen. Soviel er anhand der Stelle zu erkennen glaubte, waren vermutlich weder die Bauch-Aorta noch irgendwelche inneren Organe verletzt worden. Die Schussverletzung im Bein, die viel stärker blutete, machte ihm mehr Sorgen.

»Bleib liegen und steh nicht auf«, sagte er. »Und du musst wach bleiben.« Er klopfte ihr leicht mit der flachen Hand auf die Wange. »Ein Krankenwagen ist unterwegs.« Er hörte, wie vor dem Haus ein Wagen gestartet und weggefahren wurde. Aus dem Augenwinkel sah er, wie von Kotten einige Meter neben ihm röchelnd auf dem Boden kniete, sich den Hals hielt und zur Flinte schielte.

»Tu mir den Gefallen und versuch, die Waffe zu erreichen, du Arschloch!«, drohte Flo ihm.

Von Kotten blieb reglos sitzen.

Oben erklang ein Geräusch.

Flo sah hoch und bemerkte zwei Frauen, die an der Balustrade des Treppenaufgangs verharrten und herunterstarrten. Eine kleine pummelige Dame mit einer Kochschürze und eine Krankenschwester im weißen Kittel.

»Viktoria, Sie bleiben oben!«, röchelte von Kotten. »Sie werden dieser Frau nicht helfen!«

»Das braucht sie nicht.« Flo zog den Gürtel aus seiner

Hose, band Evelyns Bein am Oberschenkel ab und presste den Handballen auf die Wunde. Vermutlich war eine Arterie getroffen. Er sah, wie Evelyn etwas sagen wollte, unterbrach sie aber. »Schone deine Kräfte. Du kommst durch. Es ist nur eine harmlose Fleischwunde«, spielte er die Tatsache herunter, dass sich ihr Hosenbein bereits mit Blut vollgesogen hatte. Jedenfalls musste er sie bei Bewusstsein halten. »Sieh mich an!«

Da hörte er, wie jemand die Tür öffnete. Der Chauffeur? So rasch? Er blickte zur Tür und sah, wie Wehrmann in einer schwarzen Windjacke mit einer Taschenlampe in der Hand im Türrahmen stand und ins Foyer blickte.

Sogleich sprang Flo zu der Stelle, wo die Jagdflinte lag. Wehrmann ließ die Lampe fallen und setzte sich ebenfalls in Bewegung.

Flo erreichte das Gewehr, riss es hoch, zielte auf Wehrmann und drückte ab. Doch Wehrmann hatte den Lauf der Waffe schon mit dem Arm beiseitegeschlagen. Der Schuss ging in die Decke. Flo wollte Wehrmann mit einem Schlag in die Nieren außer Gefecht setzten, doch bevor er überhaupt richtig agieren konnte, spürte er selbst einen Schlag am Hals, der seinen Körper lähmte.

Verflucht! Dieser Alte hat es echt drauf.

Flo fiel das Gewehr aus der Hand, und er bekam kaum noch Luft. Wehrmann, dieser Arsch, hatte so blitzschnelle Reflexe, dass Flo erst jetzt merkte, dass der Mistkerl eine Handfeuerwaffe aus der Jacke gezogen hatte und ihm nun den Lauf des Schalldämpfers an die Schläfe presste.

Das hast du toll hingekriegt, Flo. Er schielte zu Evelyn, die sich zur Seite gerollt hatte und nun selbst die Hand auf ihren Oberschenkel presste.

Ihre einzige Hoffnung war Nina, die sich irgendwo im Keller versteckt hielt und hoffentlich schon längst die Polizei alarmiert hatte. Denn so wie es aussah, war Pulaskis Plan, dem SEK grünes Licht zu geben, fehlgeschlagen.

Falls Nina unten im Keller überhaupt Empfang hat, dachte er, und dann wurde ihm plötzlich speiübel, als er sah, wie Evelyn von Sekunde zu Sekunde mehr Blut verlor.

Wehrmann verstärkte den Druck des Schalldämpfers auf Flos Schläfe. »Wenn Walter Pulaski die Wahrheit gesagt hat, dann ist das SEK auf dem Weg hierher!«, rief er laut, indem er kurz nach oben zur Balustrade sah. »Wir werden es daher so machen: Das ist Florian Zock, ein Rechtsanwaltsanwärter aus Wien. Er ist so besessen von der Idee, einen großen Kriminalfall zu lösen, dass er Schwester Brigitte im Wiener Nagorski-Sanatorium unbedingt zu einer Aussage zwingen wollte. Allerdings hat sie sich gewehrt, woraufhin er sie die Treppe hinuntergestoßen hat und sie gestorben ist. Dafür gibt es Zeugen.«

»So ein Schwachsinn!«, röchelte Flo und schielte zu den Frauen an der Balustrade, die jedoch nichts unternahmen.

Während von Kotten sich erhob, wandte Wehrmann sich wieder an das Personal und sprach laut weiter. »Florian Zock kam sogar hierher. Sie haben gesehen, wie dieser junge Mann ins Haus eingebrochen ist und eines von Herrn von Kottens Jagdgewehren aus dem Schrank an sich genommen hat. Damit wollte er Herrn von Kotten zu einem Geständnis zwingen. Doch Evelyn Meyers, die loyale Anwältin von Herrn von Kottens Sohn, wollte ihn davon abbringen und zum Aufgeben überreden. Sie wollte ihn wegen Mordes an Schwester Brigitte der Justiz überstellen, doch da hat er kaltblütig auf sie gefeuert.« Er betrachtete Evelyn. »Der erste Schuss ging in ihr Bein, der zweite in ihren Bauch. Danach wollte er ihr in den Kopf schießen, doch dieser Schuss ging in die Decke.«

Flo stöhnte auf und sah zu Evelyn herüber, die die Zähne zusammenbiss.

»Mir blieb nichts anderes übrig, als diesen jungen Mann in Notwehr zu töten«, fuhr Wehrmann laut fort und sah kurz nach oben. »Schwester Viktoria wollte das Leben der jungen Frau retten, doch es war bereits zu spät. Leider ist sie ihren tragischen Verletzungen erlegen.« Nun wandte sich Wehrmann an von Kotten und senkte die Stimme. »Sie sollten sich Hände und Gesicht mit Seifenlauge und anschließend mit Zitronen-Essig-Säure waschen, um das Waffenöl und die Schmauchspuren so gut wie möglich zu beseitigen. Danach verbrennen Sie Ihre Kleidung im Ofen, denn die Spuren vom Zündsatz haben sich auch im Stoff abgesetzt.«

Von Kotten nickte und ging nach oben.

Wehrmann lockerte den Druck der Waffe an Flos Schläfe und ging einige Meter zurück, ohne ihn jedoch aus den Augen zu lassen. Sein Finger krümmte sich um den Abzug.

»Schalldämpfer sind in Deutschland verboten«, murmelte Flo.

Wehrmann hob die Augenbrauen und löste den Druck am Abzug. »Danke, dass du mich daran erinnerst.« Mit raschen Bewegungen drehte er den Schalldämpfer vom Lauf. Dann richtete er die Waffe wieder auf Flo.

»Und Walter Pulaski?«

»Der wollte eigenmächtig das Grundstück überqueren, ist durch die Eisschicht gebrochen und im See ertrunken.«

»Die Spurensicherung findet den Abdruck Ihres Laufs an meiner Schläfe.«

»Mach dir keine Sorgen, Kleiner, auch dazu fällt mir noch etwas ein.«

Flo hingegen fiel nichts mehr ein, wie er den tödlichen Schuss noch hinauszögern konnte.

Wehrmann legte den Finger auf den Abzug. »Leb wohl!«

68

Pulaskis Körper hatte auf ein Notfallprogramm geschaltet und versuchte, mit heftigem Zittern gegen die Kälte anzukämpfen. Zudem bewegte Pulaski bei jedem Schritt die Finger und spannte immer wieder seine Muskeln an, um nicht noch mehr zu unterkühlen.

Endlich erreichte er die Rückseite des Hauses. Die Leiter lag nicht mehr in der Wiese, sondern lehnte nun neben einer Schubkarre, einem Rechen und einer Unkrautharke an der Hausmauer. Offenbar hatte Wehrmann oder jemand anders alle Spuren von Ninas Einbruch beseitigt. Pulaski bückte sich nach der Harke, umklammerte den Griff und schob sich mit bibbernden und sicherlich schon blau angelaufenen Lippen zur nächsten Ecke.

Seine Zähne schlugen unkontrolliert aufeinander. Er erreichte die Vorderseite der Villa, wo von Kottens Rolls-Royce stand. Was nicht mehr da stand, war Pulaskis eigener Wagen. Wehrmann musste den Skoda geknackt und kurzgeschlossen haben. Vermutlich hatte er den Wagen dann über die Straße zur Rückseite des Grundstücks gefahren, damit es so aussah, als hätte Pulaski das Areal eigenmächtig von hinten betreten, wäre heimlich über den See zum Haus gegangen, eingebrochen und dabei ertrunken. *So ein Pech!* Ein Mann, der gegen die Anweisung seiner Vorgesetzten einen Fall auf eigene Faust lösen wollte und dabei Opfer seiner Selbstüberschätzung wurde.

Kein schlechter Plan, das muss ich euch lassen!

Pulaski wankte zu der Limousine und lehnte sich keuchend an die Fahrerseite. Die Kälte des Wagenblechs spürte er gar nicht mehr. Bestimmt war Wehrmann noch mit seinem Auto unterwegs oder gerade wieder zu Fuß auf dem Weg zum Haus.

Das ist deine Chance!

Pulaski blickte noch einmal auf die Armaturen des Rolls-Royce, um sich zu vergewissern, dass es sich tatsächlich um ein neues Modell handelte. Dann hob er die Unkrautharke und schlug mit den Metallzacken gegen die Fahrerscheibe. Beim ersten Schlag tat sich nichts. Der Wagen erzitterte nicht einmal.

In diesem Moment sah er ein blinkendes Licht, das in einigen Metern Höhe über das Haus flog und in der Dunkelheit verschwand. Eine Aufklärungsdrohne, mit der das SEK vermutlich die Gegend sondierte, weil Pulaski am Handy nicht erreichbar war. Er blickte ihr nach, doch sie kam nicht wieder.

Dann schlug Pulaski ein weiteres Mal zu, aber erst nach dem dritten Schlag, den er mit einem wütenden Schrei begleitete, splitterte die Scheibe, und die Scherben prasselten auf den Fahrersitz. Sogleich ging die Alarmanlage los wie eine Sirene.

Pulaski wusste nicht, wie weit das SEK entfernt war. Offenbar zu weit, denn hätten die Kollegen die beiden Schüsse gehört, wären sie schon längst angerückt. Doch es war niemand hier – bis auf die verdammte Drohne, die das Areal fotografierte.

Aber Pulaski ging es auch gar nicht darum, die Alarmanlage zu aktivieren, sondern um etwas völlig anderes. Jedes moderne Auto dieser Preisklasse hatte mittlerweile serienmäßig ein eCall-System eingebaut, und mit diesem *emergency call* konnte man auch ohne Handy einen Unfall melden. Und genau das hatte er vor!

Pulaski beugte sich über die zersplitterte Scheibe ins Wageninnere, suchte in den Armaturen das Steuergerät und betätigte den manuellen Notfallknopf. Soviel er wusste, erfolgte die Datenübertragung per GPS-Signal über eine Dachantenne, die den Notruf weiterleitete. Danach wählte er über die Mobileinheit in den Armaturen mit zitternden Fingern die internationale Notrufnummer 112. Sogleich knackte der Lautsprecher, und eine junge weibliche Stimme meldete sich.

Pulaski wollte bereits seinen Namen und das Kennzeichen des Wagens durchgeben, wurde jedoch von der Frau der Notrufzentrale unterbrochen. »Hallo Herr von Kotten … habe soeben Ihre Standortdaten lokalisiert … an die Rettungsdienststelle gesendet«, sagte die Dame.

Pulaski konnte sie wegen der Sirene nur sehr undeutlich verstehen.

»Sind Sie verletzt oder eingeklemmt?«, rief sie.

Nur unterkühlt und stinksauer, dachte er. »Hier spricht Kriminalhauptkommissar Walter Pulaski!« Er musste dabei fast brüllen, um die Sirene des Wagens zu übertönen. Dabei schlugen seine Zähne vor Kälte aufeinander. »Schicken Sie sofort einen Krankenwagen und einen Notarzt zum Standort dieses Wagens. In Herrn von Kottens Haus gab es Schüsse. Möglicherweise wurde jemand verletzt.«

Pulaski hauchte sich kurz in die Faust, um sie zu wärmen. »Und noch etwas. Hören Sie gut zu! Verständigen Sie dringend Kriminalhauptkommissar Philip Koch vom LKA Dresden. Richten Sie ihm aus: *Grünes Licht!*«

»Wie bitte?«, fragte die Dame.

Endlich verstummte die Sirene, und Pulaski konnte wieder normal sprechen. »Grünes Licht! Zugriff für das SEK!«

»Ich habe verstanden.« Die Dame wiederholte Pulaskis letzten Satz, dann legte sie auf.

Pulaski blickte zur Villa. Niemand war von der Sirene aufgeschreckt ins Freie gestürzt. Und von Wehrmann war auch nichts zu sehen. Außerdem hatte er keine Ahnung, wo Evelyn und Flo steckten.

Pulaski wollte schon wieder den Kopf aus dem Auto ziehen, als er hinter dem Fahrersitz den Kleiderbügel mit dem Sakko bemerkte. Mit gefühllosen Fingern zerrte er das Sakko vom Bügel, zog es aus dem Wagen und schlüpfte mit steifen Gliedern hinein. Es war ihm eine Spur zu eng, aber das machte nichts.

Egal!

Er löste sich vom Wagen und ging auf das Haus zu. Wieder einmal. Nur diesmal ohne Dienstwaffe, Handy und kugelsichere Weste. Aber mit einer Mordswut im Bauch.

69

Flo kniff die Augen zusammen und wartete auf den Schuss in der Hoffnung, dass sich alles doch nur als Bluff herausstellen würde. Allerdings war ihm klar, dass ein Mann wie Wehrmann nicht bluffte, sondern handelte.

Flo blinzelte und sah, wie Wehrmann bereits abdrücken wollte, als unmittelbar vor dem Haus die schrille Sirene einer Alarmanlage aufheulte.

»Das ist *mein* Wagen!«, rief von Kotten von der Balustrade. »Sehen Sie nach, was da los ist!«

»Bleib hier und beweg dich nicht!«, befahl Wehrmann, war mit ein paar Schritten bei Flo und schlug ihm den Knauf seiner Waffe an die Schläfe. Just an die Stelle, wo der Schalldämpfer zuvor die Druckstelle hinterlassen hatte.

Flo wurde kurz schwindlig und schwarz vor Augen. Er spürte, wie ihm das Blut in einem dünnen Rinnsal von der Schläfe über die Wange lief. Der Schlag hatte gesessen. Als Flo wieder klar sehen konnte, bemerkte er, wie Wehrmann das Jagdgewehr mit dem Fuß so weit wegschob, dass Flo es unmöglich innerhalb weniger Sekunden erreichen konnte.

»Niemand fasst dieses Gewehr an! Ist das klar?«, rief Wehrmann nach oben. »Darauf befinden sich Florian Zocks Fingerabdrücke.«

Keine der beiden Frauen, die immer noch auf der Balustrade standen und zur Eingangshalle hinunterblickten, widersprach.

»Wenn niemand von Ihnen etwas unternimmt«, sagte Flo nun laut, »werden Sie alle wegen unterlassener Hilfeleistung und Beihilfe zum Mord drankommen.«

»Das bezweifle ich«, entgegnete Wehrmann, »das sind loyale Mitarbeiter, die ich selbst vor vielen Jahren ausgesucht habe. Außerdem haben wir soeben einen gesuchten Doppelmörder überwältigt, wenn ich Sie daran erinnern darf.«

In diesem Moment verstummte die Sirene.

»Machen Sie schon!«, drängte von Kotten.

Während Wehrmann zur Eingangstür ging und Flo dabei keine Sekunde lang aus den Augen ließ, griff er in die Tasche seiner Jacke und drehte wieder den Schalldämpfer auf den Lauf. Dann presste er sich neben der Tür an die Wand, zielte in Hüfthöhe auf die Eingangstür, griff zur Klinke, öffnete die Tür und ließ sie aufschwingen.

Niemand stürmte ins Haus.

Allerdings sah Flo, wie Pulaski über die Treppe auf die offene Eingangstür zuwankte, aber unmittelbar vor der Bodenschwelle stehen blieb. Er sah elend aus. Halb tot gefroren, zitternd und blau im Gesicht, ohne Kevlarweste und Schulterholster, nur mit einem Sakko bekleidet und darunter nackt, hielt er sich gerade noch auf den Beinen.

Flos und Pulaskis Blicke trafen sich für den Bruchteil einer Sekunde, und Flo sah kurz zu Wehrmann. Da holte Pulaski mit dem Arm aus und schlug mit einer Unkrautharke in der Hand um den Türrahmen herum. Die spitze Zacke drang Wehrmann in die Kehle. Blut spritzte.

Gleichzeitig löste sich mit einem Ploppen ein Schuss, aber das Projektil fuhr nur in das Holz des Türrahmens.

Nun trat Pulaski ins Haus, packte Wehrmanns Schusshand und drückte mit der anderen die Harke tiefer in dessen Kehle, sodass Wehrmann nur ein schrecklich hohles Röcheln herausbrachte. »Das ist eine Technik aus einem Gartencenter in Leipzig, falls du es wissen willst, Klugscheißer«, presste Pulaski hervor und zwang Wehrmann in die Knie.

Während Wehrmann mit gurgelndem Atem zu Boden ging, stürzte Flo zu Evelyn, um ihr wieder den Handballen auf die Wunde zu pressen. Gleichzeitig langte er mit dem freien Arm unter Evelyns Kniekehle und hob das Bein hoch. Evelyns Augenlider flatterten, aber sie war noch bei Bewusstsein. »Halt durch!«, ermutigte er sie.

»Niemand bewegt sich!«, brüllte von Kotten plötzlich von oben.

Erstarrt blickte Flo nach oben. Die Krankenschwester reichte von Kotten soeben ein zweites Jagdgewehr, das sie offenbar aus einer anderen Vitrine geholt hatte. Mit dem Lauf zielte von Kotten nun abwechselnd auf Pulaski und Flo.

Wenn Pulaski schnell war, konnte er nach draußen abhauen, aber Flo saß neben Evelyn wie auf einem Präsentierteller. Selbst jetzt gab es in dieser Situation niemanden, der diesen Verrückten stoppen wollte. Die Krankenschwester klammerte sich an die Balustrade, und hinter ihr stand die Köchin mit vor Entsetzen geweitetem Blick.

Aus dem Augenwinkel sah Flo, wie sich die Kellertür einen Spaltbreit öffnete. Dahinter stand Nina und sah panikerfüllt aus der Dunkelheit heraus. Flo bedeutete ihr, dass sie sich wieder zurückziehen sollte, woraufhin sie auf das Handy deutete und hilflos mit den Achseln zuckte.

»Wir brauchen einen Notarzt!«, drängte Flo.

»Niemand von Ihnen braucht einen Arzt«, lautete von Kottens Antwort.

Flo bemerkte, wie sich die pummelige Köchin aus ihrer

Erstarrung löste, langsam rückwärtsging und lautlos hinter von Kotten eine Tür aufsperrte. Wollte sie abhauen? Doch stattdessen machte sie einen Schritt zur Seite. Im nächsten Augenblick öffnete sich die Tür, jemand trat aus der Dunkelheit des Zimmers heraus und stützte sich mit dem Arm am Türrahmen ab. Eine glatzköpfige junge Frau im eng geschnittenen schwarzen Kleid.

Das ist also der echte Michael Kotten.

Soviel Flo durch die Sprossen des Geländers erkennen konnte, war er schwach auf den Beinen und atmete schwer.

»Wir können alle noch aus der Sache herauskommen«, schlug Flo vor. »Wir …«

Aber weiter kam er nicht.

Michael hatte sich in Bewegung gesetzt und sich von hinten mit aller Kraft auf seinen Vater gestürzt. Dabei löste sich ein Schuss, der Lampen und Kristall des Kronleuchters zersplittern ließ. Während die Scherben auf den Boden prasselten, krachte von Kotten gegen das Holzgeländer. Er verlor das Gleichgewicht, ließ die Waffe fallen, ruderte mit einem Arm und versuchte, sich mit dem anderen festzuhalten. Vergeblich. Mitsamt seinem Sohn stürzte er schreiend über die Balustrade in die Tiefe, und mit einem hässlichen Knacken schlugen beide neben Flo am Fliesenboden auf.

Flo spürte, wie Evelyn bei dem Aufprall zusammenzuckte. »Alles in Ordnung«, flüsterte er und strich ihr mit der Hand über die Wange, während er die andere noch immer auf ihre Wunde presste. Evelyn zitterte, ihre Haut war blass und kalt.

Eine Blutlache breitete sich um von Kottens Hinterkopf aus. Im Gegensatz zu ihm schien Michael den Sturz einigermaßen gut überstanden zu haben. Er bewegte sich, sein Blick schien mit einem Mal wach und klar.

Da war Pulaski bei ihnen und ließ sich neben Evelyn auf den Boden fallen. Seine Arme zitterten heftig. »Wie geht es Ihnen?«, brachte er stockend zwischen blau gefrorenen Lippen hervor.

»Eine verletzte Arterie und eine Fleischwunde in der Seite«, erklärte Flo, um Evelyn zu schonen.

Dennoch versuchte Evelyn, den Kopf zu heben. »Wo waren Sie so lange?«, presste sie hervor.

»Schwimmen«, sagte Pulaski.

»Das Sakko …«, keuchte sie, »… steht Ihnen gut.«

»Danke, hat Richard von Kotten mir vermacht.« Er hob den Blick. »Ich nehme an, er hat keine Verwendung mehr dafür.«

In diesem Moment fiel Blaulicht durch die offene Eingangstür in die Halle. Mehrere schwarze Toyota Landcruiser hielten vor dem Haus. Türen knallten. Männer mit Helmen und graugrünen Einsatzuniformen stürmten mit Gewehren im Anschlag ins Gebäude und verteilten sich sofort überall.

Flo hob die Hand. »Hierher! Wir brauchen einen Arzt!«

Hinter den Männern des SEK folgten Sanitäter mit einer Trage.

Nun kam auch Nina aus ihrem Versteck, ging zu ihnen, setzte sich neben Evelyn auf den Boden und hielt ihre Hand.

Während die Sanitäter zu ihnen stürzten, sah Flo aus dem Augenwinkel, wie Michael den Arm bewegte und seine Finger in seines Vaters Blut tauchte. Er malte Zeichen auf den Fliesenboden. Zunächst ein großes Kreuz … und daneben die aktuelle Jahreszahl.

Von Kottens Todesjahr!

Danach schloss er seinem Vater die Augen.

EPILOG

Vier Tage später

Evelyn trug Jeans und ihren warmen Norwegerpulli. So humpelte sie auf Krücken durch die Wartehalle des Flughafens Leipzig/Halle.

Eigentlich hätte Flo sie in einem Rollstuhl nach Wien transportieren sollen, doch diese Blöße wollte sie sich nicht geben. Das Projektil in ihrem Oberschenkel hatte eine Arterie getroffen, aber keinen Schaden an Knochen und Sehnen angerichtet. Ebenso war der Schuss in ihre Seite tatsächlich nur eine Fleischwunde gewesen. Allerdings hatte sie viel Blut verloren. Doch nach einer Nacht auf der Intensiv- und drei Tagen auf der Beobachtungsstation war sie an diesem Morgen gegen einen Revers, den sie unterschrieben hatte, wieder entlassen worden.

Der Arzt hatte zwar gemeint, es wäre besser, sie würde mit dem Zug heimfahren, statt zu fliegen, aber dieses ewige Holpern wollte sie sich nicht antun.

Flo kam gerade vom Check-in-Schalter auf sie zu. »Unser Gepäck ist aufgegeben. Das sind unsere Bordkarten.« Er steckte die Papiere in die Brusttasche seines Anoraks.

»Pulaski ist sicher schon da. Noch Lust auf einen Kaffee, bevor wir durch den Security-Check gehen?« Sie deutete zu dem Kaffeehaus, aus dem es nach frischem Gebäck duftete.

»Immer.«

Im Café warteten Pulaski, seine Tochter Jasmin und deren Freundin Nina. Sie saßen an einem großen Tisch am Fenster, von dem aus man eine Aussicht auf das Rollfeld hatte.

Pulaski trank eine Tasse schwarzen Kaffee. »Es ist gerade eine Maschine der AUA gelandet.«

»Ist vielleicht sogar unsere«, sagte Evelyn und lehnte die Krücken ans Fenster. »Aber wir haben noch Zeit.« Sie setzte sich neben Nina, und sie gaben alle ihre Bestellung auf.

»Schulfrei?«, fragte Evelyn, nachdem der Kellner Cappuccino, einen weiteren schwarzen Kaffee, heiße Schokolade und Kuchen gebracht hatte.

Nina verzog das Gesicht. »Nicht wirklich, wir nehmen uns heute eine Auszeit.«

»Und deine Mutter?«

Nina sah zu Pulaski hinüber. Der wiegte den Kopf und übernahm die Erklärung. »Nach den Vorfällen in der Villa gab es zwar einen Riesenkrach zwischen Ninas Mutter und mir, aber …«

»Die hat einen Mordsaufstand gemacht«, ergänzte Nina.

»Aber ich habe Klartext mit ihr geredet«, seufzte Pulaski. »Nina und ich haben den Mord an ihrem Vater aufgeklärt. Das hat sie zur Besinnung gebracht, und jetzt dürfen sich die Mädchen wieder treffen.«

Nina sah zu Evelyn. »Übrigens danke, dass Sie mich gerettet haben.« Sie trug ein Stützkorsett, Lippen und Wangen waren leicht angeschwollen, und an ihren Handgelenken waren immer noch rote Striemen zu sehen.

»Ja, danke«, druckste nun auch Jasmin.

Evelyn lächelte mit gespielt strengem Blick. »Hat Kriminalhauptkommissar Pulaski euch gezwungen, das zu sagen?«

Die beiden Mädchen wurden rot im Gesicht. »Das hätten wir auch so getan«, murmelte Jasmin. »Aber trotzdem hat uns mein Vater eine Standpauke gehalten, die sich gewaschen hat.«

»Zu Recht!«, brummte Pulaski.

Evelyn beugte sich stöhnend zu den Mädchen. »Sollten wir wieder einmal gemeinsam an einem Fall arbeiten …«

»Was nicht vorkommen wird!«, unterbrach Pulaski sie.

»Aber falls …«, fuhr Evelyn unbeirrt fort, »sprechen wir uns besser ab. Einverstanden?«

»Einverstanden.« Die Mädchen grinsten.

Evelyn betrachtete Pulaski. Er war glatt rasiert und trug zu Hemd und Sakko diesmal auch eine Krawatte. »Warum so herausgeputzt?«

»Er hat ein Date«, murmelte Jasmin hinter vorgehaltener Hand.

»Tatsächlich? Mit wem?«

»Mit Frau Doktor Sonja Willhalm«, antwortete Jasmin an seiner Stelle.

»Der Psychotherapeutin aus Markkleeberg?«, fragte Evelyn.

»Ja, wieder einmal«, murrte er.

Jasmin boxte ihrem Vater gegen die Schulter. »Vermassle es diesmal nicht.«

Pulaskis Handballen waren immer noch vom Eis zerschnitten, und Evelyn war aufgefallen, dass er seinen Ehering abgenommen hatte. An der Stelle am Finger war eine Delle zu sehen.

»Was ist eigentlich mit Mikaela Sukova?«, wechselte Pulaski das Thema und spielte auf ihren letzten gemeinsamen Fall mit den Skorpion-Tattoos an.

»Die hat sich tapfer gehalten und kommt in drei Monaten auf Bewährung raus«, antwortete Evelyn.

Pulaski nickte. »Sie haben eine Vorliebe für Verbrecherinnen.«

»Wie meinen Sie das?«

»Na ja, Mikaela Sukova und davor Sybil Woska.« Eine weitere Anspielung, diesmal auf ihren ersten gemeinsamen Fall mit dem Kreuzfahrtschiff. Er wiegte den Kopf. »Und jetzt? Ich habe mit Staatsanwalt Clemens gesprochen. Er hat mir erzählt, dass er noch nie eine so hartnäckige Frau wie Sie getroffen hat.«

Flo beugte sich nach vorne. »Wie meint er das?«

»Das bedeutet«, erklärte Pulaski, »dass Sie beide einen neuen Fall haben.«

Flo runzelte die Stirn und sah Evelyn an. »Einen neuen Fall?«

»Es ist so«, erklärte Pulaski. »Clemens wollte Michael Kotten wegen fünffachen Mordes anklagen, aber Evelyn hielt klipp und klar fest, dass er davor Johann Wulf in Wien ermordet hat – und Michael will, dass ihre Kanzlei seine Verteidigung in Wien übernimmt.«

Evelyn hob die Schultern. »First come – first serve.«

»Und das machst du tatsächlich?«, fragte Flo.

»Ich? *Wir!*«, korrigierte sie ihn. »Immerhin hat er uns am Ende allen das Leben gerettet.«

Flo runzelte die Stirn. »Ist Michael jetzt eigentlich ein *Er* oder eine *Sie?* Und wird sie weiterhin Christine heißen?«

»Wenn das alles so einfach wäre«, seufzte Evelyn. »Jetzt, wo ich zum ersten Mal mit dem echten Michael gesprochen habe, hat er mir von seinen ambivalenten Gefühlen erzählt. Nachdem er im Gespräch mit seinem Vater das wahre Schicksal seiner Schwester und seiner Mutter erfahren hat, beschäftigt ihn die Frage, ob er *wirklich* als Frau oder vielmehr nur als Ersatz für seine Schwester als Frau weiterleben wollte. Johann Wulf hatte ihn dahingehend ja unterstützt. Aber ohne Wulf macht er seine Transformation möglicherweise sogar wieder rückgängig.«

»Und von Kotten wird die Entscheidung seines ambivalenten Sohnes nun nie mehr erfahren«, murmelte Flo.

Evelyn nickte. »Genauso zwiespältig waren übrigens auch von Kottens Gefühle Michael gegenüber. Er hat seinen Sohn zwar geliebt, aber sein Ego wollte ihn immer zu etwas anderem machen, als er ist.«

»Da trafen zwei Extreme aufeinander«, knurrte Pulaski.

Evelyn hatte bemerkt, wie Nina stumm geworden war, sich abgewandt hatte und aus dem Fenster blickte. Evelyn berührte sie an der Schulter und senkte die Stimme. »Ich bin nicht besonders stolz darauf, dass ich Verbrecher verteidige«, sagte sie. »Und ich weiß, dass du das nicht verstehen kannst, denn Michael hat immerhin deinen Vater getötet, und du hättest am liebsten, dass er dafür in der Hölle brennt … aber glaub mir: Er brennt schon längst in der Hölle, jeden Tag, und das für den Rest seines Lebens. Ich möchte einfach nur dafür sorgen, dass man auch seine Version der Geschichte zu hören bekommt.«

»Ist schon okay.« Nina wischte sich mit dem Handrücken über die Augen. »Irgendjemand muss es ja tun – warum nicht Sie? Immerhin sind Sie ja ursprünglich auch seine Anwältin gewesen. Außerdem habe ich an diesem Abend gesehen, wie er vor meinen Augen gestorben ist, reanimiert wurde und habe so viel Horror und Gewalt miterlebt. Das hat mir genügt.«

Jasmin rutschte näher und legte nun auch den Arm um ihre Freundin. »Wir haben lange darüber gesprochen, und ich sorge dafür, dass Nina wieder nach vorne blickt. Stimmt's?«

Nina riss sich von dem Anblick des Rollfelds los und lächelte wieder.

»Das ist gut so«, sagte Evelyn. »Was passiert eigentlich mit Richard von Kottens Frau?«

Alle sahen Pulaski an. Im Gegensatz zu von Kotten, den der Sturz von der Balustrade getötet hatte, Peter Wehrmann, der an seinem eigenen Blut erstickt und Butler Edwin, der an einem Medikamentencocktail gestorben war, hatten Liliane die Nacht in der Villa mit einer Stichwunde und Michael mit einigen Knochenbrüchen überlebt.

»Ihr Fall wird verhandelt, und wenn das Gericht zu dem Schluss kommt, dass sie am Tod ihrer Tochter, des Kindermädchens und des Butlers nicht schuldfähig ist, wird sie in eine psychiatrische Klinik eingewiesen.«

»Dort ist sie bestimmt besser aufgehoben als in von Kottens Haus«, ergänzte Evelyn. Das stand nun leer, denn die Köchin, sein Chauffeur und seine Krankenschwester waren wegen Vertuschung und Beihilfe zu Folter und einem Mordversuch angeklagt worden.

Evelyn blickte auf die Uhr und winkte nach dem Kellner. Es wurde Zeit zu gehen.

Als Evelyn neben Flo in der AUA-Maschine saß, blickte sie auf die Morgenausgabe einer Wiener Tageszeitung, die sie beim Einstieg erhalten hatte.

Heinrich von Kotten als Justizsektionschef zurückgetreten.

Sie sah zu Flo und bemerkte sein breites Grinsen. Von Ostrovsky, dessen Suspendierung bereits aufgehoben worden war, hatten sie gestern erfahren, dass während ihrer Abwesenheit in Wien einiges passiert war: Sie hatte ihre Lizenz wieder erhalten. Und Nervenarzt Dr. Thomas Nagorski und seine Mutter Olivia, die Leiterin der Schönheitsklinik, waren verhaftet worden, weil sie sowohl von Michaels Identitätstausch als auch von Lilianes geheimem Domizil gewusst und bei der Organisation mitgeholfen hatten. Und nun wurde trotz Heinrich von Kottens Rücktritt auch gegen ihn wegen Schmiergeldzahlungen und Manipulation ausländischer Politiker ermittelt.

Flo würde in Wien zwar von der Kripo zum Tod von Schwester Brigitte vernommen werden, aber mittlerweile stand aufgrund von DNA-Spuren fest, dass Peter Wehrmann sie getötet hatte.

Ostrovsky war in seinem Element und wirbelte dabei so viel Staub auf, dass die Zeitungen von immer neuen Anschuldigungen gegen den von Kotten-Clan berichteten. Und die Fotografien der Schwarzgeldtransfers, die Evelyn bereits an Ostrovsky weitergeleitet hatte, waren der letzte Nagel im Sarg dieses Unternehmens.

Doch eine Sache musste Evelyn noch klären. Erst vorgestern hatte sie Gerald Drögers Frau eine SMS geschickt, dass ihr Mann im Gefängnis nur noch kurz durchhalten müsse, da sie gute Nachrichten bezüglich seiner Entlassung habe. Nun tippte sie rasch eine weitere SMS.

»Schalten Sie bitte das Handy aus!«, bat die Stewardess sie.

»Ja, klar.« Evelyn blickte kurz auf. »Nur noch diese kurze Nachricht.«

Richten Sie Ihrem Gefangenen Michael Kotten bitte aus, dass er bald entlassen wird. Dringend! Danke.

Sie schickte die SMS an Chefinspektor Ganser, der immer

noch dafür verantwortlich war, dass Gerald Dröger unter falschem Namen in U-Haft saß.

Dröger war so gut wie frei. Das Einzige, was man ihm vorwerfen konnte, war Irreführung der Justiz. Andererseits durfte man jedoch als Beschuldigter lügen, und zwar so, dass sich die Balken bogen. Und seine Frau durfte natürlich Geld von Richard von Kotten in Form eines Darlehens annehmen, das sie nun nie würde zurückzahlen müssen. Das war kein Verbrechen.

Flo legte seine Hand auf ihre. »Woran denkst du?«

Evelyn ließ die Berührung zu. »Dass alles gut wird.« Sie schaltete das Handy aus, lehnte sich zurück und schloss die Augen.

Nach der Landung in Wien und der Ankunft in ihrer Wohnung, bei der ihre Katzen sie stürmisch begrüßten, fuhr sie mit dem Taxi weiter in ihre Kanzlei. Der Anrufbeantworter war voll. *Siebzehn Nachrichten.*

Nachdenklich ließ sie die Nachricht Revue passieren, die ihr Gerald Dröger vor knapp eineinhalb Wochen im Auto vor den Bahnschranken hinterlassen hatte, um einen Termin mit ihr auszumachen. Wer weiß, wie der Fall ausgegangen wäre, wenn er sich für eine andere Anwältin entschieden hätte.

Sie klemmte sich die Akte Michael Kotten unter den Arm und fuhr mit dem Taxi direkt zur Justizanstalt Josefstadt weiter. Wie immer ging sie durch das Halbgesperre zum Gefangenenhaus. Es wurde Zeit, dass sie Dröger aus diesem Loch, der Isolation und Eintönigkeit der U-Haft herausholte. Sie konnte es gar nicht erwarten, sein Gesicht zu sehen, wenn sie vor ihm stand und ihm erklärte: »Ja, Herr Gerald Dröger, ich weiß, wer Sie tatsächlich sind! Sie können mit dem

Lügenspiel aufhören, denn Sie kommen in den nächsten Tagen frei. Bloß noch einige bürokratische Formalitäten, um die ich mich jetzt kümmern muss. Dann können Sie die letzten eineinhalb Jahre, die Ihnen laut Arztbefund noch bleiben, gemeinsam mit Ihrer Frau und Ihren beiden Töchtern verbringen. Und von Kottens erste Zahlung? Die dürfen Sie selbstverständlich behalten.«

Doch bei der Anmeldung für das Besuchsrecht gab es eine Komplikation. Die Dame hinter dem Schalter warf einen Blick auf den Monitor, danach rollte sie mit dem Stuhl zur Seite und telefonierte eine Weile.

Evelyn beugte sich zu ihr. »Was ist los?«

Endlich beendete die Dame das Gespräch. »Wissen Sie es noch nicht?«

»*Was* weiß ich noch nicht?«

»Michael Kotten hat sich …«

»Das ist nicht Michael Kotten«, korrigierte Evelyn sie. »Sein richtiger Name ist Gerald Dröger.«

»Von mir aus.« Die Frau sah noch einmal kurz auf den Bildschirm. »Er hat sich heute Mittag in seiner Zelle das Leben genommen.«

Das Blut wich aus Evelyns Gesicht. »Was?« Sie spürte eine unglaubliche Kälte durch ihre Adern kriechen. »Aber … wie? Warum?«

»Er hat sich mit der Bettwäsche am Fensterkreuz stranguliert.«

»Hat Chefinspektor Ganser die SMS, die ich ihm geschickt habe, nicht weitergeleitet?«, rief sie und umklammerte dabei unwillkürlich das Pult.

»Chefinspektor Ganser?«, wiederholte die Frau. »Der ist seit zwei Tagen in Urlaub.«

»Und hat Frau Dröger den Häftling nicht besucht oder ihm zumindest …?«

»Doch, eine Frau dieses Namens wollte zu ihm, wurde aber nicht durchgelassen.«

»Warum, um Himmels willen?«

»Der Häftling selbst hat den Besuch verweigert. Er wollte diese Frau nicht sehen.«

Evelyns Finger lösten sich von dem Pult. Sie wandte sich mit einem Knoten im Magen ab und starrte ins Leere.

Eine Stunde später stand Evelyn vor den Toren der Haftanstalt und ignorierte die an ihr vorbeirasenden Autos.

Man hatte ihr den an sie adressierten Abschiedsbrief Gerald Drögers gegeben, den sie nun auseinanderfaltete und las.

»Es tut mir leid. Ich musste es tun. Ich habe die Situation hier drinnen unterschätzt und halte es keine Sekunde länger aus. Mein Kopf ist voll mit finsteren Gedanken. Ich weiß, dass ich sterben werde. Wozu noch länger ausharren? Meine Frau darf nie die Wahrheit erfahren, dass ich langsam zerbrochen bin. Ich möchte, dass sie mit den Kindern und dem Geld in Ruhe und Frieden weiterlebt, ohne dass sie sich Vorwürfe machen muss. Gerald Dröger.«

Evelyn sah auf. Der Wind kühlte ihre Tränen. Die Sonne stand gerade im Zenit, brach durch die Wolkendecke und wärmte ihr Gesicht.

Der Winter war vorbei.

Für Evelyn nur für ein Dreivierteljahr.

Für Gerald Dröger für immer.

DANKSAGUNG

Zunächst einmal danke ich allen Leserinnen und Lesern, die mich immer wieder ermuntert haben, einen dritten Fall für Evelyn Meyers und Walter Pulaski zu schreiben.

Hier ist er nun. Und er wäre nicht zustande gekommen, ohne die unermüdliche Unterstützung meiner Testleser Heidemarie Gruber, Günter Suda, Veronika Grager, Gaby Willhalm, Roman Schleifer, Robert Froihofer, Barbara Krussig, Sebastian Aster, Dagmar Kern, Leni Adam, Peter Hiess, Jürgen Pichler, Lothar Löser, Michael Adam, Maria Riecher und Ulrike Schiesser.

Ebenso danke ich meiner genialen Lektorin Vera Thielenhaus, dem kreativen Team des Goldmann-Verlags und meiner großartigen Literaturagentur AVA International in München.

Für meine Fragen zum Thema Transgender danke ich der Psychotherapeutin Eva Gruber, Mag. Ulrike Schiesser von der Familienberatungsstelle Courage, einer Spezialistin zu diesem Thema, und dem Mann vom Fach, Dr. Ernst Silbermayr. Aber ich danke auch Eva, Andrea, Jessica, Mary und Martha-Sophie von TransX in der Türkis-Rosa-Lila-Villa in der Linken Wienzeile in 1060 Wien, mit denen ich mich zu diesem Thema ausführlich unterhalten durfte. Es war ein netter Abend mit euch. Aber leider gibt es auch eine Schattenseite, denn für viele wird die Suche nach dem richtigen Geschlecht zur unlösbaren Aufgabe, weshalb sich manche auf dem Weg dorthin das Leben nehmen.

Hilfreich waren auch die Gespräche mit Dr. med. Helmut Niederecker aus Berndorf, der Anwältin Dr. Gerda Mahler-Hutter, dem Berliner Staatsanwalt Dr. Frank Heller, der Wiener Tatortreinigerin Rosalia Zelenka, dem Linzer Tatortreiniger Daniel Hodzic, meinem Autorenkollegen Kriminalhauptkommissar beim Polizeipräsidium Hagen in Nordrhein-Westfalen Mark Fahnert sowie dem ersten Kriminalhauptkommissar a. D. Hans Busch vom BKA Wiesbaden. Danke für die großartige Hilfe zu diesem Buch.

Weiters standen mir Klaus Ruczizcka und Andreas Lechner für Fachfragen zur Verfügung, wenn es um Igel, Fledermäuse und IT-Passwörter ging, sowie Richard Krumay vom Autohaus Krumay in Berndorf, wenn es um *emergency calls* ging.

Die Familie Cathérine Krobitzsch und ihren Bruder René Lampe in Witzschersdorf bei Kötzschau gibt es übrigens tatsächlich. Vielen Dank, dass ihr das Risiko auf euch genommen und Jasmin im Showdown Unterschlupf gewährt habt. Ich hoffe, euer Bauernhaus wird jetzt nicht zur Pilgerstätte für Pulaski-Fans.

Und allen anderen danke ich dafür, dass Sie dieses Buch gelesen oder gehört haben. Es ist mir immer wieder eine Freude und Ehre, für Sie morden zu dürfen.

Ihr Andreas Gruber